16	3	2	13
5	10	11	8
9	6	7	12
4	15	14	1

Miguel de Cervantes

O ENGENHOSO CAVALEIRO
D. QUIXOTE DE LA MANCHA

Segundo Livro

Tradução e notas de Sérgio Molina
Apresentação de Maria Augusta da Costa Vieira
Edição de bolso com texto integral

editora 34

EDITORA 34

Editora 34 Ltda.
Rua Hungria, 592 Jardim Europa CEP 01455-000
São Paulo - SP Brasil Tel/Fax (11) 3811-6777 www.editora34.com.br

Copyright © Editora 34 Ltda., 2010
Tradução © Sérgio Molina, 2010

A FOTOCÓPIA DE QUALQUER FOLHA DESTE LIVRO É ILEGAL e configura uma
apropriação indevida dos direitos intelectuais e patrimoniais do autor.

A presente tradução foi realizada graças ao apoio da Direção Geral do Livro,
Arquivos e Bibliotecas do Ministério da Educação, Cultura e Desporto da Espanha.

Edição conforme o Acordo Ortográfico da Língua Portuguesa.

Capa, projeto gráfico e editoração eletrônica:
Bracher & Malta Produção Gráfica

Revisão:
Cide Piquet, Fabrício Corsaletti

1ª Edição - 2010, 2ª Edição - 2013, 3ª Edição - 2019 (1ª Reimpressão - 2022)

CIP - Brasil. Catalogação-na-Fonte
(Sindicato Nacional dos Editores de Livros, RJ, Brasil)

Cervantes, Miguel de, 1547-1616

C413e O engenhoso cavaleiro D. Quixote de La Mancha,
Segundo Livro / Miguel de Cervantes; tradução e notas
de Sérgio Molina; apresentação de Maria Augusta
da Costa Vieira. — São Paulo: Editora 34, 2019 (3ª Edição).
760 p.

Tradução de: Segunda parte del ingenioso caballero
don Quijote de la Mancha

ISBN 978-85-7326-458-6

1. Romance espanhol. I. Molina, Sérgio.
II. Vieira, Maria Augusta da Costa. III. Título.

CDD - 863E

Sumário

Apresentação da segunda parte de D. Quixote	13
Nota à presente edição	33
Aprovações	37
Prólogo ao leitor	44
Dedicatória ao Conde de Lemos	50

I. Do que o padre e o barbeiro trataram
com D. Quixote acerca de sua doença 53

II. Que trata da notável pendência que Sancho Pança
teve com a sobrinha e a ama de D. Quixote,
mais outros assuntos engraçados 69

III. Do ridículo razoamento havido entre D. Quixote,
Sancho Pança e o bacharel Sansón Carrasco 76

IV. Onde Sancho Pança satisfaz o bacharel
Sansón Carrasco de suas dúvidas e perguntas,
mais outros sucessos dignos de saber e contar 87

V. Da discreta e engraçada conversação passada
entre Sancho Pança e sua mulher, Teresa Pança,
e outros sucessos dignos de feliz lembrança 94

VI. Do que aconteceu a D. Quixote
com sua sobrinha e com sua ama, que é um
dos importantes capítulos de toda a história 102

VII. Do que tratou D. Quixote com seu escudeiro,
mais outros famosíssimos sucessos 110

VIII. Onde se conta o que aconteceu a D. Quixote
indo ver a sua senhora Dulcineia d'El Toboso 119

IX. Onde se conta o que nele se verá 130

X. Onde se conta a indústria da qual Sancho
se valeu para encantar a senhora Dulcineia, mais
outros sucessos tão ridículos quanto verdadeiros 136

XI. Da estranha aventura acontecida
ao valoroso D. Quixote com o carro,
ou carreta, das Cortes da Morte 148

XII. Da estranha aventura acontecida ao valoroso
D. Quixote com o bravo Cavaleiro dos Espelhos 156

XIII. Onde prossegue a aventura do
Cavaleiro do Bosque, mais o discreto, novo e
ameno colóquio travado entre os dois escudeiros 165

XIV. Onde se prossegue a aventura do
Cavaleiro do Bosque 173

XV. Onde se dá conta e notícia de quem era
o Cavaleiro dos Espelhos e seu escudeiro 187

XVI. Do que aconteceu a D. Quixote
com um discreto cavaleiro de La Mancha 190

XVII. Onde se declarou o extremo
e último ponto aonde chegou e pôde chegar
o inaudito ânimo de D. Quixote com
a felizmente acabada aventura dos leões 202

XVIII. Do que aconteceu a D. Quixote
no castelo ou casa do Cavaleiro do Verde Gabão,
mais outras coisas extravagantes 215

XIX. Onde se conta a aventura
do pastor enamorado, mais outros
em verdade engraçados sucessos 228

XX. Onde se contam as bodas de Camacho o rico,
mais o sucesso de Basilio o pobre.................................... 238

XXI. Onde se prosseguem as bodas de Camacho,
mais outros saborosos sucessos 250

XXII. Onde se dá conta da grande aventura
da gruta de Montesinos, que fica no coração
de La Mancha, à qual deu feliz cima
o valoroso D. Quixote de La Mancha 259

XXIII. Das admiráveis coisas que o extremado
D. Quixote contou que tinha visto na profunda
gruta de Montesinos, cuja impossibilidade e grandeza
faz com que se tenha esta aventura por apócrifa 269

XXIV. Onde se contam mil frioleiras
tão impertinentes quanto necessárias
ao verdadeiro entendimento desta grande história 283

XXV. Onde reponta a aventura do zurro
e a engraçada do titereiro, mais as memoráveis
adivinhações do macaco adivinho 291

XXVI. Onde se prossegue a engraçada
aventura do titereiro, mais outras coisas
em verdade assaz boas 304

XXVII. Onde se dá conta de quem eram
mestre Pedro e seu macaco, mais o mau sucesso
que D. Quixote teve na aventura do zurro,
que ele não acabou como quisera e tinha pensado 316

XXVIII. De coisas que diz Benengeli
que as saberá quem as ler, se as ler com atenção 325

XXIX. Da famosa aventura do barco encantado 331

XXX. Do que ocorreu com D. Quixote
e uma bela caçadora 339

XXXI. Que trata de muitas e grandes coisas 345

XXXII. Da resposta que deu
D. Quixote ao seu repreensor,
mais outros graves e engraçados sucessos 355

XXXIII. Da saborosa conversação que a duquesa
e suas donzelas tiveram com Sancho Pança,
digna de ser lida e bem notada 372

XXXIV. Que conta da notícia que se teve
de como se havia de desencantar a sem-par
Dulcineia d'El Toboso, que é uma das
mais famosas aventuras deste livro 382

XXXV. Onde se prossegue a notícia que teve
D. Quixote do desencantamento de Dulcineia,
mais outros admiráveis sucessos 392

XXXVI. Onde se conta a estranha e nunca
imaginada aventura da duenha Dolorida,
dita a condessa Trifraldi, mais uma carta que
Sancho Pança escreveu a sua mulher, Teresa Pança 402

XXXVII. Onde se prossegue a famosa
aventura da duenha Dolorida 410

XXXVIII. Onde se conta a que deu
a duenha Dolorida de sua mal-andança 413

XXXIX. Onde a Trifraldi prossegue
sua estupenda e memorável história 422

XL. De coisas que tangem e tocam a esta aventura
e a esta memorável história 426

XLI. Da vinda de Cravilenho,
mais o fim desta dilatada aventura 434

XLII. Dos conselhos que deu D. Quixote
a Sancho Pança antes que fosse governar a ínsula,
mais outras coisas bem consideradas 448

XLIII. Dos segundos conselhos
que deu D. Quixote a Sancho Pança 455

XLIV. Como Sancho Pança foi levado
ao governo, e da estranha aventura
que no castelo aconteceu a D. Quixote 463

XLV. De como o grande Sancho Pança
tomou posse da sua ínsula
e do modo que começou a governar 476

XLVI. Do temeroso espanto chocalheiro e gatum
que recebeu D. Quixote no discurso
dos amores da enamorada Altisidora 486

XLVII. Onde se prossegue como se portava
Sancho Pança no seu governo 492

XLVIII. Do que aconteceu com
D. Quixote e Dª Rodríguez, a duenha da duquesa,
mais outros acontecimentos dignos
de escritura e de memória eterna 503

XLIX. Do que aconteceu com Sancho Pança
rondando a sua ínsula 514

L. Onde se declara quem eram os encantadores
e carrascos que açoitaram a duenha
e beliscaram e arranharam D. Quixote,
mais o sucesso que teve o pajem que levou a carta
a Teresa Sancha, mulher de Sancho Pança 528

LI. Do progresso do governo
de Sancho Pança, mais outros
sucessos igualmente bons 540

LII. Onde se conta a aventura
da segunda duenha Dolorida, ou Angustiada,
por outro nome chamada Dª Rodríguez 552

LIII. Do conturbado fim e remate
que teve o governo de Sancho Pança 562

LIV. Que trata de coisas tocantes
a esta história, e não a outra alguma 569

LV. De coisas acontecidas a Sancho no caminho,
e outras muito para ver 580

LVI. Da descomunal e nunca vista
batalha travada entre D. Quixote
de La Mancha e o lacaio Tosilos
na defesa da filha da duenha Dª Rodríguez 589

LVII. Que trata de como D. Quixote se despediu
do duque e do que lhe aconteceu com a discreta
e desenvolta Altisidora, donzela da duquesa 595

LVIII. Que trata de como amiudaram
sobre D. Quixote tantas aventuras
que não se davam vagar umas às outras 601

LIX. Onde se conta do extraordinário sucesso,
que se pode ter por aventura, sucedido a D. Quixote 616

LX. Do que aconteceu a D. Quixote
indo para Barcelona 627

LXI. Do que aconteceu a D. Quixote
na entrada de Barcelona, mais outras coisas
que têm mais de verdadeiro que de discreto 644

LXII. Que trata da aventura da cabeça encantada,
mais outras ninharias
que não se podem deixar de contar 648

LXIII. Do mal que sucedeu a Sancho Pança
com a visita das galés, mais a
nova aventura da formosa mourisca 665

LXIV. Que trata da aventura
que mais pesar deu a D. Quixote
de quantas lhe haviam acontecido até então 677

LXV. Onde se dá notícia de quem era
o da Branca Lua, mais a liberdade de D. Gregorio,
e de outros sucessos 683

LXVI. Que trata do que verá quem o ler
ou o ouvirá quem o escutar ler...................................... 690

LXVII. Da resolução que tomou D. Quixote
de se fazer pastor e seguir a vida do campo
enquanto se passava o ano da sua promessa,
mais outros sucessos em verdade bons e saborosos 697

LXVIII. Da cerdosa aventura
que aconteceu a D. Quixote 703

LXIX. Do mais raro e mais novo sucesso
que em todo o discurso desta grande história
aconteceu a D. Quixote 710

LXX. Que segue ao sessenta e nove
e trata de coisas não escusadas
para a clareza desta história 717

LXXI. Do que a D. Quixote aconteceu
com seu escudeiro Sancho, indo para sua aldeia 726

LXXII. De como D. Quixote e Sancho
chegaram a sua aldeia 733

LXXIII. Dos agouros que teve D. Quixote
ao chegar a sua aldeia, mais outros sucessos
que adornam e acreditam esta grande história 739

LXXIV. De como D. Quixote caiu doente,
e do testamento que fez, e sua morte 745

Sobre o autor 756
Sobre o tradutor 758

Apresentação da segunda parte de D. Quixote

Maria Augusta da Costa Vieira

> "Só para mim nasceu D. Quixote, e eu para ele; ele soube atuar e eu escrever, só nós dois somos um para o outro, a despeito e pesar do escritor fingido e tordesilhesco que se atreveu ou se atreverá a escrever com pena de avestruz grosseira e mal cortada as façanhas do meu valoroso cavaleiro, porque não é carga para seus ombros nem assunto para seu frio engenho"
>
> *DQ* II, cap. LXXIV

Ambiguidades em torno da continuidade

É muito provável que, ao concluir a leitura da primeira parte do *Quixote*, o leitor tenha ficado incerto quanto à continuidade das histórias do cavaleiro, sem saber afinal se estava ou não prometida uma segunda parte. Não há precisão, por parte do narrador, quanto à nova saída de D. Quixote e Sancho, apesar de relatar a busca que fez o suposto autor árabe, Cide Hamete Benengeli — sempre curioso e diligente —, por escritos autênticos que documentassem a continuidade das andanças e aventuras do cavaleiro. Até onde se sabe, o que o incansável autor pode apurar — não em documentos, mas na "memória de La Mancha" — foi a notícia de que o cavaleiro saiu pela terceira vez para participar de umas justas na cidade de Saragoça, onde teriam ocorrido coisas dignas de nota. Além disso, menciona-se também uma caixa de chumbo encontrada nos escombros de uma ermida que lhe chegou às mãos, contendo pergaminhos escritos com letras góticas e em língua castelhana, dando notícias de Dulcineia, Rocinante, Sancho Pança e D. Quixote em forma de encômios e epitáfios, o que leva a supor que as andanças do cavaleiro terminariam nesse ponto.

Apesar da ambiguidade impressa pelo narrador quanto a uma segunda parte, Sancho mostra-se mais preciso ao comentar com entusiasmo, também no último capítulo, uma possível nova saída em busca de aventuras, dessa vez com maior "proveito e fama". D. Quixote, mais silencioso e circunspecto, com o ombro feito em pedaços, aceita, em nome da prudência, retornar a sua casa no último capítulo da primeira parte, na esperança de que passasse o "mau influxo das estrelas" em curso naquele momento.

Notícias acerca da segunda parte

Apenas em 1613, oito anos após a publicação da primeira parte do *Quixote*, Cervantes dará notícia acerca de sua intenção de publicar a segunda parte da obra. No final do prólogo das *Novelas exemplares*, o autor anuncia seu propósito, prometendo também *Os trabalhos de Persiles e Sigismunda* — obra concluída em seus últimos dias de vida, em 1616 — e *Semanas do jardim*, da qual nunca mais se teve notícia. Ressaltando a importância de tais obras, dirige-se ao leitor com as seguintes palavras:

> "[...] te ofereço os *Trabalhos de Persiles*, livro
> que se atreve a competir com Heliodoro, se já por atrevido não sair com as mãos na cabeça; mas antes verás,
> e com brevidade, dilatadas as façanhas de D. Quixo-

te e graças de Sancho Pança, e depois as *Semanas do jardim*."[1]

É provável que esta breve menção à continuação das andanças de D. Quixote tenha sido a responsável pelo desencadeamento de um debate produzido na surdina entre a obra de Avellaneda e a elaboração da segunda parte cervantina que, dois anos mais tarde, traria para o interior da própria narrativa um movimento singular entre verdade histórica e verdade poética. O fato de ter anunciado que em breve o leitor veria publicadas as façanhas de D. Quixote em sua segunda parte, abriu espaço para que em 1614 aparecesse a continuação da primeira parte denominada por alguns críticos como o "*Quixote* apócrifo", cujo autor se apresentou com o pseudônimo de Alonso Fernández de Avellaneda. Passados aproximadamente quatro séculos, ainda se encontra em discussão a identidade daquele que teria se lançado a tal façanha, dando continuidade às aventuras do cavaleiro e seu escudeiro e conduzindo D. Quixote às justas de Saragoça, tal qual se anuncia no último capítulo da primeira parte. De qualquer modo, a publicação de Avellaneda um ano antes da publicação da segunda parte acabou rendendo uma série de artifícios engenhosos para a composição cervantina, como se verá ao longo da leitura, sobretudo a partir do capítulo LIX.

Certamente o leitor terá observado que já no frontispício da segunda parte aparecem algumas alterações significativas em relação ao da primeira, como a do título da obra, que passa de *O engenhoso fidalgo...* para *O engenhoso cavaleiro...* É certo que

---

[1] Miguel de Cervantes, *Novelas ejemplares*, Jorge García López (ed.), Barcelona, Editorial Crítica, 2001, pp. 19-20.

quando se inicia a primeira parte Alonso Quijano ainda não é um cavaleiro, e só após ser introduzido na ordem da cavalaria andante pelo estalajadeiro (cap. III) é que poderá ostentar tal designação. Seria também possível supor que a mudança de *fidalgo* para *cavaleiro* foi um modo de diferenciar-se do *Quixote* de Avellaneda, que manteve, na sua obra, o título idêntico ao que o *manco de Lepanto* havia atribuído à primeira parte: *O engenhoso fidalgo D. Quixote de La Mancha*.

Comparando ainda o frontispício das duas partes, observase que na dedicatória da segunda, em lugar de constar o nome do Duque de Béjar como na primeira, surge o do Conde de Lemos, certamente na esperança de que este, ao contrário daquele, tenha a grandeza do reconhecimento. Além dessas e de outras alterações na portada, a mais significativa delas é o fato de se declarar na segunda parte, publicada em 1615, que seu autor é o mesmo do *Quixote* de 1605: "*Por Miguel de Cervantes Saavedra, autor de la primera parte*", mais uma maneira de marcar a diferença com relação à segunda parte apócrifa.

Breve anotação
sobre continuações apócrifas

O que aconteceu com a segunda parte do *Quixote* certamente não foi um "privilégio" de Cervantes. As noções atuais de originalidade e imitação literária não coincidem com as que imperavam nos séculos XVI e XVII, em que a imitação de obras de outros autores era prática corriqueira e recorrente, capaz de proporcionar diálogos implícitos e muitas vezes burlescos sobre as formas de composição. A própria obra de Cervantes, se considerada a partir da rede discursiva que compunha o universo textual desse período, pode ser a evidência de que um texto brota de vários outros, motivados por concordâncias, divergências, rebaixamentos, apropriações, ironias, enfim, uma multiplicidade de relações possíveis em que a base é textual, seja ela oral ou escrita.

Algo muito similar ao que ocorreu com a segunda parte do *Quixote* de Cervantes e a continuação escrita por Avellaneda, aconteceu com o sevilhano Mateo Alemán, nascido no mesmo ano que Cervantes, 1547. Em 1599 é publicada a primeira parte da obra que lhe daria notoriedade, o *Guzmán de Alfarache*, que, na trilha do *Lazarilho de Tormes* (1554), de autor anônimo, consolida o gênero da picaresca. A obra de Alemán apresentava a autobiografia de um pícaro contada da perspectiva de quem abraçou a virtude e abandonou o vício. Observando a vida humana a partir de uma atalaia, a narração das fortunas e adversidades de Guzmanillo serve de suporte para uma profusão de digressões, muitas vezes de cunho moralizante.

Como anos mais tarde ocorrerá com Cervantes, a primeira parte do *Guzmán de Alfarache*, que obteve grande sucesso, também teria uma continuação apócrifa, publicada em 1602 sob o pseudônimo de Mateo Luján de Sayavedra. Ao publicar a segunda parte de seu *Guzmán* em 1604, Alemán também terá o mesmo cuidado que teve Cervantes, explicitando na página de rosto, logo abaixo do título, *"por Mateo Alemán, su verdadero autor"*. Apesar dessa precaução, no prólogo da segunda parte, Alemán é comedido e, em lugar de vitupérios, só tem elogios para o "falso" autor:

> "Verdadeiramente terei de confessar ao meu concorrente — seja ele quem diz ou diga quem seja — sua muita erudição, florido engenho, profunda ciência,

grande donaire, curso nas letras humanas e divinas, e serem seus discursos de tal qualidade que lhe fico invejoso e folgara fossem meus."

No caso cervantino, entretanto, as tensões em torno da continuação não se resolvem da mesma forma. Ao contrário do prólogo da primeira parte, em que se destaca o jogo benevolente e irônico em relação ao leitor e às convenções de composição de um prefácio, o da segunda já não seguirá o mesmo rumo. A presença tácita de Avellaneda acaba dando um novo destino ao texto, provavelmente motivado por supostas relações biográficas em que os textos são as armas, e o descanso, o pelejar.[2]

EM TORNO DA IDENTIDADE DE AVELLANEDA

Muito se investigou acerca da identidade de Avellaneda, mas ainda hoje pairam incertezas. A suposição que mais tem predominado parte de um estudo de Martín de Riquer, publicado em 1988, intitulado *Cervantes, Pasamonte y Avellaneda*,[3] que considera o *Quixote* apócrifo uma resposta dada por um soldado que militou ao lado de Cervantes na batalha de Lepanto, em 1571, chamado Gerónimo de Pasamonte, natural de Aragão. Tratava-se de pessoa profundamente religiosa, para não dizer beata, que, como Cervantes, foi condenado ao cativeiro, tendo de submeter-se à difícil condição de remador de galeras. Também se arriscou

---

[2] Trata-se de versos alterados de um *romance español*, retomado por D. Quixote: *"Mis arreos son las armas, mi descanso el pelear"*.

[3] Barcelona, Sirmio, 1988.

nas letras por meio de sua autobiografia intitulada *Vida y trabajos de Gerónimo de Passamonte*.

Para Riquer, Cervantes teria insinuado uma versão satírica desse soldado ao promover o encontro do cavaleiro, no capítulo XXII da primeira parte, com um grupo de criminosos condenados às galés por diversos delitos. O mais astuto de todos, Ginés de Pasamonte, é o último a ser entrevistado por D. Quixote e lhe diz estar escrevendo sua biografia, cujo título será *Vida de Ginés de Pasamonte*. Ao que tudo indica, trata-se de um relato picaresco, já que o autor é um malfeitor e já que ele próprio, Ginés, equipara sua obra ao *Lazarilho*: "pobre do *Lazarilho de Tormes* e quantos daquele gênero se escreveram ou vierem a se escrever".

O fato de Cervantes ter construído uma personagem com um nome praticamente idêntico ao de Gerónimo mas que, em lugar de católico virtuoso, é representado como um tipo vicioso e sagaz, teria incomodado profundamente seu companheiro de guerra, levando-o a dar continuidade ao *Quixote* e a publicar uma segunda parte apócrifa como resposta a quem o rebaixara com tamanha ironia.

É digna de observação a presença marcante de Ginés de Pasamonte em toda a obra, pois, à exceção do entorno familiar de D. Quixote (ama, sobrinha, padre e barbeiro) e de Sancho (Teresa e seus filhos), ele é a única personagem que reaparece na segunda parte, não mais como um galeote, mas sim disfarçado de Mestre Pedro — um enganador profissional que anda pelos caminhos, levando às costas um teatro de marionetes e, nos ombros, um macaco adivinho com poderes oraculares.

Para Riley, no entanto, se o estudo de Riquer é perfeito quanto à associação entre Ginés e Gerónimo de Pasamonte, com base na análise textual de *Vida y trabajos de Gerónimo de Passamonte* e de alguns dados biográficos relativos ao aragonês que atuou em Lepanto ao lado de Cervantes, não seria plausível identificá-lo com o Licenciado Alonso Fernández de Avellaneda.[4]

Se o motivo é a vingança, o prólogo de Avellaneda não poupa farpas contra Cervantes, desde a crítica ao prólogo da primeira parte da obra até os comentários ofensivos sobre o escritor de "uma só mão", soldado velho, tão velho quanto o castelo em ruínas de San Cervantes, e tão sem amigos que não teria encontrado quem escrevesse os versos elogiosos que era praxe incluir nas páginas preliminares. Queixa-se também Avellaneda do fato de Cervantes tê-lo ofendido, mas não diz como nem onde, mencionando apenas a utilização de "*sinónimos voluntarios*", o que possivelmente se refere à criação da personagem Ginés de Pasamonte. Ainda em relação ao seu próprio *Quixote*, adverte que o livro, além de não ensinar a desonestidade, ensina a "não ser louco".[5] No último capítulo, o recurso encontrado para a possível cura é o de conduzir D. Quixote à casa do Núncio de Toledo, onde funcionava uma prisão para tratamento de loucos.

---

[4] Ver de Edward C. Riley, "¿Cómo era Pasamonte?", trabalho apresentado no *III Congreso Internacional de la Asociación de Cervantistas* (*Actas*, ed. Antonio Bernat Vistarini, Palma, Universitat de les Illes Balears, 1998, pp. 85-96). Mais recentemente, Alfonso Martín Jiménez, em trabalho intitulado *El Quijote de Cervantes y el Quijote de Pasamonte, una imitación recíproca* (Alcalá de Henares, Centro de Estudios Cervantinos, 2001), defende a ideia de que não apenas Avellaneda e Pasamonte são a mesma pessoa, como também entre Cervantes e Avellaneda existiu intensa disputa literária que transparece em toda a segunda parte do *Quixote* cervantino. Nesse caso, Cervantes teria conhecido os manuscritos de Avellaneda muito antes de sua publicação, como era trivial na época, e haveria várias relações intertextuais entre as duas obras.

[5] Alonso Fernández de Avellaneda, *El ingenioso hidalgo don Quijote de la Mancha*, prólogo e notas de Agustín del Saz, Barcelona, Editorial Juventud, 1980, pp. 21-3.

O PRÓLOGO DO *QUIXOTE* DE 1615

Certamente, Cervantes sabia muito bem quem era Avellaneda, mas não mencionará seu nome — seria um modo de imortalizá-lo — e utilizará recursos retóricos para dizer não dizendo, mostrando-se insensível aos agravos do autor apócrifo. Todo o prólogo está centrado no autor do *Quixote* apócrifo, e o leitor, nesse momento, além de assumir o papel de confidente, terá que se conformar com uma certa condição de intermediário — um mensageiro — encarregado de fazer chegar ao autor do falso *Quixote* dois contos que narram histórias de loucos e de cães.[6]

Também a presença de Lope de Vega é identificável nos três prólogos, os dois cervantinos e o de Avellaneda, que sai em defesa veemente daquele que fez "estupendas e inumeráveis comédias", o que levou a crítica a pensar, em alguns momentos, na possibilidade de identificar o próprio Avellaneda a Lope de Vega ou, pelo menos, a alguém bastante vinculado a seu grupo. Cervantes, por sua vez, refere-se ao dramaturgo dizendo que "do tal adoro o engenho, admiro as obras e a ocupação constante e virtuosa", elogio entremeado de ironias, pois eram mais do que conhecidas não apenas a obra notável do Fênix, como também suas ocupações contínuas e nem sempre virtuosas, sua vida repleta de instabilidades, amores ilícitos, experiência sacerdotal e participação no Santo Ofício.

Se o prólogo da primeira parte inicia-se de forma sedutora, tratando de captar a benevolência do leitor e colocando-o, ainda

---

[6] "Conto" no sentido de narração oral, folclórica. Segundo o *Diccionario de Autoridades* (edição fac-símile, Madri, Gredos, 1990), *cuento* seria "*la relación de alguna cosa sucedida. Y por extensión se llaman también así las fábulas o consejas que se suelen contar a los niños para divertirlos*".

que ironicamente, na confortável posição de poder pensar sobre a obra o que bem entender, o prólogo da segunda parte segue outro rumo desde as primeiras linhas. Dirige-se ao leitor designando-o como "leitor ilustre (ou plebeu)", instaurando assim, por intermédio da conjunção alternativa, o tom irônico, e transformando o que poderia ser um elogio em rebaixamento. Afinal, nem o primeiro é culto, nem o segundo ignorante, mas de todo modo mantém a já tradicional distinção entre dois tipos de leitor. Em seguida, em lugar de oferecer-lhe a simpatia, vem a certeza do desapontamento por não iniciar o prólogo com "vinganças, ralhos e vitupérios" em relação ao autor do *Quixote* apócrifo, como deveria esperar o leitor. Explicitando o que não fará em relação a Avellaneda, Cervantes indica o que deveria ser feito.

Ao desmascarar a inveja presente na emulação de Avellaneda, Cervantes traça seu perfil como o de um traidor perturbado que necessita ocultar sua identidade e que provavelmente terá sucumbido a tentações demoníacas. Logo após os desabafos calculados, virá a parte mais cifrada do prólogo, em que o autor encarrega o leitor de relatar ao autor apócrifo — caso venha a conhecê-lo — dois contos que no final das contas estão relacionados com a composição de um livro quando este é fruto de tentação: argumento, sem dúvida, convincente se dirigido a um tipo particularmente atemorizado, com mania persecutória, um tanto carola e suscetível a visões diabólicas, como parecia ser Gerónimo de Pasamonte.[7]

O primeiro conto é leve como o ar; o segundo, pesado como uma pedra. Os dois narram histórias de loucos e de cães e ambos recuperam uma forma de relato muito comum na vida social dos

---

[7] Ver de Riley, *op. cit.*

séculos XVI e XVII ibéricos corrente na segunda metade do período quinhentista, como a coleção de Juan Rufo, *Las seiscientas apotegmas y otras obras en verso* (1596), ou mesmo a *Floresta española* (1574) de Melchor de Santa Cruz, o primeiro a compilar relatos breves espanhóis. Trata-se de um conjunto de narrativas curtas sendo que cada uma delas, como diz Rufo, deve ser *"breve y aguda sentencia, dicho y respuesta, sentido que con menos palabras no se puede explicar"*.[8] Tais relatos, que teriam a forma dos apotegmas ou adágios, deveriam compor a memória de todo cortesão ideal, tão bem delineado por Castiglione em seu *O cortesão* (1528), já que uma das qualidades indispensáveis ao homem de corte era a graça ao contar uma anedota ou ao dizer uma agudeza.[9] Além disso, acreditava-se mais na eficiência de um conto, de uma fábula, de um emblema do que num tratado argumentativo. Estes contos tinham o objetivo primordial de provocar o riso por meio de jogos de palavras, metáforas, refrões, paradoxos, metonímias, enfim uma quantidade de recursos que constituiriam o que Rufo chama de "sutileza do engenho".

Os dois contos cervantinos que aparecem no prólogo da segunda parte estão compostos seguindo os mesmos princípios que regem os relatos de Rufo e de Santa Cruz, isto é, primam pela concisão e pela agudeza.[10] O primeiro narra a mania de um lou-

---

[8] Ver Juan Rufo, "Al Lector", em *Las seiscientas apotegmas y otras obras en verso* (edição, prólogo e notas de Alberto Blecua, Madri, Espasa-Calpe, 1972), p. 13.

[9] Ver, além de Rufo, Melchor de Santa Cruz, *Floresta española* (edição e estudo preliminar de M. Pilar Cuartero e Maxime Chevalier, Barcelona, Crítica, 1997), e Baldassare Castiglione, *O cortesão* (São Paulo, Martins Fontes, 1997).

[10] Em linhas bem gerais, seria possível dizer que a produção de uma *agudeza* supõe o estabelecimento de conexões inesperadas entre extremos que em

co de Sevilha, que consistia em segurar um cão qualquer que encontrasse na rua, introduzir um canudo de cana pontiagudo no seu traseiro, inflá-lo de modo a deixá-lo redondo como uma bola e em seguida soltá-lo, dando palmadinhas na barriga do animal e dizendo aos que assistiam à sua proeza: "Pensarão agora vossas mercês que é pouco trabalho inflar um cachorro?", ao que Cervantes emenda: "Pensará agora vossa mercê que é pouco trabalho fazer um livro?".

O conto seguinte, o do louco de Córdoba, narra a história de um louco que andava com uma lousa de mármore sobre a cabeça e, quando se aproximava de um cão, deixava a lousa cair sobre o animal, provocando latidos desesperados. Certo dia, arremeteu a lousa contra o cachorro de um artesão que tinha grande estima pelo animal. Inconformado, o artesão agarrou uma vara de medir e descarregou pauladas sobre o louco até romper todos seus ossos. A cada paulada gritava o artesão: "Cão miserável, no meu podengo? Não viste, cruel, que era podengo o meu cão?". Depois disso, algo parece ter entrado na cabeça do louco, que a partir do incidente, ao aproximar-se de qualquer cão, dizia: "Este é podengo. Guar-te!".[11] E Cervantes conclui: "Quiçá desta sorte venha a acontecer a esse historiador, que não mais se atreva a

---

princípio não teriam por que estar relacionados. Covarrubias, em *Tesoro de la lengua castellana* (direção de Ignácio Arellano, Universidade de Granada/Editorial Iberoamericana, 2006), define *agudeza* como "*sutilidad*". O *Diccionario de Autoridades* apresenta a seguinte definição: "*Metafóricamente: la sutileza, prontitud y facilidad de ingenio en pensar, decir o hacer alguna cosa*".

[11] Covarrubias define o "*perro podenco*" como "*el perro de caza que busca y para las perdices; y díjose así por lo mucho que anda de una parte a otra y con gran diligencia, que los cazadores llaman tener muchos pies*".

soltar a presa do seu engenho em livros que, sendo ruins, são mais duros que as rochas".

Tanto numa história quanto na outra a agudeza parece estar na associação do louco ao autor e do cão à obra, sendo que no caso do louco de Sevilha a correspondência se estabelece com Cervantes, e no do louco de Córdoba, com Avellaneda.[12] A primeira história é um conto risível em que o louco não causa maiores prejuízos ao cachorro; apesar de sua ação voltar-se para o puro divertimento do público que sempre o assiste, supõe trabalho árduo por parte do autor. Nesse caso, sublinha-se a ideia de que, ao contrário do que parece entender Avellaneda, escrever um livro não é coisa ligeira, muito menos quando se trata de um livro capaz de provocar divertimento, que exige do autor, entre outras coisas, a capacidade de encontrar artifícios capazes de darem forma a uma matéria bruta, de modo a transformá-la em algo divertido, admirável e único.

A segunda história, a do louco de Córdoba, é um conto perverso em que o louco, servindo-se de uma rocha — portanto dura, pesada e provavelmente pontiaguda — fere um cão individualizado — o podengo — que, ao contrário dos outros, tem um dono

---

[12] Maurice Molho também associa o primeiro conto a Cervantes e o segundo a Avellaneda, baseando-se em pressupostos da psicanálise em "Para una lectura psicológica de los cuentecillos de locos del segundo *Don Quijote*" (*Cervantes: Bulletin of the Cervantes Society of America*, XI [1], pp. 87-98). Com perspectiva bastante divergente, ver de Javier Herrero "La metáfora del libro en Cervantes" (*Actas del VII Congreso de la Asociación Internacional de Hispanistas*, 1980, pp. 579-84); de Monique Joly, o sugestivo trabalho "Historias de locos" (*Études sur Don Quichotte*, Paris, Sorbonne, 1996), e de Alberto Porqueras-Mayo, "En torno a los prólogos de Cervantes" (*Cervantes, su obra y su mundo*, direção de Manuel Criado de Val, Madri, Edi-6, 1981).

que nutre por ele grande estima. A ação do louco é gratuita e perniciosa e portanto merece resposta à altura por parte do dono do cão, de modo a ensinar o louco a não se meter com qualquer animal, em particular com aqueles que são singulares e que têm donos zelosos. A ação do proprietário do cão é de vingança mas também de ensinamento, pois a partir daquele dia o louco não volta a largar lousas de mármore sobre cães. Assim, num recado explícito dirigido a Avellaneda — aquele que é "historiador" e não poeta —, Cervantes preceitua que não se deve insistir em escrever livros quando estes, além de ruins, são mais duros que os penhascos, como a rocha que o louco despenhava indiscriminadamente sobre qualquer cão e, em particular, sobre um cão específico e de dono zeloso.[13]

Desse modo, as duas narrativas breves e sentenciosas trazem as marcas do que Rufo encontrava nos apotegmas, isto é, cada uma delas é uma *"breve y aguda sentencia, dicho y respuesta"*.[14]

Os contos de loucos não se encerram aí. Já no primeiro capítulo da segunda parte, o leitor terá o prazer de ler outro conto que transcorre na casa de loucos de Sevilha — um relato mais desenvolvido e portanto mais distante da forma concisa e aguda dos contos anteriores. A história é narrada pelo barbeiro e seu

---

[13] O conto do louco de Córdoba foi versificado e publicado na *Floresta cómica o colección de cuentos, fábulas, sentencias y descripciones de graciosos de nuestras comedias* (Madri, 1796), indicado como procedente de uma comédia de Francisco de Leiva que, segundo Maurice Molho, provavelmente baseou-se no prólogo cervantino (M. Molho, *op. cit.*, p. 98).

[14] A obra de Juan Rufo era muito apreciada por Cervantes, assim como por Góngora e Gracián. Seu poema épico *La Austriada*, que narra as façanhas de Don Juan de Áustria, fazia parte da biblioteca de D. Quixote e será salvo da fogueira no escrutínio feito pelo Padre e o Barbeiro no capítulo VI da primeira parte.

ouvinte principal é D. Quixote que, exercitando seu entendimento, percebe a gama de insinuações de Mestre Nicolás sobre a possível cura da demência.

Além disso, o início da segunda parte está todo entremeado pelo tema da loucura, assim como o término do *Quixote* de Avellaneda põe em cena o cavaleiro em conversação com loucos encerrados num manicômio de Toledo. É provável que, entre outras coisas, Cervantes tenha tido grande descontentamento quanto ao tipo de loucura que Avellaneda imprimiu ao cavaleiro, muito distante do que teve em conta ao conformar o seu D. Quixote na primeira parte. A loucura quixotesca encontra familiaridade com a loucura erasmista, em que o louco não chega a perder a faculdade do entendimento, embora passe vários momentos enlevado na "ficção e no sonho cavaleiresco".[15] Como diz Erasmo, há dois tipos de demência:

> "[...] uma que as Fúrias desencadeiam dos Infernos, todas as vezes que arremessam suas serpentes e lançam nos corações dos mortais o ardor da guerra, a sede inexaurível do ouro, o amor desonroso e culpável, o parricídio, o incesto, o sacrilégio, e todo o resto [...] A outra demência nada tem de semelhante; emana de mim [a Loucura] e é o mais desejável dos bens. Nasce toda vez que uma doce ilusão liberta a alma de

---

[15] Diferente da loucura de D. Quixote seria a do Orlando de Ariosto, que, ao se tornar louco, perde o juízo e a capacidade do entendimento. Ver Antonio Vilanova, *Erasmo y Cervantes* (Barcelona, CSIC, 1949). Ver também, de Pedro Garcez Ghirardi, "Poesia e loucura no *Orlando furioso*", em *Orlando furioso*, Cotia, Ateliê, 2002.

seus penosos cuidados, e restitui as várias formas da volúpia."[16]

D. Quixote conviveu com este último tipo de demência, tendo tido o privilégio de "morrer são e viver louco", como dizem os versos de seu epitáfio.

PERSONAGENS LEITORES: OUTRA INOVAÇÃO DA SEGUNDA PARTE

No final do prólogo do *Quixote* de 1615, o autor faz questão de sublinhar que a continuação "é cortada do mesmo artífice e do mesmo pano que a primeira", mas, apesar disso, elas guardam algumas diferenças.

O tempo ficcional que separa as duas partes não chega a um mês, no entanto é o suficiente para que logo no início (cap. V) o tradutor de Cide Hamete encontre diferenças significativas no modo de falar de Sancho, chegando a pôr em dúvida a autenticidade do capítulo: "fala Sancho Pança em estilo diferente do que se pode esperar do seu parco engenho e diz coisas tão sutis, que não tem por possível que ele as soubesse".

O próprio Cide Hamete Benengeli — o autor árabe — apresenta-se mais ousado e divertido. Agora ele faz comentários críticos sobre a primeira parte, tem momentos de desabafos e de queixas, revela suas incertezas quanto ao que teria sucedido com o cavaleiro quando visitou a Gruta de Montesinos, além de pre-

---

[16] Erasmo de Rotterdam, *Elogio da loucura*, trad. Maria Ermantina Galvão, São Paulo, Martins Fontes, 2004, XXVIII, p. 44.

ver, no último capítulo, que a história de D. Quixote viveria "longos séculos".

Em lugar dos dois personagens errantes da primeira parte, em busca de aventuras sem propósito definido, na segunda o cavaleiro sai com metas estabelecidas: primeiro quer ir a El Toboso visitar Dulcineia, depois às justas de Saragoça, passando antes pela Gruta de Montesinos. Quanto ao espaço, em lugar dos campos abertos e dos caminhos que predominam na primeira parte, na segunda há cada vez mais residências, hospedagens, palácios e algo semelhante aos salões, durante a estada de D. Quixote e Sancho na cidade de Barcelona, na casa de D. Antonio Moreno. Aos poucos, também o dinheiro passa a ocupar lugar de destaque, sendo mediador de algumas relações humanas, inclusive a dos dois protagonistas, construindo assim a ideia de que progressivamente o cavaleiro vai aceitando viver em seu próprio tempo.

Na segunda parte, mais do que na primeira, D. Quixote dialoga, disserta e sobretudo dá conselhos, de modo que sua existência se traduz mais em palavras que em obras. Se na primeira parte ele é vítima de enganos produzidos por personagens que atuam utilizando máscaras com o intuito de reconduzi-lo a sua casa, na segunda parte se tem a impressão de que o mundo se converteu num grande teatro.

Também Dulcineia ganha novo estatuto: do ser etéreo e incorpóreo da primeira parte, ganha consistência física, ainda que condenada pelos "encantadores" a exibir uma aparência bem diversa da que o cavaleiro sempre imaginou. Sancho, já bem instruído nas leis da cavalaria, também refina sua perspicácia e experimenta situações impensáveis, como contatos com nobres, com palácios e com o poder, ainda que preserve seus traços de camponês rústico que, como diz, "nu vim ao mundo e nu me acho nele, não perco nem ganho".

O repertório literário que sustentou várias discussões entre as personagens da primeira parte será gradualmente substituído pelo *Quixote* de Avellaneda e, sobretudo, pelo próprio *Quixote* já publicado. O curioso é que não apenas o cavaleiro toma conhecimento de que anda impressa uma falsa versão de suas andanças, escrita por um tal Avellaneda, como também folheia a obra e faz comentários sobre o estilo desse autor que, segundo suas impressões, parece ser aragonês (cap. LIX). Como se não bastasse, estando em Barcelona, decide entrar em uma tipografia e ali, entre outros títulos que estão sendo impressos, se defronta com a segunda parte apócrifa (cap. LXII). Mais adiante, já retornando a sua aldeia, encontra-se com uma personagem da obra apócrifa — o cavaleiro granadino D. Álvaro Tarfe — que finalmente reconhece ser ele o verdadeiro D. Quixote (cap. LXXII), e não o protagonista do escritor aragonês.

O mais surpreendente, entretanto, é que por meio desse processo de confronto com seus próprios artifícios de composição, a narrativa vai assumindo percursos vertiginosos, em que a personagem dialoga com seus próprios leitores da primeira parte já publicada — Sansón Carrasco e os duques —, instaurando um movimento paradoxal entre verdade histórica e verdade poética. Agora, em vez de ter que fundamentar sua opção pela cavalaria andante por intermédio de Amadis de Gaula e sua caterva, D. Quixote e Sancho se veem obrigados a justificar para seus leitores/personagens suas próprias ações e aventuras narradas na primeira parte da obra.

A ideia de que a obra de Cervantes cria uma rede de diálogos com várias formas discursivas de seu tempo continua plenamente válida na segunda parte; no entanto, além das variadas formas e gêneros, a obra dialoga também com sua emulação e, sobretudo, consigo mesma.

Caro leitor:

Como na apresentação da primeira parte, o propósito desta introdução não foi adiantar episódios ou sugerir interpretações sobre a obra. Tal atitude poderia corresponder à privação do prazer da leitura, dificultando inclusive o êxito de um dos recursos tão utilizados por Cervantes, que é o de provocar a admiração.

O que se pretendeu foi oferecer algumas referências que possam deslindar certos emaranhados históricos relativos ao modo de composição que vigorava nos séculos XVI e XVII ibéricos. Ao mesmo tempo, tratou-se de apresentar algumas tensões que giravam em torno da obra no momento em que foi escrita e mostrar como elas se resolveram a partir da utilização de artifícios retóricos e poéticos. Para isso, o prólogo da segunda parte é exemplar, tanto no que diz respeito à resposta que Cervantes ensaia para Avellaneda, quanto no exercício de uma composição regida pela agudeza e pelo discurso engenhoso. Mas, como é bem sabido, uma coisa é o propósito, outra, o resultado, e neste caso, por razão de prudência, melhor será recorrer às palavras de Cide Hamete Benengeli que, no capítulo XLIV, pede "que não se despreze o seu trabalho e o cubram de elogios, não pelo que escreve, mas pelo que deixou de escrever".

NOTA À PRESENTE EDIÇÃO

A presente tradução de *D. Quixote* foi realizada com base no texto estabelecido na edição de Francisco Rico (Barcelona, Instituto Cervantes/Galaxia Gutenberg, 2004), confrontado com as edições de Florencio Sevilla Arroyo e Antonio Rey Hazas (Alcalá de Henares, Centro de Estudios Cervantinos, 1993), Martín de Riquer (Barcelona, Planeta, 1997) e Celina Sabor de Cortázar e Isaías Lerner (Buenos Aires, Eudeba, 2005), além do fac-símile da edição *princeps* de 1615.

O ENGENHOSO CAVALEIRO
D. QUIXOTE DE LA MANCHA

Aprovação[1]

Por comissão e mandado dos senhores do Conselho, fiz ler o livro contido neste memorial. Não tem coisa que seja contra a fé nem os bons costumes, antes é livro de muito entretenimento lícito, misturado de muita filosofia moral. Pode-se-lhe dar licença de impressão. Em Madri, a cinco de novembro de mil seiscentos e quinze.

Doutor Gutierre de Cetina[2]

---

[1] Diferentemente do *D. Quixote* de 1605, o volume de 1615 traz nas páginas preliminares três aprovações, espécie de parecer censório redigido por letrados eclesiásticos a mando do Conselho Geral da Inquisição. Embora não houvesse obrigação legal nesse sentido, costumava-se reproduzir tais documentos no próprio livro censurado quando se estendiam em considerações estilísticas.

[2] Gutierre de Cetina: vigário-geral de Madri, signatário de numerosas aprovações, censuras e licenças para impressão de livros durante o século XVII, incluídas as das *Novelas exemplares* e de *Viagem do Parnaso*, de Cervantes.

APROVAÇÃO

Por comissão e mandado dos senhores do Conselho, li a *Segunda parte de D. Quixote de La Mancha*, de Miguel de Cervantes Saavedra. Não contém coisa que seja contra nossa santa fé católica nem nossos bons costumes, antes muitas de honesta recreação e grato divertimento, que os antigos julgaram convenientes a suas repúblicas, pois até na severa dos lacedemônios levantaram estátua ao riso, e os da Tessália lhe dedicaram festas, como diz Pausânias, referido por Bosio, livro 2 *De signis Ecclesiæ*,[3] capítulo 10, alentando ânimos abatidos e espíritos melancólicos, como lembrou Túlio no primeiro *De Legibus*,[4] e assim também o poeta, quando diz:

Interpone tuis interdum gaudia curis,[5]

coisa que o autor faz misturando veras e burlas, o doce com o proveitoso e o moral com o faceto, dissimulando na isca do gracejo o anzol da repreensão e cumprindo com o acertado assunto

---

[3] *De signis Ecclesiæ Dei libri XXIV*: "Os 24 livros dos sinais da Igreja de Deus" (Roma, 1591), do sacerdote romano Tommaso Bosio (1548-1610); as duas notícias — a de que os espartanos erguiam estátuas ao "deus do riso" (Dionísio) e de que os tessálios lhe dedicavam festas — são atribuídas nesse livro, respectivamente, a Plutarco e a Pausânias (geógrafo e viajante grego do século II); a segunda, porém, provavelmente foi extraída de *O asno de ouro*, de Apuleio.

[4] *Tratado sobre as leis*, de Marco Túlio Cícero.

com que pretende expulsar os livros de cavalarias, pois com sua boa diligência manhosamente limpou estes reinos de sua contagiosa doença. É obra mui digna do seu grande engenho, honra e lustre da nossa nação, admiração e inveja das estrangeiras. Este é meu parecer, salvo, etc. Em Madri, a 17 de março de 1615.

O Mestre Josef de Valdivielso[6]

---

[5] *Interpone tuis interdum gaudia curis* [*ut possis animo quemvis sufferre laborem*]: "Entremeia vez por outra o prazer às preocupações [para que possas suportar bravamente qualquer trabalho]", versos extraídos dos *Disticha de Moribus ad Filium* (III, 6) de Dionísio Catão, aqui nomeado apenas como "poeta".

[6] Dramaturgo e poeta toledano que, assim como o signatário da aprovação seguinte, era capelão do arcebispo de Toledo, D. Bernardo de Sandoval y Rojas (ver nota 8). Assinou também as aprovações de *Viagem do Parnaso*, das *Comédias e entremezes* e de *Os trabalhos de Persiles e Sigismunda*.

APROVAÇÃO

Por comissão do senhor Doutor Gutierre de Cetina, vigário-geral desta vila de Madri, corte de Sua Majestade, li este livro da *Segunda parte do engenhoso cavaleiro D. Quixote de La Mancha*,[7] de Miguel de Cervantes Saavedra, e não acho nele coisa alguma indigna de um cristão zelo nem que destoe da decência devida ao bom exemplo nem das virtudes morais, antes muita erudição e proveito, assim na continência do seu bem seguido assunto, para extirpar os vãos e mentirosos livros de cavalarias, cujo contágio se alastrara além do justo, como na lisura da linguagem castelhana, não adulterada com fastiosa e estudada afetação, vício com razão execrado por homens sisudos; e na correção dos vícios que geralmente toca, ocasionado de seus agudos discursos, guarda com tanto siso as leis da repreensão cristã, que aquele que padecer da doença que ele pretende curar, quando menos o imaginar gostosamente terá bebido, sem fastio nem asco algum, na doçura e sabor de seus medicamentos a proveitosa execração do seu vício, com o qual remédio se achará satisfeito e repreendido, que é o mais difícil de conseguir.

---

[7] *Segunda parte do engenhoso cavaleiro D. Quixote de La Mancha*: tradução literal do título do volume, tal como consta no frontispício da *princeps*. Se Cervantes teria de fato optado por nomeá-lo assim ou se foi uma decisão do impressor é uma discussão que permanece aberta, ensejada pelas contradições que resultam do seu confronto com o do volume inaugural — *O engenhoso fidalgo D. Quixote de La Mancha* — e pelo fato de ele ser subdividido internamente em quatro seções, também chamadas *partes* (ver *DQ* I, nota 1).

Muitos são os que, por não saberem temperar nem misturar a contento o útil com o doce, deram com todo seu molesto trabalho em terra, pois, não podendo imitar Diógenes no filósofo e douto, atrevida, para não dizer licenciosa e desatinadamente, pretendem imitá-lo no cinismo, dando-se à maledicência, inventando casos não acontecidos para dar lugar ao vício tocado por sua áspera repreensão, e porventura descobrem caminhos até então ignorados para seu seguimento, com o qual vêm ficar, mais que repreensores, mestres dele. Fazem-se odiosos aos bem-entendidos, junto ao povo perdem o crédito (quando algum tiveram) para aceitar seus escritos, e os vícios que ousada e imprudentemente quiserem emendar, em muito pior estado que antes, pois nem todas as pústulas estão em um mesmo tempo prontas para receber unguentos ou cautérios, antes algumas muito melhor recebem os brandos e suaves medicamentos, com cuja aplicação o atentado e douto médico alcança o fim de as resolver, termo muitas vezes melhor que o que se consegue com o rigor do ferro.

Bem diversamente foram sentidos os escritos de Miguel Cervantes tanto em nossa nação como nas estranhas, pois como a milagre querem ver o autor de livros que com geral aplauso, assim por seu decoro e decência como pela suavidade e brandura de seus discursos, receberam Espanha, França, Itália, Alemanha e Flandres. Certifico com verdade que em vinte e cinco de fevereiro deste ano de seiscentos e quinze, tendo ido o ilustríssimo senhor D. Bernardo de Sandoval y Rojas,[8] cardeal-arcebispo de

---

[8] D. Bernardo de Sandoval y Rojas (1546-1618): tio do duque de Lerma, valido de Felipe III, foi, além de arcebispo de Toledo, primaz da Espanha, conselheiro de Estado e, desde 1608 até sua morte, inquisidor-geral. Também se notabilizou pela proteção dispensada a vários escritores, entre eles Lope de Vega, Quevedo, Góngora e o próprio Cervantes.

Toledo, meu senhor, pagar a visita que o embaixador da França fez a Sua Ilustríssima, que viera tratar de coisas tocantes aos casamentos de seus príncipes com os da Espanha,[9] muitos cavaleiros franceses dos que vieram acompanhando o embaixador, tão corteses quanto entendidos e amigos das boas letras, se chegaram a mim e a outros capelães do cardeal meu senhor, desejosos de saber que livros de engenho andavam mais validos; e, citando eu por acaso este que estava censurando, apenas ouviram o nome de Miguel de Cervantes começaram a dar à língua, encarecendo a estimação em que, assim na França como nos reinos seus confinantes, se tinham suas obras: *A Galateia*, que alguns deles sabem quase de cor, a primeira parte desta e as *Novelas*. Foram tantos seus encarecimentos, que me ofereci para os levar até o autor delas, coisa que estimaram com mil demonstrações de vivos desejos. Perguntaram-me bem pelo miúdo sua idade, profissão, qualidade e quantidade. Achei-me obrigado a dizer que era velho, soldado, fidalgo e pobre, ao que um deles respondeu estas formais palavras: "E tal homem não tem a Espanha muito rico e sustentado pelo erário público?". Acudiu outro daqueles cavaleiros com este pensamento, e com muita agudeza, dizendo: "Se a necessidade o há de obrigar a escrever, praza a Deus que nunca tenha abastança, para que com suas obras, sendo ele pobre, enriqueça todo o mundo". Bem creio que esta, para censura, já está algum tanto comprida, e alguém dirá que toca os limites do lisonjeiro elogio.

---

[9] Noël Brûlart de Sillery foi enviado a Madri em fevereiro 1615, na qualidade de embaixador, para encaminhar os trâmites de dois matrimônios, o de Dª Isabel de Bourbon, irmã do rei da França, com o príncipe de Astúrias, mais tarde coroado Felipe IV, e o de Dª Ana de Áustria, irmã deste, com o delfim francês e futuro Luís XIII.

Mas a verdade do que brevemente digo desfaz no crítico a suspeita e em mim o cuidado, de mais que nos dias de agora não se lisonjeia a quem não tem com que cevar o bico do adulador, o qual, ainda quando afetuosa e falsamente fala por burla, pretende ser pago deveras.

Em Madri, a vinte e sete de fevereiro de mil seiscentos e quinze.

O Licenciado Márquez Torres[10]

---

[10] Francisco Márquez Torres: além de primeiro capelão e "mestre de pajens" do arcebispo Sandoval y Rojas, foi autor de poemas de circunstância e de uma crônica da situação econômica da Espanha. Não há certeza, porém, de que ele seja de fato o autor desta aprovação — um dos mais importantes registros sobre a primeira recepção de *D. Quixote* —, pois desde o século XVIII se trabalha sobre a hipótese de que o texto seja do próprio Cervantes.

Prólogo ao leitor

Valha-me Deus, com quanta ânsia deves de estar esperando agora este prólogo, leitor ilustre (ou plebeu), pensando nele achar vinganças, ralhos e vitupérios contra o autor do segundo *D. Quixote*, digo daquele que dizem que foi engendrado em Tordesilhas e nasceu em Tarragona![1] Mas em verdade que não te darei esse gosto, pois, se os agravos despertam a cólera nos mais humildes peitos, no meu esta regra há de ter exceção. Bem quiseras que o tachasse de asno, mentecapto e atrevido, mas isso não me passa pelo pensamento; que o castigue o seu pecado e lá coma da sua semeadura, e faça bom proveito. O que não pude deixar de sentir é que me tenha notado de velho e de maneta,[2] como se estivesse em minha mão deter o tempo, por que não passasse por mim, ou se o meu aleijamento tivesse nascido nalguma taverna, e não na mais alta ocasião que viram os séculos passados, os pre-

---

[1] Segundo o frontispício da continuação apócrifa, o livro foi impresso em Tarragona e seu autor seria natural de Tordesilhas.

[2] Menção às passagens do prólogo do falso *Quixote* em que se zomba da velhice de Cervantes, então beirando os setenta anos, e de sua mutilação de guerra, que ele próprio comentara no prólogo das *Novelas exemplares* (1613). Eis as palavras de Avellaneda: "... fiéis relações que à sua mão chegaram (e digo *mão* pois de si confessa que tem apenas uma; e falando tanto de todos, havemos de dizer dele que, como soldado tão velho em anos quanto moço em brios, tem mais língua que mãos). [...] E pois Miguel de Cervantes é já velho como o castelo de São Cervantes [Servando], e por causa dos anos tão descontentadiço que tudo e todos o enfadam...".

sentes, nem esperam ver os vindouros. Se as minhas feridas não resplandecem aos olhos de quem as vê, são ao menos estimadas na estima dos que sabem onde foram recebidas, pois mais vale ao soldado morrer na batalha que livrar-se na fuga, e tenho isto para mim de tal maneira que, se agora me propusessem e facilitassem impossíveis, antes preferiria ter-me achado naquela facção prodigiosa que livre agora das minhas feridas sem ter estado nela. As que o soldado mostra no rosto e no peito, estrelas são que guiam os demais ao céu da honra e ao do desejar o justo louvor; e se há de advertir que não se escreve com as cãs, mas com o entendimento, o qual sói melhorar com os anos.

Também senti que me chamasse de invejoso e como a um ignorante me descrevesse que coisa é a inveja,[3] pois, na realidade da verdade, das duas que existem eu só conheço a santa, a nobre e bem-intencionada.[4] E sendo isto assim, como é, não tenho por que perseguir nenhum sacerdote, muito menos quando este, por cima disso, é familiar do Santo Ofício;[5] e se ele o disse

---

[3] Também no prólogo da continuação apócrifa, em meio a uma enfiada de citações teológicas, Cervantes é tachado de invejoso por ter zombado de alguns colegas na abertura do primeiro *Quixote*.

[4] A imitação da excelência alheia, ou "emulação honrosa", que segundo o tópico moral da época não seria vício nem pecado, mas uma louvável "centelha de virtude".

[5] Alusão direta a Lope de Vega, à época sacerdote e ministro da Inquisição, que havia sido alvo de ironias no prólogo e nos versos preliminares da primeira parte. Avellaneda, na abertura de seu *Quixote*, tomou a defesa do "Fênix das Letras", censurando Cervantes por "ofender a mim, e particularmente a quem tão justamente celebram as nações mais estrangeiras e a nossa tanto deve, por entreter honestíssima e fecundamente por tantos anos os teatros da Espanha com estupendas e inumeráveis comédias, com o rigor da arte que pede o mundo e com a segurança e limpeza que de um ministro do Santo Ofício se deve esperar".

por quem parece que o disse, se enganou de todo em todo, pois do tal adoro o engenho, admiro as obras e a ocupação constante e virtuosa.[6] Mas ainda assim agradeço ao tal senhor autor o dizer que minhas novelas são mais satíricas que exemplares, mas que são boas; e o não poderiam ser se não tivessem de tudo.[7]

Parece que me dizes que ando muito comedido e que me contenho demais nos termos da minha modéstia, mas sei que não se há de acrescentar aflição ao aflito, e a que deve de ter este senhor é sem dúvida grande, pois não ousa aparecer em campo aberto e a céu claro, encobrindo seu nome, fingindo sua pátria, como se tivesse feito alguma traição de lesa-majestade. Se porventura chegares a conhecê-lo, dize-lhe da minha parte que me não dou por agravado, pois bem sei o que são as tentações do demônio, e que uma das maiores é pôr no entendimento de um homem que pode compor e imprimir um livro com o qual venha a ganhar tanta fama quanto dinheiro e tanto dinheiro quanta fama; e para confirmação disto, quero que com teu bom donaire e graça lhe contes este conto:

Havia em Sevilha um louco que caiu no mais engraçado disparate e teima já visto em louco no mundo, que foi fazer um canudo de cana rematado em ponta e, apanhando algum cachorro na rua, ou em qualquer outro lugar, com um pé lhe prendia uma

---

[6] Reconhece-se aqui mais um sarcasmo contra Lope de Vega, já que, segundo os comentários públicos, seus hábitos boêmios permaneceram inalterados depois de ele ter tomado os sacerdotais, em 1614.

[7] No prólogo do *Quixote* apócrifo, o autor se refere às *Novelas* como "mais satíricas que exemplares, se bem não pouco engenhosas". Em sua resposta, Cervantes recorre ao sentido etimológico de "sátira" (*satura*: mistura) e inverte a crítica de Avellaneda, uma vez que a variedade era um dos traços mais valorizados pelo cânone estilístico da época.

pata e levantava a outra com a mão, e como melhor podia lhe encaixava o canudo na parte em que, soprando, ficava o cachorro redondo feito uma bola; e, tendo-o desse jeito, lhe dava duas palmadinhas na barriga e o soltava, dizendo aos circunstantes (que sempre eram muitos): "Pensarão agora vossas mercês que é pouco trabalho inflar um cachorro?"[8] Pensará agora vossa mercê que é pouco trabalho fazer um livro?

E se este conto não lhe quadrar, dize-lhe este, leitor amigo, que também é de louco e de cachorro:

Havia em Córdoba outro louco que tinha por costume levar sobre a cabeça um pedaço de laje de mármore ou um calhau não muito leve e, em topando com algum cachorro descuidado, se lhe chegava junto e deixava cair o peso a prumo sobre ele. Amofinava-se o cachorro e, dando latidos e ganidos, não parava antes de três ruas. Aconteceu, porém, que entre os cachorros em que descarregou sua carga estava o de um carapuceiro, muito querido do seu dono. Deitou aquele a pedra, acertou-lha na cabeça, soltou o grito o cão, viu-o e sentiu-o o dono, agarrou de uma vara de medir e partiu contra o louco, sem lhe perdoar um osso, e a cada paulada que lhe dava dizia: "Cão miserável, no meu podengo? Não viste, cruel, que era podengo o meu cão?". E, repetindo o nome de podengo muitas vezes, deixou o louco mais moído que grão de trigo. Escarmentou o louco e se retirou, e não foi visto na praça em mais de um mês, ao cabo do qual tempo voltou com sua invenção, e com mais carga. Chegava-se aonde estava o cachorro e, olhando-o muito fito a fito e sem querer nem ousar descarregar a pedra, dizia: "Este é podengo. Guar-te!". Com efeito, to-

---

[8] *Inflar un perro* se cristalizaria na língua castelhana como frase feita, denotando o exagero em falar sobre algo que não merece maior atenção.

dos os cachorros que topava, ainda que fossem alãos ou gozos, dizia ele que eram podengos, e assim não soltou mais o calhau. Quiçá desta sorte venha a acontecer a esse historiador, que não mais se atreva a soltar a presa do seu engenho em livros que, sendo ruins, são mais duros que as rochas.

Dize-lhe também que da ameaça que me faz de me tirar o ganho com seu livro[9] pouco se me dá, pois, citando o entremez famoso de *La Perendenga*,[10] eu lhe respondo que viva o aguazil meu senhor, e Cristo por todos! Viva o grande Conde de Lemos! (Cuja cristandade, e liberalidade bem conhecida, contra todos os golpes da minha pouca fortuna me mantém em pé.) E viva-me a suma caridade do ilustríssimo de Toledo, D. Bernardo de Sandoval y Rojas, ainda que não tivesse o mundo imprensa alguma ou contra mim se imprimissem mais livros do que letras há nas coplas de Mingo Revulgo.[11] Esses dois príncipes, sem serem solicitados por minha adulação nem por outro algum gênero de aplauso, só por sua bondade tomaram a seu cargo o me fazer mercê e me favorecer, pelo qual motivo eu me tenho por mais ditoso e mais rico que se a fortuna por caminho ordinário me tivesse posto em seu píncaro. Pode o pobre ter honra, mas não o vicioso; a pobreza pode nublar a nobreza, mas não a escurecer de todo; mas

---

[9] Outro contra-ataque dirigido a Avellaneda, que em seu prólogo dissera: "pois que [Cervantes] se queixe do meu trabalho pelo ganho que lhe tiro da sua segunda parte...".

[10] O texto do entremez citado nas duas frases seguintes se perdeu, mas supõe-se que se trate do que serviria de modelo para *La Perendeca* (A prostituta errante), de Agustín Moreto (1618-1699).

[11] Coleção de 32 letrilhas satíricas contra Henrique IV de Castela publicadas por volta de 1464, atribuídas ao frade franciscano Íñigo de Mendoza (1424-1508), e vastamente difundida em sua versão glosada.

como a virtude dê alguma luz de si, ainda que seja pelas aperturas e brechas da privação, vem a ser estimada dos altos e nobres espíritos e, por conseguinte, favorecida.

E não lhe digas mais, nem eu quero dizer mais a ti, somente advertir que consideres que esta segunda parte de *D. Quixote* que te ofereço é cortada do mesmo artífice e do mesmo pano que a primeira, e que nela te dou um D. Quixote dilatado, e finalmente morto e sepultado, por que ninguém se atreva a lhe levantar novos testemunhos, pois bastam os passados, e basta também que um homem honrado tenha dado notícia dessas discretas loucuras, sem querer de novo entrar nelas, pois a fartura das coisas, ainda quando boas, faz com que se não estimem, e a carestia (até das más) se estima algum tanto. Esquecia-me de te dizer que esperes o *Persiles*, que já estou acabando, e a segunda parte de *A Galateia*.[12]

---

[12] A segunda parte de *A Galateia* nunca chegou a ser publicada e tampouco se acharam seus manuscritos. Cervantes já a prometera na dedicatória das *Comédias e entremezes* e voltaria a fazê-lo na do *Persiles*, datada a poucos dias de sua morte.

Dedicatória ao Conde de Lemos[1]

Tendo enviado dias atrás a Vossa Excelência as minhas comédias, antes impressas que representadas,[2] se bem me lembro eu lhe disse então que D. Quixote tinha calçadas as esporas para ir beijar as mãos de Vossa Excelência, e agora digo que já as calçou e se pôs a caminho e, se ele aí chegar, creio que terei feito algum serviço a Vossa Excelência, pois é muita a pressa que de infinitas partes me dão por que o envie, para tirar o amargor e a náusea causada por outro D. Quixote que com o nome de *Segunda parte*[3] se disfarçou e correu pelo orbe. E quem mais deu mostras de o desejar foi o grande imperador da China, que faz coisa de um mês me escre-

---

[1] D. Pedro Fernández Ruiz de Castro y Osorio (1576-1622), sétimo conde de Lemos (Galiza), presidente do Conselho das Índias e, entre 1610 e 1616, vice-rei de Nápoles. Era sobrinho e genro do poderoso duque de Lerma e foi mecenas de vários escritores do Século de Ouro espanhol, entre eles os irmãos Argensola, Lope de Vega, Quevedo e Góngora, além do próprio Cervantes, que também lhe dedicou as *Comédias e entremezes* e o *Persiles*.

[2] O livro *Oito comédias e oito entremezes novos nunca representados* havia saído em meados de setembro de 1615, e em sua dedicatória Cervantes anunciara: "D. Quixote de La Mancha tem calçadas as esporas em sua segunda parte para ir beijar os pés de Vossa Excelência. Creio que chegará queixoso, porque em Tarragona foi traquejado e malparado; mas, pelo sim ou pelo não, leva informação certa de que não é ele o que naquela história se contém, senão outro suposto, que quis ser ele e não acertou a sê-lo".

[3] Alusão ao *Segundo tomo del ingenioso hidalgo don Quijote de la Mancha* (Tarragona, 1614), também conhecido como "*Quixote* apócrifo", de "Alonso Fernández de Avellaneda", cuja verdadeira identidade nunca foi revelada.

veu por um emissário uma carta em língua chinesa pedindo-me ou, para melhor dizer, suplicando-me que lho enviasse, pois queria fundar um colégio onde se desse lição da língua castelhana e queria que o livro que lá se lesse fosse o da história de D. Quixote. Juntamente com isso me dizia que fosse eu ser o reitor do tal colégio. Perguntei ao portador se Sua Majestade lhe dera alguma ajuda de custa para mim. Respondeu-me que nem por pensamento.

— Então — respondi —, podeis voltar à vossa China, irmão, a dez ou a vinte ou a quantas léguas por jornada vos houverem despachado, pois eu não estou com saúde para fazer viagem tão longa; de mais que, sobre doente, estou muito sem dinheiro, e imperador por imperador e monarca por monarca, em Nápoles tenho o grande conde de Lemos, que sem tantos tituletes de colégios nem reitorias me sustenta, me ampara e faz mais mercês que as que eu possa desejar.

Com isso o despedi e com isso me despeço, oferecendo a vossa Excelência *Os trabalhos de Persiles e Sigismunda*, livro que acabarei dentro de quatro meses, *Deo volente*,[4] e que há de ser, ou o pior, ou o melhor já composto em nossa língua, quero dizer, dentre os de entretenimento; e já digo que me arrependo de ter dito o pior, porque, segundo a opinião dos meus amigos, há de chegar ao extremo possível da bondade. Siga Vossa Excelência com a saúde que lhe desejo, que logo estará o *Persiles* pronto para lhe beijar as mãos, e eu os pés, como criado que sou de vossa Excelência. Em Madri, último de outubro de mil seiscentos e quinze.

Criado de Vossa Excelência,

Miguel de Cervantes Saavedra

---

4 "Deus querendo", ou "se Deus quiser".

Capítulo I

DO QUE O PADRE E O BARBEIRO TRATARAM
COM D. QUIXOTE ACERCA DE SUA DOENÇA

Conta Cide Hamete Benengeli, na segunda parte desta história e terceira saída de D. Quixote, que o padre e o barbeiro passaram quase um mês sem o ver, para não renovar nem lhe trazer à memória as coisas passadas. Mas nem por isso deixaram de visitar sua sobrinha e sua ama, recomendando-lhes que tratassem de o regalar, dando-lhe de comer coisas confortativas e apropriadas para o coração e o cérebro, donde (segundo bom discurso) provinha toda sua má ventura. As quais disseram que assim faziam e fariam com a melhor vontade e cuidado possível, pois viam que seu senhor ia dando mostras de estar cada vez mais em seu inteiro juízo; do qual receberam os dois grande contentamento, por lhes parecer que haviam acertado em trazê-lo encantado no carro de bois (como se contou na primeira parte desta tão grande quanto pontual história, no seu último trecho), e assim determinaram de o visitar e fazer experiência de sua melhoria, bem que a tivessem por quase impossível, acordando não tocar em nenhum ponto da andante cavalaria, para não se arriscarem a descoser os da ferida, que tão tenros ainda estavam.

Visitaram-no, enfim, e o acharam sentado na cama, vestindo uma almilha de baeta verde, com um gorro vermelho de malha, tão magro e amumiado que parecia um peixe seco. Foram por ele muito bem recebidos, perguntaram-lhe por sua saúde, e ele deu conta de si e dela com muito juízo e elegantes palavras. E no discurso da conversação vieram a tratar daquilo que chamam "razão de Estado" e modos de governo, emendando este abuso e condenando aquele, reformando um costume e banindo outro, fazendo-se cada um dos três um novo legislador, um Licurgo moderno ou um Sólon reluzente,[1] e de tal maneira renovaram a república, que pareceu como se a tivessem metido numa forja e tirado outra em seu lugar. E falou D. Quixote com tanta discrição sobre todas as matérias tratadas, que os dois examinadores creram indubitavelmente que ele estava de todo bom e em seu inteiro juízo.

Assistiram à conversação a ama e a sobrinha, e não se fartavam de dar graças a Deus por verem o seu senhor com tão bom entendimento. Mas o padre, mudando seu primeiro propósito, que era de não tocar em coisas de cavalarias, quis experimentar de todo se a sanidade de D. Quixote era falsa ou verdadeira e, assim, de lance em lance, foi contando algumas novas vindas da corte, e entre outras disse que se tinha por certo que o Turco avançava com uma poderosa armada,[2] e que não se sabia seu desígnio nem onde haveria de descarregar tamanha tormenta, e por tal temor, que quase todos os anos nos faz tocar alarma, às armas estava posta toda a cristandade, e Sua Majestade havia mandado prover as costas de Nápoles e da Sicília e a ilha de Malta. A isto respondeu D. Quixote:

---

[1] Sólon (640-558 a.C.) e Licurgo (séc. IX a.C.): dois grandes políticos da Antiguidade clássica, responsáveis por importantes reformas institucionais em Atenas e Esparta, respectivamente, e frequentemente citados pelos humanistas como legisladores exemplares.

[2] Em face do fortalecimento das posições turcas no norte da África, a possibilidade de um ataque maciço das costas espanholas era tema recorrente de boatos e discussões, a tal ponto que se tornou sinônimo de conversa ociosa.

— Sua Majestade fez como prudentíssimo guerreiro em aparelhar seus Estados com tempo, por que o inimigo não o apanhe desprevenido. Porém, se tomasse o meu conselho, eu o aconselharia a usar de uma precaução na qual, ora agora, Sua Majestade deve estar muito longe de pensar.

Ouvindo isto, disse o padre entre si: "Que Deus te proteja e valha, pobre D. Quixote, pois me parece que te despenhas do alto da tua loucura até o profundo abismo da tua simplicidade!".

Mas o barbeiro (que já havia atinado no mesmo pensamento que o padre) perguntou a D. Quixote qual era a advertência da prevenção que dizia ser bem que se fizesse. Talvez fosse tal que entrasse na lista das muitas advertências impertinentes que se costumam dar aos príncipes.

— A minha, senhor rapa-queixos — disse D. Quixote —, não será impertinente, senão bem pertencente.

— Não o digo por isso — replicou o barbeiro —, mas porque a experiência tem mostrado que todos ou os mais arbítrios[3] que se oferecem a Sua Majestade, ou são impossíveis, ou disparatados, ou em dano do rei ou do reino.

— Pois o meu — respondeu D. Quixote — nem é impossível nem disparatado, senão o mais fácil, o mais justo e o mais maneiro e expedito que pode caber em pensamento de arbitrista algum.

— Já tarda em dizê-lo vossa mercê, senhor D. Quixote — disse o padre.

---

[3] "Arbítrios": propostas, em geral fantasiosas, dirigidas aos soberanos para a solução tanto de grandes problemas públicos como de pequenos assuntos domésticos. A caricatura dos árbitros e seus disparates chegou a constituir um gênero burlesco, visitado pelo próprio Cervantes na "Novela de Cipión e Berganza" (ou "Colóquio dos cachorros").

— Não quisera — disse D. Quixote — dizê-lo eu aqui agora e que amanhecesse amanhã nos ouvidos dos senhores conselheiros, e um outro levasse o agradecimento e o prêmio do meu trabalho.

— Por mim — disse o barbeiro —, dou minha palavra, aqui e perante Deus, de não dizer o que vossa mercê disser, nem a rei nem roque, nem a homem terrenal, juramento que aprendi do romance do padre[4] que no introito da missa avisou ao rei do ladrão que lhe roubara as cem dobras e sua mula estradeira.

— Não sei de histórias — disse D. Quixote —, mas sei que esse juramento é bom, em fé de que sei que o senhor barbeiro é homem de bem.

— Ainda que o não fosse — disse o padre —, eu o afianço e garanto que neste caso não falará mais que um mudo, ou pagará a pena da lei.

— E a vossa mercê quem fia, senhor padre? — disse D. Quixote.

— A minha profissão — respondeu o padre —, que é a de guardar segredo.

— Corpo de tal![5] — disse então D. Quixote. — Que mais

---

[4] Embora os versos originais tenham se perdido, seu argumento foi conservado no conto popular do padre que, ao reconhecer entre os fiéis o ladrão que lhe roubara o dinheiro e a mula e o fizera jurar não denunciá-lo a pessoa alguma, dirigiu a delação a Deus diante dos seus fiéis, inserindo-a no introito da missa. A expressão "ni a rey ni a roque", provém do jogo de xadrez e significa "a absolutamente ninguém".

[5] A interjeição eufemística, em resposta à alegação do segredo sacramental, ganha aqui certa jocosidade, pois ecoa a fórmula que o sacerdote pronuncia ao dar a hóstia.

houvera de fazer Sua Majestade senão mandar por público pregão que num dia concertado se reunissem na corte todos os cavaleiros andantes que vagam pela Espanha? Pois, ainda que só meia dúzia se apresentasse, poderia vir entre eles aquele que sozinho bastaria para destruir todo o poderio do Turco. Estejam vossas mercês atentos e me acompanhem. Porventura é novidade um só cavaleiro andante desbaratar um exército de duzentos mil homens, como se todos juntos tivessem um só pescoço ou fossem feitos de alfenim? Pois que me digam quantas histórias estão cheias dessas maravilhas. Havia de viver hoje, em má hora para mim, que não quero dizer para outro, o famoso D. Belianis ou algum dos da inumerável linhagem de Amadis de Gaula! Pois se algum deles hoje vivesse e com o Turco se batesse, à fé que não quisera estar no lugar dele. Mas Deus olhará por seu povo e lhe deparará algum que, se não tão bravo como os passados andantes cavaleiros, ao menos não lhes será inferior no ânimo. E Deus me entende, e não digo mais.

— Ai! — disse a sobrinha neste ponto. — Que me matem se meu senhor não quer voltar a ser cavaleiro andante!

Ao que disse D. Quixote:

— Cavaleiro andante hei de morrer, e venha ou vá o Turco quando bem quiser e quão poderosamente puder, que eu torno a dizer que Deus me entende.

Então disse o barbeiro:

— Suplico a vossas mercês que me deem licença de contar um conto breve acontecido em Sevilha, que, por fazer aqui muito ao caso, tenho gosto de contar.

Deu-lhe a licença D. Quixote, e o padre e os demais lhe prestaram atenção, e o barbeiro começou desta maneira:

— Na casa de loucos de Sevilha estava recolhido um homem que os parentes tinham posto ali por ser falto de juízo. Era formado em cânones pela universidade de Osuna,[6] mas ainda que o fosse pela de Salamanca (segundo a opinião de muitos), não deixaria de ser louco. Esse tal graduado, ao cabo de alguns anos de internação, se deu a entender que estava são e em seu inteiro juízo, e com essa imaginação escreveu ao arcebispo suplicando-lhe encarecidamente e em concertadíssimas razões que o mandasse tirar daquela miséria em que vivia, pois graças à misericórdia de Deus já recobrara o juízo perdido, conquanto seus parentes, para gozar das suas riquezas, o mantivessem ali e contra a verdade quisessem que fosse louco até a morte. O arcebispo, persuadido de muitos bilhetes concertados e discretos, mandou um capelão seu informar-se com o reitor da casa se era verdade o que aquele licenciado lhe escrevia, e que também falasse com o louco e, se lhe parecesse que tinha juízo, o tirasse e pusesse em liberdade. Assim fez o capelão, mas o reitor lhe disse que aquele homem ainda estava louco e que, por mais que muitas vezes falasse como pessoa de grande entendimento, ao cabo disparava com tantas necedades que, por muitas e grandes, igualavam suas primeiras discrições, do qual se podia fazer experiência falando com ele. Quis fazê-la o capelão e, posto com o louco, falou com ele por uma hora ou mais, e em todo esse tempo o louco não lhe disse nenhuma razão arrevesada nem disparatada, antes falou tão atinadamente, que o capelão foi forçado a crer que o louco estava são. E o que o louco lhe disse, entre outras coisas, foi que o reitor lhe tinha ojeriza, por não querer perder os presentes que seus familiares lhe faziam para que dissesse que ele ainda estava louco, porém com

---

[6] Instituição de menor importância fundada nessa localidade próxima de Sevilha em meados do século XVI; não raro os escritores da época a motejavam de medíocre.

lúcidos intervalos, e que o maior contrário que tinha em sua desgraça era sua muita riqueza, pois para gozar dela seus inimigos com malícia duvidavam da mercê que Nosso Senhor lhe fizera em torná-lo de besta em homem. Enfim, falou de maneira que deixou o reitor por suspeitoso, seus parentes por cobiçosos e desalmados e ele próprio por tão discreto, que o capelão resolveu levá-lo consigo para que o arcebispo o visse e tocasse com as mãos a verdade daquele caso. Com essa boa-fé, o bom capelão pediu ao reitor que mandasse dar ao licenciado as roupas com que lá entrara. Tornou o reitor a dizer que olhasse bem o que fazia, porque sem dúvida alguma o licenciado ainda estava louco. De nada valeram ao capelão as prevenções e advertimentos do reitor para que o deixasse de levar. Obedeceu o reitor vendo ser ordem do arcebispo, deram ao licenciado suas roupas, que eram novas e decentes, e apenas ele se viu vestido de são e despido de louco,[7] suplicou ao capelão que por caridade lhe desse licença para se despedir de seus companheiros os loucos. O capelão disse que o queria acompanhar e ver os loucos que na casa havia. Subiram de fato, e com eles alguns outros que se achavam presentes, e chegando o licenciado a uma jaula onde estava um louco furioso, se bem nesse momento sossegado e quieto, lhe disse: "Irmão, veja se me quer pedir alguma coisa, que me vou embora para casa, pois já Deus, sem que eu o merecesse, em sua infinita bondade e misericórdia, foi servido de me volver o juízo. Já estou com saúde e siso, pois ao poder de Deus coisa alguma é impossível. Tenha grande esperança e confiança nele, que, se a mim me tornou ao meu primeiro estado, também a vossa mercê o tornará ao seu, se nele confiar. Eu terei cuidado de lhe mandar alguns presentes

---

[7] Alusão aos trajes que os doentes mentais eram forçados a usar.

de comer, e vossa mercê trate de comê-los, pois lhe faço saber que imagino, como quem já passou por isso, que todas as nossas loucuras provêm de termos os estômagos vazios e os cérebros cheios de vento. Força, força, que a fraqueza nos infortúnios míngua a saúde e traz a morte". Todas essas razões do licenciado escutou outro louco que estava em outra jaula, fronteira da do furioso, e, levantando-se de uma esteira velha onde estava deitado, nu em pelo, perguntou a grandes brados quem era aquele que partia com saúde e siso. O licenciado respondeu: "Sou eu, irmão, quem parte, pois já não tenho mais necessidade de ficar aqui, e disto dou infinitas graças aos céus, que tão grande mercê me fizeram". "Olhai o que dizeis, licenciado, que não vos engane o diabo — replicou o louco. — Sossegai o pé e ficai quietinho em vossa casa, que assim poupareis a volta." "Eu sei que estou bom — replicou o licenciado —, e não há para que voltar atrás." "Vós bom? — disse o louco. — Pois bem, é o que veremos, ide com Deus. Mas eu vos encomendo a Júpiter, cuja majestade eu represento na terra, e só por este pecado que Sevilha hoje comete de vos tirar desta casa e vos tomar por são, devo lhe dar tamanho castigo que dele ficará memória por todos os séculos dos séculos, amém. Não sabes tu, licenciadete infame, que o posso fazer, pois, como digo, sou Júpiter Tonante e tenho nas minhas mãos os raios abrasadores com que posso e costumo ameaçar e destruir o mundo? Mas somente com uma coisa quero castigar este ignorante povo, e é com não chover nele nem em todo seu distrito e contorno por três anos inteiros, a contar do dia e hora em que se faz esta ameaça em diante. Tu livre, tu são, tu sisudo? E eu louco, e eu doente, e eu atado? Assim penso chover como penso me enforcar." Às vozes e razões do louco estiveram os circunstantes atentos, mas nosso licenciado, virando-se para o nosso capelão e tomando-lhe as mãos, disse: "Não tema vossa mercê, senhor meu, nem faça caso do que disse este louco, pois, se ele é Júpiter e não quer chover, eu, que sou Netuno, pai e deus das águas, choverei quantas vezes me houver vontade e mister". Ao que respondeu o capelão: "Contudo, senhor Netuno, não convém irritar o senhor Júpiter. Vossa mercê fique em sua casa, que outro dia, havendo mais cômodo e mais espaço, voltaremos por vossa mercê". Riu-se o reitor e os presentes, por cujo riso se pejou algum tanto o capelão; despiram o licenciado, ficou ele em casa, e acabou-se o conto.

— É esse o conto, senhor barbeiro — disse D. Quixote —, que, por fazer tanto ao caso, vossa mercê não podia deixar de contar? Ah, senhor rapante, senhor rapante, quão cego é quem não enxerga além do próprio nariz! É possível que vossa mercê não saiba que as comparações de engenho a engenho, de valor a valor, de formosura a formosura e de linhagem a linhagem são sempre odiosas e mal recebidas? Eu, senhor barbeiro, não sou Netuno, o deus das águas, nem quero que ninguém me tome por discreto sem o ser. Meu único empenho é dar a entender ao mundo o erro em que está por não renovar em si o felicíssimo tempo em que campeava a ordem da andante cavalaria. Mas não é merecedora a degenerada idade nossa de gozar tanto bem como gozaram as idades em que os andantes cavaleiros tomaram a seu cargo e puseram sobre seus ombros a defesa dos reinos, o amparo das donzelas, o socorro dos órfãos e pupilos, o castigo dos soberbos e o prêmio dos humildes. Os mais dos cavaleiros que agora se usam preferem ranger damascos, brocados e outros ricos panos com que se vestem, que não a cota de sua armadura. Já não há cavaleiro que durma nos campos, exposto aos rigores do céu, armado desde os pés até a cabeça com todas as suas armas; e já não há quem, sem tirar os pés dos estribos, arrimado à sua lança, só faça, como dizem, descabeçar o sono como faziam os cavaleiros andantes. Já não há nenhum que saindo deste bosque entre naquela montanha, e dali pise uma estéril e deserta praia do mar, as mais vezes proceloso e alterado, e achando nela e em sua margem um pequeno batel sem remos, vela, mastro nem enxárcia alguma, com intrépido coração se lance nele, entregando-se às implacáveis ondas do mar profundo, que ora o erguem ao céu e ora o baixam ao abismo, e ele, de peito aberto à incontrastável borrasca, quando dá acordo de si já se encontra três mil e mais léguas distante do lugar onde se embarcou e, saltando em terra remota e não conhecida, lhe acontecem coisas dignas de estarem escritas, não em pergaminhos, senão em bronzes. Mas agora já triunfa a preguiça sobre a diligência, a ociosidade sobre o trabalho, o vício sobre a virtude, a arrogância sobre a valentia e a teórica sobre a prática das armas, que só viveram e resplandeceram nas idades de ouro e nos andantes cavaleiros. Se não que me digam quem mais honesto e mais valente que o famoso Amadis de Gaula. Quem mais discreto que Palmeirim de Inglaterra? Quem mais jeitoso e maneiro que Tirante o Branco? Quem mais galante que Lisuarte de Grécia? Quem mais acutilado nem acutilador que D. Belianis? Quem mais intrépido que Perion de Gaula, ou quem mais acometedor de perigos que Felixmarte de Hircânia, ou quem mais sincero que Esplandião? Quem mais destemido que D. Cirongílio de Trácia? Quem mais bravo que Rodamonte?[8] Quem mais prudente que o rei Sobrino? Quem mais atrevido que

---

[8] Lisuarte de Grécia, Perion de Gaula, Rodamonte: personagens literários que vêm engrossar o rol quixotesco. Lisuarte de Grécia é neto de Amadis de Gaula e personagem-título de um dos livros da série (sétimo na versão de Feliciano de Silva [Sevilha, 1514], oitavo na de Juan Díaz [Sevilha, 1526]); Perion é o pai de Amadis e rei de Gaula; Rodamonte (ou Rodomonte), um dos guerreiros sarracenos que, tanto no *Orlando* de Ariosto como no de Boiardo, enfrenta as hostes de Carlos Magno, morrendo em combate com Ruggero.

Reinaldo? Quem mais invencível que Roldão? E quem mais galhardo e mais cortês que Rogério, de quem hoje descendem os duques de Ferrara, segundo Turpin em sua cosmografia?[9] Todos esses cavaleiros e outros muitos que eu poderia dizer, senhor padre, foram cavaleiros andantes, luz e glória da cavalaria. Destes ou tais como estes quisera eu que fossem os do meu arbítrio, pois, se o fossem, Sua Majestade se acharia bem servido e pouparia muito gasto, e o Turco ficaria puxando as barbas. E assim não quero ficar na minha casa, pois dela não me tira o capelão, e se o seu Júpiter, como disse o barbeiro, não chover, aqui estou eu, que choverei quando bem entender. Digo isto por que saiba o senhor bacia que o entendo.

— Em verdade, senhor D. Quixote — disse o barbeiro —, que o não disse por isso, e por Deus que foi boa minha intenção e que vossa mercê não se deve sentir.

— Se me posso sentir ou não — respondeu D. Quixote —, eu que o sei.

Nisto disse o padre:

— Ainda bem que quase não falei palavra até agora, mas não quisera ficar com um escrúpulo que me rói e carcome a consciência, nascido do que disse aqui o senhor D. Quixote.

— Para outras coisas mais — respondeu D. Quixote — tem licença o senhor padre e, assim, pode dizer o seu escrúpulo, porque não é coisa de gosto andar com a consciência escrupulosa.

— Com esse beneplácito — respondeu o padre —, digo que

---

[9] Não consta que se tenha atribuído ao arcebispo Turpin (ver *DQ* I, cap. VI, nota 10) uma cosmografia em sentido estrito. Contudo, como sob essa rubrica se classificava qualquer descrição geográfica, a alusão poderia valer para o próprio *Orlando furioso*, do qual Turpin é também narrador, em que Rogério (Ruggero) é de fato incluído na genealogia dos duques de Ferrara.

o meu escrúpulo é não me poder persuadir de maneira nenhuma que todo o chorrilho de cavaleiros andantes que vossa mercê, senhor D. Quixote, agora referiu tenham sido real e verdadeiramente pessoas de carne e osso no mundo, antes imagino que é tudo ficção, fábula e mentira e sonhos contados por homens despertos, ou, para melhor dizer, meio dormidos.

— Esse é outro erro — respondeu D. Quixote — em que têm caído muitos dos que não creem ter havido tais cavaleiros no mundo, e eu muitas vezes com diversas gentes e motivos pelejei por trazer à luz da verdade este quase comum engano. Algumas vezes não consegui minha intenção, e outras sim, sustentando-a sobre os ombros da verdade. A qual verdade é tão certa que estou para dizer que por meus próprios olhos vi Amadis de Gaula, o qual era um homem alto de corpo, branco de rosto, barba bem-posta, apesar de preta, olhar entre brando e rigoroso, parco nas razões, lento para a ira e lesto em depô-la. E do modo que delineei Amadis bem pudera, a meu parecer, pintar e descobrir todos quantos cavaleiros andantes andam nas histórias no orbe, pois pelo entendimento que tenho de que eles foram como suas histórias contam, e pelas façanhas que fizeram e temperamento que mostraram, por boa filosofia se podem deduzir suas feições, suas cores e estaturas.[10]

---

[10] Referência sarcástica à fisiognomia, campo de especulação em crescente voga desde o Renascimento que, com base em conceitos aristotélicos, pretendia sistematizar a suposta correspondência entre traços fisionômicos e personalidade. Seus preceitos já estavam incorporados ao senso comum e à literatura, como bem se vê no seguinte exemplo, a que Cervantes pode ter aludido: "*La disposición del cuerpo/ muestra que el alma contiene/ todas las partes iguales/* [...] *La cara es mayor indicio/ del alma, que en ella vense/ las costumbres como en mapa*" (Lope de Vega, *El Marqués de las Navas*, ato I).

— E quão grande acha vossa mercê, meu senhor D. Quixote — perguntou o barbeiro —, que devia de ser o gigante Morgante?

— Nisto de gigantes — respondeu D. Quixote —, se os houve ou não no mundo, as opiniões são diversas, mas a Sagrada Escritura, que não pode faltar um átomo à verdade, nos mostra que sim os houve, contando-nos a história daquele filisteuzaço do Golias, que tinha sete côvados e meio de altura, que é uma desmesurada grandeza. Também na ilha da Sicília se acharam canas das pernas e espáduas tão grandes que sua grandeza manifesta terem sido seus donos gigantes,[11] e tão grandes como grandes torres, verdade esta confirmada pela geometria. Contudo, não sei dizer com certeza que tamanho teria Morgante, mas imagino que não deve de haver sido muito alto; e o que me move a este parecer é achar na história onde se faz menção particular de suas façanhas que ele muitas vezes dormia sob teto, pois, se achava uma casa onde coubesse, está claro que não era sua grandeza desmesurada.

— Assim é — disse o padre.

O qual, gostando de ouvi-lo dizer tamanhos disparates, lhe perguntou o que sentia acerca dos rostos de Reinaldo de Montalvão e de D. Roldão e dos demais Doze Pares de França, pois todos haviam sido cavaleiros andantes.

---

[11] A antiga crença na existência de restos de gigantes na Sicília ainda perdurava na época, como registram diversos livros a que muito provavelmente Cervantes teve acesso; por exemplo, a *Genealogia deorum gentilium* (1360; versão italiana, 1585), de Boccaccio; *Topografía e Historia general de Argel* (1612), de Diego de Haedo (atribuída também ao próprio Cervantes), e *Jardín de flores curiosas* (1570), de Antonio de Torquemada (ver *DQ* I, cap. VI, nota 4). Recorde-se que a tradição mitológica associava à Sicília os gigantes Polifemo, Encélado e Tifeu e a dava como sepulcro dos dois últimos, como ecoam, por exemplo, Ariosto, Góngora e Camões.

— De Reinaldo — respondeu D. Quixote — ouso dizer que era largo de rosto, de cor rubra, os olhos irrequietos e algum tanto saltados, melindroso e colérico em demasia, amigo de ladrões e de gente perdida. De Roldão, ou Rolando, ou Orlando, que com todos estes nomes o nomeiam as histórias, sou de parecer e me afirmo que foi de estatura mediana, largo de costas, meio torto das pernas, moreno de rosto e barbirruivo, corpo peludo e olhar ameaçador, parco nas razões, porém muito comedido e bem-criado.

— Se não foi Roldão mais gentil-homem do que vossa mercê disse — replicou o padre —, não maravilha que a senhora Angélica a Bela o desdenhasse e deixasse pela gala, brio e donaire que devia de ter o mourete quase lampinho a quem ela se entregou, e foi discreta em mais amar a brandura de Medoro que a aspereza de Roldão.

— Senhor padre — respondeu D. Quixote —, essa Angélica foi uma donzela ligeira, distraída e algum tanto caprichosa, e tão cheio deixou o mundo de suas impertinências como da fama de sua formosura. Desprezou mil senhores, mil valentes e mil discretos, contentando-se com um pajenzinho imberbe, sem mais cabedal nem nome que o que lhe pôde obter a gratidão pela amizade que guardou ao seu amigo.[12] O grande cantor de sua beleza, o famoso Ariosto, não se atrevendo ou não querendo cantar o que a esta senhora aconteceu depois de sua vil entrega, que não devem de ter sido coisas muito honestas, assim as deixou ditas:

---

[12] O amigo em questão pode ser o amo de Medoro, Dardinel d'Almonte, no resgate de cujo cadáver aquele arriscou a vida, ou Cloridan, que por sua vez morreu para salvar a vida de Medoro, ambos episódios narrados no *Orlando furioso* (XVIII, 183-188, e XIX, 14-15).

E como de Catai ganhou o cetro,
quiçá outro cantará com melhor plectro.[13]

E sem dúvida isso foi como profecia, pois os poetas também são chamados *vates*, que quer dizer "adivinhos". Vê-se tal verdade clara porque depois aqui um famoso poeta andaluz chorou e cantou suas lágrimas, e outro famoso e único poeta castelhano cantou sua formosura.[14]

— Diga-me, senhor D. Quixote — disse então o barbeiro —, não houve algum poeta, entre tantos que a louvaram, que tenha feito alguma sátira dessa senhora Angélica?

— Bem creio eu — respondeu D. Quixote — que, se Sacripante[15] ou Roldão fossem poetas, já teriam ensaboado a donzela, pois é próprio e natural dos poetas desdenhados e não aceitos por suas fingidas damas (ou fingidas de feito por aqueles que as escolheram por senhoras de seus pensamentos) vingar-se com sátiras e libelos,[16] vingança por certo indigna de peitos generosos.

---

[13] Tradução dos últimos versos do canto XXX do *Orlando furioso*, "*E dell'India a Medor desse lo scettro,/ forse altri canterà con miglior plettro*", o segundo dos quais foi usado, com mínimas alterações, como fecho do primeiro *Quixote*.

[14] Referência a Luis Barahona de Soto e suas *Lágrimas de Angélica*, e a Lope de Vega e *La hermosura de Angélica* (1602). A qualificação deste último como "famoso e único" encerra uma alusão sarcástica ao epíteto *unicus aut peregrinus* (único ou raro) que o escritor se atribuíra em alguns de seus livros.

[15] Personagem de *Orlando enamorado* e *Orlando furioso*, cavaleiro sarraceno e rei da Circássia que tinha em comum com Orlando, e vários outros pretendentes, o desprezo de Angélica.

[16] A crítica reconheceu na passagem uma referência aos libelos difamatórios que Lope de Vega dedicara a uma ex-amante, a atriz Elena Osorio, os quais lhe renderam um processo judicial e sete anos de desterro da corte (1588-95).

Mas até agora não me chegou notícia de nenhum verso infamatório contra a senhora Angélica, que tanto rebuliço trouxe ao mundo.

— Milagre! — disse o padre.

E nisto ouviram que a ama e a sobrinha, que já haviam deixado a conversação, davam grandes vozes no pátio, e todos acudiram ao ruído.

Capítulo II

QUE TRATA DA NOTÁVEL PENDÊNCIA QUE SANCHO PANÇA
TEVE COM A SOBRINHA E A AMA DE D. QUIXOTE,
MAIS OUTROS ASSUNTOS ENGRAÇADOS

Conta a história que as vozes ouvidas por D. Quixote, o padre e o barbeiro eram da sobrinha e da ama, que as davam contra Sancho Pança, que pelejava para entrar e ver D. Quixote, e elas dele defendiam a porta:

— Que quer esse mostrengo nesta casa? Ide à vossa, irmão, que sois vós, e não outro, quem desgarra e descaminha o meu senhor e o leva por esses andurriais.

Ao que Sancho respondeu:

— Ama de Satanás, o descaminhado e o desgarrado e o levado por esses andurriais sou eu, e não teu amo. Foi ele quem me levou por esses mundos, e vós vos enganais redondamente; foi ele quem me tirou de casa com engodos, prometendo-me uma ínsula que continuo a esperar.

— Pois que más ínsulas te afoguem, Sancho maldito — respondeu a sobrinha. — E que são ínsulas? Alguma coisa de comer, guloso e comilão como és?

— Não é de comer — replicou Sancho —, mas de governar e reger, melhor que quatro cidades e quatro alcaides de corte.[1]

---

[1] Alcaide de corte: juiz togado com jurisdição sobre a área em que residia o rei, ou seu conselho.

— Seja o que for — disse a ama —, aqui não entrareis, saco de maldades e fardo de malícias. Ide governar vossa casa e lavrar vosso torrão, e deixai de pretender ínsulas nem ínsulos.

Grande gosto recebiam o padre e o barbeiro em ouvir o colóquio dos três, mas D. Quixote, temeroso de que Sancho se descosesse e despejasse algum monte de maliciosas necedades e tocasse em pontos que em nada abonariam seu crédito, chamou-o e mandou que as duas se calassem e o deixassem entrar. Entrou Sancho, e o padre e o barbeiro se despediram de D. Quixote, de cuja saúde desesperaram, vendo quão metido estava em seus desvairados pensamentos e quão embebido na simplicidade de suas mal-andantes cavalarias; e assim disse o padre ao barbeiro:

— Já vereis, compadre, que quando menos esperarmos nosso fidalgo baterá asas mundo afora.

— Disso não tenho dúvida — respondeu o barbeiro —, mas não me maravilho tanto da loucura do cavaleiro como da simplicidade do escudeiro, que tão crédulo está naquilo da ínsula, que creio não lho tirarão do casco quantos desenganos se possam imaginar.

— Que Deus os ajude — disse o padre —, e fiquemos nós de atalaia: veremos onde vai parar essa máquina de disparates de tal cavaleiro e qual escudeiro, pois parece que os dois foram forjados num mesmo molde e que as loucuras do senhor sem as necedades do criado não valeriam mealha.

— Assim é — disse o barbeiro —, e muito folgaria em saber do que estão falando os dois agora.

— Por certo que a sobrinha ou a ama no-lo contarão depois — respondeu o padre —, pois não é da sua condição deixarem de o escutar.

No mesmo tempo, D. Quixote se fechou com Sancho em seu aposento e, estando a sós, lhe disse:

— Muito me pesa, Sancho, que tenhas dito e digas que fui eu quem te desviou dos teus termos, sabendo que eu não fiquei nos meus. Juntos saímos, juntos fomos e juntos peregrinamos; uma mesma fortuna e uma mesma sorte correu para os dois. Se foste manteado uma vez, eu fui moído cem, e esta é a vantagem que levo sobre ti.

— O que foi bem justo — respondeu Sancho —, pois, como diz vossa mercê, as desgraças são mais anexas aos cavaleiros andantes do que aos seus escudeiros.

— Nisso te enganas, Sancho — disse D. Quixote —, conforme aquilo de que *quando caput dolet* etc.[2]

— Não entendo nenhuma língua que não seja a minha — respondeu Sancho.

— Quero dizer — disse D. Quixote — que, quando a cabeça dói, todos os membros doem; e assim, sendo eu teu amo e senhor, sou tua cabeça, e tu parte de mim, pois és meu criado; e por esta razão o mal que a mim me toca, ou tocar, a ti te há de doer, e a mim o teu.

— Assim houvera de ser — disse Sancho —, mas, quando eu era manteado como membro, estava minha cabeça atrás do muro, olhando-me voar pelos ares, sem sentir dor alguma; e se os membros estão obrigados a se doer do mal da cabeça, também ela houvera de estar obrigada a se doer deles.

— Queres dizer agora, Sancho — respondeu D. Quixote —, que eu não me doía quando eras manteado? E se o dizes, não o digas nem o penses, pois mais dor sentia eu então no meu ânimo que tu no teu corpo. Mas agora deixemos isso de parte, que tem-

---

[2] O aforismo latino, que D. Quixote traduz por inteiro logo em seguida, termina "... *cœtera membra dolent*".

po teremos para o ponderarmos e o tirarmos em limpo, e diz-me, Sancho amigo, que é o que dizem de mim pelo povoado. Em que opinião me tem o vulgo, e os fidalgos, e os cavaleiros? Que dizem eles da minha valentia, das minhas façanhas e da minha cortesia?[3] Que se fala do cometimento que assumi de ressuscitar e tornar ao mundo a já esquecida ordem cavaleiresca? Enfim, Sancho, quero que me digas o que acerca disso chegou aos teus ouvidos, e tudo me dirás sem nada tirar do mal nem pôr ao bem, pois é dos vassalos leais dizer a seus senhores a verdade inteira em ser e figura, sem que a adulação a acrescente nem outro vão respeito a diminua; e quero que saibas, Sancho, que, se aos ouvidos dos príncipes chegasse a verdade nua, sem os trajes da lisonja, outros séculos correriam, outras idades seriam tidas por mais de ferro que a nossa, pois entendo que, das que agora se usam, é a dourada. Que tal advertimento te sirva, Sancho, para que discreta e bem-intencionadamente ponhas nos meus ouvidos a verdade das coisas que souberes acerca do que te perguntei.

— Isso farei de muito bom grado, senhor meu — respondeu Sancho —, contanto que vossa mercê não leve a mal o que eu disser, pois me pede que o diga em pelo, sem vesti-lo de outras roupas senão daquelas com que chegaram à minha notícia.

— De nenhuma maneira o levarei a mal — respondeu D. Quixote. — Bem podes, Sancho, falar livremente e sem rodeio algum.

— Pois o primeiro que digo — disse — é que o vulgo tem vossa mercê por grandíssimo louco, e a mim por não menos mentecapto. Os fidalgos dizem que, não se contendo vossa mercê nos

---

[3] Valentia, façanhas, cortesia: os três pilares em que se baseia o código de valores dos livros de cavalaria.

limites da fidalguia, tomou título de *don*[4] e se aforou cavaleiro com não mais que quatro cepas e duas jugadas de terra, e uma mão na frente e outra atrás. E dizem os cavaleiros que não querem fidalgos a par deles, especialmente daqueles fidalgos escudeiros[5] que disfarçam com fumo o gasto dos sapatos e consertam as meias pretas com seda verde.

— Isso — disse D. Quixote — não tem que ver comigo, pois ando sempre bem-vestido, e jamais remendado. Surrado bem pudera ser, porém mais das armas que do tempo.[6]

— No que toca à valentia, cortesia, façanhas e cometimento de vossa mercê — prosseguiu Sancho —, as opiniões são várias. Uns dizem "louco, mas engraçado"; outros, "valente, mas desgraçado"; outros, "cortês, mas impertinente"; e por aí vão falando tantas coisas que nem vossa mercê nem eu ficamos com osso por moer.

— Olha, Sancho — disse D. Quixote —, onde quer que a virtude esteja em subido grau, é ela perseguida.[7] Poucos ou nenhum dos famosos varões passados deixou de ser caluniado da malícia. Júlio César, animosíssimo, prudentíssimo e valentíssimo capitão, foi tachado de ambicioso e não muito limpo, tanto nos trajes como nos costumes. Quanto a Alexandre, cujas façanhas

---

[4] Tradicionalmente, era vedado a qualquer fidalgo o direito de ostentar o título de *don*, reservado à alta nobreza. Entretanto, já naquele tempo seu uso começava a se vulgarizar sem atenção a essa norma.

[5] Um dos graus mais baixos da fidalguia, próprio de quem, por carecer de renda, tinha de servir em casa rica.

[6] Paráfrase do refrão "*hidalgo honrado, antes roto que remendado*", onde o remendo pode significar também tacha moral.

[7] Tradução da máxima "*semper virtutes sequitur invidia*", popularizada nas epístolas de São Jerônimo.

lhe valeram o renome de Magno, dizem que teve o seu quê de bêbado. De Hércules, o dos muitos trabalhos, se conta que foi lascivo e frouxo. De D. Galaor, irmão de Amadis de Gaula, se murmura que foi mais que demasiadamente atrevido; e do seu irmão, que foi chorão. Portanto, oh Sancho, entre tantas calúnias de bons, bem podem passar as minhas, como não sejam mais que essas que disseste.

— Aí é que está o ponto, corpo de mim! — replicou Sancho.

— Então há mais? — perguntou D. Quixote.

— Ainda falta o rabo, que é o pior de esfolar — disse Sancho —, e perto dele tudo o que eu disse até aqui é migalha. Mas, se vossa mercê quer saber tudo sobre as calúnias que lhe fazem, posso num pronto trazer quem as diga todas, sem falta de nenhum miúdo, pois ontem chegou o filho de Bartolomé Carrasco, que vem de estudar em Salamanca, feito bacharel, e indo eu lhe dar as boas-vindas, me disse que a história de vossa mercê já andava em livros, com o nome de *Engenhoso fidalgo D. Quixote de La Mancha*; e diz que nela apareço com meu próprio nome de Sancho Pança, como também a senhora Dulcineia d'El Toboso, mais outras coisas que nós dois passamos a sós, tanto que fiz cruzes de espantado de como conseguiu saber delas o historiador que as escreveu.

— Eu te asseguro, Sancho — disse D. Quixote —, que o autor da nossa história deve de ser algum sábio encantador, pois deles não se oculta nada do que querem escrever.

— E como não há de ser sábio e encantador — disse Sancho —, pois, segundo diz o bacharel Sansón Carrasco, que assim se chama esse de quem falei, o autor da história se chama Cide Hamete Berinjela!

— Esse nome é de mouro — respondeu D. Quixote.

— Não me espanta — respondeu Sancho —, pois por toda

parte tenho ouvido dizer que os mouros são muito amigos de berinjelas.

— Tu, Sancho — disse D. Quixote —, deves ter errado o sobrenome desse tal Cide, que em arábico quer dizer "senhor".

— Bem pode ser — replicou Sancho. — Mas, se vossa mercê quer que o traga aqui, irei procurá-lo em bolandas.

— Grande gosto me farias, amigo — disse D. Quixote —, pois o que me disseste me tem suspenso, e não comerei bocado que bem me saiba enquanto não for informado de tudo.

— Lá vou por ele, então — respondeu Sancho.

E, deixando seu senhor, foi-se em busca do bacharel, com o qual voltou dali a pouco, e os três tiveram um engraçadíssimo colóquio.

Capítulo III

DO RIDÍCULO RAZOAMENTO HAVIDO ENTRE D. QUIXOTE, SANCHO PANÇA E O BACHAREL SANSÓN CARRASCO

Assaz pensativo ficou D. Quixote esperando o bacharel Carrasco, de quem esperava ouvir as novas de si mesmo postas em livro, como dissera Sancho, e não se podia persuadir que houvesse tal história, pois ainda não estava seco no gume da sua espada o sangue dos inimigos que matara e já queriam que suas altas cavalarias corressem em estampa. Contudo imaginou que algum sábio, fosse amigo ou inimigo, por arte de encantamento as houvesse dado à estampa: se amigo, para as engrandecer e levantar sobre as mais assinaladas de cavaleiro andante; se inimigo, para as aniquilar e pôr abaixo das mais vis que de algum vil escudeiro se tivessem escrito, bem que — dizia entre si — nunca se tivessem escrito façanhas de escudeiros. E quando fosse verdade que tal história houvesse, sendo de cavaleiro andante, por força houvera de ser grandíloqua, alta, insigne, magnífica e verdadeira.

Com isto se consolou algum tanto, mas desconsolou-o pensar que seu autor era mouro, segundo aquele nome de Cide, e dos mouros não se podia esperar verdade alguma, porque são todos embusteiros, falsários e quimeristas. Temia que houvesse tratado seus amores com alguma indecência que redundasse em menoscabo e prejuízo da honestidade da sua senhora Dulcineia d'El Toboso, desejava que tivesse declarado sua fidelidade e o decoro que sempre lhe guardara, menosprezando rainhas, imperatrizes e donzelas de todas as qualidades, tendo sempre mão no ímpeto dos naturais instintos. E assim envolto e revolto nestas e noutras muitas imaginações o acharam Sancho e Carrasco, o qual D. Quixote recebeu com muita cortesia.

Era o bacharel, bem que se chamasse Sansón, não muito grande de corpo, mas grandíssimo pulhista; de cor macilenta, mas de muito bom entendimento; teria perto de vinte e quatro anos, cara redonda, nariz chato e boca grande, sinais todos de ser de condição maliciosa e amigo de troças e de burlas, como o mostrou em vendo D. Quixote, pondo-se diante dele de joelhos e dizendo-lhe:

— Dê-me vossa grandeza as mãos, senhor D. Quixote de La Mancha, pois pelo hábito de São Pedro que visto,[1] inda que não tenha outras ordens senão as quatro primeiras,[2] que é vossa mercê um dos mais famosos cavaleiros andantes que já houve e ainda haverá em toda a redondeza da terra. Bem haja Cide Hamete Benengeli, que a história de vossas grandezas deixou escritas, e mais que bem haja o curioso que teve o cuidado de as mandar traduzir do arábico ao nosso vulgar castelhano, para o universal entretenimento das gentes.

Fê-lo levantar D. Quixote e disse:

— Então é verdade que há história minha e que foi mouro e sábio quem a compôs?

---

[1] Forma de juramento atenuada que alude às vestes de sacerdote secular (batina, mantéu e barrete pretos), também usadas por alguns estudantes.

[2] Trata-se das ordens menores — ostiário, leitor, exorcista e acólito —, que facultavam certos privilégios, mas não o ministério dos sacramentos (ver *DQ* I, cap. XIX, nota 3). Pelo contexto da jura, pode-se entrever um jogo de duplo sentido, em que Carrasco se referiria também às quatro ordens militares então ativas na Espanha (Calatrava, Santiago, Alcántara e Montesa), cujos membros usavam hábitos.

— Tão verdade, senhor — disse Sansón —, que tenho para mim que o dia de hoje já vão impressos mais de doze mil livros da tal história; se não, que o digam Portugal, Barcelona e Valência, onde os imprimiram, e ainda é fama que se está imprimindo em Antuérpia;[3] e cuido que logo não há de haver nação nem língua onde não se traduza.

— Uma das coisas — disse então D. Quixote — que mais contento devem de dar a um homem virtuoso e eminente é ver-se, em vida, andar com bom nome nas línguas das gentes, impresso e em estampa. Disse com bom nome porque, do contrário, nenhuma morte se lhe igualará.

— Se é boa fama e bom nome o que quer vossa mercê — disse o bacharel —, leva sozinho a palma a todos os cavaleiros andantes; porque o mouro em sua língua e o cristão na dele tiveram o cuidado de mui vivamente nos pintar a galhardia de vossa mercê, seu ânimo grande em acometer os perigos, sua paciência nas adversidades e sua firmeza no sofrer, assim as desgraças como os ferimentos, mais a honestidade e continência nos amores tão platônicos de vossa mercê e da minha senhora Dª Dulcineia d'El Toboso.

— Nunca — disse neste ponto Sancho Pança — tinha ouvido chamar com *don* minha senhora Dulcineia, mas somente de "senhora Dulcineia d'El Toboso", e já nisto anda errada a história.

---

[3] De fato, quando da publicação do *Quixote* de 1615, a primeira parte já havia sido editada em Lisboa (1605), Valência (1605), Bruxelas (1607 e 1611) e Milão (1610), além de Madri (1605 e 1608), mas não há registro de nenhuma edição barcelonesa anterior a 1617 nem antuerpiense até 1673. Quanto às traduções, em 1615 já haviam saído a inglesa de Thomas Shelton (1612) e a francesa de César Oudin (1614).

— Não é essa objeção de importância — respondeu Carrasco.

— Não, por certo — respondeu D. Quixote. — Mas vossa mercê me diga, senhor bacharel, que façanhas minhas são as que mais se prezam nessa história?

— Nisso — respondeu o bacharel — há diferentes opiniões, como há vários gostos: uns preferem a aventura dos moinhos de vento, que a vossa mercê pareceram Briaréus[4] e gigantes; outros, a dos pisões; este, a descrição dos dois exércitos, que logo pareceram ser duas manadas de carneiros; aquele encarece a do morto que iam levando a enterrar em Segóvia; um diz que a todas faz vantagem a da liberdade dos galeotes; outro, que nenhuma se iguala à dos dois gigantes beneditinos, com a contenda do valoroso biscainho.

— Diga-me, senhor bacharel — disse então Sancho —, entra aí a aventura dos galegos, quando o nosso bom Rocinante resolveu buscar nabos em alto-mar?

— Ao sábio nada ficou no tinteiro — respondeu Sansón. — Ele tudo diz e tudo nota, até o caso das cabriolas que o bom Sancho deu na manta.

— Na manta não dei cabriolas — respondeu Sancho —, e sim no ar, e mais do que eu quisera.

— Segundo imagino — disse D. Quixote —, não há no mundo história humana que não tenha seus reveses, especialmente as que tratam de cavalarias, as quais nunca podem estar cheias de prósperos sucessos.

— Todavia — respondeu o bacharel —, dizem alguns dos

---

[4] Briaréu, ou Egeon, era um dos três hecatônquiros, gigantes da mitologia greco-latina que protagonizam a titanomaquia (ver *DQ* I, cap. VIII, nota 1).

que leram a história que folgariam se os autores dela tivessem esquecido algumas das infinitas pauladas que em diferentes encontros deram no senhor D. Quixote.

— Aí entra a verdade da história — disse Sancho.

— Também as poderiam ter calado por equidade — disse D. Quixote —, pois as ações que não mudam nem alteram a verdade da história não há para que escrevê-las quando redundam em menosprezo do senhor da história. À fé que não foi tão piedoso Eneias como o pinta Virgílio, nem tão prudente Ulisses como o descreve Homero.

— Assim é — replicou Sansón —, mas uma coisa é escrever como poeta, e outra como historiador. O poeta pode contar ou cantar as coisas, não como foram, mas como deviam ser; e o historiador há de as escrever, não como deviam ser, mas como foram, sem tirar nem pôr coisa alguma à verdade.

— Pois se é que anda dizendo verdades esse senhor mouro — disse Sancho —, entre as pauladas do meu senhor devem se achar as minhas, porque nunca a sua mercê varejaram as costas que a mim não tenham varejado o corpo todo. Mas não tenho do que me espantar, pois, como diz o mesmo senhor meu, da dor da cabeça hão de participar os membros.

— Bem velhaco sois, Sancho — respondeu D. Quixote. — À fé que não vos falta memória quando a quereis ter.

— Se eu quisesse esquecer as bordoadas que levei — disse Sancho —, não o consentiriam as pisaduras que ainda trago frescas nas costelas.

— Calai, Sancho — disse D. Quixote —, e não interrompais o senhor bacharel, a quem suplico que passe adiante em me dizer o que se diz de mim na referida história.

— E de mim — disse Sancho —, pois também dizem que sou eu um dos principais pressonagens dela.

— *Personagens*, e não *pressonagens*, Sancho amigo — disse Sansón.

— Outro censurador de bocávulos temos aqui? — disse Sancho. — Pois continuem assim, que não acabaremos em toda a vida.

— Que Deus me tire a minha, Sancho — respondeu o bacharel —, se não fordes vós a segunda pessoa da história,[5] e há quem mais preze vos ouvir falar a vós que à primeira e mais bem-pintada, posto que também há quem diga que andastes demasiadamente crédulo em crer que podia ser verdade o governo daquela ínsula oferecida pelo senhor D. Quixote, aqui presente.

— Ainda está o sol longe de se pôr — disse D. Quixote —, e quanto mais Sancho for entrando em anos, com a experiência que a idade traz, mais idôneo e mais hábil que agora estará para ser governador.

— Por Deus, senhor — disse Sancho —, a ilha que eu não governar com os anos que tenho não a governarei com os anos de Matusalém. O mal está na demora da ínsula, perdida não sei onde, e não em que me falte tutano para a governar.

— Encomendai-o a Deus, Sancho — disse D. Quixote —, que tudo há de sair bem, e até melhor do que pensais, pois não se move a folha na árvore sem a vontade de Deus.

— Assim é verdade — disse Sansón —, pois, se Deus quiser, não faltarão a Sancho mil ilhas que governar, quanto mais uma.

— Governadores tenho visto por aí — disse Sancho — que a meu ver não chegam à sola do meu sapato, mas são chamados de "senhoria" e comem em baixela de prata.

---

[5] Trata-se do *gracioso*, ou "figura de donaire", personagem-tipo cômico, anti-herói entre ingênuo e malicioso, característico da Comedia Nueva.

— Esses não são governadores de ínsulas — replicou Sansón —, mas de outros governos mais maneiros, pois os que governam ínsulas pelo menos hão de saber gramática.[6]

— A *grama* não enjeito — disse Sancho —, mas a *tica* eu passo, pois é coisa que não entendo. Mas encomendando o negócio do governo a Deus, que me leve aonde for servido, eu lhe digo, senhor bacharel Sansón Carrasco, que me deu infinito gosto saber que o autor da história falou de mim de maneira que não cansam as coisas que de mim se contam, pois à fé de bom escudeiro que, se ele tivesse dito de mim coisas que não fossem muito de cristão-velho, como sou, até os surdos nos haviam de ouvir.

— Isso seria fazer milagres — respondeu Sansón.

— Milagres ou não milagres — disse Sancho —, cada um olhe bem como fala e como escreve das pressoas, e não solte a trouxe-mouxe o que primeiro lhe vier à cabeça.

— Uma das tachas que põem à tal história — disse o bacharel — é que seu autor pôs nela uma novela intitulada *O curioso impertinente*, e não por ser ruim ou malcomposta, mas por não ser daquele lugar nem ter que ver com a história de sua mercê o senhor D. Quixote.

— Aposto — replicou Sancho — que o filho dum cão misturou alhos com bugalhos.

— Pois eu digo — disse D. Quixote — que não foi sábio o autor de minha história, senão algum ignorante falador que às tontas e sem nenhum discurso se pôs a escrevê-la, não importando o que saísse, como fazia Orbaneja, aquele pintor de Úbeda que, quando lhe perguntavam o que ia começando a pintar, res-

---

[6] Considerada o fundamento das demais disciplinas, a gramática era a matéria básica da educação da época.

pondia: "O que sair". Uma vez pintou um galo de tal sorte e tão malparecido, que foi preciso escrever ao pé dele com grandes letras: "Isto é um galo". E assim deve de ser com a minha história, que terá necessidade de comento para que se entenda.

— Isso não — respondeu Sansón —, porque ela é tão clara que não traz dificuldade: as crianças a manuseiam, os moços a leem, os homens a entendem e os velhos a celebram, e é, enfim, tão trilhada, tão lida e tão sabida por todo gênero de gentes que, quando veem algum rocim magro, logo dizem "lá vai Rocinante".[7] E os que mais se têm dado à sua leitura são os pajens. Não há antecâmara de senhor onde não se ache um *D. Quixote*, uns o tomam quando outros o deixam, estes o disputam e aqueles o pedem. Enfim, é a tal história do mais gostoso e menos prejudicial entretenimento que até agora já se viu, porque em toda ela não se descobre nem sombra de palavra desonesta ou pensamento menos que católico.

— Escrevendo de outra sorte — disse D. Quixote —, não se escreveriam verdades, senão mentiras, e os historiadores que de mentiras se valem haviam de ser queimados como os falsários de moedas. E eu não sei o que moveu o autor a se valer de novelas e contos alheios, havendo tanto a escrever dos meus; sem dúvida deve de haver dado ouvidos àquele dito que diz "a barriga, de palha e feno" etc.[8] Pois em verdade que só em manifestar meus pensamentos, meus suspiros, minhas lágrimas, meus bons dese-

---

[7] A popularidade alcançada pelos personagens principais de *D. Quixote* foi de fato extraordinária, a ponto de logo serem tomados como motivo de fantasias e mascaradas.

[8] O ditado inteiro reza *"de paja y de heno [mi vientre lleno]"*; na versão portuguesa, "a barriga, de palha e feno [se enche]".

jos e meus acometimentos poderia fazer um volume maior, ou tão grande, que o que podem fazer todas as obras do Tostado.[9] De feito, o que eu alcanço, senhor bacharel, é que para compor histórias e livros, de qualquer sorte que sejam, é mister um grande juízo e um maduro entendimento. Dizer graças e escrever donaires é próprio de grandes engenhos: a mais discreta figura da comédia é a do bobo, porque o não será quem queira dar a entender que é simples. A história é como coisa sagrada, porque há de ser verdadeira, e onde está a verdade está Deus, enquanto verdade; mas, não obstante, há alguns que assim compõem e botam livros de si como se fossem bolinhos.

— Não há livro tão ruim — disse o bacharel — que não tenha algo de bom.[10]

— Disso não há dúvida — replicou D. Quixote —, mas muitas vezes acontece a quem já tinha meritamente granjeada e alcançada grande fama por seus escritos, em dando-os à estampa, a perderem de todo ou a menoscabarem em parte.

— A causa disso — disse Sansón — é que, como as obras impressas se olham devagar, facilmente se veem suas falhas, e tanto mais se esquadrinham quanto maior é a fama de quem as compôs. Os homens famosos por seus engenhos, os grandes poetas, os ilustres historiadores, sempre ou as mais vezes são invejados daque-

---

[9] Alfonso Tostado de Madrigal (1400?-1455), polígrafo cartusiano, bispo de Ávila, conselheiro do rei Juan II e professor da universidade de Salamanca. Foi um dos intelectuais mais eminentes do século XV espanhol e deixou uma obra tão volumosa que "*escribir más que el Tostado*" se tornou frase feita para designar a escritura prolífica.

[10] A sentença, atribuída a Plínio o Velho e transmitida por seu sobrinho Plínio o Moço (61-114) em suas *Epístolas*, tornara-se um lugar-comum durante o Renascimento, aparecendo, por exemplo, no *Lazarilho de Tormes*.

les que têm por gosto e particular entretenimento julgar os escritos alheios sem nunca terem dado um próprio à luz do mundo.

— Isso não maravilha — disse D. Quixote —, pois há muitos teólogos que não são bons para o púlpito mas são boníssimos para conhecer as faltas ou sobejos dos que pregam.

— Tudo isso é assim, senhor D. Quixote — disse Carrasco —, mas quisera eu que os tais censuradores fossem mais misericordiosos e menos escrupulosos, sem se aterem aos átomos do sol claríssimo da obra da qual murmuram. Pois se *aliquando bonus dormitat Homerus*,[11] considerem o muito que o autor se desvelou para dar a luz de sua obra com a menos sombra que pudesse; e bem pudera ser que o que a eles parece mal fosse a pinta, que às vezes aumenta a formosura do rosto que a tem. E assim digo que é grandíssimo o risco a que se expõe quem imprime um livro, sendo de toda impossibilidade impossível compô-lo de tal sorte que satisfaça e contente a todos os que o lerem.

— O que de mim trata — disse D. Quixote — a poucos terá contentado.

— Tanto pelo contrário, pois, como de *stultorum infinitus est numerus*,[12] infinitos são os que gostaram da tal história; mas alguns viram falta e dolo na memória do autor, pois se esqueceu de contar quem foi o ladrão que furtou o ruço de Sancho,[13] que

---

[11] Citação do verso da *Arte Poética*, de Horácio, "*Et idem indignor quandoque bonus dormitat Homerus*" ("Eu mesmo me indigno pois às vezes até o bom Homero cochila"), que prossegue "*verum operi longo fas est obrepere somnum*" ("contudo é de se esperar que o sono faça das suas quando o trabalho é longo").

[12] "Infinito é o número dos tolos", frase proverbial tomada do *Eclesiastes* (Vulgata Clementina, 1, 15).

[13] Referência ao salto ocorrido na edição *princeps* da primeira parte, mal emendado na segunda edição (ver *DQ* I, cap. XXIII, nota 4).

lá se não declara, e do escrito só se infere que lhe foi furtado, mas dali a pouco o vemos cavaleiro do mesmo jumento, sem que este antes aparecesse. Também dizem que se esqueceu de pôr o que Sancho fez com aqueles cem escudos que achou na maleta na Serra Morena, que nunca mais os menciona, e há muitos que desejam saber que fez deles, ou no que os gastou, que é um dos pontos substanciais que faltam à obra.

Sancho respondeu:

— Eu, senhor Sansón, não estou agora para entrar em contas nem contos, pois me deu aqui uma fraqueza que, se a não reparar com dois goles de bom vinho, acabarei com o estômago nas costas. Em casa o tenho, minha costela me espera. Em acabando de comer, voltarei aqui para satisfazer vossa mercê e todo o mundo naquilo que perguntar quiserem, assim da perda do jumento como do gasto dos cem escudos.

E sem esperar resposta nem dizer outra palavra, foi-se embora para sua casa.

D. Quixote pediu e rogou ao bacharel que ficasse para com ele fazer penitência.[14] Aceitou o bacharel o envite, ficou, acrescentou-se ao ordinário um par de pombos, tratou-se à mesa de cavalarias, deu-lhe trela Carrasco, acabou-se o banquete, dormiram a sesta, voltou Sancho e renovou-se a conversação passada.

---

[14] "Fazer penitência": fórmula humilde de cortesia com que se convidava a compartilhar a refeição.

Capítulo IV

Onde Sancho Pança satisfaz o bacharel Sansón Carrasco de suas dúvidas e perguntas, mais outros sucessos dignos de saber e contar

Voltou Sancho à casa de D. Quixote e, voltando ao interrompido razoamento, disse:

— Àquilo que o senhor Sansón dizia, que desejava saber por quem ou como ou quando me foi roubado o jumento, respondendo digo que na mesma noite em que, fugindo da Santa Irmandade, entramos na Serra Morena, depois da aventura sem ventura dos galeotes e da do defunto que levavam para Segóvia, meu senhor e eu nos metemos numa brenha, onde meu senhor arrimado à sua lança e eu sobre meu ruço, moídos e cansados das passadas refregas, ferramos no sono como se fosse sobre quatro colchões de penas; eu especialmente dormi tão pesado que lá quem tenha sido teve lugar de vir e me suspender sobre quatro estacas postas nos quatro cantos da albarda, de maneira que me deixou a cavalo sobre ela e me tirou o ruço de baixo sem que eu o sentisse.

— Isso é coisa fácil, e não acontecimento novo, pois o mesmo sucedeu a Sacripante quando, estando no cerco de Albraca, aquele famoso ladrão chamado Brunel com essa mesma indústria lhe tirou o cavalo dentre as pernas.[1]

— Amanheceu — prosseguiu Sancho —, e mal me havia es-

---

[1] Referência ao episódio narrado no *Orlando enamorado* (livro II) e no *Orlando furioso* (XXVII, 84). Para o cerco de Albraca, ver *DQ* I, cap. X, nota 10.

preguiçado quando, faltando as estacas, dei comigo ao chão num grande tombo. Olhei pelo jumento, e não o vi. Me acudiram lágrimas aos olhos e fiz uma lamentação que, se a não pôs o autor da nossa história, não há de ter posto coisa boa. Ao cabo de não sei quantos dias, vindo com a senhora princesa Micomicona, conheci meu asno e que vinha sobre ele, em hábito de cigano, aquele Ginés de Pasamonte, aquele embusteiro e grandíssimo tratante que meu senhor e eu livramos das cadeias.

— Não está nisso o erro — replicou Sansón —, mas em que, antes de ter reaparecido o jumento, diz o autor que Sancho ia montado no mesmo ruço.

— Disso — respondeu Sancho — não sei que dizer, senão que o historiador se enganou, ou então que foi descuido do impressor.

— Assim é, sem dúvida — disse Sansón. — Mas que foi feito dos cem escudos? Se esfumaram?

Respondeu Sancho:

— Eu os gastei em prol da minha pressoa e da de minha mulher e meus filhos, e foi graças a eles que minha mulher levou com paciência os caminhos e carreiras que andei a serviço do meu senhor D. Quixote, pois, se ao cabo de tanto tempo eu voltasse à minha casa sem jumento e sem uma branca na algibeira, negra ventura amargara, e se há mais a saber de mim, cá estou para responder ao próprio rei em pressoa, e ninguém tem por que se meter a averiguar se eu os trouxe ou não trouxe, se os gastei ou não gastei, pois se as pauladas que me deram nessas viagens fossem pagas em dinheiro, ainda que não se orçassem em mais que quatro maravedis cada uma, outros cem escudos não bastariam para me pagar nem a metade, e cada um ponha a mão no peito e não pegue a julgar o branco por preto e o preto por branco, que cada um é como Deus fez, e muitas vezes até pior.

— Eu terei cuidado — disse Carrasco — de acusar ao autor da história que, se outra vez a imprimir, não se esqueça disso que o bom Sancho acaba de dizer, que será levantá-la bem um couto acima donde ela está.

— Há outra coisa a emendar nessa lição, senhor bacharel? — perguntou D. Quixote.

— Deve de haver, por certo — respondeu ele —, mas nenhuma da importância das já referidas.

— E porventura — disse D. Quixote — promete o autor continuação?

— Promete sim — respondeu Sansón —, mas diz que a não achou nem sabe quem a tenha, e assim estamos em dúvida se sairá ou não; e por isso, ou porque alguns dizem "nunca as continuações foram boas", e outros "das coisas de D. Quixote bastam as já escritas", duvida-se que haja continuação, se bem alguns mais joviais que saturninos digam: "Que venham mais quixotadas, acometa D. Quixote e fale Sancho Pança, e seja o que for, que com isso nos contentamos".

— E o autor, que diz?

— Diz ele — respondeu Sansón — que, em achando que achou a história, a qual anda buscando com extraordinárias diligências, logo a dará à estampa, levado mais do proveito que por dá-la se obtenha que de outro benefício algum.

Ao que Sancho disse:

— No dinheiro e no proveito tem os olhos postos o autor? Milagre será que acerte, pois não fará mais que alinhavar sem tento, como alfaiate em véspera de páscoa, e obra apressada, obra estragada. Trate esse senhor mouro, ou lá o que seja, de olhar bem o que faz, que eu e meu senhor lhe encheremos as mãos de tantas aventuras e sucessos diferentes que poderá compor não uma, mas cem continuações. Sem dúvida deve de pensar o bom homem que nós aqui dormimos nas palhas; pois que nos venha ter o pé a ferrar, e verá de qual coxeamos.[2] O que eu sei dizer é que, se meu senhor tomasse meu conselho, já havíamos de estar por esses campos desfazendo agravos e endireitando tortos, como é uso e costume dos bons andantes cavaleiros.

Mal acabara Sancho de dizer tais razões, quando chegaram a seus ouvidos relinchos de Rocinante, os quais relinchos tomou D. Quixote por felicíssimo agouro, e determinou de dali a três ou quatro dias fazer outra saída, e, declarando sua tenção ao bacharel, lhe pediu conselho por que parte começar sua jornada, o qual lhe respondeu que era seu parecer que fosse ao reino de Aragão e à cidade de Saragoça, onde dali a poucos dias se fariam umas soleníssimas justas pela festa de São Jorge,[3] nas quais poderia ganhar fama sobre todos os cavaleiros aragoneses, que seria ganhá-la sobre todos os do mundo. Louvou sua determinação por honradíssima e valentíssima, mas lhe advertiu que fosse mais atentado em acometer os perigos, visto que sua vida não era dele, senão de todos aqueles que dele haviam mister para que os amparasse e socorresse em suas desventuras.

— Isso é que eu renego, senhor Sansón — exclamou Sancho neste ponto —, pois assim acomete meu senhor contra cem homens armados como um rapaz guloso sobre meia dúzia de melancias. Corpo do mundo, senhor bacharel! Tempos há para acome-

---

[2] Sancho cruza duas frases feitas, "*no me habéis tenido el pie al herrar*", que aconselha precaução com quem não se tem intimidade, e "*bien sé de qué pie cojeas*", que adverte sobre o conhecimento dos defeitos do interlocutor.

[3] Em homenagem ao padroeiro da coroa aragonesa e de sua cavalaria se celebravam famosos torneios não apenas no dia do santo, 23 de abril, mas em várias datas ao longo do ano. A ida de D. Quixote às justas de Saragoça fora anunciada no epílogo do primeiro livro.

ter e tempos para recuar, pois nem tudo há de ser "Santiago e cerra Espanha!",[4] de mais que ouvi dizer, e se mal não me lembro, acho que foi do meu senhor mesmo, que entre os extremos de covarde e de temerário está o meio-termo da valentia, e se isto é assim, não quero que ele fuja sem porquê nem acometa quando a demasia pedir outra coisa. Mas sobretudo aviso meu senhor que, se me levar consigo, será com a condição de que ele batalhe tudo, não estando eu obrigado a mais que não seja olhar por sua pessoa no tocante a sua limpeza e seu regalo, que nisso será servido como ninguém; mas pensar que eu hei de meter mão à espada, ainda que seja contra vilões malfeitores de machado e capelina, é pensamento escusado. Eu, senhor Sansón, não quero ganhar fama de valente, mas sim do melhor e mais leal escudeiro que jamais serviu a cavaleiro andante. E se o meu senhor D. Quixote, obrigado dos meus muitos e bons serviços, quiser me dar alguma ínsula das muitas que sua mercê diz que há de topar por aí, eu o terei por grande mercê, mas se não ma der, nascido sou, e não há de viver o homem à mão de outro, senão de Deus; de mais que tão bem, e talvez até melhor, me saberá o pão desgovernado que sendo governador. E eu sei porventura se nesses governos não me tem o diabo armado algum cambapé onde eu tropece e caia e quebre os dentes? Sancho nasci e Sancho penso morrer; mas se, apesar de tudo, por bem e em boa hora, sem muita solicitude nem muito risco, o céu me deparar alguma ínsula ou outra coisa semelhante, não serei tão néscio que a enjeite, que também se diz "quando te derem o bacorinho, vai logo com o baracinho", e "quando o bem chegar, manda-o entrar".

---

[4] Grito de ataque dos exércitos da Reconquista evocando seu santo padroeiro, que ostentava o epíteto de "Mata-Mouros".

— Vós, irmão Sancho — disse Carrasco —, falastes como um catedrático. Mas, contudo, confiai em Deus e no senhor D. Quixote, que vos há de dar, não uma ínsula, mas um reino.

— Tão mau é o sobejo como o minguado — respondeu Sancho —; mas garanto ao senhor Carrasco que o reino que meu senhor me der não cairá em saco roto, pois tenho tomado o pulso a mim mesmo e me acho com saúde para reger reinos e governar ínsulas, o que já outras vezes disse ao meu senhor.

— Olhai, Sancho — disse Sansón —, que as honras mudam os costumes, e bem pudera ser que, em vos vendo governador, não conhecêsseis a mãe que vos pariu.

— Isso pode lá valer — respondeu Sancho — para quem é filho das ervas, não para quem, como eu, tem a alma gorda de sustância de cristão-velho. Comigo não, senão vinde aqui ver se é da minha condição ser ingrato com alguém!

— Que Deus assim faça — disse D. Quixote —, e logo veremos quando vier o governo, que já me parece que o tenho aqui diante dos olhos.

Dito isto, rogou ao bacharel que, se era poeta, lhe fizesse a mercê de compor uns versos que tratassem da despedida que pensava fazer de sua senhora Dulcineia d'El Toboso,[5] e que advertisse que no começo de cada verso havia de pôr uma letra do seu nome, de maneira que ao fim dos versos, juntando as primeiras letras, se lesse: "Dulcineia d'El Toboso". O bacharel respondeu que, se bem não era dos famosos poetas que havia na Espanha, que diziam não passar de três e meio, não deixaria de compor os tais metros, ainda que achasse uma grande dificuldade em sua com-

---

[5] A despedida do cavaleiro que se afasta da dama constituía um subgênero lírico popular tanto na Idade Média como no Renascimento.

posição, que era serem dezoito as letras contidas no nome, porquanto, se fizesse quatro coplas castelhanas, sobejariam duas letras, e se fizesse das de cinco, as quais chamam "décimas" ou "quintilhas", faltariam duas letras; mas, contudo, procuraria encaixar as sobejas o melhor que pudesse, de maneira que nas quatro castelhanas coubesse o nome de Dulcineia d'El Toboso.

— Assim há de ser por força — disse D. Quixote —, pois se os versos não mostram o nome patente e manifesto, não há mulher que creia que para ela foram feitos.

Concordaram nisso e também em que a partida seria dali a oito dias. Encomendou D. Quixote ao bacharel que a mantivesse em segredo, especialmente ao padre e a mestre Nicolás, e a sua sobrinha e à ama, por que não estorvassem sua honrada e valorosa determinação. Tudo prometeu Carrasco e com isto se despediu, rogando a D. Quixote que, em havendo cômodo, de todos seus bons ou maus sucessos o avisasse. E assim se despediram, e Sancho foi pôr em ordem o necessário para sua jornada.

Capítulo V

DA DISCRETA E ENGRAÇADA CONVERSAÇÃO
PASSADA ENTRE SANCHO PANÇA E SUA MULHER, TERESA PANÇA,
E OUTROS SUCESSOS DIGNOS DE FELIZ LEMBRANÇA

Chegando a escrever o tradutor desta história este quinto capítulo, diz ele que o tem por apócrifo, porque aqui fala Sancho Pança em estilo diferente do que se pode esperar do seu parco engenho e diz coisas tão sutis, que não tem por possível que ele as soubesse, mas que não quis deixar de traduzi-lo, por cumprir com o dever de seu ofício, e assim prosseguiu, dizendo:

Chegou Sancho a sua casa tão regozijado e alegre, que sua mulher conheceu sua alegria a tiro de balestra, tanto que a obrigou a lhe perguntar:

— Que trazeis, Sancho amigo, que tão alegre chegais?

Ao que ele respondeu:

— Mulher minha, se Deus quisesse, bem folgara eu de não estar assim tão contente quanto mostro.

— Não vos entendo, marido — replicou ela —, e não sei o que quereis dizer com isso de que folgaríeis, se Deus quisesse, de não estar contente, pois, apesar de tola, não sei quem possa ter gosto em não o ter.

— Olhai, Teresa — respondeu Sancho —, eu estou alegre porque tenho determinado de voltar a servir ao meu amo D. Quixote, o qual quer pela vez terceira sair em busca das aventuras, e eu volto a sair com ele, porque assim o quer minha necessidade, junto com a esperança que me alegra de pensar que poderei achar outros cem escudos como aqueles já gastos, por mais que me entristeça ter de me afastar de ti e dos meus filhos, e se Deus quisesse me dar de comer a pé enxuto e em minha casa, sem me levar por brenhas e encruzilhadas, coisa que poderia fazer sem muito custo por sua única vontade, claro que minha alegria seria mais firme e valedia, pois a que tenho vem de mistura com a tristeza de te deixar. Por isso eu disse que folgaria, se Deus quisesse, de não estar contente.

— Olhai, Sancho — replicou Teresa —, depois que vos fizestes membro de cavaleiro andante, falais de maneira tão complicada que não há quem vos entenda.

— Basta que Deus me entenda, mulher — respondeu Sancho —, pois é Ele o entendedor de todas as coisas, e fique o caso por aqui. E atentai, irmã, que nestes três dias vos convém ter grande cuidado do ruço, de maneira que esteja pronto a tomar armas: dobrai-lhe a ração, preparai a albarda e os demais arreios, pois não vamos a festas, mas a rodear o mundo e a ter dares e tomares com gigantes, com endríagos e avejões, e a ouvir silvos, rugidos, urros e bramidos, e ainda tudo isso seriam flores se não nos tivéssemos que haver com brutos arreeiros e mouros encantados.

— Bem creio eu, marido — replicou Teresa —, que os escudeiros andantes não comem o pão sem trabalhos, e assim ficarei rogando a Nosso Senhor que vos tire logo de tanta má ventura.

— Eu vos digo, mulher — respondeu Sancho —, que se não pensasse em logo me ver governador de uma ínsula, cairia morto aqui mesmo.

— Isso não, marido meu — disse Teresa —, pois viva a galinha com sua pevide, vivei vós, e dou ao demo quantos governos há no mundo. Sem governo saístes do ventre de vossa mãe, sem governo vivestes até agora e sem governo ireis, ou vos levarão, à sepultura quando Deus for servido. Está o mundo assim de quem vive sem governo, e nem por isso deixam todos de viver e de ser contados no número das gentes. O melhor tempero do mundo é a fome, e como esta não falta aos pobres, sempre comemos com gosto. Mas olhai, Sancho, se porventura vos virdes com algum governo, não vos esqueçais de mim nem de vossos filhos. Lembrai que Sanchico já tem quinze anos completos, e é razão que vá à escola, se é que seu tio o vigário cumpre e o encarreira para a Igreja. Olhai também que Mari Sancha, vossa filha, não morrerá se a casarmos, pois me vai dando a entender que tanto ela deseja ter marido como vós desejais ter governo, e enfim, enfim, mais vale filha malcasada que bem amancebada.

— À boa-fé, mulher minha — respondeu Sancho —, que se Deus me der algum governo, hei de casar Mari Sancha tão altamente que só a poderão alcançar se a tratarem de "senhoria".

— Isso não, Sancho — respondeu Teresa. — Casai-a com seu igual, que é o mais certo, pois se de tamancos a levantardes a chapins, e de saial pardo a sedas e crinolinas, e de "Marica" e "tu" a "dona tal" e "senhoria", não se há de achar a menina e a cada passo cairá em mil tropeços, mostrando a pobre estofa do seu pano grosso.

— Cala-te, boba — disse Sancho —, pois assim há de ser por dois ou três anos, que depois o senhorio e a gravidade lhe cairão como luva, e quando não, que importa? Que seja ela senhoria, e venha o que vier.

— Contentai-vos, Sancho, com vosso estado — respondeu Teresa —, não queirais subir a mais altos e ouvi o ditado que diz "casa tua filha com o filho do teu vizinho". E seria porventura boa coisa casar nossa Maria com um condaço ou um cavaleirão que, quando lhe desse a tineta, a ensaboasse desde os pés até a cabeça, chamando-a de vilã, filha do ganhão e da remendona? Não enquanto eu for viva, marido! Acaso para isso criei minha filha? Vós, Sancho, trazei dinheiros e deixai o casamento dela comigo, que aí mesmo está Lope Tocho, o filho de Juan Tocho, moço taludo e são, que conhecemos bem e sei que não tem maus olhos pela menina, e com este, que é nosso igual, estará ela bem casada e a teremos sempre perto, e seremos todos uns, pais e filhos, netos e genros, e andará a paz e a bênção de Deus entre todos nós, e não queirais agora casá-la nessas cortes e nesses grandes palácios, onde nem a entenderão a ela, nem ela se entenderá.

— Vem cá, besta e mulher de Barrabás — replicou Sancho —, por que queres tu agora, sem quê nem para quê, estorvar-me que eu case minha filha com quem me dê netos que se tratem de "senhoria"? Olha, Teresa, sempre ouvi os meus maiores dizerem que quem não sabe gozar da ventura quando lhe chega, não se deve queixar quando lhe passa. E não seria bem lhe fecharmos a porta agora que ela vem chamar à nossa; deixemo-nos levar deste vento favorável que nos sopra.

(Foi por esse modo de falar, e pelo que diz Sancho mais abaixo, que o tradutor desta história disse que tinha este capítulo por apócrifo.)

— Não te parece, animália — prosseguiu Sancho —, que seria bem pôr as mãos nalgum governo de proveito que nos tire o pé da lama? Mari Sancha se casará com quem eu quiser, e verás como então te chamam "Dª Teresa Pança" e te sentas na igreja sobre alcatifas, almofadas e alambéis, a despeito e pesar das fidalgas do lugar. Senão, ficai sempre no mesmo ser, sem medrar nem minguar, feita imagem de paramento! E não falemos mais: Sanchica há de ser condessa, por mais que tu digas.

— Vedes o que dizeis, marido? — respondeu Teresa. — Pois eu ainda temo que esse condado da minha filha há de ser sua perdição. Fazei dela o que quiserdes, duquesa ou princesa, mas sabei que não será com o gosto nem o consentimento meu. Sempre, irmão, fui amiga da igualdade, e não posso ver inchação sem fundamento. "Teresa" me puseram no batismo, nome liso e enxuto, sem ensanchas, nem penderilcalhos, nem arrebiques de dons nem donas; "Cascalho" se chamou meu pai, e a mim, por ser vossa mulher, me chamam "Teresa Pança", por mais que, segundo a boa razão, me houvera de chamar "Teresa Cascalho". Mas lá vão reis onde querem leis,[1] e com este nome me contento, sem a carga de um dom tão pesado que o não possa levar, e não quero dar que dizer aos que me virem andar vestida à condessa ou à governadora, pois logo dirão: "Olhai como vai inchada a porqueira! Ainda ontem só fazia puxar do froco de estopa e ia à missa cobrindo a cabeça com as fraldas do saial em vez da mantilha, e hoje ela já vem com o vestido armado, com broches e muita inchação, como se a gente a não conhecesse". Se Deus me guardar meus sete sentidos, ou meus cinco, ou quantos eu tiver, não penso em dar azo de me ver em tal aperto. Vós, irmão, ide ser governo ou ínsulo e inchai-vos à vossa vontade, que, por alma da minha mãe, nem minha filha nem eu havemos de pôr os pés fora de nossa aldeia: mulher honrada, em casa e de perna quebrada; donzela honesta, ter o que fazer é sua festa. Ide com vosso D. Quixote às vossas aventuras e deixai-nos aqui com nossas más venturas, as quais, se formos boas, Deus há de as melhorar. E eu não sei, aliás, quem lhe deu esse *don* que não tiveram seus pais nem seus avós.

— Agora digo — replicou Sancho — que deves de ter o inimigo metido nesse corpo. Valha-te Deus por mulher! Que enfiada despejaste de coisas sem pé nem cabeça! Que tem que ver o cascalho, os broches, os ditados e a inchação com as coisas que

---

[1] Inversão do ditado "lá vão leis onde querem reis", já citado parcialmente (ver *DQ* I, cap. XLV).

estou dizendo? Vem cá, mentecapta e ignorante, que assim te posso chamar, pois não entendes minhas razões e vais fugindo da bonança: se eu pedisse que minha filha se atirasse do alto de uma torre, ou que saísse por esses mundos como quis a infanta Dª Urraca,[2] terias razão em não seguir a minha vontade; mas se em duas palhetadas e em menos de um abrir de olhos eu lhe puser nos costados "senhoria" e *don* e a tirar dos restolhos e a colocar sob toldo em pedestal, num estrado com mais almofadas de veludo que tiveram os mouros na sua linhagem dos Almofades do Marrocos,[3] por que não hás de consentir e querer o que eu quero?

— Sabeis por quê, marido? — respondeu Teresa. — Pelo ditado que diz: "Quem te cobre te descobre!".[4] No pobre todos correm os olhos por alto, mas no rico os fitam, e, se o tal rico foi noutro tempo pobre, aí começa o murmurar e o maldizer e o pior perseverar dos maledicentes, que os há por essas ruas às pancadas, como enxames de abelhas.

— Olha, Teresa — respondeu Sancho —, e escuta o que agora te quero dizer: talvez não o tenhas ouvido em todos os dias da tua vida, e eu agora não falo por mim, pois tudo o que penso dizer

---

[2] No romance "Quejas de doña Urraca", a princesa, ao se ver preterida pelo rei D. Fernando I na partilha dos reinos, declara-se disposta a levar vida errante e desregrada, nos versos "*A mí, porque soy mujer, — dejáisme desheredada:/ irm'he yo por esas tierras — como una mujer errada/ y este mi cuerpo daría — a quien se me antojara:/ a los moros por dineros — y a los cristianos de gracia*".

[3] O nome da dinastia dos almôades (*almohades*), que reinou sobre a Espanha e o norte da África durante os séculos XII e XIII, é deformado por Sancho por assimilação a *almohada* (almofada).

[4] O ditado alude ao privilégio, reservado à alta nobreza, de permanecer com a cabeça coberta na presença dos reis, e pode ser parafraseado como "quem te põe em destaque ressalta as tuas falhas".

são sentenças do padre pregador que na quaresma passada fez sermão neste lugar, o qual, se mal não me lembro, disse que todas as coisas presentes que os olhos estão vendo se apresentam, estão e assistem a nossa memória muito melhor e com mais veemência que as coisas passadas.

(Todas essas razões que aqui vai dizendo Sancho são as segundas pelas quais o tradutor diz ter este capítulo por apócrifo, pois excedem a capacidade de Sancho. O qual prosseguiu, dizendo o seguinte.)

— Donde nasce que, quando vemos alguma pessoa bem adereçada e com ricos vestidos composta e com pompa de criados, parece que por força nos move e convida a que lhe tenhamos respeito, ainda que a memória naquele instante nos represente alguma baixeza em que vimos a tal pessoa, a qual ignomínia, quer seja de pobreza, quer de linhagem, como já passou, não o é mais, pois só o é o que vemos presente. E se aquele que a fortuna tirou do rascunho de sua baixeza (que nestas mesmas razões o disse o padre) e levantou à alteza de sua prosperidade for bem criado, liberal e cortês com todos, e não entrar em pleitos com aqueles que são nobres por antiguidade, tem por certo, Teresa, que não haverá quem se lembre daquilo que ele foi, mas só quem reverencie o que agora é, tirando os invejosos, de quem nenhuma próspera fortuna está a salvo.

— Não vos entendo, marido — replicou Teresa. — Fazei o que quiserdes e não me quebreis mais a cabeça com vossas arengas e retóricas. E se estais revolvido a fazer o que dizeis...

— *Resolvido* hás de dizer, mulher — disse Sancho —, e não "revolvido".

— Não vos ponhais a disputar comigo, marido — respondeu Teresa. — Eu falo como Deus é servido e não me meto em garabulhas. E já que teimais em ter governo, levai junto o vosso filho Sancho, para que desde agora lhe ensineis a ter governo, pois é bem que os filhos herdem e aprendam os ofícios de seus pais.

— Em tendo governo — disse Sancho —, logo mandarei a posta chamando por ele e enviando-te dinheiros, que não me faltarão, pois nunca falta quem os empreste aos governadores quando os não têm, e tu veste-o de maneira que disfarce o que é e pareça o que há de ser.

— Mandai vós dinheiro — disse Teresa —, que eu o vestirei como um palmito.

— Então ficamos de acordo — disse Sancho — em que há de ser condessa a nossa filha.

— No dia em que a vir condessa — respondeu Teresa —, farei conta que a enterro. Mas outra vez vos digo que façais o que vos der gosto, pois com esta sina nascemos as mulheres, de devermos obediência ao marido, ainda que ele seja um zote.

E então começou a chorar com tantas veras como se já visse Sanchica morta e enterrada. Sancho a consolou dizendo-lhe que, já que a teria de fazer condessa, seria o mais tarde que pudesse. Assim se acabou a conversação, e Sancho voltou para ver D. Quixote e fazer prestes para a partida.

Capítulo VI

DO QUE ACONTECEU A D. QUIXOTE
COM SUA SOBRINHA E COM SUA AMA, QUE É UM
DOS IMPORTANTES CAPÍTULOS DE TODA A HISTÓRIA

Enquanto Sancho Pança e sua mulher Teresa Cascalho tiveram a impertinente referida conversação, não estavam ociosas a sobrinha e a ama de D. Quixote, que por mil sinais iam coligindo que seu tio e senhor se queria desgarrar pela vez terceira e voltar ao exercício de sua, para elas, mal-andante cavalaria: procuravam por todos os meios possíveis afastá-lo de tão mau pensamento, mas tudo era pregar no deserto e malhar em ferro frio. Enfim, entre outras muitas razões que com ele passaram, lhe disse a ama:

— Em verdade, senhor meu, que se vossa mercê não sossegar o pé, e parar quieto em sua casa, e deixar de andar pelos montes e vales como alma penada, buscando essas que dizem que se chamam aventuras, que eu chamo desgraças, terei eu de me queixar com a voz em grita a Deus e ao rei por que ponham remédio a isso.

Ao que respondeu D. Quixote:

— O que Deus responderá a tuas queixas eu não sei, ama, nem tampouco o que há de responder Sua Majestade, só sei que, se eu fosse rei, me escusaria de responder a tamanha infinidade de memoriais impertinentes que a cada dia lhe dão, pois um dos maiores trabalhos que têm os reis, entre outros muitos, é a obrigação de escutar a todos e responder a todos, e assim não quisera eu que coisas minhas o cansassem.

Ao que disse a ama:

— Diga-nos, senhor, na corte de Sua Majestade não há cavaleiros?

— Há sim — respondeu D. Quixote —, e muitos, e é razão que os haja, para adorno da grandeza dos príncipes e ostentação da majestade real.

— E não seria vossa mercê — replicou ela — um dos que a pé quedo servem a seu rei e senhor ficando na corte?

— Olha, amiga — respondeu D. Quixote —, nem todos os cavaleiros podem ser cortesãos, nem todos os cortesãos podem nem devem ser cavaleiros andantes. De todos há de haver no mundo, e, se bem todos somos cavaleiros, muita diferença vai de uns a outros; porque os cortesãos, sem sair de seus aposentos nem dos umbrais da corte, passeiam por todo o mundo olhando um mapa, sem que lhes custe um cobre nem padeçam calor nem frio, fome nem sede. Mas nós, os cavaleiros andantes verdadeiros, ao sol, ao frio, ao vento, às inclemências do céu, noite e dia, a pé e a cavalo, medimos toda a terra com nossos próprios pés. E não conhecemos os inimigos apenas pintados, mas em seu mesmo ser, e em todo transe e toda ocasião os acometemos, sem olhos para ninharias nem para as leis dos desafios: se leva ou não leva mais curta a lança ou a espada, se traz sobre si relíquias ou algum engano encoberto, se se há ou não de partir o sol[1] e cortá-lo em fatias, mais outras cerimônias desse jaez que se usam nos desafios particulares de pessoa a pessoa, que tu não sabes e eu sei. E hás

---

[1] O regulamento medieval sobre desafios determinava que os contendores deviam portar armas iguais e não podiam carregar relíquias nem talismãs; além disso, no momento do confronto, os árbitros determinavam o ângulo da investida de modo que o sol não ferisse os olhos de um dos cavaleiros mais que do outro, providência conhecida como "partir o sol".

de saber mais: que o bom cavaleiro andante, ainda que veja dez gigantes que com as cabeças não só tocam, mas passam as nuvens, e que a cada um lhe servem de pernas duas grandíssimas torres, e que os braços semelham vergas de grossos e poderosos navios, e cada olho como uma grande roda de moinho e ardendo mais que um forno de vidro, de maneira alguma o hão de espantar, antes com gentil compostura e intrépido coração os há de acometer e investir e, se possível, vencê-los e desbaratá-los num breve instante, ainda que venham encouraçados com umas carapaças de um certo peixe que dizem ser mais duras que diamante, e em vez de espadas tragam cortantes punhais de damasquino aço, ou clavas ferradas com pontas também de aço, como eu já vi mais de duas vezes. Tudo isto eu digo, minha ama, por que vejas a diferença que há entre uns e outros cavaleiros, e seria razão que não houvesse príncipe que menos estimasse esta segunda, ou, para melhor dizer, primeira espécie de cavaleiros andantes, pois, segundo lemos em suas histórias, tal houve entre eles que foi a salvação não só de um reino, mas de muitos.

— Ah, senhor meu! — disse então a sobrinha. — Perceba vossa mercê que tudo isso que diz dos cavaleiros andantes é fábula e mentira, e suas histórias mereciam, quando não queimar na fogueira, cada uma receber uma carocha ou outro sinal por que fosse conhecida como infame e inimiga dos bons costumes.[2]

— Pelo Deus que me sustenta — disse D. Quixote — que, se não fosses minha sobrinha direta, filha da minha mesma irmã, eu te daria tamanho castigo pela blasfêmia que disseste, que haveria de soar por todo o mundo. Como é possível que uma rapa-

---

[2] Referência ao sinal distintivo que as prostitutas oficiais eram obrigadas a portar.

rigota que mal sabe mexer os doze pauzinhos das rendas se atreva a dar à língua e a censurar as histórias dos cavaleiros andantes? Que diria o senhor Amadis se semelhante coisa ouvisse? Mas por certo que ele te haveria de perdoar, pois foi o mais humilde e cortês cavaleiro do seu tempo, e mais, um grande protetor de donzelas; mas outro algum te poderia ouvir que não te saísses tão bem do caso, que nem todos são corteses e benévolos, e há alguns bem velhacos e descomedidos. Nem todos os que se chamam cavaleiros o são de todo em todo, pois uns são de ouro, outros de alquimia, e todos parecem cavaleiros, mas nem todos passam o toque da pedra da verdade. Homens baixos há que rebentam por parecer cavaleiros, e cavaleiros altos há que adrede parecem morrer por parecerem homens baixos: aqueles se levantam ou com a ambição ou com a virtude, estes se abaixam ou com a frouxidão ou com o vício, e é mister usar de sábio discernimento para distinguir estas duas maneiras de cavaleiros, tão parecidos nos nomes e tão distantes nas ações.

— Valha-me Deus! — disse a sobrinha. — Tanto saber vossa mercê, senhor tio, que numa necessidade poderia subir a um púlpito ou sair a pregar por essas ruas, e contudo viver numa cegueira tão grande e numa sandice tão conhecida que se dê a entender que é valente, sendo velho, que tem forças, estando doente, e que endireita tortos, estando pela idade encurvado, e sobretudo que é cavaleiro, não o sendo, pois, ainda que o possam ser os fidalgos, nunca o são os pobres...![3]

— Tens muita razão no que dizes, sobrinha — respondeu D. Quixote —, e coisas te poderia dizer sobre as linhagens que mui-

---

[3] À diferença dos fidalgos, que eram nobres por linhagem, os cavaleiros deviam também dispor de renda suficiente para se manter a serviço do rei.

to te admirariam, mas, para não misturar o divino com o humano, não as digo. Olhai, amigas, e prestai muita atenção: a quatro sortes de linhagens se podem reduzir todas as que há no mundo, que são as seguintes. Umas, que tiveram princípios humildes e se foram estendendo e dilatando até chegar à suma grandeza. Outras, que tiveram princípios grandes e os foram conservando e os conservam e mantêm no ser que começaram. Outras que, se bem com princípios grandes, acabaram em ponta, como pirâmide, tendo diminuído e aniquilado seu princípio até chegar a nonada, como é a ponta da pirâmide, que, comparada com sua base ou assento, não é nada. Outras há (e estas são as mais) que nem tiveram princípio bom nem razoável meio, e assim terão o fim sem nome, como a linhagem da gente plebeia e ordinária. Das primeiras, que tiveram princípio humilde e subiram à grandeza que ora conservam, sirva de exemplo a casa otomana, que de um humilde e baixo pastor[4] que lhe deu princípio subiu à alta cima em que a vemos. Da segunda linhagem, que teve princípio em grandeza e a conserva sem aumentá-la, serão exemplo muitos príncipes que por herança o são e nela se conservam, sem aumentá-la nem diminuí-la, contendo-se pacificamente nos limites de seus estados. Das que começaram grandes e acabaram em ponta há milhares de exemplos, porque todos os Faraós e Ptolomeus do Egito,[5] os Césares de Roma, com toda a caterva (se é que se lhe pode dar este nome) de infinitos príncipes, monarcas, senhores, medos, assírios, persas, gregos e bárbaros, todas essas linhagens e senhorios

---

[4] Otman I (ou Osman) Gazi (1256-1324), fundador da dinastia e império otomanos, que antes de obter o poder teria sido pastor e bandoleiro.

[5] Dinastia de faraós descendentes de Ptolomeu I Sóter, general de Alexandre o Grande, que reinou no Egito de 323 a 30 a.C. aproximadamente.

acabaram em ponta e em nonada, assim eles como os que lhes deram princípio, que não é possível achar agora nenhum dos seus descendentes, e se algum achássemos seria em baixo e humilde estado. Da linhagem plebeia não tenho que dizer, senão que serve tão só para acrescentar o número dos viventes, sem que as suas grandezas mereçam outra fama nem outro elogio. De todo o dito quero que infirais, minhas tolas, que é grande a confusão entre as linhagens, e que só se afirmam grandes e ilustres aquelas que o mostram na virtude e na riqueza e liberalidade dos seus amos. Eu disse virtudes, riquezas e liberalidades, porque o grande que for vicioso será vicioso grande, e o rico não liberal será um avarento miserável, pois o possuidor das riquezas não se faz ditoso em tê--las, mas em gastá-las, e não em gastá-las como bem quiser, mas em sabê-las bem gastar. Ao cavaleiro pobre não resta outro caminho para mostrar que é cavaleiro senão o da virtude, sendo afável, bem-criado, cortês e comedido, e oficioso, não soberbo, não arrogante, não murmurador e sobretudo caridoso, pois com dois maravedis que com ânimo alegre der ao pobre mostrar-se-á tão liberal como o que dá esmolas com sinos a repique, e não haverá quem, ainda que o não conheça, vendo-o adornado das ditas virtudes, deixe de o julgar e ter como de boa casta, e o não sê-lo seria milagre; e sempre o louvor foi prêmio da virtude, e os virtuosos não podem deixar de ser louvados. Dois caminhos há, filhas, por onde podem os homens seguir e chegar a ser ricos e honrados: um é o das letras, outro o das armas. Eu tenho mais armas do que letras e, segundo me inclino às armas, nasci sob a influência do planeta Marte, porquanto me é quase forçoso seguir o seu caminho, e por ele tenho de ir apesar de todo o mundo, e em vão vos cansareis em convencer-me a que eu não queira o que os céus querem, a fortuna ordena e a razão pede, e sobretudo minha vontade deseja. Pois sabendo, como sei, os inumeráveis trabalhos que são anexos à andante cavalaria, sei também os infinitos bens que com ela se alcançam e sei que a trilha da virtude é assaz estreita, e o caminho do vício, largo e espaçoso. E sei que seus fins e destinos são diferentes, porque o do vício, dilatado e espaçoso, acaba em morte, e o da virtude, estreito e árduo, acaba em vida, e não em vida que se acaba, mas na que não terá fim. E sei, como diz o grande poeta castelhano nosso, que

> O andar na dura senda nos destina
> das rodas imortais ao alto assento,
> que não alcança quem de lá declina.[6]

— Ai, pobre de mim — disse a sobrinha —, que meu senhor é também poeta! Tudo sabe, tudo alcança. Eu apostaria que, se quisesse ser pedreiro, saberia fazer uma casa tão bem como uma gaiola.

— Eu te garanto, sobrinha — respondeu D. Quixote —, que, se estes pensamentos cavaleirescos não levassem meus sentidos todos após si, não haveria coisa que eu não fizesse, nem curiosidade que não saísse de minhas mãos, especialmente gaiolas e palitos de dentes.[7]

Nesse instante chamaram à porta, e perguntando quem chamava, respondeu Sancho Pança que era ele, e logo que a ama o

---

[6] Citação quase literal dos versos de Garcilaso de la Vega (1501?-1536) "*Por estas asperezas se camina/ de la inmortalidad al alto asiento,/ do nunca arriba quien de aquí declina*" ("Elegía I", vv. 202-204).

[7] Consta que era passatempo comum entre as classes ociosas montar gaiolas e esculpir palitos de dentes, mas também se lê no comentário anterior da ama uma alusão maldosa às jaulas em que se trancavam os loucos.

conheceu, correu a se esconder, para não vê-lo, tanto que o detestava. Abriu-lhe a sobrinha, saiu seu senhor D. Quixote a recebê-lo de braços abertos, e se fecharam os dois em seu aposento, onde tiveram outro colóquio a que o passado não faz vantagem.

Capítulo VII

Do que tratou D. Quixote com seu escudeiro, mais outros famosíssimos sucessos

Tão logo a ama viu que Sancho Pança se fechava com seu senhor, caiu na conta dos seus tratos e, imaginando que daquela consulta havia de sair a resolução de sua terceira saída, apanhou seu manto e, toda cheia de aflição e pesar, saiu em busca do bacharel Sansón Carrasco, parecendo-lhe que, por ser bem-falante e amigo fresco do seu senhor, poderia persuadi-lo a abandonar tão desvairado propósito.

Achou-o passeando pelo pátio de sua casa e, vendo-o, se deixou cair a seus pés, tressuando e aflita. Quando Carrasco a viu em tão doloridas e sobressaltadas demonstrações, lhe disse:

— Que é isso, senhora ama? Que lhe aconteceu, que parece que a alma lhe sai pela boca?

— Não é nada, meu bom senhor Sansón, somente meu amo que se safa, safa-se sem dúvida!

— Mas que é que tanto o safa ou rala, senhora? — perguntou Sansón. — Que trabalhos o põem nessas fadigas?

— Não é isso — respondeu a ama —, senão que ele está para se safar pelas portas da sua loucura afora. Quero dizer, senhor bacharel da minha alma, que ele quer sair outra vez, e com esta será a terceira, a buscar por esse mundo o que ele chama venturas, que eu não posso entender como lhes pode dar esse nome. Da vez primeira o devolveram atravessado sobre um jumento, moído a pauladas. Da segunda veio em um carro de bois, metido e trancado numa jaula, onde ele tinha por coisa certa que estava encantado, e vinha o triste em tal estado que não o conheceria nem a mãe que o pariu, magro, amarelo, os olhos afundados nas últimas camarinhas do cérebro, que para o fazer tornar em si algum tanto gastei mais de seiscentos ovos, como bem sabe Deus e todo o mundo, e minhas galinhas, que não me deixam mentir.

— Nisso creio sem dúvida — respondeu o bacharel —, pois elas são tão boas, tão gordas e tão bem-criadas, que não diriam uma coisa por outra, nem que rebentassem. Mas enfim, senhora ama, não há outra coisa, nem aconteceu outro dano algum senão o que se teme que faça o senhor D. Quixote?

— Não, senhor — respondeu ela.

— Pois então não se amofine — respondeu o bacharel — e vá-se embora para casa e tenha lá preparada alguma coisa quente para eu comer, e no caminho vá rezando a oração de Santa Apolônia, se é que a sabe, que eu logo irei lá e vossa mercê verá maravilhas.

— Coitada de mim! — replicou a ama. — A oração de Santa Apolônia diz vossa mercê que eu reze? Isso seria se meu amo estivesse mal dos dentes, que não do casco.

— Eu sei o que digo, senhora ama, vá e não se ponha a disputar comigo, pois sabe que sou bacharel por Salamanca, e não há maior bacharelar — respondeu Carrasco.

E com isto se foi a ama, e o bacharel foi logo procurar o padre para comunicar com ele o que a seu tempo se dirá.

Durante o que estiveram fechados, D. Quixote e Sancho passaram as razões que com grande pontualidade e verdadeira relação conta a história.

Disse Sancho a seu amo:

— Senhor, eu já tenho reluzida a minha mulher a que me deixe ir com vossa mercê aonde me quiser levar.

— *Reduzida* hás de dizer, Sancho — disse D. Quixote —, e não *reluzida*.[1]

— Uma ou duas vezes — respondeu Sancho —, se mal não me lembro, já supliquei a vossa mercê que não me emende os vocábulos quando entender o que quero dizer neles, e que, quando os não entender, diga "Sancho, ou maldito, não te entendo", e se eu não me declarar, então poderá me emendar, que eu sou tão fócil...

— Não te entendo, Sancho — disse logo D. Quixote —, pois não sei que quer dizer "sou tão *fócil*".

— "Tão *fócil*" quer dizer — respondeu Sancho — "sou tão assim".

— Menos te entendo agora — replicou D. Quixote.

— Pois, se não me pode entender — respondeu Sancho —, não sei como dizer. Não sei mais, e Deus seja comigo.

— Ah, já apanhei — respondeu D. Quixote. — Queres dizer que és tão *dócil*, manso e manhoso, que atentarás ao que eu te disser e seguirás o que eu te ensinar.

— Aposto — disse Sancho — que já de princípio vossa mercê apanhou e me entendeu, e só me quis confundir para me ouvir dizer mais duzentas patacoadas.

— Pode ser — replicou D. Quixote. — Mas, a propósito, o que diz Teresa?

— Teresa diz — disse Sancho — que eu deixe tudo muito bem atado com vossa mercê, e que falem cartas e calem barbas,[2]

---

[1] A troca de "reduzida" – aqui com sentido de "persuadida" – por "reluzida" pode não ser uma simples corruptela de Sancho: *lucir* comportava também o sentido de "açoitar", que ganharia em ironia com o acréscimo do prefixo.

[2] Frase feita que aconselha a se fiar mais nos contratos escritos do que na palavra empenhada.

pois quem baralha não parte, e mais vale um "toma" que dois "te darei". E eu digo que conselho de mulher é pouco, mas quem o não toma é louco.

— E eu aqui digo o mesmo — respondeu D. Quixote. — Mas passai adiante, Sancho amigo, e dizei mais, que hoje deitais pérolas pela boca.

— O caso é que — replicou Sancho —, como vossa mercê sabe melhor do que eu, a morte vem para todos, e hoje na nossa figura, amanhã na sepultura, e tão depressa morrem de cordeiros como de carneiros, e ninguém neste mundo pode contar mais horas de vida que as que Deus lhe quiser dar, porque a morte é surda e vem bater à porta quando menos esperamos, sempre vai com pressa e não a podem parar súplicas, nem forças, nem cetros, nem mitras, segundo é pública voz e fama, e segundo escutamos por esses púlpitos.

— Tudo isso é verdade — disse D. Quixote —, mas não sei onde queres chegar.

— Quero chegar — disse Sancho — a que vossa mercê me declare o salário certo que me há de pagar a cada mês do tempo em que eu lhe servir, e que tal salário me seja pago de sua fazenda, pois não quero seguir servindo a mercês, que vêm tarde, ou mal, ou nunca, e Deus que me ajude com o que é meu. Enfim, eu quero saber quanto ganho, pouco ou muito que seja, pois sobre um ovo bota a galinha,[3] e muitos poucos fazem um muito, e quem ganha alguma coisa, não perde coisa alguma. Verdade seja que se acontecer (o qual nem creio nem espero) vossa mercê me dar a ínsula

---

[3] O dito indica que sempre se começa por pouco, aludindo ao costume antigo de se pôr um ovo de alabastro ou madeira pintada no ninho para animar a galinha a botar.

que me tem prometida, não sou tão ingrato nem levo as coisas tão a ferro e fogo que não queira que se veja a quanto monta a renda da tal ínsula e se desconte do meu salário em bom gateio.

— Sancho amigo — respondeu D. Quixote —, às vezes é tão bom o gateio quanto o rateio.

— Já entendo — disse Sancho. — Aposto que eu devia ter dito *rateio*, e não *gateio*; mas não importa, pois vossa mercê me entendeu muito bem.

— E tão bem — respondeu D. Quixote —, que penetrei até o último dos teus pensamentos e sei a que alvo miras as inumeráveis setas dos teus ditados. Olha, Sancho, eu bem te declararia salário, se nalguma das histórias dos cavaleiros andantes tivesse achado exemplo que me descobrisse e mostrasse por algum pequeno resquício quanto eles costumavam ganhar por mês ou por ano; mas eu li todas ou as mais das suas histórias e não me lembro de ter lido que algum cavaleiro andante tenha declarado e determinado salário a seu escudeiro. Só sei que todos serviam à mercê, e que quando menos esperavam, se a seus senhores corria boa sorte, eram premiados com uma ínsula ou outra coisa equivalente, e quando menos ficavam com título e senhoria. Se com estas esperanças e aditamentos vós, Sancho, gostardes de voltar a me servir, seja embora, mas pensar que eu hei de tirar dos seus termos e trilhas a antiga usança da cavalaria andante é pensamento escusado. Portanto, Sancho meu, voltai a vossa casa e declarai minha intenção a vossa Teresa, e se ela gostar e vós gostardes de seguir comigo à mercê, *bene quidem*.[4] Se não, fiquemos tão amigos como dantes, pois se no pombal houver milho, pombas não faltarão. E reparai, filho, que mais vale boa esperança que ruim

---

[4] "Seja em boa hora", "tudo bem".

posse, e boa queixa que mau pago. Falo deste jeito, Sancho, para vos dar a entender que tão bem como vós sei despejar rifões às bateladas. E finalmente quero dizer e vos digo que, se não quereis vir comigo à mercê e correr a sorte que eu correr, que Deus fique convosco e vos faça um santo, que a mim não me faltarão escudeiros mais obedientes, mais solícitos e não tão atolados nem tão falastrões como vós.

Quando Sancho ouviu a firme resolução do seu amo, se lhe escureceu o céu e apertou o coração, pois achava que seu senhor não partiria sem ele nem por todos os haveres do mundo, e estando ele assim suspenso e pensativo, entrou Sansón Carrasco com a ama e a sobrinha, desejosas de ouvir com que razões persuadia seu senhor a não tornar a buscar as aventuras. Chegou Sansón, socarrão de fama, e, abraçando-o como da vez primeira, em voz levantada lhe disse:

— Oh flor da andante cavalaria! Oh luz resplandecente das armas! Oh honra e espelho da nação espanhola! Praza a Deus todo-poderoso, que tudo contém por extenso, que a pessoa ou pessoas que impedirem e estorvarem a tua terceira saída não a encontrem no labirinto dos seus desejos, nem jamais se cumpra o que mal desejarem.

E virando-se para a ama, lhe disse:

— Bem pode a senhora ama não mais rezar a oração de Santa Apolônia, pois eu sei que é justa determinação das esferas que o senhor D. Quixote volte a executar seus altos e novos pensamentos, e eu muito carregaria minha consciência se não intimasse e persuadisse este cavaleiro a não ter mais tempo recolhida e guardada a força do seu valoroso braço e a bondade do seu ânimo valentíssimo, pois com sua tardança embarga o direito dos tortos, o amparo dos órfãos, a honra das donzelas, o favor das viúvas e o arrimo das casadas, mais outras coisas deste jaez que tocam, tangem, dependem e são anexas à ordem da cavalaria andante. Eia, meu senhor D. Quixote formoso e bravo, antes hoje que amanhã ponha-se vossa mercê e sua grandeza a caminho, e se alguma coisa faltar para pô-la em execução, aqui estou eu para supri-la com minha pessoa e fazenda, e se for necessário servir de escudeiro à tua magnificência, eu o terei por felicíssima ventura!

Disse então D. Quixote, virando-se para Sancho:

— Não te disse, Sancho, que me haveriam de sobejar escudeiros? Olha quem se oferece a sê-lo senão o inaudito bacharel Sansón Carrasco, perpétuo mimo[5] e regozijo dos pátios das escolas salmantinas, seguro de sua pessoa, ágil de membros, calado, sofredor assim do calor como do frio, assim da fome como da sede, com todas aquelas qualidades requeridas para ser escudeiro de um cavaleiro andante. Mas não permita o céu que, por seguir meu gosto, ele estropie e quebre a coluna das letras e o vaso das ciências nem trunque a palma eminente das boas e liberais artes. Fique o novo Sansão em sua pátria e, honrando-a, honre juntamente as cãs de seus velhos pais, que eu com qualquer escudeiro me contentarei, já que Sancho não se digna de vir comigo.

— Digno sim — respondeu Sancho, enternecido e cheios de lágrimas seus olhos, e prosseguiu. — Por mim não se dirá, senhor meu, comida feita, companhia desfeita; isso não, que eu não venho de nenhuma estirpe ingrata, e todo o mundo sabe, especialmente meus vizinhos, quem foram os Panças, dos quais eu des-

---

[5] A palavra original, *trastulo*, significa ao mesmo tempo "divertimento" e "bufão", e portanto, no contexto do diálogo, comporta sua dose de malícia. É de saber que se trata de um italianismo calcado no personagem do Trastullo, um *zanni* introduzido na Espanha nas décadas de 1570 e 1580 pela companhia do bergamasco "Zan Ganassa" e que contribuíra para a conformação do *gracioso* da Comedia Nueva.

cendo; de mais que por muitas boas obras e melhores palavras tenho conhecido e apalpado o desejo que vossa mercê tem de me fazer mercê, e se entrei em contas de quanto mais ou menos será o meu salário, foi por fazer a vontade à minha mulher, pois quando ela resolve convencer alguém, não há maço que tanto aperte os aros de uma cuba como ela aperta para que se faça o seu querer. Mas, enfim, o homem há de ser homem, e a mulher, mulher; e se sou homem em toda parte, como não posso negar, também o quero ser na minha casa, doa a quem doer. E assim não há mais que fazer, só vossa mercê ordenar seu testamento com seu codicilo, de modo que não se possa refogar, e botemo-nos logo a caminho, por que não padeça a alma do senhor Sansón, quem diz que a consciência lhe dita persuadir vossa mercê a sair da vez terceira por este mundo; e eu de novo me ofereço a servir vossa mercê fiel e legalmente, tão bem e até melhor que quantos escudeiros têm servido a cavaleiros andantes nos passados e presentes tempos.

Admirado ficou o bacharel de ouvir o termo e modo de falar de Sancho Pança, pois, bem que tivesse lido a primeira história do seu senhor, não se dava a crer que fosse tão gracioso como nela o pintam, mas ouvindo-o dizer agora "testamento e codicilo que não se possa refogar", em vez de "testamento e codicilo que não se possa revogar", deu crédito a tudo quanto dele tinha lido e o confirmou por um dos mais solenes mentecaptos dos nossos séculos, e disse consigo que tais dois loucos qual amo e moço jamais se haviam de ter visto no mundo.

Finalmente, D. Quixote e Sancho se abraçaram e ficaram amigos, e com parecer e beneplácito do grande Carrasco, que por então era o seu oráculo, se concertou que dali a três dias seria sua partida, nos quais teriam lugar para aprestar o necessário à viagem e conseguir uma celada de encaixe, a qual disse D. Quixote que de toda maneira haveria de levar. Ofereceu-lha Sansón, sabendo que não lha negaria um amigo seu que a tinha, posto que estava mais escura de ferrugem e azinhavre que clara e limpa de brunido aço.

As maldições que as duas, ama e sobrinha, lançaram sobre o bacharel foram sem conto; puxaram-se dos cabelos, arranharam o rosto e, ao modo das carpideiras que se usavam, lamentaram a partida como se fosse a morte do seu senhor. O desígnio que teve Sansón para o persuadir a que outra vez saísse foi fazer o que adiante contará a história, tudo por conselho do padre e do barbeiro, com quem ele antes comunicara.

Em conclusão, naqueles três dias D. Quixote e Sancho se abasteceram do que lhes pareceu conveniente, e tendo Sancho aplacado sua mulher e D. Quixote sua sobrinha e sua ama, ao anoitecer, sem que ninguém os visse, afora o bacharel, que quis acompanhá-los por meia légua do lugar, se puseram a caminho de El Toboso. D. Quixote sobre seu bom Rocinante e Sancho sobre seu antigo ruço, fornidos os alforjes de coisas tocantes à bucólica,[6] e a bolsa de dinheiro que lhe deu D. Quixote para o que lhes pudesse acontecer. Abraçou-o Sansón e suplicou-lhe o avisasse de sua boa ou má sorte, para se alegrar com esta ou se entristecer com aquela, como as leis de sua amizade pediam. Prometeu-lho D. Quixote, fez volta Sansón para o seu lugar, e os dois tomaram o rumo da grande cidade de El Toboso.

---

[6] Termo jocoso para designar a comida, formado por assimilação do italiano *bucca*.

Capítulo VIII

Onde se conta o que aconteceu a D. Quixote indo ver a sua senhora Dulcineia d'El Toboso

"Bendito seja o poderoso Alá!", diz Hamete Benengeli no início deste oitavo capítulo. "Bendito seja Alá!", repete três vezes, e diz que dá essas bênçãos por ver que já tem a D. Quixote e Sancho em campanha e que os leitores de sua agradável história podem fazer conta que deste ponto em diante começam as façanhas e donaires de D. Quixote e seu escudeiro. Persuade-os a esquecerem as passadas cavalarias do engenhoso fidalgo e porem os olhos nas que estão por vir, que agora no caminho de El Toboso começam, como as outras começaram nos campos de Montiel, e não é muito o que ele pede para tanto quanto promete, e assim prossegue, dizendo:

Sós ficaram D. Quixote e Sancho, e logo que Sansón se afastou, começou a relinchar Rocinante e a suspirar o ruço,[1] coisa que ambos dois, cavaleiro e escudeiro, tomaram por bom sinal e felicíssimo agouro, ainda que, se se há de contar verdade, mais foram os suspiros e zurros do ruço que os relinchos do rocim, donde Sancho coligiu que sua ventura haveria de avantajar à do seu senhor e se levantar acima dela, não sei se baseado na astrologia

---

[1] Eufemismo para "peidar"; o relincho dos cavalos e a ventosidade dos asnos eram tradicionalmente interpretados como sinais auspiciosos.

judiciária[2] que ele sabia, se bem a história o não declara; só o ouviram dizer que, quando tropeçava ou caía, quisera não ter saído de casa, porque do tropeçar ou cair não se tira outra coisa senão o sapato estragado ou as costelas quebradas; e, apesar de tolo, não andava nisso muito longe da verdade. Disse-lhe D. Quixote:

— Sancho amigo, já vem chegando a noite a passos largos, e com mais escuridão da que seria necessária para com o dia conseguirmos ver El Toboso, aonde tenho determinado ir antes de empreender outra aventura, para lá tomar a bênção e boa licença da sem-par Dulcineia, com a qual licença penso e tenho por certo acabar e dar feliz coroação a toda perigosa aventura, pois nenhuma coisa desta vida faz mais valentes os cavaleiros andantes que se verem favorecidos de suas damas.

— Assim creio — respondeu Sancho —, mas tenho por dificultoso que vossa mercê possa falar ou se ver com ela, ao menos em parte que possa receber sua bênção, como não seja por cima da cerca do curral, onde eu a vi da vez primeira, quando lhe levei a carta onde iam as novas das sandices e loucuras que vossa mercê ficava fazendo no coração da Serra Morena.

— Cercas de curral se te afiguraram aquelas, Sancho — disse D. Quixote —, donde ou por onde viste aquela nunca bastantemente louvada gentileza e formosura? Não deviam de ser senão

---

[2] "Astrologia judiciária": aquela que pretendia emitir juízos preditivos sobre o destino humano mediante a observação da posição dos planetas em relação às constelações; opõe-se à "natural", que buscava estudar a suposta influência dos astros sobre a natureza. Embora, desde Tomás de Aquino, a Igreja Católica condenasse veementemente a primeira, na época sua proibição já havia amainado, e o horóscopo passava por uma grande voga.

galerias, ou corredores, ou varandas ou como as chamem, de ricos e reais palácios.

— Tudo pode ser que seja — respondeu Sancho —, mas a mim me pareceram cercas, se é que não me falha a memória.

— Em todo o caso, vamos lá, Sancho — replicou D. Quixote —, que, como eu a veja, pouco se me dá que seja por cercas ou por janelas, ou por frestas ou grades de jardins, pois qualquer raio que do sol da sua beleza chegar aos meus olhos iluminará meu entendimento e fortalecerá meu coração, de modo que fique único e sem igual na discrição e na valentia.

— Pois em verdade, senhor — respondeu Sancho —, que quando eu vi esse sol da senhora Dulcineia d'El Toboso não estava ele tão claro que lançasse de si raio algum, e deve de haver sido que, como sua mercê estava peneirando aquele trigo que eu disse, a muita poeira que levantava parou como nuvem diante do seu rosto e o escureceu.

— Ainda continuas, Sancho — disse D. Quixote —, a dizer, a pensar, a crer e a teimar que minha senhora Dulcineia peneirava trigo, sendo esse um mister e exercício em tudo desviado daquilo que fazem e devem fazer as pessoas principais, que estão constituídas e guardadas para outros exercícios e entretenimentos, mostrando sua principalidade a tiro de balestra? Quão mal te lembras, oh Sancho, daqueles versos do nosso poeta[3] em que

---

[3] Alusão a Garcilaso de la Vega e sua "Égloga III": "*De cuatro ninfas que del Tajo amado/ salieron juntas, a cantar me ofrezco:/ Filódoce, Dinámene y Climene,/ Nise, que en hermosura par no tiene. [...] Las telas eran hechas y tejidas/ del oro que'l felice Tajo envía,/ apurado después de bien cernidas/ las menudas arenas do se cría,/ y de las verdes ovas, reducidas/ en estambre sotil, qual convenía/ para seguir el delicado estilo/ del oro ya tirado en rico hilo*" (vv. 53-56, 105-112).

nos pinta os lavores que lá em suas moradas de cristal faziam aquelas quatro ninfas que do Tejo amado apontaram as cabeças e se sentaram a bordar no verde prado aqueles ricos panos que ali nos descreve o engenhoso poeta, todos de ouro, seda e pérolas recamados e tecidos. E dessa maneira deviam de ser os da minha senhora quando tu a viste, se não é que algum mau encantador, pela inveja que deve de ter das minhas coisas, muda e torna as que me hão de dar gosto em figuras diferentes das que elas têm; e assim temo que naquela história das minhas façanhas que dizem andar impressa, se porventura foi seu autor algum sábio meu inimigo, tenha posto umas coisas por outras, misturando com uma verdade mil mentiras, divertindo-se em contar outras ações desviadas do que requer a continuação de uma verdadeira história. Oh inveja, raiz de infinitos males e carcoma das virtudes! Todos os vícios, Sancho, trazem consigo um não sei quê de deleite, mas o da inveja não traz senão desgostos, rancores e raivas.

— Isso é o que eu digo também — respondeu Sancho —, e penso que nessa lição ou história que de nós disse ter visto o bacharel Carrasco deve de andar minha honra pelos chãos e, como diz o outro, trazida ao estricote, de parte a parte, varrendo as ruas. Pois à fé de bom homem que eu não disse mal de nenhum encantador nem tenho tantos bens para ser invejado; bem é verdade que sou um tantinho malicioso e que tenho meus assomos de velhaco, mas tudo encobre e tapa a grande capa da minha simpleza,[4] sempre natural e nunca artificiosa. E quando outra coisa eu não tivesse senão o crer, como sempre creio, firme e verdadeiramente em Deus e em tudo aquilo que tem e crê a santa Igreja

---

[4] Alusão ao ditado "*buena capa todo lo tapa*"; em português, "boa capa tudo tapa".

Católica Romana, e sendo, como sou, inimigo mortal dos judeus, deviam os historiadores ter misericórdia de mim e me tratar bem nos seus escritos. Mas digam lá o que quiserem, pois nu vim ao mundo e nu me acho nele, não perco nem ganho, ainda que, a troco de me ver posto em livros e andar por este mundo de mão em mão, não se me dá uma mínima que digam de mim tudo quanto quiserem.

— Isso me lembra, Sancho — disse D. Quixote —, o que aconteceu a um famoso poeta do tempo de agora, o qual, tendo feito uma maliciosa sátira contra todas as damas cortesãs,[5] não pôs nem nomeou nela uma dama que se podia duvidar se o era ou não, a qual, vendo que não estava na lista das demais, foi tomar satisfação com o poeta, perguntando-lhe o que vira de errado nela para a não incluir no número das outras e mandando-lhe estender a sátira e incluí-la na emenda, se não, que muito se arrependeria de ter nascido. Assim fez o poeta, dizendo dela o que não diria nem a duenha[6] mais linguareira, e ela então ficou satisfeita de se ver com tamanha fama, ainda que infame. Também vem a propósito o que contam daquele pastor que incendiou e abrasou o famoso templo de Diana, contado entre as sete maravilhas do mundo, só para que o seu nome vivesse nos séculos vindouros; e apesar da ordem de ninguém o nomear nem fazer menção do seu nome, por palavra ou por escrito, por que ele não al-

---

[5] Reconheceu-se aí uma provável referência à *Sátira contra las damas de Sevilla* (c. 1578), de Vicente Espinel (1550-1624).

[6] Dama de companhia, geralmente viúva e com fumos de fidalguia, que servia em casas nobres. Seu estereótipo de ociosa fofoqueira, melindrosa, decrépita e carregada de falso moralismo foi largamente explorado na narrativa e no teatro da época.

cançasse o fim do seu desejo, ainda se soube que se chamava Eróstrato.[7] Também faz ao caso o acontecido com o grande imperador Carlo Quinto e um cavaleiro em Roma. Quis ver o Imperador aquele famoso templo da Rotonda,[8] que na Antiguidade se chamou o templo de todos os deuses, e agora com melhor vocação é chamado de todos os santos, e é o edifício que mais inteiro restou dentre os erguidos pela gentilidade em Roma, e é o que mais conserva a fama da grandiosidade e magnificência dos seus fundadores; é ele do feitio de meia laranja, grandíssimo em extremo, e está muito claro sem que nele entre outra luz senão a que lhe concede uma janela, ou, para melhor dizer, claraboia redonda, posta em seu topo, donde estava o Imperador olhando o edifício, e com ele e a seu lado um cavaleiro romano, declarando-lhe os primores e sutilezas daquela grande máquina e memorável arquitetura; e, tendo-se afastado da claraboia, disse o cavaleiro ao imperador: "Mil vezes, Sacra Majestade, me veio o desejo de me abraçar a vossa Majestade e me atirar daquela claraboia abaixo, para deixar de mim eterna fama no mundo". "Eu vos agradeço", respondeu o imperador, "o não ter posto em efeito tão mau pensamento, e daqui por diante não vos darei azo a que volteis a pôr vossa lealdade à prova, e assim vos mando que jamais me faleis

---

[7] O fato é dado como histórico por diversos autores clássicos (Teopompo de Quíos, Estrabão, Solino etc.) e repetido na *Silva de varia lección* (1540, várias reedições), de Pero Mexía (1497-1551). Essa popular compilação, espécie de superalmanaque humanista, é notoriamente uma das principais fontes, e ao mesmo tempo alvo de ironia, de diversas tiradas eruditistas ao longo do romance.

[8] A igreja de Santa Maria e Todos os Santos, conhecida como "della Rotonda", instalada desde o ano de 608 no edifício do panteão de Agrippa (25 a.C.) remodelado sob Adriano (125). A visita de Carlos V ao monumento, em 1536, é fato documentado.

nem estejais onde eu estiver." E depois dessas palavras lhe fez uma grande mercê. Quero dizer, Sancho, que o desejo de ganhar fama é ativo em grande maneira. Quem pensas que atirou Horácio da ponte abaixo,[9] armado de toda sua armadura, nas profundezas do Tibre? Quem abrasou o braço e a mão de Múcio?[10] Quem impeliu Cúrcio a se atirar no profundo fosso ardente[11] que se abriu em plena Roma? Quem, contra todos os agouros contrários que se lhe haviam mostrado, fez César atravessar o Rubicão? E com exemplos mais modernos, quem verrumou os navios e deixou em seco e isolados os valorosos espanhóis guiados pelo cortesíssimo Cortés no Novo Mundo? Todas essas e outras grandes e várias façanhas são, foram e serão obras da fama, que os mortais desejam como prêmios e quinhão da imortalidade merecidos por seus famosos feitos, posto que os cristãos, católicos e andantes cavaleiros mais hajamos de atentar à glória dos séculos vindouros, eterna nas regiões etéreas e celestes, que à vaidade da

---

[9] A sequência de perguntas retóricas evoca feitos exemplares de heróis romanos largamente repetidos em miscelâneas nos moldes da *Silva*... A primeira referência é a Horacio Cocles, herói lendário que, durante o cerco etrusco (509-507 a.C.), teria barrado a passagem do inimigo sobre a ponte Sublícia enquanto seu exército a demolia, para depois se atirar no Tibre sem antes se livrar da armadura.

[10] Capturado pelos etruscos e ameaçado pelo rei Porsena, Caio Múcio Escévola teria posto uma das mãos num braseiro para provar o quanto desprezava a própria dor.

[11] O jovem patrício romano Marco Cúrcio, que segundo a lenda se atirou com cavalo e tudo numa cratera aberta no Fórum, em resposta ao parecer dos oráculos de que os deuses dos abismos só seriam aplacados quando recebessem em sacrifício o mais precioso tesouro de Roma — segundo o imodesto suicida, a coragem de seus soldados. As referências posteriores à proverbial travessia do Rubicão por Júlio César e à inutilização da frota de Hernán Cortés a mando do próprio dispensam maiores explicações.

fama que neste presente e acabável século se alcança, a qual fama, por muito que dure, finalmente se há de acabar com o mesmo mundo, cujo fim está assinalado. Portanto, oh Sancho, nossas obras não hão de sair do limite a nós posto pela religião cristã que professamos. Havemos de matar nos gigantes a soberba; a inveja, na generosidade e bom peito; a ira, na sossegada compostura e na quietude do ânimo; a gula e o sono, no pouco comer que comemos e no muito velar que velamos; a luxúria e a lascívia, na lealdade que guardamos àquelas que fizemos senhoras dos nossos pensamentos; a preguiça, em andar por todas as partes do mundo, buscando as ocasiões que nos possam fazer e façam, sobre cristãos, famosos cavaleiros. Aqui vês, Sancho, os meios pelos quais se alcançam os extremos de louvores que traz consigo a boa fama.

— Tudo que vossa mercê me disse até aqui — tornou Sancho — eu entendi muito bem, mas gostaria ainda que me sorvesse uma dúvida que agora neste ponto me veio à memória.

— *Solvesse* queres dizer, Sancho — disse D. Quixote. — Dize-o em boa hora, que eu responderei o que souber.

— Diga-me, senhor — prosseguiu Sancho —, esses Julhos ou Agostos, e todos esses cavaleiros façanhosos que vossa mercê disse que já são mortos, onde estão agora?

— Os gentios — respondeu D. Quixote — sem dúvida estão no inferno; os cristãos, se foram bons cristãos, ou estão no purgatório, ou no céu.

— Está bem — disse Sancho. — Mas vossa mercê me diga agora: essas sepulturas onde estão os corpos desses senhoraços têm na frente lâmpadas de prata, ou estão as paredes das suas capelas enfeitadas com muletas, mortalhas, cabeleiras, pernas e olhos de cera? E se não disto, do que estão enfeitadas?

Ao que respondeu D. Quixote:

— Os sepulcros dos gentios foram pela maior parte suntuosos templos: as cinzas do corpo de Júlio César foram postas sobre uma pirâmide de pedra de desmesurada grandeza, que hoje chamam em Roma "Agulha de São Pedro".[12] Ao imperador Adriano serviu de sepultura um castelo tão grande como uma boa aldeia, o qual chamaram "Moles Hadriani", que agora é o castelo de Santangelo em Roma; a rainha Artêmis sepultou seu marido Mausoléu num sepulcro que foi havido por uma das sete maravilhas do mundo.[13] Mas nenhuma dessas sepulturas nem outras muitas que tiveram os gentios se enfeitaram com mortalhas, nem com outras oferendas ou sinais que mostrassem serem santos os que nelas estavam sepultados.

— Já vamos chegando — replicou Sancho. — E agora me diga, o que vale mais, ressuscitar um morto ou matar um gigante?

— A resposta está à mão — respondeu D. Quixote. — Mais vale ressuscitar um morto.

— Apanhado está! — disse Sancho. — Então a fama de quem ressuscita mortos, dá vista aos cegos, endireita os coxos e dá saúde aos doentes, e na frente das suas sepulturas ardem lâm-

---

[12] O obelisco de Heliópolis, trazido do Egito por Calígula e instalado na colina Vaticana, junto aos muros do circo que seria terminado por Nero, onde séculos mais tarde se abriria a praça de São Pedro. Em 1586, por ordem do papa Xisto V, a peça foi deslocada e reerguida no centro da praça, em frente à basílica, onde se encontra até hoje. O monólito não contém as cinzas de Júlio César, como se acreditava na época, mas tem gravadas dedicatórias a ele e a Tibério.

[13] Artemísia II, irmã e viúva de Mausolo, rei da Cária (hoje província turca de Mugla), mandou construir, em 353 a.C., um túmulo monumental para o marido, o Mausoléu de Halicarnasso, incluído entre as sete maravilhas clássicas. O nome dos dois personagens foi alterado provavelmente por influência do da deusa grega e do próprio monumento.

padas, e estão cheias suas capelas de gentes devotas que de joelhos adoram suas relíquias, melhor fama será, para este e para o outro século, que a que deixaram e deixarem quantos imperadores gentios e cavaleiros andantes houve no mundo.

— Também confesso essa verdade — respondeu D. Quixote.

— Pois essa fama, essas graças, essas prerrogativas, como chamam isso — respondeu Sancho —, têm os corpos e as relíquias dos santos, que com aprovação e licença da nossa santa madre Igreja têm lâmpadas, velas, mortalhas, muletas, pinturas, cabeleiras, olhos, pernas com que aumentam a devoção e engrandecem sua cristã fama. Os corpos dos santos, ou suas relíquias, os reis os levam sobre os ombros, beijam os pedaços dos seus ossos, com eles enfeitam e enriquecem seus oratórios e seus mais preciosos altares.

— Que queres que eu conclua, Sancho, de tudo o que disseste? — disse D. Quixote.

— Quero dizer — disse Sancho — que resolvamos ser santos e mais brevemente alcançaremos a boa fama que pretendemos. E advirta, senhor, que ontem ou anteontem (pois, como aconteceu há tão pouco, se pode dizer assim) canonizaram ou beatificaram dois fradinhos descalços cujas cadeias de ferro com que apertavam e atormentavam seus corpos se tem agora por grande ventura beijar e tocar, e são mais veneradas, segundo dizem, que a espada de Roldão na armaria do Rei nosso Senhor,[14] que Deus o guarde. Portanto, senhor meu, mais vale ser humilde fradinho, de qualquer ordem que seja, que valente e andante cavaleiro; mais conseguem de Deus duas dúzias de disciplinas que

---

[14] Na Real Armaria de Madri de fato há uma espada que no século XVI muitos acreditavam ser a mítica Durindana de Roldão.

duas mil lançadas, quer as deem em gigantes, quer em avejões ou endríagos.

— Tudo isso é assim — respondeu D. Quixote —, mas nem todos podemos ser frades, e muitos são os caminhos pelos quais Deus leva ao céu; religião é a cavalaria, cavaleiros santos há na glória.

— Que seja — respondeu Sancho —, mas eu ouvi dizer que há no céu mais frades que cavaleiros andantes.

— Isso — respondeu D. Quixote — porque é maior o número dos religiosos que o dos cavaleiros.

— Muitos são os andantes — disse Sancho.

— Muitos — respondeu D. Quixote —, mas poucos os que merecem o nome de cavaleiros.

Nestas e noutras semelhantes conversações passaram aquela noite e o dia seguinte, sem que lhes acontecesse coisa digna de conto, o que não pouco pesou a D. Quixote. Por fim, ao anoitecer do outro dia descobriram a grande cidade de El Toboso,[15] cuja vista alegrou os espíritos de D. Quixote e entristeceu os de Sancho, porque não sabia a casa de Dulcineia nem nunca na vida a tinha visto, como tampouco a vira o seu senhor, de modo que, um por vê-la e o outro por não tê-la visto, estavam ambos alvoroçados, e não imaginava Sancho o que haveria de fazer quando seu amo o enviasse a El Toboso. Finalmente, ordenou D. Quixote entrar na cidade quando fosse bem entrada a noite, e enquanto a hora não chegava pousaram entre uns carvalhos que perto de El Toboso havia e, chegada a hora assinalada, entraram na cidade, onde lhes aconteceram coisas que a coisas chegam.

---

[15] A população da aldeia não passava, à época, dos mil habitantes.

Capítulo IX

ONDE SE CONTA O QUE NELE SE VERÁ

Meia-noite já era dada,[1] pouco mais ou menos, quando D. Quixote e Sancho deixaram o mato e entraram em El Toboso. Estava o lugar num sossegado silêncio, porque todos os seus moradores dormiam e repousavam a sono solto, como se costuma dizer. A noite era quase clara, por mais que Sancho quisesse que fosse de todo escura, por achar na sua escuridão desculpa para a sua sandice. Não se ouvia em todo o povoado mais que latidos de cães, que atroavam os ouvidos de D. Quixote e inquietavam o coração de Sancho. De quando em quando zurrava um jumento, grunhiam porcos, miavam gatos, cujas vozes, de diferentes sons, aumentavam com o silêncio da noite, as quais coisas todas teve o enamorado cavaleiro por mau agouro, mas ainda assim disse a Sancho:

— Sancho, filho, guia para o palácio de Dulcineia, quem sabe a podemos achar acordada.

— A que palácio tenho de guiar, corpo do sol[2] — respondeu

---

[1] A frase original "*Media noche era por filo*" reproduz o início do romance do Conde Claros, que prossegue "*los gallos querían cantar/ conde Claros con amores — no podía reposar*". (Numa das versões fixadas em português, "Meia-noite já é dada, — os galos querem cantar,/ o conde Claros na cama — não podia repousar".) Vale ressaltar que o poema se desenvolve em torno da vinculação metafórica entre a caça e as vicissitudes do amor proibido.

[2] Mais uma variante eufemística para "corpo de Deus!", com a provável evocação do sol como antídoto para os supostos malefícios do luar.

Sancho —, se onde eu vi sua grandeza não era senão uma casa muito pequena?

— Então devia de estar recolhida — respondeu D. Quixote — nalgum retirado aposento do seu alcácer, em solitário solaz com suas donzelas, como é uso e costume das altas senhoras e princesas.

— Senhor — disse Sancho —, já que vossa mercê quer, muito a meu pesar, que seja alcácer a casa da minha senhora Dulcineia, diga se porventura são estas horas de achar a porta aberta. E se será bem que demos aldravadas para que nos ouçam e nos abram, pondo toda a gente em rumor e alvoroço. Vamos por acaso chamar à casa das nossas mancebas, como fazem os abarregados, que chegam e chamam e entram a qualquer hora, por tarde que seja?

— Primeiro achemos de uma vez o alcácer — replicou D. Quixote —, que então eu te direi, Sancho, o que será bem que façamos. E repara, Sancho, que, ou eu vejo pouco, ou aquele grande vulto e a sombra que daqui se descobre devem de ser do palácio de Dulcineia.

— Pois então guie vossa mercê — respondeu Sancho. — Quem sabe seja assim, mas eu, ainda que o veja com os olhos e o toque com as mãos, crerei que assim é como creio que agora é dia.

Guiou D. Quixote e, tendo andado uns duzentos passos, deu com o vulto que fazia a sombra, e viu uma grande torre, e logo conheceu que o tal edifício não era alcácer, senão a igreja principal do povoado. E disse:

— Com a igreja topamos,[3] Sancho.

— Estou vendo — respondeu Sancho —, e praza a Deus que

---

[3] A frase mais tarde se fixará como expressão idiomática, indicando o confronto com uma autoridade que não convém contrariar.

não topemos com a nossa sepultura, pois não é bom sinal andar pelos cimitérios a estas horas, e mais tendo eu dito a vossa mercê, se mal não me lembro, que a casa desta senhora há de estar num beco sem saída.

— Maldito sejas por Deus, mentecapto! — disse D. Quixote. — Onde achaste que os alcáceres e palácios reais estejam edificados em becos sem saída?

— Senhor — respondeu Sancho —, cada terra tem seu uso. Talvez aqui em El Toboso se use edificar em becos os palácios e edifícios grandes, e assim suplico a vossa mercê que me deixe procurar por estas ruas ou ruelas que se oferecem. Pode ser que nalgum canto eu tope com esse alcácer, que o diabo leve comido de cachorros, tão perdidos e afrontados nos tem.

— Fala com respeito, Sancho, das coisas da minha senhora — disse D. Quixote —, e deixemos de bulha para não lançar a corda atrás do caldeirão.

— Falarei mais comedido — respondeu Sancho —, mas com que paciência posso levar que vossa mercê queira que, tendo eu visto só uma vez a casa de nossa senhora, lembre onde está e atine com ela no meio da noite alta, quando a não acha vossa mercê, que a deve ter visto milhares de vezes?

— Começas a me desesperar, Sancho — disse D. Quixote. — Vem cá, herege, eu já não te disse mil vezes que em todos os dias da minha vida nunca vi a sem-par Dulcineia, nem jamais cruzei os umbrais do seu palácio, e que só estou enamorado de ouvida e da grande fama que ela tem de formosa e discreta?

— Pois só agora é que o escuto — respondeu Sancho. — E digo que, se vossa mercê a não viu, eu muito menos.

— Isso não pode ser — replicou D. Quixote —, que pelo menos me disseste que a viste peneirando trigo, quando me trouxeste a resposta da carta que lhe mandei contigo.

— Não se atenha a isso, senhor — respondeu Sancho —, pois lhe faço saber que também foi de ouvida a vista e a resposta que eu lhe trouxe, pois tanto sei quem é a senhora Dulcineia como posso voar pelos céus.

— Sancho, Sancho — respondeu D. Quixote —, tempos há de gracejar e tempos em que os gracejos caem e parecem mal. Não porque eu diga que não vi a senhora da minha alma nem falei com ela hás de dizer que também não lhe falaste nem a viste, sendo tão ao contrário, como bem sabes.

Estando os dois nessas conversações, viram que vinha passar por onde estavam alguém com duas mulas, e pelo ruído que o arado fazia, arrastando pelo chão, entenderam que devia de ser lavrador, que teria madrugado antes do dia para ir à sua lavoura, e assim foi a verdade. Vinha o lavrador cantando aquele romance que diz:

> Má sorte houvestes, franceses,
> naquela de Roncesvalles.[4]

— Que me matem, Sancho — disse D. Quixote ao ouvi-lo —, se coisa boa nos acontecer esta noite. Não ouves o que vem cantando esse vilão?

— Ouço sim — respondeu Sancho —, mas o que faz ao nosso propósito a caçada de Roncesvalles? Bem pudera ele cantar o

---

[4] *"Mala la vistes, franceses, — la caza de Roncesvalles"* é o início da versão mais difundida do romance do conde Guarinos, que narra a derrota de Carlos Magno naquele desfiladeiro. O tom agourento prossegue: "*... Don Carlos perdió la honra, — murieron los doce pares,/ cativaron a Guarinos, — almirante de las mares*".

romance de Calaínos,[5] que tanto faria ao bom ou mau sucesso do nosso negócio.

Chegou nisso o lavrador, a quem D. Quixote perguntou:

— Saber-me-íeis dizer, bom amigo, que boa ventura vos dê Deus, onde ficam por aqui os palácios da sem-par princesa Dª Dulcineia d'El Toboso?[6]

— Senhor — respondeu o moço —, eu sou forasteiro e há poucos dias que estou neste povoado servindo a um lavrador rico na lavoura do campo. Nessa casa fronteira moram o padre e o sacristão do lugar. Os dois juntos ou cada um por si saberão dar a vossa mercê razão dessa senhora princesa, porque têm eles a lista de todos os vizinhos de El Toboso, bem que eu tenha cá para mim que em todo o povoado não mora princesa alguma. Muitas senhoras, sim, e principais, pois cada uma na sua casa pode ser princesa.

— Pois entre essas — disse D. Quixote — há de estar, amigo, esta por quem pergunto.

— Pode ser — respondeu o moço. — E adeus, que já vem chegando o dia.

---

[5] Entre os vários romances que Sancho pode ter evocado, destaca-se um que já na rubrica se mostra afim ao contexto do diálogo, o o "do mouro Calaínos e de como requeria de amores a infanta Sevilha e ela lhe pediu em penhor três cabeças dos doze pares de França". Acrescente-se que, por causa da história nelas narrada, "coplas de Calaínos" funcionava como locução para exprimir impertinência ou despropósito.

[6] O trecho todo, desde "chegou nisso o lavrador..." ecoa, justamente, alguns versos do romance de Calaínos citado acima. São eles: *Vido estar un viejo moro* [...]/ *Calaínos que lo vido — allá llegado se había;/ las palabras que le dijo, — con amor y cortesía:/ por Alá te ruego, moro,* [...] *que me muestres los palacios/ donde mi vida vivía...*".

E picando suas mulas, não esperou mais perguntas. Sancho, vendo o seu senhor suspenso e assaz malcontente, lhe disse:

— Senhor, o dia já vem ligeiro e não será acertado deixarmos o sol nos apanhar na rua. Melhor será sairmos fora da cidade e vossa mercê se emboscar nalguma floresta aqui perto, que eu voltarei de dia e não deixarei um só canto em todo este lugar onde não procure a casa, alcácer ou palácio da minha senhora, e pouca ventura terei se a não achar; e achando-a, falarei com sua mercê e lhe direi onde e como ficará vossa mercê esperando que lhe dê ordem e traça para vê-la, sem menoscabo de sua honra e fama.

— Disseste, Sancho — disse D. Quixote —, mil sentenças encerradas no círculo de breves palavras. O conselho que agora me deste me agrada e o recebo de boníssimo grado. Vem, filho, vamos procurar onde me embosque, que tu voltarás, como dizes, para atinar, e ter e falar com minha senhora, de cuja discrição e cortesia espero mais que milagrosos favores.

Ardia Sancho por tirar seu amo do povoado, por que não averiguasse a mentira da resposta que da parte de Dulcineia lhe levara a Serra Morena, e assim apressou a saída, que foi logo, e a duas milhas do lugar acharam uma floresta, ou bosque, onde D. Quixote se emboscou enquanto Sancho voltava à cidade para falar com Dulcineia, em cuja embaixada lhe aconteceram coisas que pedem nova atenção e novo crédito.

Capítulo X

ONDE SE CONTA A INDÚSTRIA DA QUAL SANCHO SE VALEU
PARA ENCANTAR A SENHORA DULCINEIA, MAIS OUTROS
SUCESSOS TÃO RIDÍCULOS QUANTO VERDADEIROS

Chegando o autor desta grande história a contar o que neste capítulo conta, diz que quisera passá-lo em silêncio, temeroso de que se não creia nele, pois as loucuras de D. Quixote chegaram aqui ao termo e raia das maiores que se podem imaginar, e até passaram dois tiros de balestra além das maiores. Finalmente, apesar deste medo e receio, ele as escreveu da mesma maneira que foram feitas, sem tirar nem pôr à história um átomo da verdade, sem nada se lhe dar das tachas que lhe pudessem pôr de mentiroso; e teve razão, porque a verdade verga mas não quebra, e sempre anda à tona da mentira, como o óleo sobre a água.

E assim, prosseguindo sua história, diz que, apenas D. Quixote se emboscara na floresta, carvalhal ou selva junto à grande El Toboso, mandou Sancho voltar à cidade e que não voltasse à sua presença sem primeiro ter falado da sua parte com sua senhora, pedindo-lhe fosse servida de se deixar ver por seu cativo cavaleiro e se dignasse de lhe deitar sua bênção, para que por ela pudesse esperar felicíssimos sucessos de todos os seus acometimentos e suas dificultosas empresas. Encarregou-se Sancho de fazer bem assim como se lhe mandava e de trazer tão boa resposta como lhe trouxera da vez primeira.

— Anda, filho — replicou D. Quixote —, e não te ofusques quando te vires ante a luz do sol da formosura que vais buscar.

Ditoso tu sobre todos os escudeiros do mundo! Guarda memória e que dela não te escape como te recebe: se mudam suas cores no tempo em que lhe estiveres dando a minha embaixada; se se desassossega e embaraça ouvindo meu nome; se não cabe na almofada, se acaso a encontrares sentada no rico estrado da sua autoridade; e se estiver em pé, olha bem se para ora sobre um, ora sobre o outro pé; se te repete duas ou três vezes a resposta que te der; se a muda de branda em áspera, de azeda em amorosa; se leva a mão ao cabelo para o ajeitar, ainda quando não está desarrumado. Enfim, filho, olha todas as suas ações e movimentos, porque, se tu mos relatares como eles foram, eu descobrirei o que ela tem escondido no secreto do coração acerca do que ao feito dos meus amores toca; pois hás de saber, Sancho, se o não sabes, que entre os amantes as ações e movimentos exteriores que mostram quando dos seus amores se trata são certíssimos correios que trazem as novas do que lá no interior da alma se passa. Vai, amigo, e que te leve outra melhor ventura que a minha, e te traga outro melhor sucesso que o que eu fico temendo e esperando nesta amarga soledade em que me deixas.

— Vou e volto num sopro — disse Sancho —, e vossa mercê, senhor meu, alargue esse coraçãozinho, que agora o deve de ter não maior que uma avelã, e considere que se costuma dizer que bom coração quebranta má ventura, e não são mais as nozes que as vozes; e também se diz "donde menos se espera, daí é que salta a lebre". Digo assim porque, se esta noite não achamos os palácios ou alcáceres da minha senhora, agora que é dia os penso achar quando menos esperar; e uma vez achados, deixe por minha conta.

— Por certo, Sancho — disse D. Quixote —, os ditados que trazes vêm sempre tão a pelo do que tratamos quanto de Deus espero melhor ventura no que desejo.

Isto dito, virou-lhe Sancho as costas e tocou seu ruço, e D. Quixote ficou a cavalo descansando sobre os estribos e arrimado a sua lança, cheio de tristes e confusas imaginações, onde o deixaremos, indo com Sancho Pança, que não menos confuso e pensativo se afastou do seu senhor do que este ficava; e tanto que, assim como saiu do bosque, quando virou a cabeça e viu que D. Quixote não aparecia, apeou do jumento e, sentando-se ao pé de uma árvore, começou a falar consigo mesmo, dizendo:

— Vejamos agora, Sancho irmão, aonde vai vossa mercê. Vai procurar algum jumento perdido? — Não, por certo. — Pois, então, que vai procurar? — Vou procurar nada mais, nada menos que uma princesa, e nela o sol da formosura e todo o céu junto. — E onde pensais achar isso que dizeis, Sancho? — Onde? Na grande cidade de El Toboso. — Muito bem, e da parte de quem a buscais? — Da parte do famoso cavaleiro D. Quixote de La Mancha, que desfaz os tortos e dá de comer a quem tem sede e de beber a quem tem fome. — Tudo isso está muito bem. Mas conheceis a casa dela, Sancho? — Diz meu amo que hão de ser uns reais palácios ou uns soberbos alcáceres. — E porventura a vistes algum dia? — Nem eu, nem meu amo a vimos jamais. — E vos parece que seria acertado e bem feito que, se a gente de El Toboso soubesse que estais vós aqui com intenção de ir furtar suas princesas e desassossegar suas damas, viessem e vos moessem as costelas a puras pauladas e não vos deixassem um osso inteiro? — Em verdade que teriam muita razão, quando não considerassem que sou mandado, e que *mensageiro sois, amigo, não mereceis culpa, não.*[1] — Não vos fieis disso, Sancho, porque a gen-

---

[1] O refrão *"mensajero no merece pena"*, derivado do clássico *"legatus nec violatur nec læditur"* ("não se deve ultrajar nem ofender o emissário"), é citado por

te manchega é tão colérica quanto honrada e não consente troças de ninguém. Por Deus que, se lá vos cheirarem, má ventura tereis. — Uxte, puto, vira essa boca! Não, que não estou para buscar castelos de vento pelo gosto alheio. E mais, que assim será buscar Dulcineia em El Toboso como Maria em Ravena ou bacharel em Salamanca.[2] O diabo, o diabo me meteu nisso, que não outro!

Este solilóquio teve Sancho consigo, e o que dele tirou foi tornar a dizer entre si:

— Pois bem, tudo tem remédio, menos a morte, e, por muito que nos pese, por baixo do seu jugo todos havemos de passar no fim da vida. Esse meu amo por mil sinais me tem mostrado ser louco de pedras, e eu também não lhe fico atrás, que sou mais mentecapto do que ele, pois o sigo e o sirvo, se é verdadeiro o dito que diz "diz-me com quem andas, e te direi quem és", e aquele outro de "não com quem nasces, senão com quem pasces". Sendo, então, louco como é, e de loucura que as mais vezes toma umas coisas por outras, julgando o branco por preto e o preto por branco, como quando disse que os moinhos de vento eram gigantes, e as mulas dos religiosos dromedários, e as manadas de carneiros exércitos de inimigos, e outras muitas coisas nessa toada, não será muito difícil fazer ele crer que uma lavradora, a primeira que eu topar por aqui, é a senhora Dulcineia; e se ele não crer,

---

Sancho na forma difundida pelo romance de Bernardo del Carpio ("*Con cartas y mensajeros — el rey al Carpio envió;* [...]/ *Bernardo, como es discreto, — de traición se receló;/ las cartas echó en el suelo — y al mensajero habló:/ — Mensajero eres, amigo, — no mereces culpa, no*"). Para a figura de Bernardo del Carpio, ver *DQ* I, cap. I, nota 13.

[2] As duas frases feitas indicam a dificuldade para achar um indivíduo em meio à multidão de semelhantes.

jurarei eu, e se ele jurar, tornarei eu a jurar, e se ele teimar, teimarei eu mais, de maneira que hei de ficar sempre a pé firme, venha o que vier. Talvez com essa teima eu consiga que não me torne a mandar a semelhantes recados, vendo as resultas que lhe trago, ou talvez pense, como imagino, que algum mau encantador desses que ele diz que lhe querem mal a terá mudado de figura, para lhe fazer mal e dano.

Com isto que Sancho Pança pensou, ficou seu espírito sossegado e teve por bem acabado seu negócio, parando ali até de tarde, para dar tempo a que D. Quixote pensasse que o tivera de ir até El Toboso e voltar. E tão bem lhe correu tudo que, quando se levantou para montar no ruço, viu que de El Toboso para onde ele estava vinham três lavradoras sobre três jericos, ou jericas, coisa que o autor não declara, bem que mais se possa crer fossem burricas, por ser ordinária cavalgadura das aldeãs; mas como isso pouco monta, não há por que nos determos em averiguá-lo. Enfim, assim como Sancho viu as lavradoras, voltou a trote largo em busca do seu senhor D. Quixote, e o achou suspirando e dizendo mil amorosas lamentações. Apenas o viu D. Quixote, lhe disse:

— Que há, Sancho amigo? Poderei sinalar este dia com pedra branca ou com preta?[3]

— Melhor será — respondeu Sancho — que vossa mercê o sinale com almagre, como rótulo de cátedra,[4] para que bem o veja quem o vir.

---

[3] O antigo costume romano de marcar desse modo os dias felizes ou aziagos, tal como registra Plínio o Moço ("*o diem lœtum notandumque mihi candissimo calculo*" ["oh dia feliz, que merece ser assinalado com alvíssima pedra"]), era na época de Cervantes evocado com função retórica.

[4] Costumava-se registrar as defesas de doutorado ou de cátedra rubricando nos muros da faculdade, em vermelho, um *Victor* junto ao nome do laureado.

— Então — replicou D. Quixote —, boas-novas me trazes.

— Tão boas — respondeu Sancho —, que basta a vossa mercê picar Rocinante e sair a campo aberto para ver a senhora Dulcineia d'El Toboso, que com outras duas donzelas suas vem ver vossa mercê.

— Santo Deus! Que é que dizes, Sancho amigo? — disse D. Quixote. — Cuida de não querer enganar-me, nem com falsas alegrias alegrar as minhas verdadeiras tristezas.

— Que ganharia eu enganando vossa mercê? — respondeu Sancho. — E mais estando tão perto de descobrir minha verdade? Pique, senhor, e venha, e verá vir a princesa nossa ama vestida e enfeitada, enfim, como quem ela é. Suas donzelas e ela são todas um ouro em brasa, todas maçarocas de pérolas, todas são diamantes, todas rubis, todas panos de brocado de mais de dez altos;[5] os cabelos, soltos às costas, são outros tantos raios do sol que andam brincando com o vento; e a mais vêm a cavalo sobre três cananeias remendadas que são muito para ver.

— *Hacaneias* quererás dizer, Sancho.

— Pouca diferença há — respondeu Sancho — entre *cananeias* e *hacaneias*; mas venham sobre o que vierem, elas vêm as mais engalanadas senhoras que se possam desejar, especialmente a princesa Dulcineia minha senhora, que pasma os sentidos.

— Vamos, Sancho filho — respondeu D. Quixote —, e em alvíssaras de tão inesperadas quanto boas novas como trazes te prometo o melhor despojo que eu ganhar na primeira aventura que tiver, e se isto não te contentar, prometo as crias que este ano

---

[5] Trata-se de uma hipérbole, já que o brocado — o mais luxuoso dos tecidos — podia ter no máximo três altos, ou níveis de bordado; o fundo, o lavor em seda e, sobre este, a "escarcha" em fios de prata ou de ouro.

me derem as três éguas minhas, que como sabes ficaram a parir no rossio do nosso lugar.

— Aceites estão as crias — respondeu Sancho —, pois de serem bons os despojos da primeira aventura não há lá muita certeza.

Já então saíram da selva e descobriram perto as três aldeãs. Alongou D. Quixote os olhos por toda a estrada de El Toboso e, como não viu senão as três lavradoras, turbou-se todo e perguntou a Sancho se as deixara fora da cidade.

— Como assim fora da cidade? — respondeu. — Porventura tem vossa mercê os olhos no cachaço, que não vê que são essas que aí vêm, resplandecentes como o mesmo sol ao meio-dia?

— Eu não vejo, Sancho — disse D. Quixote —, senão três lavradoras sobre três burricos.

— Deus me livre do diabo! — respondeu Sancho. — Será possível que três hacaneias, ou lá como se chamem, brancas como flocos de neve, pareçam a vossa mercê burricos? Voto a tal que me pelaria estas barbas se isso fosse verdade!

— Pois eu te digo, Sancho amigo — disse D. Quixote —, que é tão verdade que são burricos, ou burricas, como que eu sou D. Quixote e tu Sancho Pança; ao menos assim me parecem.

— Cale, senhor — disse Sancho —, não diga tal palavra,[6] senão esperte esses olhos e venha fazer reverência à senhora dos seus pensamentos, que já chega perto.

---

[6] Para alertar D. Quixote sobre declarações das quais mais tarde se possa arrepender, Sancho evoca o já citado romance de Dª Urraca (ver cap. V, nota 2), mais exatamente a resposta do rei Fernando à infanta despeitada (*"Calledes, hija, calledes, — no digades tal palabra..."*; em versão portuguesa, "Mulher que tais falas reza, — devera ser degolada!").

Dizendo isto, se adiantou para receber as três aldeãs e, apeando-se do ruço, tomou pelo cabresto o jumento de uma das três lavradoras e, pondo ambos os joelhos em terra, disse:

— Rainha e princesa e duquesa da formosura, seja vossa altivez e grandeza servida de receber em sua graça e bom ânimo o cativo cavaleiro vosso, que aí está feito pedra mármore, todo turbado e sem pulso, por se ver ante a vossa magnífica presença. Eu sou Sancho Pança, seu escudeiro, e ele é o traquejado cavaleiro D. Quixote de La Mancha, por outro nome chamado o Cavaleiro da Triste Figura.

Nisto já estava D. Quixote ajoelhado junto a Sancho, fitando os olhos arregalados e a vista turvada naquela que Sancho chamava rainha e senhora, e como nela não descobria senão uma moça aldeã, e não de muito bom rosto, antes muito redondo e chato, estava suspenso e admirado, sem ousar despregar os lábios. As lavradoras estavam igualmente atônitas, vendo aqueles dois homens tão diferentes postos de joelhos, que não deixavam sua companheira passar adiante. Mas, rompendo o silêncio a detida, toda enfezada e desairosa, disse:

— Arredem, muitieramá! Despejem o caminho, que vamos de muita pressa.

Ao que respondeu Sancho:

— Oh princesa e senhora universal de El Toboso! Como é que vosso magnânimo coração não se enternece vendo ajoelhado ante vossa sublimada presença a coluna e pilar da andante cavalaria?

Ouvindo isto, disse outra das duas:

— Hui, mana minha! Olha como vêm agora os senhorinhos fazer burla das moças, como se nós aqui não soubéssemos jogar pulhas como eles! Vão seu caminho e nos deixem fazer o nosso, por bem de todos.

— Levanta, Sancho — disse neste ponto D. Quixote —, pois já vejo que a fortuna, do meu mal não farta,[7] tem tomados os caminhos todos por onde algum contento possa vir a esta alma mesquinha que trago nas carnes. E tu, oh extremo do valor que se pode desejar, termo da humana gentileza, único remédio deste aflito coração que te adora, já que o maligno encantador me persegue e pôs nuvens e cataratas nos meus olhos, e só para eles e não para outros mudou e transformou tua sem igual formosura e teu rosto no de uma lavradora pobre, se é que também não mudou o meu no de algum monstro para o fazer detestável aos teus olhos, não me deixes de olhar branda e amorosamente, notando nesta submissão e ajoelhamento que à tua contrafeita formosura faço a humildade com que a minha alma te adora.

— Pesar do meu avô torto! — respondeu a lavradora. — Lá sou amiguinha de ouvir requebradeiras?! Arredem e nos deixem ir, que gradecidas iremos.

Apartou-se Sancho e a deixou seguir, contentíssimo de se ter saído bem do seu enredo.

Apenas se viu livre a aldeã que fizera a figura de Dulcineia, deu a correr pelo prado afora, picando sua cananeia com um aguilhão que numa vara trazia. E como a burrica sentia a ponta do aguilhão mais forte que de ordinário, começou a corcovear, de maneira que deu com a senhora Dulcineia por terra; o qual visto por D. Quixote, acudiu a levantá-la, e Sancho a compor e cinchar a albarda, que também desceu à barriga da jerica. Ajeitada a albarda, e querendo D. Quixote erguer sua encantada senhora nos braços sobre a jumenta, a senhora, levantando-se do chão, escusou-lhe aquele trabalho, pois, recuando algum tanto, tomou uma

---

[7] Nova reminiscência de Garcilaso ("Égloga III", v. 17).

carreirinha e, postas ambas as mãos nas ancas da jerica, mais ligeira que um falcão deu com seu corpo sobre a albarda e se encavalgou como homem. E então disse Sancho:

— Vive Roque que a senhora nossa ama é mais ligeira que um tagarote e pode ensinar a montar à gineta até o mais destro cordovês ou mexicano! O arção traseiro da sela passou de um salto, e sem esporas botou a hacaneia a correr feita uma zebra. E suas donzelas não lhe ficam atrás, que todas correm como o vento.

E assim era a verdade, pois, em se vendo Dulcineia a cavalo, todas picaram atrás dela e dispararam a correr, sem virar a cabeça por espaço de mais de meia légua. Seguiu-as D. Quixote com a vista e, quando viu que não mais apareciam, tornando-se para Sancho, lhe disse:

— Sancho, vês quão malquisto sou de encantadores? E olha até onde se estende a malícia e a ojeriza que eles têm por mim, pois me quiseram privar do contentamento que me pudera dar a visão da minha senhora no seu ser. Com efeito, eu nasci para exemplo de infelizes e para ser alvo e terreiro onde se mirem e assestem as setas da má fortuna. E também hás de notar, Sancho, que não se contentaram esses traidores em mudar e transformar a minha Dulcineia, senão que a transformaram e mudaram numa figura tão baixa e tão feia como a daquela aldeã, e juntamente lhe tiraram o que é tão próprio das principais senhoras, que é o bom cheiro, por andarem sempre entre âmbares e flores. Porque te faço saber, Sancho, que quando me acheguei para subir Dulcineia sobre sua hacaneia, como tu dizes, que a mim me pareceu burrica, senti um cheiro de alho cru que me sufocou e envenenou até a alma.

— Oh canalha! — gritou então Sancho. — Oh encantadores aziagos e mal-intencionados, tomara ver todos espetados pelas guelras, como sardinhas em fieira! Muito sabeis, muito podeis e muito mais fazeis. Bastar-vos-ia, velhacos, mudar as pérolas dos olhos de minha senhora em bugalhos de sobreiro, e seus cabelos de ouro puríssimo em cerdas de rabo de boi barroso, e, enfim, todas as suas feições de boas em más, sem que lhe tocásseis o cheiro, pois dele pelo menos tiraríamos o que estava encoberto sob aquela feia casca, bem que, se se vai dizer a verdade, eu nunca vi sua fealdade, senão sua formosura, a qual aumentava e aquilatava uma pinta que tinha sobre o lábio direito, ao jeito de bigode, com sete ou oito cabelos loiros como fios de ouro e com mais de um palmo de comprido.

— Tira-se de tal pinta — disse D. Quixote —, segundo a correspondência que entre si têm as do rosto com as do corpo,[8] que Dulcineia há de ter outra no regaço da coxa que corresponde ao lado onde a tem no rosto. Mas muito longos para uma pinta são os cabelos da grandeza que significaste.

— Pois eu posso dizer a vossa mercê — respondeu Sancho — que ali pareciam muito belamente nascidos.

— Bem te creio, amigo — replicou D. Quixote —, porque nenhuma coisa pôs a natureza em Dulcineia que não fosse perfeita e bem-acabada, e assim, se tivesse cem pintas como a que dizes, nela não seriam pintas, senão primorosas pinturas celestiais. Mas diz-me, Sancho, aquela que a mim me pareceu albarda e que tu endireitaste, era sela rasa ou silhão?

— Não era — respondeu Sancho — senão sela à gineta, com um xairel que, de tão rico, vale meio reino.

— Ai de mim, Sancho, que não vi nada disso! — disse D. Quixote. — Agora torno a dizer e direi mil vezes que sou o mais desditoso dos homens.

---

[8] Conforme uma das crenças correntes entre os fisiognomistas (ver cap. I, nota 10).

Muita força tinha de fazer o socarrão do Sancho para conter o riso ouvindo as sandices do seu senhor, tão delicadamente enganado. Finalmente, depois de outras muitas razões que os dois passaram, tornaram a montar em suas bestas e tomaram o rumo de Saragoça, onde pensavam chegar a tempo que se pudessem achar numas solenes festas que naquela insigne cidade todo ano se usam fazer. Mas antes que lá chegassem lhes aconteceram coisas que, por muitas, grandes e novas, merecem ser escritas e lidas, como adiante se verá.

Capítulo XI

DA ESTRANHA AVENTURA ACONTECIDA
AO VALOROSO D. QUIXOTE
COM O CARRO, OU CARRETA, DAS CORTES DA MORTE

Assaz pensativo seguia D. Quixote seu caminho adiante, considerando a má peça que os encantadores lhe haviam pregado tornando sua senhora Dulcineia na má figura da aldeã, e não imaginava que remédio teria para torná-la ao seu ser primeiro; e estes pensamentos o levavam tão fora de si que, sem o sentir, afrouxou as rédeas a Rocinante, o qual, sentindo a liberdade que se lhe dava, a cada passo se detinha a pastar da verde erva de que aqueles campos eram pródigos. Do seu alheamento o tirou Sancho Pança, dizendo-lhe:

— Senhor, as tristezas não foram feitas para as bestas, senão para os homens, mas quando os homens as ruminam por demais, se fazem bestas. Vossa mercê tome tento e torne em si, e colha as rédeas de Rocinante, e avive e desperte, e mostre aquela galhardia que é bem que tenham os cavaleiros andantes. Que diabo é isso? Que descaimento é esse? Estamos aqui ou na França? E Satanás que leve quantas Dulcineias há no mundo, pois mais vale a saúde de um só cavaleiro andante que todos os encantos e transformações da terra.

— Cala, Sancho — respondeu D. Quixote com voz não muito desmaiada. — Cala, digo, e não digas blasfêmias contra aquela encantada senhora, que da sua desgraça e desventura só eu tenho culpa: da inveja que me têm os maus nasceu sua mal-andança.

— O mesmo digo eu — respondeu Sancho. — Quem a viu, quem a vê agora, qual coração que não chora?

— Isso bem podes dizer tu, Sancho — replicou D. Quixote —, que a viste na inteireza cabal da sua formosura, pois o encantamento não se estendeu a te turvar a vista nem a te encobrir sua beleza, e só contra mim e contra meus olhos aponta a força do seu veneno. Mas, contudo, reparei agora numa coisa, Sancho, que é que me pintaste mal sua formosura, pois, se mal não me lembro, disseste que tinha os olhos de pérolas, e os olhos que parecem de pérolas são antes de peixe que de dama, e, segundo eu creio, os de Dulcineia devem ser de verdes esmeraldas, amendoados, com dois celestiais arcos a lhes servir de sobrancelhas. Portanto tira-lhe essas pérolas dos olhos e coloca-as nos dentes, que sem dúvida te confundiste, Sancho, tomando os olhos pelos dentes.

— Tudo pode ser que seja — respondeu Sancho —, pois tanto a mim me turvou sua formosura como a vossa mercê sua fealdade. Mas encomendemos tudo a Deus, pois Ele é o sabedor das coisas que hão de acontecer neste vale de lágrimas, neste ruim mundo que temos, onde quase não se acha coisa que seja sem mistura de maldade, embuste e velhacaria. Uma coisa me pesa, senhor meu, mais do que outras, e é pensar que se há de fazer quando vossa mercê vencer algum gigante ou outro cavaleiro e o mandar que se apresente perante a formosura da senhora Dulcineia. Onde a achará esse pobre gigante ou esse pobre e mísero cavaleiro vencido? Parece que já os vejo andar por El Toboso feitos uns patetas, procurando minha senhora Dulcineia, e ainda que a encontrem no meio da rua, não a conhecerão mais que a meu pai.

— Pode ser, Sancho — respondeu D. Quixote —, que o encantamento não se estenda a privar do conhecimento de Dulcineia os vencidos e apresentados gigantes e cavaleiros, e em um ou dois dos primeiros que eu vencer e lhe enviar faremos a experiência se a veem ou não, mandando-os voltar para me dar relação do que acerca disto lhes acontecer.

— Digo, senhor — replicou Sancho —, que a mim me parece bem o que vossa mercê disse, pois com esse artifício viremos em conhecimento do que desejamos, e se é que só a vossa mercê ela se encobre, a desgraça mais será de vossa mercê que dela. Mas estando a senhora Dulcineia com saúde e contento, nós aqui nos aviremos e passaremos o melhor que pudermos, buscando nossas aventuras e deixando o tempo fazer sua parte, pois ele é o melhor remédio destas e doutras maiores doenças.

Responder queria D. Quixote a Sancho Pança, mas o estorvou um carro que surgiu de través no caminho carregado dos mais diversos e estranhos personagens e figuras que se possam imaginar. Quem guiava as mulas e servia de carreiro era um feio demônio. Vinha o carro a céu aberto, sem toldo nem coberta alguma. A primeira figura que se ofereceu aos olhos de D. Quixote foi a da própria Morte, com rosto humano; junto dela vinha um anjo com grandes asas pintadas; a um lado estava um imperador com uma coroa, parecendo ser de ouro, na cabeça; aos pés da Morte estava o deus que chamam Cupido, sem venda nos olhos, mas com seu arco, sua aljava e suas setas. Vinha também um cavaleiro armado de ponto em branco, exceto por não trazer morrião nem celada, mas um chapéu cheio de plumas de diversas cores. Com estas vinham outras pessoas de diferentes trajes e rostos. As quais coisas todas vistas de improviso, de alguma maneira estremeceram D. Quixote e meteram medo no coração de Sancho, mas logo se alegrou D. Quixote, cuidando que se lhe oferecia alguma nova e perigosa aventura, e com este pensamento, e com ânimo disposto a acometer qualquer perigo, se postou diante do carro e com voz alta e ameaçadora disse:

— Carreiro, carroceiro ou diabo, ou lá o que fores, não tardes em me dizer quem és, aonde vais e quem é essa gente que levas no teu carrocim, que mais parece a barca de Caronte que um carro dos que se usam.

Ao qual o Diabo, detendo o carro, mansamente respondeu:

— Senhor, nós somos atores da companhia de Angulo o Mau.[1] Esta manhã, que é a oitava de Corpus,[2] representamos o "Auto das Cortes da Morte"[3] num lugar que fica atrás daquele morro, e o havemos de representar à tarde naquele outro lugar que daqui se avista, e por estarmos tão perto e escusarmos o trabalho de nos despir e tornar a vestir, vamos vestidos com as mesmas roupas da representação. Aquele mancebo ali vai de Morte; o outro, de Anjo; aquela mulher, que é a de Angulo, vai de Rainha; o outro, de Soldado; aquele, de Imperador, e eu, de Demônio, e sou uma das principais figuras do auto, porque faço nesta companhia os primeiros papéis. Se outra coisa vossa mercê deseja saber de nós, pergunte, que eu lhe saberei responder com toda a pontualidade, pois, como sou demônio, nada me escapa.

— Pela fé de cavaleiro andante — respondeu D. Quixote — que, assim como vi este carro, imaginei que alguma grande aventura se me oferecia, e agora digo que é mister tocar as apa-

---

[1] Provável alusão a certo empresário e diretor teatral cordovês radicado em Toledo, de nome Andrés de Angulo, também citado no "Colóquio dos cachorros" com o mesmo epíteto.

[2] Oito dias depois da festa Corpus Christi, as companhias que já haviam atuado nas procissões das capitais costumavam percorrer as pequenas povoações representando seus autos sacramentais.

[3] Costuma-se identificar a peça com o *Auto sacramental de las Cortes de la Muerte*, atribuído a Lope de Vega. Não se descarta, porém, que se trate de uma obra muito representada de Micael de Carvajal, estreada em 1557, ou até de um texto perdido do próprio Cervantes.

rências com as mãos para tomar pé do desengano. Ide com Deus, boa gente, e fazei a vossa festa, e dizei se me quereis mandar alguma coisa em que eu vos possa ser útil, que a farei de bom grado e com bom ânimo, porque desde rapaz fui aficionado das representações, e em minha mocidade meus olhos se iam levados da farândola.

Estando nessas conversações, quis a sorte que chegasse outro da companhia que vinha vestido de *bojiganga*,[4] com muitos cascavéis, e na ponta de um bastão trazia três bexigas de vaca infladas, o qual momo, chegando-se a D. Quixote, começou a esgrimir o bastão e a varejar o chão com as bexigas e a dar grandes saltos, chocalhando os cascavéis, cuja má visão tanto assustou Rocinante que, sem ser D. Quixote poderoso para o deter, mordendo o freio deu a correr pelo campo com mais ligeireza do que jamais prometera sua carcaça. Sancho, considerando o perigo que seu amo corria de ser derrubado, saltou do ruço e a toda pressa acudiu a ajudá-lo; mas quando a ele chegou, já estava em terra, e junto dele Rocinante, que com seu amo fora ao chão: ordinário fim e paradeiro dos brios de Rocinante e dos seus atrevimentos.

Mas no ponto em que Sancho deixou sua cavalgadura para socorrer D. Quixote, o demônio bailão das bexigas saltou sobre o ruço e, dando-lhe com elas, o medo e o ruído, mais que a dor dos golpes, o fez voar pela campina para os lados do lugar onde iam fazer a festa. Olhava Sancho a carreira do seu ruço e a queda do seu amo, e não sabia a qual das duas necessidades acudir

---

[4] Espécie de bufão espanhol característico dos antigos carnavais e procissões, que ele encabeçava personificando a Loucura e assustando os assistentes com uma espécie de cetro ou chicote como o descrito no texto, de cujas bexigas lhe vem o nome. A mesma palavra designava também um tipo de companhia teatral ambulante.

primeiro. Mas afinal, como bom escudeiro e bom criado, pôde mais com ele o amor do seu senhor que o carinho do seu jumento, se bem cada vez que via as bexigas se erguerem no ar e baixarem nas ancas do seu ruço fossem para ele ânsias e sustos de morte, e antes quisera que aqueles golpes fossem nas suas próprias meninas dos olhos que no mais mínimo pelo do rabo do seu asno. Com essa perplexa tribulação, chegou aonde D. Quixote estava muito mais machucado do que quisera e, ajudando-o a montar em Rocinante, lhe disse:

— Senhor, o Diabo levou o ruço.

— Que diabo? — perguntou D. Quixote.

— O das bexigas — respondeu Sancho.

— Pois o hei de recuperar — replicou D. Quixote —, ainda que se tenha enfurnado com ele nos mais fundos e escuros calabouços do inferno. Segue-me, Sancho, que o carro vai devagar, e com as mulas dele satisfarei a perda do ruço.

— Não há para que fazer tal diligência, senhor — respondeu Sancho. — Vossa mercê esfrie sua cólera, pois, segundo me parece, já o Diabo deixou o ruço, que volta para a querença.

E assim era a verdade, porque, tendo o Diabo caído por terra com o ruço, por imitar D. Quixote e Rocinante, aquele se foi a pé para o povoado, e o jumento voltou para o seu dono.

— Contudo — disse D. Quixote —, será bem castigar o desaforo daquele demônio nalgum dos que vão no carro, ainda que seja o próprio Imperador.

— Vossa mercê tire essa imaginação da cabeça — replicou Sancho — e ouça o meu conselho, que é nunca se meter com farsantes, pois é gente favorecida. Já vi um ator preso por duas mortes sair livre e sem custas. Saiba vossa mercê que, como são gentes alegres e de prazer, todos os favorecem, todos os amparam, ajudam e estimam, e mais quando são das companhias reais e de título,[5] que todos ou os mais daqueles em seus trajes e apostura parecem príncipes.

— Mas, ainda assim — respondeu D. Quixote —, não se me há de escapar o Demônio farsante assim blasonando, ainda que o favorecesse todo o gênero humano.

E dizendo isto virou para o carro, que já estava bem perto do povoado, e a altos brados foi dizendo:

— Detende-vos, esperai, turba alegre e folgazã, que vos quero mostrar como se devem tratar os jumentos e alimárias que servem de cavalgadura aos escudeiros dos cavaleiros andantes.

Tão altos eram os gritos de D. Quixote, que os do carro os ouviram e entenderam; e tirando das palavras a intenção de quem as dizia, num pronto saltou a Morte do carro, e atrás dela o Imperador, o Diabo carreiro e o Anjo, sem ficar a Rainha nem o deus Cupido, e todos se armaram de pedras e se puseram em ala esperando receber D. Quixote à ponta de mil calhaus. D. Quixote, que os viu postos em tão galhardo esquadrão, os braços levantados com gesto de atirar as pedras poderosamente, puxou das rédeas a Rocinante e se pôs a pensar de que modo os acometeria com menos risco da sua pessoa. No ponto em que se deteve, chegou Sancho e, vendo-o com jeito de acometer contra o bem formado esquadrão, lhe disse:

— Enorme loucura seria tentar essa empresa. Considere vossa mercê, senhor meu, que para caroços de rio à mão-tente não há arma defensiva no mundo, como não seja se embutir e fechar embaixo de um sino de bronze, e também se há de considerar que é mais temeridade que valentia investir um homem só contra um

---

[5] Assim se denominavam aquelas companhias, poucas, autorizadas oficialmente pelo Conselho Real, geralmente respaldadas por nobres poderosos.

exército onde está a Morte e lutam imperadores em pessoa, ajudados pelos anjos bons e maus; e se esta consideração o não mover a ficar quieto, que o mova saber de certo que entre todos que lá estão, por mais que se vejam reis, príncipes e imperadores, não há nenhum cavaleiro andante.

— Agora sim, Sancho — disse D. Quixote —, deste no ponto da verdade que me pode e deve arredar do meu já determinado intento. Eu não posso nem devo tirar a espada, como outras muitas vezes já te disse, contra quem não seja armado cavaleiro. É a ti, Sancho, que ora toca, se queres tomar vingança do agravo que ao teu ruço se fez, que eu daqui te ajudarei com vozes e advertimentos saudáveis.

— Não há para quê, senhor — respondeu Sancho —, tomar vingança de ninguém, pois não é de bons cristãos tomá-la dos agravos, quanto mais que eu direi a meu asno que ponha sua ofensa nas mãos da minha vontade, a qual é de viver pacificamente os dias de vida que os céus me derem.

— Se é essa a tua determinação — replicou D. Quixote —, Sancho bom, Sancho discreto, Sancho cristão e Sancho sincero, deixemos esses fantasmas e voltemos a buscar melhores e mais qualificadas aventuras, pois eu vejo esta terra de feição que nela não hão de faltar muitas e mui milagrosas.

Logo virou as rédeas, Sancho foi trazer o seu ruço, a Morte com todo o seu esquadrão volante voltaram para o carro e prosseguiram viagem, e este feliz fim teve a temerosa aventura da carreta da Morte, graças sejam dadas ao saudável conselho que Sancho Pança deu ao seu amo. A quem no dia seguinte aconteceu outra com um enamorado e andante cavaleiro, de não menos suspensão que a passada.

Capítulo XII

DA ESTRANHA AVENTURA ACONTECIDA AO VALOROSO D. QUIXOTE COM O BRAVO CAVALEIRO DOS ESPELHOS

A noite que se seguiu ao dia do encontro com a morte, D. Quixote e o seu escudeiro a passaram debaixo de umas altas e sombrosas árvores, tendo D. Quixote comido, por persuasão de Sancho, do que traziam nos alforjes do ruço, e entre jantar disse Sancho a seu senhor:

— Senhor, bem tolo eu seria se tivesse escolhido como alvíssaras os despojos da primeira aventura que vossa mercê acabasse, em vez das crias das três éguas! Afinal, afinal, mais vale pássaro em mão que abutre voando.

— Todavia — respondeu D. Quixote —, se tu, Sancho, me houvesses deixado acometer, como eu queria, te teriam cabido em despojos, pelo menos, a coroa de ouro da Imperatriz e as pintadas asas de Cupido, que eu lhe teria arrancado à viva força e posto em tuas mãos.

— Nunca os cetros e as coroas dos imperadores farsantes — respondeu Sancho Pança — foram de ouro puro, senão de ouropel ou de lata.

— Assim é verdade — replicou D. Quixote —, pois não seria acertado que os atavios da comédia fossem finos, senão fingidos e aparentes, como o é a própria comédia, a qual quero, Sancho, que prezes, tendo-a em tua boa graça, e pelo mesmo conseguinte àqueles que as representam e as compõem, porque todos são instrumentos de fazer um grande bem à república, pondo-nos um espelho defronte a cada passo, onde se veem ao vivo as ações da vida humana, e nenhuma comparação há que mais ao vivo nos represente o que somos e o que havemos de ser como a comédia e os comediantes. Se não diz-me: já não viste representar alguma comédia onde se veem reis, imperadores e pontífices, cavaleiros, damas e outros vários personagens? Um faz de rufião, outro de embusteiro, este de mercador, aquele de soldado, outro de simples discreto,[1] outro de enamorado simples. E acabada a comédia e despindo-se dos vestidos dela, ficam todos os atores iguais.

— Já vi, sim — respondeu Sancho.

— Pois o mesmo — disse D. Quixote — ocorre na comédia e trato deste mundo, onde uns fazem de imperadores, outros de pontífices e, enfim, todas quantas figuras se podem introduzir numa comédia; mas em chegando ao fim, que é quando se acaba a vida, a todos a morte lhes tira as roupas que os diferençavam, e ficam iguais na sepultura.

— Brava comparação — disse Sancho —, se bem não tão nova que eu não a tenha ouvido muitas e diversas vezes, como aquela do jogo de xadrez, que enquanto dura o jogo cada peça tem seu particular ofício, e em se acabando o jogo todas se misturam, juntam e baralham, e dão com elas num saco, que é como dar com a vida na sepultura.

— A cada dia, Sancho — disse D. Quixote —, te vais fazendo menos simples e mais discreto.

— Ora, um pouco da discrição de vossa mercê me houvera de pegar — respondeu Sancho —, pois as terras que por si são estéreis e secas, estercando-as e cultivando-as vêm a dar bons frutos. Quero dizer que a conversação de vossa mercê tem sido o

---

[1] O "tolo esperto", isto é, a figura do *gracioso* (ver cap. V, nota 5).

esterco que sobre a estéril terra do meu seco engenho tem caído; a cultivação, o tempo que faz que lhe sirvo e comunico; e com isto espero dar de mim frutos que sejam de bênção, tais que não desdigam nem deslizem das sendas da boa criação que vossa mercê tem feito no sáfaro entendimento meu.

Riu-se D. Quixote das afetadas razões de Sancho, mas pareceu-lhe ser verdade o que dizia da sua emenda, pois de quando em quando falava de maneira que o admirava, posto que todas ou as mais vezes que Sancho queria falar a modo douto e cortesão acabava sua razão por despenhar do alto da sua simplicidade ao fundo da sua ignorância, e no que se mostrava mais elegante e memorioso era em citar ditados, viessem ou não ao caso, como já se terá visto e notado no discurso desta história.

Nestas e noutras conversações passaram grande parte da noite, e Sancho teve vontade de deixar cair as comportas dos olhos, como ele dizia quando queria dormir, e, desaparelhando o ruço, lhe deu pasto abundante e livre. Não tirou a sela de Rocinante, por ser expresso mandamento do seu senhor que, no tempo em que andassem em campo ou não dormissem sob teto, jamais o desaparelhasse, antiga usança estabelecida e guardada pelos andantes cavaleiros: tirar o freio e pendurá-lo do arção da sela; mas tirar a sela do cavalo, nunca! E assim fez Sancho, dando-lhe a mesma liberdade que ao ruço, cuja amizade com Rocinante foi tão única e tão cerrada, que é fama, passada em tradição de pai para filho, que o autor desta verdadeira história fez particulares capítulos dela, mas que, por guardar a decência e o decoro que a tão heroica história se deve, não os pôs nela, ainda que por vezes se descuide desse seu propósito e escreva que, assim como as duas bestas se juntavam, acudiam a se coçar um ao outro, e que, depois de cansados e satisfeitos, cruzava Rocinante o pescoço sobre o pescoço do ruço (que lhe sobrava da outra parte mais de meia vara) e, fitando os dois atentamente o chão, costumavam ficar daquele jeito três dias, ao menos todo o tempo que os deixavam ou a fome os não compelia a buscar sustento. Digo que dizem que o autor deixou escrito que os comparara na amizade à que tiveram Niso e Euríalo, e Pílades e Orestes;[2] e se isto é assim, bem se podia dar a ver, para universal admiração, quão firme deve de haver sido a amizade desses dois pacíficos animais, e em escarmento dos homens, que tão mal sabem guardar amizade uns aos outros. Porquanto já se disse:

> Não há amigo para amigo:
> as canas se tornam lanças;[3]

e outro cantou:

> Quando o amigo é certo, um olho fechado e outro etc.

E não se pense que foi o autor um tanto despropositado em comparar a amizade desses animais com a dos homens, pois têm os homens recebido das bestas muitos advertimentos e aprendido muitas coisas de importância, como são, das cegonhas, o clister; dos cães, o vômito e a gratidão; dos grous, a vigilância; das

---

[2] Niso e Euríalo, Pílades e Orestes: dois exemplos clássicos de amizade modelar. O primeiro provém da *Eneida* (canto IX) e já apareceu na primeira parte (cap. XLVII), na menção a *Euriálio*; o segundo, citadíssimo por autores humanistas, aparece na *Electra* de Sófocles e nas duas *Orestíadas*.

[3] São versos de um romance de tema bélico recolhido por Ginés Pérez de Hita em sua *Historia de las guerras civiles de Granada* (1595), que narra as lutas entre abencerrages e zegris. Com o tempo, a frase adquiriu valor proverbial, significando a brincadeira entre amigos que deriva em confronto sério.

formigas, a providência; dos elefantes, a honestidade, e a lealdade do cavalo.[4]

Finalmente Sancho adormeceu ao pé de um sobreiro, e D. Quixote dormitou ao de um robusto carvalho. Mas pouco espaço de tempo se passara quando foi acordado por um ruído que ouviu às suas costas e, levantando-se com sobressalto, se pôs a olhar e a escutar donde o ruído provinha, e viu que eram dois homens a cavalo, e que um deles, deixando-se cair da sela, disse ao outro:

— Apeia-te, amigo, e tira os freios dos cavalos, que a meu ver este lugar é abundante em pasto para eles, e no silêncio e solidão de que hão mister meus amorosos pensamentos.

Dizer isso e deitar-se em terra foi tudo num mesmo tempo, e ao saltar fizeram ruído as armas de que vinha armado, sinal manifesto donde conheceu D. Quixote que devia de ser cavaleiro andante, e chegando-se a Sancho, que dormia, travou-o pelo braço, e com não pouco trabalho o acordou, e com voz baixa lhe disse:

— Irmão Sancho, aventura temos.

— Queira Deus que seja boa — respondeu Sancho. — E onde está, senhor meu, a mercê dessa senhora aventura?

— Como onde, Sancho? — replicou D. Quixote. — Torna os olhos e verás ali deitado um andante cavaleiro, que, segundo o que se me transluz, não deve de estar muito alegre, porque o vi saltar do cavalo e deitar-se ao chão com algumas mostras de despeito, e ao cair lhe rangeu toda a armadura.

---

[4] A lista de comparações exemplares provém da *História Natural*, de Plínio o Velho, e frequentava tanto os bestiários medievais quanto as miscelâneas humanistas, como a própria *Silva...*, já mencionada acima (cap. VIII, nota 7).

— E por que — disse Sancho — vossa mercê acha que esta seja aventura?

— Não quero dizer — respondeu D. Quixote — que esta seja toda uma aventura, senão o princípio dela, pois assim começam as aventuras. Mas escuta, que ao parecer começa a temperar um alaúde ou uma *vihuela* e, pelo modo como cospe e desembaraça o peito, se deve de preparar para cantar alguma coisa.

— À boa-fé que assim é — respondeu Sancho — e que deve de ser cavaleiro enamorado.

— Não existe andante que o não seja — disse D. Quixote. — E escutemos seu canto, que pelo fio tiraremos o novelo dos seus pensamentos, se é que ele canta, pois do que enche o coração é que fala a boca.[5]

Replicar queria Sancho a seu amo, mas a voz do Cavaleiro do Bosque, que não era muito ruim nem muito boa, o estorvou, e, estando os dois atônitos, ouviram o que cantou, que foi este soneto:[6]

> — Dai-me, senhora, um proceder que siga,
> ao vosso jeito e vontade cortado,
> que assim será da minha estimado,
> que dele em ponto algum jamais desdiga.
>
> Se quereis que calando esta fadiga
> eu morra, dai-me já por acabado;
> mas se que vo-la conte em desusado
> modo, farei que o mesmo amor a diga.

---

[5] Frase do Evangelho (Lucas, 6, 45).

[6] Os sonetos, por vezes, ainda se concebiam como canções; este oferece um *pot-pourri* paródico de giros petrarquistas à maneira de Garcilaso.

À prova de contrários estou feito,
da branda cera e do diamante duro:
minh'alma à lei do amor rendo disposto.

Segundo é brando ou forte, oferto o peito:
nele gravai ou entalhai a gosto,
pois de guardá-lo eternamente juro.

Com um "ai!" que parecia arrancado do íntimo do coração, findou seu canto o Cavaleiro do Bosque, e dali a pouco, com voz gemida e languenta, disse:

— Oh mais formosa e mais ingrata mulher do orbe! Como é possível, sereníssima Cacildeia de Vandália, consentirdes que este teu cativo cavaleiro se consuma e acabe em contínuas peregrinações e em ásperos e duros trabalhos? Já não basta eu ter conseguido que te confessassem como a mais formosa do mundo todos os cavaleiros de Navarra, todos os leoneses, todos os tartéssios, todos os castelhanos e, finalmente, todos os cavaleiros de La Mancha?

— Isso não! — disse nesse instante D. Quixote. — Pois eu sou de La Mancha e jamais tal confessei, nem pudera nem devera confessar coisa tão contrária à beleza da minha senhora, e esse tal cavaleiro, já vês, Sancho, que desvaria. Mas escutemos, talvez se declare mais.

— Disso não duvido — replicou Sancho —, pois leva jeito de se queixar por um mês a eito.

Mas não foi assim, porque, tendo o Cavaleiro do Bosque entreouvido que falavam perto dele, sem ir por diante com sua lamentação, se pôs de pé e disse com voz sonora e comedida:

— Quem vem lá? Que gente? É porventura do número dos contentes ou do dos aflitos?

— Dos aflitos — respondeu D. Quixote.

— Pois então chegue-se a mim — respondeu o do bosque — e será como chegar-se à mesma tristeza e à aflição mesma.

D. Quixote, que se viu responder tão mansa e comedidamente, chegou-se a ele, e Sancho nem mais nem menos.

O cavaleiro lamentador tomou D. Quixote pelo braço, dizendo:

— Sentai-vos aqui, senhor cavaleiro, pois para entender que o sois, e dos que professam a andante cavalaria, basta-me ter-vos achado neste lugar, onde vos fazem companhia a solidão e o sereno, naturais leitos e justas paragens dos cavaleiros andantes.

Ao que respondeu D. Quixote:

— Cavaleiro sou, e da profissão que dizeis, e se bem na minha alma têm seu próprio assento as tristezas, as desgraças e as desventuras, nem por isso dela fugiu a compaixão que tenho das alheias desditas. Do que cantastes há pouco coligi que as vossas são enamoradas, quero dizer, do amor que tendes por aquela formosa ingrata que em vossas lamentações nomeastes.

Já então estavam sentados juntos na dura terra, em boa paz e companhia, como se ao raiar do dia não se houvessem de rachar os cornos.

— Porventura, senhor cavaleiro — perguntou o do bosque a D. Quixote —, sois enamorado?

— Por desventura o sou — respondeu D. Quixote —, inda que os danos nascidos de bem postos pensamentos antes se devam ter por graças que por desgraças.

— Assim fora a verdade — replicou o do bosque —, não fossem nossa razão e nosso entendimento turvados pelos desdéns, que, sendo muitos, parecem vinganças.

— Nunca fui desdenhado da minha senhora — respondeu D. Quixote.

— Não, por certo — disse Sancho, que ali junto estava —, porque minha senhora é dada e maneira feita uma borrega mansa.

— É esse o vosso escudeiro? — perguntou o do bosque.

— É sim — respondeu D. Quixote.

— Nunca vi um escudeiro — replicou o do bosque — que ousasse falar onde fala seu senhor. Ao menos aí está o meu, que é filho do seu pai, mas ninguém pode dizer que tenha despregado os lábios onde eu falo.

— Pois à fé — disse Sancho — que eu falei, sim, e bem posso falar diante de um outro tão... E não digo mais, que é melhor não bulir.

O escudeiro do bosque tomou Sancho pelo braço, dizendo-lhe:

— Vamos nós dois aonde possamos falar à escudeira tudo quanto quisermos, e deixemos estes nossos senhores amos se baterem à sua vontade contando-se as histórias dos seus amores, que o dia decerto os há de apanhar nelas sem que as tenham acabado.

— Seja embora — disse Sancho —, que eu direi a vossa mercê quem sou, para que veja se não faço páreo aos mais falantes escudeiros.

Assim se afastaram os dois escudeiros, que travaram um colóquio tão engraçado como foi grave o que travaram seus senhores.

Capítulo XIII

Onde prossegue a aventura do Cavaleiro do Bosque, mais o discreto, novo e ameno colóquio travado entre os dois escudeiros

Divididos estavam cavaleiros e escudeiros, estes contando-se suas vidas e aqueles seus amores,[1] mas a história conta primeiro a conversação dos moços e logo prossegue com a dos amos, e assim diz que, afastando-se um pouco deles, o do bosque disse a Sancho:

— Trabalhosa vida é a que passamos e vivemos, senhor meu, nós que somos escudeiros de cavaleiros andantes; em verdade que comemos o pão no suor do nosso rosto, que é uma das maldições que Deus lançou aos nossos primeiros pais.

— Também se pode dizer — acrescentou Sancho — que o comemos no gelo dos nossos corpos, pois quem sofre mais calor e mais frio que os miseráveis escudeiros da andante cavalaria? E ainda menos mal quando comemos, pois as dores com pão depressa se vão, e às vezes passamos um dia ou dois sem quebrar o jejum, com nada que não seja o vento que assopra.

— Tanta dureza se atura — disse o do bosque — com a esperança que temos do prêmio, pois, se não é por demais desgraçado o cavaleiro andante a quem serve um escudeiro, a poucos

---

[1] Nova reminiscência de Garcilaso: "*Agora unas con otras apartadas/ contándoos los amores y las vidas*" ("Soneto XI", vv. 7-8).

lances pelo menos se verá premiado com um belo governo de alguma ínsula ou com um condado de bem parecer.

— Eu — replicou Sancho — já disse ao meu amo que me contento com o governo de uma ínsula, e ele é tão nobre e tão liberal que o tem prometido muitas e diversas vezes.

— Eu — disse o do bosque — ficarei contente dos meus serviços com uma conezia, e dela já tenho a promessa do meu amo. Que me diz?

— Digo que o amo de vossa mercê — tornou Sancho — deve de ser cavaleiro eclesiástico, dos que podem fazer dessas mercês aos seus bons escudeiros, mas o meu é meramente leigo, bem que eu me lembre que pessoas discretas, ainda que a meu ver mal-intencionadas, o aconselharam a encarreirar para arcebispo, mas ele não quis ser menos que imperador, e eu estava tremendo que resolvesse ser da Igreja, por não me achar suficiente para cobrar suas prebendas, pois confesso que, por mais que eu pareça homem, sou uma besta para ser da Igreja.

— Em verdade que nisso está vossa mercê muito errado — disse o do bosque —, já que nem todos os governos insulanos são valedios. Uns são tortos, outros pobres, outros malencônicos, e até o mais subido e bem disposto traz consigo uma pesada carga de pensamentos e embaraços que põe sobre os próprios ombros o infeliz a quem lhe cabe em sorte. Para nós que professamos esta maldita servidão, muito melhor seria nos recolhermos a nossas casas e lá nos entregarmos a exercícios mais amenos, como são a caça ou a pesca, pois que escudeiro há no mundo tão pobre que não tenha um rocim, um par de sabujos e uma vara de pescar para passar seu tempo na aldeia?

— Nada disso me falta — respondeu Sancho. — Verdade é que não tenho rocim, mas tenho um asno que vale o dobro do cavalo do meu amo. Deus que me castigue se o trocasse por ele, ainda que me acrescentassem a paga com uma fanga de cevada. Vossa mercê bem pode achar que minto o valor do meu ruço, que ruça é a cor do meu jumento. Já os sabujos não me haviam de faltar, pois no meu lugar sobejam, e quanto mais que a caça é mais gostosa quando feita à custa alheia.

— Real e verdadeiramente, senhor escudeiro — respondeu o do bosque —, estou decidido e determinado a deixar as patacoadas desses cavaleiros e voltar à minha aldeia para criar os meus filhinhos, pois tenho três, lindos como três pérolas orientais.

— Eu tenho dois — disse Sancho —, que se podem presentear ao papa em pessoa, especialmente a menina, que venho criando para condessa, se Deus for servido, ainda que a pesar da sua mãe.

— E que idade tem essa senhora que se cria para condessa? — perguntou o do bosque.

— Quinze anos, dois mais ou menos — respondeu Sancho —, mas é alta como uma lança e bonita como uma manhã de abril, e tem a força de um ganhão.

— São prendas bastantes — respondeu o do bosque — não só para ser condessa, mas para ser ninfa do verde bosque. Ah, puta, fideputa, e que nervo deve de ter a velhaca!

Ao que Sancho respondeu, algum tanto amofinado:

— Nem ela é puta, nem o foi a mãe dela, nem o será nenhuma das duas, se Deus quiser, enquanto eu for vivo. E vossa mercê trate de falar mais comedido, pois para quem foi criado entre cavaleiros andantes, que são a cortesia em pessoa, não me parecem lá muito concertadas essas palavras.

— Oh senhor escudeiro — replicou o do bosque —, bem pouco entende vossa mercê em matéria de elogios! Acaso não sabe que, quando um cavaleiro acerta uma boa lançada no touro na praça, ou quando uma pessoa faz alguma coisa bem feita, costuma dizer o vulgo "ah, puto, fideputa, assim é que se faz!", e aquilo que parece insulto, nesses termos é notável elogio? E arrenegai, senhor, dos filhos ou filhas que por suas obras não mereçam semelhantes louvores dos pais.

— Arrenego, sim — respondeu Sancho —, e desse modo e por essa mesma razão vossa mercê bem pudera descarregar uma putaria inteira sobre mim e meus filhos e minha mulher, pois tudo quanto eles fazem e dizem são em extremo dignos de semelhantes elogios, e para os rever peço a Deus me livre do pecado mortal,[2] que isso mesmo há de fazer se me tirar deste perigoso ofício de escudeiro, no qual caí por segunda vez cevado e enganado por uma bolsa com cem ducados que um dia achei no coração da Serra Morena, e o diabo me põe diante dos olhos aqui, ali, cá não, mas acolá, uma taleiga cheia de dobrões, que me parece que a cada passo a toco com as mãos e a abraço e a levo para casa, e lá ponho seu ouro a render e trabalhar por mim e vivo como um príncipe, e no tempo em que penso nisso são fáceis e leves todos os trabalhos que padeço com este mentecapto do meu senhor, que sei ter mais de louco que de cavaleiro.

— Por isso — respondeu o do bosque — dizem que a cobiça rompe o saco, e, em se tratando deles, não há no mundo outro maior que meu senhor, porque é daqueles dos quais bem se diz "cuidados alheios matam o asno", pois para que outro cavaleiro recobre o juízo perdido ele se finge de louco e anda buscando coisa que não sei se depois de achada não quebrará ele o focinho.

— E é ele porventura enamorado?

— É, sim — disse o do bosque —, de uma tal Cacildeia de Vandália, a mais crua e mais assada senhora que em todo o orbe

---

[2] Adaptação de "*ab omni peccato, libera nos, Domine*", versículo da ladainha de Todos os Santos recitada na extrema-unção.

se pode achar; e nem é a crueza o seu pior mal, pois outros maiores embustes lhe bolem nas entranhas, como logo se dará à luz.

— Não há caminho tão chão — replicou Sancho — que não tenha algum tropeço ou barranco; em cada casa comem favas, e na minha, às caldeiradas; mais acompanhantes e apaniaguados deve de ter a loucura que a discrição. Mas, se é verdade o que por aí se diz, que ter companheiros nos trabalhos os alivia, com vossa mercê me poderei consolar, pois serve a outro amo tão tonto quanto o meu.

— Tonto, porém valente — respondeu o do bosque —, e mais velhaco do que tonto e valente.

— Já isso o meu não é — respondeu Sancho —, digo que ele não tem nada de velhaco, antes tem uma alma de pomba: não sabe fazer mal a ninguém, senão bem a todos, nem tem malícia alguma; uma criança o pode fazer ver estrelas ao meio-dia, e é por essa singeleza que gosto dele com todas as veras do coração, e não me amanho a deixá-lo por mais disparates que faça.

— Contudo, irmão e senhor — disse o do bosque —, se um cego guia outro cego, cairão ambos no buraco.[3] Melhor é nos retirarmos a marcha batida e voltarmos ao nosso torrão, pois quem procura aventuras, nem sempre as encontra boas.

Sancho cuspinhava, ao parecer um certo gênero de saliva pegajosa e um tanto seca, o qual visto e notado pelo caridoso e boscarejo escudeiro, disse:

— Parece que, de tanto falarmos, nossa língua vai grudando no céu da boca. Mas eu trago pendurado do arção do meu cavalo um desgrudador dos bons.

E levantando-se, voltou dali a pouco com uma grande bota

---

[3] Provérbio derivado de uma parábola do Evangelho (Mateus, 15, 14).

de vinho e um empanado de meia vara, sem exageração, pois era de um coelho tão grande que Sancho, ao apalpá-lo, entendeu ser, mais que de cabrito, de algum cabrão. O qual visto por Sancho, disse:

— E vossa mercê leva essas coisas consigo, senhor?

— Que é que vossa mercê pensava? — respondeu o outro. — Que eu era algum escudeiro de borra? Melhor munição trago na garupa do meu cavalo que um general em campanha.

Comeu Sancho sem se fazer de rogar, e às escuras tragava nacos tamanhos como manoplas, e disse:

— Vossa mercê é sem dúvida escudeiro de lei, fiel e cabal, magnífico e grande, como dá a ver neste banquete, que, se não veio aqui por arte de encantamento, ao menos assim parece, e não como eu, mesquinho e mal-aventurado, que nos meus alforjes só trago um pouco de queijo tão duro que com ele se pode rachar a cabeça de um gigante, acompanhado de quatro dúzias de alfarrobas e outras tantas de avelãs e nozes, por mercê da escassez do meu senhor e da opinião que ele tem e da regra que guarda de que os cavaleiros andantes não se hão de manter e sustentar senão com frutas secas e ervas do campo.

— À fé, irmão — replicou o do bosque —, que não tenho o estômago feito para cardos, nem peras bravas, nem raízes dos matos. Que os nossos amos lá se avenham com suas opiniões e leis cavaleirescas e comam o que bem quiserem; pelo sim ou pelo não, eu trago um bom farnel e esta bota pendurada do arção, e ela é tão minha devota e a quero tão bem, que pouco tempo se passa sem que eu lhe dê mil beijos e abraços.

E dizendo isto a colocou nas mãos de Sancho, o qual, empinando-a rente à boca, esteve fitando as estrelas por um bom pedaço, e em acabando de beber deixou cair a cabeça para um lado, e dando um grande suspiro disse:

— Ah, fideputa, velhaco, este é mesmo dos católicos!

— Vistes — disse o do bosque em ouvindo o *fideputa* de Sancho — como elogiastes o vinho chamando-o "fideputa"?

— Confesso — respondeu Sancho — que conheço não ser desonra chamar alguém de "filho da puta" quando a modo de elogio. Mas diga-me, senhor, pela vida de quem mais ama, este vinho é de Ciudad Real?

— Bravo bebedor! — respondeu o do bosque. — De feito não é ele de outra terra, e já tem seus bons anos de envelhecido.

— A mim com odres! — disse Sancho. — Coisas dessas não me escapam. E não é bem, senhor escudeiro, que eu tenha um instinto tão grande e tão natural para conhecer vinhos? Pois basta que me deem a cheirar qualquer que seja, que eu lhe acerto a pátria, a linhagem, o sabor e a idade e os tonéis e odres por onde passou, mais todas as circunstâncias ao vinho concernentes. E não há por que se maravilhar disso, quando eu tive em minha linhagem por parte de pai os dois mais excelentes bebedores que em muitos anos conheceu La Mancha, em prova do qual lhes aconteceu o que agora contarei. Deram aos dois para provar do vinho de uma cuba, pedindo-lhes seu parecer do estado, qualidade, bondade ou malícia do vinho. Um deles o provou com a ponta da língua, o outro não fez mais de chegá-lo ao nariz. O primeiro disse que aquele vinho sabia a ferro, o segundo disse que mais sabia a cordovão. O dono disse que a cuba estava limpa e que o tal vinho não tinha mistura alguma da qual pudesse ter pegado sabor de ferro nem de couro. Mas nem por isso os dois famosos bebedores arredaram do já dito. Passou-se o tempo, vendeu-se o vinho e, quando limparam a cuba, acharam nela uma chavezinha amarrada a uma tira de cordovão. Para que vossa mercê veja se quem vem dessa ralé pode ou não dar seu parecer em semelhantes causas.

— Por isso digo — disse o do bosque — que deixemos de andar buscando aventuras, e como temos pão, não busquemos tortas, e voltemos ao nosso rancho, que lá Deus nos há de achar, se Ele quiser.

— Até meu amo chegar a Saragoça, seguirei a serviço dele, e depois veremos.

Enfim, tanto falaram e tanto beberam os dois bons escudeiros, que o sono teve necessidade de lhes amarrar a língua e aplacar a sede, pois saciá-la era impossível; e assim, ambos agarrados à bota já quase vazia, com os bocados por mastigar na boca, pegaram no sono, e assim os deixaremos por ora, para contar o que o Cavaleiro do Bosque tratou com o da Triste Figura.

Capítulo XIV

Onde se prossegue a aventura
do Cavaleiro do Bosque

Entre as muitas razões que passaram D. Quixote e o Cavaleiro da Selva, diz a história que o do bosque disse a D. Quixote:

— Finalmente, senhor cavaleiro, quero que saibais que o meu destino, ou, para melhor dizer, a minha escolha, levou-me a enamorar-me da sem-par Cacildeia de Vandália. Chamo-a sem-par porque o não tem, assim na grandeza do corpo como no extremo do seu estado e da sua formosura. Pois essa tal Cacildeia de quem vou contando pagou meus bons pensamentos e comedidos desejos mandando-me ocupar, como a Hércules sua madrinha,[1] em muitos e diversos perigos, prometendo-me ao fim de cada um que ao fim do outro chegaria o da minha esperança; mas assim se foram encadeando meus trabalhos, que não têm conto, nem eu sei qual há de ser o último que dê princípio ao cumprimento dos meus bons desejos. Uma vez mandou-me desafiar aquela famosa giganta de Sevilha chamada Giralda,[2] que é tão rija e forte como se feita de bronze, e sem sair do lugar é a mais

---

[1] Italianismo para "madrasta". Refere-se aqui a Juno, que odiava Hércules por ele ser fruto dos amores de Júpiter, seu marido, com Alcmena, e movida por essa inimizade o obrigou a realizar os "doze trabalhos".

[2] A estátua em bronze da Vitória que, fazendo as vezes de cata-vento, encima a torre da catedral de Sevilha, antes um minarete. Deve seu nome ao fato de ser giratória e o empresta ao conjunto da torre.

movediça e volúvel mulher do mundo. Cheguei, vi-a e venci-a, e fi-la estar queda e à raia, porque em mais de uma semana não sopraram senão ventos nortes. Vez também houve que me mandou fosse tomar em peso as antigas pedras dos grandes Touros de Guisando,[3] empresa mais para ganhões que para cavaleiros. Outra vez mandou que me precipitasse e sumisse na grota de Cabra,[4] perigo inaudito e temeroso, e que lhe trouxesse particular relação do que naquela escura profundeza se encerra. Detive o movimento da Giralda, pesei os Touros de Guisando, despenhei-me na garganta e trouxe à luz o escondido do seu abismo, e minhas esperanças, mortas e remortas, e seus mandamentos e desdéns, vivos e revivos. Por fim, ultimamente mandou-me discorrer por todas as províncias da Espanha e fazer confessar a todos os andantes cavaleiros que por elas vagassem que só ela é a mais avantajada em formosura de quantas hoje vivem, e que eu sou o mais valente e o mais bem enamorado cavaleiro do orbe, em cuja demanda já andei a maior parte da Espanha, e nela venci muitos cavaleiros que se atreveram a contradizer-me. Mas do que eu mais me prezo e ufano é de ter vencido em singular batalha aquele tão famoso cavaleiro D. Quixote de La Mancha, fazendo-o confessar que é mais formosa a minha Cacildeia do que a sua Dulcineia, e neste só vencimento faço conta que venci todos os cavaleiros do mundo, porque o tal D. Quixote que digo venceu a todos, e havendo-o vencido eu a ele, sua glória, sua fama e sua honra se transferiram e passaram à minha pessoa,

---

[3] Conjunto de quatro figuras celtiberas entalhadas em granito, situado no cerro de Guisando, na província castelhana de Ávila.

[4] Fosso profundo localizado nas serras próximas dessa cidade, na província andaluza de Córdoba. Segundo a crença, é uma das bocas do inferno.

pois tanto o vencedor é mais honrado
quanto mais o vencido é reputado;[5]

e assim já correm por minha conta e são minhas as inumeráveis
façanhas do referido D. Quixote.

Admirado ficou D. Quixote de ouvir o Cavaleiro do Bosque,
e mil vezes esteve a ponto de lhe dizer que mentia, já com o "mentis" na ponta da língua, mas reportou-se o melhor que pôde, para
o fazer confessar sua mentira por sua própria boca, e assim sossegadamente lhe disse:

— Quanto a vossa mercê, senhor cavaleiro, ter vencido os
mais cavaleiros andantes da Espanha, e até de todo o mundo, não
digo nada; mas que tenha vencido D. Quixote de La Mancha,
ponho-o em dúvida. Bem pudera ser algum outro parecido, ainda que poucos se lhe pareçam.

— Como não? — replicou o do bosque. — Pelo céu que nos
cobre que pelejei com D. Quixote e o venci e rendi, e é um homem
alto de corpo, enxuto de rosto, compridos e descarnados os membros, grisalhos os cabelos, o nariz aquilino e algum tanto curvo,
de bigodes grandes, pretos e caídos. Campeia sob o nome de Cavaleiro da Triste Figura e leva por escudeiro um lavrador chamado Sancho Pança; aperta os lombos e rege o freio de um famoso
cavalo chamado Rocinante e, finalmente, tem por senhora da sua
vontade uma tal Dulcineia d'El Toboso, em outro tempo chamada Aldonza Lorenzo, tal como a minha, que por se chamar Casilda e ser da Andaluzia, é por mim chamada Cacildeia de Vandá-

---

[5] Versos adaptados do poema épico *La Araucana*, de Alonso de Ercilla (ver
DQ I, cap. VI, nota 33), "*... pues no es el vencedor más estimado/ de aquello en
que el vencido es reputado*" (I, v. 127), que ecoam um lugar-comum retórico.

lia. Se todos estes sinais não bastam para acreditar minha verdade, aqui está minha espada, que fará a mesma incredulidade dar-lhe crédito.

— Sossegai, senhor cavaleiro — disse D. Quixote —, e escutai o que dizer-vos quero. Haveis de saber que esse D. Quixote que dizeis é o maior amigo que neste mundo tenho, e é isto tanto assim que posso dizer que o tenho no lugar da minha própria pessoa, e pelos sinais que dele me destes, tão pontuais e certos, não posso pensar senão que seja o mesmo que vencestes. Por outra parte, vejo com os olhos e toco com as mãos ser impossível que seja o mesmo, se não fosse que, como ele tem muitos inimigos encantadores (especialmente um que de ordinário o persegue), houvesse algum deles tomado sua figura para deixar-se vencer com a intenção de lhe esbulhar a fama que suas altas cavalarias lhe têm granjeada e adquirida por todo o descoberto da terra; e para a confirmação disto quero também que saibais que os tais encantadores seus contrários não há mais de dois dias transformaram a figura e pessoa da formosa Dulcineia d'El Toboso em uma aldeã baixa e soez, e desta mesma maneira hão de haver transformado D. Quixote. E se tudo isto não bastar para tomardes conhecimento desta verdade que digo, aqui está o próprio D. Quixote, que a sustentará com suas armas a pé ou a cavalo ou de qualquer sorte que vos agradar.

E dizendo isto se levantou em pé e empunhou a espada, esperando a resolução que o Cavaleiro do Bosque havia de tomar, o qual, com voz igualmente sossegada, respondeu e disse:

— A bom pagador não dói o penhor. Quem uma vez pôde vencer-vos transformado, senhor D. Quixote, bem poderá ter a esperança de render-vos no vosso próprio ser. Mas, porque não é bem os cavaleiros fazerem seus feitos de armas às escuras, como salteadores e rufiães, esperemos o dia para que o sol veja as nossas obras. E há de ser condição da nossa batalha que o vencido se renda à vontade do vencedor, para que este faça dele tudo quanto quiser, contanto que seja coisa decente a cavaleiro.

— Sou mais que contente de tal acordo e condição — respondeu D. Quixote.

E em dizendo isto foram aonde estavam seus escudeiros e os acharam roncando e na mesma forma em que estavam quando o sono os assaltara. Logo os acordaram e lhes mandaram aprestar os cavalos, porque em saindo o sol haviam os dois de fazer uma sangrenta, singular e desigual batalha, ante cujas novas ficou Sancho atônito e pasmado, temeroso da saúde do seu amo, à conta das valentias que ouvira o Escudeiro do Bosque dizer do seu. Mas, sem falar palavra, foram-se os dois escudeiros buscar seu gado, pois já todos três cavalos mais o ruço se haviam cheirado e estavam todos juntos.

No caminho, disse o do bosque a Sancho:

— Vossa mercê há de saber, irmão, que é costume dos pelejadores andaluzes, quando são padrinhos de algum combate, não ficarem ociosos e de braços cruzados no tempo em que seus afilhados lutam. Digo isso por que esteja avisado de que, enquanto os nossos donos lutarem, nós também havemos de pelejar e nos fazer em pedaços.

— Esse costume, senhor escudeiro — respondeu Sancho —, pode lá correr e valer entre os rufiães e pelejadores que vossa mercê diz, mas, com os escudeiros dos cavaleiros andantes, nem por pensamento. Eu pelo menos nunca ouvi meu amo dizer semelhante costume, e ele sabe de cor todas as ordenanças da andante cavalaria. E ainda que eu acreditasse a verdade e ordenança expressa de pelejarem os escudeiros enquanto seus senhores brigam, prefiro não cumpri-la, senão pagar a pena que se aplica aos tais escudeiros pacíficos, que aposto que não passará de duas libras de cera,[6] e mais quero pagar as tais libras, pois sei que me custarão menos que as estopadas que gastaria em curar a cabeça, que já conto como rachada e partida ao meio. De mais, estou impossibilitado de lutar por não ter espada, pois nunca na vida empunhei uma.

— Para isso eu conheço um bom remédio — disse o do bosque. — Trago aqui comigo duas taleigas de lona do mesmo tamanho; vós tomareis uma e eu a outra, e lutaremos às taleigadas com armas iguais.

— Dessa maneira, seja embora — respondeu Sancho —, porque antes servirá tal luta para nos espanarmos o pó que para nos ferirmos.

— Não será assim — replicou o outro —, pois, para que o vento não leve as taleigas, temos que meter nelas um punhado de bons pedregulhos, uns e outros iguais no peso, e desta maneira nos poderemos taleigar sem nos fazermos mal nem dano.

— Vossa mercê olhe bem — respondeu Sancho —, que martas cebolinas ou que flocos de algodão cardado mete nas taleigas, para não sairmos com o casco rachado e os ossos moídos! Mas, ainda que as enchesse de casulos de seda, saiba, senhor meu, que eu não hei de pelejar; que pelejem nossos amos e lá se amanhem, e bebamos e vivamos nós, pois já cuida o tempo de nos tirar a vida sem que andemos buscando acicates para que ela se acabe antes de chegar ao seu ponto e termo, quando então caia de madura.

— Ainda assim — replicou o do bosque —, havemos de brigar pelo menos meia hora.

---

[6] Nas confrarias religiosas, cobrava-se dos membros que infringiam os estatutos uma multa em cera, estipulada em libras, a ser usada na feitura de velas e círios.

— Isso não — respondeu Sancho —, pois não sou tão descortês nem tão ingrato para travar pendência alguma, por pequena que seja, com quem me deu de comer e beber; quanto mais que, estando sem cólera e sem raiva, quem diabos há de brigar a seco?

— Para isso — disse o do bosque — eu tenho um bom remédio, que é, antes de começarmos a briga, eu me chegar de manso a vossa mercê e lhe acertar três ou quatro bofetões que o deem consigo aos meus pés, e assim despertarei sua cólera ainda que ela esteja dormindo feita pedra.

— Pois eu tenho cá outra ideia — respondeu Sancho —, que não lhe fica atrás: é eu apanhar um bordão e, antes que vossa mercê venha despertar a minha cólera, pôr a sua para dormir com tais e tantas bordoadas que só venha a acordar no outro mundo, onde todos sabem que eu não sou homem de deixar ninguém me meter a mão na cara. E cada um que olhe por si, bem que o mais acertado seria cada um deixar a cólera do outro dormir sossegada, que ninguém sabe da alma de ninguém, e quem vai por lã costuma vir tosquiado, e Deus abençoou a paz e amaldiçoou as guerras, porque se um gato acuado, cercado e aperreado se muda em leão, eu, que sou homem, sabe Deus em que poderei me mudar, e assim desde agora intimo vossa mercê, senhor escudeiro, a que corra por sua conta todo o dano e prejuízo que do nosso pleito resultar.

— Está bem — replicou o do bosque. — Deus que amanheça, e veremos.

Nisto já começavam a gorjear nas árvores mil sortes de pintalgados passarinhos, e em seus diversos e alegres cantos parecia que davam as boas-vindas e saudavam a fresca aurora, que já pelas portas e balcões do Oriente ia descobrindo a formosura de seu rosto, sacudindo de seus cabelos um infinito número de líquidas pérolas, em cujo suave licor banhando-se as ervas, parecia outrossim que delas brotasse e chovesse branco e miúdo aljôfar;

os salgueiros destilavam maná saboroso, riam as fontes, murmuravam os regatos, alegravam-se as selvas e enriqueciam-se os prados com sua vinda. Mas apenas a claridade do dia deu lugar para ver e diferenciar as coisas, quando a primeira que se ofereceu aos olhos de Sancho Pança foi o nariz do Escudeiro do Bosque, que era tão grande que quase fazia sombra a todo seu corpo. Conta-se, com efeito, que era de desmesurada grandeza, curvo na metade e todo cheio de verrugas, de cor avinhada, como de beringela; chegava-lhe dois dedos abaixo da boca e sua grandeza, cor, verrugas e encurvadura tanto lhe afeavam o rosto que Sancho, ao vê-lo, pegou a bater de pés e mãos qual criança em convulsão e propôs em seu peito deixar-se dar duzentos bofetões antes que despertar sua cólera para brigar com aquele avejão.

D. Quixote olhou seu contendor e o achou com a celada já posta e fechada, de modo que não pôde ver seu rosto, mas reparou que era homem membrudo e não muito alto. Sobre as armas trazia uma sobrecapa ou casaca de um tecido que parecia ser de ouro muito fino, toda semeada de muitas rodelas de resplandecentes espelhos, que o faziam em grandíssima maneira galante e vistoso. Voava-lhe sobre a celada uma grande quantidade de plumas verdes, amarelas e brancas; a lança, que tinha encostada numa árvore, era grandíssima e grossa, e com um ferrão acerado de mais de um palmo.

Tudo olhou e tudo notou D. Quixote, e do visto e olhado julgou que o já dito cavaleiro devia de ter grandes forças. Mas nem por isso temeu, como Sancho Pança; antes com gentil denodo disse ao Cavaleiro dos Espelhos:

— Se a muita ânsia de lutar, senhor cavaleiro, vos não gasta a cortesia, por ela vos peço que levanteis um pouco a viseira, para que eu veja se a galhardia do vosso rosto responde à da vossa apostura.

— Vencido ou vencedor que sairdes desta empresa, senhor cavaleiro — respondeu o dos Espelhos —, tereis tempo e espaço bastantes para ver-me, e se agora não satisfaço o vosso desejo, é por parecer-me que faria notável ofensa à formosa Cacildeia de Vandália com a dilação do tempo que eu tardasse em levantar a viseira sem vos fazer confessar o que já sabeis que pretendo.

— Mas enquanto montamos nos cavalos — disse D. Quixote — bem me poderíeis dizer se sou aquele D. Quixote que dissestes ter vencido.

— A isso respondemos — disse o dos Espelhos — que vos pareceis, sim, como se parece um ovo a outro, ao mesmo cavaleiro que venci. Mas, como dizeis que vos perseguem encantadores, não ousarei afirmar se sois ou não o sobredito.

— Isso me basta — respondeu D. Quixote — para crer no vosso engano. Porém, para tirar-vos dele de todo ponto, que venham nossos cavalos, e em menos tempo que o que tardaríeis em levantar a viseira, se Deus, minha senhora e meu braço me valerem, verei eu o vosso rosto, e vós vereis que não sou o vencido D. Quixote que pensais.

Então, abreviando razões, montaram em seus cavalos, e D. Quixote virou as rédeas a Rocinante para tomar a distância que convinha para voltar de encontro ao seu contrário, fazendo o mesmo o dos Espelhos. Mas ainda não se afastara D. Quixote nem vinte passos quando ouviu que o dos Espelhos o chamava, e, tornando os dois ao meio do campo, o dos Espelhos lhe disse:

— Lembrai-vos, senhor cavaleiro, que é condição da nossa batalha, como fica dito, que o vencido se há de render à discrição do vencedor.

— Já o sei — respondeu D. Quixote —, e será contanto que o imposto e mandado ao vencido seja coisa que não saia dos limites da cavalaria.

— Assim se dá por entendido — respondeu o dos Espelhos.

Ofereceu-se então à vista de D. Quixote o estranho nariz do escudeiro, e não menos que Sancho se admirou de vê-lo, e tanto que o tomou por algum monstro ou por homem novo, daqueles que não se usam neste mundo. Sancho, ao ver que o seu amo se afastava para tomar carreira, não quis ficar sozinho com o narigudo, certo de que um só esbarro daquele nariz no seu bastaria para rematar a contenda, ficando ele estirado no chão, pelo golpe ou pelo medo, e seguiu após seu amo, aferrado a um loro de Rocinante, e quando entendeu que já era hora de virar, lhe disse:

— Suplico a vossa mercê, senhor meu, que antes de virar e partir em carreira me ajude a subir naquele sobreiro, de onde poderei ver mais ao meu sabor, melhor que do chão, o galhardo encontro que vossa mercê há de fazer com esse cavaleiro.

— Antes creio, Sancho — disse D. Quixote —, que te queres montar e subir em palanque para ver os touros sem perigo.

— Para dizer a verdade — respondeu Sancho —, é o desmesurado nariz daquele escudeiro que me tem atônito e cheio de pavor, e não me afoito a ficar perto dele.

— É ele de tal feição — disse D. Quixote — que, não fosse eu quem sou, também me espantara. Vem, então, que te ajudarei a subir onde dizes.

No que se deteve D. Quixote para que Sancho subisse no sobreiro, tomou o dos Espelhos o campo que julgou necessário e, entendendo que o mesmo fizera D. Quixote, sem esperar som de trombeta nem outro sinal que o avisasse,[7] virou as rédeas ao seu cavalo (que não era mais ligeiro nem de melhor parecer que Rocinante) e a todo o seu correr, que era um meio trote, foi de en-

---

[7] Decalque do verso do *Orlando furioso*, "*Senza che tromba o segno altro accennasse*" (XXXIII, 79, v. 1).

contro ao seu inimigo; mas, vendo-o ocupado na subida de Sancho, colheu as rédeas e parou em plena carreira, do que o cavalo ficou gratíssimo, pois já mal conseguia se mover. D. Quixote, a quem pareceu que seu inimigo já vinha voando, meteu rijo as esporas nos coitados costados de Rocinante e o picou de maneira que, segundo conta a história, foi esta a única vez que se soube ter corrido algum tanto, pois todas as demais não passara do mero trote, e com essa nunca vista fúria chegou aonde o dos Espelhos estava calcando as esporas até a pua em seu cavalo, sem conseguir movê-lo um dedo do lugar onde estacara sua carreira.

Nessa boa ocasião e conjuntura achou D. Quixote o seu contrário embaraçado com seu cavalo e ocupado com sua lança, que nunca acertou ou não teve ocasião de enristar. D. Quixote, sem fazer caso de tais inconvenientes, a seu salvo e sem perigo algum encontrou o dos Espelhos com tanta força que, mau grado seu, o fez vir ao chão pelas ancas do cavalo, levando tal queda que, sem mover pé nem mão, parecia estar morto.

Apenas Sancho o viu caído, escorregou do sobreiro abaixo e foi a toda pressa aonde estava o seu senhor, o qual, apeando-se de Rocinante, avançou contra o dos Espelhos e, desatando os laços do seu elmo para ver se estava morto e, se acaso estivesse vivo, pudesse tomar ar, eis que viu... Quem poderá dizer o que ele viu, sem causar admiração, maravilha e espanto aos que o ouvirem? Viu, diz a história, o rosto mesmo, a mesma figura, o mesmo aspecto, a mesma fisionomia, a mesma efígie, a perspectiva mesma do bacharel Sansón Carrasco, e assim como a viu, em altas vozes disse:

— Corre, Sancho, vem ver o que não hás de crer! Olha, filho, e adverte o que pode a magia, o que podem os feiticeiros e os encantadores!

Chegou Sancho e, em vendo o rosto do bacharel Carrasco,

começou a fazer mil cruzes e a se benzer outras tantas. Em tudo isso não dava mostras de estar vivo o derribado cavaleiro, e Sancho disse a D. Quixote:

— Sou de parecer, senhor meu, que, pelo sim ou pelo não, vossa mercê finque e meta a espada pela boca deste que parece ser o bacharel Sansón Carrasco, pois quem sabe mate nele algum dos seus inimigos os encantadores.

— Não dizes mal — disse D. Quixote —, que inimigos, quantos menos, melhor.

E ao sacar a espada para pôr em efeito o aviso e conselho de Sancho, chegou o escudeiro do dos Espelhos, já sem o nariz que tão feio o fazia, dizendo a grandes vozes:

— Olhe o que vai fazer, senhor D. Quixote, que esse que está aos seus pés é o bacharel Sansón Carrasco, seu amigo, e eu sou o seu escudeiro!

E vendo-o Sancho sem aquela primeira fealdade, lhe disse:

— E o nariz?

Ao que o outro respondeu:

— Aqui está, na algibeira.

E metendo a mão à direita, tirou um nariz de pasta e verniz, postiço, daquele feitio já delineado. E olhando-o Sancho mais e mais, disse em admirada e alta voz:

— Virgem santa, valei-me! Se não é Tomé Cecial, meu vizinho e compadre!

— E como sou! — respondeu o desnarigado escudeiro. — Tomé Cecial sou, compadre e amigo Sancho Pança, e logo vos direi as manobras, embustes e enredos que me trouxeram até aqui, e entretanto pedi e suplicai ao senhor vosso amo que não toque, maltrate, fira nem mate o Cavaleiro dos Espelhos que ele tem aos seus pés, porque sem dúvida alguma é o atrevido e mal-aconselhado bacharel Sansón Carrasco, nosso conterrâneo.

Então tornou em si o dos Espelhos, o qual visto por D. Quixote, chegou-lhe a ponta nua da sua espada contra o rosto e lhe disse:

— Morto sois, cavaleiro, se não confessardes que a sem-par Dulcineia d'El Toboso avantaja em beleza à vossa Cacildeia de Vandália; e ademais haveis de prometer, se desta contenda e queda sairdes com vida, de ir à cidade de El Toboso e apresentar-vos da minha parte à presença dela, para que faça convosco o que mais for da sua vontade, e se ela vos deixar à vossa, igualmente haveis de voltar a buscar-me, que o rastro das minhas façanhas vos servirá de guia para trazer-vos aonde eu estiver e dizer-me o que com ela houverdes tratado, condições estas que, conforme ao concertado antes da nossa batalha, não saem dos termos da andante cavalaria.

— Confesso — disse o cansado cavaleiro — que mais vale o sapato roto e sujo da senhora Dulcineia d'El Toboso que as barbas desgrenhadas, ainda que aparadas, de Cacildeia, e prometo ir e voltar da sua presença à vossa e dar-vos inteira e particular conta do que me pedis.

— Também haveis de confessar e crer — acrescentou D. Quixote — que aquele cavaleiro que vencestes não foi nem pode ser D. Quixote de La Mancha, senão outro que se lhe parecia, como eu confesso e creio que vós, por mais que pareçais o bacharel Sansón Carrasco, o não sois, senão outro que se lhe parece e que em sua figura aqui puseram meus inimigos, para que eu contenha e tempere o ímpeto da minha cólera e para que use brandamente da glória do vencimento.

— Tudo confesso, julgo e sinto tal como vós credes, julgais e sentis — respondeu o desancado cavaleiro. — Agora vos rogo que me deixeis levantar, se é que o permite o golpe da minha queda, que assaz escangalhado me deixou.

Ajudou-o a levantar D. Quixote e Tomé Cecial, seu escudeiro, do qual Sancho não tirava os olhos, perguntando-lhe coisas cujas respostas lhe davam manifestos sinais de que era realmente Tomé Cecial quem as dizia. Mas a apreensão que em Sancho pusera o que seu amo tinha dito, que os encantados mudaram a figura do Cavaleiro dos Espelhos na do bacharel Carrasco, não lhe deixava dar crédito à verdade que com seus olhos via. Finalmente, ficaram com esse engano amo e moço, e o dos Espelhos e seu escudeiro, amofinados e mal-andantes, se afastaram de D. Quixote e Sancho com a intenção de procurar um endireita que lhe entrapasse e entalasse as costelas. D. Quixote e Sancho retomaram seu caminho para Saragoça, mas aqui os deixa a história, para dar conta de quem era o Cavaleiro dos Espelhos e seu narigante escudeiro.

Capítulo XV

Onde se dá conta e notícia de quem era o Cavaleiro dos Espelhos e seu escudeiro

Em extremo contente, ufano e vanglorioso ia D. Quixote por ter obtido vitória sobre tão valente cavaleiro como ele imaginava que era o dos Espelhos, de cuja cavaleiresca palavra esperava saber se o encantamento da sua senhora passaria avante, pois era forço-so que o tal vencido cavaleiro voltasse, sob pena de o não ser, para lhe dar razão do que com ela lhe houvesse passado. Mas uma coisa pensava D. Quixote e outra o dos Espelhos,[1] pois então não tinha este outro pensamento senão buscar onde se entrapar, como já foi dito. Diz então a história que, quando o bacharel Sansón Carrasco aconselhara D. Quixote a retomar suas deixadas cava-larias, foi por antes ter entrado em conselho com o padre e o bar-beiro sobre o que fazer para reduzir D. Quixote a ficar em sua casa quieto e sossegado, sem o alvoroço das suas mal buscadas aventuras, a qual junta decidiu, por voto unânime de todos e par-ticular parecer de Carrasco, que deixassem D. Quixote sair, pois detê-lo parecia impossível, e que Sansón lhe saísse ao caminho como cavaleiro andante e travasse batalha com ele, que motivo não houvera de faltar, e o vencesse, coisa havida como fácil, e que fosse pactuado e concertado que o vencido ficaria à mercê do ven-

---

[1] Adaptação burlesca do ditado "uma coisa pensa o baio e outra quem o sela" ("*uno piensa el bayo y otro el que lo ensilla*").

cedor, e assim vencido D. Quixote, haveria de mandar-lhe o bacharel cavaleiro que voltasse para sua aldeia e casa e não saísse dela em dois anos, ou até quando lhe mandasse outra coisa, o qual era claro que D. Quixote vencido cumpriria indubitavelmente, por não contravir nem faltar às leis da cavalaria, e poderia ser que no tempo da sua reclusão se lhe esquecessem suas veleidades ou eles tivessem ocasião de achar algum remédio conveniente para sua loucura.

Acatou-o Carrasco, e ofereceu-se como escudeiro Tomé Cecial, compadre e vizinho de Sancho Pança, homem alegre e algum tanto cabeça-leve. Armou-se Sansón tal como foi referido, e Tomé Cecial encaixou sobre o seu natural nariz o já dito postiço e de máscara, por que não fosse conhecido do seu compadre quando se vissem, e assim seguiram a mesma viagem que D. Quixote levava, e quase chegaram a se encontrar na aventura do carro da morte. E finalmente deram com eles no bosque, onde lhes aconteceu tudo o que o prudente leu acima, e se não fosse pelos pensamentos extraordinários de D. Quixote, que se persuadiu que o bacharel não era o bacharel, o senhor bacharel ficara para sempre impossibilitado da licenciatura, por não achar sequer ninhos onde esperava achar pássaros.[2] Tomé Cecial, que viu tão malogrados seus desejos e quão mau paradeiro tivera seu caminho, disse ao bacharel:

— Por certo, senhor Sansón Carrasco, que tivemos o nosso merecido; com facilidade se pensa e se acomete uma empresa, mas com dificuldade as mais vezes se sai dela. D. Quixote louco, nós sisudos; ele segue são e rindo, vossa mercê fica moído e triste.

---

[2] Joga-se com o dito "*en los nidos de antaño no hay pájaros hogaño*" ("nos ninhos de outrora não há pássaros agora"), potencializando seu pessimismo.

Vejamos agora, então, quem é mais louco, aquele que o é por não poder menos ou aquele que o é por sua própria vontade.

Ao que respondeu Sansón:

— A diferença que há entre esses dois loucos está em que aquele que o é por força o será sempre, e aquele que o é de grado o deixará de ser quando quiser.

— Pois muito bem — disse Tomé Cecial —, eu fui louco por minha vontade quando quis me fazer escudeiro de vossa mercê, e pela mesma quero deixar de o ser e voltar para minha casa.

— Em vossa mão está — respondeu Sansón —, mas pensar que eu voltarei à minha antes de moer D. Quixote de pancadas é trabalho escusado, e agora não me levará a buscá-lo o desejo de que ele recobre seu juízo, mas o de vingança, que a grande dor das minhas costelas não me deixa seguir mais piedosos discursos.

Assim foram razoando os dois, até chegarem a um povoado onde foi ventura acharem um algebrista, com quem se curou o desgraçado Sansón. Tomé Cecial lhe voltou as costas e o deixou, e ele ficou maquinando sua vingança, e a história voltará a falar dele a seu tempo, para não deixar agora de se regozijar com D. Quixote.

Capítulo XVI

DO QUE ACONTECEU A D. QUIXOTE
COM UM DISCRETO CAVALEIRO DE LA MANCHA

Com a alegria, contentamento e ufania já ditas seguia D. Quixote sua jornada, imaginando-se, pela passada vitória, ser o cavaleiro andante mais valente que tinha o mundo naquela idade; dava por acabadas e a feliz fim conduzidas quantas aventuras lhe pudessem acontecer dali adiante; tinha em pouco os encantos e os encantadores; não se lembrava das inumeráveis pauladas que no discurso das suas cavalarias recebera, nem da pedrada que lhe arrancara metade dos dentes, nem da ingratidão dos galeotes, nem do atrevimento e da chuva de bordões dos arreeiros. Enfim, dizia entre si que, se ele achasse arte, modo ou maneira para desencantar a sua senhora Dulcineia, não invejaria a maior ventura que alcançara ou pudera alcançar o mais venturoso cavaleiro andante dos passados séculos. Nessas imaginações ia todo ocupado, quando Sancho lhe disse:

— Não é boa, senhor, que até agora eu traga entre os olhos o desmesurado nariz, de mais de marca, do meu compadre Tomé Cecial?

— E porventura crês, Sancho, que o Cavaleiro dos Espelhos era o bacharel Carrasco, e seu escudeiro, teu compadre Tomé Cecial?

— Disso não sei o que diga — respondeu Sancho —, só que os sinais que ele me deu de minha casa, mulher e filhos não os poderia dar um outro que não ele mesmo, e o rosto, tirando o nariz, era o mesmo de Tomé Cecial, que eu vi muitas vezes no meu lugar, parede-meia da minha mesma casa, e o tom da fala era tal e qual o dele.

— Vem cá, Sancho — replicou D. Quixote —, razoemos juntos: em que consideração pode caber que o bacharel Sansón Carrasco viesse como cavaleiro andante, armado de armas ofensivas e defensivas, a lutar comigo? Sou porventura seu inimigo? Eu lhe dei alguma vez motivo para que me tivesse ojeriza? Sou seu rival ou faz ele profissão das armas para invejar a fama que eu por elas ganhei?

— Mas então que me diz, senhor — respondeu Sancho —, do muito que se parece aquele cavaleiro, seja ele quem for, com o bacharel Carrasco, e seu escudeiro com Tomé Cecial, meu compadre? E se isso é encantamento, como vossa mercê diz, não havia no mundo outros dois a quem se pudessem parecer?

— Tudo é artifício e máquina — respondeu D. Quixote — dos malignos magos que me perseguem, os quais, antevendo que eu havia de sair vencedor dessa contenda, já se previniram em mostrar o cavaleiro vencido no rosto do meu amigo o bacharel, para que a amizade que por ele guardo se pusesse entre os gumes da minha espada e o rigor de meu braço e arrefecesse a justa ira do meu coração, e desta maneira saísse com vida quem com engodos e falsidades tentava tirar-me a minha. Prova disso é que tu mesmo sabes, oh Sancho, por experiência que não te deixará mentir nem enganar, quão fácil é para os encantadores mudar uns rostos em outros, fazendo do formoso feio e do feio formoso, pois não há dois dias viste por teus próprios olhos a formosura e galhardia da sem-par Dulcineia em toda sua inteireza e natural conformidade, quando eu a vi na fealdade e baixeza de uma sáfia lavradora, com cataratas nos olhos e mau cheiro na boca; assim, o perverso encantador que se atreveu a fazer tão ruim transformação não é muito que tenha feito a de Sansón Carrasco e a do teu compadre, por me tirar das mãos a glória do vencimento. Contudo me consolo, pois afinal, em qualquer figura que seja, saí vencedor do meu inimigo.

— Deus sabe a verdade de tudo — respondeu Sancho.

E como sabia que a transformação de Dulcineia havia sido traça e engodo dele mesmo, não o convenciam as quimeras do seu amo. Mas não quis replicar para não dizer alguma palavra que descobrisse o seu embuste.

Nessas razões estavam, quando os alcançou um homem que vinha atrás deles pelo mesmo caminho sobre uma formosíssima égua tordilha, vestindo um gabão de fino pano verde com listras de veludo leonado e na cabeça um gorro do mesmo veludo; os adereços da égua eram de campo e à gineta, também verdes e avinhados; trazia um alfanje mourisco pendente de um largo talim em verde e ouro, e os borzeguins eram do mesmo lavor deste; as esporas não eram douradas, mas envernizadas de verde, tão lustrosas e reluzentes que, por combinarem com todo o traje, pareciam melhor que se fossem de ouro puro. Quando chegou a eles o viandante, saudou-os com muita cortesia e, picando a égua, foi passando ao largo, mas D. Quixote lhe disse:

— Senhor galante, se vossa mercê leva o mesmo caminho que nós e não lhe importa dar-se menos pressa, mercê nos faria em seguir conosco.

— Em verdade — respondeu o da égua — que não passaria tão ao largo, não fosse o temor de que com a companhia da minha égua se alvoroçasse o seu cavalo.

— Bem pode, senhor — respondeu Sancho —, bem pode puxar as rédeas à sua égua, porque o nosso cavalo é o mais honesto e comedido do mundo: nunca em semelhantes ocasiões fez vileza alguma, e uma só vez que se desmandou a fazê-la, meu senhor e eu por tal pagamos à onzena. Digo outra vez que, se quiser, vossa mercê pode frear sua égua, pois, ainda que o cavalo a recebesse de bandeja, tenha por certo que nem a cheirava.

Colheu as rédeas o viandante, admirando-se da apostura e do rosto de D. Quixote, o qual ia sem celada, pois Sancho a levava como maleta presa ao arção dianteiro da albarda do ruço, e se o de verde muito mirava a D. Quixote, muito mais mirava D. Quixote ao de verde, parecendo-lhe homem de chapa. A idade mostrava ser de cinquenta anos; as cãs, poucas, e o rosto, aquilino; o olhar, entre alegre e grave; enfim, no traje e na apostura mostrava ser homem de boas prendas.

O que o de verde julgou de D. Quixote de La Mancha foi que jamais vira semelhante maneira nem parecer de homem: admirou-o a compridez do seu cavalo, a grandeza do seu corpo, a magreza e amarelidão do seu rosto, suas armas, seu porte e compostura, figura e retrato não vistos naquela terra desde longes tempos atrás. D. Quixote reparou na atenção com que o viandante o mirava e leu naquela suspensão o seu desejo, e como era tão cortês e tão amigo de dar gosto a todos, antes que lhe perguntasse alguma coisa, atalhou-o dizendo:

— Esta figura que vossa mercê em mim viu, por ser tão nova e tão fora das que comumente se usam, não me maravilha que o tenha maravilhado; mas deixará vossa mercê de o estar quando lhe disser, como lhe digo, que sou cavaleiro

> desses que dizem as gentes
> que a suas aventuras vão.

Saí da minha pátria, empenhei meu cabedal, deixei o meu regalo e me entreguei aos braços da fortuna, que me levassem aonde mais fosse servida. Resolvi-me a ressuscitar a já morta andante cavalaria e muitos dias há que, tropeçando aqui, caindo ali, despenhando-me cá e levantando-me acolá, tenho cumprido grande parte do meu desejo, socorrendo viúvas, amparando donzelas e favorecendo casadas, órfãos e pupilos, próprio e natural ofício dos cavaleiros andantes; e assim, por minhas valorosas, muitas e cristãs façanhas, já mereci andar em estampa em quase todas ou as mais nações do mundo: trinta mil volumes se imprimiram da minha história, e vai ela encaminhada a ser impressa trinta mil milhares de vezes, se o céu não o estorvar. Finalmente, para tudo encerrar em breves palavras, ou em uma só, digo que eu sou D. Quixote de La Mancha, por outro nome chamado o Cavaleiro da Triste Figura; e posto que o elogio em boca própria é vitupério, por vezes me é forçoso fazer o meu, e tal se entende quando não se acha presente quem o faça. Portanto, senhor gentil-homem, nem este cavalo, nem esta lança, nem este escudo e escudeiro, nem toda esta armadura, nem a amarelidão do meu rosto, nem a minha acentuada magreza vos poderão admirar daqui adiante, tendo já sabido quem sou e a profissão que faço.

Calou-se D. Quixote em dizendo isto, e o de verde, segundo se demorava em responder, parecia que não acertava a fazê-lo, mas dali a um bom espaço lhe disse:

— Acertastes, senhor cavaleiro, a conhecer na minha suspensão o meu desejo, mas não a desfazer a maravilha que me causa o vos ter visto, pois inda que digais que o saber quem sois me tiraria dela, não foi assim, antes agora que o sei fico mais suspenso e maravilhado. Como é possível haver hoje cavaleiros andantes no mundo e haver histórias impressas de verdadeiras cavalarias? Não me posso persuadir que haja na terra quem favoreça viúvas, ampare donzelas, nem honre casadas, nem socorra órfãos, e jamais o crera se o não tivesse visto em vossa mercê com meus olhos. Bendito seja o céu, pois com essa história que vossa mercê diz que está impressa das suas altas e verdadeiras cavalarias se terão posto em esquecimento as inumeráveis dos fingidos cavaleiros andantes, de que estava cheio o mundo, tão em dano dos bons costumes e tão em prejuízo e descrédito das boas histórias.

— Muito há que dizer — respondeu D. Quixote — quanto a serem ou não fingidas as histórias dos andantes cavaleiros.

— E acaso há quem duvide — respondeu o verde — que não são falsas as tais histórias?

— Eu duvido — respondeu D. Quixote —, e fique o caso por aqui, pois, se a nossa jornada durar, espero em Deus convencer vossa mercê de que fez mal em seguir a corrente dos que têm por certo que não são verdadeiras.

Desta última razão de D. Quixote tomou suspeitas o viandante de que D. Quixote devia de ser algum mentecapto, e aguardava que com outras o confirmasse. Mas antes que desviassem por outros razoamentos, D. Quixote lhe pediu que dissesse quem era, pois ele lhe dera parte da sua condição e da sua vida. Ao que respondeu o do verde gabão:

— Eu, senhor Cavaleiro da Triste Figura, sou um fidalgo natural do lugar onde hoje iremos almoçar, se Deus quiser. Sou mais que medianamente rico e o meu nome é D. Diego de Miranda, passo a vida com minha mulher e meus filhos e meus amigos, meus exercícios são o da caça e da pesca, mas não mantenho nem falcão nem cães, senão algum perdigão manso ou algum furão atrevido.[1] Tenho cerca de seis dúzias de livros, parte deles em romance e parte em latim, de história alguns e de devoção outros; os de cavalarias ainda não cruzaram os umbrais das minhas por-

---

[1] Perdigão manso: perdiz macho, ensinado para servir de chamariz. Furão: o tourão domesticado, que se empregava no controle de roedores e na caça do coelho, por causa do seu "atrevimento" em penetrar nas tocas.

tas; folheio mais os profanos que os devotos, como sejam de honesto entretenimento, deleitem com a linguagem e admirem e suspendam com a invenção, posto que destes haja muito poucos na Espanha. Às vezes como à mesa dos meus vizinhos e amigos, e muitas vezes os convido à minha, que é sempre limpa e asseada, e nada escassa; não gosto de murmurar nem consinto que diante de mim se murmure; não esquadrinho vidas alheias nem sou lince dos feitos dos outros; ouço missa todos os dias, reparto dos meus bens aos pobres, sem fazer alarde das boas obras, para não dar entrada em meu coração à hipocrisia e à vanglória, inimigos que facilmente se apoderam do mais recatado coração; procuro pôr em paz os que sei que estão em desavença; sou devoto de Nossa Senhora e sempre confio na infinita misericórdia de Deus Nosso Senhor.

Atentíssimo esteve Sancho à relação da vida e passatempos do fidalgo, e, parecendo-lhe boa e santa e que quem a fazia devia de fazer milagres, saltou do ruço e com grande pressa foi-se agarrar do estribo direito, e com devoto coração e quase lágrimas lhe beijou os pés uma e muitas vezes. O qual visto pelo fidalgo, lhe perguntou:

— Que fazeis, irmão? Que beijos são esses?

— Deixe-me beijar — respondeu Sancho —, pois vossa mercê me parece o primeiro santo à gineta que conheci em todos os dias da minha vida.

— Não sou santo — respondeu o fidalgo —, senão grande pecador. Vós sim, irmão, é que deveis de ser bom, como vossa simplicidade o mostra.

Voltou Sancho a montar na albarda, tendo arrancado o riso da profunda malenconia do seu amo e causado nova admiração a D. Diego. Perguntou-lhe D. Quixote quantos filhos tinha, dizendo que as coisas em que punham o sumo bem os filósofos antigos, que careciam do verdadeiro conhecimento de Deus, eram os bens da natureza, os da fortuna, o ter muitos amigos e muitos e bons filhos.

— Eu, senhor D. Quixote — respondeu o fidalgo —, tenho um filho que, se o não tivesse, talvez me julgasse mais ditoso do que sou, e não porque ele seja mau, mas porque não é tão bom quanto eu quisera. Tem de idade perto de dezoito anos, seis dos quais passou em Salamanca, aprendendo as línguas latina e grega, e quando eu quis que ele entrasse a estudar outras ciências, achei-o tão embebido na da poesia (se é que se pode chamar ciência), que não é possível fazê-lo arrostar a das leis, que eu quisera que estudasse, nem a rainha de todas elas, a teologia. Quisera eu que ele fosse coroa da sua linhagem, pois vivemos num século em que os nossos reis premiam altamente as virtuosas e boas letras, porque letras sem virtude são pérolas no muladar. Todo o dia ele passa a averiguar se Homero disse bem ou mal em tal verso da *Ilíada*, se Marcial se mostrou desonesto ou não em tal epigrama, se se hão de entender de uma maneira ou outra tais e tais versos de Virgílio. Enfim, todo seu trato é com os livros dos referidos poetas, e com os de Horácio, Pérsio, Juvenal e Tibulo, pois dos modernos e vernáculos não faz muito caso, e apesar da pouca estima que mostra ter pela poesia em romance, tem agora os pensamentos desvanecidos em fazer uma glosa a quatro versos que lhe enviaram de Salamanca, e penso que são de justa literária.

Ao que respondeu D. Quixote:

— Os filhos, senhor, são pedaços das entranhas dos pais, e assim hão de ser amados, sejam eles bons ou maus, como às almas que nos dão a vida. Aos pais cumpre encaminhá-los desde pequenos pelos passos da virtude, da boa criação e dos bons e cristãos costumes, para que, quando grandes, sejam báculo da velhice dos pais e glória da sua posteridade; e quanto a forçá-los a estudar esta ou aquela ciência, não o tenho por acertado, bem que a persuasão não seja danosa, e quando não se há de estudar para *pane lucrando*,[2] sendo o estudante venturoso de ter recebido do céu pais que o sustentem, seria eu de parecer que o deixem seguir aquela ciência a que mais o virem inclinado, e, ainda que a da poesia seja menos útil que deleitável, não é daquelas que soem desonrar a quem as possui. A poesia, senhor fidalgo, a meu ver é como uma donzela tenra e de pouca idade e em extremo formosa, a qual têm cuidado de enriquecer, polir e adornar outras muitas donzelas, que são todas as outras ciências, e ela se há de servir de todas, e todas se hão de abonar com ela; mas essa tal donzela não quer ser manuseada, nem levada pelas ruas, nem publicada pelas esquinas das praças nem pelos cantos dos palácios. Ela é feita de uma alquimia de tal virtude que quem a souber tratar a mudará em ouro puríssimo de inestimável preço; quem a tiver há de ter sempre mão nela, sem deixar que corra em torpes sátiras nem em desalmados sonetos; não há de ser vendável de maneira alguma, quando não seja em poemas heroicos, em penosas tragédias ou em comédias alegres e artificiosas; não se há de deixar tratar por maganos, nem pelo ignorante vulgo incapaz de conhecer nem estimar os tesouros que nela se encerram. E não penseis, senhor, que chamo vulgo só à gente plebeia e humilde, pois todo aquele que não sabe, ainda que seja senhor e príncipe, pode e deve entrar no número do vulgo. E assim, quem tratar e tiver a poesia com os requisitos que tenho dito será famoso e seu nome estimado em todas as nações políticas do mundo. Quanto ao que dizeis, senhor, que o vosso filho não estima muito a poesia em romance, tenho aqui para mim que não anda nisso muito

---

[2] "Para ganhar o pão".

acertado, e a razão é a seguinte: o grande Homero não escreveu em latim, porque era grego, nem Virgílio escreveu em grego, porque era latino. Em conclusão, todos os poetas antigos escreveram na língua que mamaram no leite, e não foram buscar as estrangeiras para declarar a alteza dos seus conceitos. E sendo isto assim, razão seria que tal costume se estendesse por todas as nações, e que não se desmerecesse o poeta alemão porque escreve em sua língua, nem o castelhano, nem sequer o vascongado que escreve na dele. Mas o vosso filho (segundo eu imagino, senhor) não deve de estar mal com a poesia em romance, senão com os poetas que a ele se limitam, sem saber outras línguas nem outras ciências que adornem e espertem e ajudem seu natural impulso, e ainda nisto pode haver erro, porque, segundo é opinião verdadeira, o poeta nasce,[3] querendo com isso dizer que o poeta natural sai poeta do ventre da mãe, e com aquela inclinação que o céu lhe deu, sem mais estudo nem artifício, compõe coisas que abonam a verdade daquele que disse "*Est Deus in nobis*",[4] etc. Também digo que o natural poeta que se ajudar da arte será muito melhor e fará vantagem ao poeta que só por saber a arte o pretenda ser. A razão é que a arte não faz vantagem à natureza, mas a aperfeiçoa, assim que, misturadas a natureza e a arte, e a arte com a natureza, sairá um perfeitíssimo poeta. Seja, pois, a conclusão da minha fala, senhor fidalgo, que vossa mercê deixe o seu filho caminhar aonde sua estrela o chama, pois, sendo ele tão bom estudante como

---

[3] Dito popular formulado originalmente no diálogo *Íon*, de Platão, e transposto nos adágios latinos "*Poeta nascitur, non fit*" ("o poeta nasce, não se faz") e "*Nascuntur poetæ, fiunt oratores*" ("poetas nascem feitos, oradores se fazem").

[4] "Há um deus em nós"; hemistíquio de Ovídio (*Fasti*, VI, 5; *Arte de amar*, III, 549) que exprime a crença na inspiração divina do poeta.

deve de ser, e tendo já galgado felizmente o primeiro degrau das ciências, que é o das línguas, com elas por si mesmo galgará até os píncaros das letras humanas, as quais tão bem parecem em um cavaleiro de capa e espada e assim o adornam, honram e engrandecem como as mitras aos bispos ou as garnachas aos peritos jurisconsultos. Repreenda vossa mercê o seu filho se ele fizer sátiras que prejudiquem as honras alheias, e castigue-o, e rasgue-lhas; mas se ele fizer sermões ao modo de Horácio, onde condene os vícios em geral, como tão elegantemente fez o latino, elogie-o, pois é lícito ao poeta escrever contra a inveja e em seus versos dizer mal dos invejosos, e assim dos outros vícios, contanto que não assinale pessoa alguma; mas poetas há que, a troco de dizer uma malícia, põem-se a perigo de serem desterrados para as ilhas do Ponto.[5] Se o poeta for casto nos seus costumes, também o será nos seus versos; a pena é a língua da alma: quais forem os conceitos que nela se gerarem, tais serão os seus escritos; e quando os reis e príncipes veem a milagrosa ciência da poesia em sujeitos prudentes, virtuosos e graves, sempre os honram, estimam e enriquecem, e até os coroam com as folhas da árvore que o raio não ofende,[6] como em sinal de que não hão de ser ofendidos por ninguém aqueles que com tais coroas se veem honrados e adornada sua testa.

Admirado ficou o do verde gabão do arrazoado de D. Quixote, e tanto que foi depondo a opinião que tinha de ser ele mentecapto. Mas Sancho, por não ser a conversação muito do seu

---

[5] Alusão ao exílio de Ovídio em Tomis (hoje Constanta, Romênia), na costa do Mar Negro, conhecido como Ponto Euxino na toponímia antiga.

[6] O louro, árvore emblemática de Apolo, que segundo a antiga crença popular nenhum raio podia atingir.

gosto, no meio dela se desviara do caminho para pedir um pouco de leite a uns pastores que ali perto estavam ordenhando umas ovelhas, e já o fidalgo tornava a renovar o colóquio, em extremo satisfeito da discrição e do bom discurso de D. Quixote, quando, levantando este a cabeça, viu que pelo caminho por onde eles iam vinha um carro cheio de bandeiras reais, e cuidando que devia de ser alguma nova aventura, em altas vozes chamou por Sancho para que lhe viesse trazer a celada. O qual Sancho, ouvindo-se chamar, deixou os pastores e a toda pressa picou o ruço e chegou aonde estava seu amo, a quem aconteceu uma espantosa e desatinada aventura.

Capítulo XVII

Onde se declarou o extremo
e último ponto aonde chegou e pôde chegar
o inaudito ânimo de D. Quixote com
a felizmente acabada aventura dos leões

Conta a história que, quando D. Quixote dava vozes a Sancho que lhe trouxesse o elmo, estava ele comprando uns requeijões que os pastores lhe vendiam e, urgido pela muita pressa do seu amo, não soube que fazer com eles nem onde os levar, e para os não perder, pois já os pagara, resolveu metê-los na celada do seu senhor e, com essa providência, voltou para ver o que ele queria; o qual em chegando lhe disse:

— Dá-me, amigo, essa celada, que, ou eu sei pouco de aventuras, ou o que ali descubro é alguma que me há de necessitar e me necessita a tomar as minhas armas.

O do verde gabão, quando isto ouviu, alongou a vista por toda parte e não descobriu coisa alguma afora um carro que no rumo deles vinha, com duas ou três pequenas bandeiras, que lhe deram a entender que o tal carro devia de trazer moeda de Sua Majestade, e assim o disse a D. Quixote. Mas ele não lhe deu crédito, sempre crendo e pensando que tudo que lhe acontecia haviam de ser aventuras e mais aventuras, e assim respondeu ao fidalgo:

— Homem apercebido, meio combatido. Nada se perde com meu apercebimento, pois sei por experiência que tenho inimigos visíveis e invisíveis, e não sei quando, nem onde, nem em que tempo, nem em que figuras me hão de acometer.

E virando-se para Sancho, pediu-lhe a celada; o qual, como não teve lugar de tirar os requeijões, se viu forçado a entregá-la como estava. Tomou-a D. Quixote e, sem ver o que trazia dentro, a toda pressa a encaixou na cabeça, e como os requeijões se esmagaram e espremeram, começou o soro a escorrer por todo o rosto e as barbas de D. Quixote, assustando-o de tal maneira, que disse a Sancho:

— Que será isto, Sancho, que parece que meu casco amolece ou se me derretem os miolos, ou que suo desde os pés até a cabeça? E se é que eu suo, em verdade que não é de medo, bem que sem dúvida creio ser terrível a aventura que agora me quer acontecer. Dá-me, se tiveres, alguma coisa com que eu me limpe, que este copioso suor me cega os olhos.

Calou Sancho e lhe deu um pano, e com ele graças a Deus por seu senhor não se ter dado conta do caso. Limpou-se D. Quixote e tirou a celada para ver que coisa era aquela que, a seu parecer, lhe esfriava a cabeça, e vendo aquelas papas brancas dentro da celada, chegou-as ao nariz e, em cheirando-as, disse:

— Por vida de minha senhora Dulcineia d'El Toboso, se não são requeijões os que aqui me puseste, traidor, bargante e maldoso escudeiro!

Ao que Sancho respondeu, com muita fleuma e dissimulação:

— Se são requeijões, vossa mercê mos passe para cá, que eu os como. Mas antes os coma o diabo, que é quem os deve de ter metido aí dentro. Teria eu acaso o atrevimento de sujar o elmo de vossa mercê? Grande atrevido houvera de ser! À fé, senhor, pelo que Deus me dá a entender, que eu também devo de ter encantadores a me perseguir como a criatura e membro de vossa mercê, e eles é que hão de ter metido essa imundície aí dentro para mudar sua paciência em cólera e fazer com que moa as minhas costelas como é do seu feitio. Mas desta vez deram com os burros n'água, pois eu confio no bom discurso do meu senhor, que há de considerar que eu não tenho requeijões, nem leite, nem coisa alguma que o valha, e que, se a tivesse, antes a meteria no estômago que na celada.

— Tudo pode ser que seja — disse D. Quixote.

Tudo olhava o fidalgo e de tudo se admirava, especialmente quando, depois que D. Quixote havia limpado cabeça, rosto, barbas e celada, encaixou-a e, estribando-se com firmeza, provando a espada e empolgando a lança, disse:

— Agora venha o que vier, pois eu aqui estou com ânimo de enfrentar o mesmíssimo Satanás em pessoa.

Chegou então o carro das bandeiras, no qual não vinha senão o carreiro sobre as mulas e um homem sentado na dianteira. Postou-se D. Quixote à sua frente e disse:

— Aonde ides, irmãos? Que carro é esse, que levais nele e que bandeiras são estas?

Ao que respondeu o carreiro:

— O carro é meu, o que vem nele são dois bravos leões enjaulados que o general de Orã[1] manda à corte, de presente para Sua Majestade; as bandeiras são do rei nosso Senhor, em sinal de que aqui vai coisa dele.

— E são grandes os leões? — perguntou D. Quixote.

— Tão grandes — respondeu o homem que ia à frente do carro —, que nunca da África à Espanha passaram maiores, nem tamanhos. Eu sou o tratador de leões e já trouxe outros antes, mas como estes, nenhum. São fêmea e macho; o macho vai nesta primeira jaula, a fêmea na de trás, e agora estão famintos porque hoje ainda não comeram; portanto saia vossa mercê do caminho, que é mister chegarmos logo aonde lhes dar de comer.

---

[1] A cidade litorânea argelina de Orã era então praça-forte espanhola.

Ao que disse D. Quixote (sorrindo-se um pouco):

— Leõezinhos para mim?[2] Para mim tais leõezinhos? E a esta hora da manhã? Por Deus que hão de ver esses senhores que para cá os enviam se eu sou homem de se assustar com leões! Apeai-vos, bom homem, e, já que sois o tratador, abri essas jaulas e botai-me essas bestas fora, que no meio desta campanha lhes mostrarei quem é D. Quixote de La Mancha, a despeito e pesar dos encantadores que a mim os enviam.

— Tá, tá! — disse então o fidalgo para si. — Já deu mostras de quem é nosso bom cavaleiro: os requeijões sem dúvida lhe encharcaram o casco e amoleceram os miolos.

Então Sancho se chegou a ele e lhe disse:

— Por amor de Deus, senhor, vossa mercê faça de maneira que meu senhor D. Quixote não lute com esses leões, pois, se lutar, a todos aqui nos farão em pedaços.

— Tão louco é o vosso amo — respondeu o fidalgo — que temeis e credes que se bata com tão ferozes animais?

— Não é louco — respondeu Sancho —, mas atrevido.

— Eu farei com que o não seja — replicou o fidalgo.

E chegando-se a D. Quixote, que estava dando pressa ao tratador para que abrisse as jaulas, lhe disse:

— Senhor cavaleiro, cumpre aos cavaleiros andantes acometer as aventuras que prometem a esperança de sair bem delas, e não aquelas que de todo em todo a tiram; porque a valentia que entra na jurisdição da temeridade mais tem de loucura que de

---

[2] Enfrentar e vencer uma fera, especialmente o leão, é façanha frequente nas narrativas cavaleirescas e consta também num episódio importante do *Poema del Mio Cid*. A frase com que *D. Quixote* faz alarde de sua valentia com o tempo se tornou expressão idiomática com conotação de fanfarronada.

fortaleza. Quanto mais que estes leões não vêm contra vossa mercê, nem por sonho, pois vão de presente para Sua Majestade, e não será bem detê-los nem estorvar sua viagem.

— Vá lá vossa mercê, senhor fidalgo — respondeu D. Quixote —, se entender com seu perdigão manso e seu furão atrevido, e deixe cada um fazer seu ofício. Este é o meu, e eu sei se estes senhores leões vêm ou não vêm para mim.

E, virando-se para o tratador, lhe disse:

— Voto a tal, dom velhaco, que, se não abrirdes as jaulas logo, logo, com esta lança vos hei de cravar no carro!

O carreiro, vendo a determinação daquela armada fantasia, lhe disse:

— Meu senhor, por caridade, vossa mercê me deixe desatrelar as mulas e pôr-me com elas em salvo antes que larguem os leões, pois, se as matarem, ficarei arruinado por toda a minha vida, já que este carro e estas mulas são tudo que eu tenho.

— Ah, homem de pouca fé! — respondeu D. Quixote. — Apeia, e desatrela, e faz o que quiseres, pois logo verás que trabalhaste em vão e te poderias poupar tal diligência.

Apeou-se o carreiro e desatrelou a toda pressa, e o tratador proclamou a altas vozes:

— Sejam testemunhas quantos aqui estão de que forçado e contra minha vontade abro as jaulas e solto os leões, e de que protesto a este senhor que todo mal e dano que estas bestas fizerem correrão por conta dele, juntamente com meus salários e direitos. Vossas mercês, senhores, ponham-se em seguro antes que eu abra, pois a mim tenho certeza de que não me farão mal.

Tornou o fidalgo a instá-lo a não fazer semelhante loucura, pois era tentar a Deus acometer tamanho disparate, ao que respondeu D. Quixote que ele sabia o que fazia. Respondeu-lhe o fidalgo que olhasse bem, pois ele entendia que se enganava.

— Agora, senhor — replicou D. Quixote —, se vossa mercê não quer assistir a esta que a seu ver será tragédia, pique a tordilha e ponha-se em salvo.

Ouvido o qual por Sancho, com lágrimas nos olhos lhe suplicou que desistisse de tal empresa, perto da qual eram momos a dos moinhos de vento e a temerosa dos pisões e, finalmente, todas as façanhas que acometera em todo o discurso da sua vida.

— Olhe, senhor — dizia Sancho —, que aqui não há encanto nem coisa que o valha, pois eu vi por entre as grades e frestas da jaula uma unha de leão verdadeiro, e dela tiro que o tal leão que deve de ser dono da tal unha é maior que uma montanha.

— Quando menos — respondeu D. Quixote —, o medo fará com que te pareça maior que meio mundo. Arreda, Sancho, e deixa-me, e, se eu morrer aqui, já sabes o nosso antigo trato: acudirás a Dulcineia, e não te digo mais.

A estas acrescentou outras razões com que tirou as esperanças de que pudesse deixar de prosseguir seu desvairado intento. Quisera o do Verde Gabão se opor a ele, mas se viu desigual nas armas e não lhe pareceu prudente haver-se com um louco, que já de todo ponto se lhe mostrara D. Quixote, o qual, tornando a dar pressa ao tratador e a reiterar as ameaças, deu azo ao fidalgo de picar a égua, e a Sancho o ruço, e ao carreiro suas mulas, procurando todos afastar-se do carro o mais que pudessem antes que se soltassem os leões.

Chorava Sancho a morte do seu senhor, pois dessa vez tinha por certo que lhe chegaria nas garras dos leões; amaldiçoava sua ventura e chamava minguada a hora em que entrara em pensamento de tornar a servi-lo; mas não por chorar e se lamentar deixava de varejar o ruço para que se afastasse do carro. Então, vendo o tratador que os fugitivos já estavam bem longe, tornou a requerer e a intimar D. Quixote nos termos em que já o requerera e intimara, o qual respondeu que bem o ouvia e que se escusasse de mais intimações e requerimentos, pois tudo lhe faria pouco fruto, e que se desse pressa.

No espaço que demorou o tratador a abrir a primeira jaula, esteve D. Quixote considerando se seria bem fazer a batalha antes a pé que a cavalo e, por fim, determinou de fazê-la a pé, temendo que Rocinante se assustasse com a vista dos leões. Por isso saltou do cavalo, largou a lança e embraçou o escudo, e desembainhando a espada, pé ante pé, com maravilhoso denodo e coração valente, se foi pôr diante do carro, encomendando-se a Deus de todo coração e depois à sua senhora Dulcineia.

E é de saber que, chegando a este ponto, o autor desta verdadeira história exclama e diz: "Oh forte e além de todo encarecimento animoso D. Quixote de La Mancha, espelho em que se podem mirar todos os valentes do mundo, segundo e novo D. Manuel de Leão,[3] que foi glória e honra dos espanhóis cavaleiros! Com que palavras contarei esta tão espantosa façanha, ou com que razões a farei crível aos séculos vindouros, ou que louvores haverá que te não convenham e quadrem, ainda que sejam hipérboles sobre todas as hipérboles? Tu a pé, tu só, tu intrépido, tu magnânimo, com só uma espada, e não das do cãozinho[4] cor-

---

[3] Personagem histórico do tempo dos Reis Católicos já citado na primeira parte (cap. XLIX, nota 5), de quem se conta que entrou numa leoneira para apanhar a luva de uma dama sua amiga. A façanha foi exaltada em diversos romances (por exemplo o que começa "*Ese conde don Manuel, — que de León es nombrado,/ hizo un hecho en la corte — que jamás será olvidado*") e dramatizado por Lope de Vega na peça *El guante de doña Blanca*.

[4] Famosas espadas curtas fabricadas no século XV pelo armeiro mourisco toledano Julián del Rei, assim chamadas por trazerem a figura de um cachorro gravada na lâmina.

tadoras, com um escudo de não muito luzente e limpo aço, estás aguardando atento os dois mais feros leões que jamais criaram as africanas selvas. Teus mesmos feitos sejam os que te louvem, valoroso manchego, que eu os deixo aqui em seu ponto, por me faltarem palavras para os encarecer."

Aqui cessou a referida exclamação do autor, e passou ele adiante, reatando o fio da história, dizendo que, ao ver o tratador D. Quixote já posto em posição e que não podia deixar de soltar o leão macho, sob pena de cair na desgraça do indignado e atrevido cavaleiro, abriu de par em par a primeira jaula, onde estava, como já se disse, o leão, o qual pareceu de grandeza extraordinária e de assustosa e feia catadura. A primeira coisa que este fez foi revolver-se na jaula onde vinha deitado e estender as garras e se espreguiçar todo. Depois abriu a boca e bocejou muito de espaço, e com quase dois palmos de língua que pôs fora limpou os olhos e lavou a cara. Isto feito, pôs a cabeça fora da jaula e por toda a parte correu os olhos feitos brasas, vista e parecer de meter medo à temeridade mesma. Só D. Quixote o olhava atentamente, desejando que saltasse logo do carro e com ele viesse às mãos, entre as quais pensava fazê-lo em pedaços.

Até aqui chegou o extremo da sua nunca vista loucura. Mas o generoso leão, mais comedido que arrogante, sem fazer caso de ninharias nem bravatas, depois de espiar para um e outro lado, como já se disse, virou as costas e mostrou suas traseiras partes a D. Quixote, e com grande fleuma e pachorra tornou a se deitar na jaula. Em vendo o qual D. Quixote, mandou que o tratador o tocasse com uma vara e o irritasse para que saísse fora.

— Isso não farei — respondeu o tratador —, porque, se eu bulir com ele, ao primeiro que fará em pedaços será a mim mesmo. Vossa mercê, senhor cavaleiro, contente-se com o feito, que mais não pode haver em gênero de valentia, e não queira tentar segunda fortuna. O leão tem a porta aberta, em sua mão está sair ou não sair; mas, como não saiu até agora, não sairá em todo o dia. A grandeza do coração de vossa mercê já está bem declarada; nenhum bravo combatente, segundo entendo, está obrigado a mais que a desafiar seu inimigo e esperá-lo em campo raso, e se o contrário não acode, nele fica a infâmia e o expectante ganha a coroa do vencimento.

— Assim é verdade — respondeu D. Quixote. — Fecha a porta, amigo, e dai testemunho na melhor forma que puderes do que aqui me viste fazer. Convém a saber: como tu abriste para o leão, eu o esperei, ele não saiu, tornei a esperá-lo, tornou a não sair e tornou a se deitar. Não devo ir além, e encantos fora, e Deus ajude a razão e a verdade e a verdadeira cavalaria, e fecha, como tenho dito, enquanto faço sinais aos fugidos e ausentes para que venham conhecer esta façanha da tua boca.

Assim fez o tratador, e D. Quixote, pondo na ponta da lança o lenço[5] com que limpara o rosto da chuva dos requeijões, começou a chamar pelos que ainda não paravam de fugir nem de virar a cabeça a cada passo, todos em tropa e com o fidalgo na retaguarda. Mas Sancho, alcançando com a vista o sinal do branco pano, disse:

— Que me matem se o meu senhor não venceu as bestas feras, pois nos chama.

Detiveram-se todos e conheceram que quem fazia os sinais era D. Quixote e, perdendo parte do medo, pouco a pouco se vieram aproximando até onde claramente ouviram as vozes de D. Quixote chamando por eles. Finalmente, voltaram ao carro, e, em chegando, disse D. Quixote ao carreiro:

---

[5] Segundo a formalidade dos torneios, o cavaleiro vencedor prendia à sua lança a insígnia do vencido.

— Voltai, irmão, a atrelar vossas mulas e a prosseguir vossa viagem; e tu, Sancho, dá-lhes dois escudos de ouro, para ele e para o tratador, em paga da detença que por minha causa fizeram.

— Estes eu darei de muito bom grado — respondeu Sancho —, mas que é feito dos leões? Estão mortos ou vivos?

Então o tratador, pausadamente e pelo miúdo, contou o fim da contenda, exagerando, como ele melhor pôde e soube, o valor de D. Quixote, a cuja vista o leão acovardado não quis nem ousou sair da jaula, posto que tivera a porta aberta por um bom espaço, e que, tendo ele dito àquele cavaleiro que era tentar a Deus irritar o leão para que por força saísse, como ele queria que se irritasse, mau grado seu e contra toda sua vontade havia permitido que a porta se fechasse.

— Que me dizes disso, Sancho? — perguntou D. Quixote. — Há encantos que valham contra a verdadeira valentia? Bem poderão os encantadores tirar-me a ventura, mas o esforço e o ânimo, será impossível.

Deu os escudos Sancho, atrelou o carreiro, beijou o tratador as mãos de D. Quixote pela mercê recebida e lhe prometeu contar aquela valorosa façanha ao mesmo rei, quando na corte estivesse.

— E se acaso Sua Majestade perguntar quem a fez, diz-lhe que foi o Cavaleiro dos Leões,[6] pois daqui por diante quero que neste se troque, volva, torne e mude o que até agora tive de Cavaleiro da Triste Figura, e nisto sigo a antiga usança dos andantes cavaleiros, que mudavam os nomes quando queriam ou lhes convinha.

---

[6] Vários cavaleiros literários adotaram o epíteto de "Cavaleiro dos Leões", entre eles o próprio Amadis.

Seguiu o carro seu caminho, e D. Quixote, Sancho e o do verde gabão prosseguiram o deles.

Em todo esse tempo, D. Diego de Miranda não falara palavra, todo atento a olhar e a notar os gestos e palavras de D. Quixote, parecendo-lhe que era um são louco e um louco tirante a são. Ainda não tivera notícia da primeira parte desta história, pois, se a tivesse lido, cessaria a admiração que seus feitos e suas palavras lhe punham, pois já saberia de que gênero era sua loucura; mas, como a não conhecia, ora o tinha por são, ora por louco, porque as coisas que falava eram concertadas, elegantes e bem ditas, e as que fazia, disparatadas, temerárias e tolas. E dizia entre si: "Que maior loucura pode haver que pôr na cabeça uma celada cheia de requeijões e persuadir-se que encantadores lhe derreteram os miolos? E que maior temeridade e disparate do que por força querer lutar com leões?".

Dessas imaginações e desse solilóquio o tirou D. Quixote, dizendo-lhe:

— Quem duvida, senhor D. Diego de Miranda, que vossa mercê me há de ter em sua opinião por homem disparatado e louco? E não seria muito que assim fosse, pois minhas obras não podem dar testemunho de outra coisa. Quero, contudo, que vossa mercê advirta que não sou tão louco nem tão parvo quanto lhe devo ter parecido. Bem parece um galhardo cavaleiro aos olhos do seu rei, no meio de uma grande praça, dar uma lançada com feliz sucesso num bravo touro. Bem parece um cavaleiro em resplandecente armadura correr a liça em alegres justas perante as damas, e bem parecem todos aqueles cavaleiros que em exercícios militares (ou que o pareçam) entretêm, alegram e, se se pode dizer, honram as cortes dos seus príncipes. Mas sobre todos estes melhor parece um cavaleiro andante que pelos desertos, pelas soledades, pelas encruzilhadas, pelas selvas e pelos montes anda buscando perigosas aventuras, com intenção de lhes dar ditoso e bem-afortunado remate, só por alcançar gloriosa fama, e duradoura. Melhor parece, digo, um cavaleiro andante socorrendo uma viúva nalgum despovoado que um cortesão cavaleiro requerendo uma donzela nas cidades. Todos os cavaleiros têm seus particulares exercícios: que sirva às damas o cortesão, honre a corte do seu rei com librés,[7] sustente os cavaleiros pobres com o esplêndido prato da sua mesa, concerte justas, mantenha torneios e se mostre grande, liberal e magnífico, e sobretudo bom cristão, e desta maneira cumprirá com suas precisas obrigações. Mas que o andante cavaleiro busque os recantos do mundo, adentre os mais intrincados labirintos, acometa a cada passo o impossível, resista nos desertos ermos aos ardentes raios do sol em pleno verão, e no inverno à dura inclemência dos ventos e dos gelos, que não o espantem leões, nem o assustem avejões, nem o atemorizem endríagos, pois buscar estes, acometer aqueles e vencer a todos são seus principais e verdadeiros exercícios. Pois eu, como me caiu em sorte ser um do número da andante cavalaria, não posso deixar de acometer tudo aquilo que me parece entrar na jurisdição dos meus exercícios, e assim por direito me tocava o acometimento dos leões que agora acometi, ainda conhecendo ser temeridade exorbitante, pois bem sei o que é valentia, que é uma virtude posta entre dois extremos viciosos, como são a covardia e a temeridade; porém menos mal será o valente chegar e subir ao grau do temerário que descer e chegar ao grau do covarde, pois, assim como é mais fácil o pródigo vir a ser liberal, que não o avaro, assim é mais fácil chegar o temerário a verdadeiro valente, que

---

[7] Metonímia para "criadagem". Segundo consta, os uniformes dos criados — as librés — que acompanhavam o cavaleiro nos torneios era o que mais chamava a atenção do público no desfile dos contendores.

não o covarde subir à verdadeira valentia; e nisso de acometer aventuras, creia-me vossa mercê, senhor D. Diego, que antes se há de perder por carta de mais do que de menos, porque melhor soa às orelhas de quem ouve "o tal cavaleiro é temerário e atrevido" que não "o tal cavaleiro é tímido e covarde".

— Digo, senhor D. Quixote — respondeu D. Diego —, que tudo o que vossa mercê tem dito e feito vai nivelado com o fiel da mesma razão, e que entendo que, se as ordenanças e leis da cavalaria andante se perdessem, no peito de vossa mercê se achariam como em seu mesmo depósito e arquivo. E apressemo-nos, que se faz tarde, e cheguemos logo à minha aldeia e casa, onde vossa mercê descansará do passado trabalho, que, se não foi do corpo, foi do espírito, que por vezes sói redundar em cansaço do corpo.

— Tenho sua oferta por grande favor e mercê, senhor D. Diego — respondeu D. Quixote.

E picando mais do que até então, seriam perto de duas da tarde quando chegaram à aldeia e à casa de D. Diego, a quem D. Quixote chamava "o Cavaleiro do Verde Gabão".

Capítulo XVIII

Do que aconteceu a D. Quixote
no castelo ou casa do Cavaleiro do Verde Gabão,
mais outras coisas extravagantes

Achou D. Quixote a casa de D. Diego de Miranda espaçosa como de aldeia; o brasão, bem que de pedra tosca, acima da porta da rua; a adega, no pátio; a despensa, embaixo do alpendre, e em volta muitas vasilhas de barro, que, por serem de El Toboso, nele renovaram as memórias da sua encantada e transformada Dulcineia. E suspirando e sem olhos para o que dizia nem diante de quem estava, disse:

> — Oh doces prendas, por meu mal achadas,
> doces e alegres quando Deus queria![1]

Oh tobosescas vasilhas, que me trouxestes à memória a doce prenda da minha mor amargura!

Ouviu isto o estudante poeta filho de D. Diego, que com a mãe saíra a recebê-lo, e mãe e filho ficaram suspensos ao ver a estranha figura de D. Quixote; o qual, apeando-se de Rocinante, foi a ela com muita cortesia pedir-lhe as mãos para as beijar, e D. Diego disse:

— Recebei, senhora, com o vosso costumeiro agrado o se-

---

[1] Versos iniciais do "Soneto X" de Garcilaso de la Vega.

nhor D. Quixote de La Mancha, que é quem tendes diante, andante cavaleiro, e o mais valente e mais discreto que tem o mundo.

A senhora, que D^a Cristina se chamava, o recebeu com mostras de muito amor e muita cortesia, e D. Quixote se lhe ofereceu com assaz discretas e comedidas razões. Quase as mesmas mesuras trocou com o estudante, que, em ouvindo D. Quixote falar, o teve por discreto e agudo.

Aqui pinta o autor todas as circunstâncias da casa de D. Diego, pintando nelas o que contém a casa de um cavaleiro lavrador e rico. Mas o tradutor desta história houve por bem passar estas e outras semelhantes minúcias em silêncio, por não se ajustarem bem ao assunto principal da história, cuja força mais está na verdade do que nas frias digressões.

Acompanharam D. Quixote a um quarto, desarmou-o Sancho, ficou em bragas e em gibão de camurça, todo manchado da sujeira da armadura. A gola era valona à estudantil, sem goma nem rendas; os borzeguins eram atamarados, e encerados os sapatos. Cingiu-se sua boa espada, que pendia de um talim de lobo-marinho,[2] pois dizem que por muitos anos foi ele doente dos rins; cobriu-se com um ferragoulo de bom pano pardo, mas antes de tudo lavou a cabeça e o rosto com cinco caldeirões de água, ou seis, pois quanto ao número de caldeirões há controvérsia, e ainda ficou a água cor de soro, por mercê da gulodice de Sancho e da compra dos seus famigerados requeijões, que tanto infamaram seu amo. Com os referidos atavios e com gentil donaire e galhardia, passou D. Quixote a outro aposento, onde o estudante o estava esperando para o entreter enquanto eram postas as mesas, pois pe-

---

[2] Desde a Antiguidade acreditava-se nas virtudes protetoras e curativas do couro de foca.

la vinda de tão nobre hóspede queria a senhora Dª Cristina mostrar que sabia e podia regalar aqueles que a sua casa chegavam.

Enquanto D. Quixote se ia desarmando, teve lugar D. Lorenzo, que assim se chamava o filho de D. Diego, de dizer a seu pai:

— Quem diremos que é, senhor, esse cavaleiro que vossa mercê trouxe à nossa casa? Pois seu nome, sua figura e o dizer que é cavaleiro andante, a mim e a minha mãe nos têm suspensos.

— Não sei o que te diga, filho — respondeu D. Diego. — Só te saberei dizer que o vi fazer coisas dignas do maior louco do mundo e dizer razões tão discretas que apagam e desfazem os seus feitos. Fala tu com ele e toma-lhe o pulso daquilo que sabe, e, como és discreto, julga da sua discrição ou sandice o que mais posto em razão estiver, ainda que, a bem da verdade, eu antes o tenha por louco do que por são.

Foi então D. Lorenzo entreter D. Quixote, como fica dito, e entre outras coisas que os dois trataram, disse D. Quixote a D. Lorenzo:

— O senhor D. Diego de Miranda, pai de vossa mercê, me deu notícia da rara habilidade e sutil engenho que vossa mercê tem e, sobretudo, de que é vossa mercê um grande poeta.

— Poeta, bem pudera ser — respondeu D. Lorenzo —, mas grande, nem por pensamento. Verdade é que sou algum tanto aficionado à poesia e a ler os bons poetas, mas não de maneira que se me possa dar o nome de grande que diz meu pai.

— Não me parece mal essa humildade — respondeu D. Quixote —, pois não há poeta que não seja arrogante e pense de si que é o maior poeta do mundo.

— Não há regra sem exceção — respondeu D. Lorenzo —, e algum há de haver que o seja e o não pense.

— Poucos — respondeu D. Quixote. — Agora me diga, que

versos são os que vossa mercê traz entre mãos, que o senhor seu pai me disse que o trazem algum tanto inquieto e pensativo? Se forem de alguma glosa, folgaria em sabê los, pois um pouco entendo da matéria, e, se forem de justa literária, procure vossa mercê levar o segundo prêmio, pois o primeiro sempre o leva o favor ou o grande estado da pessoa, o segundo o leva a mera justiça, e o terceiro deve ser segundo, e o primeiro, nessa conta, será o terceiro, ao modo das licenças que se dão nas universidades.[3] Mas, ainda assim, o nome de *primeiro* sempre faz grande efeito.

"Até agora" — disse consigo D. Lorenzo — "não vos poderei julgar por louco. Passemos adiante." E lhe disse:

— Parece-me que vossa mercê cursou as escolas: que ciências estudou?

— A da cavalaria andante — respondeu D. Quixote —, que é tão boa quanto a da poesia, quando não dois dedinhos melhor.

— Não sei que ciência é essa — replicou D. Lorenzo —, e até agora não chegou ao meu conhecimento.

— É uma ciência — replicou D. Quixote — que encerra em si todas ou as mais ciências do mundo, pois quem a professa há de ser jurisconsulto e saber as leis da justiça distributiva e comutativa,[4] para dar a cada um o que é seu e o que lhe convém; há de ser teólogo, para saber arrazoar clara e distintamente sobre a cristã lei que professa, onde quer que lhe seja pedido; há de ser

---

[3] Na formatura, algumas universidades outorgavam o título de *primero, segundo, tercero* etc. *en licencias* aos melhores alunos da turma.

[4] Os dois grandes campos da justiça particular, segundo a classificação aristotélico-tomista. A justiça distributiva preside as relações entre a comunidade e seus membros, prescrevendo a distribuição do direito na proporção dos méritos e necessidades de cada um; a justiça comutativa, também chamada "corretiva", regula as relações entre os indivíduos, baseada no princípio da igualdade.

médico, e principalmente herbolário, para, em meio de despovoados e desertos, conhecer as ervas que têm virtude de sarar as feridas, pois não há de andar o cavaleiro andante procurando a três por dois quem as cure; há de ser astrólogo, para conhecer pelas estrelas quantas horas são passadas da noite e em que parte e em que clima do mundo se acha; há de saber as matemáticas, pois a cada passo poderá ter necessidade delas; e deixando de parte que ele se há de adornar de todas as virtudes teologais e cardeais,[5] descendo a outras minudências, digo que há de saber nadar como dizem que nadava o peixe Nicolás, ou Nicolau;[6] há de saber ferrar um cavalo e aparelhar a sela e o freio e, voltando ao tocado acima, há de guardar a fé em Deus e sua dama; há de ser casto nos pensamentos, honesto nas palavras, liberal nas obras, valente nos feitos, sofrido nos trabalhos, caridoso com os desvalidos e, finalmente, mantenedor da verdade, ainda que lhe custe a vida o defendê-la. De todas essas grandes e mínimas partes se compõe um bom cavaleiro andante. Por que vossa mercê veja, senhor D. Lorenzo, se é ciência parva o que aprende o cavaleiro que a estuda e a professa, e se pode ou não igualar-se às mais eminentes que nos ginásios e escolas se ensinam.

— Se assim é — replicou D. Lorenzo —, digo que essa tal ciência se avantaja a todas.

— Como se assim é? — respondeu D. Quixote.

— O que quero dizer — disse D. Lorenzo — é que eu duvi-

---

[5] Virtudes teologais e virtudes cardeais: as primeiras são fé, esperança e caridade; as segundas, prudência, justiça, fortaleza e temperança.

[6] Homem anfíbio que, segundo o fabulário medieval, vivia nos mares da Sicília. A lenda do peixe Nicolau teve uma voga renovada nos séculos XVI e XVII, tanto que em 1608 se imprimira em Barcelona uma certa *Relación de cómo el pece Nicolao se ha parecido de nuevo en el mar*.

do que tenha havido, e que agora os haja, cavaleiros andantes e adornados de virtudes tantas.

— Muitas vezes tenho dito o que torno a dizer agora — respondeu D. Quixote —, que a maior parte da gente do mundo é de parecer que nele não houve cavaleiros andantes. E por me parecer que, se o céu milagrosamente não lhe dá a entender a verdade de que os houve e de que os há, qualquer trabalho que se tome será escusado, como muitas vezes a experiência mo mostrou, não quero me deter agora a tirar vossa mercê do engano em que junto com muitos está. O que penso fazer é rogar ao céu que o tire dele e lhe dê a entender quão proveitosos e quão necessários foram ao mundo os cavaleiros andantes nos passados séculos, e quão úteis ainda seriam se no presente se usassem. Mas agora, por pecados das gentes, triunfam a preguiça, a ociosidade, a gula e o regalo.

— Já se safou o nosso hóspede — disse agora D. Lorenzo entre si. — Contudo, é ele um louco bizarro, e eu seria um acabado mentecapto se tal não cresse.

Aqui deram fim à conversação, porque os chamaram para almoçar. Perguntou D. Diego a seu filho o que havia tirado em limpo do engenho do hóspede. Ao que este respondeu:

— Não o tirarão do rascunho da sua loucura quantos médicos e bons escreventes há no mundo: ele é um louco entressachado, cheio de lúcidos intervalos.

Foram almoçar, e a mesa foi tal como D. Diego dissera no caminho que costumava oferecê-la aos seus convidados: limpa, farta e saborosa. Mas do que mais se contentou D. Quixote foi do maravilhoso silêncio que em toda a casa havia, que semelhava uma cartuxa. Então, levantadas as toalhas e dadas graças a Deus e água às mãos, D. Quixote pediu com afinco a D. Lorenzo que recitasse os versos da justa literária, ao que este respondeu que, por não parecer um daqueles poetas que quando lhes rogam que digam seus versos os negam e quando lhos não pedem os vomitam, "eu direi a minha glosa, da qual não espero prêmio algum, pois só para exercitar o engenho a fiz".

— Um amigo meu, e discreto — respondeu D. Quixote —, era de parecer que ninguém se havia de cansar em glosar versos, e a razão, dizia ele, era que jamais a glosa pode chegar ao texto, e que muitas ou as mais vezes se desvia a glosa da intenção e propósito que pede aquilo que é glosado. E mais, que as leis da glosa são por demais estreitas, não aceitando interrogações, nem "disse", nem "direi", nem fazer nomes de verbos, nem mudar o sentido, mais outras amarras e estreitezas com que ficam amarrados os que glosam, como vossa mercê bem deve de saber.

— Realmente, senhor D. Quixote — disse D. Lorenzo —, quisera ver vossa mercê perder o seu latim, mas não consigo, pois se escorrega das minhas mãos como uma enguia.

— Não entendo — respondeu D. Quixote — o que vossa mercê diz nem quer dizer com isso de eu escorregar.

— Logo me darei a entender — respondeu D. Lorenzo —, e agora esteja vossa mercê atento aos versos glosados e à glosa,[7] que dizem desta maneira:

> Se meu *foi* tornara a *ser*,
> sem esperar mais *será*,
> ou chegara o tempo já
> do que adiante vier...!

---

[7] A redondilha do mote já havia sido glosada no século XVI pelo poeta e músico luso-espanhol Gregório Silvestre (1520-1569).

GLOSA

Enfim, como tudo passa,
passou o bem que me deu
Fortuna, então nada escassa,
e nunca mo devolveu,
nem a penhor nem de graça.
    Segue sempre meu viver,
Fortuna, a teu bel-prazer.
Torna-me a ser venturoso,
pois será meu ser ditoso
se meu foi *tornara a* ser.

Não quero outro gosto ou glória,
outra palma ou vencimento,
outro triunfo, outra vitória,
senão tornar ao contento
que é pesar em minha memória.
    Se tu me tornares lá,
Fortuna, brando será
todo o rigor do meu fogo,
e mais se este bem for logo,
sem esperar mais será.

Escusado é tal pedido,
pois tornar o tempo a ser
depois de uma vez ter sido,
não há na terra poder
que a tanto seja estendido.
    Voa o tempo, logo está
bem longe, e não tornará,
e errado é pedir agora

ou que o tempo já se fora
ou chegara o tempo já.

Vivo cá em perplexa vida,
já esperando, já temendo:
é morte bem conhecida,
e é muito melhor morrendo
buscar para a dor saída.
Bem seria o meu querer
acabar, mas o não é,
pois, com discurso melhor,
dá-me esta vida o temor
do que adiante vier.

Em acabando D. Lorenzo de dizer sua glosa, pôs-se em pé
D. Quixote e, em voz levantada, que mais parecia grito, tomando com sua mão a direita de D. Lorenzo, disse:

— Por todos os mais altos céus, mancebo generoso, que sois
o melhor poeta do orbe e que mereceis ser laureado, não por Chipre nem por Gaeta, como disse um poeta que Deus perdoe,[8] mas
pelas academias de Atenas, se hoje vivessem, e pelas que hoje vivem em Paris, Bolonha e Salamanca! Praza ao céu que os juízes

---

[8] O autor do soneto que diz "*Yo, Juan Bautista de Vivar, poeta/ por la gracia de Ascanio solamente/ saltambanco mayor de todo oriente,/ laureado por
Chipre y por Gaeta*". Parte dos cervantistas atribui o poema ao próprio Juan Bautista de Vivar; outros, no entanto, dão a autoria a Pedro Liñán de Riaza (1557?-
-1607), que teria assumido a voz de Vivar em tom sarcástico. A menção de Gaeta
(porto do Tirreno) em vez de Creta seria, na primeira hipótese, um alarde de modéstia; na segunda, um sarcasmo de Liñán de Riaza.

que vos tirarem o primeiro prêmio, Febo os asseteie e as musas jamais cruzem os umbrais de suas casas. Dizei-me, senhor, se sois servido, alguns versos maiores, pois quero de todo em todo tomar o pulso ao vosso admirável engenho.

Não é boa, como dizem, ter-se regozijado D. Lorenzo de se ver elogiado por D. Quixote, apesar de o ter por louco? Oh força da adulação, a quanto te estendes e quão dilatados são os limites da tua agradável jurisdição! Esta verdade abonou D. Lorenzo, pois cedeu à demanda e desejo de D. Quixote, dizendo-lhe este soneto sobre a fábula ou história de Píramo e Tisbe:[9]

Soneto

O muro rompe a donzela formosa
que de Píramo abriu o gentil peito;
parte o Amor de Chipre[10] e vai direito
lá ver a brecha estreita e prodigiosa.

---

[9] A história relatada por Ovídio nas *Metamorfoses* (IV, 55-166), muito retrabalhada por autores espanhóis dos séculos XVI e XVII — não raro em tom de paródia —, e retomada por Shakespeare em *Sonho de uma noite de verão*. Trata-se da história de um jovem casal que, fugindo à proibição dos pais, cultiva seu romance apenas conversando através de uma fenda no muro que separa suas casas. Quando os dois resolvem escapar, ocorre o trágico desenlace: Tisbe chega primeiro ao local combinado, mas, ao ouvir um rugido de leão, foge assustada, deixando cair seu véu, que a fera despedaça e mancha com o sangue de uma presa que acabou de abater; ao encontrar a peça ensanguentada, Píramo deduz que sua amada está morta e, desesperado, se suicida com a própria espada; quando Tisbe regressa ao local e se depara com o cadáver do rapaz, também se mata, usando a mesma arma.

[10] A ilha era antigamente consagrada ao culto de Vênus, mãe de Cupido.

Fala o silêncio ali, porque não ousa
a voz entrar por tão estreito estreito;
as almas sim, pois é do amor efeito
facilitar a mais difícil cousa.

Sai o desejo do compasso: o passo
da virgem imprudente solicita
por próprio gosto a morte. Rara história!

Pois ambos num só ponto, estranho caso,
os mata, e os encobre e ressuscita
uma espada, um sepulcro, uma memória.

— Louvado seja Deus! — disse D. Quixote tendo ouvido o soneto de D. Lorenzo. — Pois entre infinitos poetas consumidos que há, enfim vejo um consumado poeta, como é vossa mercê, senhor meu, que assim o dá a entender a arte desse soneto!

Quatro dias esteve D. Quixote regaladíssimo na casa de D. Diego, ao cabo dos quais pediu licença para partir, dizendo-lhe que agradecia a mercê e o bom tratamento que em sua casa recebera, mas que, por não lhe parecer bem os cavaleiros andantes se darem muitas horas ao ócio e ao regalo, queria ir cumprir com seu mister, buscando as aventuras, das quais tinha notícia que era farta aquela terra, onde esperava entreter o tempo até que chegasse o dia das justas de Saragoça, que era o da sua direita derrota, mas que antes havia de entrar na gruta de Montesinos,[11] da qual

---

[11] Gruta próxima às Lagoas de Ruidera, um complexo lacustre localizado na divisa das províncias de Albacete e Ciudad Real, nas nascentes do rio Guadiana, hoje protegido por um parque natural. Seu nome se deve ao de um personagem do romanceiro espanhol de tema pseudocarolíngio, elucidado mais adiante.

tantas e tão admiráveis coisas naqueles contornos se contavam, bem como inquirir o sabido nascimento e verdadeiros mananciais das sete lagoas comumente chamadas de Ruidera. D. Diego e seu filho elogiaram sua honrosa determinação e lhe disseram que tomasse de sua casa tudo quanto desejasse, que eles o serviriam com toda a vontade possível, pois a isso os obrigava o valor da sua pessoa e a honrosa profissão sua.

Chegou enfim o dia da sua partida, tão alegre para D. Quixote como triste e aziago para Sancho Pança, que se achava muito bem com a fartura da casa de D. Diego e relutava em tornar à fome que se usa nas florestas e despovoados e à estreiteza dos seus mal providos alforjes, e assim os encheu e cumulou do mais necessário que lhe pareceu. Ao se despedir, disse D. Quixote a D. Lorenzo:

— Não sei se já o disse a vossa mercê e, se o disse, torno a dizê-lo: quando vossa mercê quiser poupar caminhos e trabalhos para chegar ao inacessível píncaro do templo da Fama, não tem de fazer outra coisa senão deixar de parte a trilha da poesia, algum tanto estreita, e seguir a estreitíssima da andante cavalaria, bastante para em menos de um triz fazê-lo imperador.

Com estas razões acabou D. Quixote de encerrar o processo da sua loucura, e mais com as que acrescentou, dizendo:

— Sabe Deus o quanto eu quisera levar comigo o senhor D. Lorenzo, para ensinar-lhe como se devem perdoar os sujeitos e suplantar e escoicear os soberbos,[12] virtudes anexas à profissão que eu professo. Mas como o não consente sua pouca idade, nem o quererão consentir seus louváveis exercícios, contento-me em

---

[12] Distorção jocosa do verso da *Eneida* (VI, 853) *"parcere subiectis et debellare superbos"* ("poupar os vencidos e subjugar os soberbos").

só advertir a vossa mercê que, sendo poeta, poderá ser famoso se seguir mais o parecer alheio que o próprio, pois não há pai nem mãe a quem os filhos pareçam feios, e é este engano mais corrente em se tratando dos filhos do entendimento.

De novo se admiraram pai e filho das entressachadas razões de D. Quixote, ora discretas, ora disparatadas, e da sua teima e o seu afinco em se entregar de todo em todo à busca das suas desventuradas aventuras, que as tinha por fito e alvo dos seus desejos. Reiteraram-se os oferecimentos e mesuras, e, com a boa licença da senhora do castelo, D. Quixote e Sancho, sobre Rocinante e o ruço, partiram.

Capítulo XIX

Onde se conta a aventura do pastor enamorado, mais outros em verdade engraçados sucessos

Ainda pouco se afastara D. Quixote da aldeia de D. Diego, quando deparou com dois que pareciam clérigos ou estudantes, que com outros dois lavradores vinham cavaleiros sobre quatro bestas asnais. Um dos estudantes levava, numa como trouxa de bocaxim verde, segundo se via, um pouco de fina roupa-branca e dois pares de meias de boa lãzinha; o outro não levava mais que duas espadas negras[1] de esgrima, novas e com suas ponteiras. Os lavradores traziam outras coisas, dando indício e sinal de virem de alguma vila grande onde as haviam comprado e as levavam para sua aldeia. E assim, tanto estudantes como lavradores caíram na mesma admiração em que caíam todos aqueles que pela vez primeira viam D. Quixote, e morriam por saber que homem era aquele tão fora do uso dos outros homens.

Cumprimentou-os D. Quixote e, depois de saber o caminho que levavam, que era o mesmo que ele seguia, ofereceu-lhes sua companhia e lhes pediu que amainassem o passo, pois mais ligeiro caminhavam as suas burricas que o seu cavalo, e para os obrigar mais a isso, em breves razões lhes disse quem era ele e qual o seu

---

[1] Feitas de ferro, sem lustro nem corte e com um botão na ponta, apropriadas para exercícios de esgrima; opõem-se às brancas, polidas e amoladas, para combates reais.

ofício e a sua profissão, que era de cavaleiro andante saído em busca das aventuras por todas as partes do mundo. Disse-lhes que se chamava por nome próprio "D. Quixote de La Mancha" e por epíteto "Cavaleiro dos Leões". Tudo isso era como grego ou algaravia para os lavradores, mas não para os estudantes, que logo entenderam a fraqueza do cérebro de D. Quixote. Mas nem por isso o deixavam de olhar com admiração e respeito, e um deles lhe disse:

— Se vossa mercê, senhor cavaleiro, não leva caminho determinado, como não soem levar os que buscam as aventuras, venha conosco; verá uma das melhores e mais ricas bodas que até o dia de hoje se celebraram em La Mancha e outras muitas léguas em roda.

Perguntou-lhe D. Quixote se eram de algum príncipe, que tanto as encarecia.

— Não são de príncipe — respondeu o estudante —, mas de um lavrador e uma lavradora; ele, o mais rico de toda esta terra, ela, a mais formosa que os homens já viram. O aparato que prometem é extraordinário e novo, pois se hão de celebrar num prado que fica junto à vila da noiva, a quem por excelência chamam Quitéria a formosa, e o desposado se chama Camacho o rico, ela de idade de dezoito anos, e ele de vinte e dois, feitos um para o outro, se bem que alguns curiosos que sabem de cor as linhagens de todo o mundo queiram dizer que a da formosa Quitéria avantaja a de Camacho. Mas nisso ninguém repara, pois as riquezas são poderosas de soldar muitas falhas. Com efeito, o tal Camacho é liberal e teve o capricho de enramar e cobrir todo o prado pelo alto, de tal sorte que o sol há de ter muito trabalho se quiser visitar a verde relva que cobre o chão. Também tem ele preparadas danças, assim de espadas como de cascavéis miúdos, pois há na sua aldeia quem os repique e chocalhe por extremo bem, e nem digo de sapateadores, tantos são os que ele tem conchavados. Mas nenhuma das coisas referidas, nem outras muitas que deixei de referir, há de fazer mais memoráveis estas bodas senão as que imagino que nelas fará o despeitado Basilio. É este Basilio um mancebo morador do mesmo lugar de Quiteria, o qual tinha sua casa parede-meia com a dos pais dela, donde o amor tomou ocasião de renovar ao mundo os já esquecidos amores de Píramo e Tisbe, porque Basilio se enamorou de Quiteria desde os seus tenros e primeiros anos, e ela foi correspondendo ao seu desejo com mil honestos favores, tanto que na aldeia era passatempo contarem-se os amores dos dois pequenos Basilio e Quiteria. Foi crescendo a idade, e resolveu o pai de Quiteria barrar a Basilio a ordinária entrada que ele em sua casa tinha, e para não ter de andar receoso e cheio de suspeitas, tratou de casar sua filha com o rico Camacho, não lhe parecendo bem casá-la com Basilio, que não tinha tantos bens de fortuna como de natureza. Pois a dizer a verdade sem inveja, ele é o mais ágil mancebo que conhecemos, grande lançador de barra, lutador extremado e grande jogador de choca; corre como um gamo, salta mais que uma cabra e no jogo da bola acerta os pinos como por encanto; canta como uma cotovia e toca uma guitarra de jeito que a faz falar, mas sobretudo meneia a espada como ninguém.

— Só por essa prenda — disse então D. Quixote — merecia esse mancebo não só casar com a formosa Quiteria, mas com a mesmíssima rainha Ginevra, se hoje fosse viva, a despeito de Lançarote e de todos aqueles que estorvá-lo quisessem.

— À minha mulher com essa! — disse Sancho Pança, que até então escutara calado. — Pois ela acha que cada um só pode casar com seu igual, atendendo àquele ditado que diz "cada ovelha com sua parelha". O que eu queria é que esse bom Basilio, que já vai ganhando minha amizade, se casasse com essa senhora Quiteria, e que tenha boa vida e bom descanso (já ia dizendo o contrário) quem estorva o casamento dos que se querem bem.

— Se todos os que se querem bem se houvessem de casar — disse D. Quixote —, com isto se tiraria dos pais o arbítrio e jurisdição de casar os filhos com quem e quando devem, e se a escolha do marido ficasse à vontade das filhas, não faltaria uma que escolhesse o criado do pai, outra a algum que visse passar pela rua, a seu ver garrido e bem-posto, ainda que fosse um desbragado espadachim, pois o amor e a afeição com facilidade cegam os olhos do entendimento, tão necessários à hora de tomar estado, e na do matrimônio se está sempre muito a perigo de errar, e para acertar é mister grande tento e particular favor do céu. Quando alguém quer fazer uma longa viagem, se é prudente, antes de se pôr em caminho procura uma companhia segura e agradável com a qual se acompanhar. Então por que não fará o mesmo quem há de caminhar toda a vida até o paradeiro da morte? E mais quando a companhia o há de acompanhar na cama, na mesa e em toda parte, como é a da mulher com seu marido. A da própria mulher não é mercadoria que uma vez comprada se devolve ou se troca ou escamba, porque é acidente inseparável, que dura o que dura a vida. É um laço que, uma vez posto ao pescoço, faz-se em nó górdio, o qual, enquanto o não corta a foice da morte, não se desata. Muitas mais coisas pudera eu dizer desta matéria, se o não estorvasse o desejo que tenho de saber se ainda resta ao senhor licenciado mais alguma coisa a dizer sobre a história de Basilio.

Ao que o estudante bacharel, ou licenciado, como o chamou D. Quixote, respondeu:

— Não me resta mais nada a dizer, senão que, desde a hora em que Basilio soube que a formosa Quiteria se casaria com Camacho o rico, nunca mais o viram rir nem falar coisa com coisa, e sempre anda pensativo e triste, falando consigo mesmo, com o que dá sinais claros e certos de que vai perdendo o juízo. Come pouco e dorme pouco, e o que come são frutas, e onde dorme, quando dorme, é no campo, sobre a dura terra, como animal bruto. Fita o céu de quando em quando, e outras vezes crava os olhos na terra, tão abismado que não parece senão santo de roca a que o vento balança a roupa. Enfim, ele dá tais mostras de ter apaixonado o coração, que todos os que o conhecemos tememos que o dar sim amanhã a formosa Quiteria há de ser sua sentença de morte.

— Deus fará melhor — disse Sancho —, pois Ele dá o mal e dá a mezinha; ninguém sabe o que há de vir; de hoje até amanhã, muitas horas há, e numa dessas e de repente, a casa cai; eu vi chover e fazer sol, tudo a um mesmo tempo; e há quem se deite com saúde, que de manhã não acorda; e alguém me diga, há porventura quem se gabe de ter metido um cravo na rodela da fortuna? Não, por certo, e entre o *sim* e o *não* da mulher eu não me atreveria a meter a ponta de um alfinete, porque não caberia. Deem-me a certeza de que Quiteria ama Basilio de bom coração e boa vontade, que eu darei a ele um saco de boa ventura, pois o amor, segundo ouvi dizer, traz na vista uns antolhos curiosos que fazem o cobre parecer ouro, a pobreza riqueza, e as remelas pérolas.

— Maldito sejas, Sancho, aonde vais parar? — disse D. Quixote. — Pois quando começas a desfiar teus ditados e histórias, ninguém pode contigo senão o mesmo Judas que te leve. Que sabes tu, animal, de cravos, de rodelas, nem de outra coisa alguma?

— Ah, pois se não me entendem — respondeu Sancho —, não admira que minhas sentenças sejam tidas por disparates. Mas não importa, eu me entendo e sei que não disse tantas necedades no que acabo de dizer, senão que vossa mercê, senhor meu, sempre é friscal dos meus ditos, e até de meus feitos.

— *Fiscal* hás de dizer — disse D. Quixote —, que não *friscal*, prevaricador da boa linguagem, que Deus te confunda.

— Vossa mercê não se pegue comigo — respondeu Sancho —, pois bem sabe que não me criei na corte nem estudei em Salamanca para saber se ponho ou tiro alguma letra dos meus vocábulos. Pois, valha-me Deus, não há por que obrigar um saiaguês[2] a falar como o toledano, e toledanos também pode haver que não cortem o ar nisso do falar polido.

— Assim é — disse o licenciado —, porque não podem falar tão bem os que lá se criam em Tenerías ou em Zocodover[3] como os que passeiam quase todo o dia pelo claustro da catedral,[4] e são todos eles toledanos. A linguagem pura, a própria, a elegante e clara está nos discretos cortesãos, ainda que tenham nascido em Majadahonda.[5] Eu disse "discretos" porque há muitos que o não são, e a discrição é a gramática da boa linguagem, que melhora a par do uso. Eu, senhores, por meus pecados, estudei câ-

---

[2] Natural de Saiago, localidade da província de Zamora (Leão) junto à divisa com a de Trás-os-Montes, Portugal. Seu dialeto, variedade do asturo-leonês contígua ao mirandês, foi usado por dramaturgos como Juan del Encina (1466?-1529) e Gil Vicente (1465-1536?) para fazer falar os seus pastores; mais tarde, recorreu-se arbitrariamente a ele para tipificar a linguagem dos rústicos do teatro espanhol. Já o falar toledano, com status de língua literária e oficial, era tido como modelo de correção.

[3] Dois bairros mal-afamados de Toledo, ponto de reunião da picaresca local. O primeiro empresta o nome dos curtumes (*tenerías*) que nele se concentravam; o segundo, o nome da praça do antigo mercado árabe (*zoco*) em volta do qual cresceu.

[4] Era costume entre os ricos ociosos reunir-se no recinto das catedrais.

[5] Aldeia próxima de Madri, hoje incorporada a sua área metropolitana. O nome da localidade — literalmente, "malhada funda" — indica sua população original de pastores.

nones em Salamanca e me pico algum tanto de dizer minha razão com palavras claras, lhanas e significantes.

— Se mais vos picásseis de menear a língua do que as espadas que aí levais — disse o outro estudante —, seríeis o primeiro nas licenças, que não o último como fostes.

— Olhai, bacharel — respondeu o licenciado —, que estais na mais errada opinião do mundo acerca da destreza da espada,[6] tendo-a por vã.

— Para mim não é opinião, senão verdade certa — replicou Corchuelo. — E se quereis que vo-la prove com a experiência, espadas trazeis, comodidade há, eu tenho aqui forças e pulso que, acompanhados do meu ânimo, que não é pouco, vos farão confessar que não me engano. Apeai-vos e usai do vosso jogo de pés, dos vossos círculos e vossos ângulos e ciência, que eu espero vos fazer ver estrelas ao meio-dia com a minha destreza moderna e rude, na qual espero, depois de Deus, que está para nascer o homem que me faça virar as costas e que não há no mundo quem eu não faça perder campo.

— Nisso de virardes ou não as costas não me meto — replicou o *diestro* —, mas bem pode ser que, onde vos fincardes na porfia, ali mesmo vos abram a sepultura. Quero dizer, que ali mesmo fiqueis morto por desprezar a destreza.

— Pois agora veremos — respondeu Corchuelo.

E apeando-se do seu jumento com grande presteza, puxou com fúria de uma das espadas que o licenciado levava no seu.

— Não há de ser assim — disse então D. Quixote —, pois

---

[6] A "arte ou ciência da esgrima" também chamada "teórica das armas" (como no capítulo I) ou "destreza", sem mais. Seus praticantes, os *diestros*, constituíam também um tipo literário.

eu quero ser árbitro desta esgrima e juiz desta muitas vezes não averiguada questão.[7]

E apeando-se de Rocinante e tomando de sua lança, se pôs na metade do caminho, a tempo que já o licenciado, com gentil donaire do corpo e jogo de pés, ia contra Corchuelo, que contra ele veio, botando, como se costuma dizer, fogo pelos olhos. Os outros dois lavradores do acompanhamento, sem se apearem das suas jericas, serviram de *aspetatores*[8] na mortal tragédia. As cutiladas, estocadas, altibaixos, reveses e mandobles[9] que lançava Corchuelo eram sem número, mais espessos que fígado e mais miúdos que granizo. Arremetia como um leão irritado, mas topava com a ponteira da espada do licenciado, que em meio a sua fúria o detinha com um tapa-boca[10] e o fazia beijá-la como uma relíquia, ainda que não com tanta devoção como se devem e costumam beijar as relíquias. Finalmente, o licenciado contou às estocadas todos os botões da beca que o bacharel vestia, deixando suas fraldas em frangalhos, como pernas de polvo, derrubou-lhe o chapéu duas vezes e o cansou de tal maneira que, de despeito, cólera e raiva, tomou o bacharel da espada pela empunhadura e

---

[7] Trata-se da polêmica, então viva, sobre a pertinência de se considerar a esgrima uma ciência geométrica.

[8] Italianismo para "espectadores", justificado pelo fato de os primeiros grandes tratados de esgrima terem sido escritos em toscano.

[9] Cutilada (*cuchillada*): golpe dado com o gume da espada da direita para a esquerda. Estocada: ataque com a ponta da arma. Altibaixo: golpe desferido de cima para baixo. Revés: a cutilada invertida, isto é, da esquerda para a direita. Mandoble: manobra praticada apenas com um movimento do pulso, mantendo-se o braço imóvel.

[10] Golpe de parada que consiste em tocar o rosto do adversário com a ponta ou o botão da espada, para deter seu avanço.

a atirou pelos ares com tanta força que um dos lavradores assistentes, o qual era também escrivão, foi buscá-la e depois atestou e deu fé que a apartara de si quase três quartos de légua, testemunho este que serve e serviu para que se conheça e veja com toda a verdade como a força é vencida pela arte.

Sentou-se cansado Corchuelo, e, chegando-se a ele, Sancho lhe disse:

— À minha fé, senhor bacharel, se vossa mercê tomar o meu conselho, nunca mais há de desafiar ninguém a esgrimir, mas só a brigar ou a lançar a barra, que tem idade e força para isso; pois destes que chamam *diestros* ouvi dizer que metem a ponta de uma espada pelo olho de uma agulha.

— Eu me contento — respondeu Corchuelo — em ter caído do cavalo, mostrando-me a experiência a verdade da qual tão longe estava.

E levantando-se, foi abraçar o licenciado, e ficaram os dois mais amigos que dantes, e não querendo esperar pelo escrivão, que tinha ido pela espada, por entender que demoraria muito, determinaram de seguir para chegar logo à aldeia de Quiteria, de onde todos eram.

No que faltava de caminho, foi-lhe contando o licenciado as excelências da espada, com tantas razões demonstrativas e com tantas figuras e demonstrações matemáticas, que todos ficaram sabedores da bondade da ciência, e Corchuelo, reduzido da sua pertinácia.[11]

Já era noite, mas antes de chegarem pareceu a todos que havia diante do povoado um céu cheio de inumeráveis e resplan-

---

[11] "Reduzido da sua pertinácia": locução característica dos textos da Inquisição, significando o reconhecimento dos próprios erros perante o tribunal.

decentes estrelas. Também ouviram confusos e suaves sons de diversos instrumentos, como de flautas, tamborins, saltérios, alboques, pandeiros e soalhas; e quando chegaram perto viram que as árvores de uma enramada que fora posta à entrada da aldeia estavam todas cheias de luminárias, às quais não ofendia o vento, então soprando tão manso que não tinha força para balançar as folhas das árvores. Os músicos eram os animadores da festa, que em diversas quadrilhas por aquele agradável local andavam, uns dançando e outros cantando, e outros tocando a diversidade dos referidos instrumentos. Com efeito, era como se por todo aquele prado andassem correndo a alegria e saltando o contento.

Outros muitos andavam ocupados em levantar palanques, donde no dia seguinte se pudessem ver com comodidade as representações e danças que se haviam de fazer naquele arraial dedicado a solenizar as bodas do rico Camacho e as exéquias de Basilio. Não quis entrar no arraial D. Quixote, por mais que lho pedissem assim o lavrador como o bacharel, mas ele deu por desculpa, a seu ver bastantíssima, ser costume dos cavaleiros andantes dormir nos campos e florestas antes que nos povoados, ainda que fosse sob dourados tetos. E com isto se desviou um pouco do caminho, bem contra a vontade de Sancho, a cuja memória lhe veio o bom alojamento que tivera no castelo ou casa de D. Diego.

Capítulo XX

Onde se contam as bodas de Camacho o rico, mais o sucesso de Basilio o pobre

Mal a branca aurora dera lugar a que o luzente Febo com o ardor dos seus cálidos raios as líquidas pérolas dos seus cabelos de ouro enxugasse, quando D. Quixote, sacudindo a preguiça dos seus membros, se pôs em pé e chamou pelo seu escudeiro Sancho, que então ainda roncava. O qual visto por D. Quixote, antes de o acordar, lhe disse:

— Oh tu, bem-aventurado sobre quantos vivem sobre a face da terra, que sem invejar nem ser invejado dormes com sossegado ânimo, pois nem te perseguem encantadores nem sobressaltam encantamentos! Dormes, digo outra vez, e o direi outro cento, sem que te tenham em contínua vigília os zelos da tua dama, nem te desvelem pensamentos de pagar dívidas que devas, nem do que hás de fazer para amanhã comerem tu e tua pequenina e angustiada família. Nem a ambição te inquieta nem a pompa vã do mundo te afadiga, pois os limites dos teus desejos não se estendem a mais que a pensar teu jumento, pois sobre meus ombros tens posto o penso da tua pessoa, contrapeso e carga que a natureza e o costume puseram aos senhores. Dorme o criado, e fica velando o senhor, pensando como o há de sustentar, melhorar e lhe fazer mercês. A aflição de ver que o céu se faz de bronze sem acudir à terra com o conveniente orvalho não aflige o criado, senão o senhor, que na esterilidade e na fome há de sustentar a quem o serviu na fertilidade e na fartura.

A tudo isso não respondeu Sancho, porque dormia, e tão cedo não teria acordado se D. Quixote com o conto da lança o não fizesse tornar a si. Acordou afinal, sonolento e preguiçoso, e virando o rosto para todas as partes disse:

— Das bandas daquela enramada, se o meu nariz não me engana, vem uma fumaça e um cheiro mais de torresmos que de junquilhos e tomilhos. Festas que por tais cheiros começam, pela santa cruz que devem de ser fartas e generosas.

— Basta, glutão — disse D. Quixote. — Vem, vamos ver esses desposórios, para ver o que faz o desprezado Basilio.

— Pois que faça o que bem quiser — respondeu Sancho. — Não fosse ele pobre, e se casaria com Quiteria. Então basta alguém ter uns cobres para querer tocar o céu? À fé, senhor, que eu sou de parecer que o pobre se deve de contentar com o que tem e não pedir nabos em alto-mar. Eu aposto um braço que Camacho pode enterrar Basilio em reais, e se isto é assim, como deve de ser, bem boba seria Quiteria em enjeitar as galas e as joias que lhe deve de ter dado e lhe pode dar Camacho, para escolher o lançar da barra e o menear da espada de Basilio. Por um bom lanço de barra ou uma gentil treta de espada não dão nem um quartilho de vinho na taberna. Habilidades e prendas que não são vendáveis, nem que as tenha o conde Dirlos;[1] mas quando as tais graças caem sobre quem tem bom dinheiro, tal fosse a minha vida como elas parecem. Sobre um bom alicerce se pode erguer um bom edifício, e o melhor alicerce e vala do mundo é o dinheiro.

— Por Deus, Sancho — disse então D. Quixote —, termina

---

[1] Personagem fictício do ciclo carolíngio do romanceiro velho espanhol; sua menção faz sentido nesse contexto porque, como reza o cancioneiro, era ele "*esforçado en peleare*".

logo com tua arenga, pois tenho cá para mim que, se te deixassem continuar as que a cada passo começas, não te restaria tempo para comer nem para dormir, pois todo ele o gastarias em falar.

— Se vossa mercê tivesse boa memória — replicou Sancho —, agora se lembraria das cláusulas do acordo que fizemos antes de sairmos de casa desta última vez. Uma delas foi que me havia de deixar falar quanto eu quisesse, desde que não fosse nada contra o próximo nem contra a autoridade de vossa mercê, e até agora acho que não contravim a tal cláusula.

— Eu não me lembro dessa tal cláusula, Sancho — respondeu D. Quixote. — Mas, ainda que assim fosse, quero que te cales e venhas, pois já os instrumentos que ontem ouvimos vão tornando a alegrar os vales, e sem dúvida os desposórios se celebrarão no frescor da manhã, que não no calor da tarde.

Fez Sancho o que o seu senhor lhe mandava, e, pondo a sela em Rocinante e a albarda no ruço, montaram os dois e passo a passo foram entrando pela enramada. A primeira coisa que se ofereceu à vista de Sancho foi, enfiado num espeto de um olmo inteiro, um inteiro novilho, e no fogo onde ele seria assado ardia um mediano monte de lenha, e as seis panelas que em derredor da fogueira estavam não eram feitas na fôrma comum das demais panelas, pois eram tamanhas como seis meios tonéis, que cada uma delas cabia um açougue: assim embebiam e encerravam em si carneiros inteiros, que neles se sumiam como se fossem pombinhos; as lebres já esfoladas e as galinhas depenadas que pendiam das árvores para serem sepultadas nas panelas eram sem número; os pássaros e a caça de diversos gêneros eram infinitos, pendurados nas árvores para esfriar.

Contou Sancho mais de sessenta odres de mais de duas arrobas cada um, e todos, como depois se viu, cheios de generosos vinhos; havia também pilhas de pão branquíssimo como sói haver montes de trigo nas eiras; os queijos, postos como tijolos imbricados, formavam uma muralha, e dois caldeiros de azeite maiores que os de tingir serviam para fritar bolinhos, que com duas enormes pás tiravam fritos e os mergulhavam em outro caldeirão de mel temperado que ali junto estava.

Os cozinheiros e cozinheiras passavam de cinquenta, todos limpos, todos solícitos e todos contentes. No dilatado ventre do novilho havia doze tenros e pequenos leitões que, lá dentro costurados, serviam para o amaciar e lhe dar sabor. As especiarias de várias sortes não pareciam compradas por libras, mas por arrobas, e todas estavam à vista numa grande arca. Enfim, o aparato da boda era rústico, mas tão farto que podia sustentar um exército.

Tudo olhava Sancho Pança, tudo contemplava e de tudo se afeiçoava. Primeiro lhe cativaram e renderam o desejo as panelas, das quais de boníssimo grado teria salvado uma boa tigelada; depois lhe ganharam a vontade os odres, e por último os bolinhos de frigideira, se é que se podiam chamar frigideiras tamanhos caldeiros; e assim, sem conseguir se conter nem estar em sua mão fazer outra coisa, chegou-se a um dos solícitos cozinheiros e com corteses e esfaimadas razões rogou que o deixasse molhar um pedaço de pão velho numa daquelas panelas. Ao que o cozinheiro respondeu:

— Irmão, este dia não é daqueles em que a fome é senhora, por mercê do rico Camacho. Apeai e procurai por aí uma concha, e escumai uma galinha ou duas, e bom apetite.

— Não estou vendo nenhuma concha — respondeu Sancho.

— Esperai — disse o cozinheiro. — Pecador de mim, como deveis de ser melindroso e acanhado!

E, dizendo isto, tomou de um caldeiro e, mergulhando-o num dos meios tonéis, tirou três galinhas e dois gansos, e disse a Sancho:

— Comei, amigo, e quebrai vosso jejum com esta espuma, enquanto não chega a hora do banquete.

— Não tenho onde a colocar — respondeu Sancho.

— Pois levai-a com colher e tudo — disse o cozinheiro —, que a riqueza e o contento de Camacho tudo paga.

Enquanto Sancho essas coisas tratava, estava D. Quixote olhando como por uma parte da enramada entravam perto de doze lavradores sobre doze formosíssimas éguas, com ricos e vistosos jaezes de campo e com muitos cascavéis nas peiteiras, e todos vestidos de regozijo e festa, os quais em concertado tropel deram não uma, mas muitas carreiras pelo prado, com regozijada algazarra e grita, dizendo:

— Vivam Camacho e Quiteria, ele tão rico como ela formosa, e ela a mais formosa do mundo!

Ouvindo o qual, disse D. Quixote entre si:

— Bem se nota que esses nunca viram a minha Dulcineia, pois, se a tivessem visto, teriam mão nos louvores dessa Quiteria.

Dali a pouco começaram a entrar por diversas partes da enramada muitas e diversas danças, entre as quais vinha uma de espadas, com perto de vinte e quatro zagais de galhardo parecer e brio, todos vestidos de fino e branquíssimo linho, com seus lenços de toucar, lavrados em várias cores de fina seda; e àquele que os guiava, que era um ágil mancebo, perguntou um dos que vinham nas éguas se algum dos dançantes se ferira.

— Por ora, graças a Deus, ninguém se feriu, estamos todos sãos.

E logo começou a se enredar com os demais companheiros, com tantas voltas e com tanta destreza que, se bem D. Quixote estava acostumado a ver semelhantes danças, nenhuma jamais lhe parecera tão boa como aquela.

Também lhe pareceu boa outra que entrou de donzelas formosíssimas, tão moças que nenhuma parecia ter menos que catorze nem mais que dezoito anos, todas vestidas de palmilha verde, os cabelos, parte trançados e parte soltos, mas tão louros que com os do sol podiam competir, e sobre eles traziam grinaldas de jasmins, rosas, amaranto e madressilva. Eram guiadas por um venerável velho e uma idosa matrona, mas ambos mais ágeis e soltos do que seus anos faziam crer. Dançavam ao som de uma doçaina, e elas, levando no rosto e nos olhos a honestidade e nos pés a ligeireza, mostravam ser as melhores bailadeiras do mundo.

Atrás desta entrou outra dança de artifício, daquelas que chamam "faladas". Era de oito ninfas, divididas em duas fileiras; de uma fileira era guia o deus Cupido, e da outra, o Interesse; aquele, adornado de asas, arco, aljava e setas; este, vestido de ricas e várias cores de ouro e seda. As ninfas que o Amor seguiam levavam às costas um pergaminho branco com seus nomes escritos em grandes letras. *Poesia* era o título da primeira; o da segunda, *Discrição*; o da terceira, *Boa linhagem*; o da quarta, *Valentia*. Do mesmo modo vinham assinaladas as que o Interesse seguiam: dizia *Liberalidade* o título da primeira; *Dádiva* o da segunda; *Tesouro* o da terceira, e o da quarta, *Posse pacífica*. Diante de todos vinha um castelo de madeira tirado por quatro selvagens, todos vestidos de heras e de cânhamo tingido de verde, tão ao natural que por pouco não assustaram Sancho. Na frente do castelo e em todos os quatro lados do seu quadrado trazia escrito: *Castelo do bom recato*. Vinha ao som de quatro destros tocadores de tamborim e flauta.

Começava a dançar Cupido e, depois de fazer duas figuras, erguia os olhos e apontava o arco contra uma donzela posta entre as ameias do castelo, a quem desta sorte falava:

— Eu sou o Deus poderoso
sobre os ares, sobre a terra,
sobre o vasto mar undoso
e sobre o que o abismo encerra
em seu báratro espantoso.

Nunca soube que é ter medo;
a meu querer não concedo
haver nenhum impossível
e em tudo quanto é possível
mando, tiro, ponho e vedo.

Acabou a copla, disparou uma flecha por sobre o castelo e se retirou para seu posto. Saiu então o Interesse e fez outras duas figuras; calaram os tamborins, e ele disse:

— Sou quem pode mais que Amor,
e é Amor quem me guia;
eu sou da estirpe melhor
que o Céu sobre a Terra cria,
mais conhecida e maior.

Sou Interesse, por quem
são poucos os que obram bem,
e obrar sem mim é milagre;
e é bem que a ti me consagre
para todo o sempre, amém.

Retirou-se o Interesse e adiantou-se a Poesia, a qual, depois de fazer suas figuras como os demais, com os olhos fitos na donzela do castelo, disse:

— Em conceitos doces, retos,
a dulcíssima Poesia,
altos, graves e discretos,
senhora, a alma te envia
envolta entre mil sonetos.

Se acaso te não amua
meu porfiar, a sorte tua,
de outras muitas invejada,
será por mim levantada
além do cerco da lua.

Afastou-se a Poesia, e da parte do Interesse saiu a Liberalidade que, depois de fazer suas figuras, disse:

— Chamam Liberalidade
ao dar que extremos recusa,
seja a prodigalidade,
como o contrário, que acusa
tíbia e trêmula vontade.

Mas eu, por te engrandecer,
ora pródiga hei de ser,
pois, se é vício, é vício honrado
e de peito enamorado,
que no dar se deixa ver.

Desse modo saíram e se retiraram todos os personagens dos dois ranchos, e cada um fez suas figuras e disse seus versos, alguns elegantes e outros ridículos, e D. Quixote só guardou na memória (que ele tinha grande) os já referidos, e logo todos se misturaram, fazendo e desfazendo laços com gentil donaire e desenvoltura, e quando o Amor passava em frente do castelo, disparava suas flechas pelo alto, mas o Interesse quebrava nele alcanzias douradas.

Finalmente, depois de ter bailado um bom espaço, o Interesse tirou um surrão feito da pele de um grande gato rajado, que parecia estar cheia de dinheiro, e, lançando-a contra o castelo, com o golpe desencaixou e derrubou suas tábuas, deixando a donzela descoberta e sem defesa alguma. Chegou-se o Interesse com os personagens da sua valia e, pondo-lhe uma grande cadeia de ouro ao pescoço, mostraram prendê-la, rendê-la e cativá-la. O qual visto pelo Amor e seus valedores, fizeram menção de a resgatar, e todas as demonstrações que faziam eram ao som dos tamborins, bailando e dançando concertadamente. Puseram-se em paz os selvagens e com muita presteza tornaram a armar e a encaixar as tábuas do castelo, e a donzela se fechou nele como de primeiro, e com isto se acabou a dança, com grande contentamento dos que a olhavam.

Perguntou D. Quixote a uma das ninfas quem a compusera e ordenara. Respondeu-lhe que um prebendado daquela aldeia, que tinha jeito para semelhantes invenções.

— Aposto — disse D. Quixote — que o tal bacharel ou prebendado deve de ser mais amigo de Camacho que de Basilio, e que deve de ser mais dado a sátiras que a missas, segundo encaixou na dança as habilidades de Basilio e as riquezas de Camacho.

Sancho Pança, que tudo escutava, disse:

— Meu rei é quem mais pode, com Camacho estou.

— Enfim, Sancho — disse D. Quixote —, bem se vê que és vilão, e dos que dizem: "Viva quem vence!".

— Não sei de quais sou — respondeu Sancho —, mas bem sei que nunca das panelas de Basilio tirarei tão elegante espuma como esta que tirei das de Camacho.

E lhe mostrou o caldeiro cheio de gansos e de galinhas e, apanhando uma, começou a comer com muito donaire e gana, e disse:

— Figa para as habilidades de Basilio, pois tanto vales quanto tens, e tanto tens quanto vales. Como dizia minha avó, só duas linhagens há no mundo, que são o ter e o não ter, e ela mais com a do ter estava. E hoje em dia, meu senhor D. Quixote, antes se atenta ao haver que ao saber, um asno coberto de ouro parece melhor que um cavalo albardado. Por isso torno a dizer que estou com Camacho, cujas panelas são cheias de espumas fartas de gansos e galinhas, lebres e coelhos, enquanto as de Basilio, se é que nos vêm à mão, e ainda que só nos venham ao pé, serão cheias de caldo ralo.

— Acabaste a tua arenga, Sancho? — disse D. Quixote.

— Acabada está — respondeu Sancho —, mas só porque vejo que vai desgostando a vossa mercê. Não fosse por isso, eu teria aqui pano para falar três dias.

— Praza a Deus, Sancho — replicou D. Quixote —, que eu te veja mudo antes de morrer.

— Pelo andar que levamos — respondeu Sancho —, antes que vossa mercê morra eu já estarei comendo terra, e então pode ser que esteja tão mudo que não fale palavra até o fim do mundo, ou pelo menos até o dia do juízo.

— Ainda que assim seja, oh Sancho — respondeu D. Quixote —, nunca o teu silêncio igualará o que falaste, falas e hás de falar na vida. E mais, está bem posto em razão natural que primeiro chegue o dia da minha morte que o da tua, e, sendo assim, penso jamais te ver mudo, nem sequer quando estiveres bebendo ou dormindo, que é o que eu mais posso encarecer.

— À boa-fé, senhor — respondeu Sancho —, que não se pode fiar na descarnada, digo, na morte, a qual tão bem come cordeiro como carneiro, e já ouvi nosso padre dizer que com o mesmo pé ela pisa as altas torres dos reis como as humildes choças dos pobres.[2] Tem essa senhora mais de poder que de melindre, não faz nojo a nada, de tudo come e de tudo gosta, e com toda sorte de gentes, idades e preeminências enche os seus alforjes. Não é ceifeiro que dorme as sestas, pois a todas as horas ceifa, e corta assim a seca como a verde erva, e não parece que masca, mas que engole e traga tudo o que lhe aparece, porque tem fome canina, que nunca se farta, e, apesar de não ter barriga, dá a entender que está hidrópica e sedenta de só beber as vidas de quantos vivem, como quem bebe um jarro de água fria.

— Basta, Sancho — disse neste ponto D. Quixote. — Tem mão de ti e não te deixes cair, pois em verdade o que nos teus rústicos termos disseste da morte é o que poderia dizer um bom pregador. Pois eu te digo, Sancho, que, como tens dom natural e discrição, bem poderias tomar um púlpito nas mãos e sair por este mundo pregando lindezas.

— Bem prega quem bem vive — respondeu Sancho —, e eu não sei outras teologias.

— Nem hás mister delas — disse D. Quixote. — Mas o que eu não acabo de entender nem alcançar é como, sendo o temor a Deus o princípio da sabedoria, tu, que temes mais um lagarto que a Ele, podes saber tanto.

— Julgue vossa mercê, senhor, das suas cavalarias — respondeu Sancho —, e não se meta a julgar os temores ou valentias alheias, pois tão gentil temente sou eu de Deus como todo filho de seu pai. E agora me deixe despachar esta espuma, que tudo o

---

[2] Tradução dos versos horacianos ("*pallida mors...*") já citados no prólogo da primeira parte (nota 8).

mais são palavras ociosas, das que nos hão de pedir conta na outra vida.[3]

E dizendo isto começou de novo a dar assalto ao seu caldeiro com tão bom apetite que abriu o de D. Quixote, o qual sem dúvida o teria ajudado, se o não impedisse o que é força se diga adiante.

---

[3] Frase feita provinda do Evangelho (Mateus, 12, 36).

Capítulo XXI

ONDE SE PROSSEGUEM AS BODAS DE CAMACHO,
MAIS OUTROS SABOROSOS SUCESSOS

Enquanto D. Quixote e Sancho terçavam as razões referidas no capítulo anterior, se ouviram grandes vozes e grande arruído, dadas e causados pelos cavaleiros das éguas, que com longa carreira e grita iam receber os noivos, os quais, rodeados de mil gêneros de instrumentos e caprichos, vinham acompanhados do padre e de ambas as parentelas e de toda a gente mais luzida dos lugares circunvizinhos, todos vestidos de festa. E ao ver a noiva, Sancho disse:

— À boa-fé que não vem vestida de lavradora, mas de garrida palaciana. Pardeus que, segundo vejo, as patenas que havia de trazer no peito são ricos corais,[1] e a palmilha verde de Cuenca é veludo de trinta pelos![2] Olhai que a guarnição branca é feita de barras do pano mais fino, aposto que de cetim! E que me dizeis das mãos, que parecem embrincadas com anéis de azeviche? Desgraçado de mim se não forem de ouro, e do melhor, e empedra-

---

[1] Patenas, corais: além do disco de metal da liturgia católica, *patena* designava também certos medalhões devotos, geralmente de prata, com que as damas no início do século XVI se enfeitavam, mas que na época da narração haviam caído em desuso na corte e só eram apreciados entre lavradoras. Já os colares com contas de coral vermelho entalhado eram a última moda.

[2] Assim como o brocado (ver cap. X, nota 5), o veludo mais luxuoso não passava de três pelos, ou cores.

dos com pérolas brancas como coalhada, que cada uma deve de valer um olho da cara! Ah, fideputa, e que cabelos, que, não sendo postiços, nunca na vida vi mais longos nem mais louros! Procurai alguma tacha em seu garbo e talhe, e à fé que a vereis comparada a uma palma que se balança carregada de pencas de tâmaras, que tal qual parecem os pingentes que ela traz nos cabelos e na garganta! Por minha alma que é moça de chapa e que pode passar pelos bancos de Flandres.[3]

Riu-se D. Quixote dos rústicos louvores de Sancho Pança, mas lhe pareceu que, tirante sua senhora Dulcineia d'El Toboso, nunca vira mulher mais formosa. Vinha a formosa Quiteria algum tanto descorada, e devia de ser por causa da má noite que as noivas sempre passam preparando-se para o dia vindouro de suas bodas. Iam-se aproximando de um tablado que junto do prado estava, adornado com tapetes e ramos, onde se haviam de celebrar os desposórios e donde o casal havia de olhar as danças e os caprichos. E quando iam chegando ao posto, às suas costas ouviram altas vozes, e uma que dizia:

— Esperai um pouco, gente pressurosa e sem consideração!

A cujas vozes e palavras todos viraram a cabeça e viram que as dava um homem vestido, ao parecer, com um saio preto flamejado em carmesim. Vinha coroado, como logo se viu, com uma coroa de funesto cipreste, nas mãos trazia um grande cajado. Em chegando mais perto, foi de todos conhecido como o galhardo

---

[3] Frase proverbial que denota capacidade para transpor obstáculos, alusiva aos bancos de areia que dificultam a navegação junto à costa flamenga. Nesse contexto, porém, joga-se com outros dois sentidos: o que exalta a opulência, pela menção às casas bancárias credoras da coroa espanhola, e o que indica a iminência de a noiva passar pelo leito nupcial, por terem as camas então mais comuns uma base de pinheiro-de-flandres, ou pinheiro-de-riga.

Basilio, e todos estiveram suspensos, esperando para ver em que haviam de dar suas vozes e palavras, temendo algum mau sucesso de sua vinda em semelhante ocasião.

Chegou enfim cansado e sem alento, e, posto diante dos desposados, fincando o cajado no chão, pois tinha no conto uma ponta de aço, sem cores no rosto, os olhos postos em Quiteria, com voz tremente e rouca, disse estas razões:

— Bem sabes, ingrata Quiteria, que segundo a santa lei que professamos, enquanto eu viver, tu não podes tomar marido. E juntamente não ignoras que, esperando eu que o tempo e minha diligência melhorassem os bens da minha fortuna, não quis deixar de guardar o decoro que a tua honra convinha. Mas tu, fazendo pouco de todas as obrigações que deves ao meu bom desejo, queres fazer senhor do que é meu a outro cujas riquezas lhe servem não só de boa fortuna, mas de boníssima ventura. E para que ele a tenha inteira, não como eu penso que a merece, mas como lha querem dar os céus, eu por minhas mãos desfarei o impossível ou o inconveniente que lha pode estorvar, tirando-me a mim mesmo do caminho. Viva, viva o rico Camacho com a ingrata Quiteria longos e felizes séculos, e morra, morra o pobre Basilio, cuja pobreza cortou as asas da sua dita e o lançou na sepultura!

E dizendo isto puxou do cajado que cravara no chão, ficando metade dele na terra e mostrando que servia de bainha para um mediano estoque que nele se ocultava, e, posta no chão a que se podia chamar empunhadura, com ligeira desenvoltura e determinado propósito se lançou sobre ele, e num pronto mostrou a ponta ensanguentada às costas, com metade da acerada lâmina, ficando o triste banhado em seu sangue e estirado no chão, de suas próprias armas trespassado.

Logo acudiram a socorrê-lo seus amigos, condoídos da sua miséria e lastimosa desgraça, e D. Quixote, deixando Rocinante, acudiu a socorrê-lo e o tomou nos seus braços, notando que ainda não havia expirado. Quiseram tirar-lhe o estoque, mas o padre ali presente foi de parecer que não lho tirassem antes da confissão, pois no mesmo ato de o tirarem expiraria Basilio. Mas este, tornando um pouco a si, com voz dolente e desmaiada disse:

— Se quisesses, cruel Quiteria, dar-me neste último e forçoso transe tua mão de esposa, ainda pensaria que a minha temeridade teria desculpa, pois nela alcancei o bem de ser teu.

O padre, em ouvindo o qual, lhe disse que atendesse à saúde da alma antes que aos gostos do corpo e que com todas as veras pedisse a Deus perdão dos seus pecados e da sua desesperada determinação. Ao qual replicou Basilio que de nenhuma maneira se confessaria se antes Quiteria não lhe desse sua mão de esposa, que aquele contentamento lhe fortaleceria a vontade e lhe daria alento para se confessar.

Em ouvindo D. Quixote a petição do ferido, em altas vozes disse que Basilio pedia uma coisa muito justa e razoável, além de fácil de fazer, e que o senhor Camacho ficaria tão honrado recebendo a senhora Quiteria viúva do valoroso Basilio como se a recebesse das mãos do pai:

— Aqui não há de haver mais que um *sim*, o qual não terá mais efeito que o ser pronunciado, pois o tálamo destas bodas há de ser a sepultura.

Tudo ouvia Camacho, e tudo o tinha suspenso e confuso, sem saber que fazer nem que dizer. Mas as vozes dos amigos de Basilio foram tantas, pedindo-lhe consentimento para que Quiteria lhe desse a mão de esposa, porque sua alma não se perdesse partindo desta vida em desespero, que o moveram e até o forçaram a dizer que, se Quiteria lha queria dar, ele se conformava, pois tudo seria apenas dilatar por um momento o cumprimento dos seus desejos.

Logo todos acudiram a Quiteria, e uns com rogos, outros com lágrimas e outros com eficazes razões buscavam persuadi-la a dar a mão ao pobre Basilio, e ela, mais dura que mármore e mais firme que uma estátua, dava mostras de que nem sabia, nem podia, nem queria responder palavra. Nem a teria respondido se o padre não lhe dissesse que resolvesse logo o que havia de fazer, porque Basilio já tinha a alma entre os dentes, não dando espaço a esperar irresolutas determinações.

Então a formosa Quiteria, sem responder palavra alguma, turbada, ao parecer triste e pesarosa, chegou aonde Basilio estava já de olhos esgazeados, a respiração curta e pressurosa, murmurando entre dentes o nome de Quiteria, dando mostras de morrer como gentio, e não como cristão. Chegou-se enfim Quiteria e, posta de joelhos, lhe pediu a mão por sinais, que não por palavras. Arregalou os olhos Basilio e, fitando-a atentamente, lhe disse:

— Oh Quiteria, que vieste a ser piedosa ao tempo em que tua piedade há de servir de punhal que me acabe de tirar a vida, pois já não tenho forças para levar a glória que me dás em me escolher como teu, nem para suspender a dor que tão depressa me vai cobrindo os olhos com a medonha sombra da morte! O que te suplico, oh fatal estrela minha, é que a mão que me pedes e me queres dar não seja por cumprimento, nem para me enganares de novo, senão que confesses e digas que, sem forçar a tua vontade, ma entregas e ma dás como ao teu legítimo esposo, pois não é razão que num transe como este me enganes nem uses de fingimentos com quem tantas verdades já tratou contigo.

Entre essas razões desmaiava, de modo que todos os presentes pensavam que cada desmaio havia de levar-lhe a alma. Quiteria, toda honesta e toda envergonhada, tomando com sua direita mão a de Basilio, lhe disse:

— Nenhuma força seria bastante para torcer minha vontade, e assim, com a mais livre que tenho te dou a mão de legítima esposa e recebo a tua, se é que ma dás do teu livre arbítrio, sem que a turbe nem contraste a calamidade em que teu precipitado discurso te pôs.

— Dou-a, sim — respondeu Basilio —, não turbado nem confuso, senão com o claro entendimento que o céu me quis dar, e assim me dou e me entrego por teu esposo.

— E eu por tua esposa — respondeu Quiteria —, ou bem vivas longos anos, ou bem te levem dos meus braços à sepultura.

— Para quem está tão ferido — disse então Sancho Pança —, este mancebo já vai falando demais. Façam com que ele deixe de tantos requebros e trate logo de sua alma, que a meu ver mais a tem na língua que entre os dentes.

E então, estando Basilio e Quiteria de mãos dadas, o padre, enternecido e choroso, lhes deitou a bênção[4] e pediu ao céu que desse bom descanso à alma do novo desposado. O qual, assim como recebeu a bênção, com pronta ligeireza se pôs de pé e com nunca vista desenvoltura tirou o estoque a que seu corpo servia de bainha. Ficaram todos os circunstantes admirados, e alguns deles, mais simples que curiosos, a altos brados pegaram a dizer:

— Milagre, milagre!

Mas Basilio replicou:

— Não é milagre, milagre, mas indústria, indústria!

O padre, pasmo e atônito, acudiu com ambas as mãos a apalpar a ferida e notou que a lâmina havia passado, não pela carne e pelas costelas de Basilio, mas por um cano de ferro que

---

[4] Embora proibido desde o Concílio de Trento, o casamento secreto (ver *DQ* I, cap. XXVIII, nota 5) podia ser validado mediante a bênção de um sacerdote na presença de testemunhas.

cheio de sangue tinha bem acomodado, e preparado o sangue (como depois se soube) de modo que não coalhasse.

Com isso, o padre, Camacho e todos os mais circunstantes se sentiram burlados e escarnidos. A esposa não deu mostras de levar a burla a mal, antes ouvindo dizer que aquele casamento, por ter sido enganoso, não havia de ser válido, respondeu que ela o confirmava de novo, do qual todos coligiram que tudo se traçara com consentimento e ciência dos dois, com o que Camacho e seus valedores ficaram tão afrontados que tomaram a vingança nas mãos e, desembainhando muitas espadas, arremeteram contra Basilio, em cujo favor num instante se desembainharam quase outras tantas. E tomando D. Quixote a dianteira a cavalo, com a lança firme ao braço e bem coberto do seu escudo, abriu espaço entre todos. Sancho, que nunca foi amigo nem adepto de semelhantes refregas, se acolheu às caçarolas donde tirara sua grata espuma, parecendo-lhe aquele lugar como que sagrado, e como tal o haviam de respeitar. D. Quixote a grandes vozes dizia:

— Tende mão, senhores, tende mão, que não é razão tomardes vingança dos agravos que o amor nos faz. E adverti que o amor e a guerra são uma mesma coisa, e assim como na guerra é coisa lícita e costumada usar de ardis e estratagemas para vencer o inimigo, assim nas contendas e competições amorosas se têm por bons os embustes e enredos feitos para alcançar o fim desejado, como não sejam em menoscabo e desonra da coisa amada. Quiteria era de Basilio, e Basilio de Quiteria, por justa e favorável disposição dos céus. Camacho é rico e poderá comprar seu gosto quando, onde e como quiser. Basilio só tem esta ovelha[5] e

---

[5] Reminiscência da repreensão de Natã a Davi (Samuel, 2, 12, e Reis, 12, 1-
-3), já mencionada na primeira parte (cap. XXVII, nota 4).

não lha tirará ninguém, por poderoso que seja, pois os dois que Deus junta o homem não pode separar, e quem o tentar, antes terá de passar pela ponta desta lança.

E então a brandiu tão forte e tão destramente, que meteu grande medo em todos os que o não conheciam. E tão intensamente o desdém de Quiteria se fixara na imaginação de Camacho como prontamente se lhe varreu da memória, e então tiveram efeito nele as persuasões do padre, que era varão prudente e bem-intencionado, com as quais ficaram Camacho e os da sua parcialidade pacíficos e sossegados, em sinal do qual devolveram as espadas aos seus lugares, culpando mais a facilidade de Quiteria que a indústria de Basilio, fazendo discurso Camacho que, se Quiteria amava Basilio quando donzela, continuaria a amá-lo quando casada, e assim devia de dar graças ao céu mais por tê-la tirado dele que por tê-la dado.

Então, consolados e pacificados Camacho e os da sua mesnada, todos os da de Basilio sossegaram, e o rico Camacho, para mostrar que não se sentia da burla e não se lhe dava nada, quis que as festas passassem adiante como se ele realmente se houvesse desposado. Mas não quiseram assistir a elas Basilio nem sua esposa e seus sequazes, e assim partiram para a aldeia de Basilio, pois também os pobres virtuosos e discretos têm quem os siga, honre e ampare, assim como os ricos têm quem os lisonjeie e acompanhe.

Levaram junto D. Quixote, estimando-o como homem de valor e de pelo no peito. Sancho foi o único a seguir com a alma em sombra, por se ver impossibilitado de aguardar a esplêndida comida e as festas de Camacho, que duraram até a noite, e assim traquejado e triste seguiu após seu senhor, que com a quadrilha de Basilio ia, e assim deixou para trás as cebolas e olhas do Egito, bem que as levasse na alma, cuja espuma já quase consumida e acabada, que no caldeiro levava, lhe representava a glória e a fartura do bem que perdia. E assim desgostoso e pensativo, ainda que de fome saciada, sem se apear do ruço, seguiu os passos de Rocinante.

Capítulo XXII

ONDE SE DÁ CONTA DA GRANDE AVENTURA
DA GRUTA DE MONTESINOS, QUE FICA NO CORAÇÃO
DE LA MANCHA, À QUAL DEU FELIZ CIMA
O VALOROSO D. QUIXOTE DE LA MANCHA

Grandes foram e muitos os regalos que os desposados fizeram a
D. Quixote, obrigados das mostras que ele dera na defesa da sua
causa, e a par de valente o graduaram em discreto, tendo-o por
um Cid nas armas e um Cícero na eloquência. O bom Sancho se
refocilou três dias à custa dos noivos, dos quais se soube que o
ferimento fingido não fora manobra concertada com a formosa
Quiteria, mas indústria de Basilio, que dela esperava a resposta
que se viu. Bem é verdade que ele confessou ter dado parte do seu
pensamento a alguns dos seus amigos, para que na hora da necessidade favorecessem sua intenção e abonassem seu engano.

— Não se podem nem devem chamar enganos — disse D.
Quixote — os que têm a mira posta em virtuosos fins.

E também que o casamento dos enamorados era o fim mais
excelente, advertindo que o maior contrário do amor é a fome e
a contínua necessidade, porque o amor é todo alegria, regozijo e
contento, e mais quando o amante está de posse da coisa amada,
da qual são inimigos opostos e declarados a necessidade e a pobreza. E que tudo isso dizia com intenção de que o senhor Basilio deixasse de exercitar as consabidas habilidades, pois, por mais
fama que lhe dessem, não lhe davam dinheiro, e que atentasse a

granjear fazenda por meios lícitos e industriosos, que nunca faltam aos prudentes e aplicados.

— Para o pobre honrado (se é que pode ser honrado o pobre) é grande bem a tença de mulher formosa, e quando lha tiram, lhe tiram e matam a honra. A mulher formosa e honrada cujo marido é pobre merece ser coroada com louros e palmas de vencimento e triunfo. A formosura por si só atrai a vontade de quantos a olham e conhecem, e como sobre cevo gostoso se lhe abatem as águias-reais e os pássaros altaneiros. Mas se a tal formosura se junta a necessidade e a estreiteza, também a assaltarão os corvos, os milhafres e outras aves de rapina; e a que se está firme em face de tantos ataques bem merece ser chamada de coroa do seu marido.[1] Olha, discreto Basilio — acrescentou D. Quixote: — foi opinião de não sei que sábio que não havia em todo o mundo senão uma única mulher boa, e dava ele por conselho que cada um pensasse e cresse que aquela única boa era a sua própria, e assim viveria contente. Eu não sou casado, nem até agora entrei em pensamento de me casar, e ainda assim me atreveria a dar conselho a quem o pedisse sobre o modo como se há de buscar a mulher com quem se quer casar. Primeiro o aconselharia a ter mais olhos à fama que à fazenda, porque a boa mulher não alcança a boa fama apenas sendo boa, mas em parecê-lo, pois muito mais danam a honra das mulheres as desenvolturas e liberdades públicas que as maldades secretas. Se trouxeres boa mulher à tua casa, será fácil conservá-la e até melhorá-la naquela bondade. Mas se a trouxeres má, grande trabalho te dará a sua emenda, pois o passar de um extremo a outro não é coisa corriqueira. Não digo que seja impossível, mas a tenho por dificultosa.

---

[1] À época, o provérbio de Salomão (12, 4) "a mulher virtuosa é coroa do marido" já estava incorporado ao adagiário popular com diversas variantes.

Ouvia Sancho tudo isso, e disse entre si:

— Esse meu amo, quando falo de coisas de valia e sustância, costuma dizer que eu podia tomar um púlpito nas mãos e sair pelo mundo pregando lindezas. Pois eu digo que ele, quando começa a desfiar sentenças e a dar conselhos, pode não só tomar um púlpito nas mãos, mas dois em cada dedo e andar por essas praças tratado a pedir por boca. Valha-te o diabo por cavaleiro andante, que tantas coisas sabes! Eu achava que ele só podia saber das coisas das suas cavalarias, mas não há assunto que não toque e onde não deixe de meter a sua colherada.

Isto murmurava Sancho algum tanto, e seu senhor o entreouviu e lhe perguntou:

— Que murmuras, Sancho?

— Não digo nada nem murmuro de nada — respondeu Sancho. — Só dizia aqui para mim que queria ter ouvido o que vossa mercê acaba de dizer antes de me casar, pois então quem sabe eu pudesse dizer agora: "O boi solto se lambe todo".

— Tão ruim é a tua Teresa, Sancho? — disse D. Quixote.

— Não é muito ruim — respondeu Sancho —, mas também não é muito boa. Pelo menos não tão boa quanto eu queria.

— Pois fazes mal, Sancho — disse D. Quixote —, em dizer mal da tua mulher, que é de feito a mãe dos teus filhos.

— Ficamos ela por ela — respondeu Sancho —, pois também Teresa diz mal de mim quando lhe dá vontade, especialmente quando anda com ciúmes, que então nem o mesmíssimo Satanás pode com ela.

Enfim, três dias passaram na casa dos noivos, onde foram regalados e servidos como reis. Pediu D. Quixote ao *diestro* licenciado a companhia de alguém que o guiasse até a gruta de Montesinos, porque tinha grande desejo de nela entrar e ver a olhos vivos se eram verdadeiras as maravilhas que dela se contavam em todos aqueles contornos. O licenciado disse que lhe apresentaria um primo, ótimo estudante e muito dado a ler livros de cavalarias, o qual com muito gosto o levaria até a boca mesma daquela gruta e lhe mostraria as lagoas de Ruidera, igualmente famosas em toda La Mancha, e até em toda a Espanha. Também lhe disse que haveria de ter com ele um bom passatempo, por ser um moço que sabia fazer livros para imprimir e dedicar a pessoas principais. Finalmente, o primo veio com uma jerica prenhe, coberta a sua albarda com um listado xairel ou manta de gaias e várias cores. Selou Sancho a Rocinante e aparelhou o ruço, forniu seus alforjes, aos quais acompanharam os do primo igualmente bem fornidos, e encomendando-se a Deus e despedindo-se de todos se botaram a caminho, tomando a derrota da famosa gruta de Montesinos.

No caminho perguntou D. Quixote ao primo de que gênero e qualidade eram seus exercícios, sua profissão e seus estudos, ao que ele respondeu que sua profissão era a de humanista,[2] seus exercícios e estudos, compor livros para dar à estampa, todos de grande proveito e não menos entretenimento para a república,[3] um dos quais se intitulava "o das librés", onde pintava setecentas e três librés, com suas cores, motes e cifras,[4] donde em tempo de festas e folguedos os cavaleiros cortesãos podiam tirar e tomar aquelas que quisessem, sem ter de mendigá-las a ninguém

---

[2] "Humanista": no sentido, já usado nestas notas, do estudioso dedicado à filosofia, letras e história da Antiguidade clássica; naquela época, contudo, o termo trazia uma conotação pejorativa de erudição fátua.

[3] República: sempre no sentido do conjunto de cidadãos ou habitantes de uma nação.

[4] Além do uniforme dos criados, *librea* designava também o traje usado nas festas e jogos da corte, cada qual com cores, lemas (*motes*) e desenhos alegóricos (*cifras*) que encerravam significado especial, decifrado conforme um código tácito.

nem espremer os miolos, como dizem, para fazê-las conformes a seus desejos e intenções.

— Porque eu dou ao zeloso, ao desdenhado, ao esquecido e ao ausente as que lhes convêm, que lhes ficarão mais justas que pecadoras. Também tenho outro livro, que hei de chamar *Metamorfóseos*, ou *Ovídio espanhol*, de nova e rara invenção, porque nele, imitando Ovídio à burlesca, pinto quem foi a Giralda de Sevilha e o Anjo de La Magdalena, quem o Cano de Vecinguerra de Córdoba, quem os Touros de Guisando, a Serra Morena, as fontes de Leganitos e Lavapiés em Madri, sem esquecer a do Piolho, do Cano Dourado e da Priora;[5] e isto com suas alegorias, metáforas e translações, de modo que alegram, admiram e ensinam a um só tempo. Tenho ainda outro livro, por mim chamado *Suplemento a Virgílio Polidoro, que trata da invenção das coisas,*[6] que é de grande erudição e estudo, pois as coisas de grande subs-

---

[5] Anjo de La Magdalena: figura um tanto disforme, representando um anjo, que arrematava a torre da igreja de La Magdalena (Salamanca) e, a exemplo da Giralda sevilhana, fazia as vezes de cata-vento. Cano de Vecinguerra de Córdoba: o esgoto a céu aberto que despejava as águas servidas da cidade no Guadalquivir. Fontes de Leganitos, Lavapiés, do Piolho, do Cano Dourado, da Priora: antigos chafarizes de Madri; o do Cano Dourado é citado na continuação de Avellaneda, onde se conta que D. Quixote passou uma tarde no local descansando na companhia da rainha Zenobia. Para a Giralda e os Touros de Guisando, ver cap. XIV, notas 2 e 3.

[6] Virgílio Polidoro [da Urbino]: ou Polydori Vergilii Urbinatis (c. 1470-1555), humanista italiano naturalizado inglês, autor da miscelânea *De inventoribus rerum* [Sobre os inventores das coisas] (Veneza, 1499), publicada em castelhano como *Libro de Polidoro Vergilio que tracta de la invención y principio de todas las cosas* (Antuérpia, 1550). Embora fosse considerada por muitos uma mixórdia de eruditismo rebuscado e suas edições não expurgadas tenham sido incluídas no índex inquisitorial, a obra serviu de fonte, nem sempre declarada, de diversos autores espanhóis da época.

tância que Polidoro deixou de dizer eu as averiguo e declaro em gentil estilo. Esqueceu-se Virgílio de nos declarar quem foi o primeiro a ter catarro no mundo e o primeiro a usar unturas para se curar do mal-francês, e eu tudo declaro ao pé da letra e autorizo com mais de vinte e cinco autores, por que vossa mercê veja se trabalhei bem e se há de ser útil o tal livro para todo o mundo.

Sancho, que estivera muito atento à fala do primo, lhe disse:

— Diga-me, senhor, e que Deus lhe dê boa sorte na impressão dos seus livros: saberia me dizer, e o há de saber, sim, pois vossa mercê tudo sabe, quem foi o primeiro a coçar a cabeça, que eu tenho para mim que deve de haver sido nosso pai Adão?

— Deve, sim — respondeu o primo —, pois não há dúvida de que Adão teve cabeça e cabelo e, sendo isto assim e sendo ele o primeiro homem do mundo, alguma vez se há de ter coçado.

— É o que eu creio também — respondeu Sancho. — Mas agora me diga: quem foi o primeiro volteador do mundo?

— Em verdade, irmão — respondeu o primo —, que o não sei dizer ao certo agora, sem estudar a questão. Mas a estudarei em tornando aonde tenho meus livros e vos satisfarei quando outra vez nos virmos, que não há de ser esta a última.

— Pois olhe, senhor — replicou Sancho —, não se dê a tanto trabalho, pois agora caí na conta do que lhe perguntei. Saiba vossa mercê que o primeiro volteador do mundo foi Lúcifer, quando o enxotaram ou despejaram do céu, e ele veio dando volteios até os abismos.

— Tens razão, amigo — disse o primo.

E disse D. Quixote:

— Essa pergunta e sua resposta não são tuas, Sancho. Já as ouvi dizer de outros.

— Não diga mais, senhor — replicou Sancho —, pois à boa-fé que, se eu pegasse a perguntar e a responder, seguiria até amanhã. Pode crer que para perguntar necedades e responder disparates não preciso da ajuda de ninguém.

— Disseste mais do que sabes, Sancho — disse D. Quixote —, pois há quem se empenhe em saber e averiguar coisas que depois de sabidas e averiguadas não importam uma mínima ao entendimento nem à memória.

Nestas e noutras gostosas conversações se lhes passou aquele dia, e à noite pousaram numa pequena aldeia, onde o primo disse a D. Quixote que dali até a gruta de Montesinos não havia mais que duas léguas e que, se levava determinação de nela entrar, era mister prover-se de cordas para se amarrar e descer às suas profundezas.

D. Quixote disse que ele havia de ver onde a gruta terminava, ainda que fosse nos abismos. E assim compraram quase cem braças de corda e no dia seguinte às duas da tarde chegaram à gruta, cuja boca é espaçosa e larga, mas cheia de espinheiros e figueiras-bravas, de sarças e matos tão espessos e enredados que de todo em todo a cegam e encobrem. Ao vê-la se apearam o primo, Sancho e D. Quixote, que logo com as cordas foi fortissimamente amarrado pelos dois. E, enquanto o atavam e cingiam, Sancho lhe disse:

— Olhe vossa mercê, senhor meu, o que vai fazer. Não se queira sepultar em vida nem se meta onde mais parecerá frasco posto a esfriar num poço. E olhe que a vossa mercê não toca nem tange ser esquadrinhador desta que deve de ser pior que masmorra.

— Amarra e cala — respondeu D. Quixote —, que tal empresa como aquesta, Sancho amigo, para mim era guardada.[7]

---

[7] Palavras do romance "Muerte de don Alonso de Aguilar", do ciclo do cerco de Granada, compilado por Pérez de Hita. A frase evoca o tópico cavaleiresco de que o destino reserva a cada cavaleiro uma determinada aventura.

E então disse o guia:

— Suplico a vossa mercê, senhor D. Quixote, que olhe bem e especule com cem olhos o que há lá dentro. Quiçá haja coisas que eu ponha no livro das minhas *Transformações*.

— Em boa mão está o pandeiro — respondeu Sancho Pança.

Isto dito e acabado o atamento de D. Quixote (que não se fez sobre a armadura, mas sobre o perponte), disse ele:

— Descuidados andamos em não nos provermos de algum chocalho que fosse atado junto a mim nesta mesma corda, com cujo som se entenderia que eu ainda descia e estava vivo. Mas como isto já não é possível, à mão de Deus, que me guie.

E logo se pôs de joelhos e em voz baixa fez uma oração ao céu, pedindo a Deus que o ajudasse e lhe desse bom sucesso naquela, ao parecer, perigosa e nova aventura, e logo disse em voz alta:

— Oh senhora de minhas ações e movimentos, claríssima e sem-par Dulcineia d'El Toboso! Se é possível que cheguem a teus ouvidos as preces e rogativas deste teu venturoso amante, por tua inaudita beleza te rogo que as escutes, pois não são outras senão rogar-te que me não negues teu favor e amparo agora que tanto dele hei mister. Eu me vou despenhar, encovar e afundar no abismo que aqui se me apresenta, só por que o mundo conheça que, se tu me favoreces, não há impossível que eu não acometa e acabe.

E em dizendo isso se aproximou da cova e, vendo não ser possível descer nem abrir caminho à entrada, como não fosse à força de braço e espada, arrancou da sua e começou a derrubar e a cortar daqueles matos que à boca da gruta estavam, cujo ruído e estrondo fez sair por ela uma infinidade de grandíssimos corvos e gralhas, tão espessos e com tanta bulha que deram com D. Quixote no chão. E se ele fosse tão agoureiro como católico cristão, teria tomado aquilo por mau sinal e se escusaria de se meter em semelhante lugar.

Finalmente se levantou e, vendo que não saíam mais corvos nem outras aves noturnas, nem morcegos, que também entre os corvos saíram, dando-lhe corda o primo e Sancho, se deixou calar ao fundo da medonha caverna. E quando entrava, dando-lhe Sancho a bênção e fazendo sobre ele mil cruzes, disse:

— Deus te guie e a Penha de França,[8] junto com a Trindade de Gaeta,[9] flor, nata e espuma dos cavaleiros andantes! Lá vais, valentão do mundo, coração de aço, braços de bronze! Deus te guie outra vez e te faça livre, são e sem gravame à luz desta vida que deixas para te enterrares nessa escuridão que buscas!

E quase as mesmas súplicas e deprecações fez o primo.

Ia D. Quixote dando vozes que lhe dessem corda e mais corda, e eles lha davam pouco a pouco, e quando as vozes, que encanadas pela gruta saíam, deixaram de se ouvir, já eles haviam largado as cem braças e foram de parecer de tornar a subir D. Quixote, pois não lhe podiam dar mais corda. Contudo, esperaram como meia hora, ao cabo do qual espaço recolheram a corda com muita facilidade e sem peso algum, sinal que os fez imaginar que D. Quixote ficara lá dentro, e crendo nisto Sancho, chorava amargamente e puxava com muita pressa por se desenganar. Mas chegando, ao seu parecer, a pouco mais de oitenta braças, sentiram um peso, do qual se alegraram em extremo. Finalmente, chegando às dez, houveram vista de D. Quixote, a quem deu vozes Sancho, dizendo-lhe:

---

[8] Imagem de Nossa Senhora encontrada em 1409 no monte de mesmo nome, entre Salamanca e Ciudad Rodrigo, e cultuada na ermida construída em sua homenagem.

[9] Igreja localizada num promontório junto ao porto de Gaeta, no golfo de Nápoles, muito venerada pelos navegantes.

— Seja vossa mercê muito bem tornado, senhor meu, que já pensávamos que lá ia ficando para semente.

Mas D. Quixote não respondia palavra, e tirando-o de todo, viram que trazia os olhos fechados, com mostras de estar adormecido. Logo o deitaram no chão e o desamarraram, mas nem assim acordava. Porém tanto o viraram e reviraram, sacudiram e chocalharam, que ao cabo de um bom espaço tornou em si, espreguiçando-se como se de algum grave e profundo sono acordasse. E, olhando a uma e outra parte, como espantado, disse:

— Deus vos perdoe, amigos, que me tirastes da mais saborosa e agradável vida e vista que nenhum humano jamais viu nem passou. Com efeito, agora acabo de conhecer que todos os prazeres desta vida passam como sombra e sonho ou murcham como a flor do campo. Oh desditoso Montesinos! Oh malferido Durandarte! Oh sem ventura Belerma! Oh choroso Guadiana, e vós sem dita filhas de Ruidera, que em vossas águas mostrais as que vossos formosos olhos choraram!

Escutavam o primo e Sancho as palavras de D. Quixote, que as dizia como se com imensa dor as tirasse das entranhas. Ambos lhe suplicaram que desse a entender o que dizia e lhes dissesse o que naquele inferno tinha visto.

— Inferno o chamais? — disse D. Quixote. — Pois não o chameis assim, porque o não merece, como logo vereis.

Pediu que lhe dessem algo de comer, pois trazia grandíssima fome. Estenderam a manta do primo sobre a verde relva, acudiram à despensa dos seus alforjes e, sentados todos três em bom amor e companha, merendaram e jantaram tudo junto. Levantada a manta, disse D. Quixote de La Mancha:

— Que ninguém se levante, e prestai-me, filhos, muita atenção.

Capítulo XXIII

DAS ADMIRÁVEIS COISAS QUE O EXTREMADO
D. QUIXOTE CONTOU QUE TINHA VISTO NA PROFUNDA
GRUTA DE MONTESINOS, CUJA IMPOSSIBILIDADE E GRANDEZA
FAZ COM QUE SE TENHA ESTA AVENTURA POR APÓCRIFA

Quatro horas da tarde deviam de ser quando o sol, entre nuvens coberto, com luz escassa e mitigados raios deu azo a D. Quixote para, sem calor nem fadiga, contar aos seus dois claríssimos ouvintes o que na gruta de Montesinos tinha visto, e começou do seguinte modo:

— A coisa de doze ou catorze estados[1] na profundidade desta masmorra, abre-se à direita mão uma concavidade com espaço capaz de poder caber nela um grande carro com suas mulas. Entra-lhe uma pequena luz por umas frestas ou buracos, que de longe a comunicam, abertos na superfície da terra. Essa concavidade e espaço vi ao tempo em que já andava cansado e mofino de me ver suspenso e pendurado da corda caminhando por aquela escura região abaixo, sem levar caminho certo nem determinado, e assim determinei de entrar nela e descansar um pouco. Dei vozes dizendo que não largásseis mais corda até que o pedisse, mas não me deveis de ter ouvido. Fui recolhendo a corda que enviáveis e, fazendo com ela uma pilha ou rolo, sentei-me sobre ele assaz

---

[1] Estado: antiga unidade de medida de comprimento, equivalente à altura média de um homem, cerca de 1,70 m.

pensativo, considerando o que fazer para chegar ao fundo, não tendo quem me sustentasse. E estando nesse pensamento e confusão, de repente e sem o procurar me assaltou um sono profundíssimo, e quando menos o esperava, sem saber como nem como não, acordei dele e me achei em meio ao mais belo, ameno e deleitoso prado que pode criar a natureza nem imaginar a mais discreta imaginação humana. Arregalei os olhos, limpei-os e vi que não dormia, senão que estava realmente desperto. Ainda assim apalpei a cabeça e o peito, para me certificar se era eu mesmo quem lá estava ou algum fantasma vão e contrafeito, mas o tato, o sentimento, os discursos concertados que comigo fazia, tudo me certificou de que eu era lá então o mesmo que sou aqui agora. Logo se me ofereceu à vista um real e suntuoso palácio ou alcácer, cujos muros e paredes pareciam de transparente e claro cristal fabricados, do qual abrindo-se duas grandes portas, vi que por elas saía e a mim se encaminhava um venerável ancião, vestido com uma opa de baeta roxa que pelo chão arrastava. Cingia-lhe os ombros e o peito um capelo de estudante, de cetim verde; cobria-lhe a cabeça um gorro armado e preto, e a barba, branquíssima, lhe chegava além da cintura. Não trazia arma nenhuma, mas na mão um rosário de ave-marias maiores que medianas nozes e pais-nossos como ovos medianos de avestruz. A compostura, o passo, a gravidade e a grandíssima presença, cada coisa de per si e todas juntas me suspenderam e admiraram. Chegou-se a mim e a primeira coisa que fez foi abraçar-me estreitamente e logo dizer: "Longos tempos há, valoroso cavaleiro D. Quixote de La Mancha, que os que estamos nestas soledades encantados esperamos ver-te, por que dês notícia ao mundo do que encerra e cobre a profunda gruta por onde entraste, chamada gruta de Montesinos: façanha guardada para só ser acometida por teu invencível coração e teu ânimo estupendo. Vem comigo, senhor claríssimo, que te quero mostrar as maravilhas solapadas neste transparente alcácer, do qual eu sou alcaide e tesoureiro perpétuo, pois sou o mesmo Montesinos de quem a gruta empresta o nome". Apenas me disse que ele era Montesinos,[2] eu lhe perguntei se era verdade o que no mundo cá de cima se contava, que ele com uma pequena adaga havia tirado do meio do peito o coração de seu grande amigo Durandarte, para levá-lo à senhora Belerma, tal como lho ordenara na hora da sua morte.[3] Respondeu-me que em tudo diziam a verdade, salvo na adaga, porque não era adaga nem pequena, mas um punhal fino, mais agudo que sovela.

— Devia de ser — disse então Sancho — o tal punhal de Ramón de Hoces, o Sevilhano.

— Não sei — prosseguiu D. Quixote —, mas não seria desse cuteleiro, porque Ramón de Hoces é gente de ontem, e as coi-

---

[2] Herói original do romanceiro velho castelhano de tema pseudocarolíngio, derivado do protagonista do cantar de gesta francês *Aïol et Mirabel* (fins do século XII). Casou-se com uma dama chamada Rosaflorida, senhora do castelo de Rocafrida, que a tradição popular identificou com umas ruínas próximas à gruta de Montesinos (ver cap. XVII, nota 11). Alguns romances o fazem primo de Durandarte, personagem também próprio das lendas castelhanas, criado pela humanização de Durindana, a espada de Roland.

[3] Vários romances tradicionais narram a história de Durandarte e o pedido que, ferido de morte na batalha de Roncesvalles, ele faz a Montesinos de tirar-lhe o coração depois de morto e levá-lo a Belerma, sua dama, como prova de amor. Em algumas das versões que sobreviveram fala-se numa pequena adaga, usada não para extrair o coração do cavaleiro moribundo, mas para cavar sua sepultura. A mais difundida diz: "*Muerto yace Durandarte – debajo una verde haya/ con él está Montesinos – que en la muerte se hallara/ la fuesa le está haciendo – con una pequeña daga./ [...]/ por el costado siniestro – el corazón le sacaba,/ envolvióle en un cendal – de mirarlo no cesaba./ Con palabras dolorosas – la vista solemnizaba:/ 'Corazón del más valiente – que en Francia ceñía espada,/ agora seréis llevado – adonde Belerma estaba*".

sas de Roncesvalles, onde aconteceu essa desgraça, são de muitos anos atrás. E essa averiguação não é coisa de importância, nem turba ou altera a verdade e o contexto da história.

— Assim é — respondeu o primo. — Prossiga vossa mercê, senhor D. Quixote, que eu o escuto com o maior gosto do mundo.

— Não é menor o que tenho em contá-la — respondeu D. Quixote —, e assim digo que o venerável Montesinos me levou ao cristalino palácio onde, numa sala baixa, fresquíssima sobremodo e toda em alabastro, estava um sepulcro de mármore com grande mestria fabricado, sobre o qual vi um cavaleiro deitado de longo a longo, não de bronze, nem de mármore, nem de jaspe feito, como sói haver em outros sepulcros, mas de pura carne e puros ossos. Tinha a mão direita (que a meu ver era um tanto peluda e nervosa, sinal de ter o seu dono muitas forças) posta sobre o lado do coração, e antes que eu perguntasse coisa alguma a Montesinos, vendo-me suspenso fitando aquele do sepulcro, me disse: "Esse é meu amigo Durandarte, flor e espelho dos cavaleiros enamorados e valentes de seu tempo. Ele aqui está, como eu e outros muitos e muitas, por encantamento de Merlim,[4] aquele francês encantador que dizem que foi filho do diabo, e o que eu creio é que não foi filho do diabo, senão que sabia mais que o diabo, como dizem. O como e o porquê de nos ter encantado ninguém sabe, mas o há de dizer andando o tempo e chegando aquele que, segundo imagino, não há de estar muito longe. O que a mim me admira é como, sabendo eu tão certo como agora é dia que Durandarte acabou os de sua vida em meus braços e que depois

---

[4] Ao célebre sábio feiticeiro das lendas arturianas e das narrativas cavaleirescas do ciclo bretão também se atribuíra um sem-fim de profecias durante a Idade Média. O personagem era bretão ou gaulês, e tido na crença popular como filho do diabo.

de morto eu lhe tirei o coração com minhas próprias mãos; e em verdade que devia de pesar duas libras, porque, segundo os naturalistas, quem tem maior coração é dotado de maior valentia do que quem o tem pequeno; pois sendo isto assim, e que realmente morreu este cavaleiro, como é que agora se queixa e suspira de quando em quando como se estivesse vivo?". Isto dito, o mísero Durandarte, dando uma grande voz, disse:

Oh meu primo Montesinos!
No meu termo vos rogava
que, quando estivesse eu morto
co' a alma desencarnada,
levásseis meu coração
aonde Belerma estava,
arrancando-mo do peito,
ou com punhal, ou com daga.[5]

Ouvindo o qual, o venerável Montesinos se pôs de joelhos ante o lastimado cavaleiro e, com lágrimas nos olhos, lhe disse: "Já, senhor Durandarte, caríssimo primo meu, já fiz o que me mandastes no aziago dia de nossa perda: eu vos tirei o coração o melhor que pude, sem vos deixar uma mínima parte no peito; eu o limpei com um lencinho de renda; eu parti com ele em carreira para a França, depois de vos ter posto no seio da terra, com tantas lágrimas que foram bastantes para lavar-me as mãos e com elas limpar o sangue que as cobria por vos ter bulido nas entranhas. E sabei ainda, primo da minha alma, que no primeiro lu-

---

[5] Adaptação do romance "Oh Belerma! Oh Belerma!", com o acréscimo burlesco dos dois últimos versos.

gar que topei saindo de Roncesvalles deitei um pouco de sal em vosso coração, por que não cheirasse mal e chegasse, se não fresco, ao menos curado à presença da senhora Belerma, a qual, convosco e comigo, e com Guadiana, vosso escudeiro, e com a duenha Ruidera e suas sete filhas e duas sobrinhas, mais outros muitos de vossos conhecidos e amigos, nos tem aqui encantados o sábio Merlim há muitos anos, e bem que se passaram mais de quinhentos, nenhum de nós morreu. Somente faltam Ruidera e suas filhas e sobrinhas, as quais chorando foram transformadas por Merlim, pela compaixão que delas deve de haver sentido, em outras tantas lagoas que agora no mundo dos vivos e na província de La Mancha são chamadas lagoas de Ruidera.[6] As sete são dos reis de Espanha, e as duas sobrinhas, dos cavaleiros de uma ordem santíssima chamada de São João. Guadiana, vosso escudeiro, pranteando outrossim vossa desgraça, foi transformado em um rio chamado por seu próprio nome, o qual, chegando à superfície da terra e vendo o sol do outro céu, foi tão grande seu pesar de ver que vos deixava, que se sumiu nas entranhas da terra; mas, como não pode deixar de acudir a seu curso natural, de quando em quando sai e se mostra onde o sol e as gentes o vejam. Vão-lhe ministrando de suas águas as referidas lagoas, com as quais mais outras muitas que se lhe chegam entra pomposo e grande em Portugal. Mas, contudo, por onde quer que ele vá mostra sua tristeza e melancolia, e não se preza de em suas águas criar

---

[6] Das quinze lagoas do complexo (ver cap. XVIII, nota 11), ou treze na estação seca, consideram-se aqui apenas as nove mais importantes, todas propriedade da coroa espanhola, exceto duas, pertencentes à ordem de São João de Jerusalém, ou de Malta. Sua personificação na aia de Belerma, com suas filhas e sobrinhas, é provavelmente invenção de Cervantes, e assim também a do escudeiro de Durandarte como o rio Guadiana.

peixes delicados e de estima, senão toscos e sensabores, bem diferentes dos do Tejo dourado. E isto que agora vos digo, oh primo meu!, já muitas vezes vo-lo disse, e como não me respondeis, imagino que me não dais crédito ou me não ouvis, do que tomo um pesar tão grande como só Deus sabe. Umas novas vos quero dar agora, as quais, se não servirem de alívio a vossa dor, não vo-la aumentarão de maneira nenhuma. Sabei que tendes aqui em vossa presença, e abrindo os olhos o vereis, aquele grande cavaleiro de quem tantas coisas tem o sábio Merlim profetizadas, aquele D. Quixote de La Mancha, digo, que de novo e com maiores vantagens que nos passados séculos ressuscitou nos presentes a já esquecida andante cavalaria, por cujo meio e favor pudera ser que fôssemos desencantados, pois as grandes façanhas para os grandes homens estão guardadas". "E quando assim não seja", respondeu o lastimado Durandarte com voz desmaiada e baixa, "quando assim não seja, digo, oh primo!, paciência e baralhar." E virando-se de lado tornou ao seu costumado silêncio, sem falar mais palavra. Ouviram-se então grandes alaridos e prantos, acompanhados de profundos gemidos e angustiados soluços. Virei a cabeça e vi pelas paredes de cristal que por outra sala passava uma procissão de duas fileiras de formosíssimas donzelas, todas vestidas de luto, com turbantes brancos na cabeça, ao modo turquesco. Ao cabo e fim das fileiras vinha uma senhora, pois na gravidade o mostrava, igualmente vestida de preto, com toucas brancas[7] tão grandes e longas que beijavam a terra. Seu turbante era duas vezes maior que o maior de qualquer das outras; era sobrancelhuda e tinha o nariz um tanto chato; a boca grande, mas os lábios vermelhos; os dentes, que por momentos os descobria,

---

[7] As toucas brancas eram sinal de viuvez.

mostravam ser ralos e desarrumados, se bem brancos como peladas amêndoas; levava nas mãos um lenço fino, e nele embrulhado, pelo que pude divisar, um coração amumiado, segundo vinha seco e endurecido. Disse então Montesinos que toda aquela gente da procissão eram servidores de Durandarte e de Belerma, que lá com seus dois senhores estavam encantados, e que a última, que levava o coração entre o lenço e as mãos, era a senhora Belerma, a qual com suas donzelas quatro dias por semana faziam aquela procissão e cantavam, ou, para melhor dizer, choravam endechas sobre o corpo e sobre o lastimado coração do seu primo, e que, se ela me parecera algum tanto feia, ou não tão formosa como era fama, devia-se às más noites e piores dias que naquele encantamento passava, como o podia ver em suas grandes olheiras e em sua cor deslavada. "E não se deve sua palidez e suas olheiras a estar ela com o mal mensal ordinário nas mulheres, porque há muitos meses e até anos que o não tem nem por sombra, mas da dor que sente no peito pelo que de contínuo leva entre as mãos, que lhe renova e traz à memória a desgraça de seu malfadado amante; e, a não ser por isso, apenas a igualaria em formosura, donaire e brio a grande Dulcineia d'El Toboso, tão celebrada em todos estes contornos, e até em todo o mundo." "Alto lá, senhor D. Montesinos!", disse eu então, "conte vossa mercê a sua história como deve, pois bem sabe que toda comparação é odiosa, e assim não há por que comparar ninguém com ninguém. A sem-par Dulcineia d'El Toboso é quem é, e a senhora Dª Belerma é quem é e quem foi, e fique o caso por aqui." Ao que ele me respondeu: "Senhor D. Quixote, vossa mercê me perdoe, pois confesso que fiz mal e não disse bem em dizer que a senhora Dulcineia apenas igualaria a senhora Belerma, pois a mim bastara ter entendido por não sei que indícios que vossa mercê é seu cavaleiro, para morder minha língua antes de a comparar senão com o mesmo céu". Com tal satisfação que me deu o grande Montesinos, sossegou-se o meu coração do sobressalto que tive ao ouvir a minha senhora ser comparada com Belerma.

— E até me maravilha — disse Sancho — que vossa mercê não tenha avançado no velhote e moído de pancadas todos os seus ossos e arrancado as suas barbas, sem perdoar um fio.

— Não, Sancho amigo — respondeu D. Quixote —, não era bem fazer isso, pois todos estamos obrigados a respeitar os velhos, ainda que não sejam cavaleiros, e principalmente os que o são e estão encantados. Mas bem sei que nada nos ficamos a dever em outras muitas demandas e respostas que terçamos.

Nesse ponto disse o primo:

— Eu não sei, senhor D. Quixote, como em tão breve espaço de tempo que vossa mercê esteve lá embaixo pôde ver tantas coisas e falar e responder tanto.

— Quanto faz que eu desci? — perguntou D. Quixote.

— Pouco mais de uma hora — respondeu Sancho.

— Não pode ser — replicou D. Quixote —, porque lá me anoiteceu e amanheceu e voltou a anoitecer e amanhecer três vezes, de modo que, na minha conta, três dias estive naquelas partes remotas e escondidas da nossa vista.

— Verdade deve dizer meu senhor — disse Sancho —, pois, como todas as coisas que lhe aconteceram são por encantamento, talvez o que nos parece uma hora lá pareçam três dias com suas noites.

— Assim será — respondeu D. Quixote.

— E em todo esse tempo, comeu vossa mercê alguma coisa, meu senhor? — perguntou o primo.

— Não quebrei meu jejum nem com um bocado — respondeu D. Quixote —, e não tive fome nem por pensamento.

— E os encantados comem? — disse o primo.

— Não comem — respondeu D. Quixote —, nem têm excrementos maiores, se bem é opinião que lhes crescem as unhas, as barbas e os cabelos.

— E porventura dormem os encantados, senhor? — perguntou Sancho.

— Não, por certo — respondeu D. Quixote. — Ao menos nesses três dias que estive com eles, nenhum pregou o olho, nem eu tampouco.

— Aqui entra bem aquele ditado — disse Sancho — "diz-me com quem andas, que te direi quem és", pois andando vossa mercê com encantados jejunos e veladores, não admira que não tenha comido nem dormido enquanto com eles andou. Mas vossa mercê me perdoe, meu senhor, se eu lhe disser que, de tudo quanto tem dito aqui, Deus me leve, e já ia dizendo o diabo, se eu creio em coisa alguma.

— Como não? — disse o primo. — Pois houvera de mentir o senhor D. Quixote, quando, ainda que o quisesse, não teve lugar para compor nem imaginar tamanho milhão de mentiras?

— Eu não creio que meu senhor minta — respondeu Sancho.

— Então, que crês? — perguntou-lhe D. Quixote.

— Creio — respondeu Sancho — que aquele Merlim ou aqueles encantadores que encantaram toda a chusma que vossa mercê diz ter visto e tratado lá embaixo lhe meteram na maginação ou na memória toda essa cena que nos contou e tudo aquilo que ainda tem para contar.

— Tudo isso bem pudera ser, Sancho — replicou D. Quixote —, mas não é, pois o que aqui contei eu o vi por meus próprios olhos e toquei com minhas próprias mãos. E que dirás quando eu te disser como, entre outras infinitas coisas e maravilhas que Montesinos me mostrou, as quais de espaço e a seu tempo irei contando no discurso de nossa viagem, por não serem todas deste lugar, me mostrou três lavradoras que por aqueles ameníssimos campos iam pulando e saltitando como cabras, e apenas as vi conheci ser uma delas a sem-par Dulcineia d'El Toboso, e as outras duas aquelas mesmas lavradoras que a acompanhavam, que achamos à saída de El Toboso? Perguntei a Montesinos se as conhecia; respondeu-me que não, mas que ele imaginava que deviam de ser algumas senhoras principais encantadas que havia poucos dias naqueles prados apareceram, e que me não maravilhasse disso, porque lá havia outras muitas senhoras dos passados e presentes séculos encantadas em diversas e estranhas figuras, entre as quais conhecia ele a rainha Ginevra e sua duenha Quintañona, escançando o vinho a Lançarote quando da Bretanha vindo.

Quando Sancho Pança ouviu o seu amo dizer isso, pensou perder o juízo ou morrer de rir, pois, como ele sabia a verdade do fingido encantamento de Dulcineia, de quem ele havia sido o encantador e o levantador de tal testemunho, acabou de conhecer indubitavelmente que seu senhor estava fora do seu juízo e louco de todo ponto. E assim lhe disse:

— Em má ocasião e pior momento e aziago dia desceu vossa mercê ao outro mundo, caro patrão meu, e em má hora se encontrou com o senhor Montesinos, que assim o devolveu. Tão bem estava vossa mercê aqui em cima com seu inteiro juízo, tal como Deus lho deu, falando sentenças e dando conselhos a cada passo, e não como agora, contando os maiores disparates que se podem imaginar.

— Como bem te conheço, Sancho — respondeu D. Quixote —, não faço caso das tuas palavras.

— Nem eu das de vossa mercê — replicou Sancho —, ainda que me ferisse ou até me matasse por causa das que lhe digo ou das que penso lhe dizer se nas suas não se corrigir e emendar.

Mas vossa mercê me diga, agora que estamos em paz: como ou em quê conheceu a senhora nossa ama? E, se falou com ela, o que lhe disse e o que lhe respondeu?

— Conheci-a — respondeu D. Quixote — porque trazia os mesmos vestidos que quando ma mostraste. Falei-lhe, mas não me respondeu palavra, antes me virou as costas e se foi fugindo com tanta pressa que nem uma flecha a alcançaria. Quis segui-la, e o teria feito se Montesinos não me aconselhasse a não me cansar com isso, porque seria debalde, e mais porque ia chegando a hora em que me convinha tornar a sair da cova. Disse-me também que, andando o tempo, me daria aviso de como haviam de ser desencantados ele, Belerma e Durandarte, mais todos os que lá estavam. Mas o que mais pena me deu dentre todas as que lá vi e notei foi que, enquanto Montesinos me dizia essas razões, chegou-se a mim por um lado, sem que eu a visse vir, uma das duas companheiras da sem ventura Dulcineia e, cheios seus olhos de lágrimas, com voz baixa e embargada me disse: "Minha senhora Dulcineia d'El Toboso beija as mãos de vossa mercê e suplica a vossa mercê que lhe faça a de comunicar-lhe como está, e, por estar ela numa grande necessidade, assim suplica a vossa mercê quão encarecidamente pode que seja servido de lhe emprestar, sob penhor desta vasquinha de cotim novo que aqui trago, meia dúzia de reais, ou quantos vossa mercê tiver, que ela dá sua palavra de os devolver com muita brevidade". Suspendeu-me e admirou-me o tal recado e, virando-me para o senhor Montesinos, perguntei-lhe: "É possível, senhor Montesinos, que os encantados principais padeçam necessidade?". Ao que ele me respondeu: "Creia-me vossa mercê, senhor D. Quixote de La Mancha, que esta que chamam necessidade em qualquer lugar se usa e por tudo se estende e a todos alcança, e nem sequer aos encantados perdoa; e pois a senhora Dulcineia d'El Toboso manda pedir esses seis reais, e, segundo parece, a prenda é boa, não há senão dar-lhe o que pede, pois sem dúvida deve de estar nalgum grande aperto". "Prenda não tomarei — respondi —, nem menos lhe darei o que me pede, pois não tenho mais do que quatro reais." Os quais lhe dei, que eram aqueles que tu, Sancho, me deste há alguns dias para dar esmola aos pobres que topasse pelos caminhos, e lhe disse: "Dizei a vossa senhora, amiga minha, que seus trabalhos muito me pesam na alma e que eu quisera ser um Fúcar[8] para os remediar, e fazei-lhe saber que eu não posso nem devo ter saúde carecendo de sua grata vista e discreta conversação, e que lhe suplico quão encarecidamente posso seja sua mercê servida de se deixar ver e tratar deste seu cativo servidor e traquejado cavaleiro. Dizei-lhe também que, quando ela menos o pensar, ouvirá dizer como tenho feito um juramento e voto ao modo do que fez o marquês de Mântua de vingar seu sobrinho Valdovinos,[9] quando o achou a ponto de expirar no meio dos montes, que foi de não comer pão à mesa posta, mais as outras frioleiras que ali encaixou, enquanto o não vingasse; e assim farei eu, de não sossegar e de andar as sete partidas do mundo com mais pontualidade que o infante D. Pedro de Portugal,[10] até desencantá-la". "Tudo isso e mais deve vossa mercê a minha senhora", respondeu-me a donzela. E, apa-

---

[8] Castelhanização de Fugger, sobrenome de uma famosa família de banqueiros de Augsburg, grandes credores da coroa espanhola desde o reinado de Carlos V, vernaculizado como sinônimo de extrema riqueza.

[9] Conforme o romance do Marquês de Mântua, já citado no primeiro *Quixote* (ver cap. V, nota 1).

[10] Andar ou percorrer as "sete partidas" [partes] do mundo é frase feita, aqui cruzada com uma alusão ao *Libro del Infante D. Pedro de Portugal, el cual anduvo las cuatro partidas del mundo*, de Gómez de Santistéban, publicado em Sevilha em 1515.

nhando os quatro reais, em vez de fazer uma reverência, deu uma cabriola, levantando-se duas varas pelos ares.

— Santo Deus! — disse então Sancho, dando uma grande voz —, é possível que tal haja no mundo e que tenham nele tanta força os encantadores e encantamentos, a ponto de mudar o bom juízo do meu senhor em tão desatinada loucura? Oh senhor, senhor, por Deus, olhe vossa mercê por si e tenha tento da sua honra, e não dê crédito a esses ventos que lhe areiam e mínguam o siso!

— Porque me queres bem, Sancho, falas dessa maneira — disse D. Quixote —, e por não seres experimentado nas coisas do mundo todas as que têm alguma dificuldade te parecem impossíveis. Mas andará o tempo, como já disse, e eu te contarei algumas das que lá embaixo vi que te farão crer nas que aqui contei, cuja verdade não admite réplica nem disputa.

Capítulo XXIV

ONDE SE CONTAM MIL FRIOLEIRAS
TÃO IMPERTINENTES QUANTO NECESSÁRIAS
AO VERDADEIRO ENTENDIMENTO DESTA GRANDE HISTÓRIA

Diz quem traduziu esta grande história do original daquela escrita pelo seu primeiro autor, Cide Hamete Benengeli, que, chegando ao capítulo da aventura da gruta de Montesinos, à margem dele estavam escritas por mão do mesmo Hamete estas mesmas razões:

"Não me posso convencer nem persuadir que ao valoroso D. Quixote tenha sucedido pontualmente tudo o que no capítulo anterior fica escrito. A razão é que todas as aventuras até aqui sucedidas foram factíveis e verissímeis, mas nesta desta gruta não acho brecha alguma para tomá-la por verdadeira, por ir tão desviada dos termos razoáveis. Porque pensar que D. Quixote mentiu, sendo o mais verdadeiro fidalgo e o mais nobre cavaleiro do seu tempo, não me é possível, pois nem que o asseteassem diria ele uma mentira. Por outra parte, considero que ele a contou e disse com todas as circunstâncias ditas, e que em tão breve espaço não pôde fabricar tamanha máquina de disparates, e se esta aventura parece apócrifa, eu não tenho culpa, e assim sem afirmá-la por falsa nem por verdadeira a escrevo. Tu, leitor, como és prudente, julga o que te parecer, que eu não devo nem posso mais, ainda que se tenha por certo que ao tempo do seu fim e morte dizem que se retratou dela e disse que a inventara, por lhe parecer que convinha e quadrava bem com as aventuras que tinha lido em suas histórias."

E logo prossegue dizendo:

Espantou-se o primo, assim do atrevimento de Sancho Pança como da paciência do seu amo, e julgou que do contentamento que trazia de ter visto sua senhora Dulcineia d'El Toboso, se bem encantada, é que lhe nascia aquela brandura que então mostrava. Porque, se assim não fosse, pelas palavras e razões que lhe disse, bem merecia Sancho ser moído de pancadas, pois realmente lhe pareceu que andara algum tanto atrevidinho com seu senhor, a quem disse:

— Eu, senhor D. Quixote de La Mancha, dou por bem empregadíssima a jornada que com vossa mercê fiz, porque nela granjeei quatro coisas. A primeira, ter conhecido vossa mercê, coisa que tenho por grande felicidade. A segunda, ter sabido o que se encerra nesta gruta de Montesinos, mais as mutações do Guadiana e das lagoas de Ruidera, que me servirão para o *Ovídio espanhol* que trago entre mãos. A terceira, entender a antiguidade do baralho, que pelo menos no tempo do imperador Carlos Magno já se usava, segundo se pode coligir das palavras que vossa mercê diz que Durandarte disse, quando, ao cabo daquele grande espaço em que Montesinos esteve falando com ele, acordou dizendo: "paciência e baralhar". E esta razão e modo de falar ele a não pôde ter aprendido encantado, senão quando o não estava, na França e no tempo do referido imperador Carlos Magno, e esta averiguação me vem a pelo para o outro livro que estou compondo, que é o *Suplemento de Virgílio Polidoro na invenção das antiguidades*, pois creio que no seu ele não se lembrou de pôr a do baralho, como eu porei agora no meu, coisa que será de muita importância, e mais citando autor tão grave e tão verdadeiro como é o senhor Durandarte. A quarta é ter sabido com certeza o nascimento do rio Guadiana, até agora ignorado das gentes.

— Vossa mercê tem razão — disse D. Quixote. — Mas quisera saber, se Deus lhe fizer a mercê de receber licença para imprimir esses seus livros (do que eu duvido), a quem os pensa dedicar.

— Senhores e grandes há na Espanha a quem possam ser dedicados — disse o primo.

— Não muitos — respondeu D. Quixote —, e não porque os não mereçam, mas que os não querem aceitar, para não se obrigarem à satisfação que parece dever-se ao trabalho e cortesia de seus autores. Um príncipe conheço que pode suprir a falta dos demais com tantas vantagens que, se me atrevesse a dizê-las, talvez despertasse a inveja em mais de quatro generosos peitos. Mas deixemos este assunto suspenso para outro tempo mais cômodo, e vamos procurar onde pousar esta noite.

— Não longe daqui — respondeu o primo — há uma ermida onde faz sua morada um ermitão que dizem ter sido soldado e tem fama de ser bom cristão, e muito discreto, e por demais caridoso. Junto à ermida tem uma pequena casa, que ele ergueu à sua própria custa, a qual, apesar de pequena, é capaz de receber hóspedes.

— Porventura tem galinhas o tal ermitão? — perguntou Sancho.

— Poucos ermitãos vivem sem elas — respondeu D. Quixote —, porque não são os que agora se usam como aqueles dos desertos do Egito, que se cobriam com folhas de palmeira e comiam raízes da terra. E não se entenda que por dizer bem daqueles o não digo destes, senão que ao rigor e estreiteza de então não se comparam as penitências dos de agora, mas nem por isso deixam de ser todos bons, ao menos eu por bons os julgo. E no pior dos casos menos mal faz o hipócrita que se finge bom do que o público pecador.

Estando nisso, viram que para onde eles estavam vinha um homem a pé, caminhando depressa e varejando um mulo carregado de lanças e alabardas. Quando chegou a eles, os saudou e foi passando ao largo. D. Quixote lhe disse:

— Detende-vos, bom homem, que pareceis ir com mais diligência do que esse mulo há mister.

— Não me posso deter, senhor — respondeu o homem —, porque as armas que vedes que aqui levo hão de ser usadas amanhã, e assim me é forçoso seguir sem detença, e adeus. Mas se quiserdes saber para que as levo, na estalagem que fica mais acima da ermida penso pousar esta noite. E se acaso levais este mesmo caminho, aí me encontrareis, onde vos contarei maravilhas. E adeus outra vez.

E de tal maneira picou o mulo, que D. Quixote não teve azo de lhe perguntar que maravilhas eram as que pensava lhes dizer. E como ele era algum tanto curioso e sempre o roíam desejos de saber coisas novas, resolveu que no mesmo ponto partissem e fossem passar a noite na estalagem, sem tocar na ermida onde quisera o primo que ficassem.

Assim se fez, montaram todos e seguiram o direito caminho da estalagem, à qual chegariam pouco antes de anoitecer. Mas disse o primo a D. Quixote que antes passassem pela ermida, para ali tomarem um trago. Apenas ouviu isto Sancho Pança, encaminhou o ruço para lá, e o mesmo fizeram D. Quixote e o primo. Mas parece que a má sorte de Sancho ordenou que o ermitão não estivesse em casa, que assim lho disse uma sota-ermitã[1] que na ermida acharam. Pediram-lhe do tinto, ela respondeu que seu senhor não tinha nenhum, mas que, se quisessem água clara, lha daria de muito bom grado.

---

[1] Beata que auxilia o ermitão. Cabe porém uma interpretação mais maliciosa, em que "sota" comparece com seu sentido substantivo de mulher desavergonhada ou, literalmente, amasiada.

— Se a minha sede fosse de água — respondeu Sancho —, poços há no caminho onde a teria matado. Ah bodas de Camacho e fartura da casa de D. Diego, que saudade!

Com isto deixaram a ermida e tocaram para a estalagem, e dali a pouco espaço avistaram um mancebinho que à frente deles ia caminhando com não muita pressa, e assim logo o alcançaram. Levava a espada ao ombro e nela presa um atilho ou trouxa, ao parecer de suas roupas, que ao parecer deviam de ser calções ou bragas e um ferragoulo e alguma camisa, pois trazia no corpo só uma roupeta de veludo com algumas vistas de cetim e a camisa de fora; as meias eram de seda e os sapatos quadrados, ao uso da corte. Teria entre dezoito e dezenove anos; era alegre de rosto e, ao parecer, ágil de corpo. Ia cantando seguidilhas para entreter o trabalho do caminho. Quando chegaram a ele, ia acabando de cantar uma que o primo logo decorou, que dizem que dizia:

Para a guerra me leva a necessidade.
Tivesse eu dinheiro, não fora em verdade.

Quem primeiro lhe falou foi D. Quixote, dizendo-lhe:

— Muito à fresca caminha vossa mercê, senhor galante. E aonde vai, se é que gosta de o dizer?

Ao que o moço respondeu:

— O caminhar tão à fresca é por causa do calor e da pobreza, e o aonde vou é para a guerra.

— Como assim, a pobreza? — perguntou D. Quixote. — Pelo calor bem pudera ser.

— Senhor — replicou o mancebo —, eu levo nesta trouxa uns calções de veludo, parceiros desta véstia. Se os gastar no caminho, não me poderei honrar com eles na cidade, e não tenho com que comprar outros. E assim por isso como para me arejar é que vou desta maneira, até alcançar umas companhias de infantaria que estão a menos de doze léguas daqui, onde assentarei praça, e dali em diante não me faltará bagagem com que seguir até o embarque, o qual dizem que há de ser em Cartagena. Pois antes quero ter o rei por amo e senhor, e servi-lo na guerra, que não a um remediado na corte.

— E porventura leva vossa mercê alguma vantagem? — perguntou o primo.

— Se tivesse servido a algum grande de Espanha ou a algum personagem principal — respondeu o moço —, sem dúvida a levaria, que assim é o serviço dos bons, pois do tinelo se costuma sair para ser alferes ou capitão, ou com alguma boa prenda. Mas eu, desventurado de mim, sempre servi a caça-títulos e a gente adventícia, de ração e soldada tão mísera e magra que em pagar a engomadura de uma gorjeira ia metade dela; e seria milagre um pajem aventureiro conseguir pelo menos uma razoável mercê.

— Mas por vida sua me diga, amigo — perguntou D. Quixote —, é possível que, nos anos em que serviu, vossa mercê não tenha conseguido nem sequer uma libré?

— Duas me deram — respondeu o pajem —, mas, assim como a quem deixa uma ordem antes de fazer votos lhe tomam o hábito e lhe devolvem as próprias roupas, assim me devolviam as minhas meus amos, os quais, acabados os negócios que os levavam à corte, voltavam para suas casas e recolhiam as librés que por pura ostentação haviam dado.

— Bela *espilocheria*,[2] como diz o italiano — disse D. Quixote. — Mas, ainda assim, tenha vossa mercê por feliz ventura ter

---

[2] Italianismo então corrente em castelhano, calcado em *spilorceria* – avareza, mesquinharia, tacanhice.

deixado a corte com tão boa intenção, pois não há coisa no mundo mais honrada nem de mais proveito que, primeiramente, servir a Deus, e depois ao seu rei e senhor natural, especialmente no exercício das armas, pelas quais se conseguem, se não mais riquezas, ao menos mais honra que pelas letras, como tenho dito muitas vezes. Pois se bem as letras fundaram mais morgados que as armas, ainda levam os seguidores das armas um não sei quê sobre os das letras, com um sim sei quê de esplendor que se acha neles, que a todos avantaja. E isto que agora lhe quero dizer, trate de o guardar bem na memória, pois lhe será de grande proveito e alívio nos seus trabalhos: e é que vossa mercê afaste a imaginação dos sucessos adversos que lhe poderão vir, pois o pior de todos é a morte, e, como esta seja boa, o melhor de todos é o morrer. Perguntaram a Júlio César, aquele valoroso imperador romano, qual era a melhor morte. Respondeu ele que a impensada, repentina e não prevista. E se bem que respondendo como gentio e alheio do conhecimento do verdadeiro Deus, ainda assim acertou quanto a poupar o sofrimento humano, pois se vos matam na primeira facção e refrega, quer de um tiro de artilharia, quer na explosão de uma mina, que importa? Tudo é morrer, e acabou-se a obra. E segundo Terêncio, melhor parece o soldado morto na batalha que vivo e salvo na fugida,[3] e tão boa fama alcança o bom soldado quanta obediência ele guardar a seus capitães e aos que lhe podem mandar. E cuidai, filho, que o soldado melhor parece cheirando a pólvora que a algália e que, se a ve-

---

[3] Como a sentença não se encontra em nenhum escrito do romano Terêncio, alguns editores apontam uma possível errata na citação do nome, atentando à frase do grego Tirteu: "Pois é belo um valente morrer, tombado nas primeiras fileiras, lutando por sua pátria" ("Elegia VI", vv. 1 e 2).

lhice vos colher nesse honroso exercício, ainda que seja cheio de feridas e estropiado ou coxo, ao menos não vos poderá colher sem honra, e será ela tal que não vo-la poderá menoscabar a pobreza. Quanto mais que já se vai dando ordem ao prêmio e remédio dos soldados velhos e estropiados, pois não é bem que se faça com eles o que costumam fazer os que alforriam e dão liberdade aos seus negros quando já são velhos e não podem mais servir, e botando-os fora de casa com título de livres os fazem escravos da fome, da qual não se podem alforriar senão com a morte. E agora não vos quero dizer mais, senão que monteis à garupa deste meu cavalo até a estalagem, e lá jantareis comigo, e pela manhã seguireis vosso caminho, que Deus vo-lo dê tão bom como vossos desejos merecem.

O pajem não aceitou o convite da garupa, mas sim o de jantar na estalagem, e neste ponto dizem que Sancho disse entre si: "Valha-te Deus por senhor! Como é possível que um homem que sabe dizer tais, tantas e tão boas coisas como aqui disse diga que viu os disparates impossíveis que conta da gruta de Montesinos? Ora bem, é esperar para ver".

Nisto chegaram à estalagem, ao tempo que anoitecia, e não sem gosto de Sancho, ao ver que seu senhor a julgou por verdadeira estalagem, e não por castelo, como costumava. Não eram bem entrados nela, quando D. Quixote perguntou ao estalajadeiro pelo homem das lanças e alabardas; ao que lhe respondeu que na cavalariça estava acomodando o mulo. O mesmo fizeram de seus jumentos o primo e Sancho, dando a Rocinante a melhor manjedoura e o melhor lugar da cavalariça.

Capítulo XXV

ONDE REPONTA A AVENTURA DO ZURRO E A ENGRAÇADA DO TITEREIRO, MAIS AS MEMORÁVEIS ADIVINHAÇÕES DO MACACO ADIVINHO

Rebentava D. Quixote, como se costuma dizer, por ouvir e saber as maravilhas prometidas pelo carregador das armas. Foi buscá-lo onde o estalajadeiro lhe dissera que estava, e o achou e lhe disse que antes de mais nada dissesse logo o que lhe ficara por dizer acerca do que lhe perguntara no caminho. O homem lhe respondeu:

— Mais devagar, e não em pé, se há de conhecer o conto das minhas maravilhas. Deixe-me vossa mercê, meu senhor bom, acabar de dar pasto à minha besta, que eu lhe direi coisas de admirar.

— Não seja por isso — respondeu D. Quixote —, pois eu vos ajudarei em tudo.

E assim fez, joeirando a cevada e limpando a manjedoura, humildade que obrigou o homem a lhe contar de boa mente o que pedia. E sentando-se num poial, e D. Quixote junto dele, tendo por senado e auditório o primo, o pajem, Sancho Pança e o estalajadeiro, começou a falar desta maneira:

— Saibam vossas mercês que, num lugarejo a quatro léguas e meia desta estalagem, aconteceu a um vereador de lá faltar-lhe um asno, por indústria e engano de uma moça sua criada, coisa esta longa de contar, e apesar de o tal vereador ter feito as diligências possíveis para o encontrar, não foi possível. Quinze dias devia de fazer, segundo é pública voz e fama, que o asno lhe faltava, quando, estando na praça o vereador perdidoso, outro vereador do mesmo lugar lhe disse: "Dai-me alvíssaras, compadre, pois vosso jumento apareceu". "Eu vo-las mando, e boas, compadre", respondeu o outro, "mas vejamos onde ele apareceu". "No monte", respondeu o achador, "foi que o vi esta manhã, sem albarda nem arreio algum, magro de fazer dó. Tentei apanhá-lo para o trazer a vós, mas já está tão amontado e arisco que, quando me cheguei a ele, fugiu e entrou no mais escondido do monte. Se quereis que voltemos os dois a procurá-lo, deixai-me levar esta burrica até minha casa, que volto logo". "Grande favor me faríeis", disse o do jumento, "que vos pagarei na mesma moeda". Com essas circunstâncias todas e da mesma maneira que o vou contando o contam todos aqueles que estão inteirados da verdade deste caso. Enfim, os dois vereadores, a pé e mão por mão, rumaram para o monte e, chegando ao lugar e paragem onde pensavam achar o asno, não o acharam, nem apareceu por todos aqueles contornos, por muito que o procurassem. Vendo, então, que não aparecia, disse o vereador que o tinha visto para o outro: "Olhai, compadre, uma ideia me veio ao pensamento, com a qual sem dúvida alguma poderemos descobrir esse animal, ainda que esteja sumido nas entranhas da terra, e não do monte: é que eu sei zurrar maravilhosamente, e, se vós souberdes algum tanto, podeis dar o caso por concluído". "Algum tanto dissestes, compadre?", disse o outro. "Por Deus que nisso ninguém me avantaja, nem sequer os mesmos asnos." "Agora veremos", respondeu o outro vereador, "pois tenho determinado irdes vós por uma parte do monte e eu por outra, de modo que o rodeemos e andemos todo, e de quando em quando zurrareis vós e zurrarei eu, e, se o asno estiver no monte, não deixará de nos ouvir e nos responder". Ao que o dono do jumento respondeu: "Digo, compadre, que a ideia é excelente e digna do vosso grande engenho". E dividindo-se os dois conforme o acordado, acertou de quase ao mesmo tempo zurrarem e, cada um enganado do zurro do outro, acudiram a se buscar, pensando que o jumento tinha aparecido. E, em se vendo, disse o perdidoso: "É possível, compadre, que não tenha sido o meu asno quem zurrou?". "Não foi ninguém senão eu mesmo", respondeu o outro. "Pois digo", disse o dono, "que entre vós e um asno, compadre, não há diferença nenhuma no que toca ao zurrar, porque em toda minha vida nunca vi nem ouvi coisa mais parecida". "Tais elogios e encarecimentos", respondeu o autor da ideia, "melhor vos tangem e tocam a vós que a mim, compadre, pois pelo Deus que me criou podeis dar dois zurros de vantagem ao maior e mais perito zurrador do mundo. O som que tendes é alto; a sustentação da voz, a seu tempo e compasso; as pausas e ataques, muitos e ligeiros. Enfim, eu me dou por vencido e vos cedo a palma e a bandeira desta rara habilidade." "E agora digo", respondeu o dono, "que daqui por diante mais me estimarei e terei em mais, e pensarei que sei alguma coisa, tendo algum talento, pois, se cuidava que zurrava bem, nunca entendi que chegasse ao extremo que dizeis." "Também direi agora", respondeu o segundo, "que há no mundo raras habilidades perdidas, mal empregadas naqueles que as não sabem aproveitar." "As nossas", respondeu o dono, "como não seja em casos semelhantes ao que temos entre mãos, não nos podem servir em outros, e ainda neste, praza a Deus que nos sejam de proveito." Isto dito, tornaram a se dividir e a zurrar, e a cada passo se enganavam e tornavam a se encontrar, até que concertaram como senha para entenderem que eram eles, e não o asno, que zurrariam duas vezes, uma após outra. Com isto, dobrando os zurros a cada passo, rodearam todo o monte sem que o perdido jumento nem por sinal respondesse. Mas como poderia responder aquele pobre e malfadado, se o acharam no mais escondido do bosque comido de lobos?

E, em o vendo, disse seu dono: "Já me estranhava que não respondesse, pois, se não estivesse morto, ele zurraria ao nos ouvir, ou não seria asno. Mas a troco de vos ter ouvido zurrar com tanta graça, compadre, dou por bem empregado o trabalho que tive em procurá-lo, ainda que o tenha achado morto". "Em boa mão está, compadre", respondeu o outro, "pois, se bem canta o abade, não lhe fica atrás o noviço." Então, desconsolados e roucos, voltaram para sua aldeia, onde contaram a amigos, vizinhos e conhecidos tudo quanto lhes acontecera na busca do asno, exagerando um a graça do outro no zurrar, toda a qual história logo se soube e espalhou pelos lugares circunvizinhos. E o diabo, que não dorme, sempre amigo de semear e espalhar rixas e discórdia por toda parte, armando motins de vento e grandes quimeras de nonada, cuidou e fez que as gentes dos outros povoados zurrassem em vendo algum da nossa aldeia, como deitando-lhe em rosto o zurro dos nossos vereadores. Atinaram com isso os rapazes, e foi como cair nas mãos e nas bocas de todos os demônios do inferno, e de tal maneira o zurro se foi alastrando de aldeia em aldeia, que os naturais da aldeia do zurro são hoje conhecidos como se conhecem e diferenciam os negros dos brancos. E a tanto chegou a desgraça dessa burla, que muitas vezes com mão armada e em esquadrão saíram os burlados contra os burladores a lhes dar batalha, sem que o pudesse remediar nem rei nem roque, nem temor nem vergonha. Eu creio que amanhã ou depois a gente da minha aldeia, que é a do zurro, há de sair em campanha contra outra que fica a duas léguas da nossa, que é uma das que mais nos perseguem. E para sairmos bem apercebidos, levo compradas estas lanças e alabardas que vistes. E estas são as maravilhas que eu disse que havia de contar, e se tal vos não pareceram, não sei outras.

E com isso o bom homem pôs fim à sua fala, e nisso entrou

pela porta da estalagem um homem todo vestido de camurça, de meias, calções e gibão, que em voz levantada disse:

— Senhor hospedeiro, há pousada? Pois aqui vem o macaco adivinho e o *Retábulo da liberdade de Melisendra*![1]

— Corpo de tal — disse o estalajadeiro —, se não é o senhor mestre Pedro que aí vem! Boa noite se anuncia.

Ia-me esquecendo de dizer que o tal mestre Pedro tinha o olho esquerdo e quase meia face cobertos com uma pala de tafetá verde, sinal de que todo aquele lado devia de estar doente. E o estalajadeiro prosseguiu, dizendo:

— Seja bem-vindo vossa mercê, senhor mestre Pedro. Mas onde estão o macaco e o retábulo, que os não vejo?

— Já vêm chegando — respondeu o encamurçado —, pois eu só me adiantei para saber se há pousada.

— Do mesmíssimo duque de Alba eu a tiraria para dá-la ao senhor mestre Pedro — respondeu o estalajadeiro. — Que venha o macaco e o retábulo, pois gente há esta noite na estalagem que pagará para o ver e para ouvir as habilidades do macaco.

— Seja embora — respondeu o da pala —, que eu moderarei o preço e só com as custas me darei por bem pago. Volto só para fazer andar a carreta onde vêm o macaco e o retábulo.

E tornou a sair da estalagem.

Então D. Quixote perguntou ao estalajadeiro que mestre

---

[1] A palavra *retablo* tem na origem o mesmo sentido que o português "retábulo", qual seja, painel de madeira representando cenas de história sagrada que se coloca atrás dos altares. Em castelhano, no entanto, o termo também designava, por analogia, o palco portátil para breves representações de títeres ou fantoches, além da própria encenação. Melisendra é protagonista ou personagem-chave de um conjunto de romances ibéricos de tema pseudocarolíngio e de várias recriações teatrais.

Pedro era aquele e que retábulo e que macaco trazia. Ao que o estalajadeiro respondeu:

— Esse é um famoso titereiro que há muito tempo anda por esta Mancha de Aragão[2] exibindo um *Retábulo da liberdade de Melisendra dada pelo famoso D. Gaifeiros*, que é uma das melhores e mais bem representadas histórias que de muitos anos a esta parte neste reino se têm visto. Também traz consigo um macaco da mais rara habilidade que se viu entre macacos nem se imaginou entre homens, pois, quando lhe perguntam alguma coisa, ouve atento o que lhe perguntam e depois salta sobre os ombros de seu amo e, chegando-se-lhe ao ouvido, diz a resposta daquilo que lhe perguntaram, e mestre Pedro então a declara. Diz muito mais das coisas passadas que das que estão por vir e, ainda que nem sempre acerte em tudo, no mais das vezes não erra, de modo que nos faz crer que tem o diabo no corpo. Dois reais leva por cada pergunta, quando o macaco responde, quero dizer, quando responde o dono por ele depois que o bicho lhe falou ao ouvido. E assim se calcula que o tal mestre Pedro há de estar riquíssimo; é homem galante (como dizem na Itália) e *bon companho*, e se dá a melhor vida do mundo; fala mais que meia dúzia e bebe mais que dúzia inteira, tudo à custa da sua língua e do seu macaco e seu retábulo.

Nisto voltou mestre Pedro, trazendo numa carreta o retábulo e o macaco, que era grande e sem rabo, com os fundilhos feitos feltro, mas não de má cara. E apenas o viu D. Quixote, lhe perguntou:

---

[2] Antiga comarca situada na porção oriental do território de La Mancha, correspondendo *grosso modo* ao leste da atual província de Cuenca e norte da de Albacete.

— Diga-me vossa mercê, senhor adivinho: *que pexe pilhamo?*[3] Que será de nós? E tome aqui meus dois reais.

E mandou que Sancho lhos desse a mestre Pedro, o qual respondeu pelo macaco e disse:

— Senhor, este animal não responde nem dá notícia das coisas que estão por vir. Das passadas sabe algum pouco, e das presentes, algum tanto.

— Voto a Rus[4] — disse Sancho — que eu não dou um cobre para que me digam o que por mim já passou! Pois quem o pode saber melhor que eu mesmo? E pagar para que me digam o que já sei seria uma grande asneira. Mas, como sabe das coisas presentes, tome aqui meus dois reais, e diga-me o senhor grão-macaco que é que a minha mulher Teresa Pança está fazendo agora e como vai passando o tempo.

Não quis mestre Pedro aceitar o dinheiro, dizendo:

— Não quero receber prêmios adiantados, sem que os tenham precedido os serviços.

E dando com a mão direita dois toques sobre o ombro esquerdo, de um salto se lhe pôs o macaco nele e, chegando a boca ao seu ouvido, deu dente contra dente muito depressa. E depois de feita essa figuraria no espaço de um credo, de outro salto voltou ao chão. E então, com grandíssima pressa, foi-se mestre Pedro ajoelhar ao pé de D. Quixote e, abraçando-lhe as pernas, disse:

---

[3] "*¿Qué peje pillamo?*": locução adaptada do italiano "*che pesce pigliamo?*," própria da soldadesca, que não vale pelo sentido literal — que peixe apanhamos? —, e sim por algo como "o que nos espera?" ou "o que faremos?".

[4] Mais uma expressão eufemística para não violar o segundo mandamento. Invoca uma imagem de Nossa Senhora cultuada no santuário erguido por São Clemente Pérez de Rus, no sudeste da atual província de Cuenca, centro de uma grande romaria desde meados do século XVI.

— Estas pernas abraço, bem assim como se abraçasse as duas colunas de Hércules,[5] oh ressuscitador insigne da já posta em esquecimento andante cavalaria, oh nunca jamais bastantemente louvado cavaleiro D. Quixote de La Mancha, alento dos desmaiados, arrimo dos que vão cair, braço dos caídos, báculo e consolo de todos os desditosos!

Ficou pasmo D. Quixote, absorto Sancho, suspenso o primo, atônito o pajem, embasbacado o do zurro, confuso o estalajadeiro e, enfim, espantados todos os que ouviram as razões do titereiro, o qual prosseguiu dizendo:

— E tu, oh bom Sancho Pança!, melhor escudeiro do melhor cavaleiro do mundo, alegra-te, pois tua boa mulher Teresa está bem, e agora está rastelando uma libra de linho, e digo ainda que ela tem ao seu lado esquerdo um jarro desbeiçado com uma boa pouca de vinho, com que se ajuda a passar o tempo do seu trabalho.

— Disso não duvido — respondeu Sancho —, porque ela é uma bendita e, não fosse ciumenta, eu não a trocaria nem pela giganta Andandona,[6] que, segundo o meu senhor, foi uma mulher de chapa e muito de prol. E é a minha Teresa daquelas que não se deixa passar aperto, ainda que seja à custa dos herdeiros.

---

[5] Os pilares representados no brasão da coroa espanhola desde o reinado de Carlos I, que correspondem aos promontórios de Calpe e Abila (Gibraltar e Ceuta), formados, segundo a lenda, por Hércules ao abrir o Mediterrâneo. Pode-se, contudo, interpretar aí uma intenção burlesca, pois as colunas eram metáfora corrente para as pernas femininas.

[6] Personagem do *Amadis de Gaula*, irmã mais velha do gigante Madarque, senhor da Ínsula Triste. É a mulher "brava e esquiva", "mui feia de rosto" e "de demasiada grandeza" que tenta matar o herói e é decapitada por Gandalim, seu escudeiro.

— Agora digo — disse então D. Quixote — que quem muito lê e muito anda, muito vê e muito sabe. Digo isto pois não houvera persuasão bastante para me persuadir que há no mundo macacos que adivinham, como agora vi por meus próprios olhos. Porque eu sou o mesmo D. Quixote de La Mancha que esse bom animal disse, ainda que se tenha estendido algum tanto no meu elogio. Mas, seja eu como for, dou graças aos céus por me ter dotado de um ânimo brando e compassivo, sempre inclinado a fazer bem a todos e mal a ninguém.

— Tivesse eu dinheiro — disse o pajem —, perguntaria ao senhor macaco que me há de acontecer na peregrinação que levo.

Ao que mestre Pedro, que já se levantara dos pés de D. Quixote, respondeu:

— Já disse que este bicho não responde sobre o porvir. E, se respondesse, não importaria a falta de dinheiro, pois eu, por serviço do senhor D. Quixote aqui presente, deixaria todos os interesses do mundo. E agora, porque a ele o devo e para lhe dar gosto, quero armar o meu retábulo e fazer prazer a quantos estão na estalagem, sem paga alguma.

Ouvindo o qual, o estalajadeiro, alegre sobremaneira, indicou o lugar onde se podia pôr o retábulo, o que num pronto foi feito.

D. Quixote não estava muito contente com as adivinhações do macaco, cuidando não ser nada a propósito um macaco adivinhar, nem as por vir nem as passadas coisas, e assim, enquanto mestre Pedro preparava o retábulo, retirou-se com Sancho a um canto da cavalariça, onde sem serem ouvidos por ninguém lhe disse:

— Olha, Sancho, muito considerei a estranha habilidade desse macaco e por minha conclusão tirei que, sem dúvida, esse mestre Pedro seu amo decerto fez pacto tácito ou expresso com o demônio.

— Se o pátio é espesso e do demônio — disse Sancho —, sem

dúvida deve de ser um pátio muito sujo. Mas que proveito o tal mestre Pedro tiraria de ter esses pátios?

— Não me entendes, Sancho. Quero dizer que ele deve de haver feito algum concerto com o demônio para que infunda essa habilidade no macaco, a qual lhe dá de comer, e em chegando a ser rico lhe dará sua alma, que é o que esse universal inimigo cobiça. E o que me leva a crer nisso é ver que o macaco não responde senão às coisas passadas ou presentes, pois a sabedoria do diabo não se pode estender a mais, e as por vir não as sabe senão por conjeturas, e ainda isso nem sempre, pois só a Deus está reservado conhecer os tempos e os momentos, e para Ele não há passado nem porvir, pois tudo é presente. E sendo isto assim, como o é, está claro que esse macaco fala com o estilo do diabo, e estou maravilhado como ainda não foi denunciado ao Santo Ofício, nem examinado e dele arrancado por virtude de quem adivinha. Pois é certo que esse macaco não é astrólogo, nem seu amo nem ele levantam nem sabem levantar essas figuras que chamam judiciárias,[7] tão usadas agora na Espanha que não há mulherzinha, nem pajem, nem remendão que não se gabe de levantar uma figura, como se fosse um valete de baralho do chão,[8] deitando a perder com suas mentiras e ignorâncias a verdade maravilhosa da

---

[7] Levantar figuras judiciárias: traçar a posição dos astros nas casas do zodíaco para interpretar o destino conforme a astrologia judiciária (ver cap. VIII, nota 2). Para o uso corrente da expressão no português clássico, vale a citação: "... que a nova de tão grande descobrimento foi festejada muito do magnânimo rei e que um astrólogo [...] por esse respeito alevantara uma figura, fazendo computação do tempo e hora em que se descobriu esta terra por Pedralvares Cabral" (Ambrósio Fernandes Brandão, *Diálogos das grandezas do Brasil* [1618]).

[8] Joga-se aqui com o sentido de "levantar figuras" de baralho, isto é, ler o destino nas cartas. Diferentemente da astrologia, então considerada ciência ou arte, a cartomancia era tida como bruxaria.

ciência. Sei de uma senhora que perguntou a um desses figureiros, se uma pequena cadelinha fraldiqueira que ela tinha havia de emprenhar e parir, e quantos e de que cores seriam os cachorros que parisse. Ao que o senhor judiciário, depois de levantar a figura, respondeu que a cadelinha emprenharia e pariria três cachorrinhos, um verde, outro encarnado e o outro malhado, contanto que a tal cadela fosse coberta entre as onze e as doze horas da manhã ou da noite, e que fosse numa segunda-feira ou num sábado. E o que aconteceu foi que dali a dois dias a tal cadela morreu de indigestão, e o senhor astrólogo ficou acreditado no lugar por acertadíssimo astrólogo, como ficam todos ou os mais levantadores de figuras.

— Ainda assim — disse Sancho —, gostaria que vossa mercê pedisse a mestre Pedro que perguntasse ao seu macaco se é verdade aquilo que vossa mercê passou na gruta de Montesinos, pois eu tenho para mim, com o perdão de vossa mercê, que tudo foi embuste e mentira, ou pelo menos coisas sonhadas.

— Tudo pudera ser — respondeu D. Quixote —, mas eu farei o que me aconselhas, ainda que me fique um não sei quê de escrúpulo.

Estando nisso, chegou mestre Pedro em busca de D. Quixote para lhe dizer que o retábulo já estava pronto, que sua mercê o fosse ver, porque o merecia. D. Quixote lhe comunicou sua tenção e lhe pediu que antes perguntasse ao seu macaco se certas coisas que ele passara na gruta de Montesinos eram sonhadas ou verdadeiras, porque ele pensava que tinham de tudo um pouco. Ao que mestre Pedro, sem responder palavra, voltou a trazer o macaco e, posto diante de D. Quixote e de Sancho, disse:

— Olhai, senhor macaco, que este cavaleiro quer saber se certas coisas passadas numa gruta chamada de Montesinos foram falsas ou verdadeiras.

E, fazendo-lhe o costumado sinal, o macaco saltou em seu ombro esquerdo e, depois que este pareceu falar-lhe ao ouvido, disse mestre Pedro:

— O macaco diz que parte das coisas que vossa mercê viu ou passou na dita gruta são falsas, e parte verissímeis, e que é isto o que ele sabe, e não outra coisa, no tocante a essa pergunta. E que, se vossa mercê quiser saber mais, na sexta-feira que vem ele responderá a tudo o que se lhe perguntar, pois agora seu condão se acabou, e não lhe voltará até sexta-feira, como ficou dito.

— Eu não lhe dizia, senhor meu — disse Sancho —, que não me entrava na ideia que tudo o que vossa mercê disse dos acontecimentos da gruta fosse verdade, e nem sequer a metade?

— Os sucedimentos é que o dirão, Sancho — respondeu D. Quixote —, pois o tempo, descobridor de todas as coisas, não deixa nenhuma sem trazer à luz do sol, ainda que esteja escondida nos seios da terra. E isso baste por ora, e vamos lá ver o retábulo do bom mestre Pedro, pois tenho para mim que deve de ter alguma novidade.

— Como alguma? — respondeu mestre Pedro. — Sessenta mil encerra em si este meu retábulo. Digo a vossa mercê, meu senhor D. Quixote, que é uma das coisas mais para ver que hoje tem o mundo, e *operibus credite, et non verbis*,[9] e mãos à obra, que se faz tarde e temos muito que fazer, e que dizer, e que mostrar.

Obedeceram-lhe D. Quixote e Sancho e foram aonde já estava o retábulo posto e descoberto, cheio por todas as partes de candelinhas de cera acesas que o faziam vistoso e resplandecente. Lá chegando, meteu-se dentro dele mestre Pedro, que era quem

---

[9] "Acreditai nas obras, e não nas palavras", frase adaptada do Evangelho (João, 10, 38).

havia de manejar as figuras de artifício, e fora se postou um rapaz, criado de mestre Pedro, para servir de intérprete e declarador dos mistérios do tal retábulo. Tinha ele uma vareta na mão, com a qual apontava as figuras que apareciam.

Postos, pois, todos quantos havia na estalagem, e alguns em pé, fronteiros ao retábulo, e acomodados D. Quixote, Sancho, o pajem e o primo nos melhores lugares, começou o turgimão a dizer o que ouvirá e verá quem ouvir ou vir o capítulo seguinte.

Capítulo XXVI

ONDE SE PROSSEGUE A ENGRAÇADA
AVENTURA DO TITEREIRO, MAIS OUTRAS COISAS
EM VERDADE ASSAZ BOAS

Calaram-se todos, tírios e troianos,[1] quero dizer, estavam todos os que o retábulo olhavam pendentes da boca do declarador de suas maravilhas, quando se ouviram soar no retábulo grandes quantidades de atabais e trombetas e muitos tiros de artilharia, cujo arruído passou em breve tempo, e então o rapaz levantou a voz e disse:

— Esta verdadeira história que aqui a vossas mercês se representa é tirada ao pé da letra das crônicas francesas e dos romances espanhóis[2] que andam na boca das gentes e dos rapazes pelas ruas. Trata da liberdade dada pelo senhor D. Gaifeiros a sua esposa Melisendra, que estava cativa na Espanha, em poder dos mouros, na cidade de Sansonha, que assim se chamava então a

---

[1] *"Callaron todos, tirios y troyanos"* é transcrição literal da abertura do segundo livro da *Eneida*, na tradução castelhana de Gregorio Hernández de Velasco (Antuérpia, 1555), corrente nos séculos XVI e XVII.

[2] Como já foi dito acima, a história de D. Gaifeiros e Melisendra é de fato matéria recorrente do romanceiro, não apenas espanhol, mas também português. Seu argumento e seus personagens foram transpostos para diversas peças teatrais, entre as quais se inclui o burlesco *Entremés primero de Melisendra*, atribuído a Lope de Vega (e também ao próprio Cervantes), cujo texto foi impresso em 1605 e reeditado em 1609.

hoje chamada Saragoça.[3] E vejam vossas mercês como aí está D. Gaifeiros jogando às tábulas,[4] segundo aquilo que se canta:

> Às tábulas jogando, D. Gaifeiros
> está de Melisendra descuidado.[5]

E aquele personagem que ali aparece de coroa na cabeça e cetro nas mãos é o imperador Carlos Magno, pai putativo da tal Melisendra, o qual, mofino de ver o ócio e descuido do seu genro, o vem repreender; e reparem o afinco e a veemência com que o repreende, que não parece senão que lhe quer dar uma boa leva de bordoadas com o cetro, e há autores que dizem que de feito lhas deu, e muito bem dadas; e depois de dizer muitas coisas sobre o perigo que sua honra corria por não batalhar pela liberdade de sua esposa, dizem que lhe disse: "Assaz vos falei, tomai tento!".[6] Olhem também vossas mercês como o imperador vira as costas e deixa D. Gaifeiros despeitado, e vejam como este, tomado de

---

[3] Consta que, desde o século XVI, a forma castelhanizada do antigo topônimo francês para a Saxônia — *Sansoigne*, mais tarde *Saxonie* — foi identificada popularmente com Saragoça. No romanceiro lusitano concorrem as formas Sansonha e Salsonha.

[4] *Tablas*: jogo predecessor do gamão, muito apreciado nas cortes europeias medievais.

[5] "*Jugando está a las tablas don Gaiferos,/ que ya de Melisendra está olvidado*" é a abertura de uma composição anônima em oitavas-rimas, incluída no *Cancionero de amadores y dechado de colores* (c. 1573), de Melchor Horta.

[6] "*Harto os he dicho, miradlo!*" é verso de um romance tardio de autoria incerta; o entremez comentado acima (nota 2) reproduz toda a quadra que o inclui, mas não em boca de Carlos Magno, e sim de Roldán (Roldão).

cólera, deita longe pedras e tabuleiro, e com grande pressa pede as armas, e a D. Roldão seu primo pede emprestada sua espada Durindana, e como D. Roldão não lha quer emprestar, oferecendo-lhe sua companhia na dificultosa empresa que principia; mas o valoroso raivento não a quer aceitar, antes diz que ele só se basta para resgatar a esposa, ainda que estivesse sumida no mais profundo centro da terra; e com isto pega a se armar, para logo se pôr em caminho. Virem vossas mercês os olhos para aquela torre que ali aparece, que se pressupõe ser uma das torres do alcácer de Saragoça, que agora chamam "La Aljafería";[7] e aquela dama que naquele balcão aparece vestida à mourisca é a sem-par Melisendra, que de lá muitas vezes se punha a olhar o caminho de França, e posta a imaginação em Paris e em seu esposo se consolava em seu cativeiro. Olhem também um novo caso que agora acontece, quiçá nunca dantes visto: não veem aquele mouro que pelas caladas e passinho a passinho, posto o dedo na boca, se chega pelas costas de Melisendra? Pois olhem como lhe dá um beijo bem sobre os lábios, e a pressa que ela se dá em cuspir e limpá--los com a branca manga de sua camisa, e como se lamenta e de aflição arranca seus formosos cabelos, como fossem eles culpados do malefício. Olhem também como aquele grave mouro que está naqueles corredores é o rei Marsílio de Sansonha, o qual, vendo a insolência do mouro, se bem que fosse um parente e grande privado seu, logo mandou prendê-lo e que lhe dessem duzentos açoites, levando-o pelas costumadas ruas da cidade,

---

[7] Palácio fortificado dos reis mouros de Saragoça, cujo nome ecoa o do rei Jafer (Abu *Ja'far* Ahmad al-Muqtadir Billah), artífice de sua construção no século XI. É o primeiro edifício que "o outro" D. Quixote, criatura de Avellaneda, avista ao chegar à cidade.

> tendo pregão por diante
> e baraço por detrás;[8]

e vede aqui como logo vão executar a sentença apenas executada a culpa, porque entre mouros não há comunicação às partes nem protesto de provas como entre nós.

— Menino, menino — disse em voz alta D. Quixote —, continuai vossa história em linha reta e não vos metais nas curvas ou travessas, pois para tirar uma verdade em limpo há mister muitas provas e contraprovas.

Também mestre Pedro lhe falou de dentro:

— Não te metas em floreios, rapaz, e faz como esse senhor manda, que será o mais acertado: segue teu canto chão e não te metas em contrapontos, que se costumam perder na sutileza.

— Assim farei — respondeu o rapaz, e prosseguiu dizendo: — Esta figura que aqui aparece a cavalo, coberta com uma capa de viagem, é a mesma de D. Gaifeiros, ante quem sua esposa, já vingada do atrevimento do enamorado mouro, com melhor e mais sossegado jeito se pôs aos miradouros da torre, e agora fala com seu esposo pensando ser um passante, com quem passou todas aquelas razões e colóquios daquele romance que diz:

> Cavaleiro, se à França ides
> recado me heis levar,
> que digais a Dom Gaifeiros
> por que me não vem buscar[9]

---

[8] "*Con chilladores al frente/ y envaramiento detrás*" são versos da xácara de Quevedo "Escarramán a la Méndez".

[9] O romance em questão é o de "don Gaiferos que trata de cómo sacó a su

as quais não digo agora, porque da prolixidade costuma nascer o enfado. Basta ver como D. Gaifeiros se descobre, e que dos alegres acenos que Melisendra lhe faz se entende que ela o conheceu, e mais agora que a vemos botar-se do balcão abaixo para sentar nas ancas do cavalo de seu bom esposo. Mas, ai, desventurada!, que uma ponta de seu fraldelim ficou presa num dos ferros do balcão, e ela está pendurada no ar, sem poder chegar à terra. Mas vede como o piedoso céu socorre nas maiores necessidades, pois vem D. Gaifeiros e, sem cuidar se se rasgará ou não o rico fraldelim, agarra sua dama e, mau grado seu, faz com que desça ao chão e logo de arranco a senta nas ancas de seu cavalo, às cavaleiras como homem, e manda que se segure fortemente dele e lhe ponha os braços pelas costas, de modo que os cruze em seu peito, para não cair, por não estar a senhora Melisendra acostumada a semelhantes cavalarias. Vede também como os relinchos do cavalo dão sinais de seu contentamento com a valente e formosa carga que leva em seu senhor e sua senhora. Vede como viram as costas e saem da cidade e alegres e regozijados tomam de Paris a estrada. Ide em paz, oh par sem-par de verdadeiros amantes! Chegai a salvo a vossa desejada pátria, sem que a fortuna ponha estorvo em vossa feliz viagem! Que os olhos de vossos amigos e parentes vos vejam gozar em paz tranquila os dias (que os de Nestor sejam[10]) que vos restam de vida!

Aqui outra vez levantou a voz mestre Pedro e disse:

---

esposa, que estaba en tierra de moros", datado do tempo dos Reis Católicos. Os versos em castelhano foram reproduzidos no *Entremés de Melisendra*; para a tradução, aproveitou-se uma variante tradicional transmontana recolhida por Almeida Garret.

[10] O herói da épica grega é protótipo de longevidade e prudência.

— Lhaneza, rapaz, não te empines tanto, que toda afetação é ruim.

Não respondeu nada o intérprete, antes prosseguiu dizendo:

— Não faltaram alguns ociosos olhos, que tudo soem ver, que não vissem a descida e a subida de Melisendra, da qual deram notícia ao rei Marsílio, que logo mandou tocar a rebate; e olhem com que pressa, pois já a cidade se funde com o som dos sinos que em todas as torres das mesquitas soam.

— Isso não! — disse então D. Quixote. — Nisso dos sinos vai mestre Pedro muito errado, porque entre mouros não se usam sinos, mas atabais e um gênero de doçaina parecido com as nossas charamelas; e isso de soarem os sinos em Sansonha sem dúvida que é grande disparate.

O qual ouvido por mestre Pedro, cessou o repicar e disse:

— Não repare vossa mercê em ninharias, senhor D. Quixote, nem queira levar tudo tão a ferro e fogo que acabe por se queimar. Acaso não se representam por aí quase de ordinário mil comédias cheias de mil impróprios disparates e, ainda assim, correm felicissimamente sua carreira e se assistem não só com aplauso, mas com admiração e tudo?[11] Prossegue, rapaz, e deixa falar, pois contanto que eu encha a minha bolsa, pouco se me dá representar mais impropriedades que átomos tem o sol.

— Isso é verdade — replicou D. Quixote.

E o rapaz disse:

— Olhem quanta e quão luzida cavalaria sai da cidade em seguimento dos dois católicos amantes, quantas trombetas que soam, quantas doçainas que tocam e quantos atabais e tambores

---

[11] Os estudiosos apontam aí uma crítica à Comedia Nueva, especialmente ao mais bem-sucedido de seus autores, Lope de Vega.

que retumbam. Temo que os hão de alcançar e os hão de trazer amarrados ao rabo do próprio cavalo, o que seria um horrendo espetáculo.

Vendo e ouvindo então D. Quixote tanta mourama e tanto estrondo, pareceu-lhe ser bem dar ajuda aos que fugiam e, levantando-se em pé, em voz alta disse:

— Jamais consentirei que em meus dias e em minha presença se faça tal ultraje a tão famoso cavaleiro e tão atrevido enamorado como D. Gaifeiros. Detende-vos, malnascida canalha, não o sigais nem persigais. Se não, comigo estais em batalha![12]

E, dizendo e fazendo, desembainhou a espada e de um salto se pôs junto ao retábulo, e com acelerada e nunca vista fúria começou a chover cutiladas sobre a titereira mourama, derrubando uns, descabeçando outros, aleijando este, destroçando aquele, e entre outros muitos golpes pespegou um tal fendente que, se mestre Pedro não se abaixa, encolhe e alapa, lhe teria cortado a cabeça com mais facilidade que se fosse feita de marzipã. Dava vozes mestre Pedro, dizendo:

— Detenha-se vossa mercê, senhor D. Quixote, e veja que estes que derruba, destroça e mata não são verdadeiros mouros, mas figurilhas de massa. Olhe, pecador de mim, que me destrói e deita a perder toda a minha fazenda!

Mas nem por isso deixava D. Quixote de amiudar cutiladas, mandobles, talhadas e reveses às mãos cheias. Enfim, em menos de dois credos pôs todo o retábulo por terra, feito em pedaços e

---

[12] Há um paralelo entre essa passagem e um episódio do *Quixote* de Avellaneda em que o protagonista, assistindo a um ensaio de *El testimonio vengado*, de Lope de Vega, é acometido de um acesso de cólera e saca a espada em defesa da rainha de Navarra, caluniada no entrecho da peça.

esmigalhado todo seu aparato e suas figuras, o rei Marsílio malferido e o imperador Carlos Magno, partida a coroa e a cabeça em duas partes. Alvoroçou-se o senado dos assistentes, fugiu o macaco pelos telhados, temeu o primo, acovardou-se o pajem, e até o próprio Sancho Pança teve grandíssimo pavor, pois, como ele jurou depois de passada a borrasca, nunca vira seu senhor tomado de tão desatinada cólera. Feito, então, o geral destroço do retábulo, sossegou-se um pouco D. Quixote e disse:

— Quisera agora ter aqui diante neste ponto todos aqueles que não creem nem querem crer de quanto proveito são no mundo os cavaleiros andantes. Vejam que seria do bom D. Gaifeiros e da formosa Melisendra se eu não me achasse aqui presente, por certo que a esta hora esses cães já os teriam alcançado e feito aos dois algum desaguisado. Enfim, viva a andante cavalaria sobre quantas coisas hoje vivem na terra!

— Viva ela muito — disse mestre Pedro com voz languenta —, e morra eu! Pois sou tão desgraçado que posso dizer com o rei D. Rodrigo:

> Ontem fui senhor de Espanha,
> e hoje não tenho ameia
> que eu possa chamar de minha.[13]

---

[13] Versos adaptados do romance "Las huestes de don Rodrigo", no qual este se lamenta "... *Ayer era rey de España, – hoy no lo soy de una villa;/ ayer villas y castillos, – hoy ninguno poseía;/ ayer tenía criados – y gente que me servía,/ hoy no tengo una almena – que pueda decir que es mía*". O personagem em questão é o último soberano visigodo da Espanha, que perdeu o reino um ano após sua eleição, em 710. Segundo a lenda, por ter violentado a filha do governador D. Julián, que por vingança teria facilitado a entrada das hostes mouras na Península (ver *DQ* I, cap XLI, nota 5).

Não faz meia hora, nem sequer meio momento, que eu me via senhor de reis e de imperadores, cheias as minhas cavalariças, arcas e bolsas de infinitos cavalos e inumeráveis galas, e agora me vejo desolado e abatido, pobre e mendigo, e a mais sem o meu macaco, pois à fé que, enquanto o não tiver de volta em meu poder, hei de suar sangue. E tudo por causa da fúria mal considerada deste senhor cavaleiro, de quem se diz que ampara órfãos e endireita tortos e faz outras obras caridosas; mas, pelo céu bendito e louvado com seus mais levantados assentos, só comigo veio a falhar a sua intenção generosa! Enfim, o Cavaleiro da Triste Figura tinha de ser aquele que havia de desfigurar as minhas.

Enterneceu-se Sancho Pança com as razões de mestre Pedro e lhe disse:

— Não chores, mestre Pedro, nem te lamentes, que me cortas o coração, porque te faço saber que o meu senhor D. Quixote é tão católico e escrupuloso cristão que, se ele cair na conta de que te fez algum agravo, te há de querer e saber pagar e satisfazer com muita vantagem.

— Com que o senhor D. Quixote me pagasse uma parte da fazenda que me desfez, ficaria eu contente e sua mercê com a consciência segura, porque não se pode salvar quem toma coisa alheia contra a vontade do seu dono e a não restitui.

— Assim é — disse D. Quixote —, mas até agora não sei de nada que eu tenha de vosso, mestre Pedro.

— Como não? — respondeu mestre Pedro. — E essas relíquias que jazem por este duro e estéril chão, quem as espalhou e aniquilou senão a força invencível do seu poderoso braço? E de quem eram esses corpos senão meus? E com quem me sustentava eu senão com eles?

— Agora acabo de crer — disse neste ponto D. Quixote — o que outras muitas vezes ia crendo: que esses encantadores que me perseguem não fazem senão pôr-me as figuras diante dos olhos como elas são, para logo as mudarem e trocarem nas que eles querem. Real e verdadeiramente vos digo, senhores que me ouvis, que tudo quanto aqui se passou a mim me pareceu que se passava ao pé da letra: que Melisendra era Melisendra; D. Gaifeiros, D. Gaifeiros; Marsílio, Marsílio e Carlos Magno, Carlos Magno. Por isso se me alterou a cólera, e por cumprir com a minha profissão de cavaleiro andante quis dar ajuda e favor aos que fugiam, e com esta boa intenção fiz o que vistes. Se me saiu às avessas, não foi por culpa minha, mas dos malvados que me perseguem. E contudo, deste meu erro, ainda que o não tenha feito por malícia, quero eu mesmo fazer-me cargo das custas. Veja mestre Pedro quanto quer pelas figuras desfeitas, que eu lhe ofereço pronta paga em boa e corrente moeda castelhana.

Inclinou-se mestre Pedro, dizendo-lhe:

— Não esperava menos da inaudita cristandade do valoroso D. Quixote de La Mancha, verdadeiro socorredor e amparo de todos os necessitados e desvalidos vagamundos. E aqui o senhor estalajadeiro e o grande Sancho serão medianeiros entre vossa mercê e mim e apreçadores do que valem ou podiam valer as já desfeitas figuras.

O estalajadeiro e Sancho disseram que assim fariam, e logo mestre Pedro levantou do chão o rei Marsílio de Saragoça, falto da cabeça, e disse:

— Bem se vê quão impossível é tornar este rei ao seu ser primeiro, e assim me parece, salvo melhor juízo, que se me dê por sua morte, fim e acabamento quatro reais e meio.

— Prossiga — disse D. Quixote.

— Pois por esta fenda de alto a baixo — prosseguiu mestre Pedro, tomando nas mãos o partido imperador Carlos Magno —, não seria muito eu pedir cinco reais e um quarto.

— Não é pouco — disse Sancho.

— Nem muito — replicou o estalajadeiro. — Que se parta a diferença e fiquem os dois em cinco reais.

— Dê-se por todos cinco e um quarto — disse D. Quixote —, pois não está num quartilho a mais ou a menos a monta desta notável desgraça. E acabe logo mestre Pedro, que já se faz hora de jantar, e tenho aqui uma boa ponta de fome.

— Por esta figura — disse mestre Pedro — que está sem nariz e com um olho a menos, que é da formosa Melisendra, peço, sem sair do justo, dois reais e doze maravedis.

— Isto sim que seria o diabo — disse D. Quixote —, se já não estivesse Melisendra com seu esposo pelo menos na raia da França, pois o cavalo em que eles iam me pareceu que mais voava do que corria. E assim não há por que vender gato por lebre, apresentando-me aqui a Melisendra desnarigada, estando a outra, com boa sorte, agora na França folgando com seu esposo à perna solta. Que Deus ajude a cada qual com o que é seu, senhor mestre Pedro, e caminhemos todos a pé firme e com intenção sadia. Prossiga.

Mestre Pedro, vendo que D. Quixote variava e tornava a sua primeira teima, não quis que se lhe escapasse, e assim lhe disse:

— Esta não deve de ser Melisendra, mas alguma das donzelas que a serviam, e assim, com sessenta maravedis que me deem por ela, ficarei contente e bem pago.

Desta maneira foi pondo preço a outras muitas destroçadas figuras, depois moderado pelos dois juízes árbitros, com satisfação das partes, chegando a quarenta reais e três quartos. E além disso, o qual Sancho logo desembolsou, pediu mestre Pedro dois reais pelo trabalho de apanhar o macaco.

— Dá-lhe o que pede, Sancho — disse D. Quixote —, se não para tornar o adivinho, para entornar seu vinho. E duzentos eu daria agora em alvíssaras a quem me dissesse com certeza que a senhora Dª Melisendra e o senhor D. Gaifeiros já estão na França e entre os seus.

— Ninguém o poderá dizer melhor que meu macaco — disse mestre Pedro —, mas não haverá diabo que agora o consiga apanhar. Se bem imagino que o carinho e a fome farão que me procure esta noite, e amanhã veremos, se Deus quiser.

Em conclusão, acabou-se a borrasca do retábulo e todos jantaram em paz e boa companhia, à custa de D. Quixote, que era liberal em extremo.

Antes de amanhecer o dia, partiu aquele que levava as lanças e as alabardas, e já depois de amanhecido, o primo e o pajem vieram se despedir de D. Quixote, um para voltar à sua terra, e o outro a prosseguir o seu caminho, para ajuda do qual lhe deu D. Quixote uma dúzia de reais. Mestre Pedro não quis entrar em novos dares e tomares com D. Quixote, que ele conhecia muito bem. Assim, madrugou antes que o sol e, recolhendo as relíquias do seu retábulo e seu macaco, também partiu em busca das suas aventuras. O estalajadeiro, que não conhecia D. Quixote, tão admirado estava das suas loucuras como da sua liberalidade. Finalmente, Sancho lhe pagou muito bem, por ordem de seu senhor, e, despedindo-se dele, quase às oito da manhã deixaram a estalagem e se puseram em caminho, onde os deixaremos ir, que assim convém para dar lugar a contar outras coisas pertencentes à declaração desta famosa história.

Capítulo XXVII

ONDE SE DÁ CONTA DE QUEM ERAM
MESTRE PEDRO E SEU MACACO, MAIS O MAU SUCESSO
QUE D. QUIXOTE TEVE NA AVENTURA DO ZURRO,
QUE ELE NÃO ACABOU COMO QUISERA E TINHA PENSADO

Entra Cide Hamete, cronista desta grande história, neste capítulo com estas palavras: "Juro como católico cristão...". Sobre o qual diz seu tradutor que o jurar Cide Hamete como católico cristão, sendo ele mouro, como sem dúvida o era, não quis dizer outra coisa senão que, assim como o católico cristão, quando jura, jura ou deve jurar verdade e dizê-la em tudo o que disser, assim ele a dizia qual jurasse como cristão católico naquilo que queria escrever de D. Quixote, especialmente em dizer quem era mestre Pedro e quem o macaco adivinho que com suas adivinhações admirava a todo o povo daqueles lugares.

Diz, então, que quem tiver lido a primeira parte desta história bem se há de lembrar daquele Ginés de Pasamonte a quem, entre outros galeotes, D. Quixote deu liberdade na Serra Morena, benefício que depois lhe foi mal agradecido e pior pago por aquela gente maligna e mal-acostumada. Esse Ginés de Pasamonte, que D. Quixote chamava "Ginesillo de Parapilla", foi quem furtou o ruço de Sancho Pança, coisa que, por não se ter posto na primeira parte o como nem o quando, por culpa dos impressores, deu o que pensar a muitos, que atribuíram a falha da estampa à pouca memória do autor. Mas, em suma, Ginés o furtou estando Sancho Pança dormindo sobre ele, usando do ardil e modo que usou Brunel quando, estando Sacripante junto a Albraca, tirou-lhe o cavalo dentre as pernas, e depois Sancho o recuperou tal como já foi contado. Esse Ginés, pois, temeroso de ser apanhado pela justiça, que o procurava para o castigar das suas infinitas velhacarias e delitos, que foram tantos e tais que ele mesmo compôs um grande volume contando-os, determinou de se passar ao reino de Aragão[1] e tapar seu olho esquerdo, acomodando-se ao ofício de titereiro, pois nisso e nos jogos de mãos era ele hábil por extremo.

Aconteceu, pois, que de uns cristãos já libertos que vinham da Berberia comprara aquele macaco, ao qual ensinou que, em lhe fazendo um determinado sinal, subisse em seu ombro e lhe murmurasse, ou fingisse fazê-lo, ao ouvido. Isto feito, antes de entrar no lugar onde entrava com o seu retábulo e o seu macaco, tratava de se informar no lugar mais próximo, ou de quem melhor pudesse, que coisas particulares haviam acontecido no tal lugar, e a que pessoas, e, guardando-as bem na memória, o primeiro que fazia era mostrar o seu retábulo, o qual às vezes era de uma história, às vezes de outra, mas todas alegres e risonhas e conhecidas. Acabado o prelúdio, declarava as habilidades do seu macaco, dizendo ao povo que ele adivinhava todo o passado e o presente, mas que nas coisas por vir não se dava a manha. Pela resposta de cada pergunta pedia dois reais, e algumas dava barato, segundo tomava o pulso aos perguntantes, e quando atinava com a casa daqueles cujos sucessos já sabia, ainda que nada lhe perguntassem para não ter de pagar, fazia ele o sinal ao macaco e logo dizia que lhe dissera tal e tal coisa, sempre ajustadas com o

---

[1] Para escapar ao cumprimento das penas pronunciadas em Castela, que não eram aplicáveis naquele reino.

sucedido, com o qual granjeava crédito inefável e andavam todos atrás dele. Outras vezes, por ser muito discreto, respondia de maneira que as respostas quadravam bem com as perguntas; e como ninguém o chamava nem apertava a dizer como o seu bugio adivinhava, a todos pasmava com suas bugiarias, e enchia os bolsos.

Assim como entrou na estalagem, reconheceu D. Quixote e Sancho, graças a cujo conhecimento lhe foi fácil pôr admiração a D. Quixote e a Sancho Pança e a todos os que nela estavam. Mas tal lhe houvera de custar caro se D. Quixote baixasse um pouco mais a mão ao cortar a cabeça do rei Marsílio e destruir toda a sua cavalaria, como fica dito no capítulo precedente.

Isto é o que havia a dizer de mestre Pedro e o seu macaco.

E voltando a D. Quixote de La Mancha, digo que, depois de sair da estalagem, determinou de ver primeiro as ribeiras do rio Ebro e todos aqueles contornos, antes de entrar na cidade de Saragoça, pois para tudo isso lhe dava tempo o muito que ainda faltava dali até as justas. Com essa intenção seguiu o seu caminho, pelo qual andou por dois dias sem que lhe acontecesse coisa digna de ser posta por escrito, até que, no terceiro, quando ia subindo uma lomba, ouviu um grande rumor de tambores, trombetas e arcabuzes. De início pensou que alguma tropa de soldados ia passando ali por perto, e para vê-los picou Rocinante ladeira acima. E chegando ao topo da lomba viu ao pé dela, a seu parecer, mais de duzentos homens armados de diferentes sortes de armas, como chuços, balestras, partasanas, alabardas e piques, mais alguns arcabuzes e muitas rodelas. Desceu a encosta e se aproximou do esquadrão até distintamente ver as bandeiras, observar as cores e estudar as divisas que nelas traziam, especialmente uma que num estandarte ou pendão de cetim branco vinha, no qual estava pintado muito ao vivo um burrico de cabeça erguida, boca aberta e língua de fora, em ato e postura como se estivesse zurrando. À volta dele estavam escritos em letras grandes estes dois versos:

Não azurraram debalde
nossos dois bravos alcaides[2]

Dessa insígnia deduziu D. Quixote que aquele povo havia de ser da aldeia do zurro, e assim o disse a Sancho, declarando-lhe o que no estandarte vinha escrito. Também lhe disse que o muleteiro que lhes dera notícia daquele caso se enganara ao dizer que tinham sido dois vereadores os que zurraram, uma vez que, segundo os versos do estandarte, não eram senão alcaides. Ao que respondeu Sancho Pança:

— Senhor, nisso não cabe reparo, pois bem pode ser que os vereadores que então zurraram com o tempo viessem a ser alcaides da sua aldeia e, assim, possam ser chamados por ambos os títulos. Quanto mais que não importa à verdade da história serem os zurradores alcaides ou vereadores, como eles tenham realmente zurrado, porque tão a pique está de zurrar um alcaide como um vereador.

Finalmente, conheceram e souberam como a gente da aldeia vexada saía a batalhar com a da outra que a vexava além do justo e do devido à boa vizinhança.

Foi-se chegando a eles D. Quixote, com não pequeno pesar de Sancho, que nunca foi amigo de se meter em semelhantes jornadas. Os do esquadrão o acolheram no meio dele, pensando ser algum dos da sua parcialidade. D. Quixote, levantando a viseira,

---

[2] Inversão do ditado *"rebuznaron en balde el uno y el otro alcalde"*.

com gentil brio e compostura se achegou ao estandarte do asno, e ali se lhe puseram à roda todos os mais principais do exército, para o verem, admirados com a costumada admiração em que caíam todos os que da vez primeira o olhavam. D. Quixote, quando os viu fitando-o tão atentos, sem que ninguém lhe falasse nem lhe perguntasse nada, quis aproveitar daquele silêncio e, rompendo o seu, ergueu a voz e disse:

— Meus bons senhores, quão encarecidamente posso vos suplico que não interrompais um razoamento que vos quero fazer, enquanto não virdes que vos desgosta e enfada; pois se tal acontecer, com o mais mínimo sinal que me fizerdes porei um selo sobre a minha boca e uma mordaça[3] na minha língua.

Todos lhe disseram que dissesse o que queria, que de boa mente o escutariam. D. Quixote, com tal licença, prosseguiu dizendo:

— Eu, senhores meus, sou cavaleiro andante, cujo exercício é o das armas e cuja profissão, a de favorecer os necessitados de favor e socorrer os desvalidos. Dias há que eu soube de vossa desgraça e da causa que vos move a tomar as armas a cada passo para vos vingardes de vossos inimigos. E, tendo discorrido uma e muitas vezes em meu entendimento sobre o vosso caso, acho, segundo as leis do duelo, que estais enganados em vos terdes por afrontados, porque nenhuma pessoa particular pode afrontar os moradores todos de uma aldeia, como não seja dando-os por junto como traidores, por não saber quem particularmente cometeu a traição pela qual a desafia. Exemplo disso nos dá D. Diego Or-

---

[3] Trata-se aqui do instrumento usado pelo Santo Ofício contra os condenados por blasfêmia, uma peça de metal presa à cabeça que apertava a língua e a mantinha fora da boca, impedindo a vítima de falar.

dóñez de Lara, que desafiou toda a gente zamorana por ignorar que só Vellido Dolfos cometera a traição de matar o seu rei e, assim, desafiou a todos, e a todos tocava a vingança e a resposta. Se bem é verdade que o senhor D. Diego andou um tanto exagerado e foi com efeito muito além dos limites do desafio, pois não tinha para que desafiar os mortos e as águas, nem os pães, nem os que estavam por nascer, nem as outras minudências que ali se declaram.[4] Mas seja, pois, quando a cólera transborda a madre, não tem a língua padre, mestre nem freio que a possa conter. Portanto, não podendo um só afrontar reino, província, cidade, república nem povoação inteira, tira-se em limpo que não há para que tomar vingança do desafio de tal afronta, porque o não é. Pois boa história seria que a cada passo se matassem os da aldeia da Relógia com aqueles que assim a chamam, e a mesma coisa os paneleiros, berinjeleiros, baleatos, saboeiros,[5] mais os de

---

[4] O episódio aparece em diversos romances tradicionais referentes ao cerco de Zamora pelas tropas de D. Sancho II e à morte deste pela mão de Vellido Dolfos. Diego Ordóñez, primo do rei assassinado, teria jurado vingança desafiando tudo e todos, nos seguintes termos: "*Yo os riepto, los zamoranos, — por traidores fementidos,/ riepto a todos los muertos — y con ellos a los vivos,/ riepto hombres y mugeres, — los por nacer y nacidos,/ riepto a todos los grandes, — a los grandes y a los chicos,/ a las carnes y pescados, y a las aguas de los ríos*".

[5] *Pueblo de la Reloja*: trata-se de Espartinas, na província de Sevilha, que devia o epíteto a uma anedota segundo a qual seus vereadores, ao decidir a compra de um relógio para a torre da matriz, deliberaram que fosse fêmea, e de preferência prenhe. *Ballenatos* designava os madrilenhos, que, segundo outra anedota derrisória, correram a caçar uma cuba de vinho que descia boiando pelo rio Manzanares pensando tratar-se de uma baleia, pela má interpretação do grito de seu dono "*una va llena!*" ("uma vai cheia") como "*una ballena!*". As demais alcunhas se devem a produtos e ofícios locais, sendo *cazoleros* (paneleiros) os naturais de Valladolid, *berenjeneros* os toledanos e *jaboneros* (saboeiros) os sevilhanos.

outros nomes e alcunhas que andam por aí na boca dos rapazes e de gente de menos conta. Boa história seria, por certo, que todas essas insignes povoações se vexassem e vingassem e andassem de contínuo com as espadas feitas sacabuxas por causa de qualquer pendência, por pequena que fosse. Não, não, que Deus o não permita nem queira! Os varões prudentes, as repúblicas bem concertadas por quatro coisas hão de tomar as armas e desembainhar as espadas e pôr em risco suas pessoas, vidas e fazendas: a primeira, por defender a fé católica; a segunda, por defender sua vida, que é de lei natural e divina; a terceira, em defesa de sua honra, de sua família e fazenda; a quarta, em serviço de seu rei em guerra justa. E se lhe quisermos juntar uma quinta, que pode entrar na segunda, é em defesa de sua pátria. A estas cinco causas, como capitais, podem-se acrescentar algumas outras que sejam justas e razoáveis e que obriguem a tomar as armas, mas tomá-las por ninharias e por coisas que são antes de riso e passatempo que de afronta, parece que quem as toma carece de todo razoável discurso. Quanto mais que o tomar vingança injusta, pois justa não há nenhuma que o possa ser, vai direitamente contra a santa lei que professamos, a qual nos manda fazer bem a nossos inimigos e amar os que nos odeiam, mandamento que, conquanto pareça algum tanto dificultoso de cumprir, somente o é para aqueles que têm menos de Deus que do mundo e mais de carne que de espírito. Porque Jesus Cristo, Deus e homem verdadeiro, que nunca mentiu, nem pôde nem pode mentir, sendo legislador nosso, disse que seu jugo era suave e sua carga leve, e assim não nos havia de mandar coisa que fosse impossível cumprir.[6] Portanto, meus

---

[6] A tirada remete aos Evangelhos, especialmente a Mateus.

senhores, por leis divinas e humanas estão vossas mercês obrigados a se assossegar.

— O diabo que me leve — disse então Sancho entre si — se este meu amo não é teólogo, e se o não é, bem o parece como um ovo ao outro.

Tomou D. Quixote um pouco de alento e, vendo que ainda lhe prestavam atenção e silêncio, quis passar avante em sua fala, e teria passado se não se metesse em meio a agudeza de Sancho, o qual, vendo que o seu amo fazia pausa, tomou-lhe a palavra, dizendo:

— Meu senhor D. Quixote de La Mancha, em outro tempo chamado o Cavaleiro da Triste Figura e que agora se chama o Cavaleiro dos Leões, é um fidalgo muito avisado, que sabe latim e romance que nem um bacharel, e em tudo quanto trata e aconselha procede como muito bom soldado, e tem na ponta da língua todas as leis e ordenanças daquilo que chamam duelo. Portanto basta a vossas mercês se deixarem levar pelo que ele disser, e sobre mim caiam se errarem. Quanto mais que está bem dito ser grande asneira se vexarem só de ouvir um zurro, e eu me lembro que, quando rapaz, zurrava quando e quanto me dava na tineta, sem ninguém me ir à mão, e com tanta graça e propriedade que, em zurrando eu, zurravam todos os asnos do lugar, e nem por isso eu deixava de ser filho dos meus pais, que eram honradíssimos, e ainda que por essa habilidade fosse invejado por mais de quatro engomados da minha aldeia, não se me dava uma mínima. E por que vejam que falo a verdade, esperem e escutem, pois esta ciência é como a do nadar, que uma vez aprendida nunca se esquece.

E em seguida, tapando o nariz com a mão, começou a zurrar tão rijo, que todos os vales próximos ressoaram. Mas um dos que estavam perto dele, tomando aquilo por zombaria, levantou um varapau que na mão tinha e lhe acertou tamanho golpe que deu com Sancho Pança no chão. D. Quixote, ao ver Sancho tão malparado, arremeteu com a lança em punho contra quem o derrubara. Mas foram tantos os que se lhe puseram no caminho, que não foi possível tomar vingança; antes, vendo que sobre ele chovia uma surriada de pedras e que o ameaçavam mil armadas balestras e não menos quantidade de arcabuzes, virou as rédeas a Rocinante e, a todo o galope que pôde, saiu dentre eles, rogando a Deus de todo coração que daquele perigo o livrasse, temendo a cada passo que alguma bala lhe entrasse pelas costas e lhe saísse pelo peito, e a cada passo tomava alento por ver se lhe faltava.[7]

Mas os do esquadrão se contentaram em vê-lo fugir, sem atirar. Quanto a Sancho, apenas tornou em si, o colocaram sobre o seu jumento e o deixaram ir após seu amo, bem que sem sentido para levar as rédeas; mas o ruço por si seguiu as pegadas de Rocinante, sem o qual não ficava um momento. Então, alongado um bom trecho, D. Quixote virou a cabeça e, vendo que Sancho vinha e ninguém o seguia, esperou por ele.

Os do esquadrão ficaram lá até a noite e, não saindo os seus contrários à batalha, voltaram para a sua aldeia, regozijados e alegres. E se eles soubessem o antigo costume dos gregos, naquele lugar e sítio teriam erguido um troféu.

---

[7] Segundo a crença popular, o alento, fluido da alma, podia escapar pelas feridas, junto com o sangue.

Capítulo XXVIII

De coisas que diz Benengeli
que as saberá quem as ler, se as ler com atenção

Quando o valente foge, está descoberta a perfídia, e é de varões prudentes guardar-se para melhor ocasião. Essa verdade se verificou em D. Quixote, o qual, deixando atrás a fúria do povo e as más intenções daquele indignado esquadrão, pôs os pés em polvorosa e, sem se lembrar de Sancho nem do perigo em que o deixava, se afastou tanto quanto lhe pareceu bastante para estar seguro. Seguia-o Sancho atravessado em seu jumento, como fica relatado. Chegou enfim, já tornado em seu sentido, e ao chegar se deixou cair do ruço aos pés de Rocinante, todo ansioso, todo moído e todo surrado. Apeou-se D. Quixote para tentear os seus ferimentos, mas, como o achou são dos pés à cabeça, com grande cólera lhe disse:

— Maldita a hora em que soubestes zurrar, Sancho! E donde tirastes que é bem falar de corda em casa de enforcado? Que contraponto a música dos zurros havia de ganhar senão de varapaus? E dai graças a Deus, Sancho, que depois de vos benzerem a pauladas não vos fizeram o *per signum crucis*[1] com um alfanje.

— Não estou para responder — respondeu Sancho —, pois sinto como se falasse pelas costas. Montemos e saiamos daqui, que eu deixarei em silêncio os meus zurros, mas não o dizer que

---

[1] Corte em cruz feito no rosto.

os cavaleiros andantes fogem e deixam os seus bons escudeiros nas mãos dos inimigos, mais moídos que grão na mó ou no pilão.

— Retirada não é fugida — respondeu D. Quixote. — E hás de saber, Sancho, que a valentia que não se funda sobre a base da prudência se chama temeridade, e as façanhas do temerário mais se devem à boa fortuna que à sua coragem. E assim confesso que me retirei, mas não fugi, e nisto imitei muitos valentes que se guardaram para melhor ocasião, e disto estão cheias as histórias, as quais, por não serem a ti de proveito nem a mim de gosto, não as relato agora.

Então já estava Sancho a cavalo, ajudado por D. Quixote, o qual por sua parte montou em Rocinante, e passo a passo se foram emboscar numa alameda que sobre um quarto de légua dali se avistava. De quando em quando dava Sancho uns ais profundíssimos e uns gemidos dolorosos; e perguntando-lhe D. Quixote a causa de tão amargo sentimento, respondeu que da ponta do espinhaço até a nuca sentia tamanha dor que lhe tirava os sentidos.

— A causa dessa dor — disse D. Quixote — sem dúvida deve de ser que, como o varapau com que te deram era grande e comprido, te colheu todas as costas, onde estão todas essas partes que te doem. E se mais te colhesse, mais te doeria.

— Por Deus — disse Sancho — que vossa mercê me tirou de uma grande dúvida e a declarou em belos termos! Corpo de mim! Tão encoberta estava a causa da minha dor, que foi preciso declarar que me dói tudo quanto recebeu paulada? Se me doessem os tornozelos, ainda valeria andar adivinhando o porquê dessa dor, mas dizer que me dói onde me bateram não é muito adivinhar. À fé, senhor nosso amo, que o mal alheio pesa como um cabelo, e a cada dia vou descobrindo o pouco que posso esperar da companhia de vossa mercê; porque, se desta vez me deixou espancar, outra e outras cem voltaremos às famosas manteações e outras travessuras que, se agora me custaram os costados, depois me custarão os olhos. Muito melhor faria eu, não fosse um bárbaro que nada de bom fará em toda a vida, muito melhor faria eu, volto a dizer, em voltar para minha casa e minha mulher e meus filhos, e sustentá-la e criá-los com o que Deus foi servido de me dar, e não andar atrás de vossa mercê por caminhos sem caminho e por trilhas e carreiras que não têm nenhuma, bebendo mal e comendo pior. Pois vinde provar do meu dormir! Contai, irmão escudeiro, sete palmos de terra ou, se não for bastante, tomai quantos quiserdes, que em vossa mão está, e deitai-vos a toda a vossa vontade. Queimado eu veja e feito pó o primeiro que pôs a andar a andante cavalaria, ou pelo menos o primeiro que quis ser escudeiro de tais tontos como devem de haver sido todos os cavaleiros andantes passados. Dos presentes não digo nada, pois, sendo vossa mercê um deles, quero lhes guardar respeito, e porque sei que vossa mercê sabe um tanto mais que o diabo em tudo quanto fala e pensa.

— Eu bem apostaria, Sancho — disse D. Quixote —, que, agora que ides falando sem ninguém vos ir à mão, não vos dói nada em todo o corpo. Falai, filho meu, tudo aquilo que vos vier ao pensamento e à boca, que a troco de não vos doer nada, terei eu por gosto o pesar que me dão vossas impertinências. E se tanto desejais voltar a vossa casa com vossa mulher e filhos, não permita Deus que eu vo-lo impeça. Dinheiros meus tendes; olhai quanto faz que desta terceira vez saímos da nossa aldeia e olhai o que podeis e deveis ganhar cada mês, e pagai-vos por vossa mão.

— Quando eu servia — respondeu Sancho — a Tomé Carrasco, pai do bacharel Sansón Carrasco, que vossa mercê bem conhece, dois ducados ganhava por mês, além da comida. Com vossa mercê não sei quanto possa ganhar, mas sei que tem mais trabalho o escudeiro do cavaleiro andante que o que serve a um lavrador, pois, afinal, os que servimos a lavradores, por mais que trabalhemos de dia, por pior que seja, à noite jantamos quente e dormimos em cama, na qual nunca mais dormi depois que comecei a servir a vossa mercê. Tirando o pouco tempo que estivemos na casa de D. Diego de Miranda, e o bródio que tive com a espuma que tirei dos caldeirões de Camacho, e o que comi e bebi e dormi em casa de Basilio, todo o resto do tempo tenho dormido na dura terra, a céu aberto, sujeito às chamadas inclemências do céu, sustentando-me com lascas de queijo e pão duro, e bebendo águas, ou de ribeiros, ou de fontes, das que encontramos por esses ermos onde andamos.

— Confesso — disse D. Quixote — que seja verdade tudo o que dizes, Sancho. Quanto entendeis que vos devo dar além do que vos dava Tomé Carrasco?

— A meu ver — disse Sancho —, com dois reais por mês que vossa mercê acrescentar, me darei por bem pago. Isso quanto ao salário do meu trabalho; mas quanto à satisfação da palavra e da promessa que vossa mercê me tem feita de me dar o governo de uma ínsula, seria justo que se acrescentassem mais seis reais, o que ao todo daria trinta.

— Está muito bem — replicou D. Quixote. — Contai o salário que vos determinastes, *pro rata* os vinte e cinco dias desde que saímos da nossa aldeia, e olhai quanto vos devo e pagai-vos por vossa mão, como já disse.

— Ah, corpo de mim! — disse Sancho. — Vossa mercê vai muito errado nesta conta, pois o prometimento da ínsula se há de contar desde o dia em que vossa mercê a prometeu até a presente hora em que estamos.

— Mas que tanto tempo faz que a prometi, Sancho? — perguntou D. Quixote.

— Se mal não me lembro — respondeu Sancho —, deve de fazer mais de vinte anos, três dias mais ou menos.

Deu-se D. Quixote uma grande palmada na testa e desatou a rir com muita vontade, dizendo:

— Eu não andei na Serra Morena, nem em todo o discurso das nossas saídas, mais que dois meses, quando muito, e dizes que faz vinte anos que te prometi a ínsula? Pois eu digo, Sancho, que queres que se consuma nos teus salários todo o meu dinheiro que carregas. E se isto é assim e esse é o teu desejo, aqui mesmo to dou, e bom proveito te faça, pois a troco de me ver livre de tão ruim escudeiro, eu muito folgaria de ficar pobre e sem um cobre. Mas diz-me, prevaricador das ordenanças escudeiras da andante cavalaria, onde viste ou leste que algum escudeiro de cavaleiro andante se tenha posto a regatear com seu senhor que "tanto mais tanto me haveis de dar por cada mês que vos sirva"? Entra, malfeitor, patife e monstro, que tudo isto pareces, entra, digo, pelo mare-magnum das suas histórias, e se acaso achares algum escudeiro que tenha dito ou pensado o que aqui disseste, quero que mo lances em rosto e por cima o seles com quatro bofetões. Vira as rédeas, ou o cabresto, ao ruço e volta para tua casa, pois daqui por diante não hás de passar nem mais um passo comigo. Oh pão mal-agradecido! Oh promessas mal-empregadas! Oh homem que tem mais de besta que de gente! Justo agora, quando eu pensava pôr-te em estado, e tal que, apesar da tua mulher, te chamariam "senhoria", te despedes? Agora te vais, quando eu vinha com a intenção firme e valedia de te fazer senhor da melhor ínsula do mundo? Enfim, como tu mesmo disseste outras vezes, não é o mel etc.[2]

---

[2] O provérbio inteiro, tal como Sancho já o citou (ver *DQ* I, cap. LII), diz "não é o mel para a boca do asno".

Asno és, asno hás de ser e em asno hás de parar quando se te acabar o curso da vida, do qual tenho para mim que chegará ao seu último termo antes que tu caias e dês na conta de que és uma besta.

Olhava Sancho para D. Quixote de fito a fito enquanto os tais vitupérios lhe dizia. E se compungiu de maneira que lhe vieram as lágrimas aos olhos, e com voz doída e embargada lhe disse:

— Senhor meu, confesso que para ser um asno completo não me falta mais que o rabo. Se vossa mercê mo quiser colocar, eu o darei por bem colocado e o servirei como jumento todos os dias que me restarem de vida. Vossa mercê me perdoe e tenha dó de minha mocidade, e veja que sei pouco e que, se falo muito, isso mais procede de doença que de malícia; mas quem erra e se emenda, a Deus se encomenda.

— Muito me maravilharia, Sancho, se não metesses um ditadozinho no teu colóquio. Pois bem, eu te perdoo, contanto que tomes emenda e daqui em diante não te mostres tão amigo do interesse, mas procures alargar o coração e te alentes e animes a esperar o cumprimento das minhas promessas, que, por mais que se demore, não se impossibilita.

Sancho respondeu que assim faria, bem que tirando forças da fraqueza.

Com isto entraram na alameda, e D. Quixote se acomodou ao pé de um olmo e Sancho ao de uma faia, que essas tais árvores e outras suas semelhantes sempre têm pés, e não mãos. Sancho passou a noite penosamente, pois o varapau mais se fazia sentir com o sereno. D. Quixote a passou em suas contínuas memórias. Mas, contudo, deram os olhos ao sono e, ao romper da aurora, seguiram seu caminho, buscando as ribeiras do famoso Ebro, onde lhes aconteceu o que se contará no capítulo seguinte.

Capítulo XXIX

DA FAMOSA AVENTURA DO BARCO ENCANTADO

Por seus passos contados e por contar, dois dias depois de deixarem a alameda, chegaram D. Quixote e Sancho ao rio Ebro, e vê-lo foi motivo de grande gosto para D. Quixote, que contemplou e mirou nele a amenidade das suas ribeiras, a claridade das suas águas, o sossego do seu curso e a fartura dos seus líquidos cristais, cuja alegre vista renovou na sua memória mil amorosos pensamentos. Especialmente volveu e revolveu as coisas que vira na gruta de Montesinos, pois, por mais que o macaco de mestre Pedro lhe tivesse dito que parte daquelas coisas eram verdade e parte mentira, ele se atinha mais às verdadeiras que às mentirosas, bem ao contrário de Sancho, que todas tinha pela mesma mentira.

Indo pois dessa maneira, se lhe ofereceu à vista um pequeno barco sem remos nem enxárcia alguma, amarrado na margem ao tronco de uma árvore que na ribeira estava. Olhou D. Quixote por toda a parte e não viu pessoa alguma; e logo sem mais nem mais se apeou de Rocinante e mandou que Sancho fizesse o mesmo do ruço e que amarrasse ambas as bestas bem juntas ao tronco de um álamo ou salgueiro que ali estava. Perguntou-lhe Sancho a causa daquele súbito apear e daquele atamento. Respondeu D. Quixote:

— Hás de saber, Sancho, que este barco que aqui está, direitamente e sem poder ser outra coisa em contrário, me está chamando e convidando a nele entrar e nele ir dar socorro a algum

331

cavaleiro ou a outra necessitada e principal pessoa que deve de estar posta nalguma grande coita. Porque este é estilo dos livros das histórias cavaleirescas e dos encantadores que nelas se intrometem e intervêm: quando algum cavaleiro está posto em trabalhos dos quais não pode ser livrado senão por mão de outro cavaleiro, posto que estejam distantes um do outro duas ou três mil léguas, e até mais, ou o arrebatam numa nuvem, ou lhe deparam um barco onde entrar, e em menos de um abrir de olhos o levam, ou pelos ares, ou pelo mar, aonde querem e hão mister sua ajuda. Portanto, oh Sancho!, este barco está posto aqui para o mesmo efeito, e é isto tão verdade como que agora é dia, e antes que este se passe, amarra juntos o ruço e Rocinante, e à mão de Deus, que nos guie, pois eu não deixarei de me embarcar, ainda que mo viessem pedir frades descalços.

— Se é assim — respondeu Sancho — e a cada passo vossa mercê quer dar com esses que eu não sei se chamo disparates, não há senão obedecer e baixar a cabeça, atendendo ao ditado: "Sê moço bem mandado, e comerás com teu amo o bocado". Mas, para o descargo da minha consciência, devo advertir vossa mercê que a mim me parece que este tal barco não é dos encantados, senão de uns pescadores deste rio, porque nele se pescam as melhores savelhas do mundo.

Isto dizia Sancho enquanto amarrava as bestas, deixando-as à proteção e ao amparo dos encantadores, para grande pesar da sua alma. D. Quixote lhe disse que não se doesse do desamparo daqueles animais, pois aquele que havia de levar a eles dois por tão longínquas sendas e latitudes teria cuidado de os sustentar.

— Não entendo isso de *ratitudes* — disse Sancho —, nem nunca ouvi tal vocábulo em todos os dias da minha vida.

— *Latitude* — respondeu D. Quixote — quer dizer largura, e não maravilha que o não entendas, pois não estás obrigado

332

a saber latim, como alguns que presumem de o saber quando o ignoram.

— Já estão amarrados — replicou Sancho. — Que temos de fazer agora?

— Quê? — respondeu D. Quixote. — Benzer-nos e levantar ferros, quero dizer, embarcar-nos e cortar os cabos com que este barco está amarrado.

E saltando para dentro dele, seguido de Sancho, cortou a corda, e o barco aos poucos se foi afastando da ribeira, e quando Sancho se viu cerca de duas varas dentro do rio, começou a tremer, temendo sua perdição, mas nenhuma coisa lhe doeu mais que ouvir o ruço ornejar e ver que Rocinante pelejava para se desatar, e disse ao seu senhor:

— O ruço está zurrando condoído da nossa ausência, e Rocinante peleja por ganhar liberdade para se lançar atrás de nós. Oh caríssimos amigos, ficai em paz, e que a loucura que nos afasta de vós, convertida em desengano, logo nos devolva à vossa presença!

E começou a chorar tão amargamente que D. Quixote, desgostoso e colérico, lhe disse:

— Que temes, cobarde criatura? De que choras, coração de manteiga? Quem te persegue ou te acossa, ânimo de rato caseiro, ou que te falta, desvalido em meio das entranhas da abastança? Acaso vais caminhando a pé e descalço pelos Montes Rifeus,[1] que não sentado numa tábua feito um arquiduque, seguindo o sesgo curso deste agradável rio, donde em breve espaço sairemos

---

[1] Os *Riphœi Montes* (montes nevados), proverbialmente inóspitos, situados sem maior precisão na antiga Cítia e tidos, na geografia clássica, como limite oriental da Europa.

ao mar dilatado? E já devemos de ter saído e caminhado pelo menos setecentas ou oitocentas léguas, e se eu tivesse aqui um astrolábio com que medir a altura do polo, te diria quantas caminhamos, se bem que, ou sei pouco do assunto, ou já cruzamos ou logo haveremos de cruzar a linha equinocial, que divide e corta os dois contrapostos polos em iguais porções.

— E quando chegarmos a essa lenha que vossa mercê diz — perguntou Sancho —, quanto teremos caminhado?

— Muito — replicou D. Quixote —, porque, de trezentos e sessenta graus que contém o globo de água e de terra, segundo o cômputo de Ptolomeu, que foi o maior cosmógrafo de que se tem notícia, já devemos de ter caminhado a metade, chegando à dita linha que eu disse.

— Por Deus — disse Sancho — que vossa mercê me põe por testemunha de ter chamado uma gentil pessoa de puto e gafo, e ainda tolo meu, ou seu, ou de não sei quem.

Riu-se D. Quixote da interpretação que Sancho dera ao nome e ao cômputo e conta do cosmógrafo Ptolomeu e lhe disse:

— Hás de saber, Sancho, que os espanhóis e quantos se embarcam em Cádis para ir às Índias Orientais, um dos sinais que têm para entender que cruzaram a linha equinocial que te disse é morrerem todos os seus piolhos, sem que reste nenhum a ninguém que vai no navio, e em todo ele não achariam um só ainda que o pagassem a ouro; portanto podes, Sancho, passar a mão por uma coxa: se topares coisa viva, sairemos desta dúvida, e se é que não já cruzamos.

— Eu não creio em nada disso — respondeu Sancho —, mas farei o que vossa mercê manda, ainda sabendo que não há necessidade de fazer essas experiências, pois vejo com meus próprios olhos que não nos afastamos da ribeira nem cinco varas, e nem duas nos alongamos donde estão os animais, porque lá estão Rocinante e o ruço no mesmo lugar onde os deixamos; e tomada a distância a olho, como agora a tomo, voto a tal que não nos movemos nem andamos ao passo de uma formiga.

— Faz, Sancho, a averiguação que te disse, e não cuides em outras, pois não sabes que são coluros, latitudes, paralelos, zodíacos, eclípticas, polos, solstícios, equinócios, planetas, signos, pontos, medidas,[2] que compõem a esfera celeste e terrestre, pois se todas estas coisas soubesses, ou parte delas, verias claramente quantos paralelos já cortamos, quantos signos vimos e quantas constelações deixamos atrás e vamos deixando agora. E torno a dizer que te apalpes e cates, pois tenho para mim que estás mais limpo que uma folha de papel liso e branco.

Apalpou-se Sancho e, chegando a mão com cuidado e tento à dobra da perna esquerda, ergueu a cabeça, fitou seu amo e disse:

— Ou a experiência é falsa, ou ainda não chegamos aonde vossa mercê diz, nem a muitas léguas.

— Como assim? — perguntou D. Quixote. — Topaste algo?

— E até algos! — respondeu Sancho.

E sacudindo os dedos lavou-se toda a mão no rio, no qual sossegadamente deslizava o barco pelo meio da corrente, sem que o movesse inteligência secreta alguma nem algum encantador escondido, senão o mesmo curso da água, então brando e suave.

Nisto descobriram umas grandes azenhas que no meio do rio estavam, e assim como D. Quixote as viu, em voz alta disse a Sancho:

---

[2] Termos técnicos de astronomia e navegação frequentes no *Tratado da Esfera*, de Sacrobosco, escrito no século XIII e adotado, numa versão ampliada, pelas escolas europeias ao longo dos séculos XVI e XVII.

— Olha lá, oh amigo! Aí se descobre a cidade, castelo ou fortaleza onde deve de estar algum cavaleiro oprimido, ou alguma rainha, infanta ou princesa malparada, para cujo socorro aqui fui trazido.

— Que diabo de cidade, fortaleza ou castelo é esse que vossa mercê diz, senhor? — disse Sancho. — Não vê que aquelas são azenhas postas no rio, onde se mói o trigo?

— Cala-te, Sancho — disse D. Quixote —, pois ainda que pareçam azenhas não o são, e já te disse que todas as coisas os encantamentos mudam e transtornam do seu ser natural. Não quero dizer que as mudem realmente de um em outro ser, senão que assim parece, como a experiência nos mostrou na transformação de Dulcineia, único refúgio das minhas esperanças.

Nisto o barco, colhido pela corrente maior do rio, começou a avançar não mais tão lentamente como até então. Os moleiros das azenhas, vendo vir aquele barco pelo rio a jeito de embocar pela torrente das rodas, saíram com presteza muitos deles armados de longas varas para detê-lo, e como saíam enfarinhados e com o rosto e as roupas cobertos do pó da farinha, representavam uma feia visão. Davam grandes vozes, dizendo:

— Demônios de homens, aonde ides? Estais desesperados, que vos quereis afogar e fazer em pedaços nestas rodas?

— Eu não te disse, Sancho — disse então D. Quixote —, que chegamos ao ponto onde hei de mostrar a quanto chega o valor do meu braço? Olha quantos bandidos e malfeitores saem ao meu encontro, olha quantos monstros se me opõem, quantas más cataduras nos vêm assombrar. Pois agora vereis, velhacos!

E, posto em pé no barco, a grandes vozes começou a ameaçar os moleiros, dizendo-lhes:

— Canalha malvada e pior aconselhada, deixai em sua liberdade e livre arbítrio a pessoa que nessa vossa fortaleza ou prisão tendes oprimida, seja ela alta ou baixa, de qualquer sorte ou qualidade, pois eu sou D. Quixote de La Mancha, por outro nome chamado "o Cavaleiro dos Leões", a quem está reservado por ordem dos altos céus dar feliz fim a esta aventura.

E dizendo isto meteu mão à espada e a começou a esgrimir no ar contra os moleiros, os quais, ouvindo e não entendendo aquelas sandices, se puseram com suas varas a deter o barco, que já ia entrando na torrente e calha das rodas.

Sancho se pôs de joelhos, pedindo devotamente ao céu que o livrasse de perigo tão manifesto, no que foi atendido pela indústria e presteza dos moleiros, que opondo-se ao barco com suas varas o detiveram; mas não de maneira que o deixassem de virar e dar com D. Quixote e Sancho na água. Contudo não se saiu de todo mal D. Quixote, pois sabia nadar como um pato, mas ainda assim o peso da armadura o levou ao fundo por duas vezes, e não fosse pelos moleiros, que se atiraram na água e puxaram os dois como pesos mortos, ali fora Troia para ambos.[3]

Deitados pois em terra, mais molhados que mortos de sede, Sancho se ajoelhou, com as mãos postas e os olhos cravados no céu, e pediu a Deus com uma longa e devota prece que dali em diante o livrasse dos atrevidos desejos e cometimentos do seu senhor.

Chegaram então os pescadores donos do barco, já feito em pedaços pelas rodas das azenhas, e vendo o dano arremeteram a despojar Sancho e a pedir a D. Quixote que o pagasse, quem, com grande sossego, como se nada se tivesse passado com ele, disse aos

---

[3] Frase proverbial que indica desastre, derrota, felicidade perdida. Provém da *Eneida* (III, 5, vv. 10-11); em português, a expressão tem curso na forma original, "*ubi Troia fuit*".

moleiros e pescadores que pagaria o barco de boníssimo grado, à condição de que lhe entregassem livre e quite a pessoa ou pessoas que naquele seu castelo estavam oprimidas.

— Que pessoas e que castelo dizes, homem sem juízo? — respondeu um dos moleiros. — Queres porventura levar as que vêm moer o trigo nestas azenhas?

— Basta! — disse D. Quixote entre si. — Aqui será pregar no deserto querer por rogos reduzir esta canalha a praticar virtude alguma, e nesta aventura se devem de haver encontrado dois poderosos encantadores, um estorvando o que outro intenta: um me deparou o barco, o outro deu comigo na água. Deus o remedeie, que todo este mundo é máquinas e tramas contrárias umas das outras. Eu não posso mais.

E levantando a voz prosseguiu dizendo e fitando as azenhas:

— Amigos, sejais quem fordes, que nessa prisão ficais trancados, perdoai-me, pois para a minha desgraça e para a vossa eu não vos posso tirar de vossa coita. Para outro cavaleiro deve de estar guardada e reservada esta aventura.

Em dizendo isto se concertou com os pescadores e pagou pelo barco cinquenta reais, os quais deu Sancho de malíssima vontade, dizendo:

— Mais duas barcadas como esta, e todo o nosso cabedal se irá ao fundo.

Os pescadores e moleiros estavam admirados olhando aquelas duas figuras ao parecer tão fora do uso dos outros homens, e não acabavam de entender aonde se encaminhavam as razões e perguntas que D. Quixote lhes dizia, e tendo-os por loucos os deixaram e se recolheram às suas azenhas, e os pescadores aos seus ranchos. Voltaram D. Quixote e Sancho às suas bestas, e a ser bestas, e este fim teve a aventura do encantado barco.

Capítulo XXX

Do que ocorreu com D. Quixote
e uma bela caçadora

Assaz melancólicos e amuados chegaram aos seus animais cavaleiro e escudeiro, especialmente Sancho, a quem doía na alma mexer no cabedal de dinheiro, parecendo-lhe que tudo o que dele se tirava era tirá-lo das meninas dos seus olhos. Finalmente, sem se falarem palavra, montaram e se afastaram do famoso rio: D. Quixote sepultado nos pensamentos dos seus amores e Sancho nos do seu acrescentamento, que então pensava estar bem longe de o ter, pois, apesar de tolo, bem entendia que as ações do seu amo, todas ou as mais delas eram disparates, e buscava a ocasião para, sem entrar em contas nem despedimentos com seu senhor, qualquer dia se desgarrar e ir-se embora para sua casa. Mas a fortuna ordenou as coisas bem ao contrário do que ele temia.

Aconteceu, pois, que no dia seguinte, ao pôr do sol e ao sair de uma selva, alongou D. Quixote a vista por um verde prado e no extremo dele avistou gente, e chegando-se perto conheceu que eram caçadores de altanaria. Chegou-se mais e entre eles viu uma galharda senhora sobre um palafrém ou hacaneia branquíssima, adornada de guarnições verdes e com um silhão de prata. Vinha a senhora também vestida de verde, tão bizarra e ricamente, que a mesma bizarria vinha nela encarnada. Na mão esquerda trazia um açor, sinal que deu a entender a D. Quixote ser aquela uma grande senhora, que o devia ser de todos aqueles caçadores, como de verdade o era, e assim disse a Sancho:

— Corre, Sancho meu filho, e vai dizer àquela senhora do palafrém e do açor que eu, o Cavaleiro dos Leões, beija as mãos a sua grande fermosura e que, se sua grandeza me der licença, lá irei beijá-las e servi-la em quanto minhas forças puderem e sua alteza me mandar. E olha bem, Sancho, como falas, e tem conta de não encaixar algum dos teus ditados na tua embaixada.

— Grande encaixador houvera de ser — respondeu Sancho. — Boa história! Como se fosse a primeira vez nesta vida que levo embaixadas a altas e crescidas senhoras!

— Tirando a que levaste à senhora Dulcineia — replicou D. Quixote —, eu não sei que tenhas levado outra, ao menos no meu serviço.

— Isso é verdade — respondeu Sancho —, mas a bom pagador não lhe dói o penhor, e em casa cheia asinha se faz a ceia; quero dizer que a mim não há que dizer nem advertir de nada, pois para tudo tenho e de tudo entendo um pouco.

— Disso não duvido, Sancho — disse D. Quixote. — Vai embora, e Deus te guie.

Partiu Sancho de carreira, tirando o ruço de seu passo, e chegou aonde a bela caçadora estava, e apeando-se, posto de joelhos diante dela, lhe disse:

— Formosa senhora, aquele cavaleiro que lá se mostra, chamado "o Cavaleiro dos Leões", é meu amo, e eu sou um escudeiro seu, em sua casa chamado Sancho Pança. Esse tal Cavaleiro dos Leões, que não há muito se chamava o da Triste Figura, por mim envia a dizer a vossa grandeza que seja servida de lhe dar licença para que, com seu propósito e beneplácito e consentimento, ele venha a pôr em obra seu desejo, que não é outro, segundo ele diz e eu penso, senão o de servir a vossa subida altanaria e fermosura, pois em dar-lha vossa senhoria fará coisa que redunde em seu prol e ele receberá assinaladíssima mercê e contentamento.

— Por certo, bom escudeiro — respondeu a senhora —, que destes a embaixada vossa com todas aquelas circunstâncias que as tais embaixadas pedem. Levantai-vos do chão, pois escudeiro de tão grande cavaleiro como é o da Triste Figura, de quem já temos por aqui muita notícia, não é justo que esteja de joelhos. Levantai-vos, amigo, e dizei a vosso senhor que venha embora a servir-se de mim e do duque meu marido, numa casa de recreio que aqui temos.

Levantou-se Sancho, admirado assim da formosura da boa senhora como da sua muita distinção e cortesia, e mais ainda de dizer que já tinha notícia do seu senhor o Cavaleiro da Triste Figura, e se o não chamara "o dos Leões" devia de ser porque ele tomara o nome muito novamente. Perguntou-lhe a duquesa (cujo título ainda não se sabe):

— Dizei-me, irmão escudeiro, esse vosso senhor não é um de quem anda impressa uma história chamada do *Engenhoso fidalgo D. Quixote de La Mancha*, que tem por senhora de sua alma uma tal Dulcineia d'El Toboso?

— É ele mesmo, senhora — respondeu Sancho —, e aquele escudeiro seu que anda ou deve de andar na tal história, chamado Sancho Pança, sou eu, se não é que me trocaram no berço, quero dizer, no prelo.

— Tudo isso muito me alegra — disse a duquesa. — Ide, irmão Pança, e dizei ao vosso senhor que ele seja bem-vindo e bem chegado aos meus estados, e que nenhuma coisa me pudera vir que mais contentamento me desse.

Sancho, com tão agradável resposta, com grandíssimo gosto voltou para junto do seu amo, a quem contou tudo o que a grande senhora lhe dissera, levantando aos céus com seus rústicos termos sua muita fermosura, seu grande donaire e cortesia. D. Quixote se galhardeou na sela, estribou-se com firmeza, ajeitou a viseira, arremeteu Rocinante e com gentil denodo foi a beijar as mãos da duquesa; a qual, enquanto D. Quixote chegava, mandando chamar o duque seu marido, lhe contou toda a embaixada sua, e os dois, por terem lido a primeira parte desta história e dela entendido o disparatado humor de D. Quixote, com grandíssimo gosto e com desejo de o conhecer o esperavam, fazendo tenção de lhe dar trela e concordar com ele em quanto lhes dissesse, tratando-o como a cavaleiro andante nos dias que com eles pousasse, com todas as cerimônias costumadas nos livros de cavalarias que eles tinham lido, dos quais eram bem aficionados.

Nisto chegou D. Quixote, levantada a viseira, e dando mostras de se apear, acudiu Sancho a lhe segurar o estribo; mas foi ele tão desastrado que, ao se apear do ruço, prendeu um pé numa corda da albarda de tal maneira que não foi possível desembaraçá-lo, antes ficou pendurado por ele, com a boca e os peitos no chão. D. Quixote, que não estava acostumado a se apear sem que lhe segurassem o estribo, pensando que Sancho já chegara para o segurar, descarregou o corpo com todo o peso e levou após si a sela de Rocinante, que devia de estar mal cilhado, e a sela e ele foram ao chão, não sem vergonha sua nem muitas maldições que entre dentes lançou contra o pobre Sancho, que ainda tinha o pé atravancado.

O duque mandou seus caçadores acudirem cavaleiro e escudeiro, que levantaram D. Quixote magoado da queda, o qual, coxeando e como pôde, foi-se ajoelhar perante os dois senhores. Mas o duque o não consentiu de nenhuma maneira, antes, apeando-se do seu cavalo, foi abraçar D. Quixote, dizendo-lhe:

— Muito me pesa, senhor Cavaleiro da Triste Figura, que a primeira que vossa mercê fez em minha terra tenha sido tão má como se viu; mas descuidos de escudeiros costumam ser causa de outros piores sucessos.

— O que eu tive em vos ver, valoroso príncipe — respondeu D. Quixote —, é impossível que seja ruim, ainda que minha queda não parasse até o profundo dos abismos, pois de lá me levantaria e me tiraria a glória de vos ter visto. Meu escudeiro, que Deus maldiga, melhor desata a língua para dizer malícias que ata e cilha uma sela para que esteja firme; mas, como quer que eu me ache, caído ou levantado, a pé ou a cavalo, sempre estarei ao serviço vosso e ao de minha senhora a duquesa, digna consorte vossa e digna senhora da formosura e universal princesa da cortesia.

— Alto lá, meu senhor D. Quixote de La Mancha! — disse o duque —, pois onde está minha senhora Dª Dulcineia d'El Toboso não é razão que se gabem outras fermosuras.

Já então estava Sancho Pança livre do laço e, achando-se ali perto, antes que seu amo respondesse, disse:

— Não se pode negar, senão afirmar, que é muito formosa a minha senhora Dulcineia d'El Toboso, mas donde menos se espera é que salta a lebre, pois ouvi dizer que isso que chamam natureza é como um oleiro que faz vasilhas de barro, e quem faz uma bonita também pode fazer duas, ou três, ou cem. Digo isso porque minha senhora a duquesa à fé que não fica atrás da minha ama, a senhora Dulcineia d'El Toboso.

Virou-se D. Quixote para a duquesa e disse:

— Vossa grandeza imagine que cavaleiro andante algum no mundo teve escudeiro mais falador nem mais gracioso do que eu tenho, e ele há de confirmar essa verdade, se por alguns dias vossa grande excelsitude se quiser servir de mim.

Ao que a duquesa respondeu:

— Que Sancho, o bom, seja gracioso eu o estimo em muito, porque é sinal de que é discreto, pois as graças e os donaires, senhor D. Quixote, como vossa mercê bem sabe, não assentam sobre engenhos curtos, e como o bom Sancho é gracioso e donairoso, desde agora o confirmo como discreto.

— E falador — acrescentou D. Quixote.

— Tanto melhor — disse o duque —, porque muitas graças não se podem dizer com poucas palavras. E para não perdermos tempo nelas, que venha o grande Cavaleiro da Triste Figura...

— "Dos Leões" há de dizer vossa alteza — disse Sancho —, pois já não há Triste Figura nem figuro.

— Que seja o dos Leões — prosseguiu o duque. — Digo que venha o senhor Cavaleiro dos Leões a um castelo meu que fica aqui perto, onde se lhe fará o acolhimento que a tão alta pessoa se deve por justiça, e que eu e a duquesa costumamos fazer a todos os cavaleiros andantes que a ele chegam.

Já então Sancho havia aderçado e cilhado bem a sela de Rocinante; e montando nele D. Quixote, e o duque em um formoso cavalo, puseram a duquesa em meio e se encaminharam para o castelo. Mandou a duquesa que Sancho fosse junto dela, porque gostava infinito de ouvir suas discrições. Sancho não se fez de rogar e, entrelaçando-se aos três, se fez quarto na conversa, para grande gosto da duquesa e do duque, que tiveram por grande ventura acolher em seu castelo tal cavaleiro andante e tal escudeiro andado.

Capítulo XXXI

Que trata de muitas e grandes coisas

Suma era a alegria que levava Sancho por se ver, segundo entendia, em privança com a duquesa, pois cuidava que em seu castelo havia de achar o que deixara na casa de D. Diego e na de Basilio e, afeiçoado como era à boa vida, tomava pelos cabelos a ocasião de se regalar sempre e quando se lhe oferecia.

Conta pois a história que, antes de chegarem à casa de recreio ou castelo, adiantou-se o duque e deu instruções a todos os seus criados sobre o modo como haviam de tratar D. Quixote, o qual, em chegando com a duquesa às portas do castelo, de pronto saíram dois lacaios ou palafreneiros vestidos até os pés com roupões de finíssimo e rubro cetim e, tomando-o pelos braços, sem ser visto nem ouvido lhe disseram:

— Vá vossa grandeza apear a senhora duquesa.

D. Quixote assim fez, e houve grandes mesuras entre os dois, mas com efeito venceu a porfia da duquesa, que não quis descer ou baixar do palafrém senão nos braços do duque, dizendo que não se achava digna de dar tão inútil carga a tão grande cavaleiro. Enfim veio o duque a apeá-la, e ao entrarem em um grande pátio chegaram duas formosas donzelas e puseram sobre os ombros de D. Quixote um grande manto de finíssimo escarlate,[1] e

---

[1] A recepção de D. Quixote se desenvolve conforme o cerimonial consagrado na literatura cavaleiresca.

num instante todos os corredores do pátio se coroaram de criados e criadas daqueles senhores, dizendo em altas vozes:

— Bem-vindo scja a flor c a nata dos cavaleiros andantes!

E todos ou os mais derramavam frascos de águas de cheiro sobre D. Quixote e sobre os duques, de tudo admirando-se D. Quixote; e aquele foi o primeiro dia que de todo em todo conheceu e creu ser cavaleiro andante verdadeiro, e não fantástico, vendo-se tratar do mesmo modo que segundo lera se tratavam os tais cavaleiros nos passados séculos.

Sancho, desamparando o ruço, colou-se à duquesa e entrou no castelo, mas, remordido da consciência por deixar o jumento sozinho, chegou-se a uma reverenda ama, que com outras a receber a duquesa tinha saído, e em voz baixa lhe disse:

— Senhora González, ou como seja a graça de vossa mercê...

— Dona Rodríguez de Grijalba me chamo — respondeu a duenha. — Que é que mandais, irmão?

Ao que Sancho respondeu:

— Queria que vossa mercê me fizesse a de sair à porta do castelo, onde achará um asno ruço meu, e seja servida de o mandar guardar ou guardá-lo vossa mercê mesma na estrebaria, porque o pobrezinho é um pouco medroso e de maneira nenhuma gostará de estar só.

— Se tão discreto for o amo quanto o moço — respondeu a ama —, bem arrumadas estamos! Ide, irmão, muito em má hora, para vós e para quem aqui vos trouxe, e cuidai vós mesmo do vosso jumento, que as amas desta casa não somos afeitas a semelhantes fainas.

— Pois em verdade — respondeu Sancho — que ouvi dizer do meu senhor, que é entendido das histórias, contando aquela de Lançarote,

> quando da Bretanha vindo,
> que damas curavam dele,
> e duenhas do seu rocim.[2]

Se bem que, no particular do meu asno, eu nunca o trocaria pelo rocim do senhor Lançarote.

— Se sois jogral, irmão — replicou a ama —, guardai as vossas graças para onde o pareçam e lhas paguem, que de mim não recebereis mais que uma figa.

— Ainda bem — respondeu Sancho — que, figa ou figo, será bem mole de madura, pois tem vossa mercê na mão anos sobejos para fechar a quatrinca!

— Filho da puta! — disse a ama, já toda tomada de cólera —, se sou velha ou não, a Deus darei conta, e não a vós, velhaco farto de alhos.

E o disse em voz tão alta que foi ouvida pela duquesa, a qual, virando-se e vendo a ama tão alterada e tão encarniçados seus olhos, lhe perguntou com quem se desentendia.

— Com este bom homem aqui — respondeu a ama —, o qual me pediu encarecidamente que vá guardar na estrebaria um asno seu que está às portas do castelo, trazendo por exemplo que assim o fizeram não sei onde, que umas damas curaram um tal Lançarote e umas duenhas seu rocim e, por cima de tudo, ainda me chamou de velha.

— Isso eu tivera por afronta — respondeu a duquesa — mais que quantas me pudessem dizer.

E falando com Sancho lhe disse:

---

[2] O romance de Lançarote volta aqui pela boca de Sancho sem as deformações a que D. Quixote o submetera para adaptá-lo a sua própria situação (ver *DQ* I, cap. II, nota 6).

— Adverti, Sancho amigo, que Dª Rodríguez é muito moça e que essas toucas mais as leva por autoridade e pela usança que pelos anos.

— Malditos sejam os que me restam por viver — respondeu Sancho — se o falei por isso; falei só porque é tão grande o carinho que tenho pelo meu jumento, que me pareceu que não podia encomendá-lo a pessoa mais caridosa que a senhora Dª Rodríguez.

D. Quixote, que tudo ouvia, lhe disse:

— Conversas são estas, Sancho, para este lugar?

— Senhor — respondeu Sancho —, cada qual há de falar dos seus misteres onde quer que esteja. Aqui me lembrei do ruço e aqui falei dele, e se na estrebaria me lembrasse, lá teria falado.

Ao que o duque disse:

— Sancho está no certo, e não há por que culpá-lo de nada. O ruço terá penso a pedir de boca, e que Sancho não se aflija, pois será tratado como sua mesma pessoa.

Em tais conversações, gostosas a todos salvo a D. Quixote, chegaram aos altos e entraram D. Quixote numa sala adornada com riquíssimos reposteiros de ouro e de brocado; seis donzelas o desarmaram e lhe serviram de pajens, todas advertidas e industriadas pelo duque e pela duquesa do que haviam de fazer e de como haviam de tratar D. Quixote para que imaginasse e visse que o tratavam como a um cavaleiro andante. Ficou D. Quixote, depois de desarmado, em seus estreitos calções e em seu gibão de camurça, seco, alto, comprido, com as bochechas que por dentro se beijavam uma à outra, figura que, a não terem conta as donzelas que lhe serviam de dissimular o riso (que foi uma das precisas ordens recebidas dos seus senhores), rebentariam de rir.

Pediram-lhe que se deixasse despir para vestir-lhe uma camisa, mas nunca o consentiu, dizendo que tanto quadrava aos cavaleiros andantes a honestidade quanto a valentia. Contudo, pediu que entregassem a camisa a Sancho e, fechando-se com ele numa camarinha onde havia um rico leito, se despiu e vestiu a camisa. E em se vendo a sós com Sancho, lhe disse:

— Diz-me, truão de agora e malhadeiro de sempre, acaso te parece bem desonrar e afrontar uma ama tão veneranda e tão digna de respeito como aquela? Tempos eram aqueles para te lembrares do ruço e senhores são esses de maltratar as bestas, quando tão elegantemente tratam os donos? Por Deus, Sancho, procura comportar-te e não descubras tua estofa de maneira que caiam na conta de que és de vilão e grosseiro pano tecido. Olha, pecador de ti, que em tão maior conta é tido o senhor quantos mais honrados e bem-nascidos criados ele tem, e que uma das maiores vantagens que levam os príncipes sobre os demais homens é se servirem de criados tão bons quanto eles. Não percebes, miserável de ti e desventurado de mim, que, se notarem que és um vilão grosseiro ou um gracioso mentecapto, pensarão que eu sou algum embusteiro ou algum cavaleiro de mofatra? Não, não, Sancho amigo, foge, foge desses inconvenientes, pois quem tropeça em falador e gracioso, tomba ao primeiro pontapé e dá em truão desengraçado. Refreia a língua, considera e rumina as palavras antes que te saiam da boca, e adverte que somos chegados a uma parte de onde, com o favor de Deus e o valor do meu braço, havemos de sair bastantemente melhorados em fama e fazenda.

Sancho lhe prometeu com todas as veras coser a boca ou morder a língua antes de falar palavra que não fosse muito a propósito e bem considerada, como lhe mandava, e que estivesse tranquilo nesse particular, pois por ele jamais se descobriria quem eles eram.

Vestiu-se D. Quixote, cingiu o talim com sua espada, pôs o manto de escarlate às costas e na cabeça um gorro de cetim verde que as donzelas lhe deram, e com este adorno saiu para o salão, onde encontrou as donzelas formadas em ala, tantas de um lado como do outro, e todas munidas dos petrechos para lhe dar água às mãos, o qual fizeram com muitas reverências e cerimônias.

Em seguida entraram doze pajens, mais o mestre-sala, para levá-lo a almoçar, pois já os senhores o aguardavam. Rodearam-no e com grande pompa e majestade o levaram a outra sala, onde estava posta uma rica mesa só com quatro serviços. A duquesa e o duque saíram à porta da sala para recebê-lo, e com eles um grave eclesiástico desses que governam as casas dos príncipes; desses que, não tendo nascido príncipes, não acertam a mostrar como o devem de ser os que o são; desses que querem que a grandeza dos grandes se meça com a pequenez do seu espírito; desses que, querendo ensinar os que eles governam a serem continentes, os fazem ser miseráveis. Desses tais digo que devia de ser o grave religioso que com os duques saiu a receber D. Quixote. Fizeram-se mil corteses mesuras e, finalmente, pondo D. Quixote no meio deles, se foram sentar à mesa.

Ofereceu o duque a D. Quixote a cabeceira, que a recusou, mas foram tantas as importunações do duque que a teve de tomar. O eclesiástico se sentou fronteiro, e o duque e a duquesa, aos dois lados.

Tudo presenciou Sancho, embasbacado e atônito de ver as honras que aqueles príncipes faziam ao seu senhor; e vendo as muitas cerimônias e rogos trocados entre o duque e D. Quixote para o sentar à cabeceira da mesa, disse:

— Se suas mercês me dão licença, aqui lhes contarei um caso acontecido na minha aldeia sobre isso dos assentos.

Em ouvindo isto, D. Quixote tremeu, crendo sem dúvida alguma que Sancho havia de dizer alguma necedade. Sancho o olhou e, entendendo-o, lhe disse:

— Não tema vossa mercê, senhor meu, que eu me desmande

nem diga coisa que não faça muito ao caso, pois não me esqueci dos conselhos que agora há pouco vossa mercê me deu sobre o falar muito ou pouco, ou bem ou mal.

— Eu não me lembro de nada, Sancho — respondeu D. Quixote. — Dize o que quiseres, contanto que o digas logo.

— Pois o que eu quero dizer — disse Sancho — é tão verdade que o meu senhor D. Quixote aqui presente não me deixará mentir.

— Por mim, Sancho — replicou D. Quixote —, podes mentir quanto quiseres, que eu não te hei de desmentir, mas vê bem o que vais dizer.

— Tão visto e revisto o tenho, que a seu salvo está quem repica o sino, como se verá.

— Bem será — disse D. Quixote — que vossas grandezas mandem sair este tonto, que dirá mil patacoadas.

— Por vida do duque — disse a duquesa —, que Sancho não se há de arredar de mim um passo. Eu muito o estimo, porque sei que é discretíssimo.

— Discretos dias viva a Vossa Santidade — disse Sancho —, pelo bom crédito que de mim tem, ainda que o não mereça. E o conto que quero dizer é o seguinte: convidou um fidalgo da minha aldeia, muito rico e principal, porque vinha dos Álamos de Medina del Campo, que se casou com Dª Mencia de Quiñones, que era filha de D. Alonso de Marañón, cavaleiro do hábito de Santiago, que se afogou em La Herradura,[3] por causa de quem houve aquela pendência anos atrás no nosso lugar, e pelo que sei meu senhor D. Quixote esteve nela, donde saiu ferido Tomasillo, o Travesso, filho de Balbastro, o ferreiro... Não é verdade tudo

---

[3] Referência ao grande naufrágio ocorrido nesse porto malaguenho em 19 de outubro de 1562, causando a perda de 4 mil vidas.

isso, senhor nosso amo? Diga, por vida sua, para que estes senhores não me tenham por algum falador mentiroso.

— Até agora — disse o eclesiástico —, mais vos tenho por falador que por mentiroso. Mas daqui em diante não sei pelo que vos terei.

— Citas tantas testemunhas, Sancho, e dás tantos detalhes que não posso deixar de dizer que deves de dizer verdade. Passa avante e encurta o conto, pois levas jeito de não acabar em dois dias.

— Não o há de encurtar — disse a duquesa. — Para me dar gosto, antes o há de contar da maneira que o sabe, ainda que o não acabe em seis dias, que, se tantos fossem, seriam para mim os melhores da minha vida.

— Digo pois, senhores meus — prosseguiu Sancho —, que esse tal fidalgo, que eu conheço como a palma da mão, porque não há da minha casa à dele um tiro de balestra, convidou um lavrador pobre, mas honrado...

— Avante, irmão — disse então o religioso —, que jeito levais de não terminar vosso conto até o outro mundo.

— A menos da metade hei de parar, se Deus for servido — respondeu Sancho. — E assim digo que, chegando o tal lavrador à casa do dito fidalgo convidador, que Deus o tenha em bom pouso, que já é morto, e por sinal dizem que morreu como um anjo, mas eu não estava presente, pois naquele tempo andava em Tembleque para trabalhar na colheita...

— Por vida vossa, filho, voltai logo de Tembleque e, sem enterrar o fidalgo, se não quiserdes outros funerais, terminai vosso conto.

— É pois o caso — replicou Sancho — que, estando os dois prestes a se sentar à mesa, que parece que agora os vejo mais do que nunca...

Grande gosto recebiam os duques do desgosto que mostrava tomar o bom religioso da dilação e das pausas com que Sancho contava seu conto, enquanto D. Quixote se roía de cólera e raiva.

— Digo então — disse Sancho — que estando, como já disse, os dois prestes a se sentarem à mesa, o lavrador pelejava com o fidalgo para que aceitasse a cabeceira da mesa, e o fidalgo também pelejava para que o lavrador a aceitasse, porque em sua casa se havia de fazer o que ele mandava. Mas o lavrador, que presumia de cortês e bem-criado, nunca o quis, até que o fidalgo, amofinado, pondo-lhe as duas mãos sobre os ombros, o fez sentar à força, dizendo: "Sentai de uma vez, bestalhão, que onde quer que eu me sente, será vossa a cabeceira". Era este o conto, e em verdade creio que não foi trazido aqui fora de propósito.

Pôs-se D. Quixote de mil cores, que sobre o moreno o variegavam e se davam a ver. Os senhores dissimularam o riso, porque D. Quixote não se acabasse de avexar, tendo entendido a malícia de Sancho; e para mudar de assunto e evitar que Sancho prosseguisse com mais disparates, perguntou a duquesa a D. Quixote que novas tinha da senhora Dulcineia e se por aqueles dias lhe enviara ele algum presente de gigantes ou malfeitores, pois não podia deixar de ter vencido muitos. Ao que D. Quixote respondeu:

— Senhora minha, minhas desgraças, ainda que tenham princípio, nunca terão fim. Gigantes venci e bandidos e malfeitores lhe enviei. Mas onde a haviam de achar, se ela está encantada e mudada na mais feia lavradora que se possa imaginar?

— Não sei — disse Sancho Pança —, mas a mim me pareceu a mais formosa criatura do mundo: ao menos na ligeireza e no saltar, bem sei que não perde ela de um volteador. À boa-fé, senhora duquesa, que assim salta do chão sobre uma burrica como se fosse um gato.

— Também vós a vistes encantada, Sancho? — perguntou o duque.

— E, como a vi! — respondeu Sancho. — Pois quem diabos senão eu foi o primeiro a cair no achaque do encantório? Tão encantada está como meu pai!

O eclesiástico, ao ouvir falar de gigantes, de malfeitores e de encantamentos, caiu na conta de que aquele devia de ser D. Quixote de La Mancha, cuja história o duque lia de ordinário, e por isso ele o repreendera muitas vezes, dizendo-lhe ser disparate ler tais disparates; e vendo ser verdade o que suspeitava, com muita cólera, falando com o duque, lhe disse:

— Vossa Excelência, senhor meu, tem de dar conta a Nosso Senhor das coisas que faz este bom homem. Este D. Quixote, ou D. Tolo, ou como se chamar, imagino que não deve de ser tão mentecapto quanto vossa Excelência quer que ele seja dando-lhe ocasião para que leve a termo suas sandices e ridicularias.

E voltando a palavra para D. Quixote lhe disse:

— E a vós, alma de pomba, quem vos meteu na cabeça que sois cavaleiro andante e que venceis gigantes e prendeis bandidos? Ide embora, e então se vos diga: "Voltai à vossa casa e criai os vossos filhos, se os tiverdes, e cuidai da vossa fazenda, e deixai de andar vagando pelo mundo, bebendo vento e dando ocasião de riso a quantos vos conhecem e não conhecem". Onde, eramá, achastes que houve ou há agora cavaleiros andantes? Onde há gigantes na Espanha, ou malfeitores em La Mancha, ou Dulcineias encantadas, e todo o renque de tolices que de vós se contam?

Atento esteve D. Quixote às razões daquele venerável varão e, vendo que já calava, sem guardar respeito pelos duques, com semblante airado e alterado rosto, se pôs em pé e disse...

Mas essa resposta merece um capítulo à parte.

Capítulo XXXII

DA RESPOSTA QUE DEU D. QUIXOTE AO SEU REPREENSOR, MAIS OUTROS GRAVES E ENGRAÇADOS SUCESSOS

Então, levantado em pé D. Quixote, tremendo dos pés à cabeça como azougado, com pressurosa e turbada língua disse:

— O lugar onde estou, a alteza dos presentes e o respeito que sempre tive e tenho pelo estado que vossa mercê professa freiam e atam as mãos da minha justa ira; e assim pelo que tenho dito como por saber que todos sabem que as armas dos togados[1] são as mesmas da mulher, que são a língua, entrarei com a minha em igual batalha com vossa mercê, de quem se houvera de esperar antes bons conselhos que infames vitupérios. As repreensões santas e bem-intencionadas outras circunstâncias requerem e outros momentos pedem. Quando menos, o ter-me repreendido em público e tão asperamente excedeu a todos os limites da boa repreensão, pois as primeiras melhor assentam sobre a brandura que sobre a aspereza, e não é bem, sem ter conhecimento do pecado que se repreende, tachar o pecador, sem mais nem mais, de mentecapto e tolo. Se não, vossa mercê me diga por qual das mentecaptarias que em mim notou me condena e vitupera e me manda voltar à minha casa a cuidar do governo dela e da minha mulher e dos meus filhos, sem saber se a tenho ou os tenho. É o caso então de entrar a trouxe-mouxe nas casas alheias a governar seus

---

[1] Os homens de letras, fossem jurídicas ou teológicas.

donos? E pode alguém que se criou na estreiteza de um seminário, sem ter visto mais mundo que o que se pode conter em vinte ou trinta léguas de distrito, meter-se de roldão a dar leis à cavalaria e a julgar os cavaleiros andantes? Porventura é cometimento vão ou é tempo malgasto o que se gasta em vagar pelo mundo, não buscando os regalos dele, senão as asperezas por onde os bons sobem ao assento da imortalidade? Se me tivessem por tolo os cavaleiros, os magníficos, os generosos, os altamente nascidos, eu o teria por afronta irreparável. Agora, que me tenham por sandeu os estudiosos, que nunca entraram nem pisaram nas sendas da cavalaria, não se me dá uma mínima; cavaleiro sou e cavaleiro hei de morrer, com a graça do Altíssimo. Há quem siga pelo largo campo da ambição soberba, quem pelo da adulação servil e baixa, quem pelo da hipocrisia enganosa, e alguns pelo da verdadeira religião; mas eu, inclinado da minha estrela, sigo pela estreita senda da cavalaria andante, por cujo exercício desprezo a riqueza, mas não a honra. Tenho satisfeito agravos, endireitado tortos, castigado insolências, vencido gigantes e atropelado monstros; eu sou enamorado somente porque é forçoso aos cavaleiros andantes o serem, e, sendo-o, não sou dos enamorados viciosos, mas dos platônicos continentes. Minhas intenções sempre as dirijo a bons fins, que são fazer bem a todos e mal a ninguém. Se quem isto entende, se quem assim procede, se quem disto trata merece ser chamado de bobo, que o digam vossas grandezas, duque e duquesa excelentes.

— Ufa, por Deus! — disse Sancho. — Não diga mais vossa mercê, senhor e amo meu, em seu abono, porque não há mais que dizer, nem mais que pensar, nem mais que perseverar no mundo. E a mais disso, negando este senhor, como negou, que houve e há no mundo cavaleiros andantes, será muito que ele não saiba nenhuma das coisas que vossa mercê disse?

— Porventura — disse o eclesiástico — sois vós, irmão, aquele Sancho Pança que dizem, a quem vosso amo tem prometida uma ínsula?

— Sou sim — respondeu Sancho —, e sou quem a merece tanto quanto outro qualquer; sou quem "chega-te aos bons, e serás um deles", e sou daqueles "não com quem nasces, senão com quem pasces" e dos "quem a boa árvore se chega, boa sombra o cobre". Eu me arrimei a bom senhor, e há muitos meses que ando na sua companhia, e hei de ser outro como ele, Deus querendo; e viva ele e viva eu, pois nem a ele faltarão impérios em que mandar, nem a mim ínsulas que governar.

— Não, por certo, Sancho amigo — disse então o duque —, pois eu, em nome do senhor D. Quixote, vos confio o governo de uma que tenho desaparelhada, e de não pequena qualidade.

— Põe-te de joelhos, Sancho — disse D. Quixote —, e beija os pés de Sua Excelência pela mercê que te acaba de fazer.

Assim fez Sancho, o qual visto pelo eclesiástico, deixou a mesa por demais mofino, dizendo:

— Pelo hábito que tenho que estou para dizer que é tão sandeu vossa Excelência como estes pecadores. Como não hão de ser eles loucos, quando os sãos lhes sacramentam as loucuras? Fique vossa Excelência com eles, pois enquanto estiverem em casa eu estarei na minha, escusando-me de repreender o que não posso remediar.

E sem dizer mais nem comer mais se foi, sem que os duques fossem poderosos para o deter com seus rogos, bem que o duque não lhe disse muito, impedido pelo riso que sua impertinente cólera lhe causara. Acabando de rir, disse a D. Quixote:

— Vossa mercê, senhor Cavaleiro dos Leões, respondeu por si tão altamente que nada ficou por satisfazer deste que, se bem parece agravo, não o é de nenhuma maneira, porque assim como as mulheres não agravam, não agravam os eclesiásticos, como vossa mercê melhor sabe.

— Assim é — respondeu D. Quixote. — E a causa disso é que quem não pode ser agravado não pode agravar a ninguém. As mulheres, as crianças e os eclesiásticos, como não se podem defender ainda quando ofendidos, não podem ser afrontados. Porque entre o agravo e a afronta há esta diferença, como melhor vossa Excelência sabe: a afronta vem de parte de quem a pode fazer, e a faz, e a sustenta; o agravo pode vir de qualquer parte, sem que afronte. Seja exemplo: está alguém na rua desprevenido, chegam dez com mão armada e, atacando-o a pauladas, mete ele mão à espada e faz o seu dever, mas a multidão dos contrários se lhe opõe e não o deixa levar a termo a sua intenção, que é de tomar vingança. Esse tal fica agravado, mas não afrontado. E o mesmo confirmará outro exemplo: está alguém de costas, chega outro, lhe dá uma paulada e, em lha dando, foge sem esperar, e o atacado o segue e não alcança. Este que recebeu a paulada recebeu agravo, mas não afronta, porque a afronta há de ser sustentada. Se o que lhe deu a paulada, ainda que a furto, metesse mão à sua espada e esperasse quedo, arrostando o inimigo, ficaria o espancado agravado e afrontado juntamente: agravado, porque o golpearam à traição; afrontado, pois quem o golpeou sustentou o feito, sem virar as costas e a pé firme. E assim, segundo as leis do excomungado duelo,[2] eu me posso dar por agravado, mas não por afrontado, porque as crianças não o sentem, nem as mulheres, nem podem fugir, nem têm para que esperar, o mesmo valendo para os constituídos na sacra religião, porque esses três

---

[2] Desde o Concílio de Trento, o duelo era condenado pela Igreja, mas nem por isso sua prática e suas normas haviam sido extintas.

gêneros de gentes carecem de armas ofensivas e defensivas; e assim, por mais que naturalmente estejam obrigados a se defender, não o estão para ofender a ninguém. E ainda que há pouco eu tenha dito que me podia dar por agravado, agora digo que não, de nenhuma maneira, pois quem não pode receber afronta, muito menos a pode dar. Pelas quais razões eu não devo sentir nem sinto as que aquele bom homem me disse. Só quisera que ele esperasse algum pouco, para lhe dar a entender o erro em que está em pensar e dizer que não houve nem há cavaleiros andantes no mundo, pois se tal ouvisse Amadis, ou um dos infinitos da sua linhagem, tenha por certo que ele se houvera de arrepender.

— Isso eu bem posso jurar — disse Sancho. — Tamanha espadada lhe dariam que o partiriam de cima a baixo como a uma romã ou um melão bem maduro. Lá estavam eles para engolir semelhantes pulhas! Pela santa cruz que eu tenho por certo que, se Reinaldo de Montalvão tivesse ouvido essas razões do homenzinho, tamanho tapa-boca lhe daria que não falaria em mais de três anos. Ah, não! Que se fosse haver com ele, e veria como voltava!

Desfalecia de rir a duquesa ouvindo Sancho falar, tendo-o em sua opinião por mais gracioso e mais louco que o seu amo, e muitos houve naquele tempo que foram desse mesmo parecer. Finalmente D. Quixote sossegou, e a refeição se acabou, e, em levantando a mesa, entraram quatro donzelas, uma com uma bandeja de prata, outra com um gomil também de prata, outra com duas branquíssimas e riquíssimas toalhas ao ombro e a quarta com os braços descobertos até a metade, e em suas brancas mãos (que sem dúvida eram brancas) uma bola de sabão napolitano.[3]

---

[3] Sabonete fino e perfumado, usado como xampu ou creme de barbear. O comentário anterior entre parênteses ("que sem dúvida eram brancas") parodia o clichê literário de adjetivar assim as "mãos honradas".

Chegou a da bandeja e com gentil donaire e desenvoltura a encaixou embaixo das barbas de D. Quixote, o qual, sem falar palavra, admirado de semelhante cerimônia, cuidando que havia de ser usança daquela terra lavar as barbas em lugar das mãos, esticou o pescoço o quanto pôde, e no mesmo instante começou a chover do gomil, e a donzela do sabão meteu mãos às suas barbas e pegou a esfregá-las com muita pressa, levantando flocos de neve, que não era menos branca a espuma da ensaboadura, não só pelas barbas, mas por todo o rosto e pelos olhos do obediente cavaleiro, tanto que por força os teve de fechar. O duque e a duquesa, que de nada disso eram sabedores, estavam esperando para ver em que havia de parar tão extraordinário lavatório. A donzela barbeira, quando o teve coberto com um palmo de espuma, fingiu que se acabara a água e mandou a do gomil ir buscar mais, que o senhor D. Quixote esperaria. Assim fez, ficando D. Quixote com a mais estranha e risível figura que se pudesse imaginar.

Olhavam-no todos os que presentes estavam, que eram muitos, e como o viam com meia vara de pescoço, mais que medianamente moreno, os olhos fechados e as barbas cheias de sabão, foi grande maravilha e muita discrição conseguirem dissimular o riso. As donzelas da burla tinham os olhos baixos, sem ousarem olhar para os seus senhores, que estavam com a cólera e o riso a ponto de rebentar, sem saberem que fazer: se castigar o atrevimento das moças ou premiá-las pelo gosto que lhes davam de ver D. Quixote daquele jeito. Finalmente, a donzela do gomil voltou e acabaram de lavar D. Quixote, e em seguida a que trazia as toalhas o limpou e enxugou muito sossegadamente, e fazendo-lhe todas quatro a par uma grande e profunda inclinação e reverência, iam já saindo, mas o duque, por que D. Quixote não percebesse a burla, chamou a donzela da bandeja e lhe disse:

— Vinde lavar-me a mim, e cuidai que não se acabe a água.

A moça, aguda e diligente, chegou-se e lhe pôs a bandeja como a D. Quixote, e dando-se pressa o lavaram e ensaboaram muito bem e, deixando-o enxuto e limpo, fazendo reverências se retiraram. Mais tarde se soube que o duque jurara, se o não lavassem como a D. Quixote, castigar o atrevimento das criadas, coisa que elas discretamente emendaram ensaboando-o a ele também.

Atento estava Sancho às cerimônias daquele lavatório, e disse para si:

— Valha-me Deus! Será também usança nesta terra lavar as barbas dos escudeiros como as dos cavaleiros? Por Deus e minha alma que o hei bem mister, e até se as rapassem à navalha eu mais o teria por benefício.

— Que dizeis entre vós, Sancho? — perguntou a duquesa.

— Digo, senhora — respondeu ele —, que nas cortes dos outros príncipes sempre ouvi dizer que, em levantando a mesa, dão água às mãos, mas não sabão às barbas, e por isso é bom viver muito, para ver muito; ainda que também digam "quem comprida vida vive muito mal há de passar",[4] bem que passar por um lavatório desses é antes gosto que trabalho.

— Não vos aflijais, amigo Sancho — disse a duquesa —, pois mandarei que minhas donzelas vos lavem, e até vos ponham de molho em barrela, se houver mister.

— Com as barbas me contento — respondeu Sancho —, ao menos por ora, pois andando o tempo só Deus sabe o que será.

— Olhai, mestre-sala — disse a duquesa —, o que o bom Sancho pede e cumpri sua vontade ao pé da letra.

---

[4] Versos do romance do Marquês de Mântua ("*A la triste madre vuestra — ¿quién la podrá consolar?/ El que larga vida vive — mucho mal ha de pasar*"), citado anteriormente por D. Quixote (ver *DQ* I, cap. V, nota 1).

O mestre-sala respondeu que em tudo seria servido o senhor Sancho, e com isto se foi almoçar e levou Sancho consigo, ficando à mesa os duques e D. Quixote falando de muitas e diversas coisas, mas todas tocantes ao exercício das armas e da andante cavalaria.

A duquesa rogou a D. Quixote que lhe delineasse e descrevesse, pois parecia ter feliz memória, a formosura e feições da senhora Dulcineia d'El Toboso, que, segundo o que a fama apregoava de sua beleza, tinha por certo que devia de ser a mais bela criatura do orbe, e até de toda La Mancha. Suspirou D. Quixote ao ouvir o que a duquesa lhe mandava, e disse:

— Se eu pudesse tirar meu coração do peito e colocá-lo ante os olhos de vossa grandeza, aqui sobre esta mesa e num prato, escusaria a minha língua o trabalho de dizer o que mal se pode pensar, porque vossa Excelência a veria nele toda retratada. Mas para que pôr-me agora a delinear e descrever ponto por ponto e parte por parte a formosura da sem-par Dulcineia, sendo carga digna de outros ombros que não os meus e empresa em que se deviam ocupar os pincéis de Parrásio, de Timantes e de Apeles, e os buris de Lisipo,[5] para pintá-la e gravá-la em tábuas, em mármores e em bronzes, e a retórica ciceroniana e demostina para louvá-la?

— Que quer dizer "demostina", senhor D. Quixote — perguntou a duquesa —, que é vocábulo que não ouvi em todos os dias de minha vida?

— Retórica demostina — respondeu D. Quixote — é o mesmo que dizer retórica de Demóstenes, assim como ciceroniana de Cícero, que foram os dois maiores retóricos do mundo.

---

[5] Parrásio, Timantes e Apeles são pintores gregos; Lisipo é escultor. Seus nomes, muito citados nos textos da época, tinham valor antonomástico.

— Assim é — disse o duque —, e andastes desatinada em semelhante pergunta. Mas, contudo, grande gosto nos daria o senhor D. Quixote se no-la pintasse, pois decerto, ainda que seja em rascunho e bosquejo, ela há de sair tal que faça inveja às mais formosas.

— Isto faria, por certo — respondeu D. Quixote —, se a não tivesse varrido da minha ideia a desgraça que há pouco lhe aconteceu, tão grande que mais estou para chorá-la que para descrevê-la. Pois hão de saber vossas grandezas que, indo dias atrás beijar-lhe as mãos e receber sua bênção, beneplácito e licença para esta terceira saída, achei outra em lugar da que buscava: achei-a encantada e transformada de princesa em lavradora, de formosa em feia, de anjo em diabo, de perfumosa em pestilenta, de bem-falante em rústica, de repousada em saltadora, de luz em trevas e, enfim, de Dulcineia d'El Toboso numa vilã saiaguesa.

— Valha-me Deus! — disse nesse instante o duque, dando uma grande voz. — Quem foi que tanto mal fez ao mundo? Quem tirou dele a beleza que o alegrava, o donaire que o entretinha e a honestidade que o abonava?

— Quem? — respondeu D. Quixote. — Quem pode ser senão algum maligno encantador dos muitos invejosos que me perseguem? Essa raça maldita, nascida no mundo para empanar e aniquilar as façanhas dos bons e para alumiar e levantar as feituras dos maus. Encantadores me têm perseguido, encantadores me perseguem, e encantadores me perseguirão até darem comigo e com minhas altas cavalarias no profundo abismo do esquecimento, e eles me danam e ferem naquela parte onde veem que mais o sinto; porque privar um cavaleiro andante de sua dama é privá-lo dos olhos com que vê, e do sol que lhe dá a luz, e do nutrimento que o conserva. Outras muitas vezes eu já o disse, e agora o torno a dizer: o cavaleiro andante sem dama é como árvore sem folhas, como edifício sem alicerces e como sombra sem corpo do qual provenha.

Não há mais que dizer — disse a duquesa. — Mas, contudo, se dermos crédito à história do senhor D. Quixote que de poucos dias a esta parte veio à luz do mundo, com geral aplauso das gentes, dela se colige, se mal não me lembro, que vossa mercê nunca viu a senhora Dulcineia e que essa tal senhora não existe no mundo, mas é dama fantástica, que vossa mercê engendrou e pariu em seu entendimento e pintou com todas aquelas graças e perfeições que quis.

— Nisso há muito que dizer — respondeu D. Quixote. — Deus sabe se há Dulcineia ou não no mundo, se é fantástica ou não é fantástica; e essas não são coisas cuja averiguação se possa levar até o fim. Nem eu engendrei nem pari minha senhora, porquanto a contemplo como convém a uma dama que em si contém os dotes e partes que a possam fazer famosa em todas as do mundo, como são: formosa sem tacha, grave sem soberba, amorosa com honestidade, agradecida por cortês, cortês por bem-criada e, finalmente, alta por linhagem, uma vez que sobre o bom sangue a formosura resplandece e campeia com mais graus de perfeição que nas formosas humildemente nascidas.

— Assim é — disse o duque —, mas o senhor D. Quixote me há de dar licença para que eu diga o que me força a dizer a história que de suas façanhas li, da qual se infere que, posto que se conceda haver Dulcineia em El Toboso, ou fora dele, e que seja formosa no sumo grau que vossa mercê aqui a pintou, no particular da alteza de linhagem não corre parelhas com as Orianas, com as Alastraxareas, com as Madásimas[6] nem com outras des-

---

[6] Oriana, Alastraxarea, Madásima: damas da literatura cavaleiresca, personagens de *Amadis de Gaula* e *Amadís de Grecia.*

se jaez, das quais estão cheias as histórias que vossa mercê bem sabe.

— A isso posso responder — disse D. Quixote — que Dulcineia é filha de suas obras, e que as virtudes melhoram o sangue, e que mais é de estimar e considerar um humilde virtuoso que um vicioso levantado, quanto mais que Dulcineia tem lisonjas no brasão que a podem levar a ser rainha de cetro e coroa, pois o mérito de uma mulher formosa e virtuosa a fazer maiores milagres se estende, e, se não formalmente, virtualmente tem em si encerradas maiores venturas.

— Digo, senhor D. Quixote — disse a duquesa —, que em tudo quanto vossa mercê diz caminha pé ante pé e, como se costuma dizer, com o prumo na mão, sondando o fundo, e que daqui por diante eu crerei e farei crer a todos em minha casa, e até ao duque meu senhor, se for mister, que há Dulcineia em El Toboso e que vive hoje em dia, e é formosa, e principalmente nascida, e merecedora de ser servida de um tal cavaleiro como é o senhor D. Quixote, sendo isto o mais que posso e sei encarecer. Mas não posso escusar um escrúpulo e um não sei quê de ojeriza contra Sancho Pança. O escrúpulo é por dizer a referida história que o tal Sancho Pança achou a tal senhora Dulcineia, quando de parte de vossa mercê lhe levou uma epístola, peneirando um fardo de trigo, e por cima vermelho, coisa que me faz duvidar da alteza de sua linhagem.

Ao que D. Quixote respondeu:

— Senhora minha, vossa grandeza há de saber que todas ou as mais coisas que me acontecem vão muito desviadas dos termos ordinários das que aos outros cavaleiros andantes sucedem, quer sejam elas encaminhadas pela vontade inescrutável dos fados, quer venham encaminhadas pela malícia de algum encantador invejoso, sendo coisa já averiguada que todos ou os mais cavaleiros andantes e famosos, uns têm a graça de não poderem ser encantados, outros de terem tão impenetráveis carnes que não podem ser feridos, como foi o famoso Roldão, um dos Doze Pares de França, de quem se conta que não podia ser ferido senão pela planta do pé esquerdo, e ainda isso havia de ser com a ponta de um alfinete grosso, e não com outra sorte de arma alguma, e assim, quando Bernardo del Carpio o matou em Roncesvalles, vendo que o não podia chagar com ferro, o levantou do chão entre os braços e o sufocou, lembrando-se da morte que deu Hércules a Anteu, aquele feroz gigante que diziam ser filho da Terra. Quero inferir do dito que bem pudera ser que eu tivesse alguma dessas graças, não do não poder ser ferido, porque muitas vezes a experiência me mostrou que sou de carnes brandas e nada impenetráveis, nem a de não poder ser encantado, pois já me vi metido numa jaula onde todo o mundo não fora poderoso a me encerrar, como não fosse à força de encantamentos. Porém, como daquele me livrei, quero crer que não há de haver outro algum que me embargue, e assim, vendo esses encantadores que com minha pessoa não mais podem usar de suas más manhas, vingam-se nas coisas que mais prezo e querem tirar-me a vida maltratando a de Dulcineia, por quem eu vivo. Assim creio que, quando meu escudeiro lhe levou minha embaixada, eles a transformaram em vilã e ocupada em tão baixo exercício como é o de peneirar trigo; mas, como já tenho dito, aquele trigo nem era vermelho nem trigo, senão grãos de pérolas orientais. E para prova desta verdade quero dizer a vossas magnitudes como, entrando há pouco em El Toboso, jamais pude achar os palácios de Dulcineia, e que no dia seguinte, tendo-a visto Sancho, meu escudeiro, em sua mesma figura, que é a mais bela do orbe, a mim me pareceu uma lavradora tosca e feia e nada bem entendida, quando ela é a discrição em pessoa; e como, segundo bom discurso, eu não estou encantado, nem o posso estar, é ela a encantada, a ofendida e a mudada, trocada e transtrocada, e nela se vingaram de mim meus inimigos, e por ela hei de viver em perpétuas lágrimas até vê-la em seu prístino estado. Tudo isto digo para que ninguém repare no que Sancho disse do joeirar ou peneirar de Dulcineia, pois, se a meus olhos a mudaram, não é maravilha que aos dele a trocassem. Dulcineia é principal e bem-nascida, e das fidalgas linhagens que há em El Toboso,[7] que são muitas, antigas e boníssimas, por certo que não pouca parte cabe à sem-par Dulcineia, por quem seu lugar será famoso e nomeado nos vindouros séculos, como são Troia por Helena e Espanha pela Cava,[8] ainda que com melhor título e fama. Por outra parte, quero que vossas senhorias entendam que Sancho Pança é um dos mais graciosos escudeiros que jamais serviu a cavaleiro andante: ele tem às vezes umas simplicidades tão agudas que pensar se é simples ou agudo causa não pequeno contentamento; tem malícias que o condenam por velhaco e descuidos que o confirmam por bobo, duvida de tudo e crê em tudo; quando penso que se vai despenhar por tolo, sai com umas discrições que o levantam ao céu. Enfim, jamais o trocaria por outro escudeiro, nem que me dessem uma cidade como torna, e portanto estou em dúvida se será bem enviá-lo ao governo com que vossa grandeza lhe fez mercê, ainda que eu veja nele uma certa aptidão para as coisas do governar, e penso que, desbastando um

---

[7] Provável ironia, pois consta que nessa aldeia quase toda a população era de ascendência mourisca.

[8] Vale lembrar que, se a lenda faz de Helena a responsável indireta pela perda de Troia para os aqueus, o mesmo ocorre com Dª Florinda, dita "La Cava" (a prostituta), em relação à Hispânia visigótica invadida pelos árabes (ver *DQ* I, cap. XLI, nota 5 e *DQ* II, cap. XXI, nota 13).

bocadinho seu entendimento, se sairia em qualquer governo como o rei com suas alcavalas, de mais que já por muitas experiências sabemos que não há mister muita habilidade nem muitas letras para ser governador, havendo por aí centenas deles que mal sabem ler e governam como águias. O ponto está em terem boa intenção e desejarem acertar em tudo, pois nunca lhes faltará quem os aconselhe e encaminhe no que hão de fazer, como os governadores cavaleiros e não letrados, que sentenciam com assessor. Eu o aconselharia a não torcer o direito nem tirar proveito, e outras coisinhas que me ficam aqui dentro e que a seu tempo hão de sair, para utilidade de Sancho e prosperidade da ínsula que ele governar.

Nessa parte estavam do colóquio o duque, a duquesa e D. Quixote, quando ouviram muitas vozes e um grande arruído de gente no palácio, e a desoras entrou Sancho na sala todo assustado, trazendo um trapo barreleiro ao pescoço, e atrás dele muitos moços ou, para melhor dizer, bichos da cozinha e outra gente miúda e picaresca, e um deles vinha com um balde de água, que na cor e pouca limpeza mostrava ser de esfregar chãos; seguia-o e perseguia-o o do balde, procurando com toda solicitude pô-lo e encaixá-lo embaixo das suas barbas, enquanto um outro bicho mostrava querer lavá-las.

— Que é isso, irmãos? — perguntou a duquesa. — Que é isso? Que quereis desse bom homem? Como não considerais que ele foi nomeado governador?

Ao que respondeu o pícaro barbeiro:

— Este senhor não se quer deixar lavar como é usança, e como foi lavado o duque meu senhor e o senhor seu amo.

— Quero sim — respondeu Sancho com muita cólera —, mas quisera que fosse com toalhas mais limpas, com águas mais claras e mãos não tão sujas, pois não há tanta diferença de mim para o meu amo para que ele seja lavado com água de anjo[9] e eu com barrela dos diabos. As usanças das terras e dos palácios dos príncipes tanto são boas quanto não dão pesar; mas o costume do lavatório que aqui se usa é pior que o dos disciplinantes. Eu estou limpo de barbas e não tenho necessidade de semelhantes esfregas, e quem me vier lavar ou tocar um fio de cabelo, digo, de barba, falando com o devido respeito, levará tal punhada que ficará com meu punho encravado no focinho, que estas cirimonhas e ensaboaduras mais parecem momos que mimos de hóspedes.

Desfalecida de rir estava a duquesa vendo a cólera e ouvindo as razões de Sancho, mas a D. Quixote não deu muito gosto vê-lo tão malparado com a pintalgada toalha e tão rodeado de tantos bichos de cozinha, e assim, fazendo uma profunda reverência aos duques, como que pedindo-lhes licença para falar, com voz firme disse à canalha:

— Olhem, senhores cavaleiros! Vossas mercês deixem o mancebo e voltem por onde vieram, ou por onde bem quiserem, que meu escudeiro é tão limpo quanto qualquer outro, e esses baldes são para ele estreitos e penosos púcaros. Tomem meu conselho e deixem-no, porque nem ele nem eu estamos para aturar burlas.

Sancho lhe tomou a palavra da boca e prosseguiu dizendo:

— Não, senão que venham cá fazer burla do magano, que assim a aturarei como agora é noite! Tragam-me aqui um pente, ou o que quiserem, e o passem nestas barbas, e se tirarem delas qualquer coisa que ofenda a limpeza, que me tosquiem em cruz.[10]

---

[9] Água de flor muito apreciada, de formulação complexa e "extremado odor"; valia também como sinônimo de cheiro agradável.

[10] Fórmula de juramento; rapar o cabelo em cruz era pena infamante que, entre os nobres, se equiparava à capital.

Nesse ponto, ainda tomada do riso, disse a duquesa:

— Sancho Pança tem razão em tudo quanto disse, e a terá em tudo quanto disser. Ele é limpo e, como diz, não tem necessidade de se lavar; e se a nossa usança o não contenta, sua alma e sua palma. Quanto mais que vós, ministros da limpeza, andastes por demais remissos e descuidados, e não sei se diga atrevidos, em trazer a tal personagem e a tais barbas, em vez de gomis e bandejas de ouro puro e alemãs toalhas, baldes e dornachos de pau e trapos de cozinha; mas, enfim, sois ruins e malnascidos, e não podeis deixar, como mal-andantes que sois, de mostrar a ojeriza que tendes dos escudeiros dos andantes cavaleiros.

Pensaram os picarescos ministros, e até o mestre-sala, que vinha com eles, que a duquesa falava de veras e, portanto, tiraram o barreleiro do peito de Sancho, e todos confusos e quase vexados saíram e deixaram o escudeiro; o qual, vendo-se fora daquele, a seu parecer, sumo perigo, se foi ajoelhar ante a duquesa e disse:

— De grandes senhoras, grandes mercês se esperam; esta que vossa mercê me fez hoje não se pode pagar com menos que o desejar ver-me armado cavaleiro andante, para ocupar-me todos os dias de minha vida em servir a tão alta senhora. Lavrador sou, Sancho Pança me chamo, casado sou, filhos tenho e de escudeiro sirvo; se com alguma destas coisas posso servir a vossa grandeza, menos tardarei em obedecer que vossa senhoria em mandar.

— Bem parece, Sancho — respondeu a duquesa —, que aprendestes a ser cortês na escola da mesma cortesia; bem parece, quero dizer, que vos criastes aos peitos do senhor D. Quixote, que deve de ser a nata dos comedimentos e a flor das cerimônias, ou *cirimonhas*, como vós dizeis. Bem haja tal amo e qual moço, um por norte da andante cavalaria, outro por estrela da escudeira fidelidade. Levantai-vos, Sancho amigo, que eu satisfarei vossas cortesias com fazer que o duque meu senhor o mais breve que puder vos cumpra a prometida mercê do governo.

Com isto findou a conversação, e D. Quixote se recolheu a repousar a sesta, e a duquesa pediu a Sancho que, se não tinha muita vontade de dormir, fosse passar a tarde com ela e suas donzelas em uma sala muito fresca. Sancho respondeu que em verdade ele tinha por hábito dormir as sestas de verão por quatro ou cinco horas, mas para servir à sua bondade ele procuraria com todas as forças não dormir nenhuma naquele dia, seguindo obediente ao seu mandado, e se foi. O duque deu novas instruções de como tratar D. Quixote tal qual a um cavaleiro andante, sem se desviar um ponto do estilo como contam que eram tratados os antigos cavaleiros.

Capítulo XXXIII

DA SABOROSA CONVERSAÇÃO QUE A DUQUESA
E SUAS DONZELAS TIVERAM COM SANCHO PANÇA,
DIGNA DE SER LIDA E BEM NOTADA

Conta pois a história que Sancho não dormiu aquela sesta, senão que, por cumprir sua palavra, em comendo foi ter com a duquesa, a qual, pelo gosto que tinha de ouvi-lo, o fez sentar ao pé dela numa cadeira baixa, embora Sancho, de puro bem-criado, não se quisesse sentar. Mas a duquesa lhe disse que se sentasse como governador e falasse como escudeiro, pois por ambas as coisas merecia o mesmíssimo escabelo do Cid Ruy Díaz Campeador.[1]

Encolheu Sancho os ombros, obedeceu e se sentou, e todas as donzelas e duenhas da duquesa o rodearam atentas, com grande silêncio, a escutar o que diria. Mas foi a duquesa quem falou primeiro, dizendo:

— Agora que estamos a sós e que aqui ninguém nos ouve, quisera que o senhor governador me resolvesse certas dúvidas que

---

[1] "Escabelo do Cid": a expressão, que vale como "posto de honra", provém da lenda de El Cid, por alusão ao banco de marfim que o protagonista teria tomado do rei mouro Búcar na conquista de Valência e dado a Alfonso VI. Mais tarde, ao receber a visita do Campeador, o rei lhe ofereceria assento no mesmo escabelo, em sinal de reconhecimento, como consta no *Poema de mio Cid*: "*El rey dixo al Çid venid acá ser Campeador/ en aqueste escaño que me diestes vos en don/* [...]/ *Sed en vuestro escaño como rey e señor*" (III, vv. 3114-3115 e 3118). De resto, tudo o que dizia respeito a El Cid se revestia de valor proverbial.

tenho, nascidas da história que do grande D. Quixote anda já impressa, uma das quais dúvidas é que, tendo o bom Sancho jamais visto Dulcineia, digo, a senhora Dulcineia d'El Toboso, nem levado a ela a carta do senhor D. Quixote, que ficou no caderno de anotações na Serra Morena, como se atreveu a fingir a resposta e aquilo de que a achou peneirando trigo, sendo tudo burla e mentira, e muito em dano da boa opinião da sem-par Dulcineia, coisas todas que não dizem com a qualidade e fidelidade dos bons escudeiros.

A essas razões, sem responder nenhuma, Sancho se levantou da cadeira e, com passos quedos, o corpo encurvado e o dedo posto sobre os lábios, percorreu toda a sala levantando os dosséis, e com isto feito tornou a se sentar, e disse:

— Agora, senhora minha, que sei que ninguém nos escuta à socapa, afora os circunstantes, sem temor nem sobressalto responderei ao que me foi perguntado e a tudo aquilo que me perguntarem. E o primeiro que digo é que eu tenho meu senhor D. Quixote por louco rematado, ainda que às vezes diga coisas que a meu parecer, e ao de todos aqueles que o escutam, são tão discretas e por tão bom carreiro encaminhadas que nem o próprio Satanás as poderia dizer melhores; mas ainda assim, verdadeiramente e sem escrúpulo, tenho por bem assente que é um mentecapto. E tendo isso na ideia, eu me atrevo a lhe fazer crer coisas sem pés nem cabeça, como foi aquilo da resposta da carta, como também o que aconteceu faz coisa de seis ou oito dias, que ainda não está em livro, convém a saber, o caso do encantamento de minha senhora Dª Dulcineia, que eu lhe dei a entender que está encantada, estando isto mais longe da verdade que onde o diabo perdeu as botas.

Rogou a duquesa que lhe contasse aquele encantamento ou burla, e Sancho o contou inteiro do mesmo modo que acontecera, do qual não pouco gosto receberam os ouvintes. E prosseguindo em sua fala, disse a duquesa:

— Disto que o bom Sancho acaba de contar me anda bulindo um escrúpulo na alma, e chega aos meus ouvidos um certo sussurro, que me diz: "Se D. Quixote de La Mancha é louco, parvo e mentecapto, e Sancho Pança seu escudeiro como tal o conhece e ainda assim o serve e o segue, atendo-se às vãs promessas suas, sem dúvida alguma que deve de ser ele mais louco e tolo que o seu amo; e sendo isto assim, como o é, bom negócio não será, senhora duquesa, dares ao tal Sancho Pança uma ínsula para governar, pois quem não sabe governar a si, como saberá governar outros?".

— Pardeus, senhora — disse Sancho —, que esse escrúpulo vem parido às direitas. Mas vossa mercê lhe diga que, fale claro ou como quiser, conheço que ele diz a verdade, pois se eu fosse discreto há muito que tinha deixado meu amo. Mas esta foi a minha sorte e esta minha mal-andança; não posso outra coisa, tenho que seguir com ele: somos do mesmo lugar, comi do seu pão, lhe quero bem, é agradecido, me deu os seus jericos, e por cima de tudo eu sou fiel, e por isso é impossível que nos possa separar outra coisa que não seja a pá de terra. E se vossa altanaria não quiser que se me dê o prometido governo, de menos me fez Deus,[2] e pode ser que o não receber redunde em prol da minha consciência, pois apesar de tolo bem entendo aquele ditado que diz "por seu mal nasceram asas à formiga", e até pode ser que mais asinha chegue ao céu o Sancho escudeiro que o Sancho governador. Tão bom pão se faz aqui como na França, e de noite todos os gatos são pardos, e assaz coitada é a pessoa que às duas da tarde ainda não quebrou o jejum, e não há estômago que seja

---

[2] O ditado reza: "*de menos nos hizo Dios, que nos hizo de la nada*".

um palmo maior que outro, o qual se pode encher, como dizem, de palha e de feno; e as avezinhas do campo têm a Deus por seu provedor e despenseiro,[3] e mais aquecem quatro varas de pano de Cuenca que outras quatro de lemiste de Segóvia, e quando deixamos este mundo e descemos à terra vai por tão estreita senda o príncipe quanto o ganhadeiro, e não ocupa mais pés de terra o corpo do papa que o do sacristão, ainda quando um é mais alto do que o outro, pois ao descer à cova todos nos ajustamos e encolhemos, ou nos fazem ajustar e encolher, muito ao nosso pesar, e adeus. E torno a dizer que, se vossa senhoria não me quiser dar a ínsula por tolo, eu por discreto saberei que nada se me dê; e já ouvi dizer que atrás da cruz está o diabo, e que nem tudo que reluz é ouro, e que do meio de bois, arados e cangas tiraram o lavrador Bamba para ser rei da Espanha,[4] e do meio de brocados, passatempos e riquezas tiraram Rodrigo para ser comido pelas cobras, se é que as trovas dos romances antigos não mentem.

— Como haviam de mentir? — disse então Dª Rodríguez, que era uma das ouvintes. — Pois se até há um romance que diz que meteram o rei Rodrigo bem vivo num túmulo cheio de sapos, cobras e lagartos, e que dali a dois dias falou o rei lá de dentro do túmulo, com voz gemida e baixa:

Já me comem, já me comem
onde mais pecado eu tinha;[5]

---

[3] Reminiscência do Evangelho (Mateus, 6, 26).

[4] A lenda do rei Bamba (ou Wamba), segundo a qual este foi guindado ao trono da Hispânia visigótica depois de uma revelação divina que o apontou entre os lavradores, foi de fato decantada no romanceiro velho (ver *DQ* I, cap. XXVII, nota 1).

[5] Os versos *"ya me comen, ya me comen — por do más pecado había"* de-

e portanto muita razão tem este senhor em dizer que mais quer ser lavrador do que rei, se bicharocos o houverem de comer.

Não pôde a duquesa conter o riso ao ouvir as simplicidades de sua ama, nem deixou de se admirar em ouvir as razões e ditados de Sancho, a quem disse:

— O bom Sancho há de saber que todo cavaleiro procura cumprir o que uma vez prometeu, ainda que à custa de sua vida. O duque meu senhor e marido, se bem não é dos andantes, nem por isso deixa de ser cavaleiro, e portanto cumprirá com a palavra da prometida ínsula, apesar da inveja e da malícia do mundo. Esteja Sancho de bom ânimo, que quando menos esperar se verá assentado na cadeira da sua ínsula e do seu estado, e há de empunhar o seu governo para medrar e subir sempre a mais altos assentos. O que eu lhe peço desde agora é que olhe como governa seus vassalos, advertindo que todos são leais e bem-nascidos.

— Quanto a isso de os governar bem — respondeu Sancho — não há para que pedir, porque sou caridoso de nascença e tenho compaixão dos pobres, e a quem coze e amassa, não furtes a fogaça; e pela santa cruz que não me hão de rolar dados falsos: sou cachorro velho e não me fio em assovios, e sei espertar na hora da precisão, e que ninguém me bote areia nos olhos, que eu sei muito bem onde me aperta o sapato; digo isto porque, se os bons hão de ter comigo mão e cabida, os maus, nem pé nem entrada. E a mim me parece que nisso dos governos é tudo questão de começar, e bem pode ser que com quinze dias de governador

---

vem provir de uma variante perdida do romance "La penitencia del rey Rodrigo", que numa das versões sobreviventes diz "*¿Cómo te va, penitente, — penitente aventajado?/ Vaime bien, que la culebra — a comerme ha comenzado; ha comenzado a comerme — por onde más he pecado*".

eu pegue gosto pelo ofício e saiba mais dele que da lide do campo onde me criei.

— Tendes razão, Sancho — disse a duquesa —, pois ninguém nasce sabendo, e dos homens se fazem os bispos, que não das pedras. Mas voltando ao assunto que há pouco tratávamos do encanto da senhora Dulcineia, tenho por coisa certa e mais que averiguada que aquela imaginação que Sancho teve de burlar seu senhor e dar-lhe a entender que a lavradora era Dulcineia e que, se seu senhor a não conhecia, devia de ser por estar encantada, foi toda invenção de algum dos encantadores que perseguem o senhor D. Quixote. Porque real e verdadeiramente eu sei de boa fonte que a vilã que deu o salto sobre a jerica era e é Dulcineia d'El Toboso, e que o bom Sancho, pensando ser o enganador, é o enganado, e não se há de pôr mais dúvida nesta verdade que nas coisas que nunca vimos; e saiba o senhor Sancho Pança que aqui também temos encantadores que nos querem bem e nos dizem o que se passa pelo mundo pura e simplesmente, sem enredos nem maquinações, e creia-me Sancho que a vilã saltadora era e é Dulcineia d'El Toboso, que está encantada como a mãe que a pariu, e quando menos esperarmos havemos de vê-la em sua própria figura, e então Sancho sairá do engano em que vive.

— Bem pode ser tudo isso — disse Sancho Pança —, e agora estou para acreditar por verdadeiro o que meu amo conta do que viu na gruta de Montesinos, onde diz que viu a senhora Dulcineia d'El Toboso no mesmo traje e hábito que eu disse que a tinha visto quando a encantei só por meu gosto; e tudo deve de ter sido ao contrário, como vossa mercê, senhora minha, diz, porque do meu ruim engenho não se pode nem deve presumir que num instante fabricasse tão agudo embuste, nem eu creio que meu amo seja tão louco que com tão magra e fraca persuasão como a minha cresse numa coisa tão fora de todo termo. Mas, senhora, nem por isso será bem que vossa bondade me tenha por malfazejo, pois um zote como eu não tem obrigação de adivinhar os pensamentos e malícias dos péssimos encantadores. Eu fingi aquilo para escapar do ralho de meu senhor D. Quixote, e não com a intenção de o ofender; e, se saiu ao contrário, está Deus no céu que conhece os corações.[6]

— Assim creio — disse a duquesa. — Mas agora me diga, Sancho, que é isso da gruta de Montesinos, que gostaria de sabê-lo.

Então Sancho Pança lhe contou ponto por ponto o que fica dito acerca da tal aventura. Ouvindo o qual, disse a duquesa:

— Deste sucesso se pode inferir que, como o grande D. Quixote diz que lá viu a mesma lavradora que Sancho viu à saída de El Toboso, sem dúvida ela é Dulcineia, e que andam por aqui os encantadores muito atentos e assaz expeditos.

— O mesmo digo eu — disse Sancho Pança —, e se minha senhora Dulcineia d'El Toboso está encantada, pior para ela, que não tenho por que me haver, eu, com os inimigos do meu amo, que devem de ser muitos e maus. Verdade seja que aquela que eu vi foi uma lavradora, e por lavradora a tive, e por tal lavradora a julguei; e se ela era Dulcineia, não há de cair à minha conta nem correr por mim, ou se verão comigo. Não, senão será um andar a cada passo em dize tu direi eu, que "Sancho disse isso, Sancho fez aquilo, Sancho tornou e Sancho voltou", como se Sancho fosse um qualquer,[7] e não este mesmo Sancho Pança aqui, que já anda em livros por este mundo afora, segundo me disse Sansón Carrasco, que quando menos é pessoa bacharelada por Salamanca, e esses tais não podem mentir, como não seja quando lhes dá

---

[6] Citação do Evangelho (Lucas, 16, 15).

[7] "Sancho" valia também para denominar um indivíduo indeterminado.

na tineta ou lhes vem muito a calhar; portanto não há por que ninguém se pegar comigo. E como tenho boa fama e, segundo ouvi meu senhor dizer, mais vale bom nome que muitas riquezas, que me encaixem logo esse governo, e verão maravilhas, pois quem já foi bom escudeiro será bom governador.

— Tudo quanto aqui disse o bom Sancho — disse a duquesa — são sentenças catonianas, ou quando menos tiradas das entranhas mesmas do mesmo Micael Verino,[8] *florentibus occidit annis*. Enfim, enfim, falando ao seu modo, debaixo de ruim capa se esconde o bom bebedor.

— Em verdade, senhora — respondeu Sancho —, nunca na vida bebi por ruindade; com sede bem pode ser, porque não tenho nada de hipócrita: bebo quando tenho vontade e também quando não tenho, e quando me oferecem, para não parecer melindroso ou malcriado, pois, ao brinde de um amigo, que coração há de haver tão de mármore que o não corresponda? E se eu as calço não as sujo;[9] quanto mais que os escudeiros dos cavaleiros andantes quase de ordinário bebem água, porque sempre andam por florestas, selvas e prados, montanhas e penhascos, sem acharem um pingo de vinho, ainda que por ele deem um olho da cara.

---

[8] O poeta florentino Michele Verino (1469-1487) ficou conhecido sobretudo como autor de um livro de sentenças morais destinado à educação infantil, com ampla difusão na Espanha desde finais do século XV. *Florentibus occidit annis* ("morreu na flor da idade") são palavras do epitáfio a ele dedicado pelo humanista Angelo Poliziano (1454-1494), que encabeçavam os textos escolares. As "sentenças catonianas" citadas pela duquesa podem se referir tanto aos *Disticha* de Dionísio Catão como aos conselhos a ele atribuídos que então circulavam em folhetos de cordel.

[9] Referência atenuada ao ditado "*ninguno las calza que no las caga*" ("ninguém as calça que não as borre").

— Bem creio que assim seja — respondeu a duquesa. — E agora vá Sancho repousar, que depois falaremos mais delongado e concertaremos tudo para, como ele diz, encaixar-lhe logo aquele governo.

Tornou Sancho a beijar as mãos da duquesa, suplicando que lhe fizesse a mercê de ter boa conta do seu ruço, porque era a luz dos seus olhos.

— Que ruço é esse? — perguntou a duquesa.

— Meu asno — respondeu Sancho —, que, para o não chamar por esse nome, o costumo chamar de ruço; e a esta senhora duenha já roguei, quando entrei neste castelo, que tivesse conta dele, mas ela se enfureceu como se eu lhe tivesse dito que era feia ou velha, devendo ser mais próprio e natural das duenhas pensar jumentos que honrar as salas. Ah, valha-me Deus, e como se dava tão mal com essas senhoras um fidalgo do meu lugar!

— Devia de ser algum vilão — disse Dª Rodríguez, a duenha —, pois se fosse fidalgo e bem-nascido, houvera de as pôr nos cornos da lua.

— Já basta — disse a duquesa. — Cale-se Dª Rodríguez e sossegue o senhor Pança, e fique a meu cargo o regalo do ruço, que por ser joia de Sancho o porei sobre as meninas dos meus olhos.

— Na estrebaria basta que esteja — respondeu Sancho —, pois sobre as meninas dos olhos de vossa grandeza nem ele nem eu somos dignos de estar um só momento, e assim eu o consentiria como a me dar punhaladas; pois por mais que o meu senhor diga que nas cortesias mais vale perder por carta de mais que de menos, nas jumentais e asininas se há de ir com o compasso na mão e com medido termo.

— Pois que Sancho o leve ao seu governo — disse a duquesa —, e lá o poderá regalar como quiser, e até o aposentar do trabalho.

— Não pense vossa mercê, senhora duquesa, que disse muito — disse Sancho —, pois já vi mais de dois asnos subirem a governos, e eu subir levando o meu não seria coisa nova.

As razões de Sancho renovaram na duquesa o riso e o contentamento; e mandando-o repousar, foi ela dar conta ao duque do que com ele havia tratado, e entre os dois tramaram e concertaram fazer uma burla a D. Quixote que fosse famosa e bem ao estilo cavaleiresco, no qual lhe fizeram muitas tão próprias e discretas que são das melhores aventuras que esta grande história contém.

Capítulo XXXIV

Que conta da notícia que se teve
de como se havia de desencantar a sem-par
Dulcineia d'El Toboso, que é uma das
mais famosas aventuras deste livro

Grande era o gosto que recebiam o duque e a duquesa da conversação de D. Quixote e de Sancho Pança; e confirmando-se na intenção que tinham de lhes fazer algumas burlas que levassem jeito e aparência de aventuras, tomaram motivo da que D. Quixote já lhes contara da gruta de Montesinos para lhe fazer uma que fosse famosa. Mas do que mais a duquesa se admirava era que a simplicidade de Sancho fosse tamanha que ele chegasse a crer ser verdade infalível estar Dulcineia d'El Toboso encantada, tendo sido ele próprio o encantador e o embusteiro daquele negócio. E assim, tendo instruído seus criados de tudo o que haviam de fazer, dali a seis dias o levaram a uma caça de montaria, com tanto aparato de monteiros e caçadores quanto poderia levar um rei coroado. Deram a D. Quixote uma roupa de montear, e a Sancho outra verde[1] de finíssimo pano, mas D. Quixote não a quis vestir, dizendo que logo haveria de voltar ao duro exercício das armas e que não poderia levar consigo nenhum fausto de trajes nem

---

[1] Na caça grossa, as roupas de cor verde eram usadas pelos batedores e caçadores a pé.

baixela. Sancho sim aceitou o que lhe deram, com a intenção de o vender na primeira ocasião que pudesse.

Chegado pois o esperado dia, armou-se D. Quixote, vestiu-se Sancho e, em cima de seu ruço, que ele não quis deixar, ainda que lhe oferecessem um cavalo, se meteu entre a tropa dos monteiros. A duquesa saiu bizarramente ataviada, e D. Quixote, muito cortês e mesurado, tomou as rédeas do palafrém, por mais que o duque o não quisesse consentir, e finalmente chegaram a um bosque que entre duas altíssimas montanhas estava, onde, tomados os postos, esperas e trilhas, e repartida a gente por diversos postos, começou a caçada com grande estrondo, grita e vozaria, de maneira que uns a outros não se podiam ouvir, assim pelo latido dos cães como pelo som das buzinas.

Apeou-se a duquesa e, com um agudo venábulo nas mãos, postou-se em uma trilha por onde ela sabia que costumavam vir alguns javalis. Apeou-se também o duque e D. Quixote, e se puseram aos lados dela; Sancho se pôs atrás de todos, sem se apear do ruço, a quem não ousava desamparar, porque não lhe acontecesse alguma desgraça. E mal haviam assentado o pé e se posto em ala com outros muitos criados seus, quando viram que vinha a eles, acossado pelos cães e perseguido pelos caçadores, um desmesurado javali, rangendo dentes e presas e botando espuma pela boca; e em o vendo, embraçando seu escudo e metendo mão à espada, adiantou-se D. Quixote a recebê-lo. O mesmo fez o duque com seu venábulo, mas a todos se teria adiantado a duquesa, se o duque não o estorvasse. Só Sancho, em vendo o valente animal, desamparou o ruço e deu a correr o quanto pôde e, tentando subir em um alto carvalho, não conseguiu, pois estando já na metade dele, agarrado de um ramo, pelejando para subir ao topo, foi tão falto de ventura e tão desgraçado que o ramo se quebrou e, ao despencar, ficou ele suspenso no ar, preso a um gancho da árvore, sem poder chegar ao chão. E vendo-se assim, e que a roupa verde se lhe rasgava, e parecendo-lhe que se aquele fero animal lá chegasse o poderia alcançar, começou a dar tantos gritos e a pedir socorro com tanto afinco que todos os que o ouviam e não o viam pensaram que estava entre os dentes de alguma fera.

Finalmente, o dentudo javali ficou atravessado pelos ferrões de muitos venábulos que se lhe puseram diante; e virando D. Quixote a cabeça para os gritos de Sancho, que já por eles o conhecera, viu-o pendurado do carvalho de cabeça para baixo, e ao pé dele o ruço, que o não desamparou em sua calamidade, e diz Cide Hamete que poucas vezes viu Sancho Pança sem ver o ruço, nem o ruço sem ver Sancho, tal era a amizade e boa-fé que entre os dois se guardavam.

Chegou D. Quixote e despendurou Sancho, o qual, vendo-se livre e no chão, olhou o rasgo em sua roupa de montear e lhe doeu na alma, pois pensava ter naquele traje todo um morgadio. Nisto atravessaram o poderoso javali sobre uma azêmola e, cobrindo-o com ramos de alecrim e de murta, o levaram como em sinal de vitoriosos despojos a umas grandes tendas de campanha que no meio do bosque estavam armadas, onde acharam as mesas postas e o banquete amanhado, tão suntuoso e grande que nele bem se dava a ver a grandeza e magnificência de quem o oferecia. Sancho, mostrando à duquesa as chagas do seu roto vestido, disse:

— Se esta caçada fosse de lebres ou de passarinhos, livre estaria minha roupa de se ver neste estado. Eu não sei que gosto se recebe de esperar um animal que, se vos alcança com uma presa, vos pode tirar a vida. Eu me lembro de ter ouvido cantar um romance antigo que diz:

Dos ursos sejas comido
como Fávila afamado.[2]

— Esse foi um rei godo — disse D. Quixote — que numa caçada foi comido por um urso.

— Por isso mesmo eu digo — respondeu Sancho — que não quisera que os príncipes e os reis se pusessem em semelhantes perigos, a troco dum gosto que parece não poder dar nenhum, pois consiste em matar um animal de todo inocente.

— Antes vos enganais, Sancho — respondeu o duque —, porque o exercício da caça de montaria é o mais conveniente e necessário aos reis e príncipes que outro algum. A caça é uma imagem da guerra: há nela estratagemas, astúcias, insídias para vencer o inimigo a seu salvo; padecem-se nela frios grandíssimos e calores intoleráveis; diminui-se o ócio e o sono, corroboram-se as forças, agilitam-se os membros de quem a pratica, e, em conclusão, é exercício que se pode fazer sem prejuízo de ninguém e com gosto de muitos; e o melhor que ele tem é o não ser para todos, como é o dos outros gêneros de caça, exceto o da volataria, que também é só para reis e grandes senhores. Portanto, oh Sancho, mudai de opinião e quando fordes governador ocupai-vos da caça e vereis como vos vale um reino.

— Isso não! — respondeu Sancho. — O bom governador, em casa e de perna quebrada. Bonito seria que viessem os negociantes aflitos à sua procura, e ele estivesse folgando no bosque!

---

[2] "*De los osos seas comido,/ como Favila el nombrado*": são versos de um romance intitulado "Las maldiciones de Salaya", publicado no século XVI em folheto de cordel. O personagem citado, rei de Astúrias entre 737 e 739, morreu, segundo a lenda, nas garras de um urso.

Muito errado andaria o governo! Bem creio, senhor, que a caça e os passatempos são mais para os vadios que para os governadores. Com o que eu penso me entreter é jogando truque de vez em quando e jogo da bola de quando em vez, pois essas caças e caços não dizem com a minha condição nem tocam à minha consciência.

— Praza a Deus, Sancho, que assim seja, porque do dito ao feito há grande eito.

— Haja o que houver — replicou Sancho —, pois a bom pagador não lhe dói o penhor, e mais vale quem Deus ajuda que quem muito madruga, e são as tripas que levam os pés, e não os pés que levam as tripas. Quero dizer que, se Deus me ajudar e eu fizer o que devo com boa intenção, sem dúvida que governarei melhor que uma águia, senão que me metam o dedo na boca, e vejam se não mordo!

— Maldito sejas de Deus e de todos seus santos, Sancho maldito — disse D. Quixote. — Quando será o dia, como tantas vezes já perguntei, em que eu te verei falar sem ditados uma razão corrente e concertada! Vossas grandezas, senhores meus, deixem esse tonto falar, que lhes moerá a alma, posta não só entre dois, mas entre dois mil ditados, trazidos tão ao caso e a tempo quanto Deus lhe dê saúde, a ele, ou a mim, se os quisesse escutar.

— Os ditados de Sancho Pança — disse a duquesa —, posto que sejam mais que os do Comendador Grego,[3] nem por isso

---

[3] Referência a Hernán Núñez de Toledo y Guzmán (1475?-1553), catedrático das universidades de Alcalá e Salamanca, autor de um alentado adagiário intitulado *Refranes y proverbios en romance* (Salamanca, 1555), com mais de 8 mil entradas. Recebeu esse epíteto por ser comendador da Ordem de Santiago e eminente helenista.

são menos de estimar, pela brevidade das sentenças. De mim posso dizer que me dão mais gosto que outros, ainda quando sejam mais bem trazidos e com mais propriedade acomodados.

Com essas e outras divertidas conversações, saíram da tenda para o bosque, e em procurar algumas esperas e postos de caça se lhes passou o dia e se lhes veio a noite, e não tão clara nem tão sossegada como a estação do tempo pedia, que era a metade do verão; mas um certo claro-escuro que trouxe consigo ajudou muito a intenção dos duques, e assim como começou a anoitecer um pouco mais adiante do crepúsculo, a desoras pareceu que todo o bosque por todas as quatro partes ardia, e logo se ouviram por aqui e por ali, e por cá e acolá, infinitas cornetas e outros instrumentos de guerra, como de muitas tropas de cavalaria que pelo bosque passassem. A luz do fogo, o som dos bélicos instrumentos quase cegaram e atroaram os olhos e ouvidos dos circunstantes, e ainda de todos os que no bosque estavam.

Logo se ouviu infinita algazarra, ao modo dos mouros quando entram em batalha; soaram trombetas e clarins, retumbaram tambores, ressoaram pífaros, quase todos a um tempo, tão de contínuo e depressa que não tivera sentido quem não ficasse sem ele ao som confuso de tantos instrumentos. Pasmou-se o duque, suspendeu-se a duquesa, admirou-se D. Quixote, tremeu Sancho Pança e, finalmente, até os próprios sabedores da causa se espantaram. Com o temor os assaltou o silêncio e um postilhão que em trajes de demônio lhes passou por diante, tocando, em voz de corneta, um oco e desmesurado corno, que um rouco e pavoroso som desprendia.

— Olá, irmão correio — disse o duque —, quem sois, aonde ides e que gente de guerra é essa que o bosque parece atravessar?

Ao que o correio respondeu com voz horríssona e desenvolta:

— Eu sou o Diabo, ando em busca de D. Quixote de La Mancha; as gentes que por aqui vêm são seis tropas de encantadores que sobre um carro triunfante trazem a sem-par Dulcineia d'El Toboso. Encantada vem com o galhardo francês Montesinos, para dar ordem a D. Quixote de como há de ser desencantada a tal senhora.

— Se vós fôsseis diabo, como dizeis e como vossa figura o mostra, já teríeis conhecido o tal cavaleiro D. Quixote de La Mancha, pois o tendes diante.

— Por Deus e minha consciência — respondeu o Diabo — que não reparava nisso, pois trago os pensamentos distraídos em tantas coisas, que da principal a que eu vinha me esquecia.

— Sem dúvida — disse Sancho — que esse demônio deve de ser homem de bem e bom cristão, pois se o não fosse não teria jurado "por Deus e minha consciência". Agora eu tenho para mim que até no próprio inferno deve de haver boa gente.

Logo o demônio, sem se apear, dirigiu a vista para D. Quixote e disse:

— A ti, Cavaleiro dos Leões (que entre as garras deles te veja eu), me envia o desventurado mas valente cavaleiro Montesinos, mandando-me que de sua parte te diga que o esperes no mesmo lugar que eu te encontrar, pois ele vem trazendo consigo a chamada Dulcineia d'El Toboso, com ordem de dar-te a que é mister para desencantá-la. E por não ser para mais minha vinda, não há de ser mais minha estada. Que os demônios como eu fiquem contigo, e os anjos bons com estes senhores.

E em dizendo isso, tocou o desmesurado corno, virou as costas e se foi, sem esperar resposta de ninguém.

Renovou-se a admiração em todos, especialmente em Sancho e D. Quixote: em Sancho, por ver que a despeito da verdade queriam que Dulcineia estivesse encantada; em D. Quixote, por não se poder certificar se era verdade ou não o que lhe acontece-

388

ra na gruta de Montesinos. E estando absorto nesses pensamentos, o duque lhe disse:

— Pensa vossa mercê esperar, senhor D. Quixote?

— Como não? — respondeu ele. — Aqui esperarei intrépido e forte, ainda que me venha investir o inferno todo.

— Pois eu, se vejo outro diabo e ouço outro corno como o passado, assim esperarei aqui como em Flandres — disse Sancho.

Então se acabou de cerrar a noite e começaram a discorrer muitas luzes pelo bosque, bem assim como discorrem pelo céu as exalações secas da terra que à nossa vista parecem estrelas que caem. Ouviu-se igualmente um medonho ruído, ao modo daquele causado pelas rodas maciças que costumam trazer os carros de bois, de cujo gemido áspero e contínuo se diz que fogem os lobos e os ursos, quando os há por onde passam. Juntou-se a toda essa tempestade outra que a todas aumentou, e foi que verdadeiramente parecia se darem a um mesmo tempo quatro encontros ou batalhas nos quatro cantos do bosque, porque lá soava o duro estrondo de espantosa artilharia, acolá se disparavam infinitas espingardas, perto quase soavam as vozes dos combatentes, longe se reiterava a algazarra agarena.

Enfim, as cornetas, os cornos, as buzinas, os clarins, as trombetas, os tambores, a artilharia, os arcabuzes, e acima de tudo o temeroso ruído dos carros, formavam todos juntos um som tão confuso e tão horrendo que foi preciso a D. Quixote valer-se de todo o seu coração para o suportar; mas o de Sancho veio ao chão e deu com ele desmaiado nas saias da duquesa, a qual o recebeu nelas e com grande pressa mandou que lhe deitassem água no rosto. Assim se fez, e ele recobrou os sentidos ao tempo em que um carro das rangedoras rodas já chegava àquele posto.

Vinha tirado por quatro vagarosos bois, todos cobertos de paramentos negros; em cada chifre traziam presa e acesa uma grande tocha de cera, e em cima do carro vinha montado um alto assento, sobre o qual estava sentado um venerável velho com uma barba mais branca que a mesma neve, e tão comprida que lhe chegava abaixo da cintura; sua vestidura era uma longa túnica de negro bocaxim, o qual por vir o carro cheio de infinitas luzes se podia bem divisar e discernir, assim como tudo o que vinha nele. Guiavam-no dois feios demônios vestidos do mesmo bocaxim, com rostos tão feios que Sancho, depois de os ver uma vez, fechou os olhos para os não ver outra. Chegando pois o carro junto ao posto, levantou-se do seu alto assento o velho venerável e, posto em pé, dando uma grande voz disse:

— Eu sou o sábio Lirgandeu.[4]

E, sem dizer mais palavra, passou o carro adiante. Atrás deste veio outro carro da mesma maneira e com outro velho entronizado, o qual, mandando o carro parar, com voz não menos grave que o outro disse:

— Eu sou o sábio Alquife, o grande amigo de Urganda,[5] a Desconhecida.

E passou adiante.

Em seguida, do mesmo jeito, chegou outro carro, mas quem vinha sentado no trono não era velho como os demais, mas homenzarrão robusto e de má catadura; o qual, em chegando, levantou-se em pé como os outros e disse com voz mais rouca e mais endiabrada:

---

[4] Personagem e narrador fictício da série do Cavaleiro do Febo (ver *DQ* I, cap. XLIII, nota 6).

[5] Alquife e Urganda: casal de sábios magos de grande importância nos livros de Amadis (para o primeiro, ver *DQ* I, cap. V, nota 7 e cap. XLIII, nota 6; para a segunda, *DQ* I, versos preliminares, nota 1).

— Eu sou Arcalaus,[6] o encantador, inimigo mortal de Amadis de Gaula e de toda sua parentela.

E passou adiante. Pouco apartados dali fizeram alto esses três carros, e cessou o aflitivo ruído das suas rodas, e logo se ouviu outro, não ruído, mas som de suave e concertada música formado, com o qual Sancho se alegrou e o teve por bom sinal, e assim o disse à duquesa, de quem não se afastava um ponto nem um passo:

— Senhora, onde há música não pode haver coisa ruim.

— Tampouco onde há luzes e claridade — respondeu a duquesa.

Ao que Sancho replicou:

— Luz dá o fogo e claridade as fogueiras, como vemos nas que nos cercam, e bem pudera ser que nos abrasassem. Mas a música é sempre indício de regozijos e de festas.

— Isso veremos — disse D. Quixote, que tudo escutava.

E disse bem, como se mostra no próximo capítulo.

---

[6] O mago inimigo de Amadis de Gaula já evocado por D. Quixote no primeiro livro (cap. XV).

Capítulo XXXV

Onde se prossegue a notícia que teve D. Quixote do desencantamento de Dulcineia, mais outros admiráveis sucessos

Ao compasso da agradável música viram que a eles vinha um carro dos que chamam triunfais,[1] tirado por seis mulas pardas, cobertas porém de linho branco, e sobre cada uma vinha um disciplinante de luz,[2] também vestido de branco, trazendo acesa na mão uma grande tocha de cera. Era o carro duas ou até três vezes maior que os passados, e os lados e a cima dele eram ocupados por doze outros disciplinantes alvos como a neve, todos com suas tochas acesas, visão que admirava e espantava por junto; e num levantado trono vinha sentada uma ninfa, vestida de mil véus tecidos de prata, brilhando por todos eles infinitas folhas de argentaria de ouro, que a faziam, se não rica, ao menos vistosamente vestida. Trazia o rosto coberto com um transparente e delicado cendal, de modo que, sem impedi-lo seus liços, por entre eles se descobria um formosíssimo rosto de donzela, e as muitas luzes davam lugar para distinguir sua beleza e juventude, que ao

---

[1] Por imitarem os triunfos romanos, recebiam esse nome os carros usados em festas públicas, muito amplos, com espaço para músicos e representantes.

[2] Os confrades que nas procissões portavam círios ou tochas, em penitência ou pagamento de promessa, geralmente cobertos com túnicas e carapuças brancas. Também se chamavam assim os condenados à vexação pública.

parecer não passavam dos vinte nem baixavam dos dezessete os seus anos.

Junto dela vinha uma figura vestida com uma roupa das que chamam roçagantes, longa até os pés, coberta a cabeça com um véu negro. Mas quando o carro chegou a estar defronte aos duques e a D. Quixote, cessou a música das charamelas, e depois a das harpas e alaúdes que no carro soavam, e, levantando-se em pé a figura coberta, abriu-a e, tirando o véu do rosto, mostrou patentemente ser a mesma figura da morte, descarnada e feia, do que D. Quixote recebeu grande pesar e Sancho medo, e os duques afetaram um certo temor. Erguida e posta em pé essa morte viva, com voz um tanto dormente e com língua não muito desperta, começou a dizer desta maneira:

> — Merlim eu sou, aquele que as histórias
> afirmam ter por pai o próprio diabo
> (mentira autorizada pelos tempos),
> príncipe sou da mágica e monarca,
> e arquivo do saber de Zoroastro,
> êmulo das idades e dos séculos
> que solapar pretendem as façanhas
> dos andantes e bravos cavaleiros,
> por quem grande carinho tive e tenho.
> E bem que seja dos encantadores,
> dos mágicos ou magos ordinária
> a dura condição, áspera e forte,
> a minha é terna, branda e amorosa,
> e dada a fazer bem a toda a gente.
>
> Nas lôbregas cavernas de Plutão,
> estando com minh'alma abstraída

em formar certos signos e figuras,
chegou-me a voz sentida da formosa
e sem-par Dulcincia d'El Toboso.
Soube do seu feitiço e sua desgraça:
ser da mais gentil dama transformada
em rústica aldeã; compadeci-me
e, encerrando o espírito no oco
desta carcaça horrenda e pavorosa,
depois de vasculhar uns cem mil livros
da minha ciência endemoniada e torpe,
venho a dar o remédio que convém
a tão grande pesar, a mal tamanho.

Oh tu, glória e orgulho dos que vestem
as túnicas de aço e de diamante,
luz e farol, vereda, norte e guia
daqueles que, deixando o lerdo sono
e as ociosas penas, bem se acolhem
a usar o exercício intolerável
das armas sanguinosas e pesadas!
A ti digo, varão como se deve
nunca jamais louvado! A ti, valente
por junto e tão discreto D. Quixote,
de La Mancha esplendor, da Espanha estrela,
que para recobrar o estado primo
a sem-par Dulcineia d'El Toboso
mister é que o escudeiro Sancho Pança
se dê três mil açoites e trezentos
no seu grande e valente par de alcatras,
aos ares descoberto, e de maneira
que o cocem, e o magoem, e o enfadem.

Com isto se contentam todos quantos
de tão grande desgraça são autores,
e vindo fui por isto, meus senhores.

— Voto a tal! — disse então Sancho. — Assim me darei, nem digo três mil, mas três açoites como três punhaladas. Valha-te o diabo por modo de desencantar! Eu não sei que é que os meus quartos têm que ver com os encantamentos! Pardeus que, se o senhor Merlim não achou outra maneira de desencantar a senhora Dulcineia d'El Toboso, encantada poderá ela descer à sepultura!

— Pois eu vos pegarei — disse D. Quixote —, dom vilão farto de alhos, e vos amarrarei a um árvore, nu como vossa mãe vos pariu, e, já não digo três mil e trezentos, mas seis mil e seiscentos açoites vos pregarei, e tão bem pregados que não se hão de soltar com três mil e trezentos ganchos. E não me repliqueis mais palavra, que vos arrancarei a alma.

Em ouvindo o qual, Merlim disse:

— Não há de ser assim, porque os açoites que há de receber o bom Sancho hão de vir por própria vontade, e não por força, e no tempo que ele quiser, pois não se lhe assinala prazo. Mas se ele quiser redimir sua vexação em metade desse flagelo, é-lhe permitido recebê-los de mão alheia, ainda que seja um tanto pesada.

— Nem alheia nem própria, nem pesada nem por pesar — replicou Sancho. — A mim não me há de tocar mão alguma. Acaso eu pari a senhora Dulcineia d'El Toboso, para que meus quartos paguem o que pecaram seus olhos? Já o senhor meu amo, sendo parte dela, pois a cada passo a chama "minha vida", "minha alma", sustento e arrimo seu, pode e deve açoitar-se por ela e fazer todas as diligências necessárias para o seu desencantamento. Mas açoitar-me eu? Abernúncio!

Mal acabara de dizer isso Sancho, quando, levantando-se

em pé a argentada ninfa que junto do espírito de Merlim vinha, tirando o sutil véu do rosto, descobriu-o tal que a todos pareceu mais que bastantemente formoso; e com desenvoltura varonil e uma voz não muito adamada, falando diretamente a Sancho Pança, disse:

— Oh, mal-aventurado escudeiro, alma de cântaro, coração de carvalho, de entranhas seixosas e empedernecidas! Se te mandassem, ladrão perverso, que te atirasses de uma alta torre ao chão; se te pedissem, inimigo do gênero humano, que comesses uma dúzia de sapos, duas de lagartos e três de cobras; se te persuadissem a que matasses tua mulher e teus filhos com algum truculento e agudo alfanje, não fora maravilha que te mostrasses melindroso e esquivo; mas fazer caso de três mil e trezentos açoites, quando não há pupilo, por pior que seja, que os não leve a cada mês, admira, pasma, espanta todas as entranhas piedosas de quem vos escuta, e até as de todos aqueles que o souberem com o discurso do tempo. Põe, oh miserável e endurecido animal, põe, digo, esses teus olhos de jerico espantadiço nas meninas destes meus, comparados a rutilantes estrelas, e os vereis chorar fio a fio e madeixa a madeixa, deixando sulcos, carreiras e sendas nos formosos campos de minhas faces. Arre, socarrão e mal-intencionado monstro! Que esta minha idade tão florida, ainda na casa dos dez e tantos, pois tenho dezenove e não chego a vinte, se consome e murcha sob a casca de uma rústica lavradora; e se agora o não pareço é por mercê particular que me fez o senhor Merlim aqui presente, só por que minha beleza te enterneça, pois as lágrimas de uma aflita formosura mudam as rochas em algodão e os tigres em ovelhas. Bate, bate nessas carnaças, bastião indômito, e esperta o brio, que só a comer e mais comer te inclina, e põe em liberdade a lisura das minhas carnes, a meiguice da minha condição e a beleza do meu rosto; e se por mim não te queres abrandar nem reduzir a um razoável termo, faze-o por esse pobre cavaleiro que a teu lado tens; por teu amo, digo, do qual estou vendo a alma, que a tem atravessada na garganta a menos de dez dedos dos lábios, só esperando tua rija ou branda resposta, ou para sair pela boca, ou para voltar ao estômago.

Em ouvindo isto, apalpou-se D. Quixote a garganta e disse, virando-se para o duque:

— Por Deus, senhor, que Dulcineia disse a verdade, pois aqui tenho a alma atravessada na garganta, como uma noz de balestra.[3]

— Que dizeis a isto, Sancho? — perguntou a duquesa.

— Digo, senhora — respondeu Sancho —, o que tenho dito: que dos açoites, abernúncio.

— *Abrenúncio* haveis de dizer, Sancho, e não como dizeis — disse o duque.

— Deixe-me vossa grandeza — respondeu Sancho —, que agora não tenho olhos para sutilezas nem letras a mais ou a menos, pois tão atarantado estou com esses açoites que me hão de dar, ou me tenho de dar, que não sei o que digo nem o que faço. Mas quisera eu saber da senhora minha senhora Dª Dulcineia d'El Toboso onde ela aprendeu esse jeito de pedir, vindo dizer que eu abra as minhas carnes à força de açoites e chamando-me "alma de cântaro" e "bestão indômito", mais um renque de nomes feios que nem o diabo aturava. Acaso são as minhas carnes de bronze ou algo me vai em que ela se desencante ou deixe de desencantar? Que canastra de roupa-branca, de camisas, de toucas e de escarpins (inda que eu não os use) traz ela para me agradar? Traz é um vitupério atrás do outro, sabendo aquele ditado que dizem por aí,

---

[3] Pivô que retém a corda da balestra quando armada.

que um burro carregado de ouro sobe ligeiro um monte, e que dádivas quebrantam penhas, e a Deus rogando e com o malho dando, e que mais vale um "toma" que dois "te darei"! Pois o senhor meu amo, que me houvera de passar a mão pelos lombos e me afagar para me deixar feito lã e algodão cardados, chega e diz que, se me pega, me amarra nu a uma árvore e me dobra a parada dos açoites; e haviam de considerar estes lesados senhores que não só estão pedindo que se açoite um escudeiro, mas um governador, como quem diz "toma que é doce!". Aprendam, aprendam, muitieramá, a saber rogar e a saber pedir e a ser bem-criados, que nem todo tempo é tempo e nem sempre estão os homens de bom humor. Justo agora que estou morrendo de dó por ver meu saio verde rasgado, vêm me pedir que me açoite por minha vontade, estando ela tão longe disso como de me fazer cacique.

— Pois em verdade, amigo Sancho — disse o duque —, que se vos não abrandardes mais que um figo temporão, não haveis de empunhar o governo. Bom seria que eu enviasse aos meus insulanos um governador cruel, de entranhas pedernais, que não se dobra a lágrimas de aflitas donzelas, nem a rogos de discretos, imperiosos e vetustos encantadores e sábios! Enfim, Sancho, ou vos haveis de dar açoite, ou vos hão de açoitar, ou não sereis governador.

— Senhor — respondeu Sancho —, não me podem dar dois dias de prazo para pensar no caso?

— Não, de nenhuma maneira — disse Merlim. — Aqui, neste instante e neste lugar, há de ficar assentado o termo deste negócio: ou Dulcineia voltará à gruta de Montesinos e a seu prístino estado de lavradora, ou no ser em que está será levada aos elísios campos, onde ficará esperando que se cumpra o número do flagelo.

— Eia, meu bom Sancho — disse a duquesa. — Mostrai bom ânimo e boa correspondência ao pão que comestes do senhor D.

Quixote, a quem todos devemos servir e agradar por sua boa condição e suas altas cavalarias. Dai o sim ao tal açoitamento, filho, e vá-se o diabo para o diabo e o temor para o mesquinho, que bom coração quebranta má ventura, como vós bem sabeis.

A essas razões respondeu Sancho com estas disparatadas, perguntando a Merlim:

— Diga-me vossa mercê, senhor Merlim: quando chegou aqui o diabo correio, deu a meu amo um recado do senhor Montesinos, mandando-lhe de sua parte que o esperasse aqui, porque lhe vinha dar ordem de como a senhora Dª Dulcineia d'El Toboso havia de ser desencantada, mas até agora não vimos nem sombra de Montesinos.

Ao que Merlim respondeu:

— O Diabo, amigo Sancho, é um ignorante e um grandíssimo velhaco. Eu o enviei em busca de vosso amo, mas não com recado de Montesinos, senão meu, porque Montesinos está em sua gruta atendendo, ou, para melhor dizer, esperando seu desencantamento, que ainda lhe falta o mais duro de esfolar. Se ele vos deve algo ou tendes alguma coisa a tratar com ele, eu vo-lo trarei e o porei onde quiserdes. Mas agora acabai de dar o sim desta disciplina, e crede que vos será de muito proveito, assim para a alma como para o corpo: para a alma, pela caridade com que a fareis; para o corpo, porque eu sei que sois de compleição sanguínea, e alguma sangradura não vos há de fazer mal.

— Muitos médicos há no mundo: até os encantadores são médicos — replicou Sancho. — Mas como todos estão dizendo, por mais que eu não o veja assim, digo que concordo em me dar os três mil e trezentos açoites, à condição de que sejam a cada quando e quantos eu quiser, sem ditarem prazo nem cota diária, que eu procurarei pagar a dívida o quanto antes, por que goze o mundo da formosura da senhora Dª Dulcineia d'El Toboso, que, diferente do que eu pensava, parece que é de feito formosa. Há de ser também condição que não hei de estar obrigado a tirar sangue com as disciplinas, e que, se alguns açoites forem mais espanadelas, não deixem de entrar na conta. Item: se eu errar no número, o senhor Merlim, como sabe tudo, há de ter o cuidado de os contar e me avisar quantos faltam ou sobram.

— Das sobras não haverá que dar aviso — respondeu Merlim —, porque, chegando ao cabal número, logo de improviso a senhora Dulcineia ficará desencantada e, como bem-agradecida, virá procurar o bom Sancho para dar-lhe graças e até prêmios pela boa obra. Portanto não há por que ter escrúpulo das sobras nem das faltas, nem o céu permita que eu engane a ninguém, ainda que fosse num fio de cabelo.

— Eia pois, à mão de Deus! — disse Sancho. — Eu consinto em minha má ventura; digo que aceito a penitência, com as condições ditas.

Mal Sancho havia dito essas palavras, quando tornaram a soar a música das charamelas e os disparos de infinitos arcabuzes, e D. Quixote se abraçou do pescoço de Sancho, dando-lhe mil beijos na testa e no rosto. A duquesa e o duque e todos os circunstantes deram mostras de ter recebido grandíssimo contento, e o carro começou a andar; e, ao passar, a formosa Dulcineia inclinou a cabeça para os duques e fez uma grande reverência para Sancho.

E já então ia chegando a alvorada, alegre e risonha; as florzinhas dos campos se desabrochavam e erguiam, e os líquidos cristais dos regatos, murmurando por entre brancos e pardos seixos, iam dar tributo aos rios que os esperavam. A terra alegre, o céu claro, o ar limpo, a luz serena, cada coisa por si e todas juntas davam manifestos sinais de que o dia que da aurora vinha pisando as saias havia de ser sereno e claro. E satisfeitos os duques da caçada e de terem saído tão discreta e felizmente com sua intenção, voltaram para o seu castelo, com o propósito de dar seguimento às suas burlas, pois para eles não havia veras que mais gosto lhes dessem.

Capítulo XXXVI

Onde se conta a estranha e nunca
imaginada aventura da duenha Dolorida,
dita a condessa Trifraldi, mais uma carta que
Sancho Pança escreveu a sua mulher, Teresa Pança

Tinha o duque um mordomo de engenho muito burlesco e desenvolto, o qual havia feito a figura de Merlim e dirigido todo o aparato da aventura passada, compôs os versos e pôs um pajem para fazer de Dulcineia. Finalmente, a mando de seus senhores, preparou outra do mais engraçado e estranho artifício que se pode imaginar.

Perguntou a duquesa a Sancho no dia seguinte se ele tinha dado início à penitência que havia de fazer pelo desencantamento de Dulcineia. Disse ele que sim, e que naquela noite se dera cinco açoites. Perguntou-lhe a duquesa com que os dera. Respondeu Sancho que com a mão.

— Isso — replicou a duquesa — mais é dar-se palmadas que açoites. Eu tenho para mim que o sábio Merlim não se há de contentar com tanta molícia; mister será que o bom Sancho se dê com alguma disciplina de abrolhos ou de canelões,[1] que se façam sentir, porque a letra com sangue entra, e não se há de dar tão bara-

---

[1] Abrolhos, canelões: arremates dos açoites penitenciais (disciplinas) para aumentar a dor. Os primeiros eram bolinhas de metal; os segundos, feixes retorcidos e endurecidos dos próprios ramais do flagelo. Recorde-se que as disciplinas eram usadas também para castigar estudantes.

ta a liberdade de uma tão grande senhora como é Dulcineia, por tão pouco preço. E advirta Sancho que as obras de caridade que se fazem tíbia e frouxamente não têm mérito nem valor algum.[2]

Ao que Sancho respondeu:

— Dê-me vossa senhoria alguma disciplina ou correia conveniente, que eu me darei com ela, contanto que não me doa a mais da conta, pois faço saber a vossa mercê que, apesar de eu ser rústico, minhas carnes têm mais de algodão que de esparto, e não será bem que me coce por proveito alheio.

— Seja embora — respondeu a duquesa. — Eu vos darei amanhã umas disciplinas que vos venham muito ao justo e se acomodem à ternura de vossas carnes como se fossem suas próprias irmãs.

Ao que Sancho disse:

— Saiba agora vossa alteza, senhora minha da minh'alma, que eu tenho escrita uma carta para minha mulher Teresa Pança, dando-lhe conta de tudo o que me aconteceu depois desde que me afastei dela. Aqui a tenho no peito, e só lhe falta o sobrescrito. Queria que vossa discrição a lesse, porque me parece que vai conforme a um governador, digo, ao modo que devem de escrever os governadores.

— E quem a compôs? — perguntou a duquesa.

— Quem a houvera de compor senão eu, pecador de mim? — respondeu Sancho.

— E vós a escrevestes? — disse a duquesa.

---

[2] A partir de 1616, esta frase foi expurgada das edições espanholas e flamengas pela Inquisição, só sendo reincorporada ao texto em castelhano em meados do século XIX. Tal censura talvez se devesse à suspeita de que o trecho atentava contra o preceito católico segundo o qual as boas obras, mesmo quando realizadas sem autêntico fervor, aumentam a graça.

— Nem por pensamento — respondeu Sancho —, porque eu não sei ler nem escrever, bem que saiba assinar.

— Vejamos o que diz — disse a duquesa —, pois decerto mostrareis nela a qualidade e suficiência do vosso engenho.

Tirou Sancho uma carta aberta do peito, e tomando-a a duquesa, viu que dizia desta maneira:

Carta de Sancho Pança
a sua mulher, Teresa Pança

Se bons açoites me davam, bem a cavaleiro eu ia;[3] se bom governo eu levo, bons açoites me custa. Não entenderás isto agora, Teresa minha, outro dia o saberás. Hás de saber, Teresa, que tenho determinado que andes em coche, que é o que vem mais a propósito, pois todo outro andar é andar de gatinhas. Mulher de um governador és, olha se alguém te há de tosar na pele! Aí te mando uma roupa verde de caçador que me deu minha senhora a duquesa; trata de arrumá-la de maneira que dê uma saia e um corpinho para nossa filha. D. Quixote, meu amo, segundo ouvi dizer nesta terra, é um louco são e um mentecapto gracioso, e eu não lhe fico atrás. Estivemos na gruta de Montesinos, e o sábio Merlim me tomou para o desencantamento de Dulcineia d'El Toboso, aí chamada Aldonza Lorenzo; com três mil e trezentos açoites, menos cinco, que me hei de dar, ficará ela desencantada como a mãe

---

[3] Expressão proverbial, provavelmente alusiva à pena de vexação pública que consistia em exibir o condenado montado num asno; no contexto, pode ser tomada ao pé da letra.

que a pariu. Mas não digas nada disso a ninguém, pois põe o teu em conselho, uns dirão que é branco, outros que é negro. Daqui a poucos dias partirei para o governo, aonde vou com grandíssimo desejo de fazer dinheiro, porque me disseram que todos os governadores novos vão com esse mesmo desejo; tomarei pulso ao negócio e te avisarei se hás de vir comigo ou não. O ruço está bem e te manda muitas recomendações, e não o penso deixar ainda que me levem a ser Grão--Turco. A duquesa minha senhora te beija mil vezes as mãos; manda-lhe dois mil beijos de volta, pois, segundo diz meu amo, não há coisa que custe menos nem valha mais barata que as cortesias. Não foi Deus servido de me deparar outra maleta com outros cem escudos como aquela que sabes, mas não tenhas pena, Teresa minha, que a seu salvo está quem repica o sino, e não há de dar o governo em água de barrela. O que muito me pesou foi ouvir dizer que, quando eu provar desse melado, hei de lamber as unhas até roer as mãos, e aí o negócio não me sairá muito barato, se bem que os aleijados e mancos têm a ganhança garantida na esmola que pedem; portanto, de um jeito ou de outro, tu hás de ser rica e ter boa ventura. Deus ta dê como pode, e a mim me guarde para te servir.

Deste castelo, a vinte de julho de 1614.

Teu marido o governador

Sancho Pança

Acabando a duquesa de ler a carta, disse a Sancho:

— Em duas coisas anda um pouco desencaminhado o bom governador: uma em dizer ou dar a entender que este governo lhe foi dado pelos açoites que se há de dar, sabendo ele, como o não pode negar, que quando o duque meu senhor lho prometeu nem se sonhava haver tais açoites no mundo; a outra é mostrar-se nela muito cobiçoso, e espero que tal não medre, porque a cobiça rompe o saco, e o governador cobiçoso faz a justiça desgovernada.

— Não foi por isso que o disse, senhora — respondeu Sancho —, e se vossa mercê acha que a tal carta não é como devia ser, basta rasgá-la e fazer outra nova, e podia ser que fosse pior, se a deixassem toda à minha conta.

— Não, não — replicou a duquesa —, está boa como está, e assim quero que o duque a veja.

Com isto saíram para um jardim onde aquele dia haviam de almoçar. A duquesa mostrou ao duque a carta de Sancho, da qual recebeu grandíssimo contento. Comeram e, depois de levantada a mesa e de folgarem por um bom espaço com a saborosa conversa de Sancho, ouviram de improviso o som tristíssimo de um pífaro e o de um rouco e desafinado tambor.[4] Todos deram mostras de se inquietar com a confusa, marcial e triste harmonia, especialmente D. Quixote, que de puro alvoroçado não cabia em seu assento. De Sancho não há que dizer senão que o medo o levou ao seu costumado refúgio, que era ao pé ou às saias da duquesa, porque real e verdadeiramente o som que se escutava era tristíssimo e malencônico.

E estando todos assim suspensos, viram entrar pelo jardim adentro dois homens vestidos de luto, tão grande e comprido que arrastava pelo chão. Estes vinham tocando dois grandes tambores, igualmente cobertos de negro. Ao seu lado vinha o pífaro,

---

[4] Em sinal de luto, costumava-se desafinar os tambores ou as caixas afrouxando-lhes a pele.

negro como breu à maneira dos demais. Seguia os três um personagem de corpo agigantado, mais que vestido, amantado com uma negríssima loba, cujas fraldas eram também desmesuradamente grandes. Por cima da loba o cingia e atravessava um largo talim, outrossim negra, da qual pendia um desmesurado alfanje, de guarnições e bainha negra. Trazia o rosto coberto com um transparente véu negro, pelo qual se entremostrava uma longuíssima barba, branca como a neve. Cadenciava o passo ao som dos tambores com muita gravidade e repouso. Enfim, sua grandeza, seu meneio, sua negrura e seu acompanhamento poderiam e puderam suspender a todos aqueles que sem o reconhecer o viram.

Chegou pois com o referido vagar e prosápia, para se ajoelhar diante do duque que, em pé com os demais que lá estavam, o esperava. Mas o duque de nenhuma maneira lhe consentiu falar enquanto não se levantasse. Assim fez o prodigioso espantalho e, posto em pé, suspendeu o véu do rosto, descobrindo a mais horrenda, a mais longa, a mais branca e mais basta barba que até então humanos olhos jamais viram, e então puxou e arrancou do largo e dilatado peito uma voz grave e sonora e, pondo os olhos no duque, disse:

— Altíssimo e poderoso senhor, chamam-me "Trifraldim,[5] o da Barba Branca"; sou escudeiro da condessa Trifraldi, por outro nome chamada "a duenha Dolorida", de parte da qual trago a vossa grandeza uma embaixada, e é que vossa magnificência seja servida de lhe dar faculdade e licença para entrar e declarar sua coita, que é uma das mais novas e mais admiráveis que o mais coitado pensamento do orbe possa ter pensado. Mas ela quer an-

---

[5] Além de jogar com o nome de sua "senhora", o nome do falso escudeiro evoca Truffaldino (literalmente, "trapaceiro"), personagem dos dois *Orlandos*.

tes saber se está neste vosso castelo o valoroso e jamais vencido cavaleiro D. Quixote de La Mancha, em busca do qual vem a pé e em jejum desde o reino de Candaia[6] até este vosso estado, coisa que se pode e deve de ter por milagre ou obra de encantamento. Ela está à porta desta fortaleza ou casa de campo, e não aguarda para entrar mais que o vosso beneplácito. Tenho dito.

Em seguida tossiu e alisou a barba de cima a baixo com ambas as mãos, e com muito sossego ficou esperando a resposta do duque, que foi:

— Já há muitos dias, bom escudeiro Trifraldim da Branca Barba, que temos notícia da desgraça de minha senhora a condessa Trifraldi, que os encantadores fazem chamar "a duenha Dolorida". Bem podeis, estupendo escudeiro, dizer a ela que entre, pois aqui está o valente cavaleiro D. Quixote de La Mancha, de cuja condição generosa se pode com certeza prometer todo amparo e toda ajuda; e também lhe podeis dizer de minha parte que, se necessário, não lhe há de faltar meu favor, que já estou obrigado a lho dar por ser cavaleiro, a quem é anexo e concernente favorecer a toda sorte de mulheres, especialmente as duenhas viúvas, menoscabadas e doloridas, qual deve de estar sua senhoria.

Ouvindo o qual, Trifraldim dobrou o joelho até o chão e, fazendo ao pífaro e aos tambores sinal para que tocassem, ao mesmo som e ao mesmo passo que havia entrado tornou a sair do jardim, deixando a todos admirados da sua presença e compostura. E virando-se o duque para D. Quixote, lhe disse:

— Enfim, famoso cavaleiro, não podem as trevas da malícia e da ignorância encobrir e escurecer a luz do valor e da virtu-

---

[6] Reino oriental fabuloso, de provável invenção cervantina. Ecoa talvez o de Cambaia, no noroeste da Índia, já citado por Marco Polo e referido por diversos autores portugueses, entre eles Camões e João de Barros.

de. Digo isto porque há apenas seis dias que vossa bondade está neste castelo, e já vos vêm procurar de longes e apartadas terras, e não em coches nem dromedários, mas a pé e em jejum, os tristes, os aflitos, certos de achar nesse fortíssimo braço o remédio de suas coitas e trabalhos, por mercê de vossas grandes façanhas, que correm e rodeiam todo o descoberto da terra.

— Quisera eu, senhor duque — respondeu D. Quixote —, que estivesse aqui presente aquele bendito religioso que outro dia à mesa mostrou tanta má vontade e ojeriza contra os cavaleiros andantes, para que visse por próprios olhos se os tais cavaleiros são necessários no mundo; quando menos tentearia que, em casos grandes e em desditas enormes, os extraordinariamente aflitos e desconsolados não vão buscar remédio na casa dos letrados, nem na dos sacristães das aldeias, nem do cavaleiro que nunca acertou de sair dos termos de seu lugar, nem do preguiçoso cortesão que prefere buscar novas para referir e contar, em vez de fazer obras e façanhas para que outros contem e escrevam. O remédio das coitas, o socorro das necessidades, o amparo das donzelas, o consolo das viúvas, em nenhuma sorte de pessoas se acha melhor que nos cavaleiros andantes, e de sê-lo eu dou infinitas graças ao céu, e dou por muito bem empregado qualquer dano ou trabalho que em tão honroso exercício me possa acontecer. Que venha essa duenha e peça o que quiser, que eu lhe remirei seu remédio com a força de meu braço e a intrépida resolução de meu animoso espírito.

Capítulo XXXVII

Onde se prossegue a famosa
aventura da duenha Dolorida

Em extremo folgaram o duque e a duquesa de ver quão bem D. Quixote ia correspondendo à sua intenção, e nesse ponto disse Sancho:

— Temo que essa tal senhora duenha venha meter algum tropecilho à promessa do meu governo, pois ouvi dizer de um boticário toledano, que falava feito um pintassirgo, que donde entram duenhas coisa boa não pode acontecer. Valha-me Deus, como se dava mal com elas aquele boticário! Donde eu tiro que, sendo todas as duenhas, de qualquer qualidade e condição que sejam, molestas e impertinentes, como não serão as doloridas, das que dizem ser esta condessa Três Fraldas, ou Três Rabos de Saia. Que na minha terra fraldas e rabos, rabos e fraldas, tudo é um.

— Cala-te, Sancho amigo — disse D. Quixote —, pois como esta senhora duenha de tão longes terras me vem buscar, não deve ser daquelas que o boticário tinha em sua conta, quanto mais que esta é condessa, e quando as condessas servem de duenhas há de ser no serviço de rainhas e imperatrizes, e em suas casas são senhoríssimas que se servem de outras duenhas.

A isto respondeu Dª Rodríguez, que estava presente:

— Duenhas tem a seu serviço minha senhora a duquesa que bem puderam ser condessas, se a fortuna assim o quisesse. Mas lá vão leis onde querem reis, e que ninguém diga mal das duenhas, menos ainda das antigas e donzelas, pois, ainda que eu não o seja, bem se me alcança e se me transluz a vantagem que leva uma duenha donzela sobre uma duenha viúva; e quem nos tosquiou ficou com as tesouras na mão.

— Bem que — replicou Sancho —, segundo o meu barbeiro, há tanto que tosquiar nas duenhas que é melhor não mexer o arroz, ainda que cheire a esturro.

— Sempre os escudeiros — respondeu Dª Rodríguez — foram inimigos nossos, pois como são duendes das antessalas e nos veem a cada passo, as horas em que não rezam (que são muitas) eles as gastam em murmurar de nós, desenterrando-nos os ossos para enterrar a nossa fama. Por mim, que vão todos remar nas galés, pois, muito ao seu pesar, nós havemos de viver no mundo e nas casas principais, ainda que morramos de fome e com um negro mongil cubramos nossas delicadas ou não delicadas carnes, como quem cobre ou tapa um muladar com um tapete em dia de procissão. À fé que, se me fosse dado e o tempo assim o permitisse, eu bem daria a entender, não só aos presentes, mas a todo o mundo, como não há virtude que não se encerre numa duenha.

— Eu creio — disse a duquesa — que minha boa Dª Rodríguez tem razão, e muito grande, mas convém que aguarde o tempo de defender a si e às demais duenhas, para confundir a má opinião daquele ruim boticário e desarraigar a que o grande Sancho Pança tem no peito.

Ao que Sancho respondeu:

— Desde que tenho meus fumos de governador não sofro mais tonturas de escudeiro, e não se me dá uma figa por quantas duenhas há no mundo.

Longe teria parado a conversação duenhesca, se não ouvissem que o pífaro e os tambores tornavam a soar, donde entenderam que a duenha Dolorida ia entrando. Perguntou a duquesa ao duque se seria bem irem recebê-la, pois era condessa e pessoa principal.

— Pelo que ela tem de condessa — respondeu Sancho, antes que o duque respondesse —, bem me parece que vossas grandezas a vão receber; mas, pelo que de duenha, sou de parecer que não deem um passo.

— E quem te manda meter nesse assunto, Sancho? — disse D. Quixote.

— Quem, senhor? — respondeu Sancho. — Eu me meto sozinho, pois posso me meter, como escudeiro que aprendeu os termos da cortesia na escola de vossa mercê, que é o mais cortês e bem-criado cavaleiro que há em toda a cortesania; e nessas coisas, segundo ouvi vossa mercê dizer, tanto se perde por carta de mais como por carta de menos, e a bom entendedor, poucas palavras.

— Assim é como diz Sancho — disse o duque. — Vejamos a apostura da condessa e por ela tentearemos a cortesia que se lhe deve.

Nisto entraram os tambores e o pífaro como da vez primeira.

E aqui deu fim o autor a este breve capítulo e começou o outro, seguindo a mesma aventura, que é uma das mais notáveis da história.

Capítulo XXXVIII

Onde se conta a que deu
a duenha Dolorida de sua mal-andança

Atrás dos tristes músicos começou a chegar pelo jardim adentro um número de doze duenhas mais ou menos, repartidas em duas fileiras, todas vestidas de uns largos mongis, ao parecer de estamenha pisoada, com umas toucas brancas de fina cambraia, tão compridas que só a barra do mongil deixavam à mostra. Atrás delas vinha a condessa Trifraldi, pela mão do escudeiro Trifraldim da Branca Barba, vestida com finíssima e negra baeta de pelo sem frisar, o qual, se fora frisado, mostraria cada riço da grandeza de um grão-de-bico dos bons. O rabo ou fralda, ou como o quiserem chamar, se rematava em três pontas, as quais vinham sustentadas nas mãos de três pajens igualmente vestidos de luto, fazendo uma vistosa e matemática figura com aqueles três ângulos agudos que as três pontas formavam, donde concluíram todos os que a saia pontiaguda olhavam que por causa dela a condessa se devia chamar Trifraldi, como quem diz a condessa "das Três Fraldas", e assim diz Benengeli que foi verdade, e que por seu próprio sobrenome se chamava a condessa Lobeira, por se criarem em seu condado muitos lobos, e que, se em vez de lobos fossem raposas, seria chamada a condessa Raposeira,[1] por ser costume

---

[1] Reconheceu-se nas duas alcunhas — *Lobuna* e *Zorruna* — uma alusão velada à casa de Osuna, poderosa nos tempos de Felipe III. Para reforçar a interpretação, apontou-se nas "três caudas" referência aos três girões do brasão ducal.

naquelas regiões os senhores tomarem a denominação dos seus nomes da coisa ou coisas mais abundantes nos seus estados. Mas essa condessa, para favorecer a novidade do seu traje, deixou o Lobeira e tomou o Trifraldi.

Vinham as doze duenhas e a senhora a passo de procissão, cobertos os rostos com véus negros, não transparentes como o de Trifraldim, mas tão cerrados que nenhuma coisa transluziam.

Assim como acabou de aparecer o duenhesco esquadrão, o duque, a duquesa e D. Quixote se puseram em pé, e o mesmo fizeram todos aqueles que a cadenciosa procissão olhavam. Pararam as doze duenhas e abriram alas, pelo meio das quais avançou a Dolorida, sempre de mãos dadas com Trifraldim, vendo o qual, o duque, a duquesa e D. Quixote avançaram cerca de doze passos para recebê-la. Ela, posta de joelhos no chão, com voz antes rude e rouca que sutil e delicada, disse:

— Vossas grandezas sejam servidas de não fazer tantas cortesias a este seu criado, digo, a esta sua criada, pois tão dolorida estou que não acertarei a corresponder como devo, dado que minha estranha e jamais vista desdita me levou o entendimento não sei aonde, e deve de ser muito longe, pois quanto mais o procuro, menos o acho.

— Sem ele estaria — respondeu o duque —, senhora condessa, quem não descobrisse em vossa presença vosso valor, o qual, sem mais ver, é merecedor de toda a nata da cortesia e de toda a flor das bem-criadas cerimônias.

E levantando-a pela mão levou-a a sentar numa cadeira ao lado da duquesa, a qual também a recebeu com muitas mesuras.

D. Quixote calava e Sancho morria por ver o rosto da Trifraldi e de alguma de suas muitas duenhas, mas isto não foi possível até que elas de seu grado e vontade se descobriram.

Sossegados todos e postos em silêncio estavam esperando

quem o havia de romper, e foi a duenha Dolorida, com estas palavras:

— Confiada estou, senhor poderosíssimo, formosíssima senhora e discretíssimos circunstantes, que em vossos valorosíssimos peitos minha coitíssima há de achar acolhimento, não menos plácido que generoso e doloroso, porque ela é tal que basta para enternecer o mármore, e abrandar o diamante, e amolecer o aço dos mais endurecidos corações do mundo. Mas antes que ela saia à praça de vossos ouvidos (para não dizer orelhas), quisera que me fizessem sabedora se está nesta junta, roda e companhia o acendradíssimo cavaleiro D. Quixote de La Manchíssima e seu escudeiríssimo Pança.

— O Pança — disse Sancho, antes que algum outro respondesse — aqui está, e o D. Quixotíssimo também, e assim podereis, dolorosíssima duenhíssima, dizer o que quiseredíssimis, pois todos estamos prontos e aparelhadíssimos para ser vossos servidoríssimos.

Nisto se levantou D. Quixote e, dirigindo suas razões à Dolorida duenha, disse:

— Se vossas coitas, angustiada senhora, se podem prometer alguma esperança de remédio por algum valor ou forças de algum andante cavaleiro, aqui estão as minhas que, conquanto fracas e breves, serão todas empregadas em vosso serviço. Eu sou D. Quixote de La Mancha, cujo cometimento é acudir a toda sorte de necessitados, e sendo isto assim, como o é, não haveis mister, senhora, de granjear benevolências nem buscar preâmbulos, senão direta e lhanamente dizei vossos males, pois ouvidos vos escutam que saberão, se não remediá-los, doer-se deles.

Ouvindo o qual a Dolorida duenha, fez sinal de se querer atirar aos pés de D. Quixote, e até se chegou a atirar, e pelejando para os abraçar dizia:

— A estes pés e pernas me lanço, oh cavaleiro invicto, por serem os que são as bases e colunas da andante cavalaria! Estes pés quero beijar, de cujos passos pende e depende todo o remédio da minha desgraça, oh valoroso andante, cujas verdadeiras façanhas superam e empanam as fabulosas dos Amadises, Esplandiães e Belianises!

E deixando D. Quixote, virou-se para Sancho Pança e, tomando-lhe as mãos, lhe disse:

— Oh tu, o mais leal escudeiro que jamais serviu a cavaleiro andante nos presentes nem nos passados séculos, mais basto em bondade que a barba de Trifraldim, meu acompanhador aqui presente! Bem te podes timbrar em, servindo ao grande D. Quixote, servires em cifra a toda a caterva de cavaleiros que no mundo menearam as armas. Conjuro-te, pelo que deves a tua bondade fidelíssima, que me sejas bom intercessor junto ao teu amo, para que ele logo favoreça esta humilíssima e desditosíssima condessa.

Ao que Sancho respondeu:

— Não é conta do meu rosário, senhora minha, o ser a minha bondade tão basta e longa quanto a barba do vosso escudeiro; que barbada e bigodada eu tenha a minha alma quando partir desta vida, é isso que importa, pois nas barbas desta banda pouco ou nada cuido. Mas sem tanto rogo nem engodo pedirei ao meu amo, pois sei que me quer bem, e mais agora que precisa de mim para certo negócio, que favoreça e ajude a vossa mercê em tudo que ele puder. Vossa mercê desembuche e conte a sua coita, e deixe estar, que todos nos entenderemos.

Rebentavam de rir com essas coisas os duques, tendo tomado o pulso à tal aventura, e aplaudiam entre si a agudeza e dissimulação da Trifraldi, a qual, tornando a sentar, disse:

— Do famoso reino de Candaia, que fica entre a grande Taprobana e o mar do Sul, duas léguas além do cabo Comorim, foi senhora a rainha D. Magúncia, viúva do rei Arquipela, seu senhor e marido, de cujo casamento tiveram e procriaram a infanta Antonomásia, herdeira do reino, a qual dita infanta Antonomásia se criou e cresceu debaixo de minha tutela e doutrina, por ser eu a mais antiga e mais principal duenha de sua mãe. Sucedeu pois que, com o andar e correr dos dias, a menina Antonomásia chegou à idade de catorze anos com tal perfeição de formosura que a natureza a não pôde subir mais um grau. E quem diz que em discrição era miúda? Assim era discreta como bela, e era a mais bela do mundo, e ainda o é, se já os fados invejosos e as parcas endurecidas não lhe cortaram o estame da vida. Mas tal não será, pois não permitirão os céus que se faça tão grande mal ao mundo como seria levarem ainda verde e em agraz o cacho da mais formosa vide da terra. Desta formosura, e não como se deve encarecida por minha pobre língua, se enamorou um número infinito de príncipes, assim naturais como estrangeiros, entre os quais ousou levantar os pensamentos ao céu de tanta beleza um cavaleiro particular que na corte estava, confiado em sua mocidade, e em sua bizarria, e em suas muitas habilidades e graças e facilidade e felicidade de engenho. Porque faço saber a vossas grandezas, se o não tiverem a mal, que ele tocava a guitarra como se a fizesse falar, e por cima de tudo isto era poeta e grande bailador e sabia fazer umas gaiolas de pássaros que só com fazê-las poderia ganhar a vida, caso se visse em extrema necessidade, prendas e graças bastantes para derribar uma montanha, que dirá uma delicada donzela. Mas toda sua gentileza e bom donaire e todas suas graças e habilidades teriam sido pouco ou nada poderosas para render a fortaleza da minha menina, se o ladrão abusado não se valesse do ardil de primeiro me render a mim. Primeiro quis o bandido e desalmado vagamundo granjear-me a vontade e comprar-me o gosto, para que eu, mau alcaide, lhe entregasse as chaves da fortaleza que guardava. Em conclusão, ele me adulou o entendimento e me rendeu a vontade com não sei que pendericalhos e brincos que me deu; mas o que mais me fez prostrar e dar comigo pelo chão foram umas coplas que o ouvi cantar uma noite, por uma grade que dava para uma ruela onde ele estava, que, se mal não me lembro, diziam:

Da doce minha inimiga
nasce um mal que a alma fere
e por mais tormento quere
que se sinta e não se diga.[2]

Pareceu-me a trova uma autêntica pérola e sua voz, um mel, e de lá para cá, digo, desde então, vendo o mal em que caí por causa destes e outros semelhantes versos, tenho considerado que, como aconselhava Platão, das boas e concertadas repúblicas se haviam de desterrar os poetas, ou ao menos os lascivos, por escreverem umas coplas, não como as do marquês de Mântua,[3] que entretêm e fazem as crianças e as mulheres chorarem, senão umas agudezas que a modo de brandos espinhos vos atravessam a alma e como raios vos ferem nela sem tocar os vestidos. E outra vez cantou:

Vem, morte, toda escondida,
de maneira a te não ver,

------

[2] Versos de uma cantiga musicada, incluída nos cancioneiros da virada do século XV para o XVI. São tradução das redondilhas do poeta italiano Serafino de Ciminelli (1466-1500): "*Dalla dolce mia nemica/ nasce un dol che esser non suole/ e per più tormento vuole/ che si senta e non si dica*".

[3] Trata-se do longuíssimo romance velho "De Mantua salió el marqués", já mencionado (ver cap. XXIII, nota 10 e *DQ* I, cap. V, nota 1).

> por que o gosto de morrer
> não me torne a dar a vida.[4]

E deste jaez outras coplinhas e estrambotos, que cantados encantam e escritos espantam. E que dizer quando eles se humilham a compor um gênero de verso muito usado em Candaia, chamado "seguidilhas"? Então tudo é o brincar das almas, o retouçar do riso, o desassossego dos corpos e, enfim, o espevitar de todos os sentidos. E assim digo, senhores meus, que os tais trovadores com justiça deviam ser desterrados para as ilhas dos Lagartos. Mas não é deles a culpa, senão dos simples que os elogiam e das bobas que os creem; e se eu fosse a boa duenha que devia, não me haviam de mover seus cansados conceitos, nem havia de crer ser verdade aquele dizer de que "vivo morrendo, ardo no gelo, tremo no fogo, espero sem esperança, parto e fico", mais outros impossíveis dessa mesma laia, dos quais seus escritos estão cheios. E quando prometem o fênix da Arábia, a coroa de Ariadne, os cavalos do Sol, do Sul as pérolas, de Tíbar o ouro e de Pancaia o bálsamo?[5] É aí que eles mais estendem a pena, pois nenhuma lhes

---

[4] Variante de uma cantiga famosa do "Comendador Escrivá", poeta valenciano do século XV, que desde meados do XVI passou a ser citada, com pequenas alterações, como sendo de autoria anônima.

[5] Série de lugares-comuns recorrentes na poesia contemporânea a Cervantes. A Arábia, segundo a fábula, era o berço da ave fênix; a coroa de Ariadne, o presente que esta recebeu de Vênus quando de seu casamento com Dionísio, mais tarde transformada numa constelação; os cavalos do Sol são os que puxavam o carro de Apolo; pérolas do Sul, as que provinham dos mares que banham as costas da Etiópia, tidas como excelentes. Tíbar era um país fabuloso onde, a par da Arábia, estaria o ouro mais puro; Pancaia, uma região também fabulosa, citada por Virgílio, produtora de substâncias balsâmicas.

custa prometer o que jamais pensam nem podem cumprir. Mas por onde me desvio? Ai, pobre de mim! Que loucura ou que desatino me leva a contar as alheias faltas, tendo tanto que dizer das minhas? Ai de mim, outra vez, sem ventura, pois não me renderam os versos, senão minha simplicidade; não me abrandaram as músicas, senão minha leviandade; minha muita ignorância e meu pouco aviso abriram o caminho e desimpediram a senda para os passos de D. Cravijo, que este é o nome do referido cavaleiro. E assim, sendo eu a medianeira, ele se achou uma e muitíssimas vezes no aposento da por mim e não por ele enganada Antonomásia, a título de verdadeiro esposo, pois, bem que pecadora, eu jamais lhe consentiria que, sem ser seu marido, ele chegasse à vira da sola de suas sapatilhas. Não, não, isso não. O casamento há de vir primeiro em qualquer negócio destes que por mim se tratar! Somente houve um dano neste negócio, que foi o da desigualdade, por ser D. Cravijo um cavaleiro particular, e a infanta Antonomásia, como já disse, herdeira do reino. Alguns dias esteve este enredo encoberto e solapado na sagacidade do meu recato, até que me pareceu que aos poucos se ia descobrindo em certo inchaço do ventre de Antonomásia, por temor do qual os três entramos em conselho, e nele se assentou que, antes que o mau passo viesse à luz, D. Cravijo haveria de pedir Antonomásia por mulher perante o vigário, em fé de uma cédula que de ser sua esposa[6] a infanta lhe tinha feito, composta por meu engenho com tanta força que nem as de Sansão poderiam romper. Fizeram-se as diligên-

---

[6] Refere-se à "cédula de casamento", papel em que o pretendente registrava sua promessa de matrimônio. Antes dos decretos de Trento, o documento facultava o reconhecimento legal do enlace; quando havia oposição por parte da família, a decisão era delegada ao vigário, que no ínterim recolhia a nubente em local de sua confiança.

cias, viu o vigário a cédula, tomou o tal vigário a confissão da senhora, confessou ela de todo em todo, mandou depositá-la na casa de um meirinho da corte muito honrado...

Neste ponto disse Sancho:

— Também em Candaia há meirinhos, poetas e seguidilhas! Disso posso jurar que imagino que todo o mundo é um. Mas dê--se pressa vossa mercê, senhora Trifraldi, que já é tarde e estou morrendo por saber o fim dessa tão longa história.

— Assim farei — respondeu a condessa.

Capítulo XXXIX

Onde a Trifraldi prossegue
sua estupenda e memorável história

De qualquer palavra que Sancho dizia, a duquesa recebia tanto gosto quanto se desesperava D. Quixote; e depois que este o mandou calar, a Dolorida prosseguiu, dizendo:

— Enfim, ao cabo de muitas demandas e respostas, como a infanta estivesse de pedra e cal, sem sair nem variar da primeira declaração, o vigário sentenciou em favor de D. Cravijo e lha entregou por sua legítima esposa, do que a rainha D. Magúncia, mãe da infanta Antonomásia, recebeu tanta mágoa que dali a três dias a enterramos.

— Deve de ter morrido, sem dúvida — disse Sancho.

— Claro está — respondeu Trifraldim —, pois em Candaia não se enterram as pessoas vivas, senão as mortas!

— Já se viu, senhor escudeiro — replicou Sancho —, enterrarem um desmaiado pensando que estava morto, e eu tinha cá para mim que a rainha Magúncia estava obrigada a desmaiar antes que a morrer, pois com a vida muitas coisas se arranjam, e o disparate da infanta não foi tão grande que a obrigasse a sentir tanto. Se essa senhora se tivesse casado com algum pajem ou outro criado da sua casa, como fizeram outras muitas, segundo ouvi dizer, seria o dano sem remédio. Mas casar-se com um cavaleiro tão gentil-homem e tão entendido como nos pintaram aqui, em verdade, em verdade que, ainda sendo necedade, não foi tão grande como se pensa, porque, segundo as regras do meu senhor aqui presente, que não me deixará mentir, assim como dos homens letrados se fazem os bispos, dos cavaleiros, e mais se são andantes, bem se podem fazer os reis e os imperadores.

— Tens razão, Sancho — disse D. Quixote —, porque um cavaleiro andante, como tenha dois dedos de ventura, está em potência propínqua de ser o maior senhor do mundo. Mas passe adiante a senhora Dolorida, pois a mim se me transluz que lhe falta contar o amargo desta até aqui doce história.

— E como fica o amargo! — respondeu a condessa. — Tão amargo que, em sua comparação, são doces os coloquintos e saborosos os aloendros. Então, morta a rainha, e não desmaiada, a enterramos; e apenas a cobrimos com a terra e lhe demos o último *vale*, quando (*quis talia fando temperet a lacrimis?*[1]), montado num cavalo de madeira, apareceu sobre a sepultura da rainha o gigante Malambruno, primo-irmão de Magúncia, que sobre cruel era encantador, o qual com suas artes, em vingança da morte de sua prima, e castigo do atrevimento de D. Cravijo, e despeito da demasia de Antonomásia, os deixou encantados sobre a mesma sepultura, ela transformada numa bugia de bronze, ele, num medonho crocodilo de um metal não conhecido, e entre os dois há um marco também de metal, e nele escritas em língua siríaca umas letras que, vertidas à candaiesca e agora à nossa, encerram esta sentença: "Não cobrarão sua primeira forma estes dois atrevidos amantes até que o valoroso manchego venha comigo às mãos em singular batalha, pois só para seu grande valor guardam os fados esta nunca vista aventura". Feito isto, desembainhou um largo e desmesurado alfanje e, agarrando-me pe-

---

[1] "Quem, ouvindo isto, conterá as lágrimas?", citação abreviada da *Eneida* (II, 6-8).

los cabelos, fez finta de me querer ceifar a gola e cortar cerce minha cabeça. Turbada, com a voz presa na garganta, amofinei-me em todo extremo, mas ainda assim me esforcei o mais que pude e com voz trêmula e gemente lhe disse tantas e tais coisas que o fizeram suspender a execução de tão rigoroso castigo. Finalmente, mandou trazer ante si todas as duenhas de palácio, que foram estas aqui presentes, e depois de exagerar nossa culpa e vituperar a condição das duenhas, suas más manhas e piores traças, e punindo a nós todas pela culpa que só eu tinha, disse que não queria com pena capital nos castigar, senão com outras penas dilatadas, que nos dessem uma morte civil[2] e contínua; e naquele mesmo momento e ponto que acabou de dizer isto, sentimos todas que se nos abriam os poros da cara e que por toda ela nos pungiam como pontas de agulhas. Acudimos logo com as mãos ao rosto e nos achamos da maneira que agora vereis.

E então a Dolorida e as demais duenhas suspenderam os véus com que cobriam o rosto e o descobriram todo cheio de barbas, umas louras, outras pretas, umas brancas e outras ruças, de cuja vista mostraram ficar admirados o duque e a duquesa, pasmados D. Quixote e Sancho e atônitos todos os presentes.

E a Trifraldi prosseguiu:

— Desta maneira nos castigou aquele patife e mal-intencionado Malambruno, cobrindo a lisura e maciez de nossos rostos com a aspereza destas cerdas, e prouvesse ao céu que antes com seu desmesurado alfanje nos tivesse derrubado a testa, mas não assombrasse a luz de nossas faces com esta borra que nos cobre. Porque, se pensarmos bem, senhores meus (e isto que vou dizer

---

[2] Num contexto como este, além do significado jurídico, "civil" podia também comportar o de "cruel".

agora o quisera dizer com meus olhos feitos fontes, mas a consideração de nossa desgraça e os mares que até aqui eles choveram os têm sem humor e secos como palha, e assim o direi sem lágrimas); digo, pois, que aonde pode ir uma duenha barbada? Que pai ou que mãe se doerá dela? Quem lhe dará ajuda? Pois se, ainda quando tem a tez lisa e o rosto martirizado com mil sortes de badulaques e arrebiques, a duras penas acha quem a queira bem, que fará quando mostrar o rosto feito um matagal? Oh duenhas e companheiras minhas, maldito o dia em que nascemos, minguada a hora em que nossos pais nos geraram!

E dizendo isto deu sinais de desmaiar.

Capítulo XL

DE COISAS QUE TANGEM E TOCAM A ESTA AVENTURA E A ESTA MEMORÁVEL HISTÓRIA

Real e verdadeiramente, todos os que gostam de histórias tais como esta devem gratidão a Cide Hamete, seu autor primeiro, pela curiosidade que teve em nos contar as semínimas dela, sem deixar coisa, por menor que fosse, que não trouxesse distintamente à luz: pinta os pensamentos, descobre as imaginações, responde às tácitas, esclarece as dúvidas, resolve os argumentos; enfim, todos os átomos do mais curioso desejo manifesta. Oh autor celebérrimo! Oh D. Quixote ditoso! Oh Dulcineia famosa! Oh Sancho Pança gracioso! Que todos juntos e cada um por si vivais séculos infinitos, para gosto e geral passatempo dos viventes.

Diz pois a história que, assim como Sancho viu a Dolorida desmaiada, disse:

— Juro à fé de homem de bem, e pela memória de todos os meus passados os Panças, que jamais ouvi nem vi, nem meu amo me contou, nem em seu pensamento coube semelhante aventura como esta. Valha-te mil satanases, Malambruno, para não te amaldiçoar por encantador e gigante! Não podias achar outro gênero de castigo para essas pecadoras que não o barbar seu rosto? Não seria melhor e mais ajustado a elas tirar-lhes metade do nariz, do meio para cima, ainda que depois falassem fanhoso, que não lhes plantar essas barbas? Aposto que nem dinheiro têm para pagar quem as rape.

— É verdade, senhor — respondeu uma das doze —, que não temos dinheiro para nos barbear, e assim algumas de nós tomamos por remédio barato usar de uns grudes ou emplastros pegajosos e, aplicando-os ao rosto e puxando-os com força, ficamos mais rasas e lisas que fundo de pilão, pois, ainda que em Candaia haja mulheres que vão de casa em casa tirando o buço e arrumando as sobrancelhas e trazendo outras bufarinhas tocantes às mulheres, nós as duenhas da minha senhora nunca as quisemos admitir, porque as mais delas se dão às comadrices sem serem comadres nossas; e, se pelo senhor D. Quixote não formos remediadas, barbadas desceremos à sepultura.

— Eu arrancarei as minhas em terra de mouros[1] — disse D. Quixote —, se não remediar as vossas.

Neste ponto acordou a Trifraldi do seu desmaio e disse:

— O eco dessa promessa, valoroso cavaleiro, no meio do meu desmaio chegou aos meus ouvidos e teve o condão de me acordar e devolver todos os meus sentidos; e, assim, outra vez vos suplico, ínclito andante e senhor indomável, vossa obra não fique em graciosa promessa.

— Por mim não há de ficar — respondeu D. Quixote. — Vede, senhora, que é o que tenho de fazer, que o meu ânimo está pronto para vos servir.

— O caso — respondeu a Dolorida — é que daqui até o reino de Candaia há, por terra, cinco mil léguas, duas mais ou menos; mas, indo pelo ar e em linha reta, são só três mil duzentas e vinte e sete. Também é de saber que Malambruno me disse que, quando a sorte me deparasse o cavaleiro nosso libertador, ele mesmo lhe enviaria uma cavalgadura muito melhor e menos ma-

---

[1] A jura é potencializada pelo fato de que nos reinos árabes, especialmente no de Argel, a ausência de barba era estigma dos estratos mais baixos.

nhosa que as de aluguel, porque será aquele mesmo cavalo de madeira sobre o qual o valoroso Pierres levou roubada a linda Magalona,[2] o qual cavalo é guiado por uma cravelha que tem na testa, que lhe serve de freio, e voa pelos ares com tanta ligeireza que parece que os próprios diabos o levam. Esse tal cavalo, segundo é tradição antiga, foi fabricado por aquele sábio Merlim, e este o emprestou a Pierres, que era seu amigo, o qual sobre ele fez grandes viagens e roubou, como já foi dito, a linda Magalona, levando-a pelos ares na garupa, deixando abismados a todos que da terra os olhavam, e somente o emprestava a quem ele bem queria ou melhor lhe pagava, e desde o grande Pierres até agora não sabemos de ninguém que o tenha montado. De lá o tirou Malambruno com suas artes e agora o tem em seu poder, e se serve dele nas viagens que faz de contínuo por diversas partes do mundo, que hoje está aqui e amanhã na França e depois em Potosi, e o melhor é que o tal cavalo não come, nem dorme, nem gasta ferraduras[3] e, sem ter asas, toma esse passeiro tal andadura pelos ares que, de tão mansa e repousada, quem vai montado nele pode

---

[2] Alusão à *Historia de la linda Magalona, hija del rey de Nápoles, y de Pierres, hijo del conde de Provenza* (Burgos, 1519), tradução espanhola de uma narrativa provençal do século XV, que por sua vez teria enorme difusão em folhetos de cordel, inclusive no Brasil e até os dias atuais. Como nela, porém, o cavalo em que os amantes fogem carece de dons sobrenaturais, aponta-se como fonte direta mais provável do motivo deste e do próximo capítulo um outro livro, a *Historia del muy valiente y esforzado caballero Clamades, hijo del rey de Castilla, y de la linda Clarmonda, hija del rey de Toscana* (Burgos, 1521), ou um cruzamento das duas histórias que tivesse incorporado à primeira o episódio do cavalo mágico. Seja como for, o tema aqui parodiado era frequente em narrações medievais e parece ter origem num dos contos compilados nas *Mil e uma noites*.

[3] Evocando o dito popular "*caballito de Bamba, que ni come, ni bebe, ni anda*", que moteja pessoa ou coisa inútil.

levar na mão uma taça cheia de água sem derramar uma gota, pelo qual motivo a linda Magalona gostava muito de o cavalgar.

Nisto disse Sancho:

— Para andar repousado e manso, ninguém melhor que o meu ruço, se bem não ande pelos ares; mas pela terra corre parelhas com quantos passeiros há no mundo.

Riram-se todos, e a Dolorida prosseguiu:

— E esse tal cavalo (se é que Malambruno quer pôr fim à nossa desgraça), antes que seja meia hora entrada a noite, estará na nossa presença, porque ele me significou que o sinal para eu entender que havia achado o cavaleiro que buscava seria enviar-me o cavalo aonde quer que ele estivesse, com toda a comodidade e presteza.

— E quantos cabem nesse cavalo? — perguntou Sancho.

A Dolorida respondeu:

— Duas pessoas, uma na sela e outra na garupa. E pela maior parte essas duas pessoas são cavaleiro e escudeiro, quando falta alguma roubada donzela.

— Queria agora saber, senhora Dolorida — disse Sancho —, que nome tem esse cavalo.

— Seu nome — respondeu a Dolorida — não é como o do cavalo de Belerofonte, que se chamava Pégaso, nem como o do Magno Alexandre, chamado Bucéfalo, nem como o do furioso Orlando, cujo nome foi Bridadoiro, nem menos Baiarte, que foi o de Reinaldo de Montalvão, nem Frontino, como o de Rogério, nem Bootes nem Pirítoo,[4] como dizem que se chamam os do Sol,

---

[4] Os cavalos que puxavam o carro de Febo-Apolo, segundo Ovídio, chamavam-se Éton, Pírois, Flégon e Eoo. Pirítoo, o grande amigo de Teseu, era meio-irmão dos centauros; Bootes é o nome latino da constelação do Boieiro, próxima à Ursa Maior. Por essas alusões zoológicas, vê-se na troca uma deformação burlesca.

nem tampouco se chama Orélia, como o cavalo em que o desventurado Rodrigo, último rei dos godos, entrou na batalha em que perdeu a vida e o reino.

— Posso apostar — disse Sancho — que, como não lhe deram nenhum desses famosos nomes de cavalos tão conhecidos, também não lhe devem de haver dado o do meu amo, Rocinante, que é mais próprio que todos os deles.

— Assim é — respondeu a barbada condessa —, mas contudo bem lhe quadra, porque se chama Cravilenho, o Alígero, nome este que condiz com o ser ele feito de lenho e ter uma cravelha na testa e com a ligeireza com que caminha. E assim, no nome, bem pode competir com o famoso Rocinante.

— O nome não me descontenta — replicou Sancho. — Mas com que freio ou cabresto se governa?

— Já disse — respondeu a Trifraldi — que é com a cravelha, pois, girando-a para um lado ou para o outro, o cavaleiro que vai montado nele o faz caminhar como quer, seja pelos ares, seja rasando e quase varrendo a terra, ou pelo meio, que é o que se há de buscar e manter em todas as ações bem ordenadas.

— Eu já queria ver o tal — respondeu Sancho —, mas esperar que eu monte nele, na sela ou na garupa, é pedir figos à ameixeira. Se eu mal consigo montar meu ruço, e ainda sobre uma albarda mais macia que a própria seda, agora querem que monte numa garupa de tábua, sem coxim nem almofada alguma! Pardeus que não me penso moer para tirar as barbas de ninguém, cada um que se rape como melhor entender e puder, que eu não penso acompanhar meu senhor em tão longa viagem. Quanto mais que não devo de fazer falta para a rapadura dessas barbas como faço para o desencantamento da minha senhora Dulcineia.

— Sim fazeis, amigo — respondeu a Trifraldi —, e tanta que, sem a vossa presença, cuido que não conseguiremos coisa alguma.

— Aqui del rei! — disse Sancho. — Que têm que ver os escudeiros com as aventuras dos seus senhores? Hão de levar eles a fama das que acabam e nós o trabalho? Corpo de mim! Ainda se os historiadores dissessem "o tal cavaleiro acabou tal e tal aventura, mas foi com a ajuda de fulano, seu escudeiro, sem o qual teria sido impossível acabá-la"... Mas que só escrevam "D. Paralipomenão das Três Estrelas[5] acabou a aventura dos seis avejões", sem nem citar a pessoa do seu escudeiro, que em tudo se achava presente, como se não fosse nascida! Agora, senhores, torno a dizer que o meu senhor pode partir só, e bom proveito lhe faça, que eu ficarei aqui na companhia da duquesa minha senhora, e pode ser que na volta ele encontre em extremo melhorada a causa da senhora Dulcineia, pois penso nas horas ociosas e desocupadas dar-me uma boa mão de açoites que arranquem o pelo.

— Contudo, meu bom Sancho, vós o haveis de acompanhar se for necessário, atendendo ao rogo dos bons, pois os rostos destas senhoras não hão de ficar assim peludos por vosso inútil temor, o que sem dúvida seria um grande dano.

— Aqui del rei outra vez! — replicou Sancho. — Se a caridade fosse para umas donzelas recolhidas ou umas meninas órfãs, ainda poderia o homem se aventurar a qualquer trabalho. Mas aturá-lo para desbarbar umas duenhas, nem morto! Nem que as visse todas barbadas, desde a maior até a menor e da mais melindrosa até a mais arrebitada.

— Mal estais com as duenhas, Sancho amigo — disse a duquesa —, e segues demais a opinião do boticário toledano, mas

---

[5] O nome ecoa os *Paralipômenos*, como eram chamados os dois livros das Crônicas na Bíblia grega e na vulgata. No contexto, o gracejo é reforçado pelo significado etimológico da palavra: literalmente, "coisas omitidas".

à fé que estais enganado, pois duenhas há na minha casa que podem ser exemplo de duenhas, e aqui está minha Dª Rodríguez que não me deixará dizer outra coisa.

— Ainda que vossa Excelência a diga — disse Rodríguez —, Deus sabe a verdade de tudo; e boas ou más, barbadas ou lampinhas que sejamos as duenhas, também nos pariu nossa mãe como a qualquer mulher; e pois que Deus nos pôs no mundo, Ele sabe para quê, e à sua misericórdia me atenho, que não às barbas de ninguém.

— Ora bem, senhora Rodríguez — disse D. Quixote —, e senhora Trifaldi e companhia, espero no céu que há de olhar vossas coitas com bons olhos, pois Sancho há de fazer o que eu mandar, já viesse Cravilenho e já eu me visse com Malambruno, pois sei que não haverá navalha que com mais facilidade rape vossas mercês como minha espada rapará dos ombros a cabeça de Malambruno, que Deus suporta os maus, mas não para sempre.[6]

— Ai! — disse neste ponto a Dolorida. — Com benignos olhos olhem vossa grandeza, valoroso cavaleiro, todas as estrelas das regiões celestes, e no vosso ânimo infundam toda a prosperidade e valentia para ser escudo e amparo do vituperioso e abatido gênero duenhesco, abominado por boticários, murmurado por escudeiros e engodado por pajens, pois mal haja a velhaca que na flor da idade não se meteu antes a ser freira que a ser duenha. Pobres de nós, as duenhas, pois ainda quando descendemos por linha direta, de varão em varão, do mesmíssimo Heitor, o troiano, não deixam nossas senhoras de nos tratar com desdém, pensando com isso ser rainhas! Oh gigante Malambruno, que, apesar de encantador, és certíssimo nas tuas promessas, en-

---

[6] Recomposição do ditado "Deus consente, mas não para sempre".

via-nos já o sem-par Cravilenho, para que nossa desgraça se acabe; pois se estas nossas barbas durarem até chegar o calor, guai de nossa ventura!

Isto disse a Trifraldi com tanto sentimento que arrancou lágrimas dos olhos de todos os circunstantes, e até arrasou os de Sancho, que se propôs no coração a acompanhar seu senhor até as últimas partes do mundo, se disso dependesse deslanar aqueles veneráveis rostos.

Capítulo XLI

DA VINDA DE CRAVILENHO,
MAIS O FIM DESTA DILATADA AVENTURA

Chegou nisto a noite, e com ela o ponto determinado em que viria o famoso cavalo Cravilenho, cuja tardança já ia agastando a D. Quixote, por lhe parecer que, se Malambruno demorava a mandá-lo, ou ele não era o cavaleiro para quem estava guardada aquela aventura, ou Malambruno não ousava enfrentá-lo em singular batalha. Mas eis que a desoras entraram pelo jardim quatro selvagens, vestidos todos de verde hera, trazendo sobre os ombros um grande cavalo de madeira. Puseram-no de quatro patas no chão, e um dos selvagens disse:

— Monte nesta máquina quem tiver ânimo para tanto...

— Aí eu não subo — disse Sancho —, pois nem tenho ânimo, nem sou cavaleiro.

E o selvagem prosseguiu dizendo:

— E ocupe a garupa seu escudeiro, se é que o tem, e se fie do valoroso Malambruno, que, a não ser por sua espada, por nenhuma outra nem por outra malícia alguma será ofendido; e não há mais que torcer esta cravelha que sobre o pescoço traz posta, que ele os levará pelos ares até onde Malambruno os espera; mas, por que a alteza e sublimidade do caminho não lhes cause vertigem, hão de tapar os olhos até o cavalo relinchar, que será o sinal de que sua viagem chegou ao fim.

Isto dito, deixando Cravilenho, com gentil compostura se

foram por onde tinham vindo. A Dolorida, assim como viu o cavalo, quase às lágrimas disse a D. Quixote:

— Valoroso cavaleiro, as promessas de Malambruno eram certas: o cavalo está em casa, nossas barbas crescem, e todas nós com cada fio delas te suplicamos que nos rapes e tosquies, pois agora basta que montes nele com teu escudeiro e dês feliz princípio a vossa nova viagem.

— Isto farei, senhora condessa Trifraldi, de muito bom grado e melhor vontade, sem me deter a buscar assento nem calçar esporas, para não me demorar, tão grande é meu desejo de vos ver a vós, senhora, e a todas essas duenhas de cara lisa e limpa.

— Isto eu não farei — disse Sancho —, nem de má nem de boa vontade, nem de maneira alguma, e se essa rapadura não pode ser feita sem que eu monte na garupa, bem pode buscar o meu senhor outro escudeiro que o acompanhe, e estas senhoras outro modo de alisar a cara, que eu não sou bruxo para gostar de andar pelos ares. E que dirão meus insulanos quando souberem que seu governador anda passeando pelos ventos? E mais uma coisa: como são três mil e tantas léguas daqui até Candaia, se o cavalo cansar ou o gigante se aborrecer, nossa volta levará meia dúzia de anos, e então não haverá mais ínsula nem ínsulos no mundo que me conheçam; e, como se diz comumente que na tardança está o perigo e que, quando te derem o bacorinho, vai logo com o baracinho, as barbas destas senhoras que me perdoem, mas bem está São Pedro em Roma,[1] quero dizer, que bem estou nesta casa onde tantas mercês me fazem e de cujo dono espero tão grande bem como o de me ver governador.

---

[1] O ditado em castelhano termina "*si no le quitan la corona*"; em português, "se ele tem o que coma".

Ao que o duque disse:

— Sancho amigo, a ínsula que vos tenho prometida não é móvel nem fugitiva;[2] raízes tem tão fundas, fincadas nos abismos da terra, que a não arrancarão ou mudarão de onde está nem a gancho. E pois sabeis que eu sei que não há nenhum gênero de ofício entre os de maior proveito que se granjeie sem alguma sorte de peita, de mais ou menos monta, a que eu quero levar por esse governo é que vades com vosso senhor D. Quixote dar cabo e cima a esta memorável aventura. E ora volteis sobre Cravilenho com a brevidade que sua ligeireza promete, ora a contrária fortuna vos traga e torne a pé, feito romeiro, de pousada em pousada e de estalagem em estalagem, sempre que voltardes achareis vossa ínsula onde a deixais, e a vossos insulanos com o mesmo desejo de vos receber por seu governador que sempre tiveram, e minha vontade será a mesma. E não ponhais em dúvida esta verdade, senhor Sancho, pois seria fazer notório agravo ao desejo que de vos servir tenho.

— Basta, senhor — disse Sancho. — Eu sou um pobre escudeiro e não posso com tantas cortesias. Monte meu amo, tapem-me estes olhos e encomendem-me a Deus, e só me digam se quando formos por essas altanarias me poderei encomendar a Nosso Senhor[3] ou invocar o favor dos anjos.

---

[2] Alusão às "ilhas movediças" frequentes nos relatos e mapas medievais. Subentende-se a contraposição com a Ínsula Firme de Amadis de Gaula, da qual Gandalim, seu escudeiro, chegou a ser conde, segundo comentário anterior do próprio D. Quixote.

[3] O comentário encerra o temor de que a invocação da Providência divina ou de seus mensageiros — os anjos — pudesse romper o feitiço que faria o cavalo voar.

Ao que respondeu Trifraldi:

— Bem vos podeis encomendar a Deus ou a quem quiserdes, Sancho, pois Malambruno, ainda que seja encantador, é cristão e faz seus encantamentos com muita sagacidade e com muito tento, sem se meter com ninguém.

— Eia, pois — disse Sancho. — Deus que me ajude e a Santíssima Trindade de Gaeta.

— Desde a memorável aventura dos pisões — disse D. Quixote — nunca vi Sancho com tanto temor como agora, e se eu fosse tão agoureiro como outros, sua pusilanimidade me daria uma comichão no ânimo. Mas chegai-vos aqui, Sancho, que com a licença destes senhores vos quero falar duas palavras à parte.

E apartando Sancho para umas árvores do jardim, tomando-lhe ambas as mãos, lhe disse:

— Já vês, Sancho irmão, a longa viagem que nos espera, e que só Deus sabe quando voltaremos dela, nem a comodidade e espaço que o negócio nos dará, portanto queria que agora te retirasses ao teu aposento, como se fosses buscar alguma coisa necessária para o caminho, e num abrir de olhos te desses, à conta dos três mil trezentos açoites a que estás obrigado, pelo menos quinhentos, que assim partirias com algum tanto já dado, e trabalho bem começado é meio acabado.

— Pardeus — disse Sancho — que vossa mercê deve de estar variando! Isto é como aquilo que dizem: "Em trabalhos me vês, e donzelice me demandas!". Justo agora que tenho de ir sentado numa tábua rasa quer vossa mercê que eu castigue os meus fundilhos? Em verdade, em verdade que não tem vossa mercê razão. Vamos logo rapar essas duenhas, que na volta eu prometo a vossa mercê, por quem sou, de me dar tanta pressa quanta vossa mercê quiser por sair da minha obrigação, e não digo mais.

E D. Quixote respondeu:

— Com essa promessa, meu bom Sancho, parto consolado, e não duvido que a cumprirás, porque, de feito, apesar de tolo, és homem verídico.

— Não sou verdico, mas moreno curtido — disse Sancho —, e ainda que fosse malhado cumpriria a minha palavra.

E então voltaram para montar em Cravilenho, e ao montar disse D. Quixote:

— Tapai-vos, Sancho, e montai, Sancho, que quem de tão longes terras envia por nós não será para nos enganar, pela pouca glória que lhe pode redundar o engano de quem dele se fia, e ainda que tudo acontecesse ao contrário do que imagino, a glória de ter empreendido esta façanha não a poderá ofuscar malícia alguma.

— Vamos embora, senhor — disse Sancho —, que tenho as barbas e lágrimas destas senhoras cravadas no coração, e não comerei bocado que bem me saiba enquanto não se mostrarem em sua primeira lisura. Monte vossa mercê e tape-se primeiro, pois, se eu tenho de ir na garupa, claro está que primeiro há de montar quem for na sela.

— Isso é verdade — replicou D. Quixote.

E tirando um lenço da algibeira, pediu à Dolorida que lhe tapasse muito bem os olhos; e, depois de cobertos, tornou a se descobrir e disse:

— Se mal não me lembro, li em Virgílio aquilo do Paládio de Troia,[4] que foi um cavalo de madeira que os gregos presentearam à deusa Palas, o qual ia prenhe de cavaleiros armados que

---

[4] Em sentido estrito, a imagem de Palas Atena ou o seu santuário, mas era usual na época chamar assim o cavalo de Troia, já que, segundo a épica antiga, seu estratagema foi concebido por inspiração da deusa.

depois foram a total ruína de Troia. Portanto, será bem primeiro olharmos o que Cravilenho traz na barriga.

— Não há para quê — disse a Dolorida —, pois eu me dou por fiadora, sabendo que Malambruno não tem nada de malfazejo nem de traidor. Vossa mercê, senhor D. Quixote, monte sem pavor algum, e por meu dano seja se algum lhe acontecer.

Pareceu a D. Quixote que replicar qualquer coisa acerca da sua segurança seria em detrimento da sua valentia. E, assim, sem mais altercar, montou sobre Cravilenho e apalpou sua cravelha, que se movia facilmente; e, como por falta de estribos ficava com as pernas pendentes, parecia tal qual uma figura de tela ou tapete flamengo representando algum romano triunfo.[5] De má vontade e muito aos poucos, Sancho se chegou para montar e, acomodando-se o melhor que pôde na garupa, achou-a algum tanto dura e nada macia, e pediu então ao duque que, se fosse possível, lhe facilitassem alguma almofada ou travesseiro, ainda que fosse do estrado de sua senhora a duquesa ou da cama de algum pajem, pois a garupa daquele cavalo mais parecia de mármore que de lenho. A isto respondeu a Trifraldi que Cravilenho não suportava sobre si nenhum jaez nem gênero algum de adorno e o que ele podia fazer era montar à amazona, que assim não sentiria tanto a dureza. Assim fez Sancho e, dizendo "a Deus", se deixou vendar os olhos, mas já depois de vendados se tornou a descobrir e, olhando para todos os que estavam no jardim ternamente e às lágrimas, pediu que cada um o ajudasse naquele transe com padres-nossos e ave-marias, para que amanhã Deus lhes deparasse

---

[5] A comparação com uma estátua equestre romana faz sentido pelo fato de os antigos desconhecerem os estribos, cujo uso só é documentado a partir do século VIII da nossa era.

quem por eles os rezasse quando em semelhantes transes se vissem. Ao que disse D. Quixote:

— Ladrão! Porventura estás ao pé da forca ou no último termo da vida para usar de semelhantes súplicas? Não estás, desalmada e cobarde criatura, no mesmo lugar que ocupou a linda Magalona, do qual desceu, não à sepultura, mas a ser rainha da França, se as histórias não mentem? E eu, que vou ao teu lado, acaso não me posso pôr ao do valoroso Pierres, que oprimiu este mesmo lugar que eu agora oprimo? Cobre-te, cobre-te, animal descorçoado, e não te venha à boca o medo que tens, ao menos na minha presença.

— Tapem-me — respondeu Sancho —, e já que não querem que eu me encomende nem que seja encomendado a Deus, será muito meu medo de que ande por aqui alguma legião de diabos que nos levem a dar com os ossos em Peralvillo?[6]

Cobriram-se, e sentindo D. Quixote que estava como havia de estar, apalpou a cravelha e, mal pôs os dedos nela, todas as duenhas e quantos estavam presentes levantaram as vozes, dizendo:

— Deus te guie, valoroso cavaleiro!

— Deus seja contigo, escudeiro intrépido!

— Já ides, já ides pelos ares, rompendo-os mais rápido que uma flecha!

— Já começais a suspender e admirar a quantos da terra vos estão olhando!

— Segura-te, valoroso Sancho, que te bamboleias! Cuida

---

[6] Localidade próxima de Ciudad Real famosa pelas execuções sumárias nela realizadas pela Santa Irmandade (ver *DQ* I, cap. X, nota 2 e cap. XVI, nota 4). A rapidez desses "justiçamentos" foi motivo de uma série de refrões segundo os quais a "justiça de Peralvillo" só investigava o delito depois de matar o suspeito.

para não cair, pois será pior tua queda que a do atrevido moço que quis reger o carro do Sol,[7] seu pai!

Ouviu Sancho as vozes e, apertando-se a seu amo e cingindo-o com os braços, lhe disse:

— Senhor, como pode essa gente dizer que vamos tão alto, se nos chegam suas vozes e parece que estão falando aqui bem junto de nós?

— Não repares nisso, Sancho, pois, como estas coisas e estas volatarias correm fora dos cursos ordinários, a mil léguas verás e ouvirás o que quiseres. E não me apertes tanto, que me derrubas; e em verdade que não sei o que tanto te perturba e te assusta, pois ouso jurar que em todos os dias da minha vida nunca montei em cavalgadura de passo assim tão manso, tanto que parece que não saímos do lugar. Desterra o medo, amigo, que de feito a coisa vai como há de ir, e o vento trazemos em popa.

— Isso é verdade — respondeu Sancho —, pois sinto bater aqui um vento tão rijo que parece que me estão soprando com mil foles.

E assim era de feito, pois uns grandes foles lhe estavam fazendo vento: tão bem traçada estava a tal aventura pelo duque e pela duquesa e seu mordomo, que nada lhe faltou para ser perfeita.

Sentindo o sopro D. Quixote, disse:

— Sem dúvida alguma, Sancho, já devemos de ter chegado à segunda região do ar, onde se engendram o granizo e as neves; os trovões, os relâmpagos e os raios se engendram na terceira região; e se é que desta maneira vamos subindo, logo chegaremos

---

[7] Faeton, filho de Febo, pegou emprestado o carro do pai, mas o guiou tão canhestramente que, depois de queimar grandes áreas da Terra, foi atirado por Zeus no rio Pó.

à região do fogo,[8] e eu não sei como manejar esta cravelha para não subirmos aonde nos abrasemos.

Então, de longe, com umas estopas fáceis de acender e de apagar penduradas de uma vara, começaram a lhes esquentar o rosto. Sancho, sentindo o calor, disse:

— Que me matem se já não estamos no lugar do fogo, ou bem perto, pois uma grande parte da minha barba se chamuscou, e estou, senhor, a ponto de me descobrir para olhar em que parte estamos.

— Não faças tal coisa — respondeu D. Quixote — e lembra-te do verdadeiro caso do licenciado Torralba,[9] a quem os diabos levaram em bolandas pelos ares montado numa vara, com os olhos fechados, e em doze horas chegou a Roma, e se apeou na Torre de Nona,[10] que é uma cadeia da cidade, e viu todo o fracasso e assalto e morte do Bourbon, e na manhã seguinte já estava de volta em Madri, onde deu conta de tudo o que tinha visto, dizendo também que, quando ia pelos ares, o diabo lhe mandou

---

[8] Toda a tirada segue certa vulgarização do sistema geocêntrico de Ptolomeu em circulação na época, segundo a qual a primeira esfera, localizada entre a Terra e a Lua, se subdividia em quatro regiões: do ar, do frio, da água e do fogo. Aponta-se aqui também certa convergência com Camões (*Os Lusíadas*, X, vv. 89-91).

[9] Réu da Inquisição entre 1528 e 1531 sob a acusação de bruxaria. Em sua confissão perante o tribunal, declarou que, montado num bastão encantado por um espírito tutelar, havia feito uma viagem aérea a Roma, onde teria assistido ao saqueio da cidade pelas tropas de Carlos V e à morte de seu comandante, o duque de Bourbon. Muitos indícios, porém, sugerem que Cervantes se ateve ao relato popular, sem recorrer ao texto registrado nos autos.

[10] Prédio situado às margens do Tíber, defronte ao castelo de Sant'Angelo. Desde fins do século XIV era utilizado como prisão. Foi demolido em 1690.

abrir os olhos, e ele os abriu e, a seu parecer, se viu tão perto dos cornos da lua que a pudera tocar com a mão, e que não ousou olhar para a terra para não desfalecer. Portanto, Sancho, não há para que nos descobrirmos, pois quem nos leva a seu cargo há de ter conta de nós, e quiçá estejamos volteando e subindo a pino para mergulharmos a prumo sobre o reino de Candaia, como faz o sacre ou nebri[11] sobre a garça para apanhá-la por mais que se remonte; e se bem nos pareça que não faz nem meia hora que partimos do jardim, podes crer que já devemos de ter feito grande parte do caminho.

— Eu não sei o que é — respondeu Sancho Pança. — Só sei dizer que, se a senhora Magalhães, ou Magalona, se contentou com esta garupa, não devia de ter as carnes lá muito delicadas.

Todas estas conversações dos dois valentes ouviam o duque e a duquesa e toda a gente do jardim, do que recebiam extraordinário gosto. E, querendo dar cima à estranha e bem fabricada aventura, atearam fogo ao rabo de Cravilenho com umas estopas, e, no mesmo instante, por estar cheio de bombas de estrondo, voou o cavalo pelos ares com estranho ruído e deu com D. Quixote e Sancho Pança no chão meio chamuscados.

Nesse tempo já desaparecera do jardim todo o barbado esquadrão das duenhas, com a Trifaldi e tudo, e os que estavam no jardim ficaram como desmaiados, estirados pelo chão. D. Quixote e Sancho se levantaram alquebrados e, olhando por toda a parte, ficaram atônitos por se verem no mesmo jardim donde haviam partido e de verem deitado por terra tanto número de gente. E mais cresceu sua admiração quando num canto do jardim viram fincada no chão uma grande lança, e pendente dela e de

---

[11] Duas variedades de falcões muito apreciados na cetraria.

dois cadarços de seda verde um pergaminho liso e branco, no qual em grandes letras de ouro estava escrito o seguinte:

> *O ínclito cavaleiro D. Quixote de La Mancha rematou e acabou a aventura da condessa Trifraldi, por outro nome chamada a duenha Dolorida, e companhia, só de tentá-la.*
>
> *Malambruno se dá por contente e satisfeito em toda sua vontade, e as barbas das duenhas já estão lisas e rasas, e os reis D. Cravijo e Antonomásia, em seu prístino estado. E quando se cumprir o escudeiril flagelo, a branca pomba se verá livre dos pestíferos gaviões que a perseguem e nos braços do seu querido arrulhador, pois assim foi determinado pelo sábio Merlim, protoencantador dos encantadores.*

Acabando de ler D. Quixote as letras do pergaminho, entendeu bem claro que do desencantamento de Dulcineia falavam e, dando muitas graças aos céus por com tão pouco perigo ter acabado tão grande feito, devolvendo à sua passada tez os rostos das veneráveis duenhas, que já não se viam, foi até onde o duque e a duquesa ainda não haviam tornado em seu sentido e, travando da mão do duque, lhe disse:

— Eia, meu bom senhor! Ânimo, ânimo, que tudo é nada! A aventura é já acabada sem dano algum, como bem claro o mostra o escrito que naquele marco está posto.

O duque, aos poucos e como quem de um pesado sono acordasse, foi tornando a si, e pelo mesmo teor a duquesa e todos os que pelo jardim estavam caídos, com tais mostras de maravilha e de espanto que quase se podiam convencer que de verdade lhes acontecera a mentira que tão bem sabiam fingir. Leu o duque o cartaz com os olhos meio fechados e em seguida, com os braços abertos, foi abraçar D. Quixote, dizendo-lhe ser ele o melhor cavaleiro que em nenhum século jamais se vira.

Sancho andava procurando pela Dolorida, para ver que rosto ela teria sem as barbas e se livre delas era tão formosa como sua galharda disposição prometia; mas lhe disseram que, assim como Cravilenho descera ardendo pelos ares e dera no chão, todo o esquadrão das duenhas, mais a Trifraldi, havia desaparecido, indo-se todas embora bem barbeadas e escanhoadas. Perguntou a duquesa a Sancho como tinha sido sua longa viagem. Ao que Sancho respondeu:

— Eu, senhora, senti que íamos voando pela região do fogo, segundo meu senhor me disse, e quis descobrir um pouco os olhos, porém meu amo, a quem pedi licença para me descobrir, não a consentiu. Mas eu, que tenho não sei que pontas de curioso e de querer saber tudo o que me impedem e estorvam, de manso e sem ninguém o ver, rente às ventas afastei um pouco o lencinho que me tapava os olhos e por ali espiei para a terra, e me pareceu que toda ela não era maior que um grão de mostarda, e os homens que andavam sobre ela, pouco maiores que avelãs, para que se veja a quantas alturas devíamos de ir então.

A isto disse a duquesa:

— Sancho amigo, olhai bem o que dizeis, que assim parece que não vistes a terra, mas só os homens que andavam sobre ela; pois está claro que, se a terra vos pareceu como um grão de mostarda e cada homem como uma avelã, um só homem houvera de cobrir a terra toda.

— É verdade — respondeu Sancho. — Mas, ainda assim, eu a descobri por um ladinho e a vi inteira.

— Olhai, Sancho — disse a duquesa —, que por um ladinho não se pode ver o todo daquilo que se olha.

— Eu não sei dessas olhadas — replicou Sancho. — Só sei que será bem vossa senhoria entender que, como voávamos por encantamento, por encantamento eu bem podia ver a terra toda e todos os homens por onde quer que os olhasse. E se tal não me acreditam, também não me há de acreditar vossa mercê que, descobrindo-me e espiando rente às sobrancelhas, me vi tão perto do céu, que de mim para ele não havia nem palmo e meio, podendo por isso jurar, senhora minha, que ele é por demais enorme. E aconteceu que, como fomos pelo lado onde estão as sete cabrinhas,[12] por Deus e minh'alma que, como de menino fui cabreiro na minha terra, apenas as vi me deu vontade de brincar com elas, e tanta que, se a não atendesse, acho que rebentava. Então vou e pego, e sabem quê? Sem dizer nada a ninguém, nem a meu senhor, de manso e pé ante pé desci de Cravilenho e fui brincar com as cabrinhas, que são mimosas como flores, por quase três quartos de hora, e Cravilenho não saiu do lugar nem passou adiante.

— E enquanto o bom Sancho brincava com as cabras — perguntou o duque —, em que se entretinha o senhor D. Quixote?

Ao que D. Quixote respondeu:

— Como todas essas coisas e esses tais sucessos correm fora da ordem natural, não é muito que Sancho diga o que diz. De mim sei dizer que não me descobri nem por cima nem por baixo, nem vi o céu nem a terra, nem o mar nem as areias. Bem é verdade que senti que passava pela região do ar e até que raiava a do fogo, mas que tenhamos passado além não posso acreditar, pois estando a região do fogo entre o céu da lua e a última região do ar, não podíamos chegar ao céu onde estão as sete cabrinhas[13] que

---

[12] Um dos nomes populares da constelação das Plêiades.

[13] Chamava-se *cielo de las siete cabrillas* a oitava e última esfera celeste, o firmamento, que na ordem ptolomaica continha as "estrelas fixas".

Sancho diz sem nos abrasarmos, e, como não nos esturramos, ou Sancho mente, ou Sancho sonha.

— Não minto nem sonho — respondeu Sancho. — Se não, que me perguntem os sinais das tais cabras, e por eles verão se digo a verdade ou não.

— Diga-os então, Sancho — disse a duquesa.

— São — respondeu Sancho — duas delas verdes, duas encarnadas, duas azuis e uma malhada.

— Novo gênero de cabras é esse — disse o duque —, e por esta nossa região da terra não se usam tais cores, digo, cabras de tais cores.

— Claro que não — disse Sancho —, pois alguma diferença há de haver entre as cabras do céu e as da terra.

— Dizei-me, Sancho — perguntou o duque —, vistes lá entre essas cabras algum cabrão?

— Não, senhor — respondeu Sancho —, mas ouvi dizer que nenhum vai além dos cornos da lua.

Não lhe quiseram perguntar mais da sua viagem, por entenderem que Sancho levava jeito de passear por todos os céus e dar novas de quanto lá se passava sem sequer ter saído do jardim.

Em conclusão, foi este o fim da aventura da duenha Dolorida, que deu muito que rir aos duques, não só naquele tempo, mas no de toda sua vida, e a Sancho que contar por séculos, se os vivesse. E chegando-se D. Quixote a Sancho, ao ouvido lhe disse:

— Como quereis, Sancho, que se acredite por verdadeiro o que vistes no céu, assim quero que acrediteis o que eu vi na gruta de Montesinos. E não digo mais.

Capítulo XLII

Dos conselhos que deu D. Quixote
a Sancho Pança antes que fosse governar a ínsula,
mais outras coisas bem consideradas

Tão contentes ficaram os duques com o feliz e gracioso sucesso da aventura da Dolorida que resolveram levar suas burlas avante, vendo a cômoda ocasião que tinham para que as tomassem por veras; e assim, tendo dado as ordens e desígnios que seus criados e vassalos haviam de guardar com Sancho no governo da ínsula prometida, ao outro dia, que foi o seguinte ao do voo de Cravilenho, disse o duque a Sancho que se arrumasse e compusesse para ir ser governador, pois seus insulanos já o estavam esperando como às águas de maio.[1] Sancho humilhou-se a seus pés e lhe disse:

— Depois que desci do céu, e depois que do seu alto cume olhei para a terra e a vi tão pequena, sossegou-se em parte a grande vontade que eu tinha de ser governador. Pois que grande coisa é mandar num grão de mostarda? Que dignidade ou império o governar meia dúzia de homens tamanhos como avelãs, que a meu parecer não havia mais em toda a terra? Se vossa senhoria fosse servido de me dar um bocadinho do céu, ainda que não tivesse mais que meia légua, eu o tomaria com mais vontade que a maior ínsula do mundo.

---

[1] A primeira chuva da primavera, esperadíssima e portadora de fartura, como se exalta em diversos provérbios rurais.

— Olhai, amigo Sancho — respondeu o duque —, eu não posso dar parte do céu a ninguém, ainda que não fosse maior que uma unha, pois só a Deus estão reservadas tais mercês e graças. O que eu posso vos dar vos dou, que é uma ínsula boa e cabal, redonda e bem proporcionada e sobremaneira fértil e abundosa, onde, se vos souberdes dar manha, podereis com as riquezas da terra granjear as do céu.

— Sendo assim — respondeu Sancho —, que venha essa ínsula, e eu batalharei por ser tal governador que, apesar de todos os velhacos, vá para o céu, e isto não é por cobiça que eu tenha de sair do meu lugar e me engrimpar a mais altos, mas pelo desejo de provar o sabor de governar.

— Depois que dele provardes, Sancho — disse o duque —, lamber-vos-eis os dedos por seguir governando, pois é dulcíssima coisa o mandar e ser obedecido. E tenho por certo que, quando o vosso amo chegar a ser imperador (que sem dúvida o será, segundo as suas coisas vão encaminhadas), não será fácil arrancar-lhe o cetro, e lhe haverá de doer e pesar no fundo da alma todo o tempo que antes o não tivera.

— Senhor — replicou Sancho —, eu imagino que é bom mandar, ainda que seja um rebanho de ovelhas.

— Convosco quero que me enterrem, Sancho, pois tudo sabeis — respondeu o duque —, e espero que sejais tão bom governador quanto o vosso juízo promete. Fique isto aqui, mas lembrai que amanhã mesmo haveis de ir ao governo da ínsula e esta tarde vos facilitarão os trajes convenientes que haveis de levar, mais todas as coisas necessárias para a vossa partida.

— Que me vistam como quiserem — disse Sancho —, pois, de qualquer maneira como eu for vestido, serei Sancho Pança.

— Assim é verdade — disse o duque —, mas os trajes se devem acomodar ao ofício ou dignidade que se professa, pois não seria bem um jurisconsulto se vestir como um soldado, nem um soldado como um sacerdote. Vós, Sancho, ireis vestido parte de letrado e parte de capitão, porque na ínsula que vos dou tanto são mister as armas como as letras, e as letras como as armas.

— Letras poucas tenho — respondeu Sancho —, porque ainda não sei o á-bê-cê, mas para ser bom governador me basta o *Christus*[2] que tenho na memória. Das armas, manejarei as que me derem, até cair, e Deus que me valha.

— Com tão boa memória — disse o duque —, não poderá Sancho errar em nada.

Nisto chegou D. Quixote e, ao saber o que ali se conversava e a celeridade com que Sancho teria de partir para o seu governo, com licença do duque o tomou pela mão e se foi com ele ao seu quarto, com intenção de lhe aconselhar como se havia de haver em seu ofício.

Entrados, pois, em seu aposento, fechou a porta atrás de si e quase à força fez que Sancho se sentasse junto dele, e com repousada voz lhe disse:

— Infinitas graças dou ao céu, Sancho amigo, porque, antes e primeiro que me colhesse a boa sorte, saiu a boa fortuna a te receber e encontrar. Eu, que à minha boa ventura tinha confiada a paga dos teus serviços, ainda me vejo nos princípios do meu melhoramento, e tu, contra a lei do razoável discurso, antes do tempo vês premiados os teus desejos. Muitos peitam, importunam, solicitam, madrugam, suplicam, porfiam, mas não conseguem o que pretendem, e vem outro e, sem saber como nem por quê, se vê com o cargo e o ofício que tantos pretenderam; e aqui

---

[2] A imagem da cruz que as cartilhas de alfabetização traziam impressa no frontispício.

entra e calha bem o dizer que há boa e má fortuna nas pretensões. Tu, que para mim sem nenhuma dúvida és um zote, sem madrugar nem tresnoitar e sem fazer diligência alguma, só com o bafejo que te tocou da andante cavalaria, sem mais nem mais te vês governador de uma ínsula, nada menos. Tudo isto digo, oh Sancho, para que não atribuas a mercê recebida aos teus merecimentos, mas dês graças ao céu, que dispõe as coisas suavemente, e depois as darás à grandeza que em si encerra a profissão da cavalaria andante. Disposto pois o coração a crer o que te disse, ouve com atenção, oh filho, este teu Catão[3] que te quer aconselhar e ser o norte e guia que te encaminhe e tire a seguro porto deste mar proceloso onde te vais engolfar, pois os ofícios e grandes cargos não são outra coisa senão um golfo profundo de confusões.

"Primeiramente, oh filho, hás de temer a Deus, porque em temê-lo está a sabedoria, e sendo sábio não poderás errar em nada.

"Segundo, hás de ter os olhos sempre bem postos em quem és, procurando conhecer a ti mesmo, que é o mais difícil conhecimento que se pode imaginar. De te conheceres virá o não te inflares como a rã que se quis igualar ao boi, e assim terás teu pé de pavão e recolherás a roda da tua vaidade na lembrança de que em tua terra já foste guardador de porcos.

— Isso é verdade — respondeu Sancho —, mas foi quando eu era menino. Depois, já rapazinho, foram gansos que guardei,

---

[3] Com o sentido de "teu mentor", "aquele do qual aprenderás", por alusão ao folheto de conselhos morais *Castigos y ejemplos de Catón*, difundidíssimo na época, usado para alfabetizar e doutrinar as crianças. Os conselhos de D. Quixote reúnem e entrecruzam uma sortida série de sentenças bíblicas, preceitos clássicos, fábulas moralizantes, normas de manuais e ideias do senso comum.

que não porcos. Mas acho que isto não faz ao caso, pois nem todos os que governam vêm de casta de reis.

— É verdade — replicou D. Quixote —, e por esta razão os que não têm ascendência nobre devem acompanhar a gravidade do cargo que exercem com uma branda suavidade que, norteada pela prudência, os livre da murmuração maliciosa, da qual não há estado que escape.

"Faz gala, Sancho, da humildade da tua linhagem, e não te pese dizer que vens de lavradores, porque, vendo que não te corres disso, ninguém te há de correr, e preza-te mais de ser humilde virtuoso que pecador soberbo. Inumeráveis são aqueles que, de baixa estirpe nascidos, subiram à suma dignidade pontifícia e imperatória, e desta verdade te poderia trazer tantos exemplos que te cansariam.

"Olha, Sancho: se tomares por meio a virtude e te prezares de fazer feitos virtuosos, não haverá por que invejar os que vêm de príncipes e senhores, porque o sangue se herda e a virtude se conquista, e a virtude vale por si só o que não vale o sangue.

"Sendo isto assim, como é, se acaso algum dos teus parentes te for visitar quando estiveres na tua ínsula, não o enjeites nem o afrontes, antes o hás de acolher, agasalhar e regalar, pois com isto satisfarás o céu, que gosta de que ninguém se despreze do que ele fez, e assim corresponderás ao que deves à natureza bem concertada.

"Se trouxeres tua mulher contigo (pois não é bem que quem está no governo fique por muito tempo sem a própria), procura ensiná-la, doutriná-la e desbastá-la da sua natural rudeza, porque tudo o que sói adquirir um governador discreto sói perder e derramar uma mulher rústica e tola.

"Se acaso enviuvares (coisa que bem pode acontecer) e com o cargo melhorares de consorte, não a tomes tal que te sirva de isca e anzol nem do "não quero, não quero, mas deitai-mo no capelo",[4] porque em verdade te digo que de tudo o que a mulher do juiz recebe há de prestar contas o marido no dia da conta universal, quando na morte pagará por quatro cada favor descuidado em vida.

"Nunca te guies pela lei do arbítrio, que sói ter muita cabida com os ignorantes que presumem de agudos.

"Achem em ti mais compaixão as lágrimas do pobre, porém não mais justiça que as alegações do rico.

"Procura descobrir a verdade tanto por entre as promessas e dádivas do rico como por entre os soluços e importunidades do pobre.

"Quando possa e deva ter lugar a equidade, não carregues todo o rigor da lei no delinquente, pois não é melhor a fama do juiz rigoroso que a do compassivo.

"Se acaso dobrares a vara da justiça, não seja sob o peso da dádiva, mas da misericórdia.

"Quando te acontecer julgar o pleito de algum teu inimigo, afasta o pensamento da tua injúria e coloca-o na verdade do caso.

"Não te cegue a paixão própria na causa alheia, pois os erros que nela fizeres as mais vezes serão sem remédio, e ainda quando o tenham, será à custa do teu crédito e até da tua fazenda.

"Se alguma mulher formosa te vier pedir justiça, fecha os olhos às suas lágrimas e os ouvidos aos seus gemidos, e considera sem pressa a substância do que ela pede, se não queres que se afogue a tua razão em seu pranto e a tua bondade em seus suspiros.

---

[4] O sentido da frase feita *"no quiero, no quiero, mas échamelo en la capilla"*, que denota o fingido embaraço de quem se faz de rogado, sobretudo em receber propinas, é reforçado com a prévia alusão a *"ni el anzuelo ni la caña, mas el cebo que las engaña"* ("nem o anzol nem a vara, mas a isca que as engana").

"Não maltrates com palavras a quem hás de castigar com obras, pois ao desditoso basta a pena do suplício, sem o acréscimo das más razões.

"Considera o culpado que cair na tua jurisdição um homem miserável, sujeito às condições da depravada natureza nossa, e em tudo quanto for da tua parte, sem fazer agravo à contrária, usa de piedade e clemência para com ele, porque, se bem os atributos de Deus são todos iguais, ao nosso ver mais resplandece e campeia o da misericórdia que o da justiça.

"Se estes preceitos e estas regras seguires, Sancho, serão longos os teus dias, a tua fama será eterna, os teus prêmios copiosos, a tua felicidade indizível; casarás os teus filhos como quiseres, títulos terão eles e teus netos, viverás em paz e no beneplácito das gentes, e nos últimos passos da vida te alcançará o da morte em velhice suave e madura, e fecharão teus olhos as tenras e delicadas mãos dos teus trinetinhos. Isto que até aqui tenho dito são ensinamentos que hão de adornar a tua alma; escuta agora os que hão de servir para adorno do teu corpo.

Capítulo XLIII

DOS SEGUNDOS CONSELHOS
QUE DEU D. QUIXOTE A SANCHO PANÇA

Quem ouvira o anterior arrazoado de D. Quixote que o não tivesse por pessoa muito sensata e melhor intencionada? Mas, como muitas vezes ficou dito no progresso desta grande história, ele só disparava em sua loucura quando lhe tocavam na cavalaria, e nos demais discursos mostrava ter claro e desenvolto entendimento, de maneira que a cada passo as suas obras desmentiam o seu juízo, e o seu juízo as suas obras. Mas nesta, destes segundos ensinamentos que deu a Sancho, mostrou ter grande donaire, pondo a sua discrição e a sua loucura num levantado ponto.

Atentissimamente o escutava Sancho e procurava guardar os seus conselhos na memória, como quem pensava observá-los e com eles sair a bom parto da prenhez do seu governo. Prosseguiu pois D. Quixote, dizendo:

— No que toca a como hás de governar a tua pessoa e a tua casa, Sancho, o primeiro que te digo é que sejas limpo e que apares as unhas, sem as deixar crescer, como fazem alguns aos quais a ignorância lhes deu a entender que as unhas longas embelezam as mãos,[1] como se aquela crescença e excrescência que se deixam

---

[1] Considerava-se sinal de distinção mantê-las compridas, por impedirem o indigno trabalho manual.

de cortar fosse unha, sendo antes garras de gavião lagarteiro, porco e extraordinário abuso.

"Não andes, Sancho, com a roupa descingida e solta, pois o seu desalinho dá indícios de ânimo desmazelado, isto quando o desmancho e a soltura não caem à conta de velhacaria, como se julgou de Júlio César.[2]

"Toma com tento o pulso do que possa valer o teu ofício e, se ele te permitir dar libré aos teus criados, cuida de que seja digna e cômoda mais que vistosa e bizarra, e de a repartir entre os teus criados e os pobres. Quero dizer que, se hás de vestir seis pajens, veste três deles e outros três pobres, e assim terás pajens para o céu e para a terra; e este novo modo de dar libré não alcançam os vangloriosos.

"Não comas alhos nem cebolas,[3] para que pelo cheiro não conheçam que és vilão.

"Anda devagar, fala repousado, mas não de maneira que pareça que te escutas a ti mesmo, pois toda afetação é ruim.

"Almoça pouco e janta menos, pois a saúde de todo o corpo se forja na oficina do estômago.

"Tem moderação no beber, considerando que o vinho em demasia não guarda segredo nem cumpre palavra.

"Cuida, Sancho, de não atochar a boca ao comer nem de eructar diante de ninguém.

— Isso de eructar eu não entendo — disse Sancho.

E D. Quixote lhe disse:

---

[2] Zombar da roupa frouxa do imperador Júlio César era um clichê que remontava a comentários de Cícero e, sobretudo, a uma frase que Suetônio, em sua *Vida dos Césares*, atribui ao general Sila: "desconfiai desse rapaz mal cingido".

[3] Alho e cebola eram considerados alimentos baixos, próprios da plebe, a ponto de serem vedados nos estatutos de algumas ordens de cavalaria.

— Eructar, Sancho, quer dizer arrotar, mas este vocábulo, ainda que muito significativo, é hoje tido como torpe, e assim a gente curiosa recorreu à fonte do latim, e em vez de "arrotar" diz "eructar", e em vez de "arroto", "eructação", e ainda que alguns não entendam estes termos, importa pouco, pois o uso os poderá introduzir com o tempo, até que com facilidade se entendam, e isto é enriquecer a língua, sobre a qual têm poder o vulgo e o uso.

— Em verdade, senhor — disse Sancho —, que um dos conselhos e avisos que penso levar na memória há de ser o de não arrotar, porque é das coisas que mais costumo fazer.

— *Eructar*, Sancho, não *arrotar* — disse D. Quixote.

— *Eructar* direi daqui em diante — respondeu Sancho —, e à fé que não me esqueça disso.

— Também, Sancho, não hás de misturar no teu falar a multidão de ditados que costumas, pois, se bem os ditados são sentenças breves, muitas vezes os trazes tão pelos cabelos que mais parecem disparates que sentenças.

— Isso Deus pode remediar — respondeu Sancho —, porque sei mais ditados que um livro, e quando falo me vêm tantos juntos à boca que brigam uns com os outros para sair, mas a língua vai soltando os primeiros que encontra, ainda que não venham a pelo. Mas daqui em diante terei conta de dizer os que convenham à gravidade do meu cargo, pois em casa cheia, asinha se faz a ceia, e quem parte não baralha, e a seu salvo está quem repica o sino, e para dar e para ter, muito siso é mister.

— Isso, Sancho! — disse D. Quixote. — Encaixa, engasta, enfia teus ditados, que ninguém te vai à mão! Minha mãe a me castigar, e eu fazendo troça! Estou-te dizendo que escuses ditados, e num instante já despejaste um chorrilho deles, que assim entram no que vamos tratando como Pilatos no credo. Olha, Sancho, não digo que me pareça mal um ditado trazido a propósito; mas disparar e enfiar ditados a trouxe-mouxe faz a conversação enfadonha e baixa.

"Quando montares a cavalo, não vás jogando o corpo sobre o arção traseiro, nem leves as pernas tesas, esticadas e apartadas da barriga do cavalo, nem tampouco vás tão frouxo que pareça que vais sobre o ruço, pois o andar a cavalo a uns faz cavaleiros, a outros, cavalariços.

"Seja moderado o teu sono, pois quem não madruga com o sol não goza do dia; e adverte, oh Sancho, que a diligência é mãe da boa ventura, e a preguiça, sua contrária, jamais chegou ao termo que pode um bom desejo.

"Este último conselho que te quero dar agora, ainda que não sirva para adorno do corpo, quero que o leves muito na memória, pois creio que não te será de menos proveito que os que já te dei, e é que jamais te metas em disputas de linhagens, ao menos comparando-as entre si, pois por força uma das que se comparam há de ser melhor, e serás detestado de quem abateres, mas de nenhuma maneira premiado de quem levantares.

"Teu traje será calça inteira, gibão comprido, ferragoulo um pouco mais comprido; calções, nem por pensamento, pois não vão bem nem aos cavaleiros, nem aos governadores.

"Por ora, Sancho, é isto o que se me ofereceu para te aconselhar. Andará o tempo, e segundo as ocasiões serão meus avisos, sempre que tiveres cuidado de me dar notícia do estado em que te achas.

— Senhor — respondeu Sancho —, bem vejo que tudo quanto vossa mercê me disse são coisas boas, santas e proveitosas, mas de que me servirão, se não me lembro de nenhuma? Verdade seja que aquilo de não deixar crescer as unhas e de me casar de novo, em se oferecendo, não me passará do pensamento; mas desses outros badulaques, enredos e mexidos, desses não me lembro nem me lembrarei mais que das nuvens de antanho, e assim será mister que mos deem por escrito, que eu, como não sei ler nem escrever, os darei ao meu confessor para que mos repasse quando quadrar e for mister.

— Ah, pecador de mim — respondeu D. Quixote —, quão mal parece num governador não saber ler nem escrever! Porque hás de saber, oh Sancho, que não saber um homem ler ou ser canhoto argui uma de duas coisas: ou que foi filho de pais em extremo humildes e baixos, ou ele próprio tão travesso e ruim que não pôde entrar no bom uso nem na boa doutrina. Grande falta é a que levas contigo, e por isso quisera que ao menos aprendesses a assinar.

— Bem sei assinar o meu nome — respondeu Sancho —, pois quando fui zelador da minha confraria aprendi a fazer umas letras grandes como marca de fardo, que diziam que dizia o meu nome; e a mais fingirei ter a mão direita estropiada e farei um outro assinar por mim, pois tudo tem remédio, menos a morte, e tendo eu o poder e a vara, farei o que quiser, quanto mais que quem tem pai alcaide...[4] E, sendo eu governador, que é mais que ser alcaide, vinde, e vereis! Não, senão provem fazer pouco e calúnia de mim, que virão buscar lã e voltarão tosquiados, e a quem Deus quer bem, o vento lhe apanha a lenha, e as necedades do rico passam no mundo por sentenças, e quando eu o for, sendo juntamente governador e liberal, como penso ser, ninguém me verá falta nenhuma. Não, senão fazei-vos mel, e comer-vos-ão as

---

[4] O ditado inteiro diz, em castelhano, "*el que tiene padre alcalde seguro va al juicio*"; em português, termina "... não cura nem faz". Seu sentido é o mesmo nas duas línguas: quem conta com a cobertura de poderosos não tem maiores preocupações nem cuidados com o próprio futuro.

moscas; tanto vales, quanto tens, como dizia minha avó, e do homem abastado não te verás vingado.

— Maldito sejas de Deus, Sancho! — disse então D. Quixote. — Sessenta mil satanases te levem a ti e aos teus ditados! Faz uma hora que os estás desfiando e atormentando-me com cada um deles. Eu te asseguro que esses ditados ainda te hão de levar à forca, e por causa deles teus vassalos te hão de arrancar o governo, ou entre eles há de haver levantes. Dize-me, ignorante, onde os achas? E como os aplicas, mentecapto? Pois eu, para dizer um e aplicá-lo bem, suo e trabalho como se cavasse.

— Por Deus, senhor nosso amo — replicou Sancho —, que vossa mercê se queixa de coisas poucas. Por que diabos se azeda de que eu me sirva da minha curta riqueza, quando nenhuma outra tenho, nem outro bem algum, senão ditados e mais ditados? E agora mesmo me lembro de quatro que cairiam aqui como luvas, ou como sopa no mel, mas não os direi, porque ao bom calar chamam santo, ou Sancho.[5]

— Esse Sancho não és tu — disse D. Quixote —, porque não és santo nem bom calar, senão mal falar e mal porfiar, mas ainda assim quisera saber que quatro ditados são esses que te ocorreram à memória e vinham aqui tão a propósito, pois eu ando vasculhando a minha, que a tenho boa, e nenhum se me oferece.

---

[5] Como se explica no primeiro adagiário castelhano, a frase "al buen callar llaman Sancho" era muito usada "para elogiar o guardar silêncio e segredo e enaltecer os benefícios que traz e os danos do seu contrário, o ser palrador [...] Alguns, por não entenderem o mistério de 'Sancho', dizem: 'Ao bom calar chamam santo', mas não é mister mudar a lição antiga, senão saber que 'Sancho', se bem por uma parte é nome próprio, por outra significa 'santo'" (Refranes que dicen las viejas tras el fuego, atribuído ao Marquês de Santillana, Medina del Campo, 1508).

— Quais melhores — respondeu Sancho — que "o dedo não metais entre dois dentes queixais",[6] e "a fora da minha casa! e que queres com a minha mulher? não há o que responder", e "se o cântaro bate na pedra ou a pedra no cântaro, mal para o cântaro", todos os quais vêm muito a pelo? Pois que ninguém se meta com o seu governador nem com quem lhe manda, porque sairá machucado, tal qual quem mete o dedo entre dois dentes queixais (ou ainda que não sejam queixais, como sejam dentes), e ao que diz o governador, não há o que replicar, como ao "fora da minha casa!" e "que queres com a minha mulher?". Já o da pedra no cântaro até um cego o vê: assim é mister que quem vê o cisco no olho alheio veja a trave no seu,[7] para que dele não se diga, "riu-se o roto do esfarrapado", e vossa mercê bem sabe que sabe mais o néscio na sua casa que o sábio na alheia.

— Isso não, Sancho — respondeu D. Quixote —, que o néscio em sua casa nem na alheia sabe nada, porquanto sobre o alicerce da necedade não assenta nenhum discreto edifício. E não passemos adiante, Sancho, pois, se mal governares, tua será a culpa e minha a vergonha. Meu consolo é ter feito o que devia em te aconselhar com todas as veras e com a discrição a mim possível; com isto cumpro com a minha obrigação e a minha promessa. Deus te guie, Sancho, e te governe no teu governo, e a mim me tire o escrúpulo que me fica de que ponhas toda a ínsula de pernas para o ar, coisa que eu bem pudera escusar descobrindo ao duque quem és, dizendo-lhe que toda essa gordura e essa figurilha que tens não passa de um fardo de malícias e ditados.

---

[6] Neste e em outros ditados parecidos, os dentes valem metaforicamente por "parentes".

[7] Frase do Evangelho (Mateus, 7, 3-5) que adquiriu valor proverbial.

— Senhor — replicou Sancho —, se vossa mercê é de parecer que não sou de prol para este governo, desde agora o largo, pois mais quero uma ponta da unha da minh'alma que todo o meu corpo, e assim me sustentarei Sancho puro e simples com pão e cebola como governador com perdizes e capões, a mais que, quando se dorme, todos são iguais, os grandes e os menores, os pobres e os ricos, e se vossa mercê cuidar nisso, verá que só vossa mercê me pôs nisto de governar, pois eu não sei mais de governos de ínsulas que um abutre, e se imagina que por ser governador me há de levar o diabo, mais quero ir Sancho para o céu que governador para o inferno.

— Por Deus, Sancho — disse D. Quixote —, que só por estas últimas razões que disseste julgo que mereces ser governador de mil ínsulas; boa natureza tens, sem a qual não há ciência que valha. Encomenda-te a Deus e procura não errar na primeira intenção; quero dizer que tenhas sempre tenção e firme propósito de acertar em quantos negócios te ocorrerem, porque o céu sempre favorece os bons desejos. E vamos almoçar, pois creio que estes senhores já nos esperam.

Capítulo XLIV

Como Sancho Pança foi levado
ao governo, e da estranha aventura
que no castelo aconteceu a D. Quixote

Dizem que no próprio original desta história se lê que, chegando Cide Hamete a escrever este capítulo, seu intérprete não o traduziu como o escrevera, que foi um modo de queixa que o mouro teve de si mesmo por ter tomado entre mãos uma história tão seca e tão limitada como esta de D. Quixote, parecendo-lhe que sempre havia de falar dele e de Sancho, sem ousar estender-se a outras digressões e episódios mais graves e mais ligeiros; e dizia que levar o entendimento, a mão e a pena cingidos a sempre escrever de um só assunto e a falar pela boca de poucas pessoas era um trabalho incomportável, cujo fruto não redundava no de seu autor, e que por fugir desse inconveniente usara na primeira parte do artifício de algumas novelas, como foram a do *Curioso impertinente* e a do *Capitão cativo*, que estão como que separadas da história, já que as demais que lá se contam são casos acontecidos ao próprio D. Quixote, que não se podiam deixar de escrever. Também pensou, como ele diz, que muitos, levados da atenção que pedem as façanhas de D. Quixote, não a prestariam às novelas e por elas passariam, ou com pressa, ou com enfado, sem advertirem a gala e o artifício que elas em si contêm, o qual se mostraria bem ao descoberto quando por si sós, sem se arrimarem às loucuras de D. Quixote nem às sandices de Sancho, saíssem à luz. E, assim, nesta segunda parte não quis ingerir novelas soltas nem de mistura, senão alguns episódios que tais parecessem, nascidos dos mesmos sucessos que a verdade oferece, e ainda estes limitadamente e só com as palavras bastantes para os declarar; e pois se contém e encerra nos estreitos limites da narração, tendo habilidade, suficiência e entendimento para tratar do universo todo, pede que não se despreze o seu trabalho e o cubram de elogios, não pelo que escreve, mas pelo que deixou de escrever.

E depois prossegue a história, dizendo que, em acabando de almoçar D. Quixote no mesmo dia em que dera os conselhos a Sancho, à tarde lhos deu por escrito, para que ele depois procurasse quem os lesse. Mas apenas Sancho os recebeu, caíram das suas mãos e chegaram às do duque, que os mostrou à duquesa, e os dois de novo se admiraram da loucura e do engenho de D. Quixote. E assim, levando avante as suas burlas, naquela mesma tarde enviaram Sancho com grande acompanhamento ao lugar que para ele havia de ser ínsula.

Aconteceu, então, que quem o levava ao seu cargo era um mordomo do duque, muito discreto e muito engraçado (pois não pode haver graça onde não há discrição), o qual havia feito a pessoa da condessa Trifaldi com o donaire que fica relatado; e por isto, e por ir industriado pelos seus senhores sobre como se havia de haver com Sancho, conseguiu o seu intento maravilhosamente. Digo, pois, que aconteceu que, assim como Sancho pôs os olhos no tal mordomo, viu no seu rosto o mesmo da Trifaldi e, virando-se para o seu senhor, lhe disse:

— Senhor, o diabo que me leve num credo e sem confissão se vossa mercê não confessar que a cara desse mordomo do duque, que aí está, é a mesma da Dolorida.

Olhou D. Quixote atentamente o mordomo e, depois de o ter olhado, disse a Sancho:

— Não há para que o diabo te levar, Sancho, seja num credo ou sem confissão (que não sei o que queres dizer), pois a cara da Dolorida é, sim, a do mordomo, mas nem por isso o mordomo é a Dolorida, pois semelhante coisa implicaria contradição muito grande, e agora não é tempo de fazer tais averiguações, que seria entrarmos em intricados labirintos. Crê-me, amigo, que muito deveras havemos de rogar ao Nosso Senhor que nos livre a nós dois de maus feiticeiros e de maus encantadores.

— Não é troça, senhor — replicou Sancho —, senão que já dantes ouvi esse mordomo falar e me pareceu que era a mesma voz da Trifaldi que me soava nos ouvidos. Agora não digo mais, mas não deixarei de andar atento daqui em diante, a ver se ele descobre outro sinal que confirme ou desfaça a minha suspeita.

— Assim hás de fazer, Sancho — disse D. Quixote —, e me dareis aviso de tudo quanto neste caso descobrires e de tudo aquilo que no governo te acontecer.

Saiu enfim Sancho acompanhado de muita gente, vestido como letrado, e por cima um gabão muito largo de chamalote de águas leonado, com um gorro do mesmo pano, montado em um mulo à gineta, e atrás dele, por ordem do duque, ia o ruço com jaez e paramentos jumentais de seda e reluzindo de novos. Virava Sancho a cabeça de quando em quando para olhar o seu asno, em cuja companhia ia tão contente que não trocaria de posto com o imperador da Alemanha.

Ao se despedir dos duques, lhes beijou as mãos e tomou a bênção do seu senhor, que lha deu com lágrimas, e Sancho a recebeu fazendo beicinho.

Deixa, leitor amável, o bom Sancho seguir em paz e embora, e espera as duas fangas de risadas que te há de causar o saber como ele se portou no seu cargo, e entretanto atende a saber o que se passou com seu amo naquela noite, pois, se com isso não rires, quando menos hás de descerrar os lábios num sorriso amarelo, porque os sucessos de D. Quixote ou se hão de celebrar com admiração ou com riso.

Conta-se, pois, que não era bem partido Sancho quando D. Quixote sentiu saudade dele, e tanta que, se lhe fosse possível revogar a licença e tirar-lhe o governo, assim teria feito. Percebeu a duquesa sua melancolia e perguntou-lhe que era que o entristecia, pois, se fosse a ausência de Sancho, escudeiros, duenhas e donzelas havia na sua casa que o serviriam muito em satisfação do seu desejo.

— É verdade, senhora minha — respondeu D. Quixote —, que sinto a falta de Sancho, mas não é essa a causa principal que me faz parecer que estou triste. Dos muitos oferecimentos que Vossa Excelência me faz, somente aceito e escolho o da vontade com que mos fazem, e no mais suplico a Vossa Excelência que dentro do meu aposento consinta e permita que só eu seja quem me serve.

— Em verdade, senhor D. Quixote — disse a duquesa —, que não há de ser assim, pois hão de servi-lo quatro donzelas das minhas, formosas como flores.

— Para mim — respondeu D. Quixote — não serão elas como flores, senão como espinhos que me pungem a alma. Assim entrarão elas no meu aposento, ou coisa que se pareça, como podem voar. Se é que vossa grandeza quer levar avante o me fazer mercê sem eu a merecer, deixe que das minhas portas adentro só eu cuide de mim e me sirva, pondo uma muralha entre os meus desejos e a minha honestidade, costume este que não quero perder pela liberalidade que vossa alteza quer mostrar comigo. Enfim, antes dormirei vestido que deixarei alguém me despir.

— Basta, senhor D. Quixote, basta — replicou a duquesa. — Por mim digo que darei ordem para que não entre no seu quarto, não digo uma donzela, mas nem sequer uma mosca. Não sou eu tal pessoa que por minha culpa venha a desandar a decência do senhor D. Quixote, pois, segundo se me transluziu, a que mais campeia entre suas muitas virtudes é a da honestidade. Dispa-se vossa mercê e vista-se a sós consigo e ao seu modo como e quando quiser, que não haverá quem o impeça, pois dentro do seu aposento achará os vasos necessários ao mister de quem dorme a portas fechadas, por que nenhuma natural necessidade o obrigue a abri-las. Viva mil séculos a grande Dulcineia d'El Toboso e seja o seu nome estendido por toda a redondeza da terra, pois mereceu ser amada de tão valente e tão honesto cavaleiro, e que os benignos céus infundam no coração de Sancho Pança, nosso governador, o desejo de em breve tempo acabar suas disciplinas, para que torne o mundo a gozar da beleza de tão grande senhora.

Ao que disse D. Quixote:

— Vossa altitude falou como quem é, pois na boca das boas senhoras não há de haver nenhuma que seja ruim; e mais venturosa e mais conhecida será no mundo Dulcineia pelo elogio que lhe fez vossa grandeza que por todos os que lhe possam dar os mais eloquentes da terra.

— Pois bem, senhor D. Quixote — replicou a duquesa —, a hora de jantar se chega, e o duque já nos deve de esperar. Venha vossa mercê e jantemos, e assim se deitará cedo, pois a viagem que ontem fez a Candaia não foi tão curta que o não tenha moído algum tanto.

— Não sinto moedura nenhuma, senhora — respondeu D. Quixote —, e ousaria jurar a Vossa Excelência que na minha vida jamais montei um animal mais repousado nem de melhor passo que Cravilenho, e não sei o que pode ter movido Malambruno a se desfazer de tão ligeira e tão gentil cavalgadura e abrasá-la assim, sem mais nem mais.

— Disto se pode imaginar — respondeu a duquesa — que,

arrependido do mal que fizera à Trifraldi e companhia, e a outras pessoas, e das maldades que como feiticeiro e encantador decerto cometeu, quis destruir todos os instrumentos do seu ofício, e como ao principal deles e que mais o trazia desassossegado, vagando de terra em terra, quis abrasar Cravilenho, e com suas abrasadas cinzas e com o troféu do cartaz eternizou o valor do grande D. Quixote de La Mancha.

De novo D. Quixote renovou seus agradecimentos à duquesa e, depois de jantar, se recolheu sozinho a seu aposento, sem consentir que ninguém entrasse com ele a servi-lo, tanto se temia de achar ocasiões que o movessem ou forçassem a perder o honesto decoro que à sua senhora Dulcineia guardava, sempre posta em sua imaginação a bondade de Amadis, flor e espelho dos andantes cavaleiros. Fechou a porta atrás de si e à luz de duas velas de cera se despiu, e ao se descalçar (oh desgraça indigna de tal pessoa!), puxou, não suspiros do fundo das entranhas nem outra coisa que pudesse desacreditar sua limpeza e polidez, mas o fio de uma das meias, desmanchando bem duas dúzias de pontos e deixando-a feita gelosia. Afligiu-se em extremo o bom senhor, e teria dado uma onça de prata por ter à mão um adarme de seda verde (digo seda verde porque as meias eram verdes).

Aqui exclamou Benengeli e, escrevendo, disse: "Oh pobreza, pobreza! Não sei com que razão se moveu aquele grande poeta cordovês a chamar-te 'dádiva santa não agradecida'![1] Eu, apesar de mouro, bem sei, pelo trato que tive com cristãos, que a san-

---

[1] Verso de *Laberinto de Fortuna*, de Juan de Mena (1411-1456), que ecoa o Sermão da Montanha: "*¡O vida segura la mansa pobreza,/ dádiva santa desagradesçida!/ Rica se llama, non pobre, la vida/ del que se contenta bevir sin riqueza...*" (estrofe 227).

tidade consiste em caridade, humildade, fé, obediência e pobreza. Mas, contudo, digo que há de ter muito de Deus quem se contenta em ser pobre, como não seja daquele modo de pobreza do qual diz um dos seus maiores santos: 'Tende todas as coisas como se as não tivésseis',[2] e a isto chamam pobreza de espírito. Mas tu, segunda pobreza (que és da qual falo agora), por que queres atropelar os fidalgos e bem-nascidos mais que as outras gentes? Por que os obrigas a curar os sapatos com negro de fumo e a que os botões do seu gibão sejam uns de seda, outros de cerdas e outros de vidro? Por que suas gorjeiras hão de ser pela maior parte sempre frisadas, e não abertas em molde?". (E nisto se dará a ver que é antigo o uso da goma e das gorjeiras encanudadas.) E prosseguiu: "Coitado do bem-nascido que a duras penas sustenta sua honra, comendo mal e desacompanhado, tornando hipócrita o palito de dentes[3] com que sai para a rua depois de não ter comido coisa que o obrigue a limpá-los! Coitado daquele, digo, que tem a honra espantadiça e teme que a uma légua se lhe descubra o remendo do sapato, o sebo do chapéu, a desfiadura do gabão e a fome do seu estômago!".

Tudo isso se renovou a D. Quixote no puxar daquele fio, mas ele se consolou ao ver que Sancho lhe deixara umas botas de caminho,[4] que pensou calçar no dia seguinte. Finalmente se dei-

---

[2] Tradução de palavras de São Paulo (I Coríntios, 7, 31).

[3] Na época era bem-visto o uso de palitos de dentes, bem maiores que os atuais e de confecção laboriosa, por vezes de prata ou de ouro. O motivo do "*palillo hipócrita*", frequente na literatura do Século de Ouro espanhol, zombava do costume de palitar os dentes ostentosamente com que os fidalgos pobres costumavam disfarçar a própria penúria, dando a entender que dispunham de mesa farta.

[4] Botas apropriadas para caminhadas, de cano alto e flexível.

tou, pensativo e pesaroso, assim da falta que Sancho lhe fazia como do irreparável desastre das suas meias, que ele teria cerzido ainda que fosse com seda de outra cor, que é um dos maiores sinais de miséria que um fidalgo pode dar no discurso da sua castigada estreiteza. Apagou as velas; fazia calor e não conseguia dormir; levantou-se do leito e abriu um pouco a janela de grade que dava para um lindo jardim, e ao abri-la sentiu e ouviu que andava e falava gente embaixo. Pôs-se a escutar atentamente. As vozes do jardim então se levantaram, e tanto que pôde ouvir estas razões:

— Não me porfies, oh Emerencia, por que eu cante, pois sabes que desde o ponto em que esse forasteiro entrou neste castelo e nele fitei os meus olhos já não sei cantar, senão chorar; a mais, o sono da minha senhora é mais leve que pesado, e por nenhum tesouro deste mundo quisera que nos achasse aqui. E, em caso que ela durma e não desperte, em vão será o meu canto se dorme e não despertar para ouvi-lo este novo Eneias,[5] que a minhas regiões chegou para deixar-me escarnida.

— Não temas disso, Altisidora amiga — responderam —, pois sem dúvida a duquesa e quantos há nesta casa dormem, tirando o senhor do teu coração e despertador da tua alma, pois acabo de ouvir que abriu a janela do seu quarto, e sem dúvida deve de estar desperto. Canta, ferida amiga, em tom baixo e suave, ao som da tua harpa, e, se a duquesa nos ouvir, achacaremos a saída a este calor que faz.

— Não é este o ponto, oh Emerencia — respondeu Altisidora —, senão que não quero que o meu canto descubra o meu coração e eu seja então julgada por donzela caprichosa e leviana pelos que não têm notícia das forças poderosas de amor. Mas

---

[5] Alusão ao desprezo que Eneias mostrou pela Rainha Dido.

venha o que vier, pois mais vale vergonha no rosto que mágoa no coração.

Nisto se ouviu tocar uma harpa suavissimamente. Escutando o qual, abismou-se D. Quixote, porque no mesmo instante lhe vieram à memória as infinitas aventuras semelhantes àquela, de janelas, grades e jardins, músicas, requestas e desvarios que nos seus desvairados livros de cavalarias tinha lido. Logo imaginou que alguma donzela da duquesa estava dele enamorada e que a honestidade a forçava a manter sua vontade em segredo; temeu que o rendesse e se propôs em pensamento a não se deixar vencer; e encomendando-se de todo bom ânimo e bom talante a sua senhora Dulcineia d'El Toboso, determinou de escutar a música, e para dar a entender que lá estava deu um fingido espirro, o qual não pouco alegrou as donzelas, pois outra coisa não desejavam senão que D. Quixote as ouvisse. Afinada a harpa e percorridas suas cordas, Altisidora deu princípio a este romance:

> — Oh tu, que estás no teu leito,
> deitado em lençóis de holanda,
> a perna solta dormindo
> adentro na madrugada,
>
> cavaleiro o mais valente
> já produzido em La Mancha,
> mais honesto e mais bendito
> que o ouro fino da Arábia!
>
> Ouve uma triste donzela
> bem crescida e mal lograda,
> que à luz do teu par de sóis
> sente abrasar-se-lhe a alma.

Buscas tuas aventuras
e alheias desditas achas,
dás mil feridas e negas
o remédio pra sará-las.

Diz-me, valoroso jovem,
que Deus te prospere as ânsias,
se te criaste na Líbia
ou nas montanhas de Jaca,[6]

se serpes te deram leite,
se acaso foram tuas amas
as asperezas das selvas
e os horrores das montanhas.[7]

Bem pode a sã Dulcineia,
donzela roliça e alta,
prezar-se de ter rendido
uma fera tigre e brava.

---

[6] Referência ao romance "Por las Montañas de Jaca", também citado no *Entremés de los Romances* (ver *DQ* I, cap. V, nota 1). As montanhas em questão ladeiam o vale e a comarca de mesmo nome, nos Pireneus aragoneses, junto à fronteira com a França; consta que, quando da entrada dos mouros nesse território, serviram de refúgio para os cristãos que mais tarde fundariam o reino. Esse espaço, presumivelmente próximo do palácio dos duques, é contraposto aos tópicos desertos da Líbia, proverbial território de animais peçonhentos.

[7] Provável deformação burlesca da maldição que Dido lança a Eneias, "*Nec tibi diva parens, generis nec Dardanus auctor,/ perfide; sed duris genuit te cautibus horrens/ Caucasus, Hyrcanœque admorunt ubera tigris*" (*Eneida*, IV, 365-367). Na tradução de Odorico Mendes, "Nem mãe deusa, nem Dárdano hás por tronco,/ Gerou-te o Cáucaso em penhascos duros,/ Traidor! mamaste nas hircanas tigres".

Por isso será famosa
do Henares até o Jarama,
do Tejo até o Manzanares,
do Pisuerga até o Arlanza.[8]

Bem me trocara eu com ela,
e dera ainda uma saia,
das minhas a mais vistosa,
com listras de ouro adornada.

Oh quem se vira em teus braços
ou arrimada a tua cama,
alisando-te a cabeça
e catando tuas caspas!

Muito peço e não sou digna
de mercê tão sinalada,
os pés quisera afagar-te,
pois isso à humilde já basta.

Oh quantas coifas te dera,
quantos escarpins de prata,
quantas calças de damasco,
e ferragoulos de holanda!

Quantas pérolas formosas,
como bugalhos tamanhas,
que, não tendo companheiras,
las solas bem as chamaram![9]

---

[8] A lista de rios espanhóis, próximos e familiares, parodia a delimitação tópica dos espaços literários por rios distantes ou míticos.

[9] *La Sola*, também chamada *La Peregrina* ou *La Huérfana*, por não ter igual,

Não mires de tua Tarpeia[10]
este incêndio que me abrasa,
Nero manchego do mundo,
nem o avives com tua sanha.

Nova sou, tenra pucela,
aos quinze inda não chegada,
catorze tenho e três meses,[11]
te juro em Deus e minh'alma.

Não sou maneta nem coxa,
nem tenho nenhuma tara,
os cabelos, como lírios,
que em pé pelo chão se arrastam;

bem que a boca é feita um bico
e o nariz feito batata,
meus dentes, como topázios,
por bela ao céu me levantam.

A voz, já vês se me escutas,
é tal que a mais doce iguala,
e tenho a corporatura
pouco menos que mediana.

---

era certa pérola excepcionalmente grande que se destacava entre as joias da coroa. Aparece em retratos de Margarida de Áustria e Felipe III pintados por Diego Velázquez.

[10] Joga-se aí com o romance antigo "Mira Nero de Tarpeya"; Tarpeia é a rocha da colina do Capitólio de onde o imperador teria supostamente assistido ao incêndio de Roma.

[11] Além de precisar a idade, "três meses" poderia indicar que a moça só menstruara três vezes, para reforçar sua juventude.

Estas e outras graças minhas
são presa da tua aljava,
desta casa sou donzela
e Altisidora me chamam.

Aqui findou o canto da malferida Altisidora e começou o assombro do requestado D. Quixote, o qual, dando um grande suspiro, disse entre si: "Serei tão desditoso andante que não há de haver donzela que me veja que de mim não se enamore? Será tão falta de ventura a sem-par Dulcineia d'El Toboso que a não deixarão gozar a sós da incomparável firmeza minha? Que quereis dela, rainhas? Por que a perseguis, imperatrizes? Para que a acossais, donzelas de catorze a quinze anos? Deixai, deixai que a coitada triunfe, desfrute e se ufane da sorte que Amor lhe quis dar em lhe render meu coração e lhe entregar minha alma. Olhai, caterva enamorada, que só para Dulcineia sou de massa e de alfenim, e para todas as demais sou de pederneira; para ela sou mel, para vós outras, losna; para mim só Dulcineia é a formosa, a discreta, a honesta, a galharda e a bem-nascida, e as demais, as feias, as néscias, as levianas e as de pior linhagem. Para ser só dela, e não de outra alguma, foi que a natureza me deitou ao mundo. Chore ou cante Altisidora, desespere a dama por quem me espancaram no castelo do mouro encantado, pois eu tenho de ser de Dulcineia, cozido ou assado, limpo, bem-criado e honesto, apesar de todas as potestades feiticeiras da terra".

E com isto fechou a janela de um golpe e, despeitado e pesaroso como se tivesse sofrido alguma grande desgraça, deitou-se em seu leito, onde o deixaremos por ora, porque nos está chamando o grande Sancho Pança, que quer dar princípio ao seu famoso governo.

Capítulo XLV

De como o grande Sancho Pança
tomou posse da sua ínsula
e do modo que começou a governar

Oh perpétuo descobridor dos antípodas, archote do mundo, olho do céu, doce meneador das cantimploras, timbriano aqui, Febo ali, frecheiro cá, médico acolá, pai da poesia, inventor da música, tu que sempre sais e, ainda que tal pareça, nunca te pões! A ti digo, oh sol, que ajudas o homem a gerar o homem,[1] a ti digo que me favoreças e ilumines a escuridão do meu engenho, para que eu possa alinhavar a tento a narração do governo do grande Sancho Pança, pois sem ti eu me sinto tíbio, desmazelado e confuso.

Digo, pois, que com todo o seu acompanhamento chegou Sancho a um lugar com cerca de mil moradores, que era dos melhores que o duque tinha nos seus domínios. Disseram-lhe que se chamava "a ínsula Baratária", ou porque o lugar se chamava Ba-

---

[1] Lugar-comum originado num preceito da *Física* de Aristóteles ("*Deus, sol et homo generant hominem*"). No trecho que a frase encerra encadeia-se uma série de clichês literários para referir-se a Apolo, como "timbriano", de Tímbria, cidade da Frígia consagrada a seu culto; "frecheiro", porque o deus asseteou os filhos de Níobe e Anfion; além daqueles que lhe dão a paternidade da música, da poesia e da medicina. Na tirada se encaixa burlescamente o "doce meneador das cantimploras", que alude ao prosaico recipiente em que se punham a resfriar bebidas, dentro de um balde de neve.

ratário, ou pelo barato com que se lhe dera o governo.[2] Chegando às portas da vila, que era amuralhada, saiu a vereança a recebê-lo, repicaram os sinos e todos os moradores deram mostras de geral alegria e com muita pompa o levaram à igreja matriz para dar graças a Deus, e em seguida com algumas ridículas cerimônias lhe entregaram as chaves da povoação e o admitiram como perpétuo governador da ínsula Baratária.

O traje, as barbas, a gordura e baixura do novo governador tinha admirada toda a gente que o busílis do conto não sabia, e até aqueles que o sabiam, que eram muitos. Finalmente, tirando-o da igreja, o levaram até a casa da audiência e o sentaram na cadeira do juiz, e o mordomo do duque lhe disse:

— É costume antigo nesta famosa ínsula, senhor governador, que quem vem tomar posse dela seja obrigado a responder a uma pergunta algum tanto intricada e dificultosa, de cuja resposta o povo toca e toma o pulso do engenho do seu novo governador e, assim, ou se alegra ou se entristece com a sua vinda.

Enquanto o mordomo dizia isto a Sancho, ele estava olhando umas grandes e muitas letras que na parede defronte à sua cadeira estavam escritas e, como não sabia ler, perguntou que eram aquelas pinturas que naquela parede estavam. Foi-lhe respondido:

— Senhor, aí está escrito e registrado o dia em que vossa senhoria tomou posse desta ínsula, e diz a inscrição: "Hoje, dia tanto do mês tal e do ano tal, tomou posse desta ínsula o senhor D. Sancho Pança, que muitos anos a desfrute".

— E a quem chamam "D. Sancho Pança"? — perguntou Sancho.

---

[2] "Barato" significa aqui a comissão ou propina que o jogador dava ao dono da casa de jogo ou aos assistentes que o favorecessem.

— A vossa senhoria — respondeu o mordomo —, pois nesta ínsula nunca entrou nenhum Pança que não fosse o que nessa cadeira está sentado.

— Pois então olhai, irmão — disse Sancho —, que eu não tenho "dom", e ninguém em toda a minha linhagem nunca o teve. Sancho Pança me chamam, sem mais, e Sancho se chamou meu pai, e Sancho meu avô, e todos foram Panças, sem ensanchas de dons nem donas,[3] e eu imagino que nesta ínsula deve de haver mais dons que pedras. Mas basta: Deus me entende, e pode ser que, se o governo me durar quatro dias, eu chegue a arrancar esses dons, que por sua multidão devem de irritar como mosquitos. Passe adiante com a sua pergunta o senhor mordomo, que eu responderei o melhor que souber, quer se entristeça ou não se entristeça o povo.

Nesse instante entraram na audiência dois homens, um vestido de lavrador e o outro de alfaiate, trazendo umas tesouras na mão, e o alfaiate disse:

— Senhor governador, eu e este homem lavrador vimos à presença de vossa mercê por causa de que este bom homem[4] chegou ontem à minha oficina, pois eu, com o perdão dos presentes, sou alfaiate examinado,[5] bendito seja Deus, e, pondo-me um pedaço de pano nas mãos, me perguntou: "Senhor, haveria aqui

---

[3] O jogo de palavras, em castelhano, é potencializado pela dupla acepção de *donas*, que significa também dote de casamento.

[4] "Bom homem" era tratamento depreciativo.

[5] Aquele que, após avaliação dos oficiais, era admitido na corporação. O pedido de perdão do alfaiate antes de fazer seu autoelogio se deve à má fama da categoria, que o próprio comenta em seguida, e o leva também a pronunciar a fórmula "bendito seja Deus", usada quando se ouve uma blasfêmia.

pano bastante para me fazer uma carapuça?". Eu, examinando o pano, lhe respondi que sim; ele deve de ter imaginado, segundo eu imagino, e imaginei bem, que sem dúvida eu lhe queria furtar uma parte do pano, estribado na sua malícia e na má opinião que se tem dos alfaiates, e me replicou que eu então olhasse se havia para duas. Adivinhei o seu pensamento e disse que sim, e ele, levado a galope de sua danada e primeira intenção, foi acrescentando carapuças, e eu acrescentando sim sobre sim, até que chegamos a cinco carapuças. Há pouco as veio buscar, eu lhas entreguei, e agora ele não me quer pagar a feitura, antes me pede que lhe pague ou devolva o seu pano.

— Fui tudo assim mesmo, irmão? — perguntou Sancho.

— Sim, senhor — respondeu o homem. — Mas agora vossa mercê lhe peça que mostre as cinco carapuças que me fez.

— De bom grado — respondeu o alfaiate.

E, tirando incontinente a mão de baixo do ferragoulo, mostrou nela cinco carapuças postas nas cinco cabeças dos dedos da mão, e disse:

— Eis aqui as cinco carapuças que este bom homem me pede, e em Deus e em minha consciência que não me restou nada do pano, e aqui deixo a obra para a vistoria dos vedores do ofício.

Todos os presentes se riram da multidão de carapuças e do insólito pleito. Sancho, depois de considerar um pouco, disse:

— Parece-me que neste pleito não há de haver longas dilações, senão julgar logo a juízo de bom varão; e assim eu dou por sentença que o alfaiate perca as feituras, e o lavrador o pano, e as carapuças sejam doadas aos presos da cadeia, e não se fala mais no caso.

Se a sentença da bolsa do porqueiro poria admiração aos circunstantes, esta lhes provocou o riso, mas por fim se fez o que o governador mandou. Logo se apresentaram diante dele dois homens idosos, um deles trazendo uma bengala de bambu, e o que vinha sem bengala disse:

— Senhor, dias há que emprestei a este bom homem dez escudos de ouro em ouro,[6] por lhe fazer favor e boa obra, à condição de que os voltasse quando o pedisse. Por muitos dias evitei de os pedir, para o não deixar com a volta em maior necessidade que a que ele estava quando os emprestei. Mas, por me parecer que se descuidava da paga, lhos pedi uma e muitas vezes, e ele não só não mos quer voltar, como nega meu favor e diz que nunca tais dez escudos lhe emprestei, e que, se acaso lhos emprestei, já mos voltou. Eu não tenho testemunhas nem do empréstimo nem da volta, pois tal não houve. Queria que vossa mercê lhe tomasse juramento, e, se ele jurar que mos voltou, eu lhe perdoo a dívida aqui e perante Deus.

— Que dizeis vós disso, bom velho da bengala? — disse Sancho.

Ao que o velho respondeu:

— Eu, senhor, confesso que ele mos emprestou, e vossa mercê baixe aqui a vara,[7] pois se ele faz fé no meu juramento, eu juro que lhe voltei e paguei os dez escudos real e verdadeiramente.

Baixou o governador a vara, e nesse ínterim o velho da bengala entregou a bengala ao outro velho, para que a segurasse enquanto ele jurava, como se muito o estorvasse, e em seguida pôs a mão sobre a cruz da vara, dizendo que era verdade que lhe haviam emprestado aqueles dez escudos que lhe pediam, mas que já os voltara de mão para mão, e que o outro, por não se lembrar

---

[6] Isto é, o valor equivalente a dez escudos de ouro não em moedas de prata nem de bolhão, mas de ouro mesmo.

[7] Era procedimento normal jurar com a mão posta na vara da justiça, que por via de regra tinha uma cruz incrustada ou gravada para esse fim.

disso, tornava a pedi-los repetidas vezes. Vendo o qual, o grande governador perguntou ao credor que tinha a dizer do que o seu contrário afirmava, e ele disse que sem dúvida alguma o seu devedor devia de dizer verdade, pois o tinha por homem de bem e bom cristão, e que ele devia de ter esquecido o como e o quando lhe voltara as moedas, e que dali em diante jamais lhe pediria nada. Tornou a tomar sua bengala o devedor e, baixando a cabeça, deixou a audiência. Visto o qual por Sancho, e que sem mais nem mais partia, e vendo também a paciência do demandante, inclinou a cabeça sobre o peito e, pondo o indicador da mão direita nas sobrancelhas e no nariz, ficou como pensativo por um breve espaço, depois ergueu a cabeça e mandou chamar o velho da bengala, que já partira.

Trouxeram-no, e em o vendo Sancho lhe disse:

— Dai-me, bom homem, essa bengala, que hei mister dela.

— De muito bom grado — respondeu o velho. — Ei-la aqui, senhor.

E a pôs nas mãos de Sancho. Este a tomou e, entregando-a ao outro velho, lhe disse:

— Ide com Deus, que já vais pago.

— Como assim, senhor? — respondeu o velho. — Acaso este caniço vale dez escudos de ouro?

— Vale sim — disse o governador —, ou, se não, eu sou o maior zote deste mundo, e agora se verá se tenho ou não tutano para governar todo um reino.

E mandou que ali, diante de todos, se quebrasse e abrisse a cana. Assim se fez, e no coração dela acharam dez escudos de ouro; ficaram todos admirados e tiveram seu governador por um novo Salomão.

Perguntaram-lhe donde coligira que naquele caniço estavam aqueles dez escudos, e Sancho respondeu que, tendo visto o velho que jurava dar ao seu contrário aquela bengala enquanto fazia o juramento, e jurar que lhos dera real e verdadeiramente, e, em acabando de jurar, pedir a bengala de volta, lhe veio à imaginação que dentro dela estava a paga que lhe pediam. Donde se podia coligir que os que governam, ainda quando sejam uns tolos, talvez Deus os encaminhe nos seus juízos; de mais que ouvira o padre da sua aldeia contar outro caso como aquele, e sua memória era tão grande que, se não esquecesse tudo aquilo que queria lembrar, não haveria memória igual à dele em toda a ínsula. Finalmente, o velho vexado e o outro pago se foram, e os presentes ficaram admirados, e quem escrevia as palavras, atos e movimentos de Sancho não conseguia decidir se o teria e daria por tolo ou por discreto.

Não era bem acabado esse pleito, quando entrou na audiência uma mulher fortemente agarrada de um homem vestido de porqueiro rico, a qual vinha dando grandes vozes, dizendo:

— Justiça, senhor governador, justiça! E se a não achar na terra, irei buscá-la no céu! Senhor governador da minha alma, este mau homem me apanhou no meio desses campos e se aproveitou do meu corpo como se fosse um trapo mal lavado, e, pobre de mim, me levou aquilo que eu tinha guardado há mais de vinte e três anos, defendendo-o de mouros e cristãos, de naturais e estrangeiros, e eu sempre firme como uma rocha, conservando-me inteira como a salamandra no fogo ou como lã entre sarças,[8] para que este bom homem viesse agora bulir comigo às mãos lavadas.

---

[8] Segundo a crença tradicional, a salamandra resiste ao fogo e até se regenera quando exposta a ele. A frase seguinte alude maliciosamente ao ditado "*poca lana, y ésa en zarzas*", que se aplica a um bem escasso dado como perdido ou imprestável. Recorde-se que "inteira", no contexto, significa também "virgem".

— Isso ainda se há de averiguar, se tem ou não as mãos limpas esse galã — disse Sancho.

E virando-se para o homem, lhe perguntou que dizia e respondia à querela daquela mulher. O qual, todo turbado, respondeu:

— Senhores, eu sou um pobre criador de porcos, com o perdão da má palavra, e esta manhã ia saindo deste lugar depois de vender quatro animais, que entre alcavalas e peitas me levaram pouco menos do que eles valiam. Voltava eu para minha aldeia, topei no caminho com esta boa mulher, e o diabo, que tudo arma e tudo enreda, fez que folgássemos juntos; paguei-lhe o bastante, mas ela, descontente, me agarrou e arrastou até aqui. Diz que a forcei, mas ela mente, por tudo o que juro e penso jurar; e esta é toda a verdade, sem faltar mealha.

Então o governador lhe perguntou se trazia consigo algum dinheiro em prata; ele disse ter cerca de vinte ducados guardados no peito, numa bolsa de couro. Mandou que a tirasse e a entregasse assim como estava à querelante, coisa que ele fez tremendo. Apanhou-a a mulher e, fazendo mil salamaleques a todos e pedindo a Deus pela vida e saúde do senhor governador, que tanto olhava pelas órfãs desvalidas e donzelas, deixou a audiência levando a bolsa aferrada com ambas as mãos, não sem antes ver se era mesmo de prata a moeda que tinha dentro.

Mal partira, quando Sancho disse ao porqueiro, que já estava com lágrimas nos olhos, os quais se lhe iam na bolsa junto com o seu coração:

— Bom homem, segui aquela mulher e tirai-lhe a bolsa, por mais que ela não queira, e voltai aqui com ela.

E não o disse a tolo nem a surdo, pois o porqueiro logo partiu como um raio e foi fazer o que lhe mandavam. Todos os presentes estavam suspensos, esperando o fim daquele pleito, e dali a pouco voltaram o homem e a mulher, mais agarrados e aferrados que da vez primeira, ela com o saial arregaçado entrouxando a bolsa, e o homem pelejando por tirá-la dela, mas não era possível, tal a sanha com que a mulher a defendia, dizendo em altas vozes:

— Justiça de Deus e do mundo! Olhe vossa mercê, senhor governador, a pouca vergonha e o pouco temor deste desalmado, que no meio do povoado e no meio da rua me quis tirar a bolsa que vossa mercê lhe mandou me dar.

— E ele a tirou? — perguntou o governador.

— Aqui que a tirou! — tornou a mulher. — Antes me deixara tirar a vida que a bolsa. Boa história! Venham com outras ronhas, que não a deste miserável tinhoso! Tenazes e martelos, maços e escopros não bastarão para me tirar a bolsa das unhas, nem garras de leões! Antes me arrancam a alma de meio a meio das carnes!

— Ela tem razão — disse o homem —, e eu me dou por vencido e sem forças, e confesso que as minhas não são bastantes para lhe tomar a bolsa, e assim a deixo.

Então o governador disse à mulher:

— Mostrai-me essa tal bolsa, honrada e valente mulher.

Ela a entregou ao governador, e este a voltou ao homem, dizendo à esforçada, e não forçada:

— Minha irmã, se o mesmo vigor e brio que mostrastes na defesa desta bolsa, ou pelo menos metade, mostrásseis na defesa do vosso corpo, nem as forças de Hércules vos forçariam. Ide com Deus, e muito em má hora, e não pareis em toda esta ínsula nem por seis léguas em redondo, sob pena de duzentos açoites. Andai logo, repito, embusteira, desavergonhada e embaidora!

Espantou-se a mulher e se foi cabisbaixa e malcontente, e o governador disse ao homem:

— Ide com Deus, bom homem, ao vosso lugar com o vosso dinheiro, mas, se o não quiserdes perder, procurai que daqui em diante não vos venha a vontade de folgar com ninguém.

O homem agradeceu o pior que pôde e se foi embora, e os circunstantes ficaram de novo admirados dos juízos e sentenças do seu novo governador. Todo o qual, registrado por seu cronista, foi logo escrito ao duque, que com grande desejo o estava esperando.

E deixemos aqui o bom Sancho, pois é muita a pressa que nos dá seu amo, alvoroçado com a música de Altisidora.

Capítulo XLVI

DO TEMEROSO ESPANTO CHOCALHEIRO E GATUM
QUE RECEBEU D. QUIXOTE NO DISCURSO
DOS AMORES DA ENAMORADA ALTISIDORA

Deixamos o grande D. Quixote envolto nos pensamentos que lhe causara a música da enamorada donzela Altisidora; deitou-se com eles, e como se fossem pulgas não o deixaram dormir nem sossegar um ponto, juntando-se aos que lhe faltavam de suas meias. Mas como o tempo é ligeiro e não há barranco que o detenha, correu cavaleiro das horas, e com muita presteza chegou a da manhã. O qual visto por D. Quixote, deixou as brandas penas e nada preguiçoso vestiu seu camurçado traje e calçou suas botas de caminho, para encobrir o desastre de suas meias; cobriu-se com seu manto de escarlate e pôs na cabeça um gorro de veludo verde, guarnecido de passamanes de prata; pendurou o talim dos ombros com sua boa e cortadora espada, apanhou um grande rosário que de contínuo levava consigo, e com grande prosápia e meneio tomou o rumo da antessala, onde o duque e a duquesa estavam já vestidos e como que a esperá-lo. Mas, ao passar por uma galeria, estavam à espreita dele Altisidora e a outra donzela sua amiga, e, assim como Altisidora viu D. Quixote, fingiu desmaiar, e sua amiga a amparou no seu regaço e com grande presteza ia-lhe descingir o peito. Ao ver a cena, D. Quixote se chegou a elas e disse:

— Eu sei qual é a razão destes acidentes.

— Pois eu não sei — respondeu a amiga —, porque Altisidora é a donzela mais saudável de toda esta casa, e desde que a conheço nunca lhe ouvi um ai. Malditos sejam quantos cavaleiros andantes há no mundo, se todos são assim ingratos! Vá-se embora, senhor D. Quixote, pois esta pobre menina não tornará a si enquanto vossa mercê aqui estiver.

Ao que D. Quixote respondeu:

— Trate vossa mercê, senhora, de que esta noite ponham um alaúde no meu aposento, que eu consolarei esta ferida donzela o melhor que puder, pois nos princípios amorosos os prontos desenganos soem ser qualificado remédio.

E com isto se foi, para não ser malvisto pelos que ali o vissem. Não era bem afastado quando, tornando a si, a desmaiada Altisidora disse à companheira:

— Mister será pôr-lhe o alaúde, pois sem dúvida D. Quixote nos quer dar música, e sendo dele não há de ser ruim.

Foram logo dar conta à duquesa do que se passava e do alaúde que D. Quixote pedia, e ela, sobremodo alegre, concertou com o duque e com suas donzelas de lhe fazer uma burla que fosse mais risonha que danosa, e muito contentes esperavam a noite, que veio tão depressa como viera o dia, o qual os duques passaram em saborosas conversações com D. Quixote. E naquele dia a duquesa real e verdadeiramente despachou um pajem seu — o mesmo que no bosque fizera a figura encantada de Dulcineia — para Teresa Pança, com a carta de seu marido Sancho Pança e com a trouxa de roupa que ele deixara para que lhe enviassem, encomendando-lhe trazer boa relação de tudo o que com ela tratasse.

Feito isso e chegadas as onze horas da noite, achou D. Quixote uma *vihuela* no seu aposento. Dedilhou-a, abriu a janela e ouviu que havia gente no jardim, e, tendo percorrido os trastes da *vihuela* e afinado suas cordas o melhor que soube, cuspiu e limpou o peito. Então, com uma voz rouquenha porém afinada, cantou o seguinte romance, que ele mesmo naquele dia compusera:

> — Soem as forças de amor
> desencaminhar as almas,
> tomando por instrumento
> a folga mais descuidada.
>
> Sói o coser e o lavrar
> e o estar sempre ocupada
> ser antídoto ao veneno
> das apaixonadas ânsias.
>
> As donzelas recolhidas,
> que aspiram a ser casadas,
> têm na honestidade o dote
> e a voz por que são louvadas.
>
> Os andantes cavaleiros
> e os que pela corte andam
> sempre requebram as livres,
> mas co' as honestas se casam.
>
> Amores há de levante,
> que entre hóspedes se tratam,
> e chegam logo ao poente,
> pois na partida se acabam.
>
> O amor que hoje é chegado,
> e amanhã parte à calada,
> as imagens nunca deixa
> na alma bem estampadas.

Pintura sobre pintura
nem se mostra nem sinala:
é dom da prima beleza
à segunda não dar vaza.

Dulcineia d'El Toboso
da alma na tábua rasa
tenho pintada de modo
que ninguém pode apagá-la.

A firmeza nos amantes
é a prenda mais prezada,
por quem faz amor milagres
e a si mesmo os alevanta.

A este ponto do seu canto chegava D. Quixote, a quem estavam escutando o duque e a duquesa, Altisidora e quase toda a gente do castelo, quando de improviso, de cima de um corredor que sobre a janela de D. Quixote caía a prumo, soltaram um cordel onde vinham amarrados mais de cem chocalhos, e logo atrás deles derramaram um grande saco de gatos, que também traziam chocalhos menores atados ao rabo. Foi tão grande o ruído dos chocalhos e o miar dos gatos que, se bem eram os duques os inventores da burla, ainda assim se sobressaltaram, ficando pasmo o temeroso D. Quixote. E quis a sorte que dois ou três gatos entrassem pela janela do seu quarto, e correndo de uma parte a outra parecia que uma legião de diabos andava nele: apagaram as velas que no aposento ardiam e andavam buscando por onde escapar. O descer e subir do cordel dos grandes chocalhos não cessava; a maior parte da gente do castelo, que não sabia a verdade do caso, estava suspensa e admirada. Levantou-se D. Quixote em pé e, metendo mão à espada, começou a deitar estocadas pela janela e a dizer a grandes vozes:

— Fora, malignos encantadores! Fora, canalha feiticeira, que eu sou D. Quixote de La Mancha, contra quem não valem nem têm força vossas más intenções!

E, virando-se para os gatos que andavam pelo aposento, lançou-lhes muitas cutiladas. Todos acudiram à janela e por ali saíram, menos um que, vendo-se tão acuado pela espada de D. Quixote, saltou no seu rosto e lhe aferrou as ventas com unhas e dentes, por cuja dor D. Quixote começou a dar os maiores gritos que pôde. Ouvindo o qual o duque e a duquesa, e considerando o que podia ser, com muita presteza acudiram ao seu quarto e, abrindo a porta com chave mestra, viram o pobre cavaleiro pelejando com todas as forças por arrancar o gato do rosto. Entraram com luzes e viram a desigual contenda; acudiu o duque a apartá-la, e D. Quixote disse aos brados:

— Ninguém o toque! Deixem-me sozinho com este demônio, com este feiticeiro, com este encantador, que mano a mano lhe mostrarei quem é D. Quixote de La Mancha!

Mas o gato, sem fazer caso dessas ameaças, grunhia e se fincava; até que por fim o duque o desarraigou e o botou janela afora.

Ficou D. Quixote com o rosto crivado e o nariz não muito são, mas muito despeitado por não o terem deixado rematar a batalha que tão travada tinha com aquele feiticeiro malfeitor. Mandaram trazer óleo de Aparício,[1] e a própria Altisidora com suas

---

[1] Bálsamo para curar ferimentos supostamente formulado, no século XVI, por um certo Aparicio de Zubia. Seu custo era tão alto que deu lugar à expressão "caro como aceite de Aparicio".

branquíssimas mãos lhe pôs umas vendas por toda a parte ferida e, ao pô-las, em voz baixa lhe disse:

— Todas estas mal-andanças te acontecem, empedernido cavaleiro, pelo pecado da tua dureza e pertinácia; e praza a Deus que Sancho teu escudeiro se esqueça dos açoites que deve, para que essa tua tão amada Dulcineia nunca veja o seu desencantamento, nem tu o desfrutes, nem chegues ao tálamo com ela, ao menos enquanto eu, que te adoro, for viva.

A tudo isto não respondeu D. Quixote palavra, senão deu um profundo suspiro e logo se deitou em seu leito, agradecendo aos duques a mercê, não porque ele temesse aquela canalha gatesca, encantadora e chocalheira, mas por conhecer a boa intenção com que o vieram socorrer. Os duques o deixaram sossegar e se foram remordidos pelo mau sucesso da burla, pois não cuidaram que tão pesada e custosa seria para D. Quixote aquela aventura, que lhe custou cinco dias de recolhimento e de cama, onde lhe aconteceu outra aventura de mais gosto que a passada, a qual não quer seu historiador contar agora, para acudir a Sancho Pança, que andava muito solícito e muito gracioso no seu governo.

Capítulo XLVII

Onde se prossegue como se portava Sancho Pança no seu governo

Conta a história que, da casa da audiência, levaram Sancho Pança a um suntuoso palácio, onde numa grande sala estava posta uma real e limpíssima mesa; e assim como Sancho entrou na sala, soaram charamelas e saíram quatro pajens para lhe dar água às mãos, que Sancho recebeu com muita gravidade.

Cessou a música, sentou-se Sancho à cabeceira da mesa, pois não havia outra cadeira nem outro serviço em toda ela. Postou-se ao seu lado um personagem, que depois mostrou ser médico, com uma vareta na mão. Levantaram uma riquíssima e branca toalha com que estavam cobertas as frutas e muita diversidade de pratos de diversos manjares. Um moço que parecia seminarista deitou a bênção, e um pajem pôs um babador rendado em Sancho; outro que fazia o ofício de mestre-sala chegou um prato de fruta à sua frente, mas, quando mal provara um bocado, tocou o da vareta com ela no prato e lho tiraram de perto com grandíssima celeridade; mas o mestre-sala lhe chegou outro de outro manjar. Sancho o ia provando, mas, antes que o pudesse alcançar e comer dele, já o havia tocado a vareta e um pajem o levantara com tanta pressa quanta o da fruta. Em vendo o qual, Sancho ficou suspenso e, olhando para todos, perguntou se aquela comida se havia de comer como em jogo de passe-passe. Ao que respondeu o da vara:

— Não se há de comer, senhor governador, senão como é uso e costume nas outras ínsulas onde há governadores. Eu, senhor, sou médico e estou assalariado nesta ínsula para o ser dos governadores dela, e olho por sua saúde muito mais que pela minha, estudando noite e dia e tenteando a compleição do governador para acertar a curá-lo quando cair doente; e o principal que faço é assistir aos seus almoços e jantares, deixando-lhe comer daquilo que me parece que lhe convém e tirando-lhe o que imagino que lhe há de fazer mal e ser nocivo ao seu estômago; e assim mandei tirar o prato de fruta por ser demasiadamente úmida, e o prato do outro manjar também o mandei tirar por ser demasiadamente quente e ter demasiadas especiarias, que aumentam a sede, e quem bebe muito mata e consome a umidade radical,[1] onde reside a vida.

— Dessa maneira, aquele prato de perdizes que estão ali assadas, e a meu parecer bem temperadas, não me farão mal algum.

Ao que o médico respondeu:

— Essas não comerá o senhor governador enquanto eu for vivo.

— Mas por quê? — disse Sancho.

E o médico respondeu:

— Porque nosso mestre Hipócrates, norte e luz da medicina, diz em um aforismo: "*Omnis saturatio mala, perdicis autem pessima*". Quer dizer: "Toda fartação é ruim, mas a de perdizes, péssima".[2]

— Se é assim — respondeu Sancho —, veja o senhor doutor qual dos manjares desta mesa me fará mais proveito e menos mal e me deixe comer dele sem mais me varejar; pois por vida do

---

[1] "Umidade radical": denominação eufemística do sêmen, que a fisiologia medieval considerava suporte líquido dos quatro humores galênicos.

[2] A máxima médica então em voga, atribuída a Hipócrates como todas na época, dizia *panis* (de pão) onde aqui consta *perdicis* (de perdizes).

governador, que Deus ma deixe gozar, estou morrendo de fome, e o negar-me a comida, por muito que isso pese ao senhor doutor e ele mais me diga, antes será tirar-me a vida que aumentá-la.

— Vossa mercê tem razão, senhor governador — respondeu o médico —, e assim é meu parecer que vossa mercê não coma daqueles coelhos guisados que lá estão, porque esse é manjar tão piloso quanto perigoso. Daquela vitela, não fosse ela assada e adubada, até poderia provar, mas assim, jamais.

E Sancho disse:

— Aquele pratarrão que está lá adiante fumegando parece que é olha-podrida, e, pela diversidade de coisas que há nas tais olhas, sem dúvida que hei de topar com alguma que me seja de gosto e proveito.

— *Absit!*[3] — disse o médico. — Arrede tão mau pensamento! Não há coisa no mundo de pior nutrimento que uma olha-podrida. Fiquem lá as olhas-podridas para os cônegos ou para os reitores de colégios ou para as bodas lavradorescas, e deixem-nos livres as mesas dos governadores, onde há de assistir todo o primor e todo o apuro; e a razão é porque sempre, onde e de quem quer que seja são mais estimados os medicamentos simples que os compostos, porque nos simples não se pode errar, enquanto nos compostos sim, alterando a quantidade das coisas de que são compostos. O que eu sei que o senhor governador há de comer agora para conservar e fortalecer sua saúde é um cento de canudos de hóstia e umas finas fatiazinhas de marmelada que lhe assentem o estômago e lhe auxiliem a digestão.

Ouvindo isto, Sancho se recostou no espaldar da cadeira e

---

[3] O particípio de *absum* (ausentar, afastar) vale aqui como "mantenha distância!", "longe disso".

olhou fito a fito para o tal médico, e com voz grave lhe perguntou como se chamava e onde havia estudado. Ao que ele respondeu:

— Eu, senhor governador, me chamo doutor Pedro Recio de Agüero,[4] e sou natural de um lugar chamado Tirteafuera,[5] que fica entre Caracuel e Almodóvar del Campo, à mão direita, e tenho o grau de doutor pela universidade de Osuna.

Ao que Sancho respondeu, tomado de cólera:

— Pois então, senhor doutor Pedro Recio de mau agouro, natural de Tirteafuera, lugar que fica à direita mão de quem vai de Caracuel a Almodóvar del Campo, graduado em Osuna: saia já da minha vista! Se não, voto ao sol que agarro de um bordão e às bordoadas, começando por sua mercê, não me há de restar um médico em toda a ínsula, ou pelo menos daqueles que eu entenda que são ignorantes, pois os médicos sábios, prudentes e discretos eu os porei num altar e honrarei como a pessoas divinas.[6] E torno a dizer que Pedro Recio saia daqui; se não, agarro desta cadeira onde estou sentado e a quebro na sua cabeça, e a quem me vier pedir contas direi a meu descargo que fiz um serviço a Deus em matar um mau médico, carrasco da república. E que me deem logo de comer, ou se não tomem de volta este governo, pois ofício que não dá de comer ao dono não vale duas favas.

Assustou-se o doutor ao ver o governador tão colérico e já queria tirar-se da sala, quando soou na rua uma corneta de correio, e, olhando o mestre-sala pela janela, voltou dizendo:

---

[4] O nome do médico encerra um gracejo, pois traduzido ficaria "Pedro Rijo de Agouro".

[5] O nome dessa aldeia manchega próxima de Ciudad Real pode ser lido como "*tirte afuera*" ("fora daqui!"), expressão utilizada para esconjurar o azar ou o mau agouro.

[6] Eco do Eclesiastes (38, 1).

— É correio que vem do duque meu senhor, que algum despacho de importância deve de trazer.

Entrou o correio suando e alvoroçado e, tirando um papel do peito, o entregou em mãos do governador, e Sancho o pôs nas do mordomo, a quem mandou ler o sobrescrito, que dizia assim: "A D. Sancho Pança, governador da ínsula Baratária, em suas próprias mãos ou nas do seu secretário". Ouvindo o qual, Sancho disse:

— Quem é aqui meu secretário?

E um dos presentes respondeu:

— Eu, senhor, porque sei ler e escrever, e sou vascongado.[7]

— Com esse arremate — disse Sancho — bem podeis ser secretário do próprio imperador. Abri essa carta e olhai o que diz.

Assim fez o recém-nascido secretário e, tendo lido o que dizia, disse que era um negócio para ser tratado a sós. Mandou Sancho esvaziar a sala e que ficassem somente o mordomo e o mestre-sala, e os demais e o médico se foram; e logo o secretário leu a carta, que assim dizia:

Chegou à minha notícia, senhor D. Sancho Pança, que uns inimigos meus e dessa ínsula estão prestes a lhe dar um furioso assalto não sei que noite: convém velar e estar alerta, por que a não apanhem desprevenida. Sei também por espiões de confiança que já entraram nesse lugar quatro pessoas disfarçadas para vos

---

[7] Entre os funcionários da burocracia oficial, era frequente a presença de naturais das províncias vascongadas, a ponto de um dicionário como o *Tesoro de la Lengua Castellana* registrar que "em letras e em matéria de governo e conta e razão, [os vascongados] avantajam todos os demais da Espanha, sendo muito fiéis e sofridos e perseverantes no trabalho".

*tirar a vida, porque se temem do vosso engenho: abri
o olho e vede bem quem se chega para vos falar, e não
comais de coisa que vos presentearem. Eu terei cuidado de vos socorrer se vos virdes em trabalhos, e em tudo fareis como se espera do vosso entendimento. Deste lugar, a dezesseis de agosto, às quatro da manhã.*

Vosso amigo,

O Duque

Ficou atônito Sancho, e deram mostras os circunstantes de
ficar tal como ele, que virando-se para o mordomo lhe disse:

— O que agora se há de fazer, e há de ser logo, é meter o doutor Recio num calabouço, pois se há alguém aqui que me pode
matar é ele, e de morte adminícula e péssima, como é a da fome.

— Também sou de parecer — disse o mestre-sala — que vossa mercê não coma de nada do que está nesta mesa, porque tudo
é presente de umas freiras, e, como se costuma dizer, atrás da cruz
está o diabo.

— Isso não nego — respondeu Sancho. — Mas agora me
deem um pedaço de pão e umas quatro libras de uvas, que nelas
não poderá vir veneno; pois, com efeito, não posso passar sem comer, e se é que temos de estar prontos para essas batalhas que nos
ameaçam, há mister estarmos bem fornidos, pois as tripas levam
o coração, não o coração as tripas. E vós, secretário, respondei
ao duque meu senhor e dizei-lhe que se cumprirá o que ele manda e como o manda, ponto por ponto; e dê da minha parte um
beija-mão à minha senhora a duquesa, e diga que lhe suplico não
se esqueça de mandar por um portador a minha carta e a minha
trouxa para minha mulher, Teresa Pança, que nisso me fará grande mercê, e eu tratarei de a servir em tudo que minhas forças puderem; e de caminho podeis encaixar um beija-mão ao meu se-

nhor D. Quixote de La Mancha, para que veja que sou bem-agradecido; e vós, como bom secretário e bom vascongado, podeis acrescentar tudo o que quiserdes e mais vier ao caso. E levantem logo este banquete e me deem algo de comer, que eu enfrentarei quantos espiões e matadores e encantadores vierem contra mim e sobre minha ínsula.

Nisto entrou um pajem e disse:

— Aqui está um lavrador negociante que quer tratar com vossa senhoria de um negócio, segundo ele diz, de muita importância.

— Estranho caso o destes negociantes — disse Sancho. — É possível que sejam tão néscios que não percebam que não é em semelhantes horas como estas que se deve vir negociar? Porventura os que governamos, os que somos juízes, não somos homens de carne e osso, sendo mister que nos deixem descansar o tempo que a necessidade pede, ou pensam eles que somos feitos de pedra mármore? Por Deus e em minha consciência que, se o governo me durar (que, segundo desconfio, não durará), porei na linha mais de um negociante. Agora mandai esse bom homem entrar, mas antes se veja se não é ele algum espia ou matador meu.

— Não é, senhor — respondeu o pajem —, porque parece uma alma de pomba e, ou eu sei pouco, ou ele é bom como o bom pão.

— Não há o que temer — disse o mordomo —, pois aqui estamos todos.

— Seria possível, mestre-sala — disse Sancho —, agora que não está aqui o doutor Pedro Recio, eu comer alguma coisa de peso e de sustância, nem que fosse um pedaço de pão e uma cebola?

— Esta noite no jantar se satisfará a falta da comida, e ficará vossa senhoria satisfeito e pago — disse o mestre-sala.

— Assim queira Deus — respondeu Sancho.

E nisto entrou o lavrador, que tinha muito boa presença, e a mil léguas se dava a ver que era uma boa alma. A primeira coisa que disse foi:

— Quem é aqui o senhor governador?

— Quem há de ser — respondeu o secretário —, senão quem está sentado na cadeira?

— Pois me humilho a seus pés — disse o lavrador.

E, pondo-se de joelhos, lhe pediu a mão para a beijar. Negou-lha Sancho e o mandou levantar e dizer o que queria. Assim fez o lavrador, dizendo:

— Eu, senhor, sou lavrador, natural de Miguel Turra, um lugar que fica a duas léguas de Ciudad Real.

— Outro Tirteafuera temos! — disse Sancho. — Dizei lá, irmão, pois o que eu vos posso dizer é que conheço muito bem Miguel Turra e que não fica muito longe da minha aldeia.

— É pois o caso, senhor — prosseguiu o lavrador —, que eu, pela misericórdia de Deus, sou casado na lei e na grei da santa Igreja Católica Romana; tenho dois filhos estudantes, o mais novo estudando para bacharel e o mais velho para licenciado; sou viúvo, porque minha mulher morreu, ou, para melhor dizer, foi morta por um mau médico, que a purgou estando prenhe, e se por graça de Deus o parto saísse à luz e fosse filho, eu o faria estudar para doutor, por que não tivesse inveja dos seus irmãos o bacharel e o licenciado.

— De modo que — disse Sancho —, se vossa mulher não tivesse morrido, ou não lhe houvessem dado morte, agora não seríeis viúvo?

— Não, senhor, de maneira nenhuma — respondeu o lavrador.

— Vamos bem! — replicou Sancho. — Adiante, irmão, que são horas de dormir mais que de negociar.

— Digo, pois — disse o lavrador —, que esse meu filho que há de ser bacharel se tomou de amores por uma donzela da mesma aldeia chamada Clara Perolita, filha de Andrés Perolito, lavrador riquíssimo; e este sobrenome de "Perolitos" não lhes vem de estirpe nem linhagem alguma, mas de serem todos os dessa família paralíticos, e para melhorar o nome os chamam Perolitos. Bem que, se se vai dizer a verdade, a donzela é como uma pérola oriental, e olhada pelo lado direito parece uma flor do campo; pelo esquerdo nem tanto, porque lhe falta um olho, rebentado de varíola; e se bem as bexigas do seu rosto são muitas e grandes, dizem os que a querem bem que aquelas não são bexigas, mas sepulturas onde se sepultam as almas dos seus amantes. É tão limpa que, para não sujar o rosto, traz as ventas, como dizem, arreganhadas, que mais parecem fugir da boca; e ainda assim é formosa por extremo, pois tem a boca grande, a qual, não lhe faltassem dez ou doze dentes, pudera igualar e avantajar as mais bem-formadas. Dos lábios nem tenho que dizer, porque são tão sutis e delicados que, se fosse uso fiar lábios, bem se pudera fazer deles uma madeixa; mas como têm diferente cor da que nos lábios comumente se usa, parecem milagrosos, pois são salpicados de azul, e verde, e roxo-beringela. E me perdoe o senhor governador se tão por miúdo vou pintando as prendas dessa que afinal há de ser minha filha, que quero bem e não me parece mal.

— Pintai o que quiserdes — disse Sancho —, pois eu me vou recreando na pintura e, se tivesse almoçado, para mim não haveria melhor sobremesa que o vosso retrato.

— Esta ainda está para ser servida — respondeu o lavrador —, mas tempo virá em que o sejamos, se agora não somos. E digo, senhor, que, se fosse possível pintar a sua gentileza e a altura do seu corpo, seria coisa de grande admiração, mas não é, por causa de ela estar corcovada e tolhida, tendo a boca rente aos joelhos, mas ainda assim bem se dá a ver que, se se pudesse endireitar, daria com a cabeça no teto; e ela já teria dado a mão de esposa ao meu bacharel, não fosse porque a não pode estender, pois a tem troncha, mas, ainda assim, nas unhas compridas e estriadas se mostra a sua bondade e boa feição.

— Está bem — disse Sancho. — Agora fazei conta, irmão, que já a pintastes dos pés até a cabeça. Que é o que quereis de mim? Ide logo ao ponto sem rodeios nem ruelas, nem retalhos nem ensanchas.

— Gostaria, senhor — respondeu o lavrador —, que vossa mercê me fizesse a mercê de me dar uma carta de favor para o meu consogro, suplicando-lhe seja servido que este casamento se faça, pois não somos desiguais nos bens de fortuna, nem nos da natureza. Porque, para dizer a verdade, senhor governador, o meu filho é endemoninhado, e não há dia que três ou quatro vezes não o atormentem os malignos espíritos, e por ter caído uma vez no fogo tem o rosto amarfanhado feito um pergaminho e os olhos algum tanto chorosos e mananciais; mas tem a condição de um anjo e, não sendo porque se aporreia e dá punhadas nele mesmo, seria um bendito.

— Quereis dizer mais alguma coisa, bom homem? — replicou Sancho.

— Outra coisa quisera — disse o lavrador —, que não me atrevo a dizer; mas vá lá, pois mais vale que não me apodreça no peito, pegue ou não pegue. Digo, senhor, que quisera que vossa mercê me desse uma ajuda de trezentos ou seiscentos ducados para o dote do meu bacharel; digo, de ajuda para montar sua casa, pois enfim hão de viver por si, sem estarem sujeitos às impertinências dos sogros.

— Cuidai se quereis mais alguma coisa — disse Sancho — e não a deixeis de dizer por pejo nem por vergonha.

— Não, por certo — respondeu o lavrador.

E apenas disse isto, quando, levantando-se em pé o governador, agarrou da cadeira em que estava sentado e disse:

— Voto a tal, dom vilão rústico e maldoso, que se não vos baterdes e sumirdes já da minha presença, com esta cadeira vos quebro e parto a cabeça! Fideputa velhaco, pintor do mesmo demônio, a estas horas vens aqui me pedir seiscentos ducados? Onde eu tenho esse dinheiro, hediondo? E ainda que o tivesse, por que o houvera de dar a ti, socarrão e mentecapto? Que se me dá de Miguel Turra e de toda a linhagem dos Perolitos? Fora daqui, repito; se não, por vida do duque meu senhor que faço o que tenho dito! Tu não deves de ser de Miguel Turra, mas algum socarrão mandado dos infernos para me tentar. Dize aqui, desalmado, não faz nem dia e meio que tenho o governo, e já queres que eu tenha seiscentos ducados?

Fez sinais o mestre-sala ao lavrador para que saísse da sala, coisa que este fez cabisbaixo e ao parecer temeroso de que o governador executasse a sua cólera, pois o velhacão soube fazer muito bem o seu ofício.

Mas deixemos Sancho com sua cólera, e fique a audiência em paz, e voltemos a D. Quixote, que o deixamos com o rosto vendado e curando-se das gatunas feridas, das quais não sarou em oito dias, num dos quais lhe aconteceu o que Cide Hamete promete contar usando da pontualidade e verdade com que sói contar as coisas desta história, por mínimas que sejam.

Capítulo XLVIII

DO QUE ACONTECEU COM D. QUIXOTE E Dª RODRÍGUEZ,
A DUENHA DA DUQUESA, MAIS OUTROS ACONTECIMENTOS
DIGNOS DE ESCRITURA E DE MEMÓRIA ETERNA

Assaz mofino e malencônico estava o malferido D. Quixote, vendado seu rosto e assinalado, não pela mão de Deus, mas pelas unhas de um gato, desditas anexas à andante cavalaria. Seis dias esteve sem sair em público, numa de cujas noites, estando desperto e desvelado, pensando nas suas desgraças e na perseguição de Altisidora, ouviu que com uma chave abriam a porta do seu aposento e logo imaginou que a enamorada donzela vinha sobressaltar sua honestidade e pô-lo em risco de faltar à fé que guardar devia à sua senhora Dulcineia d'El Toboso.

— Não! — disse ele, acreditando sua imaginação e com voz que pudesse ser ouvida. — Não há de ter força a maior formosura da terra para que eu deixe de adorar a que tenho gravada e estampada no meio do coração e no mais escondido das entranhas, ora estejas, senhora minha, transformada em repolhuda lavradora, ora em ninfa do dourado Tejo, tecendo panos de ouro e seda compostos, ora te tenha Merlim ou Montesinos onde eles quiserem: pois onde quer que seja és minha e onde quer que seja eu fui e hei de ser teu.

O acabar essas razões e o abrir da porta foi tudo num mesmo tempo. Pôs-se ele em pé sobre a cama, envolto de cima a baixo numa colcha de cetim amarelo, um gorro na cabeça e o rosto e os bigodes enfaixados — o rosto, por causa das arranhaduras; os bigodes, para que não se lhe desmaiassem e caíssem —, no qual traje parecia o mais extraordinário fantasma que se pudesse pensar.

Cravou os olhos na porta e, quando esperava ver entrar por ela a rendida e lastimada Altisidora, viu entrar uma reverendíssima duenha com umas toucas brancas refolhadas e longas, tanto que a cobriam e emantavam desde os pés até a cabeça. Entre os dedos da mão esquerda trazia meia vela acesa, e com a direita se fazia sombra para que a luz não lhe ferisse os olhos, os quais cobriam uns grandíssimos óculos. Vinha pisando leve e movia os pés brandamente.

Fitou-a D. Quixote da sua atalaia e quando viu seu atavio e notou seu silêncio, pensou que alguma bruxa ou maga vinha naqueles trajes fazer nele algum malefício e começou a se benzer com muita pressa. Foi-se chegando a visão e, quando chegou no meio do aposento, ergueu os olhos e viu a pressa com que D. Quixote se estava fazendo cruzes, e se ele ficou medroso em ver tal figura, ela ficou espantada em ver a dele, porque assim como o viu tão alto e tão amarelo, com a colcha e com as faixas que o desfiguravam, deu um grande grito, dizendo:

— Jesus! Que é que vejo?

E com o sobressalto deixou cair a vela e, vendo-se às escuras, virou as costas para se ir, e com o medo tropeçou em suas saias e levou uma grande queda. D. Quixote, temeroso, começou a dizer:

— Conjuro-te, fantasma, ou o que fores, a me dizeres quem és e que é o que de mim queres. Dize-me se és alma penada, que eu farei por ti tudo quanto minhas forças alcançarem, pois sou católico cristão e amigo de fazer bem a todo o mundo, e para isso tomei a ordem da cavalaria andante que professo, cujo exercício até a fazer bem às almas do purgatório se estende.

A turbada duenha, que se ouviu conjurar, por seu temor coligiu o de D. Quixote e com voz aflita e baixa lhe respondeu:

— Senhor D. Quixote, se é que vossa mercê é D. Quixote, eu não sou fantasma, nem aparição, nem alma do purgatório, como vossa mercê deve de ter pensado, mas Dª Rodríguez, a duenha de honra da minha senhora a duquesa, e venho aqui com uma necessidade das que vossa mercê sói remediar.

— Diga-me, senhora Dª Rodríguez — disse D. Quixote —, porventura vem vossa mercê terçar amores? Pois saiba que eu não sou de proveito para ninguém, por mercê da sem-par beleza da minha senhora Dulcineia d'El Toboso. Digo enfim, senhora Dª Rodríguez, que, se vossa mercê salvar e deixar de parte todo recado amoroso, pode voltar a acender a sua vela, e voltando aqui trataremos de tudo o que mais mandar e for do seu gosto, salvo, como digo, todo incitativo melindre.

— Eu a recado de alguém, senhor meu? — respondeu a duenha. — Pois sim! Vossa mercê mal me conhece, que ainda não estou em idade tão avançada para me dar a semelhantes enredos, pois, Deus louvado, tenho meu viço nas carnes e todos meus dentes e queixais na boca, afora alguns poucos usurpados por uns catarros, muito ordinários nesta terra de Aragão. Mas vossa mercê me espere um pouco, vou acender a minha vela e voltarei num instante para contar as minhas coitas, como ao remediador de todas as do mundo.

E sem esperar resposta saiu do aposento, onde ficou D. Quixote sossegado e pensativo à sua espera. Mas logo lhe sobrevieram mil pensamentos acerca daquela nova aventura, e pareceu-lhe ser mal feito e pior pensado pôr-se em perigo de romper a fé prometida à sua senhora, e disse para si:

— Quem sabe se o diabo, que é sutil e manhoso, não quer confundir-me agora com uma duenha o que não conseguiu com imperatrizes, rainhas, duquesas, marquesas nem condessas? Pois já muitas vezes e de muitos discretos ouvi dizer que, podendo, ele tenta com a feia antes que com a bonita. E quem sabe se esta solidão, esta ocasião e este silêncio não podem despertar meus desejos adormecidos e fazer que ao cabo dos meus anos venha a cair onde nunca tropecei? E em casos semelhantes é melhor fugir que esperar a batalha. Mas eu não devo de estar no meu juízo, que tais disparates digo e penso, pois não é possível que uma duenha tão brancamente toucada, estirada e antolhada possa mover nem levantar pensamento lascivo no mais desalmado peito do mundo. Porventura há duenha na terra que tenha boas carnes? Porventura há duenha no orbe não seja impertinente, encrespada e melindrosa? Fora então, caterva duenhesca, inútil para todo humano regalo! Oh quão bem fazia aquela senhora de quem se diz que ao pé do seu estrado tinha duas duenhas de fábrica, com seus óculos e almofadinhas, como se estivessem fazendo lavores, e tanto lhe serviam para o aparato da sala aquelas estátuas como duenhas verdadeiras.

E dizendo isto se lançou fora do leito com intenção de trancar a porta e não deixar entrar a senhora Rodríguez; mas quando estava para trancá-la, já a senhora Rodríguez voltava, acesa uma vela de cera branca, e quando viu D. Quixote mais de perto, envolto na colcha, com as ataduras e o gorro, ou barrete, temeu de novo e, recuando como dois passos, disse:

— Posso entrar segura, senhor cavaleiro? Que não tenho por muito honesto sinal ter-se vossa mercê levantado do seu leito.

— O mesmo é bem que eu pergunte, senhora — respondeu D. Quixote —, e assim pergunto se estarei seguro de ser acometido e forçado.

— De quem ou a quem pedis tal segurança, senhor cavaleiro? — respondeu a duenha.

— A vós e de vós a peço — replicou D. Quixote —, porque nem eu sou de mármore, nem vós de bronze, nem agora são dez horas, senão meia-noite, e até um pouco mais, segundo imagino, e num aposento mais fechado e secreto do que devia ser a gruta onde o traidor e atrevido Eneias desfrutou da formosa e piedosa Dido. Mas dai-me, senhora, a mão, que eu não quero outra segurança maior que a da minha continência e recato e a que as vossas reverendíssimas toucas oferecem.

E dizendo isto beijou sua própria mão direita e tomou a dela, que lha deu com as mesmas cerimônias.

Aqui faz Cide Hamete um parêntese e diz, por Maomé, que para ver o par assim tomado e enlaçado ir da porta ao leito daria o melhor cafetã dos dois que tinha.

Entrou enfim D. Quixote em seu leito, e ficou Dª Rodríguez sentada numa cadeira algum tanto afastada da cama, não se despojando dos óculos nem da vela. D. Quixote se encolheu e se cobriu todo, não deixando mais que o rosto descoberto, e tendo-se os dois sossegado, o primeiro a romper o silêncio foi D. Quixote, dizendo:

— Pode vossa mercê agora, minha senhora Dª Rodríguez, descoser-se e desembuchar tudo aquilo que tem dentro do seu coitado coração e lastimadas entranhas, que será por mim escutada com castos ouvidos e socorrida com piedosas obras.

— Assim creio — respondeu a duenha —, pois da gentil e grata presença de vossa mercê não se podia esperar senão tão cristã resposta. É pois o caso, senhor D. Quixote, que, conquanto vossa mercê me veja sentada nesta cadeira, em pleno reino de Aragão e em hábito de duenha aniquilada e castigada, sou natural das Astúrias de Oviedo,[1] e de tal linhagem que por ela atra-

---

[1] A parte ocidental das Montanhas de Leão, tida como berço da nobreza espanhola de ascendência visigótica (ver *DQ* I, cap. XXXIX, nota 1).

vessam muitas das melhores daquela província. Mas minha escassa sorte e o descuido dos meus pais, que empobreceram antes do tempo, sem saber como nem como não, me trouxeram à corte em Madri, onde, por bem de paz e por escusar maiores desventuras, me acomodaram no serviço de donzela de uma principal senhora; e quero fazer sabedor a vossa mercê de que em fazer debruns e lavor branco nenhuma me avantajou em toda a vida. Meus pais me deixaram servindo e se tornaram para sua terra, e dali a poucos anos lhes coube subir ao céu, porque eram boníssimos e católicos cristãos. Fiquei órfã e dependente do miserável salário e das estreitas mercês que às tais criadas se sói dar em palácio, e neste tempo, sem que eu desse ocasião para tanto, se enamorou de mim um escudeiro da casa, homem já entrado em dias, barbudo e apessoado e, por cima, fidalgo como o mesmo rei, porque era montanhês.[2] Não tratamos os nossos amores tão secretamente que não chegassem à notícia da minha senhora, a qual, por escusar mexericos, nos casou em paz e perante a santa madre Igreja Católica Romana, de cujo matrimônio nasceu uma filha para aniquilar a minha ventura, se alguma eu tinha, não porque morresse do parto, que o tive direito e no tempo certo, mas porque dali a pouco morreu o meu esposo de um certo susto que teve, que, a ter agora lugar para contá-lo, sei que vossa mercê se admiraria.

E nisto começou a chorar ternamente, e disse:

— Vossa mercê me perdoe, senhor D. Quixote, que isto não está em minha mão, pois todas as vezes que me lembro do meu malogrado se me arrasam os olhos de lágrimas. Valha-me Deus, com que autoridade ele levava a minha senhora às ancas de uma

---

[2] A presunção de alta estirpe dos montanheses de Leão era frequente motivo de zombaria na literatura da época.

poderosa mula, negra como o mesmo azeviche! Pois então não se usavam andas nem cadeirinhas, como agora dizem que se usam, e as senhoras iam às ancas dos seus escudeiros. E ao menos isto não posso deixar de contar, para que se note a criação e pontualidade do meu bom marido: ao entrar na rua de Santiago em Madri, que é um tanto estreita, vinha saindo por ela um meirinho da corte com dois quadrilheiros[3] à frente, e assim como meu bom escudeiro o viu, virou as rédeas à mula, dando sinal de voltar para acompanhá-lo.[4] Minha senhora, que ia às ancas, com voz baixa lhe disse: "Que fazeis, maldito? Não vedes que vou aqui?". O meirinho, por cortesia, colheu as rédeas ao cavalo e disse: "Segui o vosso caminho, senhor, pois sou eu quem deve acompanhar minha senhora Dª Casilda", que esse era o nome da minha ama. Ainda porfiava meu marido, com o gorro na mão, em querer acompanhar o meirinho; vendo o qual minha senhora, cheia de cólera e raiva, tirou um alfinete grosso ou talvez um ferrão do estojo e o cravou pelos lombos do meu marido, de maneira que ele deu uma grande voz e torceu o corpo de sorte que deu com sua senhora no chão. Acudiram dois lacaios dela a levantá-la, e o mesmo fez o meirinho e os quadrilheiros; alvoroçou-se a Porta de Guadalajara,[5] digo, a gente vadia que nela estava; veio-se a pé a minha ama, e o meu marido acudiu à casa de um barbeiro, dizen-

---

[3] Membros da Santa Irmandade, espécie de polícia das estradas (ver *DQ* I, cap. X, nota 2 e cap. XVI, notas 4 e 5).

[4] Considerava-se um gesto de deferência para com as pessoas respeitáveis, ou das quais se queria obter algum favor.

[5] Zona comercial de Madri próxima à praça da Villa, defronte à embocadura da rua de Santiago, onde costumavam reunir-se grupos de desocupados. Era um dos quatro pontos da cidade onde se liam éditos e pregões públicos.

do que levava as entranhas varadas de parte a parte. Divulgou-se a cortesia do meu esposo, tanto que os rapazes zombavam dele pelas ruas, e por isso, e por ter a vista um tanto curta, minha senhora a duquesa o despediu, de cujo pesar sem dúvida alguma tenho para mim que se causou o mal da sua morte. Fiquei viúva e desamparada, e com filha para sustentar, a qual ia crescendo em formosura como a espuma do mar. Finalmente, como eu tivesse fama de grande lavradeira, minha senhora a duquesa, que estava recém-casada com o duque meu senhor, quis trazer-me consigo a este reino de Aragão, e à minha filha nem mais nem menos, onde, dias indo e dias vindo, cresceu minha filha, e com ela todo o donaire do mundo. Canta como uma cotovia, dança como o pensamento, baila como uma perdida,[6] lê e escreve como um mestre-escola e conta como um avarento. Da sua limpeza não digo nada, pois a água que corre não é mais limpa, e deve de ter agora, se mal não me lembro, dezesseis anos, cinco meses e três dias, um mais ou menos. Em conclusão, dessa minha menina se tomou de amores o filho de um lavrador riquíssimo que vive numa aldeia do duque meu senhor, não muito longe daqui. Com efeito, não sei como nem como não, eles se juntaram, e com a palavra de ser seu esposo abusou da minha filha, e agora não a quer cumprir, e apesar de o duque meu senhor saber disso, porque a ele me queixei, não uma, mas muitas vezes, pedindo-lhe que mandasse o tal lavrador se casar com minha filha, faz orelhas de mercador

---

[6] Havia uma grande diferença entre *danza* e *baile*; a primeira correspondia aos nobres e se desenvolvia com movimentos contidos e regrados, sobretudo dos pés; o segundo, próprio das classes populares, permitia evoluções bem mais amplas, envolvendo braços, cintura e ombros, e era considerado obsceno pela elite aristocrática.

e mal me quer ouvir, e a causa disso é que, como o pai do burlador é muito rico e lhe empresta dinheiro e de contínuo sai por fiador de suas dívidas, não o quer descontentar nem contrariar em nenhum modo. Quisera pois, senhor meu, que vossa mercê tomasse a seu cargo o desfazer este agravo, seja por rogos ou já por armas, pois, segundo todo o mundo diz, vossa mercê nasceu nele para os desfazer e para endireitar os tortos e amparar os miseráveis, e mire vossa mercê a orfandade da minha filha, sua gentileza, sua mocidade, mais todas suas boas prendas já ditas, que em Deus e minha consciência, de quantas donzelas tem a minha senhora, não há nenhuma que chegue à sola do seu sapato, e uma que chamam Altisidora, que é a que se tem por mais desenvolta e galharda, posta em comparação com a minha filha não lhe chega a duas léguas. E quero que vossa mercê saiba, senhor meu, que nem tudo que reluz é ouro, porque essa Altisidorelha tem mais de presunção que de formosura, e mais de desenvolta que de recatada, e por cima não está lá muito sã, pois tem um certo mau hálito que faz insofrível o estar junto dela um momento que seja. E até minha senhora a duquesa... quero calar, pois se costuma dizer que as paredes têm ouvidos.

— Que tem minha senhora a duquesa, por vida minha, senhora Dª Rodríguez? — perguntou D. Quixote.

— Com esse conjuro — respondeu a duenha —, não posso deixar de responder à sua pergunta com toda a verdade. Vê vossa mercê, senhor D. Quixote, a formosura da minha senhora a duquesa, aquela tez do seu rosto, que não parece senão de uma espada tersa e brunida, com aquelas duas faces de leite e de carmim, que numa tem o sol e na outra a lua, e aquela galhardia com que vai pisando e até desprezando o chão, que não parece senão que vai derramando saúde por onde passa? Pois saiba vossa mercê que tudo isso ela o pode agradecer primeiro a Deus, mas logo a duas fontes que tem nas pernas, por onde se deságua todo o mau humor do qual dizem os médicos que está cheia.[7]

— Virgem santa! — disse D. Quixote. — É possível que minha senhora a duquesa tenha tais desaguadouros? Não crera nisso ainda que mo dissessem frades descalços; mas sendo a senhora Dª Rodríguez quem o diz, assim deve de ser. Bem que tais fontes e em tais lugares não devem de manar humor, senão âmbar líquido. Verdadeiramente, agora acabo de crer que o abrir tais fontes deve de ser coisa importante para a saúde.

Mal acabara D. Quixote de dizer esta razão, quando com um grande golpe abriram as portas do aposento, e com o sobressalto deixou Dª Rodríguez cair a vela, e ficou o quarto feito boca de lobo, como se costuma dizer. Logo sentiu a pobre duenha que lhe agarravam a garganta com duas mãos, tão fortemente que sequer a deixavam ganir, e que outra pessoa com muita presteza, sem falar palavra, levantava suas saias e com uma que parecia chinela começava a lhe dar tantos açoites que fazia dó; e posto que D. Quixote o sentisse, não se movia do leito, e sem saber o que podia ser aquilo ficava quieto e calado, temendo que também viesse por ele toda a turma e tunda açoitesca. E não foi vão seu temor, porque, depois de os calados carrascos moerem a duenha (a qual não ousava se queixar), acudiram a D. Quixote e, despojando-o do lençol e da colcha, o beliscaram tão miúda e rijamente que não pôde deixar de se defender às punhadas, e tudo isto em silêncio admirável. Durou a batalha quase meia hora, foram-se os fantasmas, recolheu Dª Rodríguez as saias e, gemendo sua desgraça, se foi pela porta afora, sem dizer palavra a D. Quixote,

---

[7] Chamavam-se "fontes" as chagas supurantes ou as incisões que os médicos faziam nas pernas para drenar o "mau humor".

o qual, doloroso e beliscado, confuso e pensativo, ficou só, onde o deixaremos desejoso de saber quem era o perverso encantador que assim o havia deixado. Mas isso se dirá a seu tempo, que Sancho Pança nos chama e o bom concerto da história o pede.

Capítulo XLIX

Do que aconteceu com Sancho Pança rondando a sua ínsula

Deixamos o grande governador agastado e mofino com o lavrador pintor e socarrão, o qual, industriado pelo mordomo, e o mordomo pelo duque, faziam todos burla de Sancho; mas ele, apesar de tolo, bronco e grosso, a todos arrostava firme e disse aos que com ele estavam, e ao doutor Pedro Recio, que em se acabando o segredo da carta do duque voltara a entrar na sala:

— Agora verdadeiramente entendo que os juízes e governadores devem de ser ou hão de ser de bronze para não sentir as importunidades dos negociantes, que a toda hora e a todo tempo querem que os escutem e despachem, só atendendo ao seu negócio, venha o que vier, e se o pobre do juiz não os escuta e despacha, ou porque não pode ou porque não é aquele o tempo sinalado para lhes dar audiência, logo os maldizem e murmuram e os roem até os ossos, e por cima lhes deslindam as linhagens. Negociante néscio, negociante mentecapto, não te apresses; espera a sazão e conjuntura para negociar: não venhas à hora de comer nem de dormir, que os juízes são de carne e osso e hão de dar à natureza o que ela naturalmente lhes pede, salvo eu, que não dou de comer à minha por mercê do senhor doutor Pedro Recio Tirteafuera, aqui presente, que quer que eu morra de fome e afirma que esta morte é vida, que Deus assim a dê a ele e a todos os da sua laia, digo à dos maus médicos, pois a dos bons palmas e lauros merece.

Todos os que conheciam Sancho Pança se admiravam ouvindo-o falar tão elegantemente, e não sabiam a que atribuí-lo, senão a que os ofícios e cargos graves ou apuram ou entorpecem o entendimento. Finalmente, o doutor Pedro Recio Agüero de Tirteafuera prometeu que lhe iria dar de comer naquela noite, ainda que atropelasse todos os aforismos de Hipócrates. Com isto ficou contente o governador, esperando com grande ânsia a chegada da noite e a hora de jantar; e ainda que o tempo, ao seu parecer, estivesse quedo, sem se mover do lugar, por fim lhe chegou o que ele tanto desejava, no qual lhe deram de jantar um salpicão de vaca com cebola e umas mãos cozidas de vitela algum tanto entrada em dias. Tudo atacou com mais gosto que se lhe tivessem servido francolins de Milão, faisões de Roma, vitelas de Sorrento, perdizes de Morón ou gansos de Lavajos, e durante o jantar, tornando-se para o doutor, lhe disse:

— Olhai, senhor doutor: daqui em diante é bem que vos não cureis em me dar de comer coisas regaladas e manjares curiosos, pois tudo isso só fará desandar o meu estômago, que está acostumado a cabra, vaca, toucinho, chacina, nabos e cebolas, e se acaso lhe dão outros manjares de palácio, ele os recebe com melindre e até com ânsias. O que o mestre-sala pode fazer é trazer-me essas que chamam olhas-podridas, que quanto mais podres melhor cheiram, e nelas pode meter e encerrar tudo o que quiser, como seja de comer, que eu um dia lhe hei de agradecer e pagar; e que ninguém faça burla de mim, porque ou somos ou não somos: vivamos todos e comamos em boa paz e companhia, pois quando Deus manda chuva, é para todos. Eu governarei esta ínsula sem perdoar direito nem tirar proveito, e que todo o mundo ande de olho alerta e cada qual olhe o seu, pois lhes faço saber que o diabo está em Cantillana[1] e que, se me derem ocasião, logo

---

[1] O ditado, que indica a iminência de confusões, termina "... *urdiendo la tela y tramando la lana*" (urdindo o tecido e tramando a lã).

hão de ver maravilhas. Não, senão fazei-vos mel, e comer-vos-ão as moscas.

— Sem dúvida, senhor governador — disse o mestre-sala —, que vossa mercê tem muita razão em tudo quanto disse, e eu afirmo em nome de todos os insulanos desta ínsula que hão de servir a vossa mercê com toda a pontualidade, amor e benevolência, pois o suave modo de governar que vossa mercê mostrou nestes princípios não lhes dá lugar a fazer nem a pensar coisa que em desserviço de vossa mercê redunde.

— Assim creio — respondeu Sancho —, e seriam eles uns néscios se outra coisa fizessem ou pensassem, e torno a dizer que se tenha conta no meu sustento e no do meu ruço, que é o que neste negócio importa e faz mais ao caso; e quando for chegada a hora, vamos rondar,[2] que é minha intenção limpar esta ínsula de todo gênero de imundícia e de gente vagamunda, gandaieira e mal ocupada. Pois quero que saibais, amigos, que a gente vadia e preguiçosa é na república o mesmo que os zangões nas colmeias, que comem o mel feito pelas trabalhadoras abelhas. Penso favorecer os lavradores, guardar as preeminências dos fidalgos, premiar os virtuosos e, sobretudo, ter respeito à religião e à honra dos religiosos. Que vos parece, amigos? Digo algo ou falo vento?

— Diz tanto vossa mercê, senhor governador — disse o mordomo —, que estou admirado de ver um homem tão sem letras como vossa mercê, que segundo creio não tem nenhuma, dizer tais e tantas coisas cheias de sentenças e de avisos, tão fora de tudo aquilo que do engenho de vossa mercê esperavam os que

---

[2] Era prática comum as autoridades políticas exercerem diretamente a vigilância, acompanhando a ronda noturna.

nos enviaram e os que aqui viemos. A cada dia se veem coisas novas no mundo: as burlas se tornam em veras, e os burladores se acham burlados.

Chegou a noite e jantou o governador, com licença do senhor doutor Recio. Aparelharam-se para a ronda; saiu com o mordomo, o secretário e o mestre-sala, mais o cronista, que tinha o cuidado de pôr em memória seus feitos, e meirinhos e escrivães, tantos que podiam formar um mediano esquadrão. Ia Sancho entre todos com sua vara, que era muito para ver, e andando poucas ruas do lugar ouviram rumor de espadas; acudiram lá e viram que eram só dois homens os que brigavam, os quais ao verem chegar a justiça se aquietaram, e um deles disse:

— Aqui de Deus! Aqui del rei! Como se há de suportar que roubem neste lugar em povoado e saiam a saltear no meio das suas ruas?

— Sossegai-vos, homem de bem — disse Sancho —, e contai-me qual é a causa desta pendência, que eu sou o governador.

O outro contrário disse:

— Senhor governador, eu a direi com toda a brevidade. Vossa mercê há de saber que este gentil-homem acaba agora de ganhar, sabe Deus como, mais de mil reais nesta casa de jogo aqui fronteira; e achando-me eu presente julguei em seu favor mais de uma sorte duvidosa, contra tudo o que me ditava a consciência; ele se retirou com o ganho e, quando eu esperava que me desse ao menos um escudo de barato, como é uso e costume dar aos homens principais que como eu estamos assistentes para o bem e o mal passar e para apoiar sem-razões e evitar pendências, ele embolsou seu dinheiro e se foi da casa. Eu saí despeitado atrás dele, e com boas e corteses palavras lhe pedi que me desse pelo menos oito reais, pois sabe que eu sou homem honrado, e se não tenho ofício nem benefício é porque meus pais não mo ensinaram nem deixaram; e o socarrão, que não é mais ladrão que Caco nem mais magano que o cujo, não queria me dar mais que quatro reais... Para que veja vossa mercê, senhor governador, a pouca-vergonha e pouca consciência deste tal! Mas à fé que, se vossa mercê não chegasse, eu o faria vomitar o ganho e ele havia de saber com quantos paus se faz uma cangalha.

— Que dizeis disso? — perguntou Sancho.

E o outro respondeu que era verdade tudo quanto seu contrário dizia e que não lhe quisera dar mais que quatro reais, porque lhos dava muitas vezes, e os que esperam barato devem de ser comedidos e receber com rosto alegre o que lhes derem de grado, sem entrarem em contas com os ganhosos, se já não souberem de certo que são trapaceiros e que o que ganham é mal ganho; e que por sinal de que ele era homem de bem, e não ladrão como o outro dizia, nenhum havia maior que o não lhe ter querido dar nada, pois sempre os maganos são tributários dos mirões que os conhecem.

— Assim é — disse o mordomo. — Veja vossa mercê, senhor governador, que é que se há de fazer destes homens.

— O que se há de fazer é isto — respondeu Sancho: — vós, ganhoso bom, ou mau, ou indiferente, dai a este vosso afoito espadista logo cem reais, mais trinta que haveis de desembolsar para os pobres da prisão; e vós que não tendes ofício nem benefício, e errais vadio nesta ínsula, tomai logo esses cem reais e no dia de amanhã, sem falta, deixai esta ínsula desterrado por dez anos, sob pena, se desobedecerdes, de os cumprir na outra vida, pendurado que sereis numa picota por minha própria mão, ou do carrasco por mim mandado; e que ninguém me replique, pois comigo se verá.

Desembolsou um, recebeu o outro; este se foi da ínsula e aquele para sua casa, e o governador ficou dizendo:

— E agora, se não posso pouco, fecharei essas casas de jogo, pois tenho para mim que são muito prejudiciais.

— Ao menos esta — disse um escrivão — não poderá vossa mercê fechar, porque é de um grande personagem, e é sem comparação o que ele perde por ano com o que tira do baralho. Contra outros garitos de menos conta poderá vossa mercê mostrar o seu poder, que são os que mais dano fazem e mais insolências encobrem, que nas casas dos cavaleiros principais e dos senhores não se atrevem os famosos trapaceiros a usar de suas tretas; e pois o vício do jogo já se fez exercício comum, melhor é que se jogue em casas principais, e não na de algum oficial,[3] onde apanham os coitados à noite alta e os esfolam vivos.

— Agora, escrivão — disse Sancho —, vejo que há muito que dizer disso.

E nisto chegou um beleguim trazendo um moço pela mão, e disse:

— Senhor governador, este mancebo vinha para nós e, assim como avistou a justiça, virou as costas e pegou a correr feito um gamo: sinal de que deve ser algum delinquente; eu parti atrás dele, e se não fosse porque tropeçou e caiu, nunca o alcançaria.

— Por que fugias, homem? — perguntou Sancho.

Ao que o moço respondeu:

— Senhor, por escusar de responder às muitas perguntas que as justiças fazem.

— Que ofício tens?

— Tecelão.

— E que teces?

---

[3] "Oficial": aquele que exerce um ofício, artífice, aqui contraposto aos nobres, aos quais o trabalho manual era vedado (cf. *DQ* I, prólogo, nota 3).

— Varas de lanças, com boa licença de vossa mercê.

— Com graças respondeis? De chocarreiro figurais? Muito bem! E agora aonde íeis?

— A tomar ar, senhor.

— E onde se toma o ar nesta ínsula?

— Onde ele sopra.

— Bom, respondeis muito a propósito! E já que sois tão discreto, mancebo, fazei conta que eu sou o ar e que vos sopro em popa e vos encaminho à prisão. Eia, apanhai-o e levai-o, que esta noite o farei dormir lá sem ar!

— Pardeus — disse o moço —, que assim me fará vossa mercê dormir na prisão como me fará rei!

— E por que eu não te faria dormir na prisão? — respondeu Sancho. — Não tenho poder para te prender e soltar sempre e quando eu quiser?

— Por mais poder que vossa mercê tenha — disse o moço —, não será bastante para me fazer dormir na prisão.

— Como não? — replicou Sancho. — Levai-o logo aonde com seus olhos veja o desengano, por muito que o meirinho queira usar com ele da sua interesseira liberalidade, pois lhe porei pena de dois mil ducados se ele o deixar arredar um passo da prisão.

— Tudo isso é coisa de riso — respondeu o moço. — Pois digo e afirmo que quantos hoje vivem não me farão dormir na prisão.

— Vem cá, demônio — disse Sancho —, tens acaso algum anjo que te livre e tire os grilhões que te penso mandar pôr?

— Ora, senhor governador — respondeu o moço com muito bom donaire —, entremos em razão e vamos ao ponto. Suponha vossa mercê que me manda levar à prisão e que nela me põem grilhões e cadeias e que me metem num calabouço, e põem ao meirinho graves penas se me deixar sair, e que ele tudo cumpre como lhe mandam. Apesar de tudo isto, se eu não quiser dormir e resolver ficar a noite toda desperto e sem pegar o olho, será vossa mercê poderoso o bastante para me fazer dormir, se eu não quiser?

— Não, por certo — disse o secretário —, e o homem se saiu com bem com sua intenção.

— De modo — disse Sancho — que não deixareis de dormir por outra coisa que não seja vossa vontade, e não para contrariar a minha.

— Não, senhor — disse o moço —, nem por pensamento.

— Pois ide com Deus — disse Sancho — a dormir em vossa casa, e Deus vos dê bom sonho, que eu não vo-lo quero tirar; mas vos aconselho a daqui em diante não fazer burla da justiça, pois topareis com alguma que vo-la tornará dobrada.

Foi-se o moço, e o governador prosseguiu sua ronda, e dali a pouco vieram dos beleguins trazendo um homem, dizendo:

— Senhor governador, este que parece homem o não é, senão mulher, e não feia, que vem vestida em trajes de homem.

Chegaram-lhe aos olhos duas ou três lanternas, a cujas luzes se mostrou um rosto mulher, ao parecer de dezesseis ou poucos mais anos, presos os cabelos numa redinha de ouro e seda verde, formosa como mil pérolas. Olharam-na de cima a baixo e viram que trazia meias de seda encarnada com ligas de tafetá branco e franjas de ouro e aljôfar; os calções eram verdes, de tecido de ouro, e uma saltimbarca[4] ou roupeta do mesmo, folgada, embaixo da qual trazia uma finíssima camisa de ouro e seda branca, e os sapatos também brancos e de homem; não levava espada cingida, mas uma riquíssima adaga, e nos dedos muitos e

---

[4] Capote rústico, aberto dos lados, semelhante ao dos marinheiros.

boníssimos anéis. Enfim, a moça parecia bem a todos, e ninguém de quantos a viram a conheceu, e os naturais do lugar disseram que não podiam imaginar quem fosse, e os consabedores das burlas que se haviam de fazer a Sancho foram os que mais se admiraram, porque aquele sucesso e achamento não vinha preparado por eles, e assim estavam duvidosos, esperando que fim teria o caso. Sancho ficou pasmo com a formosura da moça e lhe perguntou quem era, aonde ia e que ocasião a movera a se vestir naquele hábito. Ela, postos os olhos no chão com honestíssima vergonha, respondeu:

— Não posso, senhor, dizer tão em público o que tanto me importava fosse segredo. Uma coisa quero que se entenda: que não sou ladrão nem pessoa facinorosa, senão uma donzela infeliz, a quem a força dos ciúmes fez quebrar o decoro que à honestidade se deve.

Ouvindo isto o mordomo, disse a Sancho:

— Faça, senhor governador, afastar o povo, porque esta senhora com menos embaraço possa dizer o que quiser.

Assim mandou o governador, afastaram-se todos, a não ser o mordomo, o mestre-sala e o secretário. Vendo-se então sós, a donzela prosseguiu dizendo:

— Eu, senhores, sou filha de Pedro Pérez Mazorca, arrendador das lãs deste lugar,[5] o qual sói muitas vezes ir em casa do meu pai.

— Isso não pode ser, senhora — disse o mordomo —, porque eu conheço Pedro Pérez muito bem e sei que não tem filho nenhum, nem varão nem fêmea; e a mais dizeis que é ele vosso

---

[5] Arrendador das lãs: funcionário que arrendava a negociação da lã e cobrava os impostos sobre a mercadoria.

pai, mas logo acrescentais que sói ir muitas vezes em casa do vosso pai.

— Eu também já havia reparado nisso — disse Sancho.

— Agora, senhores, estou tão confusa que não sei o que digo — respondeu a donzela —, mas a verdade é que eu sou filha de Diego de la Llana, que vossas mercês todos devem de conhecer.

— Isso já pode ser — respondeu o mordomo —, pois eu conheço Diego de la Llana e sei que é um fidalgo principal e rico e que tem um filho e uma filha, e que depois que enviuvou não há ninguém em todo este lugar que possa dizer que viu o rosto da sua filha, a qual ele mantém tão encerrada que não dá lugar ao sol para que a veja, e diz a fama que é em extremo formosa.

— Isso é verdade — respondeu a donzela —, e essa filha sou eu; se a fama mente ou não na minha formosura, já vos haveis de ter desenganado, senhores, pois já me vistes.

E nisto começou a chorar brandamente, em vista do qual o secretário se chegou ao ouvido do mestre-sala e lhe disse muito baixo:

— Sem dúvida alguma que a esta pobre donzela deve de ter acontecido alguma coisa de importância, pois, sendo tão principal, em tal traje e a tais horas anda fora da sua casa.

— Disso não há o que duvidar — respondeu o mestre-sala —, a mais que essa suspeita é confirmada por suas lágrimas.

Sancho a consolou com as melhores razões que soube e lhe pediu que sem temor algum lhes dissesse o que lhe acontecera, que todos procurariam remediá-lo com muitas veras e por todos os meios possíveis.

— É o caso, senhores — respondeu ela —, que meu pai me teve encerrada por dez anos, que são os mesmos que minha mãe está debaixo da terra. Em casa dizem missa num rico oratório, e em todo este tempo eu não tenho visto mais que o sol do céu de dia e a lua e as estrelas de noite, nem sei que são ruas, praças nem templos, nem tampouco homens, afora meu pai e um irmão meu, mais Pedro Pérez, o arrendador, que por entrar de ordinário em minha casa se me deu de dizer que era meu pai, para não revelar o meu. Esta clausura e este negar-me o sair de casa, sequer à igreja, há muitos dias e meses que me tem muito desconsolada. Quisera eu ver o mundo, ou ao menos o lugar onde nasci, parecendo-me que este desejo não ia contra o bom decoro que as donzelas principais devem guardar para si mesmas. Quando ouvia dizer que corriam touros e jogavam canas[6] e se representavam comédias, pedia ao meu irmão, que é um ano mais novo que eu, que me dissesse que coisas eram aquelas, e outras muitas que eu nunca vi; ele mo declarava pelos melhores modos que sabia, mas tudo só fazia atiçar o desejo de o ver. Finalmente, para abreviar o conto da minha perdição, digo que roguei e pedi ao meu irmão, e antes jamais o tivesse pedido nem rogado...

E tornou a renovar seu pranto. O mordomo lhe disse:

— Prossiga vossa mercê, senhora, e acabe de nos dizer o que lhe aconteceu, pois suas palavras e suas lágrimas nos têm a todos suspensos.

— Poucas me ficam por dizer — respondeu a donzela —, mas muitas lágrimas, sim, por chorar, porque os desejos mal encaminhados só podem trazer consigo outros danos dessa monta.

Tomara assento na alma do mestre-sala a beleza da donzela, e chegou ele outra vez sua lanterna para vê-la de novo, e pareceu-lhe que não eram lágrimas que chorava, mas aljôfar ou orvalho

---

[6] O jogo de canas era uma justa festiva em que os cavaleiros, em vez de lança, portavam caniços frágeis, que se quebravam ao primeiro contato, sem causar dano.

dos prados, e até as levantava um ponto e guindava a pérolas orientais, e estava desejando que a sua desgraça não fosse tanta como davam a entender os indícios do seu pranto e dos seus suspiros. Desesperava o governador da tardança que levava a moça em dilatar a sua história, e lhe disse que acabasse de os ter assim suspensos, pois era tarde e faltava muito que andar do povoado. Ela, entre interruptos soluços e mal formados suspiros, disse:

— Não é outra minha desgraça, nem meu infortúnio é outro senão ter rogado ao meu irmão que me emprestasse suas roupas para vestir-me em hábitos de homem e me levasse uma noite para ver todo o povoado, quando nosso pai dormisse; ele, importunado dos meus rogos, condescendeu com o meu desejo e, pondo-me eu estas roupas e vestindo-se ele de outras minhas, que lhe caíram como fossem dele, porque não tem pelo de barba e parece tal e qual uma donzela formosíssima, esta noite, faz coisa de uma hora, pouco mais ou menos, saímos de casa e, guiados pelo nosso jovem e desbaratado discurso, rodeamos todo o povoado, e quando íamos voltando para casa vimos chegar um grande tropel de gente, e o meu irmão me disse: "Irmã, esta deve de ser a ronda; aligeira e põe asas nos pés, e vem correndo atrás de mim por que não nos conheçam, pois tal nos será grande dano". E dizendo isto virou as costas e começou, não digo a correr, mas a voar; eu, com o sobressalto, a menos de seis passos caí, e então chegou o ministro da justiça, que me trouxe até vossas mercês, onde por má e caprichosa me vejo envergonhada perante tanta gente.

— Tendes certeza, senhora — disse Sancho —, que não vos sucedeu outro dano algum, nem ânsias vos tiraram da vossa casa, como no princípio do vosso conto dissestes?

— Não me sucedeu nada nem me tirou de casa ânsia alguma senão o desejo de ver o mundo, que não se estendia a mais que a ver as ruas deste lugar.

E para acabar de confirmar a verdade do que a donzela dizia, chegaram os beleguins trazendo preso o irmão dela, que um deles alcançara ao se escapulir da irmã. Não trazia senão um rico fraldelim e uma mantilha de damasco azul com passamanes de ouro fino, a cabeça sem touca nem outra coisa adornada que não seus próprios cabelos, que eram anéis de ouro, segundo eram louros e riçados. Apartaram-se com ele governador, mordomo e mestre-sala, e sem que o ouvisse sua irmã lhe perguntaram por que vinha naqueles trajes, e ele, com não menos vergonha e embaraço, contou o mesmo que sua irmã havia contado, do qual recebeu grande gosto o enamorado mestre-sala. Mas o governador lhes disse:

— Por certo, senhores, que esta foi só uma grande travessura, e para contar tal necedade e atrevimento não eram mister tantas delongas nem tantas lágrimas e suspiros, pois com dizer "somos fulano e fulana, que com esta manobra saímos da casa dos nossos pais a espairecer, só por curiosidade e sem outro desígnio algum" estava acabado o conto, sem tamanho rosário de gemidos e choramingos.

— Isto é verdade — respondeu a donzela —, mas saibam vossas mercês que foi tanta a minha confusão, que me não deixou guardar os termos devidos.

— Não se perdeu nada — respondeu Sancho. — Vamos, e deixaremos vossas mercês na casa do seu pai: talvez não vos tenha dado por falta. E daqui em diante não se mostrem tão crianças nem tão desejosos de ver mundo, pois a donzela honrada, em casa e de perna quebrada, e a mulher e a galinha por andar se perdem asinha, e a que é desejosa de ver, também tem desejo de ser vista. E não digo mais.

O mancebo agradeceu ao governador a mercê que lhes queria fazer de torná-los à sua casa, e assim se encaminharam para ela, pois não ficava muito longe dali. Chegaram, pois, e atirando o irmão uma pedrinha numa janela, logo desceu uma criada, que os estava esperando, e lhes abriu a porta, e eles entraram, deixando a todos admirados assim da sua gentileza e formosura como do desejo que tinham de ver mundo de noite e sem sair do lugar; mas tudo o atribuíram à sua pouca idade.

Ficou o mestre-sala com o coração trespassado e se resolveu a logo no dia seguinte pedi-la ao seu pai por mulher, tendo por certo que não lha negaria, por ser ele criado do duque; e até Sancho acalentou desejos e tenções de casar o moço com Sanchica, sua filha, e determinou de o pôr em prática no devido tempo, convencido de que à filha de um governador nenhum marido se lhe podia negar.

Com isto se acabou a ronda daquela noite, e dali a dois dias o governo, com o qual se esboroaram e apagaram todos os seus desígnios, como se verá adiante.

Capítulo L

ONDE SE DECLARA QUEM ERAM OS ENCANTADORES
E CARRASCOS QUE AÇOITARAM A DUENHA
E BELISCARAM E ARRANHARAM D. QUIXOTE,
MAIS O SUCESSO QUE TEVE O PAJEM QUE LEVOU A CARTA
A TERESA SANCHA, MULHER DE SANCHO PANÇA

Diz Cide Hamete, pontualíssimo esquadrinhador dos átomos desta verdadeira história, que, quando Dª Rodríguez saiu do seu aposento para ir ao quarto de D. Quixote, outra duenha que com ela dormia a ouviu e, como todas as duenhas são amigas de saber, entender e cheirar a vida alheia, se foi atrás dela, e com tanto silêncio que a boa da Rodríguez não se deu conta; e assim como a duenha a viu entrar no quarto de D. Quixote, por que não faltasse nela o geral costume que todas as duenhas têm de serem mexeriqueiras, no mesmo instante correu a soprar à sua senhora a duquesa que Dª Rodríguez andava no aposento de D. Quixote.

A duquesa o contou ao duque e lhe pediu licença para que ela e Altisidora fossem ver o que aquela duenha queria com D. Quixote; o duque lha deu, e as duas, com grande tento e sossego, pé ante pé se foram pôr junto à porta do aposento, e tão perto que ouviam tudo o que dentro falavam, e quando a duquesa ouviu que a Rodríguez ia apregoando a abundância das suas fontes, não se pôde conter, nem menos Altisidora, e assim cheias de cólera e desejosas de vingança entraram em tropel no aposento e crivaram D. Quixote e vapularam a duenha do modo que foi contado; porque as afrontas que vão direitas contra a formosura e vaidade das mulheres despertam nelas grande ira e lhes acendem o desejo de vingança.

Contou a duquesa ao duque o que lhe acontecera, com o que ele muito folgou, e a duquesa, prosseguindo com sua intenção de fazer burla e tomar passatempo de D. Quixote, despachou o pajem que havia feito a figura de Dulcineia no concerto do seu desencantamento (por então bem esquecido de Sancho Pança, lá muito ocupado com seu governo) para levar a Teresa Pança, sua mulher, a carta do seu marido, mais outra dela própria e um grande ramal de ricos corais presenteado.

Diz pois a história que o pajem era muito discreto e agudo, e com desejo de servir aos seus senhores partiu de muito bom grado para o lugar de Sancho, e antes de entrar nele viu num regato lavando roupa grande quantidade de mulheres, às quais perguntou se lhe saberiam dizer se naquele lugar morava uma mulher chamada Teresa Pança, mulher de um certo Sancho Pança, escudeiro de um cavaleiro chamado D. Quixote de La Mancha; a cuja pergunta se levantou em pé uma mocinha que estava lavando e disse:

— Essa Teresa Pança é minha mãe, e esse tal Sancho, meu senhor pai, e o tal cavaleiro, nosso amo.

— Pois então vinde, donzela — disse o pajem —, e mostrai-me a vossa mãe, porque lhe trago uma carta e um presente do tal vosso pai.

— Isso farei de muito bom grado, senhor meu — respondeu a moça, que mostrava ser de idade de catorze anos, pouco mais ou menos.

E deixando a roupa que lavava com outra companheira, sem se toucar nem calçar, pois estava de pernas nuas e desgrenhada, saltou diante da cavalgadura do pajem e disse:

— Venha cá vossa mercê, que à entrada do povoado está a

nossa casa, e a minha mãe nela, com grande pena por não ter novas do senhor meu pai há muitos dias.

— Pois eu lhas levo tão boas — disse o pajem —, que terá de dar graças a Deus por elas.

Finalmente, saltando, correndo e pulando, chegou a rapariga ao povoado, e antes de entrar em sua casa disse a brados da porta:

— Saia, mãe Teresa, saia, saia, que aqui vem um senhor trazendo cartas e outras coisas do meu bom pai.

A cujos brados saiu Teresa Pança, sua mãe, fiando um floco de estopa, com uma saia parda (parecia, por tão curta, que a tivessem cortado por vergonhoso lugar[1]), com um corpinho também pardo e uma camisa decotada. Não era muito velha, posto que mostrasse passar dos quarenta, mas forte, rija, nervuda e enxuta; a qual vendo sua filha, e o pajem a cavalo, disse àquela:

— Que é isso, menina? Que senhor é esse?

— É um servidor da minha senhora Dª Teresa Pança — respondeu o pajem.

E dizendo e fazendo saltou do cavalo abaixo e se foi com muita humildade pôr de joelhos aos pés da senhora Teresa, dizendo:

— Dê-me vossa mercê suas mãos, minha senhora Dª Teresa, bem assim como mulher legítima e particular do senhor D. Sancho Pança, governador próprio da ínsula Baratária.

— Ai, senhor meu, levante-se daí, não faça isso — respondeu Teresa —, que eu não sou nada palaciana, mas apenas uma

---

[1] Entre os castigos infamantes reservados às prostitutas estava o de cortar suas saias, como se diz no romanceiro, *"por vergonzoso lugare"*, que se transformara em frase proverbial de caráter cômico.

530

pobre lavradora, filha de um ganhão e mulher de um escudeiro andante, e não de governador algum.

— Vossa mercê — respondeu o pajem — é mulher digníssima de um governador arquidigníssimo, e para prova desta verdade receba vossa mercê esta carta e este presente.

E tirou no mesmo instante da algibeira um ramal de corais com padres-nossos de ouro e o lançou ao seu pescoço, dizendo:

— Esta carta é do senhor governador, e outra que trago e estes corais são da minha senhora a duquesa, que a vossa mercê me envia.

Ficou pasma Teresa, e sua filha nem mais nem menos, e a moça disse:

— Que me matem se não anda nisso o nosso senhor amo D. Quixote, que deve de ter dado ao pai o governo ou condado que tantas vezes lhe havia prometido.

— Isso é verdade — respondeu o pajem —, pois por respeito do senhor D. Quixote é agora o senhor Sancho governador da ínsula Barataria, como se verá nesta carta.

— Leia vossa mercê essas letras, senhor gentil-homem — disse Teresa —, porque, ainda que eu saiba fiar, não sei ler migalha.

— Nem eu — acrescentou Sanchica —, mas esperem aqui, que eu irei chamar quem a leia, ora seja o padre mesmo ou o bacharel Sansón Carrasco, que virão de muito bom grado a saber novas do meu pai.

— Não há para que chamar ninguém, pois eu não sei fiar, mas sei ler e a lerei.

E assim lhes leu toda a carta de Sancho, que por já referida não se põe aqui, e logo tirou outra da duquesa, que dizia desta maneira:

Amiga Teresa: As boas prendas da bondade e do engenho do vosso marido Sancho me moveram e obrigaram a pedir ao meu marido o duque lhe desse um governo de uma ínsula, das muitas que tem. Tenho notícia de que ele governa como uma águia, pelo que estou muito contente, e o duque meu senhor pelo conseguinte, e assim dou muitas graças ao céu por me não ter enganado em escolhê-lo para o tal governo; porque quero que saiba a senhora Teresa que com dificuldade se acha um bom governador no mundo, e tomara Deus me agasalhe como Sancho governa.

Aí lhe envio, querida minha, um ramal de corais com padres-nossos de ouro: mais me folgara que fosse de pérolas orientais, mas quem te dá um osso não te quer ver morta; tempo virá em que nos conheçamos e nos comuniquemos, e Deus sabe o que será. Encomende-me a Sanchica sua filha e diga-lhe da minha parte que se vá aparelhando, que a hei de casar altamente quando ela menos o pensar.

Dizem que nesse lugar há gordas bolotas: envie-me umas duas dúzias, que as estimarei em muito por serem da sua mão, e escreva-me largo avisando-me da sua saúde e do seu bem-estar; e se houver mister alguma coisa, bastará pedir por boca, que a receberá à sua medida, e Deus a guarde.

Deste lugar, sua amiga que lhe quer bem,

A Duquesa

— Ai — disse Teresa em ouvindo a carta —, que senhora mais boa, lhana e humilde! Com essas tais senhoras quero que me enterrem, e não com as fidalgas ordinárias neste povoado, que pensam que por serem fidalgas nem o vento as há de tocar e vão para a igreja com tanta fantasia como se fossem rainhas, que parecem ter por desonra olhar para uma lavradora; e olhai aqui como esta boa senhora, com ser duquesa, me chama amiga e me trata como se eu fosse a sua igual, quando aqui a vejo igual ao mais alto campanário que há em La Mancha. E no que toca às bolotas, senhor meu, eu enviarei à sua senhoria um celamim das que por gordas são de ver e admirar. E agora, Sanchica, cuida que este senhor se regale: põe seu cavalo em ordem e traz ovos do estábulo e corta toucinho à farta, que vamos dar-lhe de comer como a um príncipe, pois pelas boas-novas que nos trouxe e pela boa cara que tem ele tudo merece; e entretanto vou dar às minhas vizinhas as novas do nosso contento, e também ao padre-cura e a mestre Nicolás, o barbeiro, que tão amigos são e têm sido do teu pai.

— Assim farei, mãe — respondeu Sanchica —, mas olhe que me há de dar metade desse ramal, pois não tenho minha senhora a duquesa por tão boba que a tenha enviado inteira a vossa mercê.

— É toda para ti, filha — respondeu Teresa —, mas deixa apenas que eu a leve alguns dias ao pescoço, pois verdadeiramente parece que me alegra o coração.

— Também se alegrarão — disse o pajem — quando virem que a trouxa que trago aqui é de uma roupa de pano finíssimo que o governador somente um dia levou à caça, e que a envia toda para a senhora Sanchica.

— Que viva ele mil anos — respondeu Sanchica —, e quem a traz nem mais nem menos, e até dois mil se for necessidade.

Saiu-se então Teresa fora de casa com as cartas e com o ramal ao pescoço, e ia tangendo as cartas como se fossem um pandeiro; e encontrando-se por acaso com o padre e Sansón Carrasco, começou a bailar e a dizer:

— À fé que agora não há parente pobre! Governinho temos! Pois que se venha a ver comigo a mais pintada fidalga, e farei que se arrependa!

— Que é isso, Teresa Pança? Que loucuras são estas e que papéis são esses?

— Não é outra a loucura senão que estas são cartas de duquesas e de governadores, e estes que trago ao pescoço são corais finos as ave-marias, e os padres-nossos ouro de martelo, e eu sou governadora.

— De Deus abaixo ninguém há que vos entenda, Teresa, nem saiba que coisas dizeis.

— Pois aí o podem ver — respondeu Teresa.

E lhes entregou as cartas. Leu-as o padre de modo que as ouviu Sansón Carrasco, e Sansón e o padre se olharam um ao outro como admirados do que liam, e perguntou o bacharel quem trouxera aquelas cartas. Respondeu Teresa que fossem com ela até sua casa e veriam o mensageiro, que era um mancebo como um pino de ouro, e que trazia outro presente de mais valor ainda. Tirou-lhe o padre os corais do pescoço e os mirou e remirou, e certificando-se de que eram finos tornou a se admirar de novo e disse:

— Por meu hábito que não sei o que diga nem o que pense destas cartas e destes presentes: por um lado, vejo e toco a fineza destes corais, e por outro leio que uma duquesa manda pedir duas dúzias de bolotas.

— Vai tudo muito fora das medidas! — disse então Carrasco. — Pois bem, vamos lá ver o portador destas folhas, que dele averiguaremos as dificuldades que se nos oferecem.

Assim fizeram, e se voltou Teresa com eles. Acharam o pajem peneirando um pouco de cevada para a sua cavalgadura e Sanchica cortando um bom naco de toucinho para o mexer com ovos e dar de comer ao pajem, cuja presença e bom adorno muito contentou aos dois; e depois de o saudarem cortesmente, e ele a eles, pediu-lhe Sansón novas assim de D. Quixote como de Sancho Pança, pois, tendo lido as cartas de Sancho e da senhora duquesa, ainda estavam confusos e não acabavam de atinar com o que seria aquilo do governo de Sancho, e muito menos de uma ínsula, sendo todas ou as mais que há no mar Mediterrâneo de Sua Majestade. Ao que o pajem respondeu:

— De que o senhor Sancho Pança seja governador, não há o que duvidar; de que seja ou não ínsula o que ele governa, nisso não me intrometo, bastando que seja um lugar de mais de mil vizinhos; e quanto às bolotas, digo que minha senhora a duquesa é tão lhana e tão humilde que nem diria o mandar pedir bolotas a uma lavradora, mas por vezes mandava pedir um pente emprestado a uma vizinha sua. Pois quero que vossas mercês saibam que as senhoras de Aragão, com serem tão principais, não são tão melindrosas e emproadas quanto as senhoras castelhanas; com mais lhaneza sabem tratar as gentes.

Estando no meio dessas conversações, entrou Sanchica com uma arregaçada de ovos e perguntou ao pajem:

— Diga-me, senhor: desde que é governador, meu senhor pai porventura usa calças bufantes?

— Nisso não reparei — respondeu o pajem —, mas os deve de usar, sim.

— Ai, meu Deus — replicou Sanchica —, será muito para ver o meu pai com peidorreiras! Sabem que desde que nasci queria ver o meu pai com calças atacadas?[2]

---

[2] "Peidorreiras": chamavam-se burlescamente *pedorreras* as calças bufantes. "Calças atacadas": as que traziam presilhas para serem amarradas ao gibão, de preço proibitivo para os pobres.

— Com essas e muitas mais coisas o verá vossa mercê se viver — respondeu o pajem. — Pardeus que ele leva jeito de encasquetar boas carapuças, com só dois meses que o seu governo durar.

Bem viram o padre e o bacharel que o pajem falava por mofa; mas tudo contrariava a fineza dos corais e da roupa de caça que Sancho enviava (que já Teresa lhes mostrara), e não deixaram de se rir do desejo de Sanchica, e mais quando Teresa disse:

— Senhor padre, veja se há por aí alguém que vá a Madri ou a Toledo para que me compre uma saia de roda, de boa obra e feitio, que seja ao uso e das melhores que houver, pois em verdade, em verdade que tenho de honrar o governo do meu marido em tudo quanto eu puder, e querendo ou não me toca ir a essa corte a andar de coche como todas, que mulher de marido governador o pode muito bem ter e sustentar.

— E como, mãe! — disse Sanchica. — Quisera Deus que antes fosse hoje que amanhã, por mais que dissesse quem me visse sentada com a minha senhora mãe naquele coche: "Olhai aquela tal, filha do farto de alhos, como vai no coche metida e engomada, como se fosse uma papisa!". Mas eles que pisem a lama, e ande eu no meu coche, levantados os pés do chão. Mau ano e mau mês para quantos murmuradores há no mundo, e ande eu quente, e ria-se a gente! Digo bem, minha mãe?

— E como dizes bem, filha! — respondeu Teresa. — E todas essas venturas, e até maiores, já me profetizou o meu bom Sancho, e verás, filha, como ele não para até me fazer condessa, pois tudo é começar a ser venturosas. E como muitas vezes ouvi dizer do teu bom pai (que assim é teu como dos ditados), quando te derem o bacorinho, corre com o baracinho: quando te derem um governo, apanha-o; quando te derem um condado, agarra-o; e quando te assoviarem com alguma boa dádiva, embucha o que vier. Não, senão dormi e não respondais às venturas e ditas que estão chamando à porta da vossa casa!

— Pois a mim não se me dá uma mínima — acrescentou Sanchica — que diga quem quiser, quando me veja toda arrebicada e pomposa, "lá vai a gralha com penas de pavão...", e tudo o mais.

Ouvindo o qual, disse o padre:

— Eu só me posso dar a crer que todos os desta linhagem dos Panças nasceram cada um com um fardo de ditados no corpo: não vi nenhum deles que não os derrame a todas as horas e em todas as conversações que tem.

— Isso é verdade — disse o pajem —, pois o senhor governador Sancho a cada passo solta um; e ainda que muitos não venham a propósito, sempre dão gosto, e minha senhora a duquesa e o duque muito os festejam.

— Ainda porfia vossa mercê, senhor meu — disse o bacharel —, ser verdade isso do governo de Sancho e de que há duquesa no mundo que lhe envia presentes e lhe escreve? Porque nós aqui, por mais que toquemos os presentes e leiamos as cartas, não o podemos crer, e pensamos que esta é uma das coisas de D. Quixote, nosso conterrâneo, que todas pensa serem feitas por encantamento; e assim estou para dizer que quero tocar e apalpar vossa mercê, para ver se é embaixador fantástico ou homem de carne e osso.

— Senhores, eu só sei dizer de mim — respondeu o pajem — que sou embaixador verdadeiro, e do senhor Sancho Pança que é governador efetivo, e que meus senhores duque e duquesa lhe podem dar e deram o tal governo, e que ouvi dizer que o tal Sancho Pança nele se porta valentissimamente. Se nisto há encantamento ou não, vossas mercês o disputem lá entre si, que eu não sei outra coisa alguma, com juramento por vida de meus pais, que os tenho vivos e os amo e lhes quero muito bem.

— Bem poderá ser assim — replicou o bacharel —, mas *dubitat Augustinus*.[3]

— Duvide quem duvidar — respondeu o pajem —, a verdade é a que tenho dito, que há de andar sempre sobre a mentira, como o óleo sobre a água; se não, "*operibus credite, et non verbis*":[4] que algum de vossas mercês venha comigo e verá com os olhos o que não creem pelos ouvidos.

— Essa ida toca a mim — disse Sanchica. — Leve-me vossa mercê, senhor, às ancas do seu rocim, que eu irei de muito bom grado a ver o meu senhor pai.

— As filhas dos governadores não hão de ir sozinhas pelos caminhos, senão acompanhadas de carroças e liteiras e de grande número de serventes.

— Pardeus — respondeu Sancha — que eu posso ir tão bem sobre uma jerica como sobre um coche. Muito melindrosa houvera de ser!

— Calada, mocinha — disse Teresa —, que não sabes o que dizes, e este senhor está no certo, pois conforme o tempo, assim o tento: quando Sancho, Sancha, e quando governador, senhora, e não sei se diga algo.

— Mais diz a senhora Teresa do que pensa — disse o pajem.

— E deem-me de comer e despachem-me logo, pois penso voltar esta tarde.

Ao que disse o padre:

— Vossa mercê virá fazer penitência comigo, pois a senhora Teresa tem mais vontade do que baixela para servir a tão bom hóspede.

---

[3] "Santo Agostinho o põe em dúvida", bordão dos exercícios estudantis de dialética e filosofia.

[4] "Acreditai nas obras, e não nas palavras", frase já citada (cap. XV, nota 9).

Recusou o pajem o convite, mas por seu bem teve de o aceitar, e o padre o levou consigo de bom grado, por tomar ocasião de lhe perguntar por miúdo de D. Quixote e suas façanhas.

O bacharel se ofereceu para escrever a Teresa as cartas da resposta, mas ela não quis que o bacharel se metesse em suas coisas, pois o achava um tanto quanto pulhista, e assim deu um bolo e dois ovos a um coroinha que sabia escrever, o qual lhe escreveu duas cartas, uma para seu marido e outra para a duquesa, ditadas da sua própria cachimônia, que não são das piores que nesta grande história se põem, como adiante se verá.

Capítulo LI

Do progresso do governo de Sancho Pança, mais outros sucessos igualmente bons

Amanheceu o dia seguinte à noite da ronda do governador, a qual o mestre-sala passou sem dormir, ocupado seu pensamento no rosto, brio e beleza da disfarçada donzela; e o mordomo ocupou o que dela restava em escrever aos seus senhores o que Sancho Pança fazia e dizia, tão admirado de seus feitos como de seus ditos, pois andavam misturadas suas palavras e suas ações com assomos discretos e tolos.

Levantou-se enfim o senhor governador, e por ordem do doutor Pedro Recio lhe deram em desjejum alguma fruta cristalizada e quatro goles de água fria,[1] coisa que Sancho bem trocara por um pedaço de pão e um cacho de uvas; mas vendo que ali entrava mais a força que a vontade, passou aquilo com muita dor da sua alma e fadiga do seu estômago, fazendo-lhe crer Pedro Recio que os manjares poucos e delicados espertavam o engenho, que era o que mais convinha às pessoas constituídas em cargos e em ofícios graves, onde aproveitam não tanto as forças corporais quanto as do entendimento.

---

[1] O desjejum mais popular entre os espanhóis da época consistia numa dose de aguardente e umas lascas de *letuario* (casca de laranja glaçada com mel). Aqui o "doutor" tratou de substituir o álcool por uma bebida luxuosa em moda entre os ricos e apreciada por suas supostas propriedades medicinais: a água esfriada com neve.

Com esta sofistaria padecia fome Sancho, e tanta que em segredo amaldiçoava o governo, e também a quem lho dera; mas com sua fome e sua conserva se pôs a julgar aquele dia, e a primeira coisa que se lhe ofereceu foi uma pergunta que um forasteiro lhe fez, estando a tudo presentes o mordomo e os demais acólitos, que foi:

— Senhor, um caudaloso rio dividia dois termos de um mesmo senhorio (e esteja vossa mercê atento, porque o caso é de importância e algum tanto dificultoso). Digo, pois, que sobre esse rio havia uma ponte, e ao cabo dela uma forca e uma que parecia casa de audiência, na qual de ordinário havia quatro juízes que julgavam a lei posta pelo dono do rio, da ponte e do senhorio, que era nesta forma: "Se alguém passar por esta ponte de uma parte a outra, há de jurar primeiro aonde e a que vai; e se jurar verdade, que o deixem passar, e se disser mentira, morra por isso enforcado na forca que lá se mostra, sem remissão alguma". Sabida essa lei e a rigorosa condição dela, passavam muitos, e já na jura se dava a ver que diziam verdade, e os juízes os deixavam passar livremente. Aconteceu, pois, que, tomando juramento de um homem, este jurou e deu por jura que ia para morrer naquela forca que lá estava, e não outra coisa. Repararam os juízes no juramento e disseram: "Se deixarmos este homem passar livremente, terá mentido no seu juramento, e conforme a lei deve morrer; e se o enforcarmos, como ele jurou que ia para morrer naquela forca, terá jurado verdade, e pela mesma lei deve ser livre". Pede-se a vossa mercê, senhor governador, que farão os juízes do tal homem, que até agora estão duvidosos e suspensos e, tendo notícia do agudo e elevado entendimento de vossa mercê, me enviaram para que da sua parte suplicasse a vossa mercê desse o seu parecer em tão intricado e duvidoso caso.

Ao que Sancho respondeu:

— Por certo que esses senhores juízes que a mim vos enviam poderiam ter escusado o trabalho, porque eu sou homem que tem mais de mostrengo que de agudo; mas, contudo, repeti-me outra vez o negócio de maneira que eu o entenda: até poderia ser que desse com a malha no fito.

Tornou outra e mais outra vez o perguntante a referir o que primeiro dissera, e Sancho disse:

— A meu parecer, esse negócio o declararei em duas palhetadas, e desta maneira: o tal homem jura que vai para morrer na forca, e se morrer nela, jurou verdade e pela lei posta merece ser livre e passar a ponte; e se não o enforcarem, jurou mentira e pela mesma lei merece que o enforquem.

— Assim é como o senhor governador diz — disse o mensageiro —, e quanto ao inteiro entendimento do caso não há mais que pedir nem que duvidar.

— Pois eu digo agora — replicou Sancho — que deixem passar aquela parte desse homem que jurou verdade, e a que disse mentira a enforquem, e desta maneira se cumprirá ao pé da letra a condição da passagem.

— Então, senhor governador — replicou o perguntador —, será necessário dividir o tal homem em duas partes, uma mentirosa e outra verdadeira; e se ele for dividido, por força há de morrer, e assim não se conseguirá coisa alguma do que a lei pede, quando é de expressa necessidade que se cumpra com ela.

— Vinde cá, senhor bom homem — respondeu Sancho —, esse passante que dizeis, ou eu sou um zote, ou ele tem a mesma razão para morrer que para viver e passar a ponte, pois se a verdade o salva, a mentira o condena; e sendo isto assim, como é, sou de parecer que digais a esses senhores que para mim vos enviaram que, postas em balança e pesando igualmente as razões de o condenar ou absolver, eles o deixem passar livremente, pois sempre é mais louvado o fazer bem que mal. E isto eu o daria assinado com meu próprio nome, se soubesse assinar, e neste caso não falei de meu tino, mas de um preceito que me veio à memória, entre outros muitos que me deu meu amo D. Quixote a noite antes de eu vir a ser governador desta ínsula, e foi que quando a justiça estivesse em dúvida eu me decantasse e acolhesse à misericórdia, e Deus quis que agora o lembrasse, por cair como luva neste caso.

— Assim é — respondeu o mordomo —, e tenho para mim que o próprio Licurgo, que deu leis aos lacedemônios, não pudera dar melhor sentença que a que o grande Pança deu neste ponto. E com isto se acabe a audiência desta manhã, e eu darei ordem para que o senhor governador coma muito a seu gosto.

— Isso peço, sem engano — disse Sancho. — Que me deem de comer, e chovam casos e dúvidas sobre mim, que eu tudo aparo no ar.

Cumpriu sua palavra o mordomo, parecendo-lhe ser cargo de consciência matar de fome um tão discreto governador, de mais que pensava concluir com ele aquela mesma noite fazendo-lhe a última burla que trazia encomendada.

Sucedeu, pois, que, tendo comido aquele dia contra as regras e aforismos do doutor Tirteafuera, ao levantar da mesa entrou um correio com uma carta de D. Quixote para o governador. Mandou Sancho que o secretário a lesse para si e, como não viesse nela alguma coisa digna de segredo, a lesse em voz alta. Assim fez o secretário, e, depois de a repassar, disse:

— Bem se pode ler em voz alta, pois o que o senhor D. Quixote escreve a vossa mercê merece estar estampado e escrito com letras de ouro, e diz assim:

Carta de D. Quixote de La Mancha a Sancho Pança, governador da ínsula Baratária

Quando esperava ouvir novas dos teus descuidos e impertinências, Sancho amigo, as ouvi das tuas discrições, dando eu por isso particulares graças ao céu, que do esterco sabe levantar os pobres,[2] e dos tolos fazer discretos. Aqui me dizem que governas como se fosses homem, e que és homem como se fosses besta, segundo é a humildade com que te tratas: e quero que advirtas, Sancho, que muitas vezes convém e é necessário, pela autoridade do ofício, ir contra a humildade do coração, porque o bom adorno da pessoa que está posta em graves cargos há de ser conforme ao que eles pedem, e não à medida do que o inclina sua humilde condição. Trata de vestir bem, pois um poste adornado não parece poste: não digo que uses pendericalhos nem galas, nem que, sendo juiz, te vistas como soldado, mas que te atavies com o hábito que o teu ofício requer, o qual cumpre ser limpo e bem-composto.

Para ganhar a vontade do povo que governas, entre outras hás de fazer duas coisas: uma, ser bem-criado com todos, conselho este que já te dei antes; e a outra, procurar a fartura dos mantimentos, pois não há coisa que mais fatigue o coração dos pobres que a fome e a carestia.

---

[2] Frase bíblica (Samuel, 2, 8; Salmos, 112, 7) revestida de valor proverbial.

Não faças muitas pragmáticas[3] e, se as fizeres, trata de que sejam boas, e sobretudo que se guardem e cumpram, pois as pragmáticas que não se guardam é como se não existissem, antes dão a entender que o príncipe que teve discrição e autoridade para as fazer não teve valor para fazer que se guardassem; e as leis que intimidam e não se executam vêm a ser como o tronco, rei das rãs,[4] que de princípio as espantou, mas com o tempo o menosprezaram e montaram sobre ele.

Sê pai das virtudes e padrasto dos vícios. Não sejas sempre rigoroso nem sempre brando, escolhendo o meio entre esses dois extremos, pois aí está o ponto da discrição. Visita as prisões, os açougues e as feiras, pois a presença do governador em tais lugares é de muita importância: consola os presos, que esperam a brevidade do seu livramento; é terror dos açougueiros, que diante dele acertam os pesos, e espantalho das mercadeiras, pela mesma razão. Não te mostres (ainda que porventura o sejas, o qual não creio) cobiçoso, mulherengo nem glutão; porque em sabendo o povo e os que te tratam da tua determinada inclinação, por ali te darão bateria, até derrubar-te no profundo da perdição.

Mira e remira, passa e repassa os conselhos e documentos que te dei por escrito antes que daqui partisses para o teu governo, e verás como neles encontrarás, se os guardares, uma ajuda de custa que te alivie

---

[3] Éditos ou decretos, não integrados ao corpo do direito real, geralmente visando conter abusos.

[4] Alusão à fábula de Esopo "As rãs em busca de rei", recriada por Fedro.

os trabalhos e dificuldades que a cada passo se oferecem aos governadores. *Escreve aos teus senhores e
mostra-te agradecido a eles, pois a ingratidão é filha da
soberba e um dos maiores pecados que se conhecem,
e a pessoa que é agradecida àqueles que bem lhe fazem
dá indícios de que também o será a Deus, que tantos
bens lhe fez e de contínuo lhe faz.*

*A senhora duquesa despachou um emissário com
a tua roupa e outro presente para a tua mulher Teresa
Pança; ora estamos à espera da resposta.*

*Eu andei um pouco indisposto por causa de um
certo gateamento do meu nariz que me aconteceu não
muito a propósito, mas não foi nada, pois se há encantadores que me maltratem, também os há que me
defendam.*

*Avisa-me se o mordomo que está contigo teve par-
te nas ações da Trifraldi, como tu suspeitaste; e de tudo
o que te acontecer me irás dando aviso, já que o caminho é tão curto: quanto mais que eu penso logo deixar
esta vida ociosa em que estou, pois não nasci para ela.*

*Um negócio se me ofereceu, que creio que me há
de pôr em desgraça com estes senhores; mas posto que
se me dá muito, não se me dá nada, pois, enfim, enfim, tenho de cumprir antes com minha profissão do
que com seu gosto, conforme ao que se costuma dizer:
"Amicus Plato, sed magis amica veritas".*[5] *Digo-te este
latim porque me dou a entender que desde que és go-*

---

[5] Literalmente, "amigo Platão, porém mais amiga a verdade"; recriação do grego "amigo Sócrates, amigo Platão, mas mais amiga a razão".

vernador o terás aprendido. E a Deus, o qual te guar-
de de que ninguém tenha dó de ti.
Teu amigo

D. Quixote de La Mancha

Ouviu Sancho a carta com muita atenção, e foi celebrada e tida por discreta por todos que a ouviram, e logo Sancho se levantou da mesa e, chamando o secretário, se fechou com ele em sua sala, e sem mais dilação quis responder logo ao seu senhor D. Quixote, dizendo ao secretário que, sem tirar nem pôr coisa alguma, fosse escrevendo o que ele lhe dissesse, e assim o fez; e a carta da resposta foi do teor seguinte:

CARTA DE SANCHO PANÇA
A D. QUIXOTE DE LA MANCHA

A ocupação dos meus negócios é tão grande que não tenho lugar para coçar a cabeça nem para cortar as unhas, e assim as trago tão crescidas que só Deus lhes dá remédio. Digo isto, senhor meu da minha alma, por que vossa mercê não se espante se até agora não lhe dei aviso do meu bem ou mal-estar neste governo, no qual padeço mais fome que quando nós dois andávamos por selvas e despovoados.

Dia desses me escreveu o duque meu senhor, dando-me aviso de que tinham entrado nesta ínsula uns certos espiões para me matar, mas até agora não descobri outro senão um certo doutor que está neste lugar assalariado para matar a quantos governadores aqui vierem; chama-se o doutor Pedro Recio e é natural de Tirteafuera: para que vossa mercê veja se não é nome para eu temer morrer por suas mãos! Este tal doutor diz ele mesmo de si mesmo que não cura as doença quando as há, senão que as previne para que não venham; e os medicamentos que ele usa são dieta e mais dieta, até deixar a pessoa nos ossos, como se não fosse maior mal a magreza que o fastio. Enfim, ele me vai matando de fome, e eu me vou morrendo de despeito, pois quando pensei que vinha para este governo a comer quente e beber frio e a recrear o corpo entre lençóis de holanda, sobre colchões de plumas, vim a fazer penitência como se fosse ermitão, e como a não faço de vontade, penso que ao cabo do cabo me há de levar o diabo.

Até agora não tirei proveito nem toquei direitos, e não posso entender como seja isso, porque aqui me disseram que os governadores que a esta ínsula costumam vir, antes de entrarem nela, ou lhes deram, ou lhes emprestaram os moradores muitos dinheiros, e que esta é ordinária usança nos demais que sobem a governos, não somente neste.

Ontem à noite andando de ronda, topei uma muito formosa donzela em trajes de varão e um irmão seu em hábitos de mulher: da moça se enamorou o meu mestre-sala, e a escolheu na imaginação para sua mulher, segundo ele mesmo disse, e eu escolhi o moço para meu genro; hoje os dois iremos a declarar os nossos pensamentos ao pai deles ambos, que é um tal Diego de la Llana, fidalgo e cristão-velho a mais não poder.

Eu tenho visitado as feiras, como vossa mercê me aconselha, e ontem achei uma mercadeira que vendia avelãs novas e dela averiguei que havia misturado com uma fanga de avelãs novas outra de velhas, chochas e podres; doei-as todas para os meninos órfãos, que as saberiam bem distinguir, e a sentenciei a que por quinze dias não entrasse na feira. Disseram que o fiz valorosamente; o que posso dizer a vossa mercê é que é fama neste povoado que não há gente mais ruim que as mercadeiras, porque são todas desavergonhadas, desalmadas e atrevidas, e eu assim o creio, pelas que já tenho visto em outros lugares.

De que a minha senhora a duquesa tenha escrito para a minha mulher Teresa Pança e enviado a ela o presente que vossa mercê diz estou muito satisfeito, e procurarei mostrar-me agradecido no tempo certo: beije-lhe vossa mercê as mãos da minha parte, dizendo que eu digo que o não deitou em saco roto, como logo o há de ver.

Não quisera que vossa mercê entrasse em desavenças de desgosto com esses meus senhores, porque se vossa mercê ficar mal com eles, claro está que isso há de redundar em meu dano, e não será bem que, tendo-me dado por conselho que seja agradecido, vossa mercê o não seja com quem tantas mercês lhe tem feito e com tanto regalo o tem tratado no seu castelo.

Aquilo do gateado eu não entendo, mas imagino que deve de ser algum dos malfeitos que com vossa mercê costumam usar os maus encantadores; logo o hei de saber quando nos virmos.

Queria enviar alguma coisa a vossa mercê, mas não sei o que lhe envie, a não ser alguns canudos para gaitas que fazem nesta ínsula muito curiosos; mas se o cargo me durar, eu buscarei alguma coisa para lhe en-

viar, seja da feição que for, por cima ou por baixo da capa.

Se minha mulher Teresa Pança me escrever, pague vossa mercê o porte e envie-me a carta, pois tenho grandíssimo desejo de saber do estado da minha casa, da minha mulher e dos meus filhos. E, com isto, Deus livre a vossa mercê de mal-intencionados encantadores e a mim me tire melhorado e em paz deste governo, coisa que eu duvido, pois levo jeito de o deixar com a vida, segundo me trata o doutor Pedro Recio.

Criado de vossa mercê,

Sancho Pança o Governador

Fechou a carta o secretário e a despachou em seguida pelo correio; e juntando-se os burladores de Sancho, concertaram entre si como o despachar do governo; e aquela tarde Sancho a passou fazendo algumas ordenanças tocantes ao bom governo daquela que ele imaginava ser ínsula, e ordenou que não houvesse regatões de mantimentos na república e que pudessem entrar nela vinho trazido de onde quisessem, contanto que declarassem o lugar de onde era, para lhe pôr o preço segundo sua estimação, bondade e fama, e quem o aguasse ou lhe trocasse o nome perdesse a vida por isso.

Moderou o preço de todo calçado, principalmente o dos sapatos, por lhe parecer que corria com exorbitância; regulou o salário dos criados, que andavam a rédea solta pelo caminho do interesse; pôs gravíssimas penas aos que cantassem cantares lascivos e indecentes, nem de noite nem de dia; ordenou que nenhum cego cantasse milagre em coplas se não trouxesse testemunho autêntico de ser verdadeiro, por lhe parecer que os mais que os cegos cantam são fingidos, em prejuízo dos verdadeiros.

Fez e criou um meirinho de pobres, não para que os perseguisse, mas para que os examinasse se o eram, porque à sombra do aleijão fingido e da chaga falsa andam os braços ladrões e a saúde bêbada. Em suma, ele ordenou coisas tão boas, que até hoje se guardam naquele lugar, com o nome de "As constituições do grande governador Sancho Pança".

Capítulo LII

ONDE SE CONTA A AVENTURA
DA SEGUNDA DUENHA DOLORIDA, OU ANGUSTIADA,
POR OUTRO NOME CHAMADA Dª RODRÍGUEZ

Conta Cide Hamete que, estando D. Quixote já curado dos seus arranhões, lhe pareceu que a vida que naquele castelo tinha contrariava toda a ordem de cavalaria que professava, e assim determinou de pedir licença aos duques para partir a Saragoça, cujas festas já chegavam perto, onde pensava ganhar o arnês que nas tais festas se conquista.

E estando um dia à mesa com os duques e começando a pôr em obra sua intenção e a pedir a licença, eis que a desoras vemos entrar pela porta da grande sala duas mulheres (como depois se deu a conhecer) cobertas de luto dos pés à cabeça; e uma delas, chegando-se a D. Quixote, se deitou e estirou aos pés dele, cosida a boca aos pés de D. Quixote, dando uns gemidos tão tristes, tão profundos e tão dolorosos, que deixou confusos a todos os que a ouviam e olhavam. E posto que os duques pensassem ser alguma burla que os seus criados queriam fazer a D. Quixote, vendo o afinco com que a mulher suspirava, gemia e chorava, ficaram eles duvidosos e suspensos, até que D. Quixote, compassivo, a levantou do chão e fez que se descobrisse e tirasse o manto de sobre a face chorosa.

Ela assim fez e mostrou ser quem jamais se pensaria, porque descobriu o rosto de Dª Rodríguez, a duenha da casa, e a outra enlutada era sua filha, a enganada pelo filho do lavrador rico. Admiraram-se todos aqueles que a conheciam, e mais que ninguém os duques, pois por mais cândida e boba que a julgassem, não cuidavam que chegasse ao ponto de fazer loucuras. Finalmente, Dª Rodríguez, virando-se para os senhores, lhes disse:

— Vossas excelências sejam servidos de me dar licença para falar um pouco com este cavaleiro, pois assim convém para sair melhorada do negócio em que me pôs o atrevimento de um mal-intencionado vilão.

O duque disse que lha dava e que podia falar com o senhor D. Quixote quanto desejasse. Ela, dirigindo a voz e o rosto para D. Quixote, disse:

— Dias há, valoroso cavaleiro, que vos tenho dada conta da sem-razão e aleivosia que um ruim lavrador fez à minha mui querida e amada filha, que é esta desditosa aqui presente, e vós me prometestes de tomar sua defesa, endireitando o torto que lhe têm feito, e agora chegou à minha notícia que vos quereis partir deste castelo, em busca das boas venturas que Deus vos deparar; e assim quisera que antes que escapulísseis por esses caminhos desafiásseis esse rústico indômito e o fizésseis casar com minha filha, em cumprimento da palavra que lhe deu de ser seu esposo antes e primeiro que com ela folgasse: porque pensar que o duque meu senhor me há de fazer justiça é como pedir figos à ameixeira, pela ocasião que já a vossa mercê em puridade declarei. E com isto Nosso Senhor dê a vossa mercê muita saúde, e a nós outras não nos desampare.

A cujas razões respondeu D. Quixote, com muita gravidade e prosápia:

— Boa duenha, mitigai as vossas lágrimas ou, para melhor dizer, enxugai-as e poupai os vossos suspiros, pois eu tomo a meu cargo o remédio da vossa filha, à qual fora melhor não ter sido tão fácil em crer promessas de namorados, as quais pela maior parte são ligeiras de prometer e muito pesadas de cumprir; e assim, com licença do duque meu senhor, eu logo partirei em busca desse desalmado mancebo, e o acharei e desafiarei, e o matarei se acaso se esquivar de cumprir a prometida palavra. Pois o principal cometimento da minha profissão é perdoar os humildes e castigar os soberbos, quero dizer, acorrer aos miseráveis e destruir os despiedosos.

— Não é mister — respondeu o duque — que vossa mercê se dê ao trabalho de procurar o rústico do qual esta boa duenha se queixa, nem tampouco é mister que vossa mercê me peça licença para o desafiar, pois eu já o dou por desafiado e tomo a meu cargo o fazer-lhe saber deste desafio e que o aceite e venha a responder por si neste meu castelo, onde a ambos os dois darei campo seguro, guardando todas as condições que em tais atos se costumam e devem guardar, guardando igualmente a justiça a cada um, como estão obrigados a guardá-la todos aqueles príncipes que dão campo franco aos que se combatem dentro dos seus senhorios.

— Com tal caução e com a boa licença de vossa grandeza — replicou D. Quixote —, desde agora digo que por uma vez renuncio à minha fidalguia e me abaixo e ajusto à baixeza do danador e me faço igual com ele, habilitando-o a poder combater comigo; e assim, se bem ausente, eu o desafio e repto em razão do mal que ele fez em enganar esta pobre que foi donzela e já por culpa dele o não é, e que há de cumprir a palavra que lhe deu de ser seu legítimo esposo ou morrer na demanda.

E em seguida, descalçando uma luva, atirou-a no meio da sala, e o duque a levantou dizendo que, como já dissera, ele aceitava o tal desafio em nome do seu vassalo e sinalava o prazo dali a seis dias, e o campo, na praça daquele castelo, e as armas, as acostumadas dos cavaleiros: lança, escudo e arnês trançado,[1] mais todas as demais peças, sem engano, fraude nem superstição alguma, examinadas e vistas pelos juízes do campo.

— Mas sobre todas coisas é mister que esta boa duenha e esta má donzela ponham o direito da sua justiça nas mãos do senhor D. Quixote, pois de outra maneira não se fará nada, nem se dará a devida execução a tal desafio.

— Eu ponho, sim — respondeu a duenha.

— E eu também — acrescentou a filha, toda chorosa e toda vergonhosa e constrangida.

Tomado esse preito, e tendo o duque imaginado o que havia de fazer no caso, as enlutadas se foram, e ordenou a duquesa que dali em diante elas não fossem tratadas como suas criadas, mas como senhoras aventureiras[2] vindas à sua casa para pedir justiça; e assim lhes deram aposento à parte e as serviram como a forasteiras, não sem espanto das demais criadas, que não sabiam em que havia de parar a sandice e desenvoltura de Dª Rodríguez e de sua mal-andante filha.

Estando nisso, para acabar de regozijar a festa e dar bom fim à refeição, eis que vemos entrar na sala o pajem que levara as cartas e presentes a Teresa Pança, mulher do governador Sancho Pança, de cuja chegada receberam os duques grande contentamento, desejosos de saber o que lhe sucedera em sua viagem, e perguntando-lho respondeu o pajem que o não podia dizer tão em público nem com breves palavras, que suas excelências fossem servidos de o deixar para quando estivessem a sós, e que en-

---

[1] Arnês trançado: armadura composta de várias peças articuladas.

[2] O adjetivo é ambivalente, pois tanto podia qualificar a pessoa intrometida, como aquela entregue à própria ventura, sem amparo.

tretanto se entretivessem com aquelas cartas; e tirando duas cartas as pôs em mãos da duquesa. Uma delas dizia no sobrescrito: "Carta para minha senhora a duquesa tal de não sei onde"; e a outra: "Para meu marido Sancho Pança, governador da ínsula Baratária, que Deus prospere mais anos que a mim". Mordia-se a duquesa, como se costuma dizer, de curiosidade por ler sua carta; e depois de a abrir e ler para si, vendo que a podia ler em voz alta para que o duque e os circunstantes a ouvissem, leu desta maneira:

Carta de Teresa Pança à duquesa

Muito contentamento me deu, senhora minha, a carta que vossa grandeza me escreveu, pois em verdade que bem a estava desejando. O ramal de corais é muito bom, e a roupa de caça do meu marido não lhe fica atrás. A notícia de que vossa senhoria fez meu consorte Sancho governador deu muito gosto a todo este lugar, ainda que ninguém creia ser verdade, principalmente o padre e mestre Nicolás, o barbeiro, e Sansón Carrasco, o bacharel; mas a mim não se me dá uma mínima, pois como isso seja assim, como é, pode cada um falar o que quiser: bem que, se se vai dizer verdade, se não tivesse recebido os corais e a roupa eu também duvidaria, porque nesta aldeia todos têm o meu marido por um zote que, tirante o governar um fato de cabras, não podem imaginar para que governo ele possa ser bom. Que Deus tudo faça e encaminhe como vê que hão mister os seus filhos.

Eu, senhora da minha alma, estou determinada, com licença de vossa mercê, a meter esse bom dia na minha casa,[3] indo para a corte a me estirar num coche, e quebrar o olho grande aos mil invejosos que já tenho; e assim suplico a vossa excelência mande o meu marido me enviar algum dinheirinho, que seja mais que cobres trocados, porque na corte o gasto é muito: lá o pão vale a real, e a carne, a trinta maravedis a libra, que é um abuso; e se ele quiser que eu não vá, que me avise com tempo, porque estou com meus pés bulindo para me pôr em caminho, e já as minhas amigas e vizinhas dizem que, se eu e a minha filha andarmos faceiras e pomposas na corte, mais virá o meu marido a ser conhecido por mim do que eu por ele, sendo forçoso que muitos perguntem: "Quem são estas senhoras neste coche?", e um criado meu responder: "A mulher e a filha de Sancho Pança, governador da ínsula Baratária", e desta maneira será conhecido Sancho, e eu serei estimada, e todos medrados.

Pesa-me com todo o pesar que este ano não se tenham colhido bolotas neste lugar; ainda assim envio a vossa alteza perto de meio celamim, que eu mesma fui colher e escolher no mato uma por uma, e não as achei mais maiores, quando eu quisera que fossem como ovos de avestruz.

Não se esqueça a vossa pomposidade de me escrever, que eu terei cuidado da resposta, avisando da minha saúde e de tudo o que houver a avisar deste lugar, onde fico rogando a Nosso Senhor guarde a vossa grandeza, e de mim não se esqueça. Sancha minha filha e meu filho beijam a vossa mercê as mãos.

---

[3] Alude ao refrão "o bom dia, mete-o em casa".

*Sua criada, que mais desejo tem de ver vossa se-
nhoria que de lhe escrever,*

Teresa Pança

Grande foi o gosto que todos receberam de ouvir a carta de
Teresa Pança, principalmente os duques, e a duquesa pediu parecer a D. Quixote se seria bem abrir a carta para o governador, que
imaginava devia de ser boníssima. D. Quixote disse que ele a abriria para lhe dar gosto, e assim o fez e viu que dizia desta maneira:

Carta de Teresa Pança
a Sancho Pança seu marido

*Tua carta recebi, Sancho meu da minha alma, e
eu te prometo e te juro como católica cristã que me
faltou menos que um triz para ficar louca de contentamento. Olha, irmão: quando eu ouvi que és governador, pensei que ali mesmo cairia morta de puro gosto, pois já sabes que dizem que tanto mata a alegria
súbita como a dor grande. Sanchica tua filha se desa-
guou sem sentir, de puro contentamento. A roupa que
me enviaste eu tinha diante, e os corais que me enviou
minha senhora a duquesa no pescoço, e as cartas nas
mãos, e o portador delas lá presente, mas com tudo
isso eu ainda acreditava e pensava que era tudo sonho
o que via e o que tocava, pois quem podia pensar que
um pastor de cabras havia de vir a ser governador de
ínsulas? Como tu sabes, amigo, a minha mãe dizia que
era mister viver muito para ver muito; digo isso porque
penso mais ver se mais viver, pois não penso parar até
te ver arrendador ou alcavaleiro, ofícios que, se o dia-*

bo leva a quem mal os usa, enfim, enfim, sempre têm e manejam dinheiros. Minha senhora a duquesa já te dirá o desejo que tenho de ir à corte: cuida nisso e avisa-me do teu gosto, que eu lá te procurarei honrar andando em coche.

O padre, o barbeiro, o bacharel e até o sacristão não podem crer que és governador e dizem que é tudo engodo ou coisa de encantamento, como são todas as de D. Quixote teu amo; e diz Sansón que te há de procurar para tirar-te o governo da cabeça, e a D. Quixote a loucura do casco. Eu não faço senão rir e olhar o meu ramal e imaginar a roupa que hei de fazer da tua para a nossa filha.

Umas bolotas enviei a minha senhora a duquesa, que eu quisera que fossem de ouro. Envia-me tu alguns ramais de pérolas, se é que se usam nessa ínsula.

As novas daqui são que a Berrueca casou a filha com um pintor de mão ruim que veio a este lugar para pintar o que saísse; mandou-lhe a vereação pintar as armas de Sua Majestade sobre as portas do Conselho, pediu ele dois ducados, que lhe pagaram adiantados, trabalhou oito dias, ao cabo dos quais não pintou nada e disse que não acertava a pintar tamanha tralha; tornou o dinheiro, mas ainda assim se casou a título de bom oficial: verdade é que já largou o pincel e tomou da enxada, e vai ao campo como gentil-homem. O filho de Pedro de Lobo se ordenou de graus e coroa,[4]

---

[4] Ou seja, recebeu as quatro primeiras ordens (ver cap. III, nota 2, e *DQ* I, cap. XIX, nota 3) e a tonsura.

com intenção de se fazer clérigo; soube do caso Minguita, a neta de Mingo Silbato, e lhe pôs demanda de que lhe tem dada a palavra de casamento; dizem as más línguas que ela está prenhe dele, mas ele o nega de pés juntos.

Ogano não temos azeitonas, nem se acha uma gota de vinagre em todo este povoado. Por aqui passou uma companhia de soldados, que levaram de caminho três moças do lugar; não te quero dizer quem são elas, pois talvez voltem e não faltará quem as tome por mulheres, com suas tachas boas ou más.

Sanchica anda fazendo lavores de renda; ganha a cada dia oito maravedis limpos, que os vai pondo num mealheiro para ajudar com seu enxoval, mas agora que é filha de um governador, tu lhe darás o dote sem que ela o trabalhe. O chafariz da praça secou, um raio caiu na picota, e tanto se me dá como se me deu.

Espero resposta desta, e a resolução da minha ida à corte; e com isto Deus te guarde mais anos que a mim, ou tantos, porque não te quisera deixar neste mundo sem mim.

Tua mulher

Teresa Pança

As cartas foram solenizadas, ridas, estimadas e admiradas; e para acabar de pôr o selo chegou o correio trazendo a que Sancho enviava a D. Quixote, que também foi lida publicamente, a qual pôs em dúvida a sandice do governador.

Apartou-se a duquesa com o pajem para dele saber o que lhe sucedera na aldeia de Sancho, contando ele tudo muito por extenso, sem deixar circunstância por referir; entregou-lhe as bolotas, e mais um queijo que Teresa lhe deu, por ser muito bom, que avantajava os de Tronchón;[5] recebeu-o a duquesa com grandíssimo gosto, com o qual a deixamos para contar o fim que teve o governo do grande Sancho Pança, flor e espelho de todos os insulanos governadores.

---

[5] Povoado aragonês da atual província de Teruel, diocese de Saragoça, onde se produz um queijo de ovelha muito apreciado.

Capítulo LIII

DO CONTURBADO FIM E REMATE
QUE TEVE O GOVERNO DE SANCHO PANÇA

"Pensar que nesta vida as coisas dela hão de durar sempre num estado é escusado pensamento, antes parece que ela anda tudo em redondo, digo, em roda: a primavera persegue o verão, o verão o estio,[1] o estio o outono, o outono o inverno, e o inverno a primavera, e assim torna a andar o tempo nessa roda contínua; só a vida humana corre para seu fim ligeira, mais que o tempo, sem esperar renovar-se a não ser na outra, que não tem termos que a limitem." Isso diz Cide Hamete, filósofo maomético, porque nisso de entender a ligeireza e instabilidade da vida presente, e da duração da eterna que se espera, muitos sem lume de fé, senão com sua luz natural, o têm entendido; mas aqui o nosso autor o diz por causa da presteza com que se acabou, se consumiu, se desfez e se foi como em sombra e fumo o governo de Sancho.

O qual, estando em sua cama na sétima noite dos dias do seu governo, não farto de pão nem de vinho, senão de julgar e dar pareceres e de fazer estatutos e pragmáticas, quando o sono, a despeito e pesar da fome, lhe começava a fechar os olhos, ouviu tão grande arruído de sinos e de vozes, que não parecia senão que toda a ínsula se afundava. Sentou-se na cama e esteve atento e

---

[1] As cinco estações enumeradas seguem certa subdivisão arcaica do ano, fundada não nas estações astronômicas, mas nos ciclos agrícolas, em que o estio corresponde ao auge do verão.

escutando para ver se dava na conta do que podia ser a causa de tamanho alvoroço, mas não só o não soube, como, ao crescer o arruído de vozes e sinos junto com o de infinitas trombetas e tambores, ficou mais confuso e cheio de temor e espanto; e levantando-se em pé calçou umas chinelas, por causa da umidade do chão, e sem vestir roupão algum, nem coisa que se parecesse, saiu à porta do seu aposento a tempo de ver chegar por uns corredores mais de vinte pessoas com tochas acesas nas mãos e com as espadas desembainhadas, gritando todos a grandes vozes:

— Às armas, às armas, senhor governador! Às armas, que entraram infinitos inimigos na ínsula, e estaremos perdidos se a vossa indústria e valor não nos socorrer!

Com esse arruído, fúria e alvoroço chegaram aonde Sancho estava, atônito e embasbacado com o que ouvia e via, e ao chegarem lhe disse um deles:

— Arme-se logo vossa senhoria, se não quiser se perder e que toda esta ínsula se perca!

— Que me tenho de armar — respondeu Sancho —, se não sei de armas nem de socorros? Mais vale deixar essas coisas para o meu amo D. Quixote, que em duas palhetadas as despachará e porá em cobro, pois eu, pecador que sou, não entendo nada dessas bulhas.

— Ah, senhor governador! — disse outro. — Que molúria é essa? Arme-se vossa mercê, que aqui lhe trazemos armas ofensivas e defensivas, e saia a essa praça e seja nosso guia e capitão, pois de direito lhe toca sê-lo, sendo nosso governador.

— Pois que me armem embora — replicou Sancho.

E no mesmo momento lhe trouxeram dois paveses, dos quais já vinham providos, e lhos colocaram por cima do camisão, sem lhe deixar tomar outra roupa, um pavês por diante e outro por detrás, e por umas concavidades que traziam feitas lhe passaram os braços, e o amarraram muito bem com uns cordéis, de modo que ficou entalado e emparedado, direito como um fuso, sem poder dobrar os joelhos nem menear um só passo. Puseram-lhe nas mãos uma lança, na qual se escorou para se poder manter em pé. Quando o tiveram assim lhe disseram que caminhasse e os guiasse e animasse a todos, pois sendo ele seu norte, seu farol e seu luzeiro, teriam bom fim os seus negócios.

— Como vou caminhar, desventurado de mim — respondeu Sancho —, se nem posso mexer a roda do joelho, impedido que estou por essas tábuas que tão costuradas tenho às minhas carnes? O que hão de fazer é me levar em braços e pôr-me atravessado ou em pé nalgum postigo, que eu o guardarei ou com esta lança ou com meu corpo.

— Ande, senhor governador — disse outro —, que é mais o medo que as tábuas o que lhe impede o passo. Mexa-se de uma vez, que é tarde, e os inimigos crescem, e as vozes aumentam, e o perigo investe!

Por cujas persuasões e vitupérios tentou o pobre governador se mover, dando consigo no chão tamanho tombo que pensou que se havia feito em pedaços. Ficou feito uma tartaruga, fechado e coberto com seus cascos, ou como meio toucinho entalado entre duas salgadeiras, ou bem assim como barca varada na areia; mas nem por vê-lo caído aquela gente burladora lhe teve compaixão alguma, antes, apagando as tochas, tornaram a reforçar as vozes e a reiterar a alarma com tão grande bulha, passando por cima do pobre Sancho, dando-lhe infinitas espadadas contra os paveses, que, a não se recolher e encolher, sumindo a cabeça entre os paveses, muito mau bocado teria passado o pobre governador, o qual, naquela estreiteza recolhido, suava e tressuava e de todo coração se encomendava a Deus por que daquele perigo o tirasse.

564

Uns tropeçavam nele, outros caíam, e houve um que se lhe pôs em cima um bom tempo e dali, como subido numa atalaia, governava os exércitos e a grandes brados dizia:

— Aqui dos nossos, que por esta parte mais atacam os inimigos! Aquela portilha se guarde, aquele portão se feche, aquelas escadas se derrubem! Venham alcanzias, pez e resina em caldeiras de óleo ardente! Trincheirem-se as ruas com colchões!

Enfim, ele nomeava com todo afinco todas as tralhas, instrumentos e petrechos de guerra com que se sói estorvar o assalto de uma cidade, e o moído Sancho, que tudo escutava e suportava, dizia entre si: "Oh se meu Senhor fosse servido que se acabasse já de perder esta ínsula e eu me visse, ou morto, ou fora desta grande angústia!". Ouviu o céu o seu pedido, e quando menos o esperava ouviu vozes que diziam:

— Vitória, vitória, os inimigos se retiram! Eia, senhor governador, levante-se vossa mercê e venha gozar do vencimento e repartir os despojos tomados dos inimigos pelo valor desse invencível braço!

— Levantem-me — disse com voz dolente o dolorido Sancho.

Ajudaram-no a levantar, e posto em pé disse:

— Que me ponham aqui diante o inimigo que eu tiver vencido. Eu não quero repartir despojos de inimigos, mas só pedir e suplicar a algum amigo, se é que o tenho, que me dê um gole de vinho, que estou seco, e me enxugue este suor, que sou todo água.

Limparam-no, trouxeram-lhe o vinho, desamarraram-lhe os paveses, sentou-se sobre seu leito e desmaiou do temor, do sobressalto e da aflição. Já pesava aos feitores da burla tê-la feito tão pesada, mas ao verem Sancho tornar em si aplacou-se a pena que lhes dera o seu desmaio. Perguntou ele que horas eram, responderam-lhe que já amanhecia. Calou-se, e sem dizer mais nada começou a se vestir, todo sepultado em silêncio, e todos o olhavam

565

e esperavam em que havia de dar a pressa com que se vestia. Vestiu-se enfim, e pouco a pouco, porque estava moído e não podia andar muito a muito, se foi para a cavalariça, seguido de todos os que ali se achavam, e chegando-se ao ruço o abraçou e lhe deu um beijo de paz na testa, e não sem lágrimas nos olhos lhe disse:

— Vinde cá, meu companheiro e amigo, meu parceiro de trabalhos e misérias: quando eu andava junto a vós e não tinha outros pensamentos que os que me davam os cuidados de remendar vossos arreios e sustentar vosso corpinho, benditas eram minhas horas, meus dias e meus anos; mas depois que vos deixei e me subi sobre as torres da ambição e da soberba, me entraram pela alma adentro mil misérias, mil trabalhos e quatro mil desassossegos.

E enquanto essas razões ia dizendo, ia também albardando o asno, sem que ninguém lhe dissesse nada. Uma vez albardado o ruço, com grande pena e pesar montou nele, e dirigindo suas palavras e razões para o mordomo, o secretário, o mestre-sala e Pedro Recio, o doutor, e para outros muitos que ali presentes estavam, disse:

— Abri caminho, senhores meus, e deixai-me voltar à minha antiga liberdade: deixai-me ir em busca da vida passada, para ressuscitar desta morte presente. Eu não nasci para ser governador nem para defender ínsulas ou cidades dos inimigos que as quiserem atacar. Mais entendo de arar e cavar, podar e plantar as vinhas que de dar leis e defender províncias ou reinos. Bem está São Pedro em Roma; quero dizer que bem está cada um fazendo o ofício para o qual foi nascido. Melhor me está uma foice na mão que um cetro de governador, mais me quero fartar de alhadas que andar sujeito à miséria de um médico impertinente que me mate de fome, e mais me quero recostar à sombra de um carvalho no verão e me cobrir com uma samarra grossa no inverno, na minha

566

liberdade, que me deitar com o peso da governança entre lençóis de holanda e me vestir de martas cebolinas. Vossas mercês fiquem com Deus e digam ao duque meu senhor que nu entrei no mundo e nu me acho: não perco nem ganho; quero dizer que sem um cobre entrei neste governo e dele saio sem nenhum, bem ao contrário de como costumam sair os governadores de outras ínsulas. E agora vossas mercês se afastem e me deixem ir, que me vou emplastrar, pois cuido que tenho todas as costelas amassadas, por mercê dos inimigos que esta noite se passearam sobre mim.

— Não há de ser assim, senhor governador — disse o doutor Recio —, pois eu darei a vossa mercê uma bebida contra quedas e pisaduras que logo o tornará à sua prístina inteireza e vigor, e quanto à comida, prometo a vossa mercê de me emendar, deixando-o comer abundantemente de tudo aquilo que quiser.

— Tarde piaste! — respondeu Sancho. — Assim deixarei de ir-me embora como me farei turco. Não são estas burlas para sofrer duas vezes. Por Deus que assim fico neste ou aceito outro governo, ainda que mo entregassem de bandeja, como posso voar para o céu sem asas. Eu sou da linhagem dos Panças, que são todos cabeçudos, e se uma vez dizem nones, nones há de ser, ainda que sejam pares,[2] apesar de todo o mundo. Fiquem nesta cavalariça as asas da formiga,[3] que me levantaram no ar para que me comessem gralhas e outros pássaros, e voltemos a andar pela terra com os pés no chão, que, se não os adornassem finos sapa-

---

[2] Jogo de palavras com a dupla acepção de *nones*, como "negativa veemente" e como "ímpar". Também Gregório de Matos lançou mão do trocadilho, nos versos "e a quantos homens topava/ [...]/ que não sabe dizer nones,/ e assim aos pares se dava" (*Crônica do viver baiano seiscentista*, III, 24).

[3] Alusão ao ditado "por seu mal nasceram asas à formiga", já citado anteriormente pelo próprio Sancho.

tos de cordovão, não lhe faltarão toscas alpercatas de corda. Cada ovelha com sua parelha, e ninguém estique a perna para além do lençol; e agora me deixem passar, que se faz tarde.

Ao que o mordomo disse:

— Senhor governador, de muito bom grado deixaríamos vossa mercê partir, por muito que nos pese perdê-lo, pois seu engenho e seu cristão proceder obrigam a desejar que fique; mas, como já se sabe, todo governador está obrigado, antes de se ausentar da terra onde governou, a primeiro prestar contas. Preste-as vossa mercê dos dez dias que leva de governo, e vá com Deus e em paz.

— Ninguém mas pode pedir — respondeu Sancho —, como não seja por ordem do duque meu senhor; eu lá me vou ter com ele, e a ele as darei inteiras; quanto mais que saindo eu nu como saio, não é mister outro sinal para mostrar que governei como um anjo.

— Pardeus que tem razão o grande Sancho — disse o doutor Recio —, e sou de parecer que o deixemos ir, porque o duque há de gostar imenso de vê-lo.

Todos estiveram de acordo e o deixaram ir, não sem antes lhe oferecer acompanhamento e tudo aquilo que quisesse para o regalo da sua pessoa e a comodidade da sua viagem. Sancho disse que não queria mais que um pouco de cevada para o ruço e meio queijo e meio pão para ele, já que, sendo tão curto o caminho, não havia mister maior nem melhor farnel. Abraçaram-no todos, e ele, chorando, abraçou a todos, e os deixou admirados, assim das suas razões como da sua determinação tão resoluta e tão discreta.

Capítulo LIV

Que trata de coisas tocantes
a esta história, e não a outra alguma

Resolveram o duque e a duquesa que o desafio que D. Quixote fizera ao seu vassalo pela causa já referida passasse adiante; e como o moço estava em Flandres, aonde fugira para não ter Dª Rodríguez por sogra, deram ordem para pôr no seu lugar um lacaio gascão chamado Tosilos, tratando de primeiro o industriar muito bem de tudo o que havia de fazer. Dali a dois dias disse o duque a D. Quixote como dali a quatro viria o seu contrário a se apresentar no campo, armado como cavaleiro, e sustentar que a donzela mentia de cara lavada, e até bem deslavada, se porfiasse em afirmar que ele lhe dera palavra de casamento. D. Quixote recebeu as tais novas com muito gosto, e prometeu a si mesmo de fazer maravilhas no caso, e teve por grande ventura ter-se-lhe oferecido ocasião onde aqueles senhores pudessem ver até onde se estendia o valor do seu poderoso braço; e com esse alvoroço e contento esperava os quatro dias, que à conta do seu desejo se lhe iam fazendo quatrocentos séculos.

Deixemo-los passar (como deixamos passar outras coisas), e vamos acompanhar Sancho, que entre alegre e triste vinha caminhando sobre o ruço ao encontro do seu amo, cuja companhia lhe agradava mais que ser governador de todas as ínsulas do mundo.

Aconteceu pois que, ainda não muito longe da ínsula do seu governo (que ele nunca se pôs a averiguar se era ínsula, cidade, vila ou lugar aquela que governava), viu que pelo caminho por onde ele ia vinham seis peregrinos com seus bordões, desses estrangeiros que pedem esmola cantando,[1] os quais em chegando a ele se puseram em ala e, levantando as vozes, todos juntos começaram a cantar em sua língua o que Sancho não pôde entender, a não ser uma palavra que claramente soava a "esmola", por onde entendeu que era esmola o que em seu canto pediam; e como ele, segundo diz Cide Hamete, era por demais caridoso, tirou dos seus alforjes meio pão e meio queijo, dos quais vinha munido, e lhos deu, dizendo-lhes por sinais que não tinha outra coisa para lhes dar. Eles o receberam de muito bom grado e disseram:

— *Guelte! Guelte!*

— Não entendo — respondeu Sancho — que é que me pedis, boa gente.

Então um deles tirou uma bolsa do peito e a mostrou a Sancho, por onde ele entendeu que lhe pediam dinheiro, e ele, pondo o dedo polegar na garganta e estendendo a mão para cima, lhes deu a entender que não tinha um cobre e, picando o ruço, rompeu pelo meio deles; mas, quando passava, um dos pedintes que o estivera olhando com muita atenção arremeteu a ele e, lançando-lhe os braços à cintura, em voz alta e bem castelhana disse:

— Valha-me Deus! Que é o que vejo? É possível que tenha nos braços o meu caro amigo, o meu bom vizinho Sancho Pança? Sem dúvida que o tenho, porque agora não estou dormindo nem estou bêbado.

Admirou-se Sancho de se ver chamar pelo nome e de se ver abraçar pelo estrangeiro peregrino, e olhando-o algum tanto, sem

---

[1] Desde a Idade Média, permitia-se aos peregrinos pedir esmola, e fazê-lo cantando era considerado típico dos alemães. Além de Santiago de Compostela, outro importante centro de peregrinação era o santuário de Nossa Senhora de Guadalupe, na Estremadura.

falar palavra e com muita atenção, não o pôde reconhecer; mas vendo o peregrino a sua suspensão, lhe disse:

— Como é possível, irmão Sancho Pança, que não conheças teu vizinho Ricote, o mourisco, vendeiro do teu lugar?

Então Sancho o olhou com mais atenção e começou a recordar o seu rosto, e finalmente o veio a conhecer de todo ponto e, sem se apear do jumento, lhe lançou os braços ao pescoço e lhe disse:

— Quem diabos te houvera de conhecer, Ricote, nesses trajes de momo que usas? Diz-me quem te fez franchinote e como tens o atrevimento de voltar à Espanha, onde se te apanharem e conhecerem terás péssima ventura.[2]

— Como tu não me denuncies, Sancho — respondeu o peregrino —, tenho certeza de que nestes trajes não haverá quem me conheça; e desviemos da estrada até aquela alameda que lá se vê, onde querem comer e descansar os meus companheiros, e lá comerás com eles, pois são gente muito aprazível. E eu lá terei espaço para te contar o que me aconteceu depois que me parti do nosso lugar, por obedecer ao decreto de Sua Majestade, que, como sabes, com tanto rigor ameaçava os desventurados da minha nação.

Assim fez Sancho, e, falando Ricote para os demais peregrinos, se desviaram todos para a alameda que se avistava, bem apartados da estrada real. Deitaram os bordões, se despojaram das romeiras ou esclavinas e ficaram em pelote, mostrando todos eles serem moços e muito gentis-homens, exceto Ricote, que já era

---

[2] Os muçulmanos conversos remanescentes na Espanha, os *moriscos*, foram expulsos mediante uma série de decretos reais promulgados entre 1609 e 1613. Calcula-se que o êxodo forçado tenha atingido cerca de 300 mil pessoas.

homem entrado em anos. Todos traziam alforjes, e todos estes se mostraram bem fornidos, ao menos de coisas incitativas e que chamam a sede a léguas. Acomodaram-se no chão e, fazendo da relva toalha, puseram sobre ela pão, sal, facas, nozes, lascas de queijo e ossos nus de presunto, que, se não se deixavam mascar, não se escusavam de ser chupados. Puseram também um manjar preto que diziam chamar-se *caviale*, feito de ovas de peixe e grande chamador de vinho. Não faltaram azeitonas, ainda que secas e sem tempero algum, mas saborosas e bem apetecidas. Mas o que mais campeou no campo daquele banquete foram seis botas de vinho, que cada um tirou a sua do seu alforje; até o bom Ricote, que se havia transformado de mourisco em alemão, ou tudesco, tirou a sua, que em grandeza podia competir com as outras cinco.

Começaram a comer com grandíssimo gosto e vagar, saboreando cada bocado, que tomavam com a ponta da faca e muito pouquinho de cada coisa, e logo num ponto todos à uma empinaram os braços e as botas no ar; postas as bocas na sua boca, cravados os olhos no céu, não parecia senão que nele punham a pontaria; e desta maneira, meneando a cabeça para um lado e para o outro, sinal com que confirmavam o gosto que recebiam, estiveram um bom espaço despejando em seu estômago as entranhas das vasilhas.

Tudo olhava Sancho e de nada se doía,[3] antes, por cumprir com o ditado que ele muito bem sabia, de que "em Roma, como os romanos", pediu a bota a Ricote e fez pontaria como os demais e com não menos gosto que eles.

---

[3] Lembrança burlesca do romance tradicional já citado acima (ver cap. XLIV, nota 10), que diz "*Mira Nero de Tarpeya — a Roma cómo se ardía:/ gritos dan niños y viejos, — y él de nada se dolía*", ou da canção "Mira el malo", de José de Anchieta, que aproveitara o mesmo bordão para a catequese jesuítica.

Quatro vezes deram lugar as botas para ser empinadas, mas a quinta não foi possível, porque já estavam mais enxutas e secas que um esparto, coisa que murchou a alegria que até aí tinham mostrado. De quando em quando algum deles juntava sua mão direita com a de Sancho e dizia:

— *Español y tudesqui, tuto uno: bon compaño.*

E Sancho respondia:

— *Bon compaño, jura Di!*[4]

E disparava uma risada que lhe durava uma hora, sem se lembrar então de nada do que lhe acontecera em seu governo, pois sobre o espaço e o tempo em que se come e se bebe pouca jurisdição soem ter os cuidados. Finalmente, o acabar do vinho foi princípio de um sono que tomou a todos, ficando adormecidos sobre as mesmas mesas e toalhas. Só Ricote e Sancho ficaram acordados, porque haviam comido mais e bebido menos; e apartando Ricote a Sancho, sentaram-se os dois ao pé de uma faia, deixando os peregrinos sepultados em doce sonho, e Ricote, sem nenhum tropeço em sua língua mourisca, na pura castelhana lhe disse as seguintes razões:

— Bem sabes, oh Sancho Pança, vizinho e amigo meu, como o pregão e decreto que Sua Majestade mandou publicar contra os da minha nação pôs terror e espanto em todos nós; ao menos em mim o pôs de sorte que me parece que, antes do tempo que se nos concedia para fazermos ausência da Espanha, já o rigor da pena se tinha executado na minha pessoa e na dos meus filhos. Resolvi-me então, a meu ver como prudente, bem assim como quem sabe que logo lhe hão de tirar a casa onde vive e se provê de ou-

---

[4] Em língua franca mediterrânea, literalmente, "espanhol e alemães, todos um [...]. Bons companheiros, juro por Deus".

tra para onde se mudar, resolvi-me, digo, a sair eu sozinho, sem a minha família, da minha aldeia e ir buscar aonde levá-la com comodidade e sem a pressa com que os demais haveriam de sair, porque bem vi, e viram todos os nossos anciãos, que aqueles pregões não eram só ameaças, como alguns diziam, senão verdadeiras leis que se haviam de pôr em execução a seu tempo assinalado; e o que me forçava a acreditar esta verdade era saber das ruins e disparatadas tenções que os nossos tinham, tanto que me parece inspiração divina a que moveu Sua Majestade a pôr em efeito tão galharda resolução; não que todos fôssemos culpados, pois alguns havia cristãos firmes e verdadeiros, mas estes eram tão poucos que não se podiam opor aos que o não eram, e não era bem criar a serpente no seio, mantendo os inimigos dentro de casa. Enfim, com justa razão fomos castigados com a pena do desterro, branda e suave ao parecer de alguns, mas ao nosso a mais terrível que se nos podia dar. Onde quer que estejamos choramos pela Espanha, pois afinal nascemos nela e é ela a nossa pátria natural; em parte alguma achamos a acolhida que a nossa desventura deseja, e na Berberia e em todas as partes da África onde esperávamos ser recebidos, acolhidos e regalados, é lá onde mais nos ofendem e maltratam.[5] Só reconhecemos o bem depois que o perdemos, e é tanto o desejo que quase todos temos de voltar à Espanha, que os mais daqueles (e são muitos) que sabem a língua, como eu, voltam a ela e deixam lá mulheres e filhos desamparados, tão grande é o amor que lhe têm; e agora conheço e experimento aquilo que se costuma dizer: que é doce o amor da

---

[5] A recepção dos mouriscos em boa parte do Magrebe foi de fato muito tensa, devido à desconfiança despertada por aqueles muçulmanos que se vestiam à espanhola e falavam castelhano, tanto que lá receberam a alcunha de "Cristãos de Castela".

pátria. Saí, como digo, da nossa aldeia, entrei na França, mas, apesar da boa acolhida que lá nos deram, eu quis ver tudo.[6] Passei à Itália e cheguei à Alemanha, e lá me pareceu que se podia viver com mais liberdade, porque seus habitadores não têm olhos para muitas ninharias: cada um vive como quer, pois na maior parte dela se vive com liberdade de consciência. Deixei casa apalavrada numa aldeia perto de Augusta;[7] juntei-me a estes peregrinos, muitos dos quais costumam vir à Espanha todos os anos a visitar os santuários dela, que os têm por suas Índias, como certíssima granjearia de ganho conhecido; eles a percorrem quase inteira, e não há povoado donde não saiam comidos e bebidos, como se costuma dizer, e com pelo menos um real em dinheiro miúdo, e ao cabo da sua viagem voltam com mais de cem escudos de sobra, que trocados em ouro, seja no oco dos bordões ou entre os remendos das esclavinas ou com outra indústria que eles engenham, os tiram do reino e os passam às suas terras, apesar dos guardas dos postos e passos onde os revistam. Agora, Sancho, trago a intenção de tirar o tesouro que deixei enterrado,[8] coisa que, por estar ele fora da aldeia, poderei fazer sem perigo, e de Valência escrever para minha filha e minha mulher, ou passar eu mesmo a Argel, onde sei que elas estão, e buscar como trazê-las a algum porto da França e de lá levá-las para a Alemanha, onde esperaremos o que Deus quiser fazer de nós. Pois enfim, Sancho, o que eu sei ao certo é que Ricota, minha filha, e Francisca Rico-

---

[6] Dos cerca de 30 mil mouriscos que entraram no país, no máximo um milhar se estabeleceu lá definitivamente.

[7] A cidade bávara de Augsburg, cujo nome latino é Augusta Vindelicorum.

[8] Embora o primeiro édito de expulsão permitisse aos mouriscos sair com seus bens móveis e economias em dinheiro, um novo decreto de 1610 introduz a proibição de levar moeda.

ta, minha mulher, são católicas cristãs, e ainda que eu não o seja tanto, tenho mais de cristão que de mouro, e sempre rogo a Deus que me abra os olhos do entendimento e me dê a conhecer como o tenho de servir. E o que me tem admirado é não saber por que se foi minha mulher com minha filha antes à Berberia que à França, onde podia viver como cristã.

Ao que Sancho respondeu:

— Olha, Ricote, isso não deve de ter sido por querer delas, pois as duas saíram por mão de Juan Tiopieyo, o irmão da tua mulher, e como ele decerto é fino mouro, foi-se aonde mais lhe convinha. E mais te posso dizer: creio que vais em vão a procurar o que deixaste escondido, porque soubemos que do teu cunhado e da tua mulher tiraram muitas pérolas e muito dinheiro em ouro que levavam sem declarar.

— Isso bem pode ser — replicou Ricote —, mas sei que eles não tocaram no meu esconderijo, Sancho, porque não lhes revelei onde estava, temeroso de algum dano; e assim, se tu quiseres vir comigo para me ajudar a tirá-lo e a encobri-lo, eu te darei, Sancho, duzentos escudos, com os quais poderás remediar as tuas necessidades, que já sabes que eu sei que as tens muitas.

— Eu o faria — respondeu Sancho —, mas não sou nada cobiçoso, pois, se o fosse, um ofício deixei esta manhã em que podia ter feito as paredes da minha casa de ouro e em menos de seis meses comer em pratos de prata; e assim por isso como por me parecer que faria traição ao meu rei em favorecer seus inimigos,[9] não iria contigo, se como me prometes duzentos escudos me desses agora quatrocentos de contado.

---

[9] Os decretos de expulsão determinavam pena de seis anos de galés aos cristãos-velhos que ocultassem um mourisco.

— E que ofício é esse que deixaste, Sancho? — perguntou Ricote.

— Deixei de ser governador de uma ínsula — respondeu Sancho —, e de tal qualidade que à boa-fé não acharão outra como ela nem a gancho.

— E onde fica essa ínsula? — perguntou Ricote.

— Onde? — respondeu Sancho. — Pois a duas léguas daqui, e se chama a ínsula Baratária.

— Cala-te, Sancho — disse Ricote —, que as ínsulas estão lá dentro do mar e não há ínsulas em terra firme.

— Como não? — replicou Sancho. — Digo-te, Ricote amigo, que nesta mesma manhã parti dela, e ainda ontem estive lá governando a meu prazer, como um sagitário;[10] mas ainda assim a deixei, por me parecer ofício perigoso o dos governadores.

— E que ganhaste nesse governo? — perguntou Ricote.

— Ganhei — respondeu Sancho — o conhecimento de que eu não sou bom para governar, como não seja um fato de gado, e que as riquezas que se ganham nos tais governos são à custa de perder o descanso e o sono, e até o sustento, porque nas ínsulas devem os governadores comer pouco, especialmente quando têm médicos que olham por sua saúde.

— Eu não te entendo, Sancho — disse Ricote —, mas acho que tudo o que dizes é disparate, pois quem te houvera de dar ínsulas que governasses? Acaso faltavam no mundo homens mais hábeis do que tu para governadores? Cala-te, Sancho, e cai em ti, e olha se queres vir comigo, como te disse, a me ajudar a tirar o te-

---

[10] O sentido da frase não é claro; pode tanto aludir à destreza do arqueiro como, referindo-se ao centauro que representa o signo zodiacal, ser uma hipérbole de "cavaleiro".

souro que deixei escondido (que em verdade é tão grande que se pode chamar tesouro), e te darei com o que vivas, como te disse.

— Já te disse, Ricote — replicou Sancho —, que não quero. Contenta-te com que por mim não serás denunciado, e segue embora o teu caminho, e deixa-me seguir o meu, que eu sei que o bem ganhado se perde, e o mal, seu dono e ele.

— Não quero porfiar, Sancho — disse Ricote. — Mas diz-me: estavas no nosso lugar quando dele se partiram minha mulher, minha filha e meu cunhado?

— Estava sim — respondeu Sancho —, e te posso dizer que saiu a tua filha tão formosa, que saíram a vê-la quantos havia na aldeia, e todos diziam que era a mais linda criatura do mundo. Ia chorando e abraçando todas as suas amigas e conhecidas e quantos se chegavam a vê-la, e a todos pedia que a encomendassem a Deus e Nossa Senhora sua mãe; e isso com tanto sentimento, que a mim me fez chorar, que não costumo ser muito chorão. E à fé que muitos tiveram desejo de escondê-la e sair ao caminho a tomá-la, mas o medo de ir contra o mandato do rei os deteve. E quem mais se mostrou apaixonado foi D. Pedro Gregorio, aquele mancebo morgado e rico que tu conheces, que dizem que lhe queria muito bem, e depois que ela se partiu nunca mais ele apareceu no nosso lugar, e todos pensamos que se foi atrás dela para roubá-la, mas até agora nada se soube.

— Sempre tive a má suspeita — disse Ricote — de que esse cavaleiro amava e requeria a minha filha, mas, fiado no valor da minha Ricota, nunca me deu pesar saber que ele a queria bem, pois já deves de ter ouvido dizer, Sancho, que as mouriscas pouca ou nenhuma vez se misturam por amor com cristãos-velhos, e minha filha, que tenho para mim mais atentava a ser cristã que enamorada, não se daria por achada das requestas desse senhor morgado.

— Assim queira Deus — replicou Sancho —, pois não seria bem para nenhum dos dois. E deixa-me partir daqui, Ricote amigo, que quero chegar esta noite aonde está o meu senhor D. Quixote.

— Vai com Deus, Sancho irmão, que já meus companheiros se rebolem e também é hora de seguirmos nosso caminho.

E logo os dois se abraçaram, e Sancho montou em seu ruço e Ricote tomou seu bordão, e se afastaram.

Capítulo LV

DE COISAS ACONTECIDAS
A SANCHO NO CAMINHO,
E OUTRAS MUITO PARA VER

A detença de Sancho com Ricote não lhe deu tempo para naquele mesmo dia chegar ao castelo do duque, posto que chegou a meia légua dele, onde o tomou a noite um tanto escura e cerrada; mas, como era verão, isso não lhe deu muito pesar, e assim se desviou do caminho com a intenção de esperar a manhã. E quis sua escassa e desventurada sorte que, buscando onde melhor se acomodar, caíssem ele e o ruço num fundo e escuríssimo fosso que entre uns edifícios em ruínas havia, e no tempo da queda se encomendou a Deus de todo coração, pensando que não havia de parar até o profundo dos abismos. Mas não foi assim, porque a pouco mais de três estados o ruço tocou o fundo, e Sancho parou em cima dele sem ter recebido lesão nem dano algum.

Apalpou-se o corpo todo e reteve o fôlego, por ver se estava são ou furado em alguma parte; e vendo-se bom, inteiro e católico de saúde, não se fartava de dar graças a Deus Nosso Senhor da mercê que lhe havia feito, porque sem dúvida pensou que se fizera em mil pedaços. Apalpou igualmente com as mãos as paredes do fosso, para ver se seria possível sair dele sem ajuda de ninguém, mas achou-as todas rasas e sem ressalto algum, do que se afligiu muito, especialmente quando ouviu que o ruço gemia terna e dolorosamente; e não era muito que se lamentasse, nem o fazia de vício, pois em verdade que não estava nada bem parado.

— Ai! — disse então Sancho Pança —, quão não pensados sucessos soem ocorrer a cada passo a quem vive neste miserável mundo! Quem diria que quem ontem se viu entronizado governador de uma ínsula, mandando sobre serviçais e vassalos, hoje se havia de ver sepultado num fosso, sem haver pessoa alguma que o remedeie, nem criado nem vassalo que acuda em seu socorro? Aqui haveremos de perecer de fome eu e meu jumento, se já não morrermos antes, ele de moído e alquebrado, eu de pesaroso. Ao menos não serei tão venturoso como foi o meu senhor D. Quixote de La Mancha quando desceu e baixou à gruta daquele encantado Montesinos, onde achou quem o regalasse melhor que em sua casa, que não parece senão que o receberam com a mesa posta e a cama feita. Lá viu ele visões formosas e aprazíveis, enquanto eu, ao que parece, aqui verei cobras e lagartos. Pobre de mim, onde acabaram as minhas loucuras e fantasias! Daqui tirarão os meus ossos (quando o céu for servido que me descubram) rasos, brancos e puídos, e os do meu bom ruço com eles, por onde talvez se dará a ver quem somos, ou ao menos por eles se terá notícia de que nunca Sancho Pança se separou de seu asno, nem seu asno de Sancho Pança. Torno a dizer: miseráveis de nós, pois não quis a nossa escassa sorte que morrêssemos na nossa pátria e entre os nossos, onde, não achando remédio a nossa desgraça, não faltará quem disso se doa e na hora última do nosso passamento nos feche os olhos! Oh companheiro e amigo meu, que má paga te dei pelos teus bons serviços! Perdoa-me e pede à fortuna, do melhor modo que puderes, que nos tire deste miserável trago em que estamos postos os dois, que eu prometo de pôr uma coroa de louros na tua cabeça, que não pareças senão um laureado poeta, e de dar-te o penso dobrado.

Desta maneira se lamentava Sancho Pança, e seu jumento o escutava sem responder palavra alguma, tal era o aperto e angústia em que o coitado se achava. Finalmente, tendo passado toda aquela noite em miseráveis queixas e lamentações, veio o dia, com cuja claridade e resplendor viu Sancho que era impossível de toda impossibilidade sair daquele buraco sem ser ajudado, e começou a se lamentar e a dar vozes, por ver se alguém o ouvia; mas todas suas vozes eram dadas no deserto, pois por todos aqueles contornos não havia pessoa que o pudesse escutar, e então se acabou de dar por morto.

Jazia o ruço de barriga para cima, e Sancho Pança o acomodou de modo que o pôs em pé, como mal se conseguia manter, e tirando um pedaço de pão dos alforjes, que também tiveram a mesma sorte na queda, o deu ao seu jumento, a quem o bocado não soube mal, e Sancho lhe disse como se o entendesse:

— As dores com pão menores são.

Nisto descobriu a um lado do fosso um buraco, capaz de nele caber uma pessoa, se se curvava e encolhia. Lá acudiu Sancho Pança e, agachando-se, entrou por ele, e viu que por dentro era espaçoso e largo; e o pôde ver porque pelo que se podia chamar teto entrava um raio de sol que tudo mostrava. Viu também que se dilatava e alargava por outra concavidade espaçosa, vendo o qual voltou a sair aonde estava o jumento, e com uma pedra começou a desmoronar a terra do buraco, de modo que em pouco tempo abriu lugar onde com facilidade pudesse entrar o asno, como o fez; e tomando-o do cabresto começou a caminhar por aquela gruta adiante, por ver se achava alguma saída do outro lado. Por vezes caminhava às escuras e por vezes sem luz, mas nenhuma vez sem medo.

"Valha-me Deus todo-poderoso!", dizia entre si. "Esta que para mim é desventura, melhor seria para aventura do meu amo

D. Quixote. Ele sim que teria estas profundezas e masmorras por jardins floridos e palácios de Galiana,[1] e esperaria sair desta escuridão e estreiteza para algum florido prado; mas eu, sem ventura, falto de conselho e menoscabado de coragem, a cada passo penso que debaixo dos pés se abrirá de improviso outra fossa mais profunda que a outra, que acabe de me tragar. Bem venhas, mal, se vieres só."

Dessa maneira e com esses pensamentos cuidou que teria caminhado pouco mais de meia légua, ao cabo da qual descobriu uma confusa claridade, que pareceu ser já de dia e que por alguma parte entrava, dando indício de ter fim aberto aquele, para ele, caminho da outra vida.

Aqui o deixa Cide Hamete Benengeli e volta a tratar de D. Quixote, que alvoroçado e contente esperava o prazo da batalha que havia de travar com o roubador da honra da filha de Dª Rodríguez, a quem pensava endireitar o torto e a afronta que vilmente lhe haviam feito.

Sucedeu, pois, que saindo uma manhã para se ensaiar e adestrar naquilo que havia de fazer no transe em que pensava ver-se no dia seguinte, dando uma arrancada ou arremetida com Rocinante, chegou a pôr os pés tão junto de uma cova que, a não puxar fortemente as rédeas, seria impossível não cair nela. Enfim o deteve e não caiu, e chegando-se um pouco mais perto, sem se apear, e olhando aquele fundão, enquanto o olhava, ouviu grandes vozes dentro, e escutando atentamente, pôde perceber e entender que quem as dava dizia:

---

[1] Palácios de Galiana: segundo uma lenda popular, certas ruínas situadas nos arredores de Toledo, às margens do Tejo, haviam sido o suntuoso palácio de uma princesa moura, por quem Carlos Magno se apaixonou. Lexicalizada, a expressão designa a moradia mais luxuosa que se possa imaginar.

— Ó de cima! Há algum cristão que me escute ou algum cavaleiro caridoso que se doa de um pecador enterrado em vida, ou de um desventurado desgovernado governador?

Pareceu a D. Quixote que ouvia a voz de Sancho Pança, do que ficou suspenso e assombrado, e levantando a voz tudo quanto pôde disse:

— Quem está aí embaixo? Quem se queixa?

— Quem pode estar aqui ou quem se há de queixar — responderam —, senão o traquejado Sancho Pança, governador, por seus pecados e por sua mal-andança, da ínsula Barataria, escudeiro que foi do famoso cavaleiro D. Quixote de La Mancha?

Ouvindo o qual D. Quixote, redobrou-se-lhe a admiração e se lhe acrescentou o pasmo, vindo ao seu pensamento que Sancho Pança devia de estar morto e que lá estava penando sua alma, e levado desta imaginação disse:

— Conjuro-te por tudo aquilo que te posso conjurar como católico cristão que me digas quem és; e se és alma penada, diz-me o que queres que faça por ti, pois sendo a minha profissão favorecer e acorrer aos necessitados deste mundo, também o serei para acorrer e ajudar aos necessitados do outro mundo, que se não podem ajudar por si mesmos.

— Pela maneira que vossa mercê me fala — responderam —, deve de ser o meu senhor D. Quixote de La Mancha, e ainda no som da voz não é outro, sem dúvida.

— D. Quixote sou — replicou D. Quixote —, o que professa socorrer e ajudar os vivos e os mortos em suas necessidades. Por isso diz-me quem és, que me tens atônito: porque se és o meu escudeiro Sancho Pança e estás morto, como não tenhas sido levado pelos diabos e pela misericórdia de Deus estejas no purgatório, sufrágios tem a nossa santa madre Igreja Católica Romana bastantes para te resgatar da pena em que estás, e eu junto com ela o solicitarei da minha parte com quanto a minha fazenda alcançar; por isso acaba de declarar-te e diz-me quem és.

— Voto a tal! — responderam. — E pela vida de quem vossa mercê quiser juro, senhor D. Quixote de La Mancha, que eu sou o seu escudeiro Sancho Pança e nunca morri em todos os dias da minha vida, mas que, tendo deixado o meu governo por coisas e causas que só com mais vagar podem ser ditas, ontem à noite caí neste fosso onde jazo, e o ruço comigo, que por sinal está aqui ao meu lado e não me deixará mentir.

E há mais: parece que o jumento entendeu o que Sancho disse, porque no mesmo instante começou a zurrar tão rijo, que toda a cova retumbava.

— Boa testemunha! — disse D. Quixote. — O zurro eu conheço como se o tivesse parido, e a tua voz escuto, Sancho meu. Espera por mim: irei ao castelo do duque, que está aqui perto, e trarei quem te possa tirar desse fosso, onde decerto te puseram os teus pecados.

— Vá vossa mercê — disse Sancho — e volte logo, por um só Deus, que não suporto mais ficar aqui sepultado em vida e estou morrendo de medo.

Deixou-o D. Quixote e foi para o castelo a contar aos duques o sucesso de Sancho Pança, do que não pouco se maravilharam, porém bem entendendo que ele devia de ter caído por um olho daquela furna que de tempos imemoriais ali estava feita; mas não podiam imaginar como havia deixado o governo sem eles terem aviso da sua vinda. Finalmente, lá foram com cordas e calabres, como dizem, e à custa de muita gente e de muito trabalho tiraram o ruço e Sancho Pança daquelas trevas à luz do sol. Viu-o um estudante e disse:

— Dessa maneira haviam de sair dos seus governos todos os

maus governadores: como sai este pecador do profundo do abismo, morto de fome, descorado e sem cobre, segundo creio.

Ouviu-o Sancho e disse:

— Oito ou dez dias há, irmão murmurador, que entrei a governar a ínsula que me deram, nos quais não me vi farto de pão sequer uma hora; neles me perseguiram médicos e inimigos me sovaram os ossos, e não tive lugar de tirar proveito nem cobrar direito; e sendo isto assim, como é, eu não merecia, a meu ver, sair desta maneira. Mas o homem põe e Deus dispõe, e Deus sabe o que é bom e melhor para cada um, e qual o tempo, tal o tento, e que ninguém diga "desta água não beberei", pois são mais as vozes que as nozes; e Deus me entende, e basta, não digo mais, ainda que pudesse.

— Não te enfades, Sancho, nem tenhas pesar do que ouvires, que isso será um nunca acabar: vem tu com segura consciência, e digam o que disserem, pois querer atar a língua dos maledicentes é o mesmo que querer pôr rédeas ao vento. Se o governador sai rico do seu governo, dizem dele que foi um ladrão, e se sai pobre, que foi um parvo e um mentecapto.

— Sem dúvida — respondeu Sancho — que desta vez antes serei tido por tonto que por ladrão.

Nessas conversações, rodeados de rapazes e de outra muita gente, chegaram ao castelo, onde numas galerias já estavam o duque e a duquesa esperando por D. Quixote e Sancho, o qual não quis subir a ver o duque sem antes acomodar o ruço na cavalariça, porque dizia ter passado uma péssima noite na pousada; e em seguida subiu a ver os seus senhores, ante os quais posto de joelhos disse:

— Eu, senhores, porque assim o quis vossa grandeza, sem nenhum merecimento meu, fui governar a vossa ínsula Baratária, na qual entrei nu e nu me acho: não perco nem ganho. Se governei bem ou mal, testemunhas tive que dirão o que quiserem. Declarei dúvidas, sentenciei pleitos, e sempre morto de fome, por querer do doutor Pedro Recio, natural de Tirteafuera, médico insulano e governadoresco. Atacaram-nos inimigos de noite, e, tendo-nos posto em grande aperto, dizem os da ínsula que saíram livres e com vitória graças ao valor do meu braço, que Deus lhes dê tanta saúde quanta verdade eles dizem. Enfim, nesse tempo eu senti as cargas que traz consigo, e as obrigações, o governar, e achei por minha conta que os meus ombros não as podem suportar, nem são peso das minhas costelas, nem flechas da minha aljava; e assim, antes que o governo me deitasse por terra, resolvi eu deitar por terra o governo, e ontem de manhã deixei a ínsula como a achei: com as mesmas ruas, casas e telhados que tinha quando nela entrei. Não pedi emprestado a ninguém nem me meti em granjearias, e bem que pensasse fazer algumas ordenanças proveitosas, não fiz nenhuma, temendo que não se houvessem de guardar, que então é o mesmo fazê-las que não fazê-las. Saí, como digo, da ínsula sem outro acompanhamento que o do meu ruço; caí num fosso, vim por ele adiante, até que esta manhã, com a luz do sol, vi a saída, mas não tão fácil, que se o céu não me deparasse o meu senhor D. Quixote, lá ficara até o fim do mundo. Portanto, meus senhores duque e duquesa, aqui está o vosso governador Sancho Pança, que em apenas dez dias que teve o governo granjeou o conhecimento de que não se lhe há de dar nada por ser governador, nem digo de uma ínsula, mas do mundo inteiro. E com este pressuposto, beijando os pés de vossas mercês, imitando o jogo dos rapazes quando dizem "salta e passa", salto fora do governo e me passo ao serviço do meu senhor D. Quixote, pois nele, afinal, por mais que coma o pão com sobressalto, ao menos me farto, e a mim, como esteja farto, tanto me faz que seja de nabos como de perdizes.

Com isso deu fim Sancho à sua arenga, sempre temendo D. Quixote que nela dissesse milhares de disparates; e quando o viu acabar com tão poucos, deu no seu coração graças ao céu, e o duque abraçou Sancho e lhe disse que lhe pesava na alma que tivesse deixado o governo tão cedo, mas que ele ordenaria de sorte que se lhe desse em seu estado outro ofício de menos carga e mais proveito. Abraçou-o igualmente a duquesa e mandou que o regalassem, porque dava sinais de vir bem moído e malparado.

Capítulo LVI

DA DESCOMUNAL E NUNCA VISTA BATALHA TRAVADA ENTRE D. QUIXOTE DE LA MANCHA E O LACAIO TOSILOS NA DEFESA DA FILHA DA DUENHA Dª RODRÍGUEZ

Não se arrependeram os duques da burla feita a Sancho Pança no governo que lhe deram, de mais que naquele mesmo dia veio o seu mordomo e lhes contou ponto por ponto quase todas as palavras e ações que Sancho havia dito e feito naqueles dias, encarecendo-lhes finalmente o assalto da ínsula e o medo de Sancho e sua saída, do qual receberam não pequeno gosto.

Depois disso conta a história que chegou o dia da batalha aprazada, e tendo o duque uma e muitíssimas vezes advertido ao seu lacaio Tosilos como se havia de comportar com D. Quixote para vencê-lo sem o matar nem ferir, ordenou tirar os ferros das lanças, dizendo a D. Quixote que a cristandade de que ele se prezava não permitia que aquela batalha fosse com tanto risco e perigo das vidas, e que se contentasse com que lhe dava campo franco em sua terra, ainda que contrariando o decreto do santo Concílio que proíbe os tais desafios,[1] e não quisesse levar tão duro transe com todo o rigor.

---

[1] Embora o duelo já fosse formalmente vedado antes do Concílio de Trento, foi nos decretos dele emanados que a proibição se tornou mais veemente, prevendo pena de excomunhão também a quem oferecesse campo para o confronto (cf. cap. XXXII, nota 2).

D. Quixote disse que Sua Excelência encaminhasse as coisas daquele negócio como mais fosse servido, que ele em tudo lhe obedeceria. Chegado pois o temeroso dia, e tendo o duque mandado que diante da praça do castelo se montasse um espaçoso cadafalso onde ficassem os juízes do campo e as duenhas, mãe e filha, demandantes, acudiu de todos os lugares e aldeias circunvizinhas infinita gente para ver a novidade daquela batalha, pois nunca outra tal haviam visto nem ouvido dizer naquela terra os que lá viviam nem os já mortos.

O primeiro a entrar no campo e estacada foi o mestre de cerimônias, que tenteou o campo e o passeou inteiro, porque nele não houvesse algum engano nem coisa encoberta onde tropeçar e cair; em seguida entraram as duenhas e se sentaram nos seus assentos, cobertas com os mantos até os olhos, e ainda até os peitos, com mostras de não pequeno sentimento. Já presente D. Quixote na estacada, dali a pouco, acompanhado de muitas trombetas, surgiu por um lado da praça sobre um poderoso cavalo, aturdindo-a inteira, o grande lacaio Tosilos, baixada a viseira e todo encouraçado com uma forte e reluzente armadura. O cavalo mostrava ser frisão, corpulento e de cor tordilha, com uma arroba de lã pendendo de cada mão e pé.

Vinha o valoroso combatente bem informado pelo duque seu senhor sobre como se havia de portar com o valoroso D. Quixote de La Mancha, advertido que de nenhuma maneira o matasse, mas que procurasse esquivar o primeiro encontro, para escusar o perigo de sua morte, que era certo se de cheio em cheio o colhesse. Passeou pela praça e, chegando aonde as duenhas estavam, se pôs algum tanto a mirar aquela que por esposo o pedia. Chamou o mestre de campo a D. Quixote, que já se apresentara na praça, e ao lado de Tosilos falou às duenhas, perguntando-lhes se consentiam que D. Quixote de La Mancha defendesse seu direito. Elas disseram que sim e que tudo o que naquele caso ele fizesse o davam por bem feito, por firme e por valedio.

Já nesse tempo estavam o duque e a duquesa postos numa galeria que dava para a estacada, toda a qual estava coroada de infinita gente à espera de ver aquele rigoroso transe nunca visto. Foi condição dos combatentes que, se D. Quixote vencesse, seu contrário se havia de casar com a filha de Dª Rodríguez, e se ele fosse vencido, ficaria livre seu contendor da palavra que se lhe pedia, sem dar outra satisfação alguma.

Partiu-lhes o sol o mestre de cerimônias e pôs cada um dos dois no posto que lhe cabia. Soaram os tambores, encheu-se o ar com o som das trombetas, tremia sob os pés a terra, estavam suspensos os corações da expectante turba, temendo uns e desejando outros o bom ou o mau sucesso daquele caso. Finalmente D. Quixote, encomendando-se de todo seu coração a Deus Nosso Senhor e à senhora Dulcineia d'El Toboso, estava aguardando que se lhe desse o sinal preciso da arremetida; porém nosso lacaio tinha diferentes pensamentos: não pensava ele senão no que agora direi.

Ao que parece, quando ele esteve mirando sua inimiga, lhe pareceu a mais formosa mulher que tinha visto em toda a vida, e o menino peticego que por essas ruas de ordinário se costuma chamar "Amor" não quis perder a ocasião que se lhe ofereceu de triunfar sobre uma alma lacaiesca e pô-la na lista dos seus troféus; e assim, chegando-se a ele de manso sem que ninguém o visse, meteu no pobre lacaio pelo lado esquerdo uma flecha de duas varas que lhe passou o coração de parte a parte; e o pôde fazer bem a seguro, porque o Amor é invisível e entra e sai por onde quer, sem que ninguém lhe peça conta dos seus atos.

Digo, pois, que quando deram o sinal da arremetida estava nosso lacaio transportado, pensando na formosura daquela que ele já havia tornado em senhora da sua liberdade, e assim não atentou ao som da trombeta, como fez D. Quixote, que mal a ouvira quando arremeteu e a todo o correr que permitia Rocinante partiu contra o seu inimigo; e vendo-o partir seu bom escudeiro Sancho, disse a grandes vozes:

— Deus te guie, nata e flor dos andantes cavaleiros! Deus te dê a vitória, pois levas a razão da tua parte!

E bem vendo Tosilos que D. Quixote vinha contra si, não se moveu um passo do seu posto, antes com grandes vozes chamou pelo mestre de campo, o qual chegando-se a ver o que ele queria, o ouviu dizer:

— Senhor, esta batalha não se faz por que eu me case ou não me case com aquela senhora?

— Assim é — lhe foi respondido.

— Pois eu — disse o lacaio — sou temeroso da minha consciência e a poria em grande cargo se passasse adiante nesta batalha; e assim digo que me dou por vencido e que me quero casar logo com aquela senhora.

Ficou o mestre de campo admirado das razões de Tosilos, e como era um dos sabedores da maquinação daquele caso não lhe soube responder palavra. Deteve-se D. Quixote no meio da sua carreira, vendo que seu inimigo o não acometia. O duque não sabia por que razão não se passava adiante na batalha, mas o mestre de campo foi-lhe comunicar o que Tosilos dizia, do que ficou pasmado e colérico em extremo.

Enquanto isso se passava, Tosilos se chegou aonde Dª Rodríguez estava e disse a grandes vozes:

— Eu, senhora, quero me casar com a vossa filha e não quero conseguir por pleitos nem contendas o que posso conseguir por paz e sem perigo da morte.

Ouviu isto o valoroso D. Quixote e disse:

— Sendo isto assim, eu fico livre e solto da minha promessa: casem-se em boa hora, e pois Deus Nosso Senhor vo-la deu, que São Pedro a abençoe.

O duque baixara à praça do castelo e, chegando-se a Tosilos, lhe disse:

— É verdade, cavaleiro, que vos dais por vencido e que, instigado da vossa temerosa consciência, vos quereis casar com esta donzela?

— Sim, senhor — respondeu Tosilos.

— Ele faz muito bem — disse neste ponto Sancho Pança —, pois o que se há de dar ao rato, dê-se ao gato, e não mais cuidados.

Ia Tosilos desenlaçando a celada e rogando que corressem a ajudá-lo, porque já lhe faltavam os espíritos do alento e não se podia ver tanto tempo enclausurado na estreiteza daquele aposento. Tiraram-na depressa, e ficou descoberto e patente o seu rosto de lacaio. Vendo o qual Dª Rodríguez e sua filha, dando grandes vozes disseram:

— Engano! Isso é engano! Quem aí está é Tosilos, o lacaio do duque meu senhor, que nos puseram em lugar do meu verdadeiro esposo! Justiça de Deus e do rei por tanta malícia, para não dizer velhacaria!

— Não vos acoiteis, senhoras — disse D. Quixote —, pois isto não é malícia nem velhacaria; e se é, não há de ter sido o duque a sua causa, senão os maus encantadores que me perseguem, os quais, invejosos de que eu alcançasse a glória deste vencimento, transformaram o rosto do vosso esposo no deste que dizeis ser lacaio do duque. Tomai o meu conselho e, apesar da malícia dos meus inimigos, casai-vos com ele, pois sem dúvida é o mesmo que desejais alcançar por esposo.

O duque, que o ouviu, esteve a um triz de romper toda a sua cólera em riso e disse:

— São tão extraordinárias as coisas que acontecem ao senhor D. Quixote que estou para crer que este meu lacaio não o seja. Mas usemos deste ardil e manha: dilatemos o casamento ao menos quinze dias, mantendo enclausurado este personagem que nos tem duvidosos, nos quais poderia ser que voltasse à sua prístina figura, pois não há de durar tanto o rancor que os encantadores têm do senhor D. Quixote, e mais quando eles ganham tão pouco em usar tais embustes e transformações.

— Ah, senhor — disse Sancho —, é que esses bandidos já têm por uso e costume mudar de umas em outras as coisas que tocam ao meu amo. Um cavaleiro que ele venceu dias atrás, chamado o dos Espelhos, eles tornaram na figura do bacharel Sansón Carrasco, natural do nosso povoado e grande amigo nosso, e à minha senhora Dulcineia d'El Toboso a tornaram numa rústica lavradora; e assim imagino que este lacaio há de morrer e viver lacaio todos os dias da sua vida.

Ao que disse a filha de Rodríguez:

— Seja quem for este que me pede por esposa, muito lho agradeço, pois mais quero ser mulher legítima de um lacaio que amiga e burlada de um cavaleiro, ainda que quem me burlou o não seja.

Em conclusão, todos esses contos e sucessos pararam em que Tosilos se recolhesse até ver no que parava a sua transformação; aclamaram todos a vitória de D. Quixote, e os mais ficaram tristes e melancólicos de ver que não se haviam feito em pedaços os tão esperados combatentes, bem assim como os rapazes ficam tristes quando não é enforcado quem esperam por ter o perdão ou da parte ou da justiça. Foi-se toda a gente, voltaram o duque e D. Quixote ao castelo, enclausuraram Tosilos, ficaram Dª Rodríguez e a filha contentíssimas de ver que por uma via ou por outra aquele caso havia de parar em casamento, e Tosilos não esperava menos.

Capítulo LVII

QUE TRATA DE COMO D. QUIXOTE
SE DESPEDIU DO DUQUE E DO QUE LHE ACONTECEU
COM A DISCRETA E DESENVOLTA
ALTISIDORA, DONZELA DA DUQUESA

Já parecia a D. Quixote que era bem sair de tanta ociosidade como a que naquele castelo tinha, por imaginar que era grande a falta que a sua pessoa fazia deixando-se estar recluso e preguiçoso entre os infinitos regalos e deleites que como a cavaleiro andante aqueles senhores lhe faziam, parecendo-lhe que haveria de dar estreita conta ao céu daquela ociosidade e clausura, e assim um dia pediu aos duques licença para partir. Deram-lha com mostras de que em grande maneira lhes pesava que os deixasse, e deu a duquesa a Sancho Pança as cartas da sua mulher, o qual chorou com elas e disse:

— Quem pensaria que esperanças tão grandes como as que no peito da minha mulher Teresa Pança engendraram as novas do meu governo haviam de parar em voltar eu agora às arrastadas aventuras do meu amo D. Quixote de La Mancha? Ainda assim, eu me contento de ver que a minha Teresa fez como cumpria a quem ela é, enviando as bolotas à duquesa, pois se as não tivesse enviado, ficando eu pesaroso, teria mostrado ingratidão. O que me consola é que a essa dádiva não se pode dar nome de peita, porque eu já tinha o governo quando ela as enviou, e está posto em razão que quem recebe algum benefício, ainda que seja de nonada, se mostre agradecido. Com efeito, eu entrei nu no governo e dele saio nu, e assim posso dizer com segura consciência, o que não é pouco: "Nu vim ao mundo, nu me acho: não perco nem ganho".

Isso arengava Sancho entre si no dia da partida; e saindo D. Quixote, tendo-se a noite antes despedido dos duques, de manhã se apresentou armado na praça do castelo. Toda a gente do castelo o veio olhar dos corredores, e assim também os duques saíram para vê-lo. Estava Sancho sobre seu ruço, com seus alforjes, sua maleta e seu farnel, contentíssimo porque o mordomo do duque, o mesmo que fizera a Trifraldi, lhe havia dado um saquete com duzentos escudos de ouro para suprir as precisões do caminho, coisa que D. Quixote ainda não sabia.

Estando, como fica dito, olhando-os todos, a desoras entre as outras duenhas e donzelas da duquesa que o olhavam levantou a voz a desenvolta e discreta Altisidora, e em tom lastimoso disse:

> — Escuta, mau cavaleiro,
> colhe um pouco tuas rédeas,
> não castigues as ilhargas
> de tua mal regida besta.
>
> Olha, falso, que não foges
> de alguma serpente fera,
> senão de uma borreguinha
> inda bem longe de ovelha.
>
> Tu burlaste, monstro horrendo,
> a mais formosa donzela
> que Diana viu em seus montes,
> que Vênus em suas selvas.

Cruel Bireno,[1] fugitivo Eneias,
Barrabás que te carregue, lá te avenhas.

Tu levas mui impiamente
em tuas mãos quais garras presas
as entranhas de uma humilde,
esta enamorada terna.
  Levas tu três lenços finos
e umas ligas de umas pernas
que o paro mármore[2] igualam
em lisas, brancas e negras.
  Levas tu dois mil suspiros,
que a ser de fogo puderam
abrasar duas mil Troias,
se tantas Troias houvera.

Cruel Bireno, fugitivo Eneias,
Barrabás que te carregue, lá te avenhas.

Desse teu Sancho escudeiro
seja o coração de pedra,
e tão dura, que não livre
do feitiço a Dulcineia.
  Da grande culpa que tens
a triste carregue a pena,
pois justos por pecadores
usam pagar nesta terra.

---

[1] Personagem do *Orlando furioso* que abandona a esposa, Olímpia, numa ilha deserta.

[2] A ilha grega de Paros era célebre por seu mármore alvíssimo.

Tuas finas aventuras
em desventuras revertam,
em sonhos teus passatempos,
em desprezo tuas firmezas.

Cruel Bireno, fugitivo Eneias,
Barrabás que te carregue, lá te avenhas.

Que sejas tido por falso
de Sevilha até Marchena,
de Granada a Lanjarón,
de Londres até Inglaterra.
  Quando jogares manilha,
centos, trunfo ou primeira,
que os reis escapem de ti,
setes ou ases não vejas.
  Quando cortares teus calos,
que sangue as feridas vertam,
e se arrancares os dentes,
que fiques com mil arnelas.

Cruel Bireno, fugitivo Eneias,
Barrabás te acompanhe, lá te avenhas.

Enquanto desse modo se queixava a lastimada Altisidora, a
esteve olhando D. Quixote e, sem lhe responder palavra, virando o rosto para Sancho lhe disse:

— Pela alma dos teus passados, Sancho meu, eu te conjuro
que me digas uma verdade. Diz-me: levas porventura os três lenços e as ligas que diz esta enamorada donzela?

Ao que Sancho respondeu:

— Os três lenços levo, sim, mas as ligas, nem por sonho.

Ficou a duquesa admirada da desenvoltura de Altisidora, pois ainda que a tivesse por atrevida, graciosa e desenvolta, não em grau que se atrevesse a semelhantes desenvolturas; e como não estava advertida dessa burla, maior foi sua admiração. O duque quis reforçar o donaire, dizendo:

— Não me parece bem, senhor cavaleiro, que, tendo recebido neste meu castelo a boa acolhida que nele se vos fez, vos tenhais atrevido a levar daqui três lenços, pelo menos, ou pelo mais as ligas da minha donzela; indícios são esses de ruim peito e mostras que não correspondem à vossa fama. Tornai-lhe as ligas; se não, eu vos desafio a mortal batalha, sem temer que bandidos encantadores me troquem nem mudem o rosto, como fizeram no de Tosilos meu lacaio, o que entrou convosco em batalha.

— Deus não queira — respondeu D. Quixote — que eu desembainhe a minha espada contra vossa ilustríssima pessoa, de quem tantas mercês recebi: os lenços tornarei, porque diz Sancho que os tem; as ligas é impossível, porque nem eu as recebi, nem ele tampouco; e se esta vossa donzela quiser vasculhar seus escaninhos, sem dúvida que as achará. Eu, senhor duque, nunca fui ladrão, nem o penso ser em toda minha vida, se Deus não me deixar de sua mão. Esta donzela fala (como ela diz) como enamorada, do qual eu não tenho culpa, e portanto não tenho do que pedir perdão nem a ela nem a vossa Excelência, a quem suplico me tenha em melhor opinião e me dê de novo licença para seguir o meu caminho.

— Que Deus vo-lo dê tão bom — disse a duquesa —, senhor D. Quixote, que sempre recebamos boas-novas dos vossos feitos. E ide com Deus, pois quanto mais vos detiverdes, mais aumentareis o fogo nos peitos das donzelas que vos olham; e a minha eu castigarei de modo que daqui em diante não se desmande na vista nem nas palavras.

— Só mais uma quero que me escutes, oh valoroso D. Quixote! — disse então Altisidora —, que é pedir-te perdão pelo latrocínio das ligas, pois em Deus e minha alma que as trago postas, e caí no mesmo descuido daquele que procura o próprio asno em que vai montado.

— Eu não disse? — disse Sancho. — Lá estou eu para encobrir furtos! Pois, se os quisesse fazer, de bandeja me vinha a ocasião no meu governo.

Baixou a cabeça D. Quixote e fez reverência aos duques e a todos os circunstantes, e virando as rédeas a Rocinante, seguido de Sancho sobre o ruço, saiu do castelo, tomando seu caminho para Saragoça.

Capítulo LVIII

QUE TRATA DE COMO AMIUDARAM
SOBRE D. QUIXOTE TANTAS AVENTURAS
QUE NÃO SE DAVAM VAGAR UMAS ÀS OUTRAS

Quando D. Quixote se viu em campo raso, livre e desembaraçado dos requebros de Altisidora, lhe pareceu que estava nos seus
eixos e que os espíritos se lhe renovavam para prosseguir de novo o cometimento das suas cavalarias, e virando-se para Sancho
lhe disse:

— A liberdade, Sancho, é um dos mais preciosos dons que
os céus deram aos homens; com ela não se podem igualar os tesouros que encerra a terra nem o mar encobre; pela liberdade,
assim como pela honra, se pode e deve aventurar a vida, e, pelo
contrário, o cativeiro é o maior mal que pode vir aos homens.
Digo isto, Sancho, porque bem viste o regalo, a fartura que tivemos nesse castelo que deixamos; pois em meio daqueles banque-
tes apetitosos e daquelas bebidas geladas me parecia que eu estava metido nas estreitezas da fome, não o desfrutando com a liberdade que o desfrutaria se fossem meus, pois a obrigação das re-
compensas pelos benefícios e mercês recebidas são ataduras que
não deixam o ânimo campear livre. Venturoso aquele a quem o
céu deu um pedaço de pão sem que lhe fique obrigação de o agradecer a outro que o próprio céu!

— Apesar de tudo que vossa mercê me diz — respondeu
Sancho —, não será bem que fiquem sem agradecimento da nossa parte os duzentos escudos de ouro que num saquete me deu o

mordomo do duque, que como emplastro cordial e confortativo eu levo sobre o peito para o que vier, pois nem sempre havemos de achar castelos onde nos regalem, e pode ser que topemos com algumas estalagens onde nos espanquem.

Nestas e noutras conversações iam os andantes, cavaleiro e escudeiro, quando, tendo andado pouco mais de uma légua, viram que sobre a relva de um pradinho verde, por cima das suas capas, estavam comendo perto de uma dúzia de homens vestidos de lavradores. Junto de si tinham uns como lençóis brancos com que cobriam alguma coisa que debaixo estava: estavam erguidos ou deitados e postos de trecho em trecho. Chegou-se D. Quixote aos que comiam e, saudando-os primeiro cortesmente, lhes perguntou o que era que aqueles panos cobriam. Um deles lhe respondeu:

— Debaixo destes panos, senhor, estão umas imagens de relevo e entalho que hão de servir num retábulo que fazemos na nossa aldeia; se as levamos cobertas é para que não percam o lustro, e nos ombros, para que não se quebrem.

— Se sois servidos — respondeu D. Quixote —, folgaria de vê-las, pois imagens que com tanto recato se levam sem dúvida devem de ser boas.

— E como são! — disse outro. — Se não, que o diga o preço delas, pois em verdade que nenhuma está abaixo de cinquenta ducados; e para que veja vossa mercê esta verdade, espere e a verá por próprios olhos.

E levantando-se deixou de comer e foi tirar a coberta da primeira imagem, que mostrou ser a de São Jorge posto a cavalo, com uma serpente enroscada aos pés tendo a lança atravessada pela boca, com a fereza que se costuma pintar. Toda a imagem parecia de ouro em brasa, como se diz. Vendo-a D. Quixote, disse:

— Este cavaleiro foi um dos melhores andantes que teve a milícia divina; chamou-se D. São Jorge e foi além disso defendedor de donzelas. Vejamos estoutra.

Descobriu-a o homem, e pareceu ser a de São Martinho posto a cavalo, partilhando a capa com o pobre; e apenas a tinha visto D. Quixote, quando disse:

— Este cavaleiro também foi dos aventureiros cristãos, e acho que ele foi mais liberal do que valente, como bem podes ver, Sancho, pois está partilhando a capa com o pobre e lhe dá metade dela; e sem dúvida então devia de ser inverno, que se não lha teria dado inteira, tão caridoso ele era.

— Não há de ter sido por isso — disse Sancho —, mas porque se fiou do ditado que diz: para dar e para ter, muito siso é mister.

Riu-se D. Quixote e pediu que tirassem outro pano, debaixo do qual se descobriu a imagem do padroeiro das Espanhas a cavalo, a espada ensanguentada, atropelando mouros e pisando cabeças; e em a vendo, disse D. Quixote:

— Este sim que é cavaleiro, e das esquadras de Cristo; ele se chama D. São Diego Mata-Mouros,[1] um dos mais valentes santos e cavaleiros que teve o mundo e tem agora o céu.

Em seguida descobriram outro pano que mostrou encobrir a queda de São Paulo do cavalo abaixo, com todas as circunstâncias que no retábulo da sua conversão se costumam pintar. Quando o viu tão ao vivo, que se diria que Cristo lhe falava e Paulo respondia, disse D. Quixote:

---

[1] Santiago apóstolo, dito Mata-Mouros por sua lendária e impossível participação nas batalhas contra os muçulmanos na Península.

— Este foi o maior inimigo que teve a Igreja de Deus Nosso Senhor em seu tempo e o maior defensor que jamais terá: cavaleiro andante pela vida e santo a pé quedo pela morte, trabalhador incansável na vinha do Senhor e doutor das gentes, que teve os céus por escola e o próprio Jesus Cristo por catedrático e mestre ensinador.

Não havia mais imagens, e assim mandou D. Quixote que as voltassem a cobrir, e disse aos que as levavam:

— Tenho por bom agouro, irmãos, ter visto o que vi, porque estes santos e cavaleiros professaram o mesmo que eu professo, que é o exercício das armas, e a diferença que há entre mim e eles é que eles foram santos e pelejaram ao modo divino e eu sou pecador e pelejo ao modo humano. Eles conquistaram o céu à força de braços, porque o céu padece força,[2] e eu até agora não sei o que conquisto à força dos meus trabalhos. Mas se minha Dulcineia d'El Toboso sair dos que tem padecido, melhorando-se a minha ventura e clareando-se o meu juízo, poderia ser que encaminhasse meus passos por melhor caminho que o que levo.

— Deus o ouça e o pecado seja surdo — disse Sancho neste ponto.

Admiraram-se os homens assim da figura como das razões de D. Quixote, sem entender metade do que nelas dizer queria. Acabaram de comer, carregaram suas imagens e, despedindo-se de D. Quixote, seguiram sua viagem.

Sancho ficou de novo, como se nunca tivesse conhecido o seu senhor, admirado do muito que ele sabia, parecendo-lhe que não devia de haver história no mundo nem sucesso que o não tivesse cifrado na unha e cravado na memória, e disse-lhe:

---

[2] Citação do Evangelho (Mateus, 11, 12).

— Em verdade, senhor nosso amo, que, se isto que nos aconteceu hoje se pode chamar aventura, foi das mais suaves e doces que em todo o discurso da nossa peregrinação nos aconteceu: dela saímos sem pauladas nem sobressalto algum, nem metemos mão às espadas, nem batemos a terra com os corpos, nem ficamos famintos. Bendito seja Deus, que tal me deixou ver por meus próprios olhos.

— Dizes bem, Sancho — disse D. Quixote —, mas hás de advertir que nem todos os tempos são um nem correm de uma mesma sorte, e isso que o vulgo costuma chamar agouros, que não se fundam sobre natural razão alguma, o discreto os há de ter e julgar por bons sucessos. Levanta-se um destes mendonças[3] pela manhã, sai de sua casa, topa com um frade da ordem do bem-aventurado São Francisco e, como se tivesse topado com um grifo, vira as costas e volta para casa.[4] Um outro crendeiro derrama o sal sobre a mesa, e junto se lhe derrama a melancolia pelo coração, como se estivesse obrigada a natureza a dar sinais das vindouras desgraças com coisas de tão pouco momento como as referidas. Quem é discreto e cristão não há de entrar em averiguações do que o céu quer fazer. Chega Cipião à África, tropeça em saltando em terra, tomam-no por mau agouro os seus soldados, mas ele, abraçando-se ao chão, disse: "Não me poderás fugir, África, porque te tenho bem segura em meus braços".[5] Por-

---

[3] Era tão grande a fama de supersticiosos dos Mendoza/Mendonça, nobres da Espanha e de Portugal, que o sobrenome se tornara substantivo comum para designar pessoas apegadas a crendices.

[4] Segundo a superstição, encontrar um frade sozinho atraía azar.

[5] O caso é assim narrado por Sexto Júlio Frontino em sua *Strategemata* e recolhida na antologia de historietas folclóricas *Floresta española de apotegmas y sentencias* (Toledo, 1574), de Melchor de Santa Cruz.

tanto, Sancho, o ter encontrado com estas imagens foi para mim felicíssimo acontecimento.

— Eu assim creio — respondeu Sancho — e queria que vossa mercê me dissesse qual é a causa porque dizem os espanhóis quando querem dar alguma batalha, invocando aquele São Diego Mata-Mouros: "Santiago, e cerra Espanha!". Está porventura a Espanha aberta de modo que é mister fechá-la,[6] ou que cerimônia é essa?

— Simplicíssimo és, Sancho — respondeu D. Quixote —, e olha que esse grande cavaleiro da cruz vermelha foi dado por Deus à Espanha a título de padroeiro e protetor, especialmente nos rigorosos transes que tiveram com os mouros os espanhóis, e assim o invocam e chamam como a defensor seu em todas as batalhas que acometem, e muitas vezes foi nelas visivelmente visto derrubando, atropelando, destruindo e matando os agarenos esquadrões; e desta verdade eu te poderia trazer muitos exemplos que nas verdadeiras histórias espanholas se contam.

Mudou Sancho de assunto e disse ao seu amo:

— Maravilhado estou, senhor, da desenvoltura de Altisidora, a donzela da duquesa: bravamente a deve de ter ferido e trespassado aquele que chamam "Amor", que dizem que é um rapazinho peticego que, apesar de remelento ou, para melhor dizer, sem vista, quando toma por alvo um coração, por pequeno que seja, o acerta e trespassa de parte a parte com suas flechas. Também ouvi dizer que na vergonha e recato das donzelas é que se despontam e embotam as amorosas setas, mas nessa Altisidora mais parece que se aguçam do que despontam.

---

[6] A confusão de Sancho se deve à múltipla acepção do verbo *cerrar*; no grito de guerra (ver cap. IV, nota 5), ele vale não como "fechar", e sim como "investir", "atacar".

— Adverte, Sancho — disse D. Quixote —, que o amor não tem olhos para respeitos nem guarda termos de razão nos seus discursos, e tem a mesma condição que a morte, que assim acomete os altos alcáceres dos reis como as humildes choças dos pastores, e quando toma inteira possessão de uma alma, a primeira coisa que faz é tirar-lhe o temor e a vergonha; e assim sem ela é que Altisidora declarou os seus desejos, que engendraram no meu peito antes confusão que pena.

— Notória crueldade! — disse Sancho. — Inaudita ingratidão! Eu de mim posso dizer que me teria rendido e avassalado sua mais mínima declaração amorosa. Fideputa, que coração de mármore, que entranhas de bronze e que alma de argamassa! Mas o que não me entra no pensamento é o que essa donzela viu em vossa mercê que assim a rendesse e avassalasse: que gala, que brio, que donaire, que rosto, se cada uma dessas coisas por si ou todas juntas a enamoraram; pois em verdade, em verdade que muitas vezes paro a olhar vossa mercê da ponta do pé até o último fio de cabelo e vejo mais coisas para espantar que para enamorar; e tendo eu também ouvido dizer que a formosura é a primeira e principal prenda que enamora, não tendo vossa mercê nenhuma, não sei do que a coitada se enamorou.

— Repara, Sancho — respondeu D. Quixote —, que há duas maneiras de formosura: uma da alma e outra do corpo; a da alma campeia e se mostra no entendimento, na honestidade, no bom proceder, na liberalidade e na boa criação, e todas estas prendas cabem e podem estar num homem feio; e quando se põe a mira nesta formosura, e não na do corpo, sói nascer o amor com ímpeto e vantagem. Eu, Sancho, bem vejo que não sou formoso, mas também sei que não sou disforme, e a um homem de bem basta não ser um monstro para ser bem querido, como tenha os dotes da alma que acabo de dizer.

Nessas razões e conversações foram-se entrando por uma selva que desviada do caminho estava, e a desoras, sem atinar como, achou-se D. Quixote enredado entre umas redes de linha verde que de umas árvores a outras estavam estendidas; e sem poder imaginar o que pudesse ser aquilo, disse a Sancho:

— Parece-me, Sancho, que isto destas redes deve de ser uma das mais novas aventuras que eu possa imaginar. Que me matem se os encantadores que me perseguem não me querem enredar nelas e deter meu caminhar, como em vingança do rigor que com Altisidora mostrei. Pois eu lhes afirmo que se estas redes, como são feitas de linha verde fossem de duríssimos diamantes, ou mais fortes que aquela com que o ciumento deus dos ferreiros[7] enredou Vênus e Marte, assim as rompera como se fossem de juncos marinhos ou filaças de algodão.

E querendo passar adiante rompendo tudo, de improviso se lhe ofereceram aos olhos, saindo dentre umas árvores, duas formosíssimas pastoras; ou ao menos vestidas como pastoras, mas com os pelicos e os saiais todos de fino brocado, que em verdade não eram saiais, mas riquíssimos fraldelins de tabi de ouro. Traziam os cabelos soltos pelas costas, que bem podiam competir com os raios do próprio sol, coroados com duas grinaldas de verde louro e de rubro amaranto tecidas.[8] A idade, ao parecer, não baixava dos quinze nem passava dos dezoito.

Vista foi esta que admirou Sancho, suspendeu D. Quixote, fez parar o sol em sua carreira para vê-las e teve em maravilhoso

---

[7] Vulcano, que ao saber dos amores adúlteros de sua mulher, Vênus, com Marte, prendeu os dois numa rede para expô-los ao escárnio dos deuses.

[8] Verde louro e de rubro amaranto: as duas plantas são símbolos clássicos de viço eterno; com elas são coroadas, na *Ilíada*, as donzelas que acompanham o funeral de Heitor.

silêncio a todos quatro. Por fim, quem primeiro falou foi uma das duas zagalas, que disse a D. Quixote:

— Detende, senhor cavaleiro, o passo e não rompais as redes, que não para o dano vosso, senão para o nosso passatempo aí estão postas; e como sei que nos haveis de perguntar para que foram estendidas e quem somos nós, vo-lo quero dizer em breves palavras: numa aldeia que fica a cerca de duas léguas daqui, onde há muita gente principal e muitos fidalgos e ricos, entre muitos amigos e parentes se concertou que com seus filhos, mulheres e filhas, vizinhos, amigos e parentes viéssemos a folgar neste local, que é um dos mais amenos de todos estes contornos, formando entre todos uma nova e pastoril Arcádia,[9] vestindo-nos as donzelas de zagalas e os mancebos de pastores. Trazemos estudadas duas églogas, uma do famoso poeta Garcilaso, e outra do excelentíssimo Camões em sua mesma língua portuguesa, as quais ainda não representamos. Ontem foi o primeiro dia que aqui chegamos; temos entre estes ramos armadas algumas tendas, que dizem chamar-se "de campanha", às margens de um abundoso regato que todos estes prados fertiliza; penduramos na noite passada estas redes destas árvores para enganar os simples passarinhos que, espantados com nosso ruído, viessem a dar nelas. Se gostardes, senhor, de ser o nosso hóspede, sereis recebido liberal e cortesmente, pois neste local não há de entrar agora o pesar nem a melancolia.

Calou-se e não disse mais. Ao que respondeu D. Quixote:

— Por certo, formosíssima senhora, que nem Acteão[10] há

---

[9] Arcádia: região do Peloponeso elevada a território literário ideal da vida pastoril por Iacopo Sannazaro (1456-1530), inspirado em Virgílio.

[10] Acteão: o neto de Apolo que Diana transformou num cervo por ter ousado espiá-la enquanto se banhava. Petrarca aproveitou o motivo num célebre madrigal, que D. Quixote parece retomar.

de ter ficado tão suspenso e admirado quando de improviso viu Diana banhar-se nas águas como eu fiquei atônito ao ver a vossa beleza. Louvo o cometimento das vossas folganças e o dos vossos oferecimentos agradeço, e no que eu vos puder servir, com a certeza de serem obedecidas me podeis mandar, porque não é a profissão minha senão esta de me mostrar agradecido e benfeitor com todo gênero de gente, em especial com a principal que vossas pessoas representam; e se estas redes, que devem de ocupar um pequeno espaço, ocupassem toda a redondeza da terra, eu buscaria novos mundos por onde passar sem as romper; e para que deis algum crédito a esta minha exageração, vede que quem tal promete é ninguém menos que D. Quixote de La Mancha, se é que este nome já chegou aos vossos ouvidos.

— Ai, amiga da minha alma — disse então a outra zagala —, que ventura tão grande nos aconteceu! Vês este senhor que temos diante? Pois faço-te saber que é o mais valente e o mais enamorado e o mais comedido que tem o mundo, se não nos mente e nos engana uma história que das suas façanhas anda impressa e eu li. E aposto que este bom homem que vem com ele é um tal Sancho Pança, seu escudeiro, a cujas graças não há nenhuma que se iguale.

— Assim é a verdade — disse Sancho —, pois eu sou esse gracioso e esse escudeiro que vossa mercê diz, e este senhor é o meu amo, o mesmo D. Quixote de La Mancha historiado e referido.

— Ai! — disse a outra. — Supliquemos-lhe, amiga, que ele fique conosco, pois nossos pais e irmãos gostariam imenso disso, que eu também ouvi dizer de seu valor e suas graças o mesmo que tu me disseste, e por cima de tudo que é o mais firme e mais leal enamorado que se conhece, e que sua dama é uma tal Dulcineia d'El Toboso, a quem em toda a Espanha dão a palma da formosura.

— Têm razão em dar-lha — disse D. Quixote —, se é que já o não põe em dúvida a vossa sem igual beleza. Mas não vos canseis, senhoras, em me deter, porque as precisas obrigações da minha profissão não me deixam repousar em parte alguma.

Nisto chegou aonde os quatro estavam um irmão de uma das duas pastoras, igualmente vestido de pastor com a riqueza e as galas que às das zagalas correspondia; contaram-lhe elas que quem consigo estava era o valoroso D. Quixote de La Mancha, e o outro, seu escudeiro Sancho, de quem ele já tinha notícia por ter lido sua história. Apresentou-se o galhardo pastor, pediu-lhe que fosse com ele às suas tendas, teve de conceder D. Quixote e assim fez. Chegaram nisto os batedores em assuada, encheram--se as redes de passarinhos diferentes que, enganados pela cor das redes, caíam no perigo do qual vinham fugindo. Juntaram-se naquele local mais de trinta pessoas, todas bizarramente de pastores e pastoras vestidas, e num instante tomaram conhecimento de quem eram D. Quixote e seu escudeiro, do que não pouco contento receberam, porque já tinham dele notícia por sua história. Acudiram às tendas, acharam as mesas postas, ricas, abundantes e limpas; honraram D. Quixote dando-lhe o principal lugar nelas; miravam-no todos e admiravam-se de o ver. Finalmente, levantadas as toalhas, com grande sossego ergueu D. Quixote a voz e disse:

— Um dos maiores pecados que os homens cometem, por mais que alguns digam que é a soberba, eu digo que é a ingratidão, atendo-me ao que se costuma dizer: que de ingratos está cheio o inferno. Este pecado, tanto quanto me foi possível, tenho procurado evitar desde que faço uso de razão, e quando não posso pagar as boas obras que me fazem com outras obras, ponho em seu lugar o desejo de as fazer, e quando este não basta, as publico, pois quem declara e divulga as boas obras que recebe também as recompensara com outras, se pudesse; porque pela maior parte os que recebem são inferiores aos que dão, e assim é Deus sobre todos, porque é dador sobre todos, e não podem corresponder as dádivas do homem às de Deus com igualdade, por infinita distância, e esta estreiteza e brevidade em certo modo é suprida com a gratidão. Eu, portanto, agradecido à mercê que aqui se me fez, não podendo corresponder na mesma medida, contendo-me nos estreitos limites do meu poderio, ofereço o que posso e o que tenho da minha colheita; e assim digo que sustentarei por dois dias naturais,[11] caminhando nessa estrada real que vai a Saragoça, que estas senhoras zagalas contrafeitas que aqui estão são as mais formosas donzelas e mais corteses que há no mundo, excetuando somente a sem-par Dulcineia d'El Toboso, única senhora dos meus pensamentos, com paz seja dito de quantos e quantas me escutam.[12]

Ouvindo o qual Sancho, que com grande atenção o estivera escutando, dando uma grande voz disse:

— É possível que haja no mundo pessoas que se atrevam a dizer e a jurar que este meu senhor é louco? Digam vossas mercês, senhores pastores: conhecem algum vigário de aldeia, por mais discreto e estudado que seja, que possa dizer o que meu amo disse aqui; e conhecem algum cavaleiro andante, por mais fama que tenha de valente, que possa oferecer o que meu amo aqui ofereceu?

Virou-se D. Quixote para Sancho, com o rosto afogueado e colérico, e lhe disse:

---

[11] "Sustentarei": defenderei pelas armas.

[12] "Com licença e perdão de todos", segundo uma fórmula cavaleiresca de desafio.

— É possível, oh Sancho, que haja em todo o orbe alguma pessoa que diga que não és tolo forrado de tolices, com não sei quantos arremates de malícia e de velhacaria? Quem te mete nas minhas coisas e em averiguar se sou discreto ou malhadeiro? Cala-te e não me repliques, e trata de selar Rocinante, se ele estiver desselado: vamos logo pôr em efeito o meu oferecimento, pois com a palavra que vai da minha parte podes dar por vencidos a todos quantos a quiserem contradizer.

E com grande fúria e mostras de cólera se levantou da cadeira, deixando admirados os circunstantes, fazendo-os duvidar se o podiam ter por louco ou por são. Finalmente, por mais que o instassem a que não se pusesse em tal demanda, pois eles davam por bem reconhecida a sua agradecida vontade e que não haviam mister novas demonstrações para conhecer seu ânimo valoroso, bastando as que na história dos seus feitos se referiam, ainda assim levou D. Quixote avante sua intenção, e posto sobre seu cavalo, embraçando seu escudo e tomando sua lança, se pôs no meio de um real caminho que não longe do verde prado estava. Seguiu-o Sancho sobre seu ruço, com toda a gente do pastoral rebanho, todos desejosos de ver em que parava seu arrogante e nunca visto oferecimento.

Posto então D. Quixote no meio do caminho, como já vos disse, feriu o ar com as seguintes palavras:

— Oh vós, passantes e viandantes, cavaleiros, escudeiros, gente a pé e a cavalo que por esta estrada passais ou haveis de passar nestes dois dias seguintes, sabei que D. Quixote de La Mancha, cavaleiro andante, está aqui posto para defender que a todas as formosuras e cortesias do mundo excedem as que se encerram nas ninfas habitadoras destes prados e bosques, deixando de parte a senhora da minha alma Dulcineia d'El Toboso. Por isso, quem for de parecer contrário acuda, que aqui o espero.

Duas vezes repetiu estas mesmas razões, e duas vezes não foram ouvidas por nenhum aventureiro; mas a sorte, que ia encaminhando suas coisas de bem em melhor, quis que dali a pouco surgisse pelo caminho uma multidão de homens a cavalo, e muitos deles com lanças nas mãos, caminhando todos apinhados, em tropel e a grande pressa. Mal os tinham visto aqueles que com D. Quixote estavam quando, virando as costas, se afastaram bem longe do caminho, pois entenderam que se ali esperassem lhes podia sobrevir algum perigo; só D. Quixote, com intrépido coração, ficou firme, e Sancho Pança se escudou com as ancas de Rocinante.

Chegou o tropel dos lanceiros, e um deles que vinha mais adiante a grandes vozes começou a dizer a D. Quixote:

— Sai do caminho, homem do diabo, que estes touros te farão em pedaços!

— Eia, canalha — respondeu D. Quixote —, para mim não há touros que valham, ainda que sejam dos mais bravos que cria o Jarama nas suas ribeiras![13] Confessai, malfeitores, assim à carga cerrada, que é verdade o que aqui publiquei, senão comigo sois em batalha.

Não teve tempo de responder o vaqueiro, nem D. Quixote o teve de se desviar, ainda que quisesse, e assim o tropel dos touros bravos e o dos mansos cabrestos, mais a multidão dos vaqueiros e outras gentes que para o encerro os levavam num lugar onde no dia seguinte haviam de ser toureados, passaram por cima de D. Quixote fazendo-o rolar pelo chão, e de Sancho, de Rocinante e do ruço, a todos deitando por terra. Ficou moído Sancho, es-

---

[13] A ferocidade dos touros que se criavam no vale desse afluente do Tejo era um lugar-comum da literatura da época, talvez por serem dos que se toureavam em Madri.

pantado D. Quixote, aporreado o ruço e não muito católico Rocinante, mas por fim se levantaram todos, e D. Quixote a grande pressa, tropeçando aqui e caindo acolá, começou a correr atrás da vacaria, dizendo aos brados:

— Detende-vos e esperai, canalha malfeitora, que um só cavaleiro vos espera, o qual não é da condição nem do parecer dos que dizem: ao inimigo que foge, ponte de prata!

Mas nem por isso se detiveram os apressados corredores, nem fizeram mais caso das suas ameaças que das nuvens de antanho. Deteve-se D. Quixote de puro cansaço, e mais enfadado que vingado se sentou na estrada, esperando que Sancho, Rocinante e o ruço chegassem. Chegaram, tornaram a montar amo e criado, e sem voltar para se despedir da Arcádia fingida ou contrafeita, e com mais vergonha do que gosto, seguiram seu caminho.

Capítulo LIX

Onde se conta do extraordinário sucesso, que se pode ter por aventura, sucedido a D. Quixote

À poeira e ao cansaço que D. Quixote e Sancho ganharam do descomedimento dos touros veio dar socorro uma fonte clara e limpa que num fresco arvoredo acharam, à margem da qual, tendo livrado o ruço e Rocinante de cabresto e freio, os dois traquejados amo e moço se sentaram. Acudiu Sancho à despensa dos seus alforjes e dela tirou do que ele costumava chamar pitança; enxaguou a boca, lavou-se D. Quixote o rosto, e com tal refrigério recobraram alento os espíritos desalentados. Não comia D. Quixote de puro pesaroso, e Sancho também não ousava tocar nos manjares que tinha diante, de puro comedido, esperando que o seu senhor os provasse; mas vendo que levado de suas imaginações não se lembrava de levar o pão à boca, não abriu a dele e, atropelando todo gênero de educação, começou a atochar no estômago o pão e queijo que se lhe oferecia.

— Come, Sancho amigo — disse D. Quixote —, sustenta a vida, que mais do que a mim te importa, e deixa-me morrer nas mãos dos meus pensamentos e à força das minhas desgraças. Eu, Sancho, nasci para viver morrendo e tu para morrer comendo; e para que vejas que te digo a verdade, considera-me impresso em histórias, famoso nas armas, comedido nas ações, respeitado de príncipes, solicitado de donzelas: ao cabo do cabo, quando eu esperava palmas, triunfos e coroas, granjeadas e merecidas por minhas valorosas façanhas, me vi esta manhã pisado e escoiceado e moído dos pés de animais imundos e soezes. Esta consideração me embota os dentes, entorpece os queixais e intumesce as mãos e tira de todo em todo a vontade do comer, de maneira que penso deixar-me morrer de fome, morte a mais cruel das mortes.

— Assim sendo — disse Sancho, sem deixar de mastigar com grande pressa —, não olhará vossa mercê aquele ditado que dizem: "Morra Marta, mas morra farta". Eu ao menos não penso matar a mim mesmo, antes penso fazer como o sapateiro, que puxa o couro com os dentes até que o faz chegar aonde ele quer: eu vou puxando a minha vida comendo até que chegue ao fim que o céu lhe tem determinado; e saiba, senhor, que não há maior loucura do que a que leva a querer se acabar como vossa mercê, ouça o que eu digo e depois de comer deite-se a dormir um pouco sobre os colchões verdes desta relva, e verá como ao acordar se achará bem mais aliviado.

Assim fez D. Quixote, parecendo-lhe que as razões de Sancho eram mais de filósofo que de mentecapto, e lhe disse:

— Se tu, oh Sancho, quisesses fazer por mim o que eu agora te direi, seriam os meus alívios mais certos e os meus pesares não tão grandes; e é que enquanto eu dormir, obedecendo aos teus conselhos, tu te afastes um pouco daqui e com as rédeas de Rocinante, pondo as tuas carnes a arejar, te dês trezentos ou quatrocentos açoites à boa conta dos três mil e tantos que te hás de dar pelo desencantamento de Dulcineia, pois é grande pena aquela pobre senhora estar encantada por teu descuido e negligência.

— Há muito que dizer disso — devolveu Sancho. — Agora durmamos os dois, e depois Deus dirá. Saiba vossa mercê que o açoitar-se um homem a sangue frio é prova dura, e mais quando os açoites caem sobre um corpo com pouco sustento e menos comida: que tenha paciência a minha senhora Dulcineia, pois quando ela menos cuidar me verá feito um crivo de açoites; e até a morte tudo é vida; quero dizer que ainda a tenho, junto com o desejo de cumprir com o prometido.

Agradecendo-lhe D. Quixote, comeu um pouco, e Sancho muito, e deitaram-se a dormir os dois, deixando a seu alvitre e sem ordem alguma[1] pascerem da abundosa erva de que aquele prado estava cheio os dois contínuos companheiros e amigos Rocinante e o ruço. Acordaram um pouco tarde, voltaram a montar e a seguir seu caminho, dando-se pressa por chegar a uma estalagem que, ao parecer, a uma légua dali se descobria. Digo que era estalagem porque D. Quixote a chamou assim, fora do uso que tinha de chamar todas as estalagens de castelos.

Chegaram pois a ela; perguntaram ao hospedeiro se havia pousada; foi-lhes respondido que sim, com toda a comodidade e regalo que se poderia achar em Saragoça. Apearam-se e recolheu Sancho sua despensa num aposento do qual o hospedeiro lhe deu a chave; levou as bestas à cavalariça, deu-lhes seus pensos e saiu para ver o que D. Quixote, que estava sentado num poial, lhe mandava, dando particulares graças ao céu de que aquela estalagem não tivesse parecido castelo ao seu amo.

Chegou a hora do jantar, recolheram-se ao seu quarto; perguntou Sancho ao hospedeiro que é que tinha para lhes dar de jantar, ao que aquele respondeu que sua boca seria a medida, e portanto pedisse o que quisesse, pois dos passarinhos do ar, das aves do terreiro e dos peixes do mar estava bem provida aquela estalagem.

— Não é mister tanto — respondeu Sancho —, pois com um par de frangos que nos assem teremos o bastante, porque

---

[1] Citação burlesca do primeiro verso de uma oitava-rima muito difundida na época.

meu senhor é delicado e come pouco, e eu não sou gargantão em demasia.

Respondeu-lhe o hospedeiro que não tinha frangos, porque os gaviões os tinham devastado.

— Então mande o senhor hospedeiro — disse Sancho — assar uma franga que seja nova.

— Franga? Por meu pai! — respondeu o hospedeiro. — Em verdade, em verdade que ontem mandei vender mais de cinquenta na cidade; mas, tirando as frangas, peça vossa mercê o que quiser.

— Assim sendo — disse Sancho —, não há de faltar vitela ou cabrito.

— Aqui em casa — respondeu o hospedeiro —, agora não há, porque se acabou, mas na semana que vem haverá de sobra.

— Vamos bem! — respondeu Sancho. — Mas eu aposto que todas essas faltas compensarão as sobras que deve haver de ovos e toucinho.[2]

— Por Deus — respondeu o hospedeiro — que é boa mofa a do meu hóspede! Pois já lhe disse que não tenho frangas nem galinhas, e quer que eu tenha ovos! Discorra, se quiser, por outras finezas, mas deixe de pedir tais gulodices.

— Resolvamos de uma vez, corpo de mim! — disse Sancho. — Vossa mercê me diga afinal o que tem e deixe de discorrimentos, senhor hospedeiro.

Disse o estalajadeiro:

— O que real e verdadeiramente tenho são dois pés de vaca macios como mãos de vitela, ou duas mãos de vitela tamanhos como pés de vaca; estão cozidos com seus grãos-de-bico, suas

---

[2] Ovos e toucinho eram provisão de emergência que não podia faltar em nenhuma casa.

cebolas e seu toucinho, e ora agora vão pedindo aos gritos: "Coma-nos! Coma-nos".

— Desde agora os marco por meus — disse Sancho —, e que ninguém os toque, que pagarei por eles melhor do que ninguém, já que nenhuma outra coisa eu poderia esperar de mais gosto, e pouco se me dera que fossem mãos ou pés.

— Ninguém os tocará — disse o estalajadeiro —, porque os outros hóspedes que tenho são tão principais que levam consigo cozinheiro, vedor e despensa.

— Se de principalidade se trata — disse Sancho —, ninguém tem mais que o meu amo; mas o ofício que ele leva não permite trazer despensas nem frasqueiras: por aí nos deitamos no meio dos prados e nos fartamos de bolotas ou de nêsperas.[3]

Essa foi a conversa que Sancho teve com o estalajadeiro, mas Sancho não quis passar adiante em responder quando o outro lhe perguntou que ofício ou que exercício era o do seu amo.

Chegou então a hora do jantar, recolheu-se ao seu quarto D. Quixote e, em trazendo o hospedeiro aquele mesmo cozido, sentou-se a jantar com muita vontade. Parece que de outro aposento que junto ao de D. Quixote estava, sem mais divisão que um delgado tabique, ouviu dizer D. Quixote:

— Por vida de vossa mercê, senhor D. Jerónimo, que enquanto não nos trazem o jantar leiamos outro capítulo da segunda parte de *D. Quixote de La Mancha*.

Apenas ouviu seu nome D. Quixote, quando se pôs em pé e com ouvido atento escutou o que dele tratavam e ouviu que o tal D. Jerónimo referido respondeu:

---

[3] Nêspera: não a japonesa, hoje mais conhecida, mas a europeia; era fruta silvestre de sabor acre, só comestível depois de curada.

— Para que quer vossa mercê, senhor D. Juan, que leiamos estes disparates? Pois quem tiver lido a primeira parte da história de D. Quixote de La Mancha não é possível que possa ter gosto em ler esta segunda.

— Ainda assim — disse o D. Juan —, será bem lê-la, pois não há livro tão ruim que não tenha alguma coisa boa. O que neste mais me desagrada é que pinte a D. Quixote já desamorado de Dulcineia d'El Toboso.[4]

Ouvindo o qual D. Quixote, cheio de ira e de despeito levantou a voz e disse:

— Quem quer que diga que D. Quixote de La Mancha esqueceu ou pode esquecer Dulcineia d'El Toboso, eu o farei entender com armas iguais que vai muito longe da verdade, pois a sem-par Dulcineia d'El Toboso não pode ser esquecida, nem em D. Quixote pode caber esquecimento: seu brasão é a firmeza, e sua profissão, o guardá-la com suavidade e sem fazer força alguma.

— Quem é que nos responde? — responderam do outro aposento.

— Quem há de ser — respondeu Sancho — senão o próprio D. Quixote de La Mancha, que manterá tudo quanto disse e quanto vier a dizer, pois a bom pagador não dói o penhor?

Apenas Sancho havia dito isso, quando entraram pela porta do seu aposento dois cavaleiros, que tais pareciam, e um deles, lançando os braços ao pescoço de D. Quixote, lhe disse:

— Nem vossa presença pode desmentir vosso nome, nem vosso nome pode não acreditar vossa presença: sem dúvida vós, senhor, sois o verdadeiro D. Quixote de La Mancha, norte e fa-

---

[4] Na continuação apócrifa, depois de ler uma violenta carta de recusa assinada por Aldonza Lorenzo, D. Quixote adota o epíteto de "Cavaleiro Desamorado".

rol da andante cavalaria, a despeito e pesar de quem quis usurpar vosso nome e aniquilar vossas façanhas, como fez o autor deste livro que aqui vos entrego.

E pondo-lhe nas mãos um livro que o seu companheiro trazia, tomou-o D. Quixote e, sem responder palavra, começou a folheá-lo, e dali a pouco se tornou para aquele, dizendo:

— No pouco que acabo de ver achei três coisas neste autor dignas de repreensão. A primeira são certas palavras que li no prólogo; a outra, que é sua linguagem aragonesa, pois às vezes escreve sem artigos,[5] e a terceira, que mais o confirma por ignorante, é que ele erre e se desvie da verdade no mais principal da história, pois aqui diz que a mulher de Sancho Pança meu escudeiro se chama Mari Gutiérrez, e ela não se chama assim, senão Teresa Pança; e quem erra nesta parte tão principal, bem se poderá temer que erre em todas as demais da história.

Ao que Sancho disse:

— Boa peça de historiador! E como há de estar por dentro do caso dos nossos sucessos, quando chama Teresa Pança, minha mulher, de Mari Gutiérrez![6] Torne a tomar o livro, senhor, e olhe se eu também ando por aí e se me trocaram o nome.

— Pelo que acabo de ouvir, amigo — disse D. Jerónimo —, sem dúvida deveis de ser Sancho Pança, o escudeiro do senhor D. Quixote.

— Sou, sim — respondeu Sancho —, e muito me prezo disso.

---

[5] Não é traço distintivo do aragonês nem do texto de Avellaneda a ausência de artigos no sentido que hoje se dá ao termo. Na gramática da época, porém, chamava-se assim qualquer partícula, independente da categoria, incluindo a preposição "de", muitas vezes omitida no *Quixote* apócrifo.

[6] Óbvia ironia, pois o próprio Sancho chamou a mulher assim no primeiro livro (cap. VII), pouco depois de chamá-la de Juana.

— Pois à fé — disse o cavaleiro — que não vos trata este autor moderno com a limpeza que em vossa pessoa se mostra: pinta-vos comilão e simples e nada gracioso, bem diferente do Sancho que na primeira parte da história do vosso amo se descreve.

— Deus que o perdoe — disse Sancho. — Mais lhe valeria me deixar no meu canto, sem bulir comigo, pois quem tem unhas é que toca viola, e bem está São Pedro em Roma.

Os dois cavaleiros pediram a D. Quixote que se passasse ao seu quarto para jantar com eles, pois bem sabiam que naquela estalagem não havia coisas dignas da sua pessoa. D. Quixote, que sempre foi cortês, aceitou o convite e jantou com eles. Ficou Sancho senhor de cutelo e baraço do seu cozido, sentou-se à cabeceira da mesa, e com ele o estalajadeiro, que não menos do que Sancho gostava das suas mãos e dos seus pés.

No discurso do jantar perguntou D. Juan a D. Quixote que novas tinha da senhora Dulcineia d'El Toboso, se se havia casado, se estava parida ou prenhe ou se, ainda na sua inteireza, se lembrava, guardando sua honestidade e bom decoro, dos amorosos pensamentos do senhor D. Quixote. Ao que ele respondeu:

— Dulcineia está inteira, e os meus pensamentos, mais firmes do que nunca; nosso trato, magro como sempre; sua formosura, na de uma soez lavradora transformada.

E logo lhes foi contando ponto por ponto o encantamento da senhora Dulcineia e o que lhe acontecera na gruta de Montesinos, mais a ordem que o sábio Merlim lhe dera para desencantá-la, que foi a dos açoites de Sancho. Sumo foi o contento que os dois cavaleiros receberam de ouvir contar de D. Quixote os estranhos sucessos da sua história, e assim ficaram admirados dos seus disparates como do elegante modo como os contava. Aqui o tinham por discreto e ali se lhes safava por mentecapto, sem saberem determinar que grau lhe dariam entre a discrição e a loucura.

Acabou de jantar Sancho e, deixando o estalajadeiro a trançar os pés, se passou ao quarto do seu amo, e lá entrando disse:

— Que me matem, senhores, se o autor desse livro que vossas mercês trazem não quer que não façamos boa farinha. Eu queria que, já que me chama comilão, como vossas mercês dizem, não me chamasse também bêbado.

— Pois chama sim — disse D. Jerónimo. — Não me lembro de que maneira, mas sei que com ruins palavras, e por cima mentirosas, segundo se me dá a ver na fisionomia do bom Sancho aqui presente.

— Creiam-me vossas mercês — disse Sancho — que o Sancho e o D. Quixote dessa tal história devem de ser outros diferentes dos que andam naquela composta por Cide Hamete Benengeli, que somos nós: meu amo valente, discreto e enamorado, e eu simples gracioso, e não comilão nem bêbado.

— Eu assim creio — disse D. Juan —, e se possível fosse se havia de mandar que ninguém ousasse tratar das coisas do grande D. Quixote, a não ser Cide Hamete, seu primeiro autor, bem assim como mandou Alexandre que ninguém senão Apeles o ousasse retratar.

— Retrate-me quem quiser — disse D. Quixote —, mas não me maltrate, pois muitas vezes se sói render a paciência quando a carregam de injúrias.

— Nenhuma — disse D. Juan — se pode fazer ao senhor D. Quixote da qual ele não se possa vingar, quando a não apare com o escudo da sua paciência, que a meu parecer é forte e grande.

Nestas e noutras conversações se passou grande parte da noite, e por muito que D. Juan quisesse que D. Quixote lesse mais do livro, para ver o que descantava, não o puderam convencer, dizendo ele que já o dava por lido e o confirmava por todo néscio, e que não queria, se acaso chegasse à notícia do seu autor que o tivera nas mãos, se alegrasse com pensar que o lera, pois das coisas obscenas e torpes se devem apartar os pensamentos, quanto mais os olhos. Perguntaram-lhe que rumo levava determinado sua viagem. Respondeu que o de Saragoça, para se achar nas justas do arnês, que naquela cidade se costumam celebrar todos os anos. Disse-lhe D. Juan que aquela nova história contava como D. Quixote, ou lá quem fosse, se achara num torneio falto de invenção, pobre de letras, pobríssimo de librés,[7] mas rico de tolices.

— Por isso mesmo — respondeu D. Quixote — eu não porei os pés em Saragoça, e assim publicarei na praça do mundo a mentira desse historiador moderno, e verão as gentes como eu não sou o D. Quixote que ele diz.

— Pois fará muito bem — disse D. Jerónimo —, e outras justas há em Barcelona onde poderá o senhor D. Quixote mostrar o seu valor.

— Assim penso fazer — disse D. Quixote. — E vossas mercês me deem licença, pois já é hora de ir-me ao leito, e peço me tenham e ponham no número dos seus maiores amigos e servidores.

— E a mim também — disse Sancho. — Pois quem sabe serei bom para alguma coisa.

Com isto se despediram, e D. Quixote e Sancho se recolheram ao seu aposento, deixando D. Juan e D. Jerónimo admirados de ver a mistura que havia feito da sua discrição e da sua loucura, e verdadeiramente creram que eram estes os verdadeiros D. Quixote e Sancho, e não aqueles descritos por seu autor aragonês.

---

[7] No *Quixote* de Avellaneda, chamam-se "letras" os lemas dos cavaleiros, entre os quais consta um "epigrama [em latim] do excelente poeta Lope de Vega Carpio, familiar do Santo Ofício"; obviamente, Cervantes joga também com o sentido de pobreza literária. Para as librés, ver cap. XVII, nota 7, e cap. XXII, nota 4.

Madrugou D. Quixote e, batendo no tabique do outro aposento, se despediu dos seus hóspedes. Pagou Sancho ao estalajadeiro magnificamente e o aconselhou a que gabasse menos a provisão da sua estalagem, ou que a tivesse mais bem provida.

Capítulo LX

DO QUE ACONTECEU A D. QUIXOTE INDO PARA BARCELONA

Era fresca a manhã e dava mostras de o ser também o dia em que D. Quixote saiu da estalagem, tendo antes perguntado qual era o mais direito caminho para ir a Barcelona sem tocar em Saragoça: tanto era o desejo que tinha de deixar por mentiroso aquele novo historiador que tanto diziam que o vituperava.

Aconteceu pois que em mais de seis dias não lhe aconteceu coisa digna de ser posta em escritura, ao cabo dos quais, indo fora do caminho, a noite o apanhou entre uns espessos carvalhos ou sobreiros,[1] que nisso não guarda Cide Hamete a pontualidade que costuma em outras coisas.

Apearam de suas bestas amo e moço, e Sancho, que já merendara naquele dia, arrimando-se aos troncos das árvores se deixou entrar de roldão pelas portas do sono; mas D. Quixote, a quem suas imaginações desvelavam muito mais do que a fome, não conseguia pregar os olhos, antes ia e vinha com o pensamento por mil gêneros de lugares. Ora lhe parecia estar na gruta de Montesinos, ora ver saltar e montar em sua jerica a transformada em lavradora Dulcineia, ora que lhe soavam nos ouvidos

---

[1] As duas árvores indicam a disjuntiva estilística da poética tradicional, com o carvalho simbolizando o sublime, por ser árvore dedicada a Júpiter, e o sobreiro vinculado ao humilde e chão.

as palavras do sábio Merlim ditando-lhe as condições e diligências que se haviam de fazer e ter no desencantamento de Dulcineia. Desespera-se em ver a frouxura e caridade pouca de Sancho seu escudeiro, pois, segundo lhe constava, só cinco açoites se dera, numero desproporcionado e ínfimo frente aos infinitos que lhe faltavam; e disto recebeu tanto pesar e enfado, que fez este discurso:

— Se o nó górdio cortou o Magno Alexandre, dizendo "tanto monta cortar quanto desatar", e nem por isso deixou de ser universal senhor de toda a Ásia, nem mais nem menos poderia acontecer agora no desencantamento de Dulcineia se eu açoitasse Sancho a seu pesar, pois se a condição deste remédio está em que Sancho receba os três mil e tantos açoites, nada se me dá que ele mesmo ou outro lhos dê, pois a substância está em que ele os receba, venham donde vierem.

Com esta imaginação se chegou a Sancho, tendo primeiro tomado as rédeas de Rocinante, e, ajeitando-as de modo que o pudesse açoitar com elas, começou a tirar-lhe as cintas (das quais é opinião que não tinha mais que a dianteira) que seguravam seus calções; mas apenas havia chegado, quando Sancho acordou e bem desperto disse:

— Que é isso? Quem me toca e descinta?

— Sou eu — respondeu D. Quixote —, que venho suprir as tuas faltas e remediar os meus trabalhos: venho te açoitar, Sancho, e aliviar parte da dívida a que te obrigaste. Dulcineia perece, tu vives em descuido, eu morro desejando; portanto despe-te por tua vontade, pois a minha é dar-te nesta soledade pelo menos dois mil açoites.

— Isso não! — disse Sancho. — Vossa mercê pare e se aquiete, senão por Deus verdadeiro que nos hão de ouvir os surdos. Os açoites a que eu me obriguei hão de ser voluntários, e não por força, e agora não tenho vontade nenhuma de me açoitar; baste eu dar a vossa mercê minha palavra de me fustigar e espanar quando eu bem quiser.

— Não o hei de deixar à tua cortesia, Sancho — disse D. Quixote —, porque és duro de coração e, se bem rústico, frouxo de carnes.

E assim porfiava e pelejava por desenlaçá-lo. Vendo o qual Sancho Pança, se pôs em pé e, arremetendo contra seu amo, se atracou com ele de braço a braço e, passando-lhe uma rasteira, o estatelou de costas no chão, pôs o joelho direito sobre seu peito enquanto com as mãos lhe segurava as mãos de modo que nem o deixava rolar nem cobrar alento. D. Quixote lhe dizia:

— Como, traidor? Contra teu amo e senhor natural te desmandas? Contra quem te dá seu pão te atreves?

— Não tiro rei nem ponho rei — respondeu Sancho —, mas me ajudo a mim mesmo, que sou meu senhor.[2] Vossa mercê me prometa que ficará quedo e não me tentará açoitar, que eu o deixarei livre e desembaraçado; se não,

> aqui morrerás, traidor,
> inimigo de Dª Sancha.[3]

---

[2] Adaptação da frase então proverbial "*ni quito rey ni pongo rey, mas ayudo a mi señor*". Segundo a lenda, foi dita por um vassalo de D. Henrique de Trastâmara ao favorecer seu senhor na luta corpo a corpo contra o irmão, o rei D. Pedro "o Cruel". O episódio, que, com a morte do rei, marcou o fim da Primeira Guerra Civil Castelhana (1366-1369), foi também cantado no romanceiro ("*... diciendo: no quito rey — ni pongo rey de mi mano,/ pero hago lo que debo — al oficio de criado*").

[3] Os dois versos finais do romance do ciclo do Cid "A cazar va don Rodrigo".

Prometeu-lho D. Quixote e jurou por vida dos seus pensamentos não lhe tocar nem o pelo da roupa e deixar à sua inteira vontade e arbítrio o açoitar-se quando quisesse.

Levantou-se Sancho e se desviou daquele lugar um bom espaço; e indo-se a arrimar a outra árvore, sentiu que lhe tocavam a cabeça e, levantando as mãos, topou com dois pés de pessoa, com sapatos e calças. Tremeu de medo, foi até outra árvore e lhe aconteceu o mesmo. Deu vozes chamando por D. Quixote, para que o favorecesse. Acudiu D. Quixote perguntando-lhe que havia acontecido e do que tinha medo, ao que Sancho lhe respondeu que todas aquelas árvores estavam cheias de pés e de pernas humanas. Tenteou-as D. Quixote e logo caiu na conta do que podia ser aquilo, e o disse a Sancho:

— Não tens do que ter medo, porque estes pés e pernas que tocas e não vês sem dúvida são de alguns foragidos e bandoleiros que nestas árvores estão enforcados,[4] pois por aqui os costuma enforcar a justiça, quando os apanha, de vinte em vinte e de trinta em trinta; donde tiro que devo de estar perto de Barcelona.

E assim era a verdade como ele imaginara.

Ao partir, ergueram os olhos e puderam ver que os cachos daquelas árvores eram corpos de bandoleiros. Já então amanhecia, e se os mortos os tinham assustado, não menos os atribularam mais de quarenta bandoleiros vivos que de improviso os cercaram, dizendo-lhes em língua catalã que estivessem quietos e se detivessem até que chegasse o seu capitão.

Achou-se D. Quixote a pé, seu cavalo sem freio e sua lança encostada numa árvore, enfim, sem defesa alguma, e assim hou-

---

[4] Era praxe a execução sumária por enforcamento dos bandoleiros, logo depois de aprisionados. O número deles não era pequeno na época, pois o bandoleirismo espanhol conheceu franca expansão sob o reinado dos Felipes.

ve por bem cruzar as mãos e inclinar a cabeça, guardando-se para melhor ocasião e conjuntura. Acudiram os bandoleiros a espiolhar o ruço e a não lhe deixar coisa alguma de quantas nos alforjes e na maleta carregava, e veio bem a Sancho levar guardados numa cinta os escudos do duque e os que haviam tirado da sua terra; mas ainda assim aquela boa gente o teria escorchado e encontrado até o que entre o couro e a carne trouxesse escondido, se naquele instante não chegasse seu capitão, o qual mostrou ser de idade de até trinta e quatro anos, robusto, de proporção mais que mediana, olhar grave e cor morena. Vinha sobre um poderoso cavalo, vestindo acerada cota e com quatro pistoletes (que naquela terra se chamam *pedreñales*)[5] aos lados. Viu que os seus escudeiros, que assim chamam aos que andam naquele exercício, estavam prestes a despojar Sancho Pança; mandou-lhes que o não fizessem e foi logo obedecido, e com isso escapou a cinta. Admirou-se de ver uma lança encostada na árvore, um escudo no chão e D. Quixote lá armado e pensativo, com a mais triste e melancólica figura que pudesse formar a própria tristeza. Chegou-se a ele, dizendo:

— Não estejais tão triste, bom homem, porque não caístes nas mãos de algum cruel Osíris,[6] mas nas de Roque Guinart,[7] que têm mais de compassivas que de rigorosas.

---

[5] Forma acastelhanada de *pedrenyal*, pistolete ou bacamarte de pederneira, normalmente associado ao bandoleirismo catalão.

[6] Detecta-se aí uma troca de nomes, pois o mais lógico seria constar Busíris, o mitológico rei do Egito que sacrificava os estrangeiros para oferecê-los aos deuses, citado em *Os Lusíadas* ("As aras de Busíris infamado,/ onde os hóspedes tristes imolava..."). Contudo, a alusão ao justíssimo Osíris poderia não ser uma simples errata, mas um lapso do personagem ou um aceno intencional do autor.

[7] Roque Guinart: Pere (ou Perot) Rocaguinarda, personagem histórico cujo

— Não vem minha tristeza — respondeu D. Quixote — de ter caído em teu poder, oh valoroso Roque, cuja fama não há limites na terra que a encerrem, mas por ter sido tal o meu descuido que teus soldados me apanharam sem o freio,[8] estando eu obrigado, segundo a ordem da andante cavalaria que professo, a viver em contínuo alerta, sendo a todas horas sentinela de mim mesmo; pois eu te faço saber, oh grande Roque, que se me achassem sobre meu cavalo, com minha lança e meu escudo, não pequeno trabalho lhes dera me render, porque eu sou D. Quixote de La Mancha, aquele que de suas façanhas tem cheio todo o orbe.

Logo viu Roque Guinart que a doença de D. Quixote tinha mais de loucura que de valentia; e bem que já o conhecesse de ouvida, nunca tivera seus feitos por verdade, nem podia crer que semelhante humor reinasse em coração de homem, e folgou em extremo de o ter encontrado para tocar de perto o que de longe dele ouvira, e assim lhe disse:

— Valoroso cavaleiro, não vos desalenteis nem tenhais por sinistra fortuna esta em que vos achais, pois bem podia ser que nestes tropeços vossa arrevesada sorte se endireitasse, já que o céu, por estranhos e nunca vistos rodeios, dos homens não imaginados, sói levantar os caídos e enriquecer os pobres.

Já ia D. Quixote agradecer, quando ouviram às costas um ruído como de tropel de cavalos, que não era mais do que um, sobre o qual vinha a toda brida um mancebo, ao parecer de até vinte anos, vestido de damasco verde, com passamanes de ouro, calções

---

sobrenome aparece aqui na forma acastelhanada. Famoso bandoleiro catalão com aura de herói popular, nasceu em 1582 e atuou à frente de seu bando até 1611, quando foi indultado pelo vice-rei da Catalunha e desterrado em Nápoles, onde serviu à coroa espanhola por dez anos como capitão de um regimento regular.

[8] Estando o cavalo sem as rédeas e, por sinédoque, a pé e desarmado.

e saltimbarca, com chapéu terçado à valona,[9] botas enceradas e justas, esporas, adaga e espada douradas, uma escopeta pequena nas mãos e duas pistolas aos lados. Com o ruído, virou Roque a cabeça e viu essa formosa figura, que chegando-se a ele disse:

— Em tua busca eu vinha, oh valoroso Roque, para achar em ti, se não remédio, ao menos alívio para a minha desdita! E por te não ter suspenso, pois vejo que não me conheceste, quero dizer-te quem sou: eu sou Claudia Jerónima, filha de Simón Fuerte, teu singular amigo e inimigo particular de Clauquel Torrellas, que é também teu inimigo, por ser do teu contrário bando,[10] e já sabes que esse Torrellas tem um filho que D. Vicente Torrellas se chama, ou ao menos se chamava até não faz duas horas. E para abreviar o conto da minha desventura, te direi em breves palavras a que ele me causou. Viu-me, requereu-me, escutei-o, enamorei-me, tudo a furto do meu pai, porque não há mulher, por recolhida que esteja e recatada que seja, à qual não sobre tempo para pôr em execução e efeito seus atropelados desejos. Enfim, ele me prometeu ser meu esposo e eu lhe dei a palavra de ser sua, sem passarmos adiante em obras. Mas ontem eu soube que, esquecido do que me devia, ele se casaria com outra, e que esta manhã já se ia desposar, nova que me turvou o sentido e rematou a paciência; e por não estar meu pai no lugar, tive de me pôr nos trajes que vês e, apressando o passo deste cavalo, alcancei D. Vicente a coisa de uma légua daqui, e sem entrar a dar queixas nem a ouvir desculpas lhe disparei esta escopeta, e por cima estas duas pistolas, e cuido que lhe devo de ter metido mais de duas balas no

---

[9] Chapéu inclinado e adornado com penas, como era usual entre homens que alardeavam valentia.

[10] Roque Guinart era líder do bando armado dos Niarros, ou Nyerros, que se opunha ao dos Cadells, ao qual presumivelmente pertencia a família Torrellas.

corpo, abrindo-lhe portas por onde envolta em seu sangue saísse a minha honra. Lá o deixo entre seus criados, que não ousaram nem se puderam pôr em sua defesa. Venho te buscar para que me passes à França, onde tenho parentes com quem viva, e também para te rogar que defendas o meu pai, por que os muitos de D. Vicente não se atrevam a tomar dele desmesurada vingança.

Roque, admirado da galhardia, bizarria, bom porte e apuro da formosa Claudia, lhe disse:

— Vem, senhora, vamos ver se está morto o teu inimigo, e depois veremos o que mais te importar.

D. Quixote, que estava escutando atentamente o que Claudia havia dito e o que Roque Guinart respondeu, disse:

— Ninguém tem para que dar-se ao trabalho de defender esta senhora, pois eu o tomo a meu cargo: deem-me meu cavalo e minhas armas e me esperem aqui, que eu irei buscar esse cavaleiro e, morto ou vivo, o farei cumprir a palavra prometida a tanta beleza.

— Disso ninguém duvide — disse Sancho —, porque meu senhor tem muito boa mão para casamenteiro, pois não há muitos dias fez casar outro que também negava sua palavra a outra donzela, e não fosse porque os encantadores que o perseguem mudaram sua verdadeira figura na de um lacaio, esta já seria a hora em que a tal donzela não mais o seria.

Roque, mais atento a pensar no apuro da formosa Claudia do que nas razões de amo e moço, não as escutou e, depois de mandar seus escudeiros tornarem a Sancho tudo quanto lhe haviam tirado do ruço, também os mandou recolher-se aonde naquela noite haviam estado alojados, e em seguida partiu com Claudia a toda pressa em busca do ferido ou morto D. Vicente. Chegaram ao lugar onde Claudia o encontrara e acharam nele somente o derramado sangue; mas, alongando os olhos por toda parte, avistaram alguma gente numa ladeira acima e se deram a entender, como era a verdade, que devia de ser D. Vicente com seus criados, que ou morto ou vivo o levavam, ou para o curar, ou para o enterrar. Deram-se pressa para alcançá-los e, como iam devagar, com facilidade o fizeram. Acharam D. Vicente nos braços dos criados, a quem com cansada e debilitada voz rogava que o deixassem morrer ali, porque a dor dos ferimentos não o deixava passar mais adiante.

Saltaram dos cavalos Claudia e Roque, chegaram-se a ele, temeram os criados a presença de Roque, e Claudia se turvou vendo a de D. Vicente; e assim, entre enternecida e rigorosa, se chegou a ele e, tomando-o das mãos, lhe disse:

— Se tu me desses estas, conforme o nosso pacto, jamais te verias neste trago.

Abriu seus quase fechados olhos o ferido cavaleiro e, reconhecendo Claudia, lhe disse:

— Bem vejo, formosa e enganada senhora, que foste tu quem me deu morte, pena não merecida nem devida aos meus desejos, pois, nem com eles, nem com meus atos, jamais te pensei nem quis ofender.

— Então não é verdade — disse Claudia — que ias esta manhã desposar-te com Leonora, a filha do rico Balvastro?

— Não, por certo — respondeu D. Vicente. — Minha má fortuna te deve ter levado essas novas para que, ciumenta, me tirasses a vida, mas como esta deixo em tuas mãos e em teus braços, tenho a minha sorte por venturosa. E para te assegurar desta verdade, aperta-me a mão e recebe-me por esposo, se o quiseres, pois não tenho outra maior satisfação para te dar do agravo que pensas que te fiz.

Apertou-lhe a mão Claudia, e junto se lhe apertou o coração, de maneira que sobre o sangue e o peito de D. Vicente caiu desmaiada, e ele foi tomado de um mortal paroxismo. Confuso estava Roque e não sabia que fazer. Acudiram os criados a buscar água para deitar nos rostos, e logo a trouxeram e os banharam. Acordou Claudia do seu desmaio, mas não D. Vicente do seu paroxismo, pois nele se lhe acabou a vida. O qual visto por Claudia, e vendo que já seu tenro esposo não vivia, rompeu os ares com suspiros, feriu os céus com queixas, maltratou seus cabelos entregando-os ao vento, enfeou seu rosto com as próprias mãos, mais todas as mostras de dor e sentimento que de um lastimado peito se pudessem imaginar.

— Oh cruel e inconsiderada mulher — dizia —, com que facilidade te moveste a pôr em execução tão mau pensamento! Oh força raivosa dos ciúmes, a que desesperado fim conduzis quem vos acolhe no peito! Oh esposo meu, cuja desgraçada sorte, por ser prenda minha, te levou do tálamo à sepultura!

Tais e tão tristes eram as queixas de Claudia, que arrancaram lágrimas dos olhos de Roque, não acostumados a vertê-las em nenhuma ocasião. Choravam os criados, desmaiava Claudia a cada passo, e tudo em volta parecia campo de tristeza e lugar de desgraça. Finalmente, Roque Guinart ordenou aos criados de D. Vicente que levassem seu corpo ao lugar do seu pai, que estava ali perto, para que lhe dessem sepultura. Claudia disse a Roque que queria ir-se para um convento onde era abadessa uma tia sua, no qual pensava acabar a vida, de outro melhor e mais eterno esposo acompanhada. Elogiou-lhe Roque seu bom propósito, oferecendo-se para acompanhá-la até onde quisesse e para defender seu pai dos parentes e de todo o mundo, se o quisesse ofender. De nenhuma maneira quis Claudia sua companhia e, agradecendo seus oferecimentos com as melhores razões que soube, se despediu dele chorando. Os criados de D. Vicente levaram seu corpo, e Roque voltou para os seus, e este fim tiveram os amores de Claudia Jerónima. Mas que muito admira, quando a trama da sua lamentável história foi tecida pelas forças invencíveis e rigorosas dos ciúmes?

Achou Roque Guinart os seus escudeiros no local ordenado, e entre eles D. Quixote montado em Rocinante, fazendo-lhes uma arenga para persuadi-los a deixar aquele modo de viver tão perigoso, assim para a alma como para o corpo; mas como os mais eram gascões,[11] gente rústica e desencaminhada, não lhes entravam bem as razões de D. Quixote. Chegado que foi Roque, perguntou a Sancho Pança se lhe haviam tornado e restituído as prendas e alfaias que seus homens lhe haviam tirado do ruço. Sancho respondeu que sim, mas que ainda lhe faltavam três lenços que valiam três cidades.

— Que é que dizes, homem? — exclamou um dos presentes. — Pois eu os tenho, e não valem nem três reais.

— Assim será — disse D. Quixote —, mas estima-os meu escudeiro em quanto disse por serem presente de quem mos presenteou.

Mandou-os tornar de pronto Roque Guinart e, mandando pôr os seus em ala, mandou trazer todas as roupas, joias e dinheiros, mais tudo aquilo que desde a última partilha haviam roubado; e fazendo breve avaliação, reservando o que não se podia repartir e trocando-o em dinheiro, logo o repartiu por toda sua companhia, com tanta legalidade e prudência, que em nada violou nem defraudou a justiça distributiva. Feito isto, com o que todos ficaram contentes, satisfeitos e pagos, disse Roque a D. Quixote:

---

[11] Parte dos bandoleiros eram huguenotes fugitivos da França, especialmente da Gasconha, que ao buscar refúgio na Catalunha acabavam incorporando-se a algum bando.

— Se não se guardasse esta pontualidade, não se poderia viver com eles.

Ao que Sancho disse:

— Segundo o que aqui acabo de ver, a justiça é tão boa que deve ser usada até entre os próprios ladrões.

Ouviu-o um escudeiro e logo empinou a culatra de um arcabuz, com a qual sem dúvida teria rachado a cabeça a Sancho se Roque Guinart não lhe desse vozes para que se detivesse. Pasmou-se Sancho e jurou entre si não descoser os lábios enquanto entre aquela gente estivesse.

Chegou nisto um ou alguns daqueles escudeiros que estavam postos como sentinelas pelos caminhos, para avistar a gente que por eles vinha e dar aviso ao seu chefe do que se passava, dizendo:

— Senhor, não longe daqui, pelo caminho que vai a Barcelona, vem um grande tropel de gente.

Ao que respondeu Roque:

— Pudeste ver se são dos que nos buscam ou dos que nós buscamos?

— São só dos que buscamos — respondeu o escudeiro.

— Então saí todos — replicou Roque — e trazei-os aqui logo, sem que vos escape nenhum.

Assim fizeram, e ficando sós D. Quixote, Sancho e Roque, aguardaram a ver o que os escudeiros traziam, e nesse ínterim disse Roque a D. Quixote:

— Nova maneira de vida deve de parecer ao senhor D. Quixote a nossa: novas aventuras, novos sucessos, e todos perigosos. E não me maravilho que assim lhe pareça, porque realmente lhe confesso que não há modo de viver mais inquieto nem mais sobressaltado que o nosso. Quanto a mim, o que me pôs nele foram não sei que desejos de vingança, que têm força de turbar os mais sossegados corações. Eu sou por natureza compassivo e bem-intencionado, mas, como tenho dito, o querer me vingar de um agravo que se me fez de tal modo faz cair por terra todas as minhas boas inclinações, que persevero neste estado a despeito e pesar de quanto entendo; e como um abismo chama outro abismo[12] e um pecado outro pecado, têm-se encadeado as vinganças de maneira que não só as minhas, mas também as alheias tomo a meu cargo. Mas com a ajuda de Deus, ainda quando me vejo no meio do labirinto das minhas confusões, não perco a esperança de sair dele a bom porto.

Admirado ficou D. Quixote de ouvir Roque falar tão boas e concertadas razões, porque pensava que entre os de ofícios semelhantes ao de roubar, matar e saltear não podia haver algum que tivesse bom discurso, e respondeu-lhe:

— Senhor Roque, o princípio da saúde está em conhecer a doença e em querer o doente tomar os remédios que o médico lhe ordena. Vossa mercê está doente, conhece sua enfermidade, e o céu, ou, para melhor dizer, Deus, que é o nosso médico, lhe dará os remédios que o curem, os quais costumam curar aos poucos, e não de repente e por milagre; de mais que os pecadores discretos estão mais perto de se emendar que os simples; e como vossa mercê mostrou em suas razões sua prudência, basta ter bom ânimo e esperar a melhoria do mal da sua consciência; e se vossa mercê quiser poupar caminho e entrar com facilidade no da sua salvação, venha comigo, que eu o ensinarei a ser cavaleiro andante, mister em que se padecem tantos trabalhos e desventuras que, tomando-as por penitência, em duas palhetadas o levarão ao céu.

Riu-se Roque do conselho de D. Quixote, a quem, mudando de assunto, contou o trágico caso de Claudia Jerónima, para

---

[12] Trecho de um salmo bíblico (Salmos, 42, 8) transformado em provérbio.

extremo pesar de Sancho, pois não lhe parecera mal a beleza, desenvoltura e brio da moça.

Nisto chegaram os escudeiros da rapina, trazendo consigo dois cavaleiros a cavalo e dois peregrinos a pé, e um coche de mulheres com cerca de seis criados, que a pé e a cavalo as acompanhavam, mais outros dois moços de mulas que os cavaleiros traziam. Puseram-se os escudeiros em roda, guardando vencidos e vencedores grande silêncio, esperando que o grande Roque Guinart falasse; o qual perguntou aos cavaleiros quem eram, aonde iam e que dinheiro levavam. Um deles lhe respondeu:

— Senhor, nós somos dois capitães de infantaria espanhola; temos nossas companhias em Nápoles e vamos a nos embarcar em quatro galés que dizem estar em Barcelona com ordem de passar à Sicília; levamos não mais que duzentos ou trezentos escudos, com o que nos parece que vamos ricos e contentes, pois a estreiteza ordinária dos soldados não permite maiores tesouros.

Perguntou Roque aos peregrinos o mesmo que aos capitães; foi-lhe respondido que iam a se embarcar para passar a Roma e que entre os dois podiam levar não mais que sessenta reais. Quis saber também quem ia no coche e aonde, e o dinheiro que levavam, e um dos homens a cavalo disse:

— As que vão no coche são minha senhora Dª Guiomar de Quiñones, mulher do presidente da Vicaria de Nápoles,[13] com uma filha pequena, uma donzela e uma duenha; somos seis os criados que a acompanhamos, e os dinheiros são seiscentos escudos.

— Com isto — disse Roque Guinart — já temos aqui novecentos escudos e sessenta reais: meus soldados devem de ser per-

---

[13] Sede da autoridade judiciária e administrativa delegada na cidade, chamada *Vicaria* por analogia às *Veguerias* da coroa de Aragão.

to de sessenta; que se veja então quanto cabe a cada um, pois eu sou mau contador.

Ouvindo dizer isto os salteadores, levantaram a voz, dizendo:

— Viva Roque Guinart muitos anos, apesar dos *lladres*[14] que querem sua perdição!

Mostraram afligir-se os capitães, entristeceu-se a senhora presidenta e não folgaram nada os peregrinos, vendo a confiscação dos seus bens. Assim os teve Roque algum tempo suspensos, mas não quis que passasse adiante a sua tristeza, que já se podia perceber a tiro de arcabuz, e virando-se para os capitães, lhes disse:

— Vossas mercês, senhores capitães, por cortesia, sejam servidos de me emprestar sessenta escudos, e a senhora presidenta oitenta, para contentar esta esquadra que me acompanha, porque o abade, onde canta, daí janta, e depois podem seguir seu caminho livre e desembaraçadamente, com um salvo-conduto que eu lhes darei para que, se toparem outras de algumas esquadras minhas que tenho repartidas por estes contornos, não lhes façam dano, pois não é minha intenção agravar soldados nem mulher alguma, especialmente as que são principais.

Infinitas e bem ditas foram as razões com que os capitães agradeceram a Roque a cortesia e liberalidade, que por tal a tiveram, de não lhes tomar seu próprio dinheiro. A senhora D.ª Guiomar de Quiñones se quis atirar do coche para beijar os pés e as mãos do grande Roque, mas ele não o consentiu de nenhuma maneira, antes lhe pediu perdão do agravo que lhe havia feito, forçado a cumprir com as obrigações precisas do seu ruim ofício.

---

[14] Em catalão, literalmente, "ladrões", mas aqui com sentido de "maldito", "desgraçado".

Mandou a senhora presidenta um criado seu dar logo os oitenta escudos que lhe cabiam na partilha, e já os capitães haviam desembolsado os sessenta. Iam os peregrinos entregar toda sua miséria, mas Roque lhes disse que estivessem quedos e, virando-se para os seus, lhes disse:

— Destes escudos, cabem dois a cada um e sobram vinte: dez deles sejam dados a estes peregrinos, e os outros dez a este bom escudeiro, para que possa dizer bem desta aventura.

E pedindo petrechos de escrever, dos quais sempre andava provido, Roque lhes deu por escrito um salvo-conduto para os maiorais de suas esquadras e, despedindo-se dos dois, os deixou seguir livres e admirados de sua nobreza, de sua galharda disposição e seu estranho proceder, tendo-o mais por um Alexandre Magno que por ladrão conhecido. Um dos escudeiros disse em sua língua gascoa e catalã:

— Este nosso capitão mais está para frade que para bandoleiro. Se daqui por diante se quiser mostrar liberal, que o seja com a sua fazenda, e não com a nossa.

Não o disse tão baixo o desventurado que o deixasse de ouvir Roque, o qual, metendo mão à espada, lhe abriu a cabeça quase em duas partes, dizendo:

— Desta maneira castigo os deslinguados e atrevidos!

Pasmaram-se todos e ninguém ousou dizer palavra: tanta era a obediência que lhe tinham.

Retirou-se Roque à parte e escreveu uma carta a um amigo seu de Barcelona, dando-lhe aviso de que estava consigo o famoso D. Quixote de La Mancha, aquele cavaleiro andante de quem tantas coisas se diziam, fazendo-lhe saber que era o mais gracioso e o mais entendido homem do mundo, e que dali a quatro dias, que era o de São João Batista, ele o poria em plena praia da cidade, armado de todas as suas armas, montado em Rocinante seu cavalo, e com ele seu escudeiro Sancho num asno, e que desse notícia disso aos seus amigos os Niarros, para que com ele folgassem; e bem quisera que carecessem desse gosto os Cadells,[15] seus contrários, mas que isso era impossível, pois as loucuras e discrições de D. Quixote e os donaires do seu escudeiro Sancho Pança não podiam deixar de dar gosto geral a todo o mundo. Despachou a carta com um dos seus escudeiros, que, trocando o traje de bandoleiro no de um lavrador, entrou em Barcelona e a deu àquele para quem ia.

---

[15] Os Niarros e os Cadells constituíam não apenas bandos armados, mas grupos políticos que incluíam a maioria da população local. Costuma-se classificar o primeiro como defensor dos interesses dos nobres, enquanto o segundo, dos lavradores. No século XVII, porém, o objetivo de ambos apontava mais à luta pelas liberdades catalãs, ameaçadas pela centralização castelhana; nesse aspecto, a diferença entre as duas forças residia sobretudo no apoio que os Niarros buscavam na França.

Capítulo LXI

Do que aconteceu a D. Quixote
na entrada de Barcelona, mais outras coisas
que têm mais de verdadeiro que de discreto

Três dias e três noites esteve D. Quixote com Roque, e se estivesse trezentos anos não lhe faltaria o que mirar e admirar no seu modo de vida: aqui amanheciam, acolá comiam; às vezes fugiam, sem saber de quem, e outras esperavam, sem saber a quem; dormiam em pé, interrompendo o sono, mudando-se de um lugar a outro. Tudo era pôr espias, escutar sentinelas, soprar a mecha dos arcabuzes, bem que fossem poucos, pois todos se serviam de pistoletes. Roque passava as noites apartado dos seus, em partes e lugares onde não pudessem saber onde estava, porque os muitos éditos que o vice-rei de Barcelona havia lançado contra sua vida o traziam inquieto e temeroso, e não se ousava a fiar de ninguém, temendo que os mesmos seus, ou o haviam de matar, ou entregar à justiça. Vida por certo miserável e molesta.

Enfim, por caminhos desusados, por atalhos e trilhas encobertas, partiram Roque, D. Quixote e Sancho com outros seis escudeiros para Barcelona. Chegaram à sua praia à véspera de São João, ainda noite, e abraçando Roque a D. Quixote e a Sancho, a quem deu os dez escudos prometidos, que até então não lhos dera, os deixou com mil oferecimentos que de uma a outra parte se fizeram.

Voltou-se Roque, ficou D. Quixote esperando o dia, assim a cavalo como estava, e não demorou muito para que começasse a se descobrir pelos balcões do oriente a face da branca aurora, alegrando as ervas e as flores, em vez de alegrar o ouvido: bem que no mesmo instante alegraram também o ouvido o som de muitas charamelas e atabais, ruído de cascavéis, "arreda, arreda, sai, sai!" de corredores que ao parecer da cidade vinham. Deu lugar a aurora ao sol, que um rosto maior que uma rodela pelo mais baixo horizonte aos poucos ia levantando.

Alongaram D. Quixote e Sancho a vista por toda parte: viram o mar, nunca dantes visto por eles; pareceu-lhes espaçosíssimo e vasto, muito mais que as lagoas de Ruidera que em La Mancha tinham visto; viram as galés que estavam na praia, as quais, arriados seus toldos, se descobriram cheias de flâmulas e galhardetes que tremulavam ao vento e beijavam e varriam a água; dentro delas soavam clarins, trombetas e charamelas, que perto e longe enchiam o ar de suaves e belicosos tons. Começaram a se mover e a fazer um modo de escaramuça pelas sossegadas águas, correspondendo-lhes quase ao mesmo modo infinitos cavaleiros que da cidade sobre formosos cavalos e com vistosas librés saíam. Os soldados das galés disparavam infinita artilharia, à qual respondiam os que estavam nas muralhas e fortes da cidade, e a artilharia grossa com medonho estrondo rompia os ventos, à qual respondiam os canhões de coxia das galés. O mar alegre, a terra jucunda, o ar claro, só por vezes turvado pela fumaça da artilharia, parece que ia infundindo e gerando súbito gosto em toda a gente. Não podia Sancho imaginar como podiam ter tantos pés aqueles vultos que pelo mar se moviam. Nisto chegaram correndo, com grita, alalás e algazarra, os das librés aonde D. Quixote suspenso e atônito estava, e um deles, que era o avisado por Roque, disse em alta voz a D. Quixote:

— Bem-vindo seja a nossa cidade o espelho, o farol, a estrela e o norte de toda a cavalaria andante, onde se contém por extenso; bem-vindo seja, digo, o valoroso D. Quixote de La Mancha: não o falso, não o fictício, não o apócrifo que em falsas histórias por estes dias nos mostraram, mas o verdadeiro, o legal e o fiel que nos descreveu Cide Hamete Benengeli, flor dos historiadores.

Não respondeu D. Quixote palavra, nem os cavaleiros esperaram que a respondesse, senão volvendo-se e revolvendo-se com os demais que os seguiam começaram a fazer um revolto caracol em derredor de D. Quixote, o qual, volvendo-se para Sancho, disse:

— Estes bem nos conheceram: aposto que já leram nossa história, e até a do aragonês há pouco impressa.

Volveu-se outra vez o cavaleiro que falara com D. Quixote e lhe disse:

— Vossa mercê, senhor D. Quixote, venha conosco, que todos somos seus servidores e grandes amigos de Roque Guinart.

Ao que D. Quixote respondeu:

— Se cortesias geram cortesias, a vossa, senhor cavaleiro, é filha ou parenta muito próxima das do grande Roque. Levai-me aonde quiserdes, que eu não terei outra vontade que a vossa, e mais se a quereis tomar ao vosso serviço.

Com palavras não menos mesuradas que estas lhe respondeu o cavaleiro, e rodeando-o todos, ao som das charamelas e dos atabais, se encaminharam com ele à cidade; à entrada da qual, o maligno que todo o mal ordena, e os rapazes que são mais malvados que o maligno, dois deles travessos e atrevidos entraram por meio de toda a gente e, levantando um o rabo do ruço e o outro o de Rocinante, puseram e encaixaram neles senhos maços de espinhosos tojos. Sentiram os pobres animais as novas esporas e, batendo o rabo, aumentaram seu tormento de maneira que, dando mil corcovos, deitaram os donos por terra. D. Quixote, vexado e afrontado, acudiu a tirar a plumagem do rabo do seu bucéfalo,

646

e Sancho a do seu ruço. Quiseram os que guiavam D. Quixote castigar o atrevimento dos rapazes, mas não foi possível, porque se misturaram entre mais de outros mil que os seguiam.

Voltaram a montar D. Quixote e Sancho; com a mesma pompa e música chegaram à casa de seu guia, que era grande e principal, enfim como de cavaleiro rico. Onde o deixamos por ora, porque assim o quer Cide Hamete.

Capítulo LXII

QUE TRATA DA AVENTURA DA CABEÇA ENCANTADA,
MAIS OUTRAS NINHARIAS
QUE NÃO SE PODEM DEIXAR DE CONTAR

D. Antonio Moreno se chamava o anfitrião de D. Quixote, cavaleiro rico e discreto e amigo do folgar honesto e afável, o qual, vendo D. Quixote em sua casa, andava buscando modos como, sem seu prejuízo, levar suas loucuras à praça, porque não há graça nas burlas que doem nem valem os passatempos quando são em dano de terceiros. O primeiro que fez foi mandar desarmar D. Quixote e levá-lo às vistas com aquela sua roupa estreita e acamurçada (como já outras vezes descrevemos e pintamos) num balcão que dava para uma rua das mais principais da cidade, à vista das gentes e dos rapazes, que como a bicho esquisito o olhavam. Correram de novo diante dele os das librés, como se só para ele, e não para alegrar aquele festivo dia,[1] as houvessem vestido, e Sancho estava contentíssimo, por crer que achara, sem saber como nem como não, outras bodas de Camacho, outra casa como a de D. Diego de Miranda e outro castelo como o do duque.

Almoçaram naquele dia com D. Antonio alguns dos seus amigos, todos honrando e tratando D. Quixote como a cavalei-

---

[1] No dia de São João, celebrava-se em Barcelona uma famosa cavalgada, presidida pelas autoridades locais, que partia do antigo mercado do Born e percorria a maior parte da cidade.

ro andante, o qual, enfatuado e pomposo, não cabia em si de contente. Os donaires de Sancho foram tantos que de sua boca andavam como pendentes todos os criados da casa e todos quantos o ouviam. Estando à mesa, disse D. Antonio a Sancho:

— Aqui temos notícia, bom Sancho, de que sois tão amigo do manjar-branco[2] e dos bolinhos que, quando vos sobram alguns, os guardais no seio para o dia seguinte.

— Não, senhor, não é assim — respondeu Sancho —, porque tenho mais de limpo que de guloso, e meu senhor D. Quixote aqui presente bem sabe que com um punhado de bolotas ou de nozes costumamos passar ambos oito dias. Verdade é que, quando calha de me darem o bacorinho, corro logo com o baracinho, quero dizer que como o que me dão e me valho dos tempos como eles vêm; e quem quer que tenha dito que eu sou comedor avantajado e pouco limpo, fica dito que não acerta, e com outras palavras o diria, não fosse meu respeito pelas honradas barbas que aqui estão à mesa.

— Por certo — disse D. Quixote — que a parcimônia e limpeza com que Sancho come se pode escrever e gravar em placas de bronze, para que permaneça em memória eterna nos séculos

---

[2] Trata-se aqui não da sobremesa à base de leite de coco, mas de outra iguaria muito popular na época, uma espécie de pasta de frango desfiado, com leite, açúcar e arroz, ou sêmola de trigo, que era vendida na rua, fosse em cartuchos de papel, fosse frita em forma de bolinhos. D. Antonio Moreno refere-se à passagem do apócrifo de Avellaneda em que Sancho, estando com D. Quixote ao final de um banquete a eles oferecido, ouve de um comensal: "Deixaste, Sancho, algum espaço desembaraçado para comer estes seis bolinhos? [...] E apartando-se a um lado comeu ele os quatro com tanta pressa e gosto, como deram sinais as suas barbas, que ficaram não pouco besuntadas do manjar-branco; os outros dois que lhe restavam os meteu no seio com intenção de guardá-los para a manhã".

vindouros. Verdade é que quando ele tem fome parece um tanto esganado, porque come depressa e com a boca atochada, mas sem nunca faltar com a limpeza, e no tempo que foi governador aprendeu a comer com melindre, tanto que usava garfo para comer as uvas, e até os grãos de romã.

— Como? — disse D. Antonio. — Sancho foi governador?

— Fui sim — respondeu Sancho —, e de uma ínsula chamada Baratária. Dez dias a governei a pedir de boca; neles perdi o sossego e aprendi a desprezar todos os governos do mundo; saí fugindo dela, caí numa cova onde me dei por morto, e da qual saí vivo por milagre.

Contou D. Quixote por miúdo todo o caso do governo de Sancho, com o que deu grande gosto aos ouvintes.

Levantadas as toalhas e tomando D. Antonio a D. Quixote pela mão, passou-se com ele para um aposento à parte, no qual não havia outra coisa de adorno além de uma mesa, ao parecer de jaspe, que sobre um pé do mesmo se sustentava, sobre a qual estava posta, ao modo das cabeças dos imperadores romanos, do peito acima, uma que semelhava ser de bronze. Passeou-se D. Antonio com D. Quixote por todo o aposento, rodeando muitas vezes a mesa, depois do qual disse:

— Agora, senhor D. Quixote, que sei ao certo que não nos ouve nem escuta ninguém e a porta está fechada, quero contar a vossa mercê uma das mais raras aventuras, ou para melhor dizer novidades, que se podem imaginar, com condição de que o que a vossa mercê eu disser o deposite nos últimos recessos do segredo.

— Assim juro — respondeu D. Quixote —, e para maior segurança ainda por cima lhe deitarei uma campa, porque quero que vossa mercê saiba, senhor D. Antonio — pois já sabia seu nome —, que está falando com quem, se tem ouvidos para ouvir, não tem língua para falar; portanto pode vossa mercê trasladar com segurança o que tem em seu peito ao meu e fazer conta que o lançou nos abismos do silêncio.

— Em fé dessa promessa — respondeu D. Antonio —, hei de pôr admiração a vossa mercê com o que vir e ouvir, e dar-me a mim algum alívio da pena que me causa não ter com quem comunicar os meus segredos, que não são para se confiar a qualquer pessoa.

Suspenso estava D. Quixote, esperando em que haviam de parar tantas prevenções. Nisto, tomando-lhe a mão D. Antonio, passou-lha pela cabeça de bronze e por toda a mesa e pelo pé de jaspe sobre o qual se sustentava, dizendo em seguida:

— Esta cabeça, senhor D. Quixote, foi feita e fabricada por um dos maiores encantadores e feiticeiros que teve o mundo, que creio era polaco de nação e discípulo do famoso Escotilho,[3] de quem tantas maravilhas se contam, o qual esteve aqui na minha casa, e a preço de mil escudos que lhe dei lavrou esta cabeça, que tem a propriedade e a virtude de responder a quantas coisas ao ouvido lhe perguntarem.[4] Mirou rumos, pintou signos, perscrutou astros, fitou pontos celestes e, finalmente, consumou a feitura com a perfeição que veremos amanhã, porque às sextas-feiras está muda, e hoje, que é tal dia, nos há de deixar à espera. Neste

---

[3] Escoto (ou Scott, ou Scoto) era nome comum a vários feiticeiros e prestidigitadores europeus desde o século XII, daí o diminutivo irônico. É bem provável que se trate de Michael Scot (1175?-c. 1232), que Dante cita na *Divina comédia* ("Inferno", XX, 116), sábio escocês da corte de Frederico II que estudara línguas em Toledo, coordenara uma tradução de Aristóteles e seus comentadores árabes ao latim, e era famoso por suas obras de astronomia, alquimia e ciências ocultas.

[4] A história da cabeça encantada é frequente no folclore europeu e em certa literatura paracientífica que inclui Gerolamo Cardano (1501-1576) e Jacob Wecker (1528-1586).

tempo poderá vossa mercê cuidar na pergunta que lhe quer fazer, pois por experiência sei que ela diz a verdade em tudo quanto responde.

Admirado ficou D. Quixote da virtude e propriedade da cabeça, e esteve para não crer em D. Antonio, mas vendo quão pouco tempo faltava para fazer a experiência não lhe quis dizer outra coisa senão que lhe agradecia a revelação de tão grande segredo. Saíram do aposento, fechou D. Antonio a porta com chave e se foram para a sala onde os demais cavaleiros estavam. Nesse tempo Sancho já lhes contara muitas das aventuras e sucessos que a seu amo haviam acontecido.

Naquela tarde levaram D. Quixote a passear, não armado, senão com roupa de rua, que era um balandrau de pano leonado, capaz naquele tempo de fazer suar o próprio gelo. Acordaram com os criados de entreterem Sancho, de modo que o não deixassem sair de casa. Ia D. Quixote, não sobre Rocinante, mas sobre um grande mulo de passo manso e muito bem ajaezado. Puseram-lhe o balandrau, e nas costas sem que o visse lhe costuraram um pergaminho, onde escreveram com letras grandes: "Este é D. Quixote de La Mancha". Em começando o passeio, chamava o rótulo a atenção de quantos chegavam a vê-lo, e como liam "Este é D. Quixote de La Mancha", admirava-se D. Quixote de ver que todos quantos o olhavam o nomeavam e conheciam; e virando-se para D. Antonio, que ia ao seu lado, lhe disse:

— Grande é a prerrogativa que encerra em si a andante cavalaria, pois a quem a professa faz conhecido e famoso por todos os termos da terra; se não, olhe vossa mercê, senhor D. Antonio, que até os rapazes desta cidade, sem nunca me terem visto, me conhecem.

— Assim é, senhor D. Quixote — respondeu D. Antonio —, pois assim como o fogo não pode estar escondido e encerrado, a virtude não pode deixar de ser conhecida, e a que se alcança pela profissão das armas resplandece e campeia sobre todas as outras.

Aconteceu então que, indo D. Quixote com a pompa já dita, um castelhano que leu o rótulo das costas levantou a voz, dizendo:

— Valha-te o diabo por D. Quixote de La Mancha! Como é que até aqui chegaste sem teres morrido das infinitas pauladas que levas nos costados? Tu és louco, e se o fosses a sós e das portas da tua loucura adentro seria menos mal, mas tens a propriedade de tornar loucos e mentecaptos a quantos contigo tratam e comunicam; se não que se veja por estes senhores que te acompanham. Volta, mentecapto, para tua casa e vai cuidar das tuas coisas, da tua mulher e dos teus filhos, e deixa destas necedades que te carcomem o siso e te desnatam o entendimento.

— Irmão — disse D. Antonio —, segui o vosso caminho e não vos ponhais a dar conselhos a quem não vo-los pede. O senhor D. Quixote de La Mancha é muito são, e nós que o acompanhamos não somos néscios; a virtude há de ser honrada onde quer que se encontre, e ide em má hora e não vos metais onde não sois chamado.

— Pardeus! Vossa mercê tem razão — respondeu o castelhano —, pois aconselhar este bom homem é dar coices contra o aguilhão. Mas ainda assim me dá grandíssima dó saber que o bom engenho que dizem ter esse mentecapto em todas as coisas se lhe deságua pelo canal da sua andante cavalaria; e que a má hora que vossa mercê disse seja para mim e para todos os meus descendentes se de hoje em diante, ainda que eu viva mais anos que Matusalém, eu der conselho a alguém, por mais que o peça.

Afastou-se o conselheiro, seguiu adiante o passeio, mas foi tamanha a bulha que os rapazes e toda a gente faziam por ler o rótulo, que D. Antonio o teve de tirar, fingindo que lhe tirava outra coisa.

Chegou a noite, tornaram-se para casa, houve sarau de damas, porque a mulher de D. Antonio, que era uma senhora principal e alegre, formosa e discreta, convidou outras suas amigas para virem honrar o seu hóspede e folgar com suas nunca vistas loucuras. Vieram algumas delas, jantou-se esplendidamente e começou-se o sarau quase às dez da noite. Entre as damas havia duas de gosto pícaro e burlador, que sendo embora honestas não cuidavam muito na compostura, para dar lugar a que as burlas alegrassem sem enfado. As tais duas tanto pelejaram por dançar com D. Quixote que lhe moeram não só o corpo, mas a alma. Era muito de ver a figura de D. Quixote, comprido, estirado, magro, amarelo, entalado nas roupas, maljeitoso e, por cima de tudo, nada ligeiro. Requebravam-no como a furto as damiselas, e ele também como a furto as desdenhava; mas vendo-se acossar de requebros, levantou a voz e disse:

— *Fugite, partes adversæ!*[5] Deixai-me em paz, pensamentos malquistos. Amanhai-vos, senhoras, lá com vossos desejos, pois aquela que é rainha dos meus, a sem-par Dulcineia d'El Toboso, não consente que nenhuns outros senão os dela me avassalem e rendam.

E dizendo isto se sentou no chão no meio da sala, moído e alquebrado por tão bailador exercício. Mandou D. Antonio que o carregassem até o leito, e quem primeiro o apanhou foi Sancho, dizendo-lhe:

— Em má hora vos metestes a bailar, senhor nosso amo! Pensais que todos os valentes são dançadores e todos os andantes cavaleiros bailarinos? Digo que se tal pensais vais muito enganado: homens há que se atrevem a matar um gigante antes que

---

5 "Arredai, inimigos", fórmula de exorcismo.

a fazer uma cabriola. Se fosse o caso de sapatear, eu bem supriria a vossa falta, pois sou uma águia no sapateado, mas na dança não acerto um passo.[6]

Com estes e outros dizeres deu Sancho que rir aos do sarau e deu com seu amo na cama, enroupando-o para que suasse a frieza do seu baile.

No dia seguinte achou D. Antonio que era bem fazer a experiência da cabeça encantada, e com D. Quixote, Sancho e outros dois amigos, mais as duas senhoras que haviam moído D. Quixote no baile, que naquela mesma noite haviam ficado com a mulher de D. Antonio, se fechou no aposento onde estava a cabeça. Contou-lhes a propriedade que tinha, encomendou-lhes o segredo e disse-lhes que aquele era o primeiro dia em que se havia de provar a virtude da tal cabeça encantada. E afora os dois amigos de D. Antonio, nenhuma outra pessoa sabia o busílis do encantamento, e se D. Antonio o não tivesse antes revelado aos seus amigos, também eles cairiam na admiração em que os demais caíram, sem ser possível outra coisa, tal era o jeito e a manha com que estava fabricada.

Quem primeiro se chegou ao ouvido da cabeça foi o próprio D. Antonio, que lhe disse em voz submissa, mas não tanto que por todos não fosse ouvida:

— Dize-me, cabeça, pelo condão que em ti se encerra: que pensamentos tenho eu agora?

E a cabeça lhe respondeu, sem mover os lábios, com voz clara e distinta, de modo que foi por todos entendida, esta razão:

— Eu não julgo de pensamentos.

---

[6] Sancho destaca a diferença entre *danza* e *baile* (ver cap. XLVIII, nota 5) e, apoiado na definição do bailar como "*danzar por lo alto*", se autoelogia dizendo que o faz como uma ave altaneira.

Ouvindo o qual todos ficaram atônitos, e mais vendo que em todo o aposento nem em derredor da mesa não havia pessoa humana que responder pudesse.

— Quantos estamos aqui? — tornou a perguntar D. Antonio.

E foi-lhe respondido pelo mesmo teor, bem quedo:

— Estais tu e tua mulher, mais dois amigos teus e duas amigas dela, e um famoso cavaleiro chamado D. Quixote de La Mancha, e um seu escudeiro que tem por nome Sancho Pança.

Aí sim que se renovou a admiração! Aí sim que se arrepiaram todos os cabelos de puro espanto! E afastando-se D. Antonio da cabeça, disse:

— Isto me basta para acreditar como certo que não fui enganado por quem a mim te vendeu, cabeça sábia, cabeça falante, cabeça respondedora e admirável cabeça! Que chegue outro e lhe pergunte o que quiser.

E como as mulheres de ordinário são pressurosas e amigas de saber, a primeira que se chegou foi uma das duas amigas da mulher de D. Antonio, e o que lhe perguntou foi:

— Dize-me, cabeça, que hei de fazer para ser muito formosa?

E foi-lhe respondido:

— Sê muito honesta.

— Não te pergunto mais — disse a perguntante.

Chegou-se em seguida sua companheira e disse:

— Quisera saber, cabeça, se o meu marido me quer bem ou não.

E responderam-lhe:

— Olha as obras que ele te faz, e daí o verás.

Afastou-se a casada, dizendo:

— Essa resposta não tinha necessidade de pergunta, porque, com efeito, as obras que se fazem declaram a vontade de quem as faz.

Depois chegou um dos dois amigos de D. Antonio e perguntou-lhe:

— Quem sou eu?

E foi-lhe respondido:

— Tu o sabes.

— Não te pergunto por isso — respondeu o cavaleiro —, mas por que me digas se tu me conheces.

— Conheço, sim — lhe responderam —, que és D. Pedro Noriz.

— Não quero saber mais, pois isto basta para entender, oh cabeça, que sabes tudo.

E, afastando-se, chegou-se o outro amigo e perguntou-lhe:

— Dize-me, cabeça, que desejo tem meu filho, o morgado?

— Já disse — lhe responderam — que não julgo de desejos, mas ainda assim te posso dizer que o que teu filho tem é de enterrar-te.

— Isso não traz novidade — disse o cavaleiro —, pois é o que se vê com os olhos e toca com as mãos.

E não perguntou mais. Chegou-se a mulher de D. Antonio e disse:

— Eu não sei, cabeça, que te perguntar; só quisera saber de ti se gozarei muitos anos de bom marido.

E responderam-lhe:

— Sim gozarás, porque sua saúde e temperança no viver prometem muitos anos de vida, a qual muitos costumam encurtar com a destemperança.

Chegou-se então D. Quixote e disse:

— Dize-me tu, que respondes: foi verdade ou foi sonho o que eu conto que me aconteceu na gruta de Montesinos? Serão dados os açoites de Sancho, meu escudeiro? Terá efeito o desencantamento de Dulcineia?

— Sobre o caso da gruta — responderam —, há muito que dizer: de tudo tem um pouco; os açoites de Sancho virão devagar; o desencantamento de Dulcineia terá enfim a devida execução.

— Não quero saber mais — disse D. Quixote —, pois como eu veja Dulcineia desencantada, farei conta que de um golpe me vêm todas as venturas que eu acerte a desejar.

O último perguntante foi Sancho, e o que perguntou foi:

— Porventura, cabeça, terei outro governo? Sairei da estreiteza de escudeiro? Voltarei a ver minha mulher e meus filhos?

Ao que lhe responderam:

— Governarás em tua casa; e quando para ela voltares, verás tua mulher e teus filhos; e deixando de servir, deixarás de ser escudeiro.

— Ufa, pardeus! — disse Sancho Pança. — Isso eu mesmo me diria, e não diria mais o profeta Perogrullo![7]

— Animal! — disse D. Quixote. — Que queres que te respondam? Não basta que as respostas desta cabeça correspondam ao que se lhe pergunta?

— Basta, sim — respondeu Sancho —, mas eu queria que ela dissesse mais e mais claro.

Com isto se acabaram as perguntas e as respostas, mas não se acabou a admiração em que todos ficaram, exceto os dois amigos de D. Antonio já avisados do caso. O qual Cide Hamete Benengeli quis explicar logo, para não deixar o mundo suspenso e crente de que algum feiticeiro e extraordinário mistério na tal cabeça se encerrava, e assim disse que D. Antonio Moreno, à imi-

---

[7] Pero (ou Pedro) Grullo é o autor fictício de truísmos proverbiais, ou *perogrulladas*.

tação de outra cabeça que viu em Madri fabricada por um estampeiro, fez esta em sua casa para se entreter e admirar os ignorantes. Seu feitio era desta sorte: a tábua da base era de madeira, pintada e envernizada como jaspe, e o pedestal sobre o qual se sustentava era do mesmo, com quatro garras de águia que dele saíam para maior firmeza do peso. A cabeça, que parecia efígie e imagem de imperador romano, e da cor do bronze, era toda oca, e nem mais nem menos a tábua da base, onde se encaixava tão justamente que não mostrava sinal algum. O pedestal da base era igualmente oco, comunicado com a garganta e o peito da figura, e tudo isso vinha a se comunicar com outro aposento que embaixo da sala da cabeça estava. Por todo esse oco de pedestal, base, garganta e peito da efígie e imagem referida se encaminhava um cano de folha de flandres muito estreito, que de ninguém podia ser visto. No aposento de baixo comunicado ao de cima se punha quem havia de responder, pegada a boca ao mesmo cano, de modo que, ao jeito de zarabatana, ia a voz de cima a baixo e de baixo a cima em palavras articuladas e claras, e desta maneira não era possível descobrir o embuste. Um sobrinho de D. Antonio, estudante, agudo e discreto, foi então o respondente, o qual, estando avisado pelo senhor seu tio dos que com ele haviam de entrar naquele dia no aposento da cabeça, foi-lhe fácil responder com presteza e pontualidade à primeira pergunta; às demais respondeu por conjeturas, e, como discreto, discretamente. E diz ainda Cide Hamete que cerca de dez ou doze dias durou essa maravilhosa invenção, mas que, divulgando-se pela cidade que D. Antonio tinha em sua casa uma cabeça encantada que respondia a quantos lhe perguntavam, temendo ele que chegasse aos ouvidos das vigilantes sentinelas da nossa Fé, declarou o caso aos senhores inquisidores, e estes lhe mandaram desfazê-lo e não passar mais adiante, por que o vulgo ignorante não se escandalizasse;

mas na opinião de D. Quixote e de Sancho Pança a cabeça ficou por encantada e por respondedora, com maior satisfação de D. Quixote que de Sancho.

Os cavaleiros da cidade, por comprazer a D. Antonio e honrar a D. Quixote, dando lugar a que mostrasse suas sandices, acordaram de correr justas dali a seis dias, o que não teve efeito pela causa que se dirá adiante. Quis D. Quixote passear pela cidade desarmado e a pé, por temer que, indo a cavalo, fosse perseguido dos rapazes, e assim ele e Sancho, mais outros dois criados que D. Antonio lhe deu, saíram a passear.

Sucedeu, pois, que indo por uma rua ergueu D. Quixote os olhos, e viu escrito sobre uma porta, com letras muito grandes: "Aqui se imprimem livros", do qual se contentou muito, porque até então não tinha visto oficina de impressão alguma e desejava saber como era. Entrou dentro, com todo seu acompanhamento, e viu tirarem numa parte, corrigirem em outra, comporem nesta, emendarem naquela e, enfim, toda aquela máquina que nas grandes oficinas se mostra. Chegava-se D. Quixote a uma mesa e perguntava que era aquilo que ali se fazia; davam-lhe conta os oficiais, admirava-se ele e passava adiante. Chegou então a um e lhe perguntou que era o que fazia. O oficial lhe respondeu:

— Senhor, este cavaleiro que aqui está — e lhe apresentou um homem de muito bom porte e parecer e de certa gravidade — traduziu um livro toscano para a nossa língua castelhana, e eu o estou compondo para o dar à estampa.

— E que título tem o livro? — perguntou D. Quixote.

Ao que o autor respondeu:

— Senhor, o livro, em toscano, se chama *Le bagatele*.

— E a que corresponde *le bagatele* em nossa língua? — perguntou D. Quixote.

— *Le bagatele* — disse o autor — é como se na nossa língua disséssemos "as ninharias"; e se bem este livro é humilde no nome, contém e encerra em si coisas muito boas e substanciais.

— Eu — disse D. Quixote — sei um pouco de toscano e me prezo de recitar algumas estâncias de Ariosto. Agora me diga vossa mercê, senhor meu, e não o pergunto por querer examinar o seu engenho, senão por pura curiosidade: achou alguma vez em sua escritura a palavra *pinhata*?

— Sim, muitas vezes — respondeu o autor.

— E como vossa mercê a traduz? — perguntou D. Quixote.

— Como a houvera de traduzir — replicou o autor —, senão dizendo "panela"?

— Corpo de tal! — disse D. Quixote. — Como está vossa mercê adiantado no toscano idioma! Eu apostaria uma boa aposta que onde em toscano diz *piatche*, vossa mercê diz "apraz", e onde diz *piú* diz "mais", e o *su* declara com "acima" e o *giu* com "abaixo".

— Assim o declaro, por certo — disse o autor —, porque essas são suas próprias correspondências.

— Ouso jurar — disse D. Quixote — que não é vossa mercê conhecido no mundo, sempre inimigo de premiar os floridos engenhos e os louváveis trabalhos. Quantas habilidades há perdidas por aí! Quantos engenhos acantoados! Quantas virtudes menosprezadas! Mas, contudo, me parece que o traduzir de uma língua em outra, como não seja das rainhas das línguas, grega e latina, é como olhar as tapeçarias flamengas pelo avesso, que por mais que se vejam as figuras, são cheias de fios que as obscurecem e não se veem com a lisura e lustre da face; e o traduzir de línguas fáceis nem argui engenho nem elocução, como não o argui quem traslada ou copia um papel de outro papel. E nem por isso quero inferir que não seja louvável este exercício do traduzir, porque em outras coisas piores se poderia ocupar o homem e que menos proveito lhe trouxessem. Fora desta conta vão dois famosos tradutores: um, o doutor Cristóbal de Figueroa, em seu *Pastor Fido*,[8] o outro, D. Juan de Jáurigui, em sua *Aminta*,[9] que com felicidade põem em dúvida qual é a tradução e qual o original. Mas vossa mercê me diga: este livro é impresso por sua conta ou já vendeu o privilégio a algum livreiro?[10]

— Por minha conta o imprimo — respondeu o autor — e penso ganhar mil ducados, pelo menos, com esta primeira impressão, que há de ser de dois mil corpos, e num abrir de olhos se hão de despachar a seis reais cada um.

— Boa conta! — respondeu D. Quixote. — Bem se vê que vossa mercê não sabe dos logros e dolos dos impressores nem dos enredos que têm uns com os outros. Pois eu lhe afirmo que quando se vir com dois mil corpos de livros às costas, verá seu próprio corpo tão fatigado que se espantará, e mais se o livro for um pouco avesso e nada picante.

— Pois quê? — disse o autor. — Vossa mercê quer que eu o entregue a um livreiro para que ele me dê pelo privilégio três ma-

---

[8] A tradução que Cristóbal Suárez de Figueroa (1571?-1645?) fez da peça de Giovanni Battista Guarini (1537-1612) *Il pastor Fido, tragicomedia pastorale* (Veneza, 1589) saiu em Nápoles em 1602 e foi reeditada, com correções, sete anos mais tarde, em Valência.

[9] A tradução que Juan de Jáuregui (1583-1641) fez da peça de Torquato Tasso (1544-1595) *Aminta* (Cremona, 1580) foi publicada em 1607, em Roma, e reeditada com correções onze anos mais tarde. O tradutor, que era também poeta e pintor, é o mesmo a quem Cervantes, no prólogo das *Novelas exemplares*, atribuiu seu próprio retrato, que supostamente não fora possível reproduzir no frontispício do livro.

[10] Privilégio: a autorização assinada pelo rei para que somente o autor pudesse publicar seu livro durante determinado período. Este podia vendê-lo a um livreiro ou impressor, coisa que frequentemente se fazia.

ravedis, e ainda pense que com isso me faz mercê? Eu não imprimo meus livros para conseguir fama no mundo, pois nele já sou conhecido pelas minhas obras: é proveito o que quero, pois sem ele a boa fama não vale um quatrim.

— Que Deus lhe dê boa sorte — respondeu D. Quixote.

E passou adiante a outra mesa, onde viu que estavam corrigindo as folhas de um livro intitulado *Luz del alma*[11] e, em o vendo, disse:

— Estes tais livros, ainda que haja muitos do gênero, são os que se devem imprimir, porque são muitos os pecadores que se usa tirar e são mister infinitas luzes para tantos desalumiados.

Passou adiante e viu que estavam igualmente corrigindo outro livro, e, perguntando seu título, lhe responderam que se chamava a *Segunda parte do engenhoso fidalgo D. Quixote de La Mancha*, composta por um tal vizinho de Tordesilhas.

— Já tenho notícia deste livro — disse D. Quixote —, e em verdade e em minha consciência pensei que, por impertinente, já estivesse queimado e reduzido a pó; mas já lhe há de vir seu São Martinho, como a cada porco,[12] pois as histórias fingidas tanto têm de boas e de deleitáveis quanto se chegam à verdade ou à semelhança dela, e as verdadeiras tanto são melhores quanto mais verdadeiras.

---

[11] Trata-se do catecismo *Luz del alma cristiana contra la ceguedad e ignorancia en lo que pertenece a la fe y ley de Dios y de la Iglesia* (Valladolid, 1554, várias reedições), do frei dominicano Felipe de Meneses. A obra é tributária indireta de ideias erasmistas, através do bispo Bartolomé de Carranza, também dominicano, cujo catecismo lhe valeu um processo inquisitorial por heresia.

[12] Joga-se com o ditado "a cada porco [ou bacorinho] vem seu São Martinho", que alude à matança do porco incluída nos tradicionais festejos realizados até hoje na Península Ibérica no dia desse santo, 11 de novembro.

E dizendo isto, com mostras de algum despeito, deixou a oficina; e naquele mesmo dia resolveu D. Antonio levá-lo para ver as galés que junto à praia estavam,[13] do que Sancho se regozijou muito, pois nunca na vida tinha visto nenhuma. Avisou D. Antonio o almirante das quatro galés que naquela tarde havia de levar para vê-las o seu hóspede, o famoso D. Quixote de La Mancha, de quem já o capitão e todos os moradores da cidade tinham notícia; e o que nelas lhe aconteceu se dirá no seguinte capítulo.

---

[13] Barcelona era então guardada por um esquadrão de quatro galés, que tanto a protegiam de ataques corsários como garantiam seu abastecimento.

Capítulo LXIII

DO MAL QUE SUCEDEU A SANCHO PANÇA
COM A VISITA DAS GALÉS, MAIS A
NOVA AVENTURA DA FORMOSA MOURISCA

Grandes eram os discursos que fazia entre si D. Quixote sobre a resposta da encantada cabeça, sem que nenhum deles desse no embuste, parando todos na promessa do desencantamento de Dulcineia, que ele teve por certo. Lá ia e vinha e se alegrava sozinho, crendo que logo haveria de ver o seu cumprimento; e Sancho, se bem detestasse o ser governador, como fica dito, continuava com desejo de voltar a mandar e ser obedecido, pois o mando, ainda quando de burla, traz consigo esta má ventura.

Enfim, naquela tarde D. Antonio Moreno, seu hospedeiro, e os dois amigos dele, foram com D. Quixote e Sancho às galés. O almirante, já avisado da sua boa vinda, por ver os dois tão famosos Quixote e Sancho, nem bem eles chegaram à marinha mandou todas as galés arriarem os toldos e tocarem as charamelas. Deitaram logo o batel à água, coberto de ricos tapetes e almofadas de veludo carmesim, e, em pondo que pôs os pés nele D. Quixote, disparou a capitânia o canhão de coxia, e as outras galés fizeram o mesmo, e ao subir D. Quixote pela escada direita[1] toda a chusma o saudou como é usança quando uma pessoa prin-

---

[1] O acesso ao navio pela banda de estibordo era normalmente reservado a pessoas eminentes.

cipal entra no navio, gritando "Hu, hu, hu!" três vezes. Estreitou-lhe a mão o general,[2] que com este nome o chamaremos, o qual era um principal cavaleiro valenciano, e abraçou D. Quixote, dizendo-lhe:

— Este dia sinalarei com pedra branca, por ser um dos melhores que penso passar em minha vida, tendo visto o senhor D. Quixote de La Mancha, tempo e sinal que nos mostra que nele se encerra e cifra todo o valor da andante cavalaria.

Com outras não menos corteses razões lhe respondeu D. Quixote, sobremaneira alegre de se ver tratar tão senhorilmente. Entraram todos na popa, que estava muito bem adereçada, e se sentaram nas bancas de comando; passou o comitre à coxia e deu sinal com o apito para que a chusma deitasse a roupa fora, o que se fez num instante. Sancho, ao ver tanta gente despida, ficou pasmo, e mais quando viu içarem os toldos com tanta pressa que lhe pareceu que todos os diabos andavam ali trabalhando. Mas tudo isso é migalha perto do que agora direi. Estava Sancho sentado sob o toldo, junto ao proeiro da mão direita, o qual já avisado do que havia de fazer, agarrou de Sancho e, erguendo-o nos braços, toda a chusma posta em pé e alerta, começando da direita banda, o foi passando e volteando nos braços da chusma de banco em banco, com tanta pressa que o pobre Sancho perdeu a vista dos olhos e sem dúvida pensou que os próprios demônios o levavam, e não pararam com ele até voltá-lo pela sinistra banda e largá-lo na popa. Ficou o pobre moído, resfolegando e tressuando, sem poder imaginar que era o que lhe havia acontecido.

D. Quixote, que viu o voo sem asas de Sancho, perguntou ao general se eram aquelas cerimônias as que se usavam com

---

[2] O almirante das quatro galés, ou *cuatralbo*, era conhecido como *general de les galeres de Catalunya*.

quem de primeiro entrava nas galés, porque, se acaso o fosse, ele, que não tinha intenção de professar nelas, não queria fazer semelhantes exercícios, e votava a Deus que, se alguém o chegasse a agarrar para volteá-lo, lhe havia de tirar a alma a pontapés; e dizendo isto se levantou em pé e empunhou a espada.

Nesse instante recolheram os toldos e com grandíssimo ruído deixaram cair a antena de cima a baixo. Pensou Sancho que o céu se soltava dos seus estribos e desabava sobre sua cabeça, e encolhendo-a, cheio de medo, colocou-a entre as pernas. Não teve inteira mão de si D. Quixote, pois também se estremeceu, e encolheu os ombros, e perdeu a cor do rosto. A chusma içou a antena com a mesma pressa e arruído que ao amainá-la, e tudo isto calados, como se não tivessem voz nem alento. Fez sinal o comitre que levantassem ferros e, saltando no meio da coxia com o tagante ou chicote, começou a dar nas costas da chusma e a largar um pouco ao mar. Quando Sancho viu se moverem à uma tantos pés coloridos, que tais pensou serem os remos, disse entre si:

"Estas sim são verdadeiramente coisas encantadas, e não as que diz o meu amo. Que fizeram esses coitados para os açoitarem assim? E como este homem sozinho que anda aí apitando tem o atrevimento de açoitar tanta gente? Agora eu digo que isto é o inferno, ou pelo menos o purgatório."

D. Quixote, vendo a atenção com que Sancho observava tudo o que se passava, lhe disse:

— Ah, Sancho amigo, com que brevidade e pouco custo vos poderíeis, se quisésseis, desnudar da cintura acima e sentar entre esses senhores para acabar com o desencantamento de Dulcineia! Pois junto à miséria e pena de tantos não sentiríeis muito a vossa, e mais, poderia ser que o sábio Merlim contasse cada um destes açoites, por serem dados de boa mão, como dez dos que enfim vos haveis de dar.

Perguntar queria o general que açoites eram aqueles, e que desencantamento de Dulcineia, quando disse o piloto:

— Monjuic[3] faz sinal de que há baixel de remos na costa pela banda do poente.

Isto ouvido, saltou o general na coxia e disse:

— Eia, filhos, que não nos fuja! Algum bergantim de corsários de Argel deve de ser este que a atalaia nos sinala.

Chegaram-se logo as três outras galés à capitânia para saber o que se lhes ordenava. Mandou o general que duas delas saíssem ao mar, enquanto ele com a outra seguiria terra a terra, que assim o baixel não lhes escaparia. Apertou a chusma os remos, impelindo as galés com tanta fúria que pareciam voar. As que saíram ao mar, a coisa de duas milhas descobriram um baixel, que com a vista cuidaram ser de até catorze ou quinze bancos, e assim era; o qual baixel, quando descobriu as galés, se pôs em fuga, na intenção e esperança de se livrar por sua ligeireza, mas lhe saiu mal, porque a galera capitânia era dos mais ligeiros navios que no mar navegavam, e assim o foi alcançando, até que os do bergantim claramente viram que não podiam escapar, e assim seu arrais mandou que deixassem os remos e se entregassem, para não irritar a cólera do general que nossas galés regia. Mas a sorte, que outro rumo ordenava, quis que, quando a capitânia já chegava tão perto que podiam os do baixel ouvir as vozes que dela os mandavam render, dois *toraquis*, que é como dizer dois turcos bêbados, que vinham no bergantim com outros doze, disparassem duas espingardas e dessem morte a dois soldados que sobre o nosso castelo vinham. Em vista disso, jurou o general não

---

[3] Monjuic, ou Montjuïch, é o morro que fecha a baía do porto de Barcelona; por extensão, o castelo lá situado e, à época, sua torre de vigia.

deixar com vida a nenhum dos que no baixel prendesse, mas investindo contra ele com toda a fúria, o barco lhe escapou por baixo dos remos. Seguiu a galé adiante um bom trecho; os do baixel, vendo-se malparados, fizeram-se à vela enquanto a galé manobrava a volta, e a todo pano e remo se puseram de novo em fuga; mas não lhes aproveitou sua diligência tanto quanto os danou seu atrevimento, porque, alcançando-os a capitânia a pouco mais de meia milha, lhes deitou os remos em cima e a todos apanhou vivos.

Chegaram nisto as outras duas galés, e todas quatro mais a presa voltaram para a praia, onde infinita gente os estava esperando, desejosos todos de ver o que traziam. Deu fundo o general perto da terra e viu que estava na marinha o vice-rei da cidade. Mandou largar o batel para o trazer e mandou amainar a antena para logo, logo enforcar o arrais do baixel e os demais turcos que nele apanhara, que seriam até trinta e seis, todos galhardos, e os mais deles espingardeiros turcos. Perguntou o general quem era o arrais do bergantim, e foi-lhe respondido em língua castelhana por um dos cativos (que depois mostrou ser renegado espanhol):

— Este mancebo que aqui vedes, senhor, é o nosso arrais.

E lhe mostrou um dos mais belos e galhardos moços que pudera pintar a humana imaginação. A idade ao parecer não chegava a vinte anos. Perguntou-lhe o general:

— Dize-me, cão mal-aconselhado, quem te moveu a matar os meus soldados, vendo que era impossível fugir? Esse respeito se guarda às capitânias? Não sabes tu que não é valentia a temeridade? As esperanças duvidosas hão de fazer os homens atrevidos, mas não temerários.

Responder queria o arrais do baixel, mas não pôde então o general ouvir a sua resposta, por acudir a receber o vice-rei, que já entrava na galé, e junto dele alguns dos seus criados e algumas pessoas do povo.

— Boa caçada, senhor general! — disse o vice-rei.

— E tão boa — respondeu o general — que agora a verá vossa Excelência pendurada desta antena.

— Como assim? — replicou o vice-rei.

— Porque me mataram — respondeu o general —, contra toda lei e toda razão e usança de guerra, dois soldados dos melhores que nestas galés vinham, e eu jurei enforcar a quantos cativei, principalmente esse moço, que é o arrais do bergantim.

E lhe mostrou aquele que já tinha atadas as mãos e deitado o cordel à garganta, esperando a morte.

Mirou-o o vice-rei, e vendo-o tão formoso, e tão galhardo, e tão humilde, dando-lhe de pronto sua formosura uma carta de recomendação, veio-lhe o desejo de escusar sua morte, e assim lhe perguntou:

— Dize-me, arrais, és turco de nação, ou mouro, ou renegado?

Ao que o moço respondeu, também em língua castelhana:

— Nem sou turco de nação, nem mouro, nem renegado.

— Que és então? — replicou o vice-rei.

— Mulher cristã — respondeu o mancebo.

— Mulher e cristã, nesses trajes e neste trago? Mais é coisa para admirar que para crer.

— Suspendei, oh senhores — disse o moço —, a execução da minha morte, pois não se perderá muito em dilatar vossa vingança enquanto eu vos contar a minha vida.

Quem seria o de coração tão duro que com tais razões não se abrandasse, ao menos até ouvir as que o triste e lastimado mancebo dizer queria? O general lhe disse que podia dizer o que quisesse, mas que não esperasse alcançar o perdão da sua conhecida culpa. Com essa licença, o moço começou a falar desta maneira:

— Daquela nação mais infausta que prudente, sobre a qual choveu nestes dias um mar de desgraças, nasci eu, de mouriscos pais gerada. Na corrente da sua desventura fui por dois tios levada à Berberia, sem que me aproveitasse dizer que era cristã, como de feito sou, e não das fingidas nem aparentes, senão das verdadeiras e católicas. Não me valeu dizer esta verdade aos que tinham ao seu cargo o nosso miserável desterro, nem meus tios a quiseram crer, antes a tiveram por mentira e invenção para ficar na terra onde nascera, e assim, mais por força que de grado, me levaram consigo. Tive uma mãe cristã e um pai discreto e cristão nem mais nem menos; mamei a fé católica no berço, criei-me nos bons costumes; jamais, a meu ver, quer neles, quer na língua, dei sinais de ser mourisca. A par e passo dessas virtudes (que eu creio que o são) cresceu a minha formosura, se é que tenho alguma; e bem que o meu recato e recolhimento foi muito, não deve ter sido tanto para evitar que me visse um mancebo cavaleiro chamado D. Gaspar Gregorio, filho morgado de um cavaleiro que junto ao nosso lugar tem outro seu. Como ele me viu, como nos falamos, como se viu perdido por mim e eu não muito ganha por ele seria longo contar, e mais quando estou temendo que entre a língua e a garganta se me atravesse o rigoroso cordel que me ameaça; e assim só direi como em nosso desterro quis D. Gregorio me acompanhar. Misturou-se com os mouriscos que de outros lugares saíram, porque sabia muito bem a língua, e na viagem se fez amigo dos dois tios meus que consigo me levavam, porque meu pai, prudente e prevenido, assim como ouviu o primeiro édito do nosso desterro saiu do lugar e se foi a buscar nos reinos estranhos algum que nos acolhesse. Deixou escondidas e enterradas numa parte da qual só eu tenho notícia muitas pérolas e pedras de grande valor, mais alguns dinheiros em cruzados e dobrões de ouro. Mandou-me que de nenhuma maneira tocasse no tesouro que deixava, se acaso nos desterrassem antes do seu retorno. Fiz assim, e com meus tios, como tenho dito, e outros parentes e chegados passamos à Berberia, e o lugar onde fizemos assento foi em Argel, como se o fizéssemos no mesmo inferno. Teve notícia o rei da minha formosura, e a fama lha deu das minhas riquezas, o que em parte foi ventura minha. Chamou-me à sua presença, perguntou-me de que parte da Espanha era e que dinheiros e que joias trazia. Disse-lhe o lugar e que as joias e dinheiros estavam nele enterrados, mas que com facilidade se poderiam cobrar se eu mesma voltasse em busca deles. Tudo isso lhe disse, temerosa de que antes o cegasse a minha formosura que a sua cobiça. Estando comigo nessas conversações, foram dizer-lhe que vinha comigo um dos mais galhardos e formosos mancebos que se podia imaginar. Logo entendi que falavam de D. Gaspar Gregorio, cuja beleza deixava atrás as maiores que se podem exaltar. Inquietei-me, considerando o perigo que D. Gregorio corria, porque entre aqueles bárbaros turcos em mais se reputa e estima um rapaz ou mancebo formoso que uma mulher, por belíssima que seja. Mandou logo o rei que o trouxessem à sua presença para o ver e entretanto me perguntou se era verdade o que daquele moço lhe diziam. Então eu, quase como prevenida do céu, lhe disse que era sim, mas que o fazia saber que não era homem, senão mulher como eu, e lhe supliquei que me deixasse ir a vesti-la em seu natural traje, para que de todo em todo mostrasse a sua beleza e com menos pejo aparecesse à sua presença. Disse-me que fosse lá embora e que no dia seguinte falaríamos do modo que se podia achar para que eu voltasse à Espanha a tirar o escondido tesouro. Falei com D. Gaspar, contei-lhe o perigo que corria se mostrasse ser homem, vesti-o de moura, e naquela mesma tarde o levei à pre-

672

sença do rei, o qual, em a vendo, ficou admirado e fez tenção de a guardar para fazer presente dela ao Grão-Senhor; e para fugir do perigo que no serralho das suas mulheres podia ter, e temendo não ter mão de si mesmo, a mandou pôr na casa de umas mouras principais que a guardassem e a servissem, aonde a levaram na mesma hora. O que os dois sentimos (pois não posso negar que lhe quero bem) o deixo à consideração de quem alguma vez se afastou do benquerer. Logo deu ordem o rei a que eu voltasse para a Espanha neste bergantim, acompanhada de dois turcos de nação, que foram os que mataram os vossos soldados. Veio também comigo este renegado espanhol — mostrando aquele que falara primeiro —, do qual bem sei que é cristão encoberto e que vem com mais desejo de ficar na Espanha que de voltar para a Berberia; a demais chusma do bergantim são mouros e turcos, que não servem para mais que vogar ao remo. Os dois turcos, cobiçosos e insolentes, sem guardar a ordem que traziam de nos lançar em terra, a mim e a este renegado, na primeira parte da Espanha, em hábito de cristãos (do qual já vínhamos providos), antes quiseram varrer esta costa para, se pudessem, fazer alguma presa, temendo que, se primeiro nos lançassem em terra, por algum acidente que aos dois nos acontecesse pudéssemos revelar que ficara o bergantim no mar, e se acaso houvesse galés por esta costa, os prendessem. Ontem avistamos esta praia, e, sem ter notícia destas quatro galés, fomos descobertos e nos aconteceu o que acabais de ver. Em conclusão, D. Gregorio fica em hábito de mulher entre mulheres, com manifesto perigo de se perder, e eu me vejo de mãos atadas, esperando ou, para melhor dizer, temendo perder a vida, que já me cansa. Este é, senhores, o fim da minha lamentável história, tão verdadeira quanto desditosa; o que vos rogo é que me deixeis morrer como cristã, pois, como já disse, em nada fui culpável da culpa em que os da minha nação caíram.

E então se calou, os olhos prenhes de ternas lágrimas, às quais acompanharam muitas dos que presentes estavam. O vice-rei, terno e compassivo, sem lhe dizer palavra, se chegou a ela e lhe tirou com suas mãos o cordel que as formosas da moura ligava.

Enquanto a mourisca cristã sua peregrina história tratava, tivera os olhos cravados nela um velho peregrino que entrara na galé junto com o vice-rei; e mal acabara de falar a mourisca, quando ele se atirou a seus pés e, abraçando-os, com palavras entrecortadas por mil soluços e suspiros, lhe disse:

— Oh Ana Félix, pobre filha minha! Eu sou teu pai Ricote, que voltava para te buscar, por não poder viver sem ti, que és minha alma.

A cujas palavras abriu os olhos Sancho e levantou a cabeça (que tinha baixa, pensando na desgraça do seu passeio), e, fitando o peregrino, conheceu ser o mesmo Ricote que topara no dia em que saíra do seu governo, e confirmou-se que aquela era sua filha, a qual, já desatada, abraçou-se ao pai, misturando suas lágrimas com as dele, o qual disse ao general e ao vice-rei:

— Esta, senhores, é minha filha, mais infeliz nos sucessos que no nome: Ana Félix se chama, com o sobrenome de Ricote, famosa tanto por sua formosura como por minha riqueza. Eu saí da minha pátria a buscar em reinos estranhos quem nos albergasse e acolhesse, e, tendo-o achado na Alemanha, voltei neste hábito de peregrino, na companhia de outros alemães, a buscar a minha filha e a desenterrar muitas riquezas que deixei escondidas. Não achei a minha filha; achei o tesouro, que comigo trago, e agora, pelo estranho rodeio que haveis visto, acabo de achar o tesouro que mais me enriquece, que é minha querida filha. Se nossa pouca culpa e suas lágrimas e as minhas, pela integridade de vossa justiça, podem abrir as portas da misericórdia, usai-a conosco, que jamais tivemos pensamento de vos ofender, nem concordamos em nenhum modo com a intenção dos nossos, que com justiça foram desterrados.

Então disse Sancho:

— Bem conheço Ricote e sei que é verdade o que ele diz quanto a ser Ana Félix sua filha, que nessas outras frioleiras de ir e vir, ter boa ou má intenção, não me intrometo.

Admirados do estranho caso todos os presentes, disse o general:

— Uma por uma vossas lágrimas não me deixarão cumprir meu juramento: vivei, formosa Ana Félix, os anos de vida que vos tem determinados o céu, e levem a pena de sua culpa os insolentes e atrevidos que a cometeram.

E mandou logo enforcar na antena os dois turcos que a seus dois soldados haviam dado morte, mas o vice-rei lhe pediu encarecidamente não os enforcasse, pois mais loucura que valentia havia sido a sua. Fez o general o que o vice-rei lhe pedia, porque não se executam bem as vinganças a sangue-frio. Procuraram então achar modo de tirar D. Gaspar Gregorio do perigo em que ficara; ofereceu Ricote para isso mais de dois mil ducados que em pérolas e em joias tinha. Deram-se muitos meios, mas nenhum tão grande como o que deu o renegado espanhol já dito, o qual se ofereceu a voltar a Argel em algum barco pequeno, de até seis bancos, armado de remeiros cristãos, porque ele sabia onde, como e quando podia e devia desembarcar, e também não ignorava a casa onde D. Gaspar ficara. Duvidaram o general e o vice-rei de se fiar do renegado e confiar a ele os cristãos que haviam de vogar o remo; saiu-lhe Ana Félix por fiadora, e Ricote, seu pai, disse que pagaria o resgate dos cristãos se acaso os cativassem.

Firmados, pois, nesse parecer, se desembarcou o vice-rei, e D. Antonio Moreno levou consigo a mourisca e seu pai, encarecendo-lhe o vice-rei que os regalasse e agasalhasse quanto lhe fosse possível, que da sua parte lhe oferecia o que em sua casa houvesse para o seu regalo: tamanha foi a benevolência e caridade que a formosura de Ana Félix infundiu em seu peito.

Capítulo LXIV

QUE TRATA DA AVENTURA
QUE MAIS PESAR DEU A D. QUIXOTE
DE QUANTAS LHE HAVIAM ACONTECIDO ATÉ ENTÃO

A mulher de D. Antonio Moreno, conta a história, recebeu grandíssimo contentamento de ver Ana Félix em sua casa. Recebeu-a com muito agrado, tomada de amores assim da sua beleza como da sua discrição, porque numa e noutra era extremada a mourisca, e toda a gente da cidade, como a toque de sino, vinha a vê-la.

Disse D. Quixote a D. Antonio que o plano traçado para a libertação de D. Gregorio não era bom, por ter mais de perigoso que de conveniente, e que seria melhor mandarem ele próprio à Berberia com suas armas e seu cavalo, que o resgataria apesar de toda a mourama, como fizera D. Gaifeiros com sua esposa Melisendra.

— Cuide vossa mercê — disse Sancho, ouvindo isto — que o senhor D. Gaifeiros resgatou sua esposa de terra firme e a levou para a França por terra firme; mas nós aqui, se acaso resgatarmos D. Gregorio, não temos por onde o trazer para a Espanha, estando o mar em meio.

— Para tudo há remédio, menos para a morte — respondeu D. Quixote —, pois chegando o barco à marinha nos poderemos embarcar nele, ainda que todo o mundo o impeça.

— Vossa mercê tudo pinta e facilita muito bem — disse Sancho —, mas do dito ao feito há um grande eito, e eu me atenho ao renegado, que me parece muito homem de bem e de muito boas entranhas.

D. Antonio disse que, se o renegado não se saísse bem do caso, se tomaria o expediente de passar o grande D. Quixote à Berberia.

Dali a dois dias partiu o renegado num ligeiro barco de seis remos por banda, armado de valentíssima chusma, e dali a outros dois partiram as galés para Levante, tendo pedido o general ao vice-rei fosse servido de o avisar de quanto sucedesse na liberdade de D. Gregorio e no caso de Ana Félix. Ficou o vice-rei de fazer assim como lhe pedia.

E uma manhã, saindo D. Quixote a passear pela praia armado de todas as suas armas, pois, como muitas vezes dizia, elas eram seus arreios, e seu descanso o pelejar, e em nenhum ponto se achava sem elas, viu vir a ele um cavaleiro igualmente armado de ponto em branco, trazendo pintada no escudo uma lua resplandecente; o qual, chegando a uma distância em que podia ser ouvido, em altas vozes, dirigindo suas razões a D. Quixote, disse:

— Insigne cavaleiro e nunca devidamente louvado D. Quixote de La Mancha, eu sou o Cavaleiro da Branca Lua,[1] cujas inauditas façanhas quiçá o hajam trazido à tua memória. Venho a contender contigo e a provar a força de teus braços, em razão de fazer-te conhecer e confessar que minha dama, seja ela quem for, é sem comparação mais formosa que tua Dulcineia d'El Toboso, com a qual verdade, se tu a confessares de plano, escusarás tua morte e a mim o trabalho que teria em dar-ta, e se tu lutares e eu te vencer, não quero outra satisfação mais que, deixando as armas e abstendo-te de buscar aventuras, te recolhas e re-

---

[1] O epíteto evoca diretamente o personagem-título de *Olivante de Laura* (ver *DQ* I, cap. VI, nota 4), que se fez chamar *Caballero de la Luna*. Não é demais lembrar que, no "escrutínio dos livros", o padre condena veementemente esse livro por "mentiroso, disparatado e arrogante".

tires ao teu lugar por tempo de um ano, onde hás de viver sem meter mão à espada, em paz tranquila e proveitoso sossego, porque assim convém ao aumento de tua fazenda e à salvação de tua alma;[2] e se tu me venceres, ficará minha cabeça à tua discrição e serão teus os despojos de minhas armas e cavalo, passando à tua a fama de minhas façanhas. Cuida o que te está melhor e responde-me logo, pois trago todo o dia de hoje por termo para concluir este negócio.

D. Quixote ficou suspenso e atônito, assim da arrogância do Cavaleiro da Branca Lua como da causa pela qual o desafiava, e com repouso e gesto severo lhe respondeu:

— Cavaleiro da Branca Lua, cujas façanhas até agora não haviam chegado à minha notícia, eu ousarei jurar que jamais vistes a ilustre Dulcineia, pois, se visto a houvésseis, sei que procuraríeis não vos pôr nesta demanda, porque sua vista vos desenganaria de que não houve nem pode haver beleza que com a sua comparar-se possa. E assim, não vos dizendo que mentis, senão que não acertais na proposição, aceito vosso desafio com as condições que referistes, e já, para que não se passe o dia que trazeis determinado, e daquelas condições só enjeito a de que se passe a mim a fama de vossas façanhas, porque não sei quais nem como sejam: com as minhas me contento, tais quais elas são. Tomai portanto a parte do campo que quiserdes, que eu farei o mesmo, e a quem Deus der, São Pedro lha benza.

Da cidade haviam descoberto o Cavaleiro da Branca Lua e dito ao vice-rei que estava falando com D. Quixote de La Man-

---

[2] A necessidade de o cavaleiro manter ou aumentar seu patrimônio para não perder o título e, portanto, garantir a salvação da alma era norma geralmente aceita, estabelecida desde o reinado de Alfonso X (séc. XIII).

cha. O vice-rei, crendo ser alguma nova aventura fabricada por D. Antonio Moreno ou por outro algum cavaleiro da cidade, saiu logo à praia com D. Antonio e outros muitos cavaleiros que o acompanhavam, ao tempo que D. Quixote virava as rédeas a Rocinante para tomar do campo o necessário. Vendo pois o vice-rei que os dois davam sinais de se volverem para o encontro, pôs-se em meio deles, perguntando-lhes qual era a causa que os movia a fazer tão repentina batalha. O Cavaleiro da Branca Lua respondeu que era primazia de formosura, e em breves razões lhe disse as mesmas que dissera a D. Quixote, mais a aceitação das condições do desafio feitas por ambas as partes. Chegou-se o vice-rei a D. Antonio e perguntou-lhe baixo se sabia quem era o tal Cavaleiro da Branca Lua, ou se era alguma burla que queriam fazer a D. Quixote. Don Antonio lhe respondeu que nem sabia quem era, nem se era de veras ou por burla o tal desafio. Essa resposta teve o vice-rei duvidoso em se os deixaria ou não passar adiante na batalha; mas não se podendo persuadir de que fosse outra coisa senão burla, se apartou dizendo:

— Senhores cavaleiros, se aqui não há outro remédio senão confessar ou morrer, e o senhor D. Quixote está de pedra e cal, e vossa mercê o da Branca Lua de mármore, pois que se batam, e à mão de Deus.

Agradeceu o da Branca Lua ao vice-rei com corteses e discretas razões a licença que lhes dava, e o mesmo fez D. Quixote, o qual, encomendando-se ao céu de todo coração, e à sua Dulcineia (como tinha por costume ao principiar das batalhas que se lhe ofereciam), tornou a tomar mais outro pouco do campo, porque viu que o seu contrário fazia o mesmo, e sem toque de trombeta nem de outro instrumento bélico que lhes desse sinal de arremeter, viraram ambos dois no mesmo tempo as rédeas a seus cavalos, e como o da Branca Lua era mais ligeiro, alcançou D.

Quixote a dois terços da sua carreira, e ali o encontrou com tão poderosa força que, sem o tocar com a lança (pois a levantou, ao parecer de propósito), deu com Rocinante e D. Quixote por terra numa perigosa queda. Avançou logo sobre ele e, pondo-lhe a lança sobre a viseira, lhe disse:

— Vencido sois, cavaleiro, e morto sereis se não confessardes as condições de nosso desafio.

D. Quixote, moído e aturdido, sem erguer a viseira, como se falasse dentro de um túmulo, com voz debilitada e doente, disse:

— Dulcineia d'El Toboso é a mais formosa mulher do mundo e eu o mais desditoso cavaleiro da terra, e não é bem que minha fraqueza defraude esta verdade. Finca tua lança, cavaleiro, e tira-me a vida, pois já me tiraste a honra.

— Isso eu não farei, por certo — disse o da Branca Lua. — Viva, viva em sua inteireza a fama da formosura da senhora Dulcineia d'El Toboso, pois eu me contento só com que o grande D. Quixote se retire ao seu lugar por um ano, ou até o tempo que por mim lhe for mandado, como concertamos antes de entrarmos nesta batalha.

Tudo isso ouviram o vice-rei e D. Antonio, mais outros muitos que lá estavam, e ouviram também que D. Quixote respondeu que, como não lhe pedisse coisa que fosse em prejuízo de Dulcineia, tudo o mais o cumpriria como cavaleiro pontual e verdadeiro.

Feita essa confissão, virou as rédeas o da Branca Lua e, fazendo mesura com a cabeça ao vice-rei, a meio galope entrou na cidade.

Mandou o vice-rei que D. Antonio fosse atrás dele e de toda maneira averiguasse quem era. Levantaram D. Quixote, lhe descobriram o rosto e o acharam sem cor e tressuando. Rocinante, de puro malparado, não se podia mover. Sancho, todo triste, todo apesarado, não sabia que dizer nem que fazer: parecia-lhe que todo aquele caso se passava em sonhos e que toda aquela cena era coisa de encantamento. Via o seu senhor rendido e obrigado a não tomar armas por um ano; imaginava a luz da glória das suas façanhas escurecida, as esperanças das suas novas promessas desfeitas, como se desfaz o fumo ao vento. Temia que Rocinante ficasse estropiado, ou deslocado seu amo, e não seria pouca ventura se saísse menos lesado. Finalmente, com uma cadeirinha que o vice-rei mandou trazer, o levaram para a cidade, e o vice-rei voltou também para ela, desejoso de saber quem era o Cavaleiro da Branca Lua que tão malparado deixara D. Quixote.

Capítulo LXV

Onde se dá notícia de quem era
o da Branca Lua, mais a liberdade de D. Gregorio,
e de outros sucessos

Seguiu D. Antonio Moreno após o Cavaleiro da Branca Lua, e
também o seguiram, e ainda o perseguiram, muitos rapazes, até
que ele se encerrou numa hospedaria dentro da cidade. Entrou
nela D. Antonio com desejo de o conhecer; saiu um escudeiro a
recebê-lo e desarmá-lo; recolheu-se numa sala baixa, e com ele D.
Antonio, que se roía por saber quem era. Vendo pois o da Branca
Lua que aquele cavaleiro o não deixava, lhe disse:

— Bem sei, senhor, a que vindes, que é a saber quem sou, e
como não há para que o negar, enquanto este meu criado me de-
sarma vo-lo direi sem faltar um ponto à verdade do caso. Sabei,
senhor, que a mim me chamam o bacharel Sansón Carrasco; sou
do mesmo lugar que D. Quixote de La Mancha, cuja loucura e
sandice move a que lhe tenhamos dó todos quantos o conhecemos, e entre os que mais o tiveram estou eu; e crendo estar sua
saúde em seu repouso e em que ele esteja quedo em sua terra e em
sua casa, tracei o modo como o faria estar nela, e assim faz coisa
de três meses lhe saí ao caminho como cavaleiro andante, chamando-me o Cavaleiro dos Espelhos, com intenção de pelejar com
ele e vencê-lo sem lhe fazer mal, pondo por condição da nossa
peleja que o vencido se rendesse à discrição do vencedor; e o que
eu pensava pedir-lhe (porque já o julgava vencido) era que voltasse para o seu lugar e não se saísse dele em todo um ano, no qual

tempo se poderia curar. Mas a sorte ordenou de outra maneira, porque ele me venceu a mim e me derrubou do cavalo, e assim não teve efeito o meu pensamento: ele prosseguiu seu caminho, e eu voltei vencido, vexado e moído da queda, que foi assaz perigosa; mas nem por isso cessou o meu desejo de voltar a procurá-lo e vencê-lo, como hoje se viu. E como ele é tão pontual em guardar as ordens da andante cavalaria, sem dúvida alguma, em cumprimento da sua palavra, há de guardar a que lhe dei. Isto é, senhor, o que se passa, sem que eu vos tenha de dizer outra coisa alguma. Suplico-vos não me denuncieis nem digais a D. Quixote quem sou, para que tenham efeito os bons pensamentos meus e torne a cobrar seu juízo um homem que o tem boníssimo, como o deixem as sandices da cavalaria.

— Oh, senhor — disse D. Antonio —, Deus vos perdoe o agravo que fizestes a todo o mundo por querer tornar em sisudo o mais engraçado louco que há nele! Não vedes, senhor, que nunca chegará o proveito que o siso de D. Quixote possa causar ao ponto que chega o gosto que ele dá com seus desvarios? Mas imagino que toda a indústria do senhor bacharel não há de ser bastante para tornar em sisudo um homem tão rematadamente louco; e se não fosse contra a caridade eu diria que nunca sare D. Quixote, porque com sua saúde perderemos não somente suas graças, mas também as de Sancho Pança seu escudeiro, qualquer das quais pode tornar a alegrar a própria melancolia. Contudo calarei e não lhe direi nada, por ver se acerto em suspeitar que não há de ter efeito a diligência feita pelo senhor Carrasco.

O qual respondeu que em todo o caso já estava bem encaminhado aquele negócio, do qual esperava feliz sucesso. E tendo se oferecido D. Antonio para fazer o que mais lhe mandasse, despediu-se dele o bacharel, mandou amarrar suas armas sobre um mulo e, logo no mesmo ponto, sobre o cavalo com que entrara em batalha deixou a cidade naquele mesmo dia e voltou para sua pátria, sem lhe acontecer coisa que obrigue a contá-la nesta verdadeira história.

Contou D. Antonio ao vice-rei tudo o que Carrasco lhe contara, do qual o vice-rei não recebeu muito gosto, pois no recolhimento de D. Quixote se perdia o que podiam ter todos aqueles que das suas loucuras tivessem notícia.

Seis dias esteve D. Quixote no leito, esmarrido, triste, pensativo e desgostoso, indo e vindo com a imaginação no infeliz sucesso do seu vencimento. Consolava-o Sancho, e entre outras razões lhe disse:

— Senhor meu, levante vossa mercê a cabeça e alegre-se, se puder, e dê graças ao céu porque, já que o derrubou na terra, não saiu com uma costela quebrada; e pois sabe que onde se dão, aí se apanham, e que nem sempre há nozes onde há vozes, dê uma figa ao médico,[1] pois não há mister de nenhum para que cure desta doença, e voltemos para nossa casa e deixemos de andar buscando aventuras por terras e lugares que não conhecemos. E, pensando bem, eu sou aqui o mais perdidoso, ainda que seja vossa mercê o mais malparado. Eu, que deixei com o governo o desejo de jamais ser governador, não deixei a vontade de ser conde, coisa que nunca terá efeito se vossa mercê deixar de ser rei, deixando o exercício da sua cavalaria, e assim minhas esperanças se vêm tornar em fumo.

— Cala-te, Sancho, e cuida que a minha reclusão e retirada não há de passar de um ano, depois do qual voltarei aos meus honrados exercícios, e então não me faltará reino para ganhar nem algum condado para te dar.

---

[1] Alusão ao ditado "*mear claro y una higa al médico*" ("mijar claro e [dar] uma figa ao médico").

— Deus o ouça — disse Sancho — e o pecado seja surdo, pois sempre ouvi dizer que mais vale boa esperança que ruim posse.

Nisto estavam quando entrou D. Antonio, dizendo com mostras de grandíssimo contento:

— Alvíssaras, senhor D. Quixote, que D. Gregorio, com o renegado que o foi buscar, está na praia! Que digo na praia? Já está na casa do vice-rei e logo chegará aqui.

Alegrou-se algum tanto D. Quixote e disse:

— Em verdade estou para dizer que bem me folgara ter sucedido tudo ao contrário, pois assim me obrigara a passar à Berberia, onde com a força do meu braço teria dado liberdade não só a D. Gregorio, mas a quantos cristãos cativos há por lá. Mas que digo, miserável? Não sou eu o vencido? Não sou eu o derribado? Não sou eu o que não pode tomar armas em um ano? Pois então, que prometo? Do que me gabo, se mais me convém usar da roca que da espada?

— Deixe disso, senhor — disse Sancho. — Viva a galinha com sua pevide, que é hoje por ti e amanhã por mim, e nessas coisas de encontros e porradas não se há de fazer muito reparo, pois quem hoje cai pode amanhã se levantar, salvo que se queira ficar na cama, quero dizer, que se deixe esmorecer sem cobrar novos brios para novas brigas. E levante-se vossa mercê agora para receber D. Gregorio, pois parece que andam alvoroçadas as gentes, e ele já deve de estar em casa.

E assim era a verdade, porque já tendo D. Gregorio e o renegado dado conta ao vice-rei da sua ida e volta, desejoso D. Gregorio de ver Ana Félix, veio com o renegado à casa de D. Antonio; e ainda que D. Gregorio estivesse em hábitos de mulher quando o tiraram de Argel, no barco os trocou pelos de outro cativo que saiu com ele, mas em qualquer que viesse mostraria ser pessoa para ser desejada, servida e estimada, porque era formoso sobremaneira, e a idade, ao parecer, de dezessete ou dezoito anos. Ricote e sua filha saíram a recebê-lo, o pai com lágrimas e a filha com honestidade. Não se abraçaram uns aos outros, porque onde há muito amor não sói haver demasiada desenvoltura. As duas belezas juntas de D. Gregorio e Ana Félix admiraram em extremo a todos juntos os que presentes estavam. Foi então o silêncio que falou pelos dois amantes e os olhos foram as línguas que declararam seus alegres e honestos pensamentos.

Contou o renegado a indústria e meio que teve para resgatar D. Gregorio; contou D. Gregorio os perigos e apertos em que se vira entre as mulheres com quem ficara, não com longo arrazoado, mas com breves palavras, no que mostrou que sua discrição se adiantava a seus anos. Finalmente, Ricote pagou e satisfez liberalmente assim ao renegado como aos que haviam vogado ao remo. Reduziu-se e reincorporou-se o renegado à Igreja,[2] e, de membro podre que era, com a penitência e o arrependimento voltou limpo e são.

Dali a dois dias tratou o vice-rei com D. Antonio o modo que teriam para que Ana Félix e seu pai ficassem na Espanha, parecendo-lhes não trazer inconveniente algum que nela ficassem filha tão cristã e pai, ao parecer, tão bem-intencionado. D. Antonio se ofereceu para negociar o caso na corte, aonde forçosamente havia de ir para outros negócios, dando a entender que nela, por meio do favor e das dádivas, muitas coisas dificultosas se conseguem.

— Não — disse Ricote, que se achava presente nessa conversação —, não se há de pôr esperança em favores nem dádivas,

---

[2] Reconciliou-se com a Igreja Católica, depois de formalizar seu arrependimento perante o Tribunal da Inquisição (ver *DQ* I, cap. XL, nota 10).

porque com o grande D. Bernardino de Velasco, conde de Salazar,[3] a quem deu Sua Majestade o encargo da nossa expulsão, não valem rogos, nem promessas, nem dádivas, nem lamentações; pois se bem é verdade que ele mistura a misericórdia com a justiça, como ele vê que todo o corpo da nossa nação está contaminado e apodrecido, usa com ele antes do cautério que abrasa que do unguento que molifica, e assim, com prudência, com sagacidade, com diligência e com o medo que põe, tem levado sobre seus fortes ombros ao devido termo o peso desta grande máquina, sem que nossas indústrias, estratagemas, solicitudes e fraudes tenham podido ofuscar seus olhos de Argos,[4] que de contínuo tem alerta por que não lhe fique encoberto nenhum dos nossos, como raiz escondida que com o tempo venha depois a brotar e a deitar frutos venenosos na Espanha, já limpa, já desembaraçada dos temores em que nossa multidão a tinha. Heroica resolução a do grande Filipo Terceiro, e inaudita prudência em tê-la encomendado ao tal D. Bernardino de Velasco!

— Em todo o caso, lá chegando, farei as diligências possíveis, e faça o céu o que mais for servido — disse D. Antonio. — D. Gregorio virá comigo a consolar a pena que seus pais devem ter por sua ausência; Ana Félix ficará com minha mulher em minha casa, ou num mosteiro, e eu sei que o senhor vice-rei terá gosto de que na sua fique o bom Ricote até ver como eu negocio.

O vice-rei concordou em tudo o que D. Antonio propôs, mas D. Gregorio, ao saber do preito, disse que de nenhuma ma-

---

[3] D. Bernardino de Velasco foi de fato quem recebeu de Felipe III o encargo de aplicar os decretos de expulsão nas duas Castelas, em La Mancha, Estremadura e Múrcia, entre 1609 e 1613.

[4] Cão mitológico de cem olhos, metade dos quais estavam sempre abertos.

neira podia nem queria deixar D. Ana Félix; mas com a intenção de ir a ver seus pais e logo achar modo de voltar por ela, conformou-se com o decretado concerto. Ficou então Ana Félix com a mulher de D. Antonio, e Ricote na casa do vice-rei.

Chegou o dia da partida de D. Antonio, e o de D. Quixote e Sancho, que foi dali a outros dois, pois a queda não lhe permitiu botar-se a caminho antes disso. Houve lágrimas, houve suspiros, desmaios e soluços ao despedir-se D. Gregorio de Ana Félix. Ofereceu Ricote a D. Gregorio mil escudos, se os quisesse, mas ele não aceitou nenhum, senão somente cinco que D. Antonio lhe emprestou, prometendo a paga deles na corte. Com isto partiram os dois, e D. Quixote e Sancho depois (como já foi dito); D. Quixote desarmado e em roupas de caminho; Sancho a pé, por ir o ruço carregado das armas.

Capítulo LXVI

QUE TRATA DO QUE VERÁ QUEM O LER
OU O OUVIRÁ QUEM O ESCUTAR LER

Ao sair de Barcelona, tornou D. Quixote a olhar o local onde caíra, e disse:

— Aqui foi Troia![1] Aqui minha desdita, e não minha covardia, levou consigo minhas alcançadas glórias, aqui usou comigo a fortuna das suas voltas e viravoltas, aqui se escureceram minhas façanhas, aqui enfim caiu minha ventura para nunca mais se levantar!

Ouvindo o qual, Sancho disse:

— Tanto é de valentes corações, senhor meu, ser sofrido nas desgraças como alegre nas prosperidades; e isto eu julgo por mim mesmo, pois se quando era governador estava alegre, agora que sou escudeiro a pé não estou triste, porque ouvi dizer que essa que por aí chamam Fortuna é uma mulher bêbada e caprichosa, e por cima de tudo cega, e assim não vê o que faz, nem sabe a quem derruba nem a quem levanta.

— Muito filósofo estás, Sancho — respondeu D. Quixote —, muito como discreto falas, não sei de quem o aprendes. O que te sei dizer é que não há fortuna no mundo, e as coisas que nele

---

[1] A frase feita (ver cap. XXIX, nota 3) retoma os versos de Virgílio "*litora cum patriæ lacrimans portusque relinquo/ et campos ubi Troia fuit...*" (na tradução de Odorico Mendes, "Deixo os portos chorando, a borda e campos/ Onde foi Troia...").

sucedem, sejam elas boas ou más, não vêm por acaso, senão por particular providência dos céus, e daí vem o que se costuma dizer: que cada um é artífice da própria ventura.[2] Eu o fui da minha, mas não com a prudência necessária, e assim paguei dobrada a minha presunção, pois devia ter percebido que à poderosa grandeza do cavalo do da Branca Lua não poderia resistir a magreza de Rocinante. Atrevi-me, enfim; fiz o que pude, derrubaram-me, e, se perdi a honra, não perdi nem posso perder a virtude de cumprir com a minha palavra. Quando eu era cavaleiro andante, atrevido e valente, com minhas obras e minhas mãos acreditava meus feitos; e agora, quando sou escudeiro pedestre, acreditarei minhas palavras cumprindo a que dei na minha promessa. Caminha pois, amigo Sancho, e vamos ter em nossa terra o ano do noviciado, cujo encerramento nos dará nova virtude para voltarmos ao nunca por mim esquecido exercício das armas.

— Senhor — respondeu Sancho —, não é coisa tão gostosa o caminhar a pé que me mova e incite a fazer grandes jornadas. Deixemos estas armas penduradas nalguma árvore, em lugar de um enforcado, e ocupando eu os lombos do ruço, levantados os pés do chão, faremos as jornadas como vossa mercê as pedir e medir, pois pensar que tenho de caminhar a pé e fazê-las grandes é pensar escusado.

— Bem disseste, Sancho — respondeu D. Quixote —; que se pendurem as minhas armas por troféu, e ao pé ou derredor delas gravaremos nas árvores aquilo mesmo que no troféu das armas de Roldão estava escrito:

---

[2] Frase proverbial calcada no aforismo de Ápio Cláudio, o Cego (340-273 a.C.), "*faber est suæ quisque fortunæ*", e muitas vezes atribuída a Caio Salústio (86-35 a.C.), como na *Silva de varia lección* (ver cap. VIII, nota 7).

Ninguém as mova
que estar não possa
com Roldão à prova.[3]

— Tudo isso me parece de encomenda — respondeu Sancho —, e, não fosse pela falta que nos faria para o caminho, também seria o caso de deixarmos Rocinante aí pendurado.

— Mas nem ele, nem as armas quero que sejam enforcados — replicou D. Quixote —, para que não se diga que a bom serviço, mau galardão![4]

— Muito bem diz vossa mercê — respondeu Sancho —, porque, segundo opinião de discretos, a culpa do asno não se há de pôr na albarda;[5] e como deste sucesso vossa mercê tem a culpa, castigue-se a si mesmo, e não rebentem suas iras pelas já rotas e sangrentas armas, nem pela mansidão de Rocinante, nem pela brandura dos meus pés, querendo que caminhem mais que o justo.

Nestas razões e conversações se lhes passou todo aquele dia, e ainda outros quatro, sem que lhes acontecesse coisa que estorvasse seu caminho; e no quinto dia, à entrada de um lugar, acharam à porta de uma pousada muita gente que, por ser dia feriado, estava ali folgando. Quando chegava a eles D. Quixote, um lavrador levantou a voz dizendo:

— Um desses dois senhores que aí vêm, que não conhecem as partes, dirá o que se há de fazer na nossa aposta.

---

[3] Versos do *Orlando furioso* já citados no *Quixote* I (cap. XIII, nota 3).

[4] Alusão ao ditado "*a fuer de Aragón, a buen servicio, mal galardón*" (à maneira de Aragão, a bom serviço, má recompensa).

[5] Inversão do ditado "*la culpa del asno, echarla a la albarda*", usado para zombar de pretextos descabidos.

— Direi sim, por certo — respondeu D. Quixote —, com toda a retidão, assim que a entender.

— É pois o caso, meu senhor bom — disse o lavrador —, que um vizinho deste lugar, tão gordo que pesa onze arrobas, desafiou a correr um outro seu vizinho que não pesa mais do que cinco. Foi condição que haviam de correr uma carreira de cem passos com pesos iguais; e perguntando-se ao desafiador como se havia de igualar o peso, disse ele que o desafiado, que pesa cinco arrobas, se carregasse com outras seis de ferro às costas, e assim se igualariam as onze arrobas do magro às onze do gordo.[6]

— Isso não! — disse aqui Sancho, antes que D. Quixote respondesse. — E a mim, que há poucos dias deixei de ser governador e juiz, como todo o mundo sabe, toca averiguar essas dúvidas e dar parecer em todo pleito.

— Responde embora, Sancho amigo — disse D. Quixote —, que eu não estou para tontices, segundo trago agitado e perturbado o juízo.

Com essa licença, disse Sancho aos lavradores, que estavam muitos em volta dele de boca aberta, esperando a sentença da sua:

— Irmãos, vai o gordo muito desencaminhado no seu pedido, que não tem sombra de justiça alguma. Pois se é verdade o que se diz, que o desafiado pode escolher as armas, não é bem que as escolha tais que lhe impeçam e estorvem sair vencedor; e, assim, é meu parecer que o gordo desafiador se debulhe, apare, desbaste, apure e afine, e tire seis arrobas das suas carnes daqui ou dali

---

[6] O conto aqui narrado já fazia parte do anedotário folclórico, como prova sua inclusão na *Floresta española de apotegmas* (ver cap. LVIII, nota 5); sua origem, no entanto, parece estar em *De singulari certamine* (Veneza, 1544), de Andrea Alciati. Ressalte-se que não se trata aqui da arroba portuguesa, que corresponde a 14,7 kg, mas da castelhana, equivalente a pouco mais de 11,5 kg.

do seu corpo, como melhor lhe estiver e parecer, e desta maneira, ficando seu peso em cinco arrobas, se igualará e ajustará com as cinco do seu contrário, e assim poderão correr com igualdade.

— Voto a tal — disse um lavrador que escutou a sentença de Sancho — que este senhor falou como um bendito e sentenciou como um cônego! Mas está claro que o gordo não se há de querer tirar nem uma onça das suas carnes, quanto mais seis arrobas.

— O melhor é não que corram — respondeu outro —, por que o magro não se desanque com o peso nem o gordo se descarne, e que se deite metade da aposta em vinho, e levemos estes senhores para a taverna a tomar do tinto, que eu vou para o que vier.

— Eu, senhores — respondeu D. Quixote —, muito vos agradeço, mas não posso deter-me um ponto, porque pensamentos e sucessos tristes me obrigam a parecer descortês, passando adiante no meu caminho sem detença.

E assim, dando de esporas em Rocinante, passou adiante, deixando-os admirados de terem visto e notado assim sua estranha figura como a discrição do seu criado, que por tal julgaram a Sancho; e outro dos lavradores disse:

— Se o criado é tão discreto, como não será o amo? Eu aposto que eles vão a estudar em Salamanca, e num triz hão de vir a ser meirinhos da corte, pois tudo é engano, salvo estudar e mais estudar, e ter favor e ventura, e quando menos se pensa o homem se acha com a vara da justiça na mão ou com uma mitra na cabeça.

Aquela noite amo e moço a passaram no meio do campo, a céu aberto e descoberto, e no dia seguinte, botando-se a caminho, viram que para eles vinha um homem a pé, com uns alforjes ao pescoço e uma ascunha ou chuço na mão, no próprio jeito de um correio a pé; o qual, como chegou junto de D. Quixote, apertou o passo e meio correndo se chegou a ele, e abraçando-o pela coxa direita, pois não alcançava a mais, lhe disse com mostras de muita alegria:

— Oh, meu senhor D. Quixote de La Mancha, que grande contentamento há de entrar no coração do meu senhor o duque quando souber que vossa mercê vai voltando para o seu castelo, pois lá está ele ainda com a minha senhora a duquesa!

— Não vos conheço, amigo — respondeu D. Quixote —, nem sei quem sois, se vós não mo dizeis.

— Eu, senhor D. Quixote — respondeu o correio —, sou Tosilos, o lacaio do duque meu senhor, que não quis pelejar com vossa mercê pelo casamento da filha de Dª Rodríguez.

— Valha-me Deus! — disse D. Quixote. — É possível que sejais aquele que os encantadores meus inimigos transformaram nesse lacaio que dizeis, para me esbulhar da honra daquela batalha?

— Cale-se, meu senhor bom — replicou o carteiro —, pois não houve encantamento algum nem mudança de rosto nenhuma; tão lacaio Tosilos entrei na estacada como Tosilos lacaio saí dela. Eu pensei em me casar sem pelejar porque a moça me pareceu bem; mas tudo foi ao contrário do que eu pensava, pois assim como vossa mercê partiu do nosso castelo, o duque meu senhor mandou que me dessem cem açoites por ter contrariado as ordenanças que me tinha dado antes de entrar na batalha, e tudo parou em que a moça é freira já, e Dª Rodríguez voltou para Castela, e eu vou agora para Barcelona a levar um maço de cartas para o vice-rei que lhe envia meu amo. Se vossa mercê quer um trago, ainda que seja quente e puro, aqui levo uma cabaça cheia do tinto, com algumas tantas lascas de queijo de Tronchón, que servirão de abridor e despertador da sede, se acaso estiver dormindo.

— Aceito o envide — disse Sancho —, e que se jogue logo essa parada e escance o bom Tosilos, a despeito e pesar de quantos encantadores há nas Índias.

— Enfim — disse D. Quixote —, tu és, Sancho, o maior glutão do mundo e o maior ignorante da terra, pois não te persuades que este correio é encantado, e este Tosilos contrafeito. Fica com ele e farta-te, que eu seguirei adiante pouco a pouco, esperando que venhas.

Riu-se o lacaio, puxou da sua cabaça, desalforjou suas lascas e, tirando um pãozinho, ele e Sancho se sentaram na relva verde e em boa paz e companhia despacharam a provisão dos alforjes até rapar o fundo, com tanta gana que lamberam até o maço de cartas, só porque cheirava a queijo. Disse Tosilos a Sancho:

— Sem dúvida esse teu amo, Sancho amigo, deve de ser um louco.

— Como deve? — respondeu Sancho. — Ele não deve nada a ninguém, pois tudo paga, e mais quando a moeda é a loucura. Isso eu bem vejo, e bem o digo a ele, mas que adianta? E mais agora que vai rematado, porque vai vencido pelo Cavaleiro da Branca Lua.

Rogou-lhe Tosilos lhe contasse o ocorrido, mas Sancho lhe respondeu que era descortesia deixar seu amo esperando, e que outro dia, se voltassem a se encontrar, teriam lugar para tanto. E levantando-se, depois de sacudir as migalhas da roupa e das barbas, colheu do ruço e, dizendo "a Deus", deixou Tosilos e alcançou seu amo, que à sombra de uma árvore o estava esperando.

Capítulo LXVII

DA RESOLUÇÃO QUE TOMOU D. QUIXOTE
DE SE FAZER PASTOR E SEGUIR A VIDA DO CAMPO
ENQUANTO SE PASSAVA O ANO DA SUA PROMESSA,
MAIS OUTROS SUCESSOS EM VERDADE BONS E SABOROSOS

Se muitos pensamentos consumiam D. Quixote antes de ser derribado, muitos mais o consumiram depois de caído. À sombra da árvore estava, como já se disse, e lá, como moscas ao mel, o vinham acossar e picar; uns tocavam ao desencantamento de Dulcineia e outros à vida que ele havia de fazer em sua forçosa retirada. Chegou Sancho elogiando a liberal condição do lacaio Tosilos.

— É possível, oh Sancho — disse-lhe D. Quixote —, que ainda penses ser aquele verdadeiro lacaio? Parece que se te varreu da mente a visão que tiveste de Dulcineia transformada e convertida em lavradora, e do Cavaleiro dos Espelhos no bacharel Carrasco, obras todas dos encantadores que me perseguem. Mas diz-me agora: perguntaste a esse Tosilos que dizes o que fez Deus de Altisidora, se chorou a minha ausência ou se já deixou nas mãos do olvido os enamorados pensamentos que na minha presença a consumiam?

— Não eram — respondeu Sancho — os que eu tinha tais que me dessem lugar a perguntar tontices. Corpo de mim, senhor! Está vossa mercê agora em termos de inquirir pensamentos alheios, especialmente amorosos?

— Olha, Sancho — disse D. Quixote —, muita diferença há entre as obras que se fazem por amor e as que se fazem por agradecimento. Bem pode ser que um cavaleiro seja desamorado, mas não pode ser, falando em todo rigor, que seja desagradecido. Bem me quis, ao parecer, Altisidora: deu-me os três lenços que sabes, chorou na minha partida, maldisse-me, vituperou-me, queixou-se, a despeito da vergonha, publicamente, sinais todos de que me adorava, pois as iras dos amantes costumam acabar em maldições. Eu não tive esperanças que dar-lhe nem tesouros que oferecer-lhe, porque as minhas as tenho entregues a Dulcineia e os tesouros dos cavaleiros andantes são como os dos duendes,[1] aparentes e falsos, e só lhe posso dar estes lembramentos que dela tenho, sem prejuízo, porém, dos que tenho de Dulcineia, a quem tu agravas com a remissão que mostras em te açoitar e castigar essas carnes, que veja eu comidas de lobos, pois se querem guardar antes para os vermes que para o remédio daquela pobre senhora.

— Senhor — respondeu Sancho —, se se vai dizer a verdade, eu não me posso persuadir que os açoites do meu traseiro tenham que ver com os desencantamentos dos encantados, que é como se disséssemos: "Se vos dói a cabeça, untai-vos os joelhos". Ao menos ousarei apostar que, em quantas histórias vossa mercê já leu que tratam da andante cavalaria, não viu nenhum desencantado por açoites. Mas, pelo sim ou pelo não, eu mos darei, quando tiver vontade e o tempo me der azo para me castigar.

— Deus queira — respondeu D. Quixote — e os céus te deem a graça para que caias na conta e na obrigação que tens de ajudar minha senhora, que é tua porque tu és meu.

---

[1] A expressão "*tesoro de duende*" designava riquezas imaginárias ou dissipadas sem tino. Tem raízes na crença de que os tesouros escondidos por seres fantásticos se transformam em carvão ou se desvanecem quando desenterrados.

Nessas conversações iam seguindo seu caminho, quando chegaram ao mesmo ponto e local onde foram atropelados pelos touros. Reconheceu-o D. Quixote e disse a Sancho:

— Este é o prado onde topamos com as bizarras pastoras e galhardos pastores que nele queriam renovar e imitar a pastoral Arcádia, pensamento tão novo quanto discreto, a cuja imitação, se é que te parece bem, quisera, oh Sancho, que nos convertêssemos em pastores, ao menos no tempo que tenho de estar recolhido. Eu comprarei algumas ovelhas e todas as demais coisas que ao pastoral exercício são necessárias, e chamando-me eu "o pastor Quixotiz" e tu "o pastor Pancino", andaremos pelos montes, pelas selvas e pelos prados, cantando aqui, endechando ali, bebendo dos líquidos cristais das fontes, ou já dos limpos regatos ou dos caudalosos rios. Dar-nos-ão com abundantíssima mão do seu dulcíssimo fruto os carvalhos, assento os troncos dos duríssimos sobreiros, sombra os salgueiros, perfume as rosas, tapetes de mil cores variegadas os estendidos prados, alento o ar claro e puro, luz a lua e as estrelas, apesar da escuridão da noite, gosto o canto, alegria o choro, Apolo versos, o amor conceitos, com que nos poderemos fazer eternos e famosos, não só nos presentes, mas nos vindouros séculos.

— Pardeus — disse Sancho — que me quadrou, e até enquadrou, tal gênero de vida. E digo mais: que quando apenas a tiverem visto o bacharel Sansón Carrasco e mestre Nicolás, o barbeiro, hão de querer segui-la e se fazerem pastores conosco, e ainda queira Deus que não lhe dê ao padre na tineta entrar também no aprisco, segundo é alegre e amigo de folgar.

— Disseste muito bem — disse D. Quixote —, e poderá o bacharel Sansón Carrasco, se entrar no pastoral grêmio, como sem dúvida entrará, chamar-se "o pastor Sansonino", ou bem "o pastor Carrascão"; o barbeiro Nicolás se poderá chamar "Niculoso", como já o antigo Boscán foi chamado "Nemoroso";[2] ao padre não sei que nome daremos, como não seja algum derivativo do seu, chamando-o "o pastor Paterandro". Das pastoras de quem havemos de ser amantes, os nomes se nos oferecem às pencas; o da minha senhora, como quadra tanto para o de pastora como para o de princesa, não há para que fatigar-me em procurar outro que lhe caia melhor; tu, Sancho, darás à tua o que quiseres.

— Não penso — respondeu Sancho — dar-lhe outro algum senão o de Teresona, que bem quadrará à sua gordura e ao próprio que ela tem, pois se chama Teresa; e mais que, ao celebrá-la nos meus versos, darei a mostrar meus castos desejos, pois não ando a buscar sarna em casa alheia. O padre não será bem que tenha pastora, para dar bom exemplo; e se o bacharel a quiser ter, sua alma e sua palma.

— Valha-me Deus — disse D. Quixote —, que vida nos havemos de dar, Sancho amigo! Quantas charamelas hão de chegar aos nossos ouvidos, quantas doçainas, quantos tamborins, e quantas soalhas, e quantos arrabis! E se nessa variedade de músicas ressoar a dos alboques, então veremos quase todos os instrumentos pastoris.

— Que são alboques? — perguntou Sancho. — Pois estes não conheço nem de nome, nem de vista.

— Alboques são — respondeu D. Quixote — umas chapas ao modo de lamparinas de latão, que batendo uma contra outra pelo lado cavo fazem um som que, se não muito agradável nem harmônico, não descontenta e vai bem com a rusticidade da doçaina e do tamborim. E este nome, *alboques*, é mourisco, como

---

[2] Acreditava-se que Garcilaso de la Vega, ao dar esse nome derivado do latim *nemus* (bosque) a um dos pastores de sua primeira égloga, cifrara aí uma homenagem a seu grande amigo e também poeta Juan Boscán (1495?-1542).

o são todos aqueles que na nossa língua castelhana começam com *al*, convém a saber: *almohaza, almorzar, alhombra, alguacil, alhucema, almacén, alcancía* e outros semelhantes, que devem ser poucos mais; e só três tem esta língua que são mouriscos e acabam em *i*, e são *borzeguí, javalí* e *maravedí; alhelí* e *alfaquí*, tanto pelo *al* primeiro como pelo *i* em que acabam, são conhecidos por arábicos. Digo isto de passagem, porque mo trouxe à memória a ocasião de ter falado em alboques; e creio que muito nos há de ajudar à perfeição deste exercício que eu seja um pouco poeta, como tu sabes, e que o seja também em extremo o bacharel Sansón Carrasco. Do padre não digo nada, mas aposto que deve de ter suas pontas e seus bicos de poeta; e que também não duvido que os tenha o mestre Nicolás, porque todos ou os mais são guitarristas e cantigueiros. Eu me queixarei de ausência; tu te gabarás de firme enamorado; o pastor Carrascão, de desprezado; e o padre Paterando, do que ele mais se puder servir, e assim andará a coisa que não teremos mais que desejar.

Ao que respondeu Sancho:

— Eu sou, senhor, tão desgraçado, que temo não chegue o dia em que em tal exercício me veja. Oh, quantas polidas colheres hei de entalhar quando for pastor! Quantas migas, quantas natas, quantas guirnaldas e frioleiras pastoris, que, se não me granjearem fama de discreto, não deixarão de me granjear a de engenhoso! Sanchica minha filha nos levará a comida à malhada. Mas olho vivo, que ela é jeitosa, e há pastores mais maliciosos do que simples, e não quisera que ela fosse por lã e voltasse tosquiada; e tanto andam os amores e os não bons desejos pelos campos como pelas cidades e pelas pastorais choças como pelos reais palácios, e tirada a causa, tira-se o pecado, e olhos que não veem, coração que não quer, e mais vale saltar o barranco que rogar o santo.

— Não mais ditados, Sancho — disse D. Quixote —, pois um só desses que dizes basta para dares a entender teu pensamento; e muitas vezes já te aconselhei a não seres tão pródigo em ditados, e que tenhas mão em dizê-los, mas parece que é pregar no deserto, e minha mãe me castiga, e eu rodando o pião.

— A mim me parece — respondeu Sancho — que vossa mercê é como o roto que se ri do esfarrapado e o sujo do mal lavado: está-me repreendendo por que eu não diga ditados e os vai desfiando de dois em dois.

— Olha, Sancho — respondeu D. Quixote. — Eu trago os ditados a propósito, e quando os digo eles entram como luva na mão, mas tu os trazes tão pelos cabelos, que os arrastas, e não os guias; e se mal não me lembro, já te disse que os ditados são sentenças breves, tiradas da experiência e especulação dos nossos antigos sábios, e o ditado que não vem a propósito antes é disparate que sentença. Mas deixemos esse assunto, e como a noite já vem chegando, retiremo-nos da estrada real aonde possamos passar esta noite, e Deus sabe o que será amanhã.

Retiraram-se, jantaram tarde e mal, muito contra a vontade de Sancho, a quem se representavam as estreitezas da andante cavalaria usadas nas selvas e nos montes, bem que às vezes a fartura se mostrava nos castelos e casas, assim de D. Diego de Miranda como nas bodas do rico Camacho e de D. Antonio Moreno; mas considerava não ser possível ser sempre de dia nem sempre de noite, e assim passou aquela dormindo, e seu amo velando.

Capítulo LXVIII

Da cerdosa aventura
que aconteceu a D. Quixote

Era a noite um tanto escura, posto que a lua estivesse no céu, mas não em parte que pudesse ser vista, pois às vezes a senhora Diana se vai passear nos antípodas e deixa os montes negros e os vales escuros. Cumpriu D. Quixote com a natureza dormindo o primeiro sono, sem dar lugar ao segundo, bem ao contrário de Sancho, que nunca teve segundo, porque lhe durava o sono desde a noite até a manhã, no que se mostrava sua boa compleição e poucas preocupações. As de D. Quixote o desvelaram de maneira que acordou Sancho e lhe disse:

— Maravilhado estou, Sancho, da liberdade da tua condição: eu imagino que és feito de mármore ou de duro bronze, no qual não cabe movimento nem sentimento algum. Eu velo quando tu dormes; eu choro quando cantas; eu desmaio de jejum quando tu, de puro farto, estás preguiçoso e sem alento. É próprio dos bons criados sofrer as dores de seu senhor e sentir seus sentimentos, quando menos por bem parecer. Olha a serenidade desta noite, a solidão em que estamos, que nos convida a entremear alguma vigília em nosso sono. Levanta-te, por tua vida, e desvia-te algum trecho daqui, e com bom ânimo e denodo agradecido dá-te trezentos ou quatrocentos açoites à boa conta dos que deves pelo desencantamento de Dulcineia; e isto te suplico rogando, pois não quero vir contigo às mãos como da outra vez, porque sei que as tens pesadas. Depois de te açoitares, passaremos o que resta da noite cantando, eu a minha ausência e tu a tua firmeza, dando desde já princípio ao exercício pastoral que havemos de ter na nossa aldeia.

— Senhor — respondeu Sancho —, eu não sou religioso para no meio do meu sono me levantar e disciplinar, nem me parece que do extremo da dor dos açoites se possa passar ao da música. Vossa mercê me deixe dormir e não mais me aperte nisso, se não quiser que eu jure nunca tocar, já nem digo minhas carnes, mas um fio do meu saial.

— Oh alma endurecida! Oh escudeiro sem piedade! Oh pão mal-empregado e mercês mal consideradas as que te fiz e penso fazer-te! Por mim te viste governador e por mim te vês na esperança propínqua de ser conde ou ter outro título equivalente, e não tardará o cumprimento dela mais do que este ano tardará em passar, pois eu *post tenebras spero lucem*.[1]

— Não entendo esses latins — replicou Sancho. — Só entendo que enquanto eu durmo não tenho temor nem esperança, nem trabalho nem glória; e bem haja quem inventou o sono, capa que cobre todos os humanos pensamentos, manjar que mata a fome, água que afugenta a sede, fogo que esquenta o frio, frio que arrefece o ardor e, finalmente, moeda geral com que todas as coisas se compram, balança e peso que iguala o pastor com o rei e o simples com o discreto. Só uma coisa tem o sono de ruim, segundo ouvi dizer, e é que se parece à morte, pois de um dormente a um morto há muito pouca diferença.

---

[1] "Depois das trevas espero a luz"; a frase bíblica (Jó, 17, 12) era também a divisa de Juan de la Cuesta, impressor das edições *princeps* dos dois *Quixotes*, que a reproduzem no frontispício em volta de um escudete com a figura de um falcão encapuzado.

— Nunca, Sancho — disse D. Quixote —, te ouvi falar tão elegantemente como agora; por onde venho a conhecer ser verdade o ditado que tu algumas vezes costumas dizer: "Não com quem nasces, senão com quem pasces".

— Hui, senhor nosso amo! — replicou Sancho. — Não sou eu quem agora desfia ditados, pois também da boca de vossa mercê vão eles saindo de dois em dois melhor que da minha, com a diferença que os de vossa mercê hão sempre de vir a tempo e os meus a desoras; mas, com efeito, são todos ditados.

Nisto estavam quando ouviram um surdo estrondo e um áspero ruído, que por todos aqueles vales se estendia. Levantou-se em pé D. Quixote e meteu mão à espada, e Sancho se alapou embaixo do ruço, pondo-se aos lados o amarrado das armas e a albarda do jumento, tão tremendo de medo quanto alvoroçado D. Quixote. De ponto em ponto ia crescendo o ruído e chegando-se perto dos dois temerosos; pelo menos de um, que do outro já se conhece a valentia.

É pois o caso que levavam uns homens para vender numa feira mais de seiscentos porcos, com os quais caminhavam àquelas horas, e era tanto o ruído que faziam, e o grunhir e o bufar, que ensurdeceram os ouvidos de D. Quixote e de Sancho, que não advertiram o que ser podia. Chegou de tropel a vasta e grunhidora piara, e sem ter respeito à autoridade de D. Quixote, nem à de Sancho, passaram os porcos por cima dos dois, desfazendo as trincheiras de Sancho e derrubando não só D. Quixote, mas levando de roldão a Rocinante. O tropel, o grunhir, a presteza com que chegaram os animais imundos, tudo pôs em confusão e por terra a albarda, as armas, o ruço, Rocinante, Sancho e D. Quixote.

Levantou-se Sancho como melhor pôde e pediu a espada ao amo, dizendo-lhe que queria matar meia dúzia daqueles senhores e descomedidos porcos, que já havia conhecido que o eram. D. Quixote lhe disse:

— Deixa-os estar, amigo, que esta afronta é pena do meu pecado, e justo castigo do céu é que um cavaleiro andante vencido seja comido de chacais, e picado de vespas, e pisado de porcos.

— Também deve de ser castigo do céu — respondeu Sancho — que os escudeiros dos cavaleiros vencidos sejam mordidos de moscas, comidos de piolhos e roídos de fome. Se os escudeiros fôssemos filhos dos cavaleiros que servimos, ou parentes deles muito próximos, não seria muito que nos tocasse a pena das suas culpas até a quarta geração; mas que têm que ver os Panças com os Quixotes? Ora bem, tornemo-nos a acomodar e durmamos o pouco que resta da noite, e com Deus amanheçamos, e já veremos.

— Dorme tu, Sancho — respondeu D. Quixote —, que nasceste para dormir; pois eu, que nasci para velar, no tempo que falta daqui até o dia darei rédea aos meus pensamentos e os desafogarei num madrigalete[2] que, sem que o soubesses, ontem compus na memória.

— A mim me parece — respondeu Sancho — que os pensamentos que dão lugar a fazer coplas não devem de ser muitos. Vossa mercê copleie quanto quiser, que eu dormirei quanto puder.

E em seguida, tomando do chão quanto quis, se enrodilhou e dormiu a sono solto, sem que fianças, nem dívidas, nem dor alguma o estorvasse. D. Quixote, encostado no tronco de uma faia, ou de um sobreiro[3] (pois Cide Hamete Benengeli não distin-

---

[2] Madrigal curto, sem a estrofe de abertura.

[3] Alusão ao tópico literário conhecido como *arbore sub quadam*, característico dos poemas bucólicos, que consiste em situar um pastor descansando sob uma árvore, onde desfia seus versos. Seu modelo encontra-se na abertura da pri-

gue a árvore que era), ao som dos seus próprios suspiros cantou desta sorte:

> — Amor, sempre que penso
> no mal que a mim me fazes fero e forte,
> correndo vou à morte,
> pensando assim findar meu mal imenso;
>
> mas em chegando ao passo
> que é porto em oceano de agonia,
> é tanta a alegria,
> que a vida se reforça e o não passo.
>
> Assim viver me mata,
> enquanto a morte torna a dar-me a vida.
> Tortura desabrida
> que a vida aporta e a morte não desata![4]

Cada verso destes acompanhava com muitos suspiros e não poucas lágrimas, tal como quem tinha o coração trespassado pela dor do vencimento e pela ausência de Dulcineia.

---

meira égloga virgiliana, "*O Tytire, tu patulœ recubans sub tegmine fagi...*" ("Ó Títiro, tu que estás recostado à sombra da frondosa *faia...*"), que na época suscitou entre os comentadores das *Bucólicas* certa polêmica sobre a tradução mais exata do termo *fagus* (faia, carvalho ou sobreiro), aqui retomada em chave burlesca.

[4] Tradução do madrigal de Pietro Bembo (1470-1547) "*Quand'io penso al martire/ amor che tu mi dai gravoso e forte,/ corro per gir a morte,/ così sperando i miei danni finire.// Ma poi ch'i' giungo al passo,/ ch'è porto in questo mar d'ogni tormento,/ tanto piacer ne sento,/ che l'alma si rinforza, ond'io no'l passo.// Cosi'l viver m'ancide,/ così la morte mi ritorna in vita./ O miseria infinita/ che l'uno apporta e l'altra non recide*".

Chegou então o dia, deu o sol com seus raios nos olhos de Sancho, que acordou e se espreguiçou, sacudindo-se e esticando os preguiçosos membros; olhou o estrago que haviam feito os porcos em sua alforjada e maldisse a piara, e ainda foi além. Finalmente voltaram os dois ao seu começado caminho e ao cair da tarde viram que para eles vinham cerca de dez homens a cavalo e quatro ou cinco a pé. Sobressaltou-se o coração de D. Quixote e apertou-se o de Sancho, porque aquelas gentes traziam lanças e adargas e vinham muito em pé de guerra. Virou-se D. Quixote para Sancho e lhe disse:

— Se eu pudesse, Sancho, exercitar as minhas armas e a minha promessa não me tivesse atado os braços, esta máquina que vem sobre nós eu a tivera por jogo de crianças; mas bem pudera ser outra coisa que não a que tememos.

Nisto chegaram os homens a cavalo e, arvorando as lanças, sem falar palavra alguma rodearam D. Quixote e apontaram as armas para as costas e o peito dele, ameaçando-o de morte. Um dos que vinham a pé, posto um dedo sobre a boca em sinal de que calasse, tomou do freio de Rocinante e o apartou do caminho, e os demais a pé, levando Sancho e o ruço adiante, guardando todos espantoso silêncio, seguiram os passos daquele que levava D. Quixote, o qual duas ou três vezes quis perguntar aonde o levavam ou que queriam, mas apenas começava a mover os lábios, quando lhos fechavam com os ferros das lanças; e com Sancho acontecia o mesmo, porque apenas dava sinais de falar, quando um dos homens a pé o picava com um aguilhão, e ao ruço nem mais nem menos, como se falar quisesse. Cerrou-se a noite, apertaram o passo, cresceu nos dois presos o medo, e mais quando ouviram que de quando em quando lhes diziam:

— Caminhai, trogloditas!

— Calai, bárbaros!

— Pagai, antropófagos!

— Não vos queixeis, citas, nem abrais os olhos, Polifemos matadores, leões carniceiros!

E outros nomes semelhantes, com que atormentavam os ouvidos dos miseráveis amo e moço. Sancho ia dizendo entre si: "Nós tortulhistas? Nós barbeiros e potros fracos? Nós podres fêmeos? Não gosto nada desses nomes, é vento ruim na peneira; todo o mal nos vem às braçadas, como as pedras ao cachorro, e tomara que pare nisso a ameaça desta aventura tão desventurada!".

Ia D. Quixote pasmado, sem conseguir entender com quantos discursos fazia o que seriam aqueles nomes que lhes lançavam, tão cheios de vitupérios, dos quais só tirava em limpo não esperar nenhum bem e temer muito mal. Chegaram então, quase à uma hora da noite, a um castelo que bem conheceu D. Quixote ser o do duque, onde havia pouco que tinham estado.

— Valha-me Deus! — disse apenas reconheceu o local. — Que será isto? Pois se nesta casa tudo é cortesia e bons modos; mas para os vencidos o bem se torna em mal e o mal em pior.

Entraram no pátio principal do castelo e o viram paramentado de jeito e modo que lhes acrescentou a admiração e redobrou o medo, como se verá no seguinte capítulo.

Capítulo LXIX

Do mais raro e mais novo sucesso
que em todo o discurso desta grande história
aconteceu a D. Quixote

Apearam-se os homens a cavalo e, junto com os que vinham a pé, tomando a Sancho e D. Quixote em bolandas e arrebatadamente, os entraram no pátio, à volta do qual ardiam quase cem brandões postos em seus castiçais, e pelas galerias do pátio mais de quinhentas luminárias, de modo que, apesar da noite (que se mostrava um tanto escura), não se dava a ver a falta do dia. No meio do pátio se levantava um túmulo como a duas varas do chão, todo coberto com um grandíssimo dossel de veludo preto, à roda do qual, sobre o estrado, ardiam velas de cera branca em mais de cem candeeiros de prata, acima do qual túmulo se mostrava um corpo morto de uma tão formosa donzela que com sua formosura fazia parecer formosa a própria morte.[1] Tinha a cabeça sobre uma almofada de brocado, coroada com uma grinalda de diversas e perfumosas flores tecida, as mãos cruzadas sobre o peito, e entre elas um ramo de amarela e vencedora palma.[2]

A um lado do pátio estava posto um tablado, e em duas cadeiras sentados dois personagens, que por terem coroas na cabe-

---

[1] Reminiscência do verso de Petrarca *"Morte bella parea nel suo bel viso"*, que fecha o primeiro capítulo de *Trionfo della morte*.

[2] Simbolizando a virgindade triunfante.

ça e cetros na mão davam sinais de ser reis, quer verdadeiros, quer fingidos. Ao lado desse tablado, aonde se chegava subindo uns degraus, estavam outras duas cadeiras, nas quais aqueles que haviam prendido D. Quixote e Sancho os sentaram, tudo isto em silêncio e dando a entender aos dois por sinais que também guardassem silêncio; mas sem que lho sinalassem ainda o houveram de guardar, porque a admiração do que estavam vendo tinha-lhes a língua atada.

Subiram então ao tablado com muito acompanhamento dois principais personagens, que logo D. Quixote conheceu serem o duque e a duquesa, seus hospedeiros, os quais se sentaram em duas riquíssimas cadeiras, junto àqueles dois que pareciam ser reis. Quem não se houvera de admirar com tudo aquilo, tendo ainda por cima conhecido D. Quixote que o corpo morto e posto sobre o túmulo era o da formosa Altisidora?

Ao subirem o duque e a duquesa no tablado, levantaram-se D. Quixote e Sancho e humilharam-se em profunda reverência, e os duques fizeram o mesmo, inclinando um tanto as cabeças. Saiu então de través um ministro e, chegando-se a Sancho, deitou-lhe sobre o corpo um roupão de bocassim preto, todo pintado com labaredas de fogueira, e tirando-lhe a carapuça lhe pôs na cabeça uma carocha,[3] ao modo das que se põem nos penitenciados pelo Santo Ofício, e disse-lhe ao ouvido que não descosesse os lábios, pois do contrário lhe deitariam uma mordaça ou lhe

---

[3] Carocha: junto com o sambenito (o "roupão" citado na frase anterior), constituía a indumentária imposta aos condenados pelo Santo Ofício. Os trajes costumavam ser pintados com labaredas, quando se tratava de réus "contritos", ou com demônios, quando "pertinazes".

tirariam a vida. Olhava-se Sancho de cima a baixo, via-se ardendo em chamas, mas como não queimavam não lhes fez caso algum. Tirou-se a carocha, viu-a pintada de diabos, tornou a encas-
quetá-la, dizendo entre si:

— Ainda bem que nem elas me abrasam nem eles me levam.

Olhava-o também D. Quixote, e bem que o temor lhe tivesse
suspensos os sentidos, não deixou de se rir ao ver a figura de Sancho. Começou nisto a sair, ao parecer de sob o túmulo, um som
quedo e agradável de flautas, que por não ser estorvado de nenhuma humana voz, pois naquele local o próprio silêncio guardava
silêncio a si mesmo, se mostrava brando e amoroso. Logo fez de
si improvisa mostra, junto ao travesseiro daquele presumido cadáver, um formoso mancebo vestido como romano, que ao som
de uma harpa que ele mesmo tocava cantou com suavíssima e
clara voz estas duas estâncias:

> — Enquanto em si não torna Altisidora,
> morta pelo desdém de D. Quixote,
> e enquanto n'alta corte encantadora
> as damas se vestirem de picote,
> enquanto a suas duenhas a senhora
> só de baeta veste, sem mais dote,
> cantar hei seu donaire e desatino,
> com melhor plectro que o cantor divino.

> Ainda não percebo que me toca
> tão grato ofício unicamente em vida,
> e com a língua morta e fria na boca
> penso mover a voz a ti devida.
> Livre minh'alma da sua estreita rocha,
> pela estigial lagoa conduzida,

celebrando-te irá, e o meu lamento
há de deter o rio do esquecimento.[4]

— Basta — disse neste ponto um daqueles dois que pareciam reis —, basta, rival de Orfeu, que seria infinito representar-nos agora a morte e as graças da sem-par Altisidora, não morta, como pensa o mundo ignorante, mas viva nas línguas da fama e na pena que para torná-la à perdida luz há de passar Sancho Pança, aqui presente; e assim, oh tu, Radamanto,[5] que comigo julgas nas lôbregas cavernas de Plutão, pois sabes tudo aquilo que nos inescrutáveis fados está determinado sobre o tornar em si esta donzela, dize-o e declara-o logo, por que não se nos dilate o bem que com sua nova volta esperamos.

Mal havia dito isto Minos, juiz e companheiro de Radamanto, quando, levantando-se em pé Radamanto, disse:

— Eia, ministros desta casa, altos e baixos, grandes e pequenos, acudi uns após outros e selai o rosto de Sancho com vinte e quatro bofetões, mais doze beliscos e seis alfinetadas nos seus braços e lombos, pois nesta cerimônia consiste a saúde de Altisidora!

Ouvindo o qual Sancho Pança, rompeu o silêncio e disse:

— Voto a tal! Assim me deixarei selar o rosto ou bulir na cara como me farei mouro! Corpo de mim! Que tem que ver meter-me a mão na cara com a ressurreição desta donzela? Tomou gosto a velha pela coisa. Encantam Dulcineia, e me açoitam para

---

[4] A última estrofe corresponde, *ipsis literis*, à segunda da "Égloga III" de Garcilaso de la Vega.

[5] Junto com seus irmãos Minos e Éaco, Radamanto é um dos juízes do inferno greco-latino.

713

que se desencante; morre Altisidora dos males que Deus lhe quis dar, e a querem ressuscitar dando-me vinte e quatro bofetões e crivando meu corpo a alfinetadas e arroxeando meus braços a beliscões! Essas burlas a um cunhado, que eu sou cachorro velho e não me fio de assovios!

— Morrerás! — disse em alta voz Radamanto. — Abranda-te, tigre; humilha-te, Nemrod[6] soberbo, e sofre e cala, pois não te pedem coisas impossíveis, e não te metas a averiguar as dificuldades deste negócio: bofeteado hás de ser, crivado te hás de ver, beliscado hás de gemer. Eia, digo, ministros, cumpri meu mandamento; se não, por fé de homem de bem que haveis de ver para o que nascestes!

Apareceram nisto perto de seis duenhas, que pelo pátio vinham em procissão uma após outra, quatro delas de óculos, e todas com a mão direita levantada, com quatro dedos de pulso de fora, para fazer as mãos mais longas, como agora se usa. Mal as vira Sancho, quando bramando como um touro disse:

— Bem me poderei deixar bulir por todo o mundo, mas consentir que me toquem duenhas, isso não! Que me gateiem o rosto, como fizeram ao meu amo neste mesmo castelo; que me furem o corpo todo com pontas de finas adagas; que me atenazem os braços com tenazes de fogo, e tudo eu levarei em paciência, em tudo servindo a estes senhores; mas que me toquem duenhas não o consentirei nem que me leve o diabo.

Rompeu também o silêncio D. Quixote, dizendo a Sancho:

— Tem paciência, filho, e dá gosto a estes senhores, e muitas graças ao céu por ter posto tal virtude em tua pessoa, que com o martírio dela desencantes os encantados e ressuscites os mortos.

---

[6] O "grande caçador diante de Javé" do Gênesis (10, 8-9) que reinou sobre a Babilônia, tido como protótipo de tirano cruel.

Já estavam as duenhas perto de Sancho, quando ele, mais brando e persuadido, ajeitando-se na cadeira, deu rosto e barba à primeira, a qual lhe selou um bofetão muito bem dado, seguido de uma grande reverência.

— Menos mesuras, menos arrebiques, senhora duenha — disse Sancho —, pois por Deus que trazeis as mãos cheirando a composturas!

Finalmente, todas as duenhas o selaram, e outras muitas gentes da casa o beliscaram; mas o que ele não pôde sofrer foi a pontada dos alfinetes, e assim se levantou da cadeira, ao parecer mofino, e, agarrando de uma tocha acesa que junto dele estava, arredou as duenhas e todos seus verdugos, dizendo:

— Fora, ministros infernais, que eu não sou de bronze para não sentir tão extraordinários martírios!

Nisto Altisidora, que devia de estar cansada, por ter ficado tanto tempo supina, se virou de um lado; visto o qual pelos circunstantes, quase todos a uma voz disseram:

— Viva é Altisidora! Altisidora vive!

Mandou Radamanto que Sancho depusesse a ira, pois já se conseguira o intento pretendido.

Assim como D. Quixote viu rebulir Altisidora, foi-se pôr de joelhos diante de Sancho, dizendo-lhe:

— Agora é tempo, filho das minhas entranhas, mais que escudeiro meu, que te dês alguns dos açoites a que estás obrigado pelo desencantamento de Dulcineia. Agora, digo, é o tempo em que tens madura a virtude, e com plena eficácia de obrar o bem que de ti se espera.

Ao que Sancho respondeu:

— Isso me parece troça sobre troça, e não mel na sopa. Bom seria que depois dos beliscões, bofetões e alfinetadas viessem agora os açoites. Não têm mais que fazer senão pegar uma grande pedra e amarrá-la ao meu pescoço e me atirar num poço, coisa que a mim não pesaria muito, se é que para curar males alheios serei sempre eu quem paga o pato. Deixem-me, senão por Deus que entorno o caldo, por mais que queime.

Já então se sentara no túmulo Altisidora, e no mesmo instante soaram as charamelas, às quais acompanharam as flautas e as vozes de todos, que aclamavam:

— Viva Altisidora! Altisidora viva!

Levantaram-se os duques e os reis Minos e Radamanto, e todos juntos, com D. Quixote e Sancho, foram receber Altisidora e baixá-la do túmulo; a qual, fingindo desfalecer, se inclinou para os duques e os reis e, mirando D. Quixote de esguelha, assim lhe disse:

— Que Deus te perdoe, desamorado cavaleiro, pois por tua crueldade estive no outro mundo, a meu parecer, mais de mil anos. E a ti, oh mais compassivo escudeiro que contém o orbe, te agradeço a vida que possuo: dispõe de hoje em diante, amigo Sancho, de seis camisas minhas que te prometo, para que faças outras seis para ti; e se não estão todas inteiras, pelo menos estão todas limpas.

Beijou-lhe por isso as mãos Sancho, com a carocha na mão e os joelhos no chão. Mandou o duque que lha tirassem e lhe devolvessem sua carapuça e lhe pusessem o saial e lhe tirassem o roupão das labaredas. Suplicou Sancho ao duque que lhe deixassem o roupão e a mitra, que as queria levar a sua terra por sinal e memória daquele nunca visto sucesso. A duquesa respondeu que lhos deixariam, pois já sabia ele quão grande amiga sua ela era. Mandou o duque esvaziar o pátio e que todos se recolhessem a seus aposentos, e que levassem D. Quixote e Sancho aos que eles já conheciam.

Capítulo LXX

QUE SEGUE AO SESSENTA E NOVE
E TRATA DE COISAS NÃO ESCUSADAS
PARA A CLAREZA DESTA HISTÓRIA

Dormiu Sancho aquela noite numa cama de rodas no mesmo aposento de D. Quixote, coisa que ele preferira escusar, se pudesse, pois bem sabia que seu amo não o havia de deixar dormir à força de perguntar e responder, e não se achava ele em disposição de falar muito, porque as dores dos martírios passados as tinha bem presentes e não lhe deixavam a língua livre, e melhor lhe viria dormir numa choça sozinho que não naquele rico quarto acompanhado. Mostrou-se seu temor tão verdadeiro e sua suspeita tão certa, que mal seu senhor havia entrado no leito, quando disse:

— Que te parece, Sancho, do sucesso desta noite? Grande e poderosa é a força do desdém desamorado, como por teus próprios olhos viste na morta Altisidora, não com outras setas, nem com outra espada, nem com outro instrumento bélico, nem com venenos mortíferos, senão pela consideração do rigor e do desdém com que sempre a tratei.

— Pois ela que morresse embora quanto e como quisesse — respondeu Sancho — e me deixasse em paz, pois não a enamorei nem a desdenhei em toda a vida. Como eu já disse, não sei nem posso imaginar como seja que a saúde de Altisidora, donzela mais caprichosa que discreta, tenha que ver com os martírios de Sancho Pança. Agora sim venho a conhecer clara e distintamente que há encantadores e encantos no mundo, dos quais Deus me livre, pois eu não me sei livrar. Ainda assim suplico a vossa mercê que me deixe dormir e não me pergunte mais, se não quer que me atire de uma janela abaixo.

— Dorme, Sancho amigo — respondeu D. Quixote —, se é que a tal te dão lugar as alfinetadas e beliscões recebidos e os bofetões que te deram.

— Nenhuma dor — replicou Sancho — se compara à afronta dos bofetões, não mais que por virem das mãos de duenhas, malditas sejam. E torno a suplicar a vossa mercê que me deixe dormir, porque o sono é o alívio das misérias dos que as têm acordados.

— Assim seja — disse D. Quixote —, e Deus te acompanhe.

Dormiram os dois, e neste tempo quis Cide Hamete, autor desta grande história, dar conta por escrito do que moveu os duques a levantar o edifício da máquina referida; e diz que não tendo esquecido o bacharel Sansón Carrasco que o Cavaleiro dos Espelhos fora vencido e derrubado por D. Quixote, cujo vencimento e queda estragou e desfez todos seus desígnios, quis tornar a tentar a sorte, esperando melhor sucesso que o passado, e assim, informando-se com o pajem que levara a carta e o presente a Teresa Pança, mulher de Sancho, de onde D. Quixote estava, buscou novas armas e novo cavalo e pôs no escudo a branca lua, levando tudo sobre um mulo guiado por um lavrador, que não Tomé Cecial, seu antigo escudeiro, porque não fosse conhecido de Sancho nem de D. Quixote.

Chegou pois ao castelo do duque, que lhe informou o caminho e derrota que D. Quixote levava com tenção de se achar nas justas de Saragoça; contou-lhe também as burlas que lhe fizera com o enredo do desencantamento de Dulcineia, que havia de ser à custa do traseiro de Sancho; por fim deu conta da burla que Sancho havia feito a seu amo dando-lhe a entender que Dulcineia estava encantada e transformada em lavradora, e de como a duquesa, mulher daquele, havia dado a entender a Sancho que era ele quem se enganava, porque verdadeiramente estava encantada Dulcineia, do que não pouco se riu e admirou o bacharel, considerando a agudeza e simplicidade de Sancho, bem como o extremo da loucura de D. Quixote.

Pediu-lhe o duque que, se o achasse, vencendo-o ou não, voltasse por lá para lhe dar conta do sucesso. Assim fez o bacharel: partiu à sua procura, não o achou em Saragoça, passou adiante e lhe sucedeu o que fica relatado.

Voltou pelo castelo do duque e lhe contou tudo, incluídas as condições da batalha, e que já D. Quixote voltava a cumprir, como bom cavaleiro andante, a palavra de se recolher um ano em sua aldeia, no qual tempo podia ser, disse o bacharel, que sarasse da sua loucura, pois era esta a intenção que o movera a fazer aquelas transformações, por ser coisa de dó que um fidalgo tão bem-entendido como D. Quixote fosse louco. Com isto se despediu do duque e voltou para seu lugar, esperando nele por D. Quixote, que atrás dele vinha.

Daí tomou ocasião o duque de lhe fazer aquela burla, tanto gostava das coisas de Sancho e de D. Quixote, e mandou tomar os caminhos perto e longe do castelo, por toda parte donde imaginou que poderia voltar D. Quixote, com muitos criados seus a pé e a cavalo, para que por força ou de grado o trouxessem ao castelo, se o achassem. Acharam-no, deram aviso ao duque, o qual, já prevenido de tudo o que havia de fazer, assim como teve notícia de sua chegada, mandou acender os brandões e as luminárias do pátio e pôr Altisidora sobre o túmulo, com todo o aparato que se contou, tão ao vivo e tão benfeito, que da verdade para ele havia bem pouca diferença.

E diz mais Cide Hamete: que tem para si serem tão loucos os burladores como os burlados e que não estavam os duques a dois dedos de parecerem tolos, pois tanto afinco punham em se burlar de dois tolos. Aos quais, um dormindo a sono solto e o outro velando a pensamentos desatados, chegou o dia e a vontade de se levantar, pois as ociosas penas, quer vencido ou vencedor, jamais deram gosto a D. Quixote.

Altisidora (na opinião de D. Quixote, devolvida da morte à vida), seguindo o humor dos seus senhores, coroada com a mesma grinalda que no túmulo tinha e vestida uma tunicela de tafetá branco semeada de flores de ouro, e soltos os cabelos pelas costas, apoiada num báculo de negro e finíssimo ébano, entrou no aposento de D. Quixote, com cuja presença turbado e confuso se encolheu e cobriu quase todo com os lençóis e colchas da cama, muda a língua, sem que acertasse a lhe fazer cortesia nenhuma. Sentou-se Altisidora numa cadeira, junto a sua cabeceira, e depois de dar um grande suspiro, com voz terna e debilitada lhe disse:

— Quando as mulheres principais e as recatadas donzelas atropelam a honra e dão licença à língua para romper todo inconveniente, dando pública notícia dos segredos que seu coração encerra, em duro transe se encontram. Eu, senhor D. Quixote de La Mancha, sou uma destas, tribulada, vencida e enamorada, mas ainda assim sofrida e honesta; e tanto que, por sê-lo tanto, rebentou minha alma por meu silêncio e perdi a vida. Dois dias há que, por considerar o rigor com que me trataste, oh mais duro que mármore ao meu pranto!,[1] empedernido cavaleiro, estive morta, ou ao menos por tal me tomou quem me viu; e se não fosse porque o amor, condoendo-se de mim, depositou o meu re-

---

[1] "¡Oh más dura que mármol a mis quejas!" é, novamente, um verso de Garcilaso de la Vega ("Égloga I", v. 57), apenas com a inversão de gênero, pois nela é o pastor Salicio que se queixa do descaso de sua amada Galatea.

médio nos martírios deste bom escudeiro, lá teria ficado no outro mundo.

— Bem pudera o amor — disse Sancho — depositá-los nos do meu asno, que eu o agradeceria. Mas diga-me, senhora, e que o céu lhe dê outro mais brando amante que o meu amo: que é que vossa mercê viu no outro mundo? Que há no inferno? Pois quem morre desesperado por força há de ter esse paradeiro.

— Manda a verdade que vos diga — respondeu Altisidora — que não devo ter morrido por inteiro, já que não entrei no inferno, pois se nele tivesse entrado, não poderia dar jeito de sair, por mais que quisesse. A verdade é que cheguei à porta, onde cerca de uma dúzia de diabos estava jogando pela,[2] todos em calções e gibão, com valonas debruadas de rendas flamengas, e com umas voltas do mesmo que lhes serviam de punhos, com quatro dedos de braço de fora, por que parecessem mais longas as mãos, nas quais tinham umas palas de fogo, e o que mais me admirou foi que, em vez de pelas, se serviam de livros, ao parecer cheios de vento e de borra, coisa maravilhosa e nova. Mas isso não me admirou tanto quanto ver que, sendo natural dos jogadores o alegrarem-se os ganhadores e entristecerem-se os que perdem, lá naquele jogo todos grunhiam, todos ralhavam e todos se maldiziam.

— Isso não é coisa de maravilha — respondeu Sancho —, porque os diabos, jogando ou não jogando, nunca podem estar contentes, ganhando ou não ganhando.

— Assim deve de ser — respondeu Altisidora —, mas há outra coisa que também me admira, quero dizer, que então me ad-

---

[2] Segundo certa tradição que remonta à Idade Média, os demônios jogam pela com a alma dos condenados.

mirou, e foi que ao primeiro voleio não restava pela inteira nem de proveito para servir outra vez, e assim amiudavam livros novos e velhos que era uma maravilha. Num deles, novo em folha e bem encadernado, acertaram tamanha pancada que o destriparam e espalharam suas folhas. E disse um diabo ao outro: "Olhai que livro é esse". E o diabo lhe respondeu: "Esta é a Segunda parte da história de D. Quixote de La Mancha, não composta por Cide Hamete, seu primeiro autor, mas por um aragonês que diz ser natural de Tordesilhas". "Tirai-o já daqui", respondeu o primeiro diabo, "e metei-o nos abismos do inferno, não mais o vejam meus olhos." "É tão ruim assim?", respondeu o outro. "Tão ruim", replicou o primeiro, "que se de propósito eu mesmo me pusesse a fazê-lo pior, não conseguiria." Prosseguiram seu jogo, castigando outros livros, e eu, por ter ouvido o nome de D. Quixote, que tanto amo e quero, fiz força por guardar memória dessa visão.

— Visão deveu de ser, sem dúvida — disse D. Quixote —, porque não há outro eu no mundo, e essa história já corre por aqui de mão em mão, sem nunca parar em nenhuma, porque todos lhe dão com o pé. Eu não me alterei em ouvir que ando feito corpo fantástico pelas trevas do abismo nem pela claridade da terra, porque não sou aquele de quem essa história trata. Se ela for boa, fiel e verdadeira, terá séculos de vida; mas se for má, do seu parto à sepultura não será muito longo o caminho.

Ia Altisidora prosseguir nas queixas de D. Quixote, quando este lhe disse:

— Muitas vezes já vos disse, senhora, que muito me pesa que tenhais colocado vossos pensamentos em mim, pois dos meus podem ser agradecidos mas não remediados. Eu nasci para ser de Dulcineia d'El Toboso, e os fados (se os houvesse) a ela me destinaram, e pensar que outra alguma formosura há de ocupar o lugar que ela tem em minha alma é pensar o impossível. Suficiente desengano é este para que vos recolhais aos limites da vossa honestidade, pois ninguém se pode obrigar ao impossível.

Ouvindo o qual Altisidora, afetando aborrecer-se e alterar-se, lhe disse:

— Por vida vossa, senhor D. Bacalhau, alma de pilão, caroço de tâmara, mais duro e teimoso que vilão encasquetado, que se vos apanho vos arranco os olhos! Pensais porventura, dom vencido e dom moído de pancada, que eu morri por vós? Tudo o que vistes nesta noite foi fingido, pois eu não sou mulher que por semelhantes bestas me deixasse doer a ponta de uma unha, quanto mais morrer.

— Nisso creio muito bem — disse Sancho —, pois o morrer de amor é coisa de riso. Bem o podem dizer os enamorados, mas fazer deveras, Judas que o creia.

Estando nessas conversações, entrou o músico, cantor e poeta que havia cantado as duas já referidas estâncias, o qual, fazendo uma grande reverência a D. Quixote, disse:

— Vossa mercê, senhor cavaleiro, me conte e tenha no número dos seus maiores servidores, porque há muitos dias que lhe sou assaz aficionado, assim por sua fama como por suas façanhas.

D. Quixote lhe respondeu:

— Vossa mercê me diga quem é, por que minha cortesia responda aos seus merecimentos.

O moço respondeu que era o músico e panegírico da noite antes.

— Por certo — replicou D. Quixote — que vossa mercê tem extremada voz, mas os versos que cantou não me pareceram muito a propósito, pois que têm que ver as estrofes de Garcilaso com a morte desta senhora?

— Vossa mercê não se maravilhe disso — respondeu o músico —, pois já entre os bisonhos poetas da nossa idade se usa que cada um escreva como quiser e furte de quem quiser, venha ou não venha a propósito do seu intento, e já não há necedade que cantem ou escrevam que não se achaque a licença poética.

Responder quisera D. Quixote, mas o vieram estorvar o duque e a duquesa, que entraram para o ver, e entre todos tiveram uma longa e doce conversa, na qual disse Sancho tantos donaires e tantas malícias, que de novo ficaram os duques admirados, assim da sua simplicidade como da sua agudeza. D. Quixote suplicou que lhe dessem licença para partir naquele mesmo dia, pois aos vencidos cavaleiros, como ele, mais convinha habitar uma pocilga que não reais palácios. Deram-lha de muito bom grado, e a duquesa lhe perguntou se ficava Altisidora em sua graça. Ao que ele respondeu:

— Senhora minha, saiba vossa senhoria que todo o mal desta donzela nasce da ociosidade, cujo remédio é a ocupação honesta e contínua. Ela me disse aqui que se usam rendas no inferno, e como ela as deve de saber fazer, não as deixe de mão, pois ocupada em mexer os pauzinhos não há de bulir em sua imaginação a imagem ou as imagens do que ela bem quer; e esta é a verdade, este o meu parecer e este o meu conselho.

— E o meu também — acrescentou Sancho —, pois não vi em toda minha vida rendeira que por amor tenha morrido, já que as donzelas ocupadas mais põem seus pensamentos em acabar suas tarefas que em pensar nos seus amores. Por mim mesmo o posso dizer, pois enquanto estou na enxada não me lembro da minha costela, digo, da minha Teresa Pança, que eu prezo mais do que as pestanas dos meus olhos.

— Dizeis muito bem, Sancho — disse a duquesa —, e eu farei que a minha Altisidora daqui em diante se ocupe em fazer algum lavor branco, que o sabe fazer por extremo.

— Não há para que, senhora — respondeu Altisidora —, usar desse remédio, pois a consideração das crueldades que comigo usou este malfeitor mostrengo mo varrerão da memória sem outro artifício algum. E com licença de vossa grandeza me quero retirar daqui, para não ver diante dos meus olhos, já nem digo sua triste figura, mas sua feia e abominável catadura.

— Isso me parece — disse o duque — o que se costuma dizer: "Pois alguém que diz injúrias perto está de perdoar".[3]

Fez Altisidora sinais de enxugar as lágrimas com um lenço e, fazendo reverência aos seus senhores, deixou o aposento.

— Eu te auguro — disse Sancho —, pobre donzela, auguro-te, digo, má ventura, pois te houveste com uma alma de esparto e com um coração de carvalho. À fé que se te houveras comigo, outro galo cantaria.

Acabou-se a conversa, vestiu-se D. Quixote, almoçou com os duques e partiu naquela tarde.

---

[3] *"Porque aquel que dice injurias/ cerca está de perdonar"* é o refrão do romance "Diamante falso y fingido engastado en pedernal".

Capítulo LXXI

DO QUE A D. QUIXOTE ACONTECEU
COM SEU ESCUDEIRO SANCHO, INDO PARA SUA ALDEIA

Ia o vencido e traquejado D. Quixote assaz pensativo por uma parte e muito alegre por outra. Causava sua tristeza o vencimento, e a alegria, o considerar na virtude de Sancho, que bem se mostrara na ressurreição de Altisidora, conquanto a custo se persuadisse de que a enamorada donzela estivesse então deveras morta. Não ia nada alegre Sancho, porque o entristecia ver que Altisidora não cumprira com a palavra de lhe dar as camisas, e indo e vindo neste pensamento, disse ao seu amo:

— Em verdade, senhor, que sou o mais desgraçado médico que se deve de achar no mundo, no qual há físicos que, ainda quando matam o doente que curam, querem ser pagos por seu trabalho, que não é outro senão assinar um papelucho com alguns medicamentos, e por maior embuste nem é ele que os faz, mas o boticário; e a mim, que a saúde alheia me custa gotas de sangue, bofetões, beliscos, alfinetadas e açoites, não me dão um cobre. Pois eu lhes voto a tal que, se me trouxerem às mãos um outro doente, antes que o cure hão de molhar as minhas, pois o abade, onde canta, daí janta, e duvido que o céu me tenha dado a virtude que tenho para que a use com outros de favor e mercê.

— Tens razão, Sancho amigo — respondeu D. Quixote —, fez muito mal Altisidora em não te dar as prometidas camisas, e posto que tua virtude é *gratis data*, pois não te custou estudo algum, mais que estudo é receberes martírios na tua pessoa. De mim te sei dizer que, se quisesses paga pelos açoites do desencantamento de Dulcineia, eu já a teria dado às mãos cheias, mas não sei se a paga vai bem com a cura, e não quisera que o prêmio estragasse a medicina. Ainda assim, acho que não perderemos nada em tentar; olha, Sancho, quanto queres, e açoita-te logo, e paga-te de contado e por tua própria mão, pois levas dinheiro meu.

A cujos oferecimentos abriu Sancho os olhos e as orelhas um palmo e consentiu no coração a se açoitar de bom grado, dizendo ao seu amo:

— Ora bem, senhor, eu me disponho a dar gosto a vossa mercê no que deseja, com proveito meu, pois o amor dos meus filhos e da minha mulher faz com que me mostre interesseiro. Vossa mercê me diga quanto me dará por cada açoite que eu me der.

— Se eu te houvera de pagar, Sancho — respondeu D. Quixote —, conforme o que merece a grandeza e qualidade deste remédio, não bastariam o tesouro de Veneza e as minas de Potosi. Vê tu mesmo quanto de meu carregas e põe o preço de cada açoite.

— Eles — respondeu Sancho — são três mil, trezentos e tantos, dos quais já me dei uns cinco; restam os demais; fiquem os cinco por esses tantos, e fiquemos com três mil e trezentos, o que a um quarto de real cada (que eu não faria por menos nem se todo o mundo o mandasse) dá três mil e trezentos quartos, dos quais os três mil são mil e quinhentos meios reais, que fazem setecentos e cinquenta reais; e os outros trezentos fazem cento e cinquenta meios reais, que vêm a ser setenta e cinco reais, que junto com os setecentos e cinquenta são ao todo oitocentos e vinte e cinco reais. Estes desfalcarei dos que levo de vossa mercê, e entrarei na minha casa rico e contente, apesar de bem açoitado, porque não se tomam trutas..., e não digo mais.[1]

---

[1] O ditado termina: "... a bragas enxutas".

— Oh Sancho bendito! Oh Sancho amável! — respondeu D. Quixote. — Quão obrigados havemos de ficar Dulcineia e eu a te servir por todos os dias que o céu nos der de vida! Se ela voltar ao ser perdido (e não é possível senão que volte), sua desdita terá sido dita, e o meu vencimento, felicíssimo triunfo. E olha, Sancho, quando queres começar a disciplina, pois sendo em breve te acrescento cem reais.

— Quando? — replicou Sancho. — Esta noite, sem falta! Trate vossa mercê de que a passemos no campo, a céu aberto, que eu rasgarei as minhas carnes.

Chegou a noite, esperada por D. Quixote com a maior ânsia do mundo, parecendo-lhe que as rodas do carro de Apolo se haviam quebrado e que o dia se alongava além do costumado, bem assim como acontece aos enamorados, que nunca acertam a conta dos seus desejos. Finalmente, entraram por um ameno arvoredo que um pouco desviado do caminho estava, onde, deixando vazias a sela e a albarda de Rocinante e do ruço, se deitaram sobre a verde relva e jantaram do farnel de Sancho; o qual, fazendo do cabresto e das rédeas do ruço um poderoso e flexível açoite, se retirou cerca de vinte passos do seu amo entre umas faias. D. Quixote, que o viu ir com denodo e com brio, lhe disse:

— Cuida, amigo, de não te fazeres em pedaços, dando espaço a que uns açoites aguardem os outros; não queiras apressar tanto a carreira que na metade dela te falte o fôlego, quero dizer que não te batas tão rijo que te falte a vida antes de chegar ao número desejado. E para não perderes por carta de mais nem de menos, eu ficarei à parte contando com este meu rosário os açoites que te deres. E que o céu te favoreça conforme tua boa intenção merece.

— A bom pagador não dói o penhor — respondeu Sancho.

— Eu penso me açoitar de maneira que sem me matar me doa, pois nisto deve de consistir a sustância deste milagre.

Logo se despiu do meio corpo para cima e, agarrando das cordas, começou a se bater, e começou D. Quixote a contar os açoites. Perto de seis ou oito se devia ter dado Sancho, quando lhe pareceu pesada a burla e muito barato o preço dela, e, parando um pouco, disse ao amo que deviam desfazer o acordo, pois cada açoite daqueles merecia ser pago a meio real, que não a um quarto.

— Prossegue, Sancho amigo, e não esmoreças — disse-lhe D. Quixote —, que eu dobro a parada do preço.

— Assim sendo — disse Sancho —, à mão de Deus, e chovam açoites!

Mas o socarrão deixou de os dar nas costas para os dar nas árvores, e de quando em quando uns suspiros que parecia que com cada um deles arrancava a própria alma. Sendo terna a de D. Quixote, temeroso de que se lhe acabasse a vida sem alcançar seu desejo pela imprudência de Sancho, lhe disse:

— Por tua vida, amigo, não passes além neste negócio, pois me parece muito dura a medicina, e será bem dar tempo ao tempo, pois não se tomou Zamora em uma hora.[2] Se não contei mal, já te destes mais de mil açoites; bastam por ora, pois, falando ao modo grosseiro, o asno suporta a carga, mas não a sobrecarga.

— Não, não, senhor — respondeu Sancho —, de mim não se há de dizer: "obreiro pago, braço quebrado". Vossa mercê se afaste outro pouco e me deixe dar pelo menos outros mil açoites, que com duas rodadas destas daremos cabo da partida e até nos sobrará pano.

---

[2] O provérbio faz referência ao longo cerco da cidade durante as guerras dinásticas do século XI, matéria largamente trabalhada pelo romanceiro.

— Se te achas com tão boa disposição — disse D. Quixote —, que o céu te ajude, e açoita-te, que eu me afasto.

Voltou Sancho à sua tarefa com tanto denodo, que já havia arrancado a casca de muitas árvores, tamanho era o rigor com que se açoitava; e erguendo uma vez a voz e dando um desmesurado açoite numa faia, disse:

— Aqui morra Sansão e quantos com ele estão!

Acudiu logo D. Quixote ao som da lastimosa voz e do golpe do rigoroso açoite, e, tomando do torcido cabresto que a Sancho servia de flagelo, lhe disse:

— Não permita a sorte, Sancho amigo, que por gosto meu percas tu a vida que há de servir para sustentar tua mulher e teus filhos: Dulcineia que espere melhor conjuntura, e eu me conterei nos limites da esperança propínqua e esperarei que cobres forças novas, para que este negócio se conclua a gosto de todos.

— Se vossa mercê, senhor meu, assim o quer — respondeu Sancho —, que seja embora, e deite-me sua capa sobre estas costas, que estou suando e não quisera apanhar um resfriado, pois os disciplinantes noviços correm este perigo.

Assim fez D. Quixote e, ficando em camisa, logo abrigou Sancho, o qual dormiu até o sol o acordar, e então voltaram a prosseguir seu caminho, que parou no fim da jornada num lugar que a três léguas de lá ficava. Apearam-se numa pousada, que por tal a reconheceu D. Quixote, e não por castelo com fundo fosso, torres, ponte e portão levadiços, que depois de vencido com mais juízo em todas as coisas discorria (como agora se dirá). Alojaram-no numa sala baixa, onde serviam de guadamecis velhos sacos pintados, como se usam nas aldeias. Num deles estava pintado de malíssima mão o roubo de Helena, quando o atrevido hóspede a tirou de Menelau, e em outro estava a história de Dido e de Eneias, ela sobre uma alta torre, como que fazendo sinais com

730

meio lençol para o fugitivo hóspede, que pelo mar numa fragata ou bergantim ia fugindo. Notou nas duas histórias que Helena não ia de muita má vontade, pois se ria à socapa e à socarrona, enquanto a formosa Dido mostrava verter lágrimas do tamanho de nozes pelos olhos. Vendo o qual D. Quixote, disse:

— Estas duas senhoras foram desditosíssimas por não terem nascido nesta idade, e eu sobre todos desditoso em não ter nascido na delas: um encontro meu com esses tais senhores, e nem seria abrasada Troia, nem Cartago destruída, pois só com que eu matasse Páris se escusariam tantas desgraças.

— Eu aposto — disse Sancho — que antes de muito tempo não há de haver bodega, estalagem nem pousada ou barbearia onde não ande pintada a história das nossas façanhas; mas quisera eu que a pintassem mãos de outro melhor pintor que o que pintou estas aqui.

— Tens razão, Sancho — disse D. Quixote —, porque este pintor é como Orbaneja, um que vivia em Úbeda, que quando lhe perguntavam o que pintava, respondia: "O que sair"; e se por acaso pintava um galo, escrevia embaixo: "Isto é um galo", para que não pensassem que era mona. Desta maneira me parece, Sancho, que deve de ser aquele pintor ou escritor (pois tudo é um) que tirou à luz a história deste novo D. Quixote que saiu: pintou ou escreveu o que saísse; ou terá sido como um poeta que andava há alguns anos na corte, chamado Mauleón, o qual respondia de repente a quanto lhe perguntavam, e perguntando-lhe alguém o que queria dizer *Deum de Deo*,[3] respondeu: "Dê onde der". Mas

---

[3] Palavras do Credo de Nicena; literalmente, "Deus de Deus". O repentista responsável pela cômica tradução de ouvida é muito provavelmente um personagem real, também citado no "Colóquio dos cachorros", no qual Berganza narra o mesmo caso.

deixando isto de parte, diz-me, Sancho, se pensas dar-te outra mão esta noite e se queres que seja sob telhado ou a céu aberto.

— Pardeus, senhor — respondeu Sancho —, que para o que eu penso me dar, tanto faz que seja em casa ou no campo; mas, ainda assim, quisera que fosse entre árvores, pois parece que me acompanham e me ajudam a levar o meu trabalho maravilhosamente.

— Não há de ser assim, Sancho amigo — respondeu D. Quixote —, pois para que ganhes força o havemos de guardar para a nossa aldeia, onde chegaremos depois de amanhã, no mais tardar.

Sancho respondeu que fizesse como quisesse, mas que ele preferia concluir aquele negócio com brevidade, a sangue quente e quando estava embalado o moinho, pois na tardança sói muitas vezes estar o perigo, e a Deus rogando e com o malho dando, e que mais valia um "toma" que dois "te darei", e pássaro em mão que abutre voando.

— Basta de rifões, Sancho, por Deus pai — disse D. Quixote —, que parece vais voltando ao *sicut erat*.[4] Trata de falar simples, lhano, sem complicar, como muitas vezes já te disse, e verás como te vale um reino.

— Não sei que má ventura é esta minha — respondeu Sancho —, que não sei dizer razão sem rifão, nem rifão que não me pareça razão. Mas eu me emendarei, se puder.

E com isto cessou por ora sua conversa.

---

[4] No contexto, "voltando à estaca zero"; tomado do "*sicut erat in principio*" do hino "Gloria Patri" (ver *DQ* I, cap. XLVI, nota 3).

Capítulo LXXII

DE COMO D. QUIXOTE E SANCHO
CHEGARAM A SUA ALDEIA

Aquele dia inteiro estiveram D. Quixote e Sancho naquele lugar e pousada esperando a noite, um para acabar em campo raso a mão da sua disciplina, e o outro para ver o fim dela, no qual consistia o do seu desejo. Chegou nisto à pousada um viajante a cavalo, com três ou quatro criados, um dos quais disse ao que parecia o senhor deles:

— Aqui pode vossa mercê, senhor D. Álvaro Tarfe, passar hoje a sesta; a hospedaria parece limpa e fresca.

Ouvindo isto D. Quixote, disse a Sancho:

— Olha, Sancho, quando eu folheei aquele livro da segunda parte da minha história, me parece que lá topei de passagem com esse nome de D. Álvaro Tarfe.

— Bem pode ser — respondeu Sancho. — Deixemos que se apeie e perguntemos a ele.

O cavaleiro se apeou, e fronteiro ao aposento de D. Quixote a hospedeira lhe deu um quarto baixo, adornado com outros sacos pintados como os do aposento de D. Quixote. Trocou-se o recém-chegado cavaleiro e, em trajes ligeiros, saiu para a varanda da pousada, que era espaçosa e fresca, pela qual se passeava D. Quixote, a quem perguntou:

— Para onde leva caminho vossa mercê, senhor gentil-homem?

E D. Quixote lhe respondeu:

— Para uma aldeia que fica aqui perto, de onde sou natural. E vossa mercê, para onde caminha?

— Eu, senhor — respondeu o cavaleiro —, vou para Granada, que é minha pátria.

— E boa pátria! — replicou D. Quixote. — Mas diga-me vossa mercê seu nome, por cortesia, pois me parece que sabê-lo me há de importar mais do que ora eu possa lhe dizer.

— Meu nome é D. Álvaro Tarfe — respondeu o hóspede.

Ao que D. Quixote replicou:

— Sem dúvida alguma penso que vossa mercê deve de ser aquele D. Álvaro Tarfe que anda impresso na segunda parte da história de D. Quixote de La Mancha há pouco impressa e dada à luz do mundo por um autor moderno.

— O mesmo sou — respondeu o cavaleiro —, e o tal D. Quixote, sujeito principal da tal história, foi grandíssimo amigo meu, e fui eu quem o tirou da sua terra, ou ao menos o movi a que fosse a umas justas que se faziam em Saragoça, para onde eu ia; e em verdade, em verdade que lhe fiz muitos favores, e o livrei de que o carrasco lhe palmasse as costas[1] por seu demasiado atrevimento.

— E diga-me vossa mercê, senhor D. Álvaro: eu me pareço em algo com esse tal D. Quixote que vossa mercê diz?

— Não, por certo — respondeu o hóspede —, de maneira alguma.

— E esse D. Quixote — disse o nosso — levava consigo um escudeiro chamado Sancho Pança?

— Levava, sim — respondeu D. Álvaro. — Mas apesar de ter fama de muito engraçado, nunca o ouvi dizer nenhuma graça que a tivesse.

---

[1] Na gíria marginal, *palmear* significava "açoitar". O comentário de D. Álvaro Tarfe refere-se a episódios dos capítulos VIII e IX do *Quixote* de Avellaneda.

734

— Isso eu creio muito bem — disse então Sancho —, porque dizer graças não é para qualquer um, e esse Sancho que diz vossa mercê, senhor gentil-homem, deve de ser algum grandíssimo velhaco, babão e juntamente ladrão, pois o verdadeiro Sancho Pança sou eu, que tenho graças às mãos cheias; e, se não, faça vossa mercê a experiência e siga atrás de mim pelo menos um ano, e verá que as deixo cair a cada passo, e tais e tantas que, sem que eu saiba as mais vezes o que me digo, faço rir a quantos me escutam; e o verdadeiro D. Quixote de La Mancha, o famoso, o valente e o discreto, o enamorado, o desfazedor de agravos, o tutor de pupilos e órfãos, o amparo das viúvas, o matador das donzelas, o que tem por única senhora a sem-par Dulcineia d'El Toboso, é este senhor aqui presente, que é meu amo. Todo qualquer outro D. Quixote e qualquer outro Sancho Pança é coisa de burla e de sonho.

— Por Deus que o creio — respondeu D. Álvaro —, pois mais graças dissestes vós, amigo, em quatro razões que falastes que o outro Sancho Pança em quantas lhe ouvi falar, que foram muitas! Tinha ele mais de comilão que de bem-falante, e mais de tolo que de engraçado, e tenho por sem dúvida que os encantadores que perseguem D. Quixote o bom quiseram perseguir a mim com D. Quixote o mau. Mas não sei que me diga, pois ouso jurar que o deixei metido na Casa do Núncio,[2] em Toledo, para que o curassem, e agora aparece aqui outro D. Quixote, ainda que bem diferente do meu.

— Eu — disse D. Quixote — não sei se sou bom, mas sei dizer que não sou o mau. E para prova disso quero que saiba vossa mercê, meu senhor D. Álvaro Tarfe, que em todos os dias da minha vida não estive em Saragoça; antes, em sabendo que esse

---

[2] O manicômio de Toledo, fundado por Francisco Ortiz, núncio apostólico de Xisto IV. É onde o D. Quixote da continuação apócrifa acaba recolhido.

D. Quixote fantástico se achara nas justas dessa cidade, não quis entrar nela, para mostrar sua mentira às barbas do mundo, e assim segui direto para Barcelona, arquivo da cortesia, albergue dos estrangeiros, hospital dos pobres, pátria dos valentes, vingança dos ofendidos e correspondência grata de firmes amizades, e em situação e beleza, única; e se bem os sucessos que nela me sucederam não foram de muito gosto, senão de muito pesar, eu o levo sem carga, só por tê-la visto. Enfim, senhor D. Álvaro Tarfe, eu sou D. Quixote de La Mancha, o mesmo que diz a fama, e não esse desventurado que quis usurpar meu nome e se honrar com meus pensamentos. A vossa mercê suplico, pelo que deve a ser cavaleiro, seja servido de fazer uma declaração perante o alcaide deste lugar de que vossa mercê não me viu em todos os dias da sua vida até agora, e de que eu não sou o D. Quixote impresso na segunda parte, nem este Sancho Pança meu escudeiro é aquele que vossa mercê conheceu.

— Isso farei de muito bom grado — respondeu D. Álvaro —, por mais que cause admiração ver dois D. Quixotes e dois Sanchos a um mesmo tempo tão conformes nos nomes quanto diferentes nas ações, e volto a dizer e confirmo não ter visto o que vi nem ter passado o que comigo se passou.

— Sem dúvida — disse Sancho — que vossa mercê deve de estar encantado, como minha senhora Dulcineia d'El Toboso; e prouvesse ao céu que estivesse seu desencantamento de vossa mercê em me dar outros três mil e tantos açoites, como me dou por ela, que eu mos daria sem interesse algum.

— Não entendo isso dos açoites — disse D. Álvaro.

E Sancho lhe respondeu que era longo de contar, mas que lho contaria se acaso levassem o mesmo caminho.

Chegou então a hora de almoçar, e almoçaram juntos D. Quixote e D. Álvaro. Entrou por acaso na pousada o alcaide da aldeia, com um escrivão, ante o qual alcaide pediu D. Quixote, por uma petição que ao seu direito convinha, que D. Álvaro Tarfe, aquele cavaleiro ali presente, declarasse perante sua mercê não conhecer D. Quixote de La Mancha, também presente, e que não era aquele que andava impresso numa história intitulada *Segunda parte de D. Quixote de La Mancha*, composta por um tal de Avellaneda, natural de Tordesilhas. O alcaide enfim procedeu juridicamente: a declaração se fez com todos os requisitos em tais casos necessários, com o qual D. Quixote e Sancho ficaram muito contentes, como se muito lhes importasse semelhante declaração, e suas obras e palavras já não mostrassem claramente a diferença dos dois D. Quixotes e a dos dois Sanchos. Muitas cortesias e oferecimentos trocaram D. Álvaro e D. Quixote, nas quais mostrou sua discrição o grande manchego, de modo que desenganou a D. Álvaro Tarfe do erro em que estava; o qual se convenceu que devia de estar encantado, pois tocava com as mãos dois tão contrários D. Quixotes.

Chegou a tarde, partiram daquele lugar, e a coisa de meia légua se apartaram dois caminhos diferentes, sendo um o que guiava para a aldeia de D. Quixote e o outro o que havia de levar D. Álvaro. Nesse pouco espaço lhe contou D. Quixote a desgraça do seu vencimento e o encanto e remédio de Dulcineia, tudo pondo a D. Álvaro em nova admiração, o qual, abraçando D. Quixote e Sancho, seguiu o seu caminho, e o dele D. Quixote, que passou aquela noite entre outras árvores, para dar lugar a que Sancho cumprisse sua penitência, a qual cumpriu do mesmo modo que a noite passada, à custa das cascas das faias, muito mais que das suas costas, que as guardou tanto que não poderiam os açoites ter espantado uma mosca que acaso pousasse nelas.

Não perdeu o enganado D. Quixote um só golpe da conta e achou que com os da noite passada eram três mil e vinte e nove.

Parecia que para ver o sacrifício havia madrugado o sol, com cuja luz voltaram a prosseguir seu caminho, comentando entre os dois do engano de D. Álvaro e de quão acertado havia sido tomar sua declaração perante a justiça, e tão autenticamente.

Aquele dia e aquela noite caminharam sem que lhes acontecesse coisa digna de conto, a não ser que nela Sancho acabou sua tarefa, do qual ficou D. Quixote sobremodo contente, já esperando o dia por ver se no caminho topava Dulcineia sua senhora já desencantada; e seguindo seu caminho não topava mulher que ele não tratasse de ver se era Dulcineia d'El Toboso, tendo por infalível não poderem mentir as promessas de Merlim.

Com esses pensamentos e desejos, subiram uma ladeira acima, de cujo topo descobriram sua aldeia, a qual vista por Sancho, caiu ele de joelhos, dizendo:

— Abre os olhos, desejada pátria, e olha que a ti volta Sancho Pança, teu filho, se não muito rico, muito bem açoitado. Abre os braços e recebe também o teu filho D. Quixote, que, se vem vencido dos braços alheios, vem vencedor de si mesmo, que, segundo ele me disse, é o maior vencimento que desejar-se pode.[3] Dinheiros trago, porque se bons açoites me davam, bem cavaleiro eu ia.

— Deixa dessas sandices — exclamou D. Quixote —, e vamos com pé direito entrar no nosso lugar, onde daremos vau a nossas imaginações e faremos traça da pastoral vida que pensamos exercitar.

Com isto desceram a ladeira e se foram para sua aldeia.

---

[3] Sentença proverbial que ocorre, sob múltiplas variantes, em diversos autores clássicos, como Sêneca ("*Est difficillimum se ipsum vincere*") e Pubílio Siro ("*Bis vincit qui se vincit*"), bem como no adagiário ibérico.

Capítulo LXXIII

Dos agouros que teve D. Quixote
ao chegar a sua aldeia, mais outros sucessos
que adornam e acreditam esta grande história

À entrada da qual, segundo diz Cide Hamete, viu D. Quixote que nas eiras do lugar estavam brigando dois rapazes, e um disse ao outro:

— Não te canses, Perico, que não a verás em todos os dias da tua vida.

Ouviu-o D. Quixote e disse a Sancho:

— Percebeste, amigo, o que aquele rapaz acaba de dizer: "não a verás em todos os dias da tua vida"?

— Pois bem, que importa — respondeu Sancho — que o rapaz tenha dito isso?

— Como quê? — replicou D. Quixote. — Não vês que aplicando aquela palavra à minha intenção quer significar que não mais hei de ver Dulcineia?

Estava Sancho para responder, quando lho estorvou ver que por aquela campanha vinha fugindo uma lebre, seguida de muitos cães e caçadores, a qual, temerosa, foi-se esconder e alapar embaixo do ruço. Apanhou-a Sancho sem susto e a ofereceu a D. Quixote, que ia dizendo:

— *Malum signum! Malum signum!*[1] Lebre foge, cães a seguem: Dulcineia não aparece!

---

[1] "Mau sinal": era mau agouro o encontro inesperado com uma lebre.

— Estranho é vossa mercê — disse Sancho. — Suponhamos que esta lebre é Dulcineia d'El Toboso e estes cães que a perseguem são os ruins encantadores que a transformaram em lavradora; ela foge, eu a pego e ponho em poder de vossa mercê, que a toma nos braços e agasalha. Que mau sinal é esse e que mau agouro se pode tirar daí?

Os dois rapazes da querela se achegaram para ver a lebre, e a um deles perguntou Sancho por que brigavam. E foi-lhe respondido pelo mesmo que dissera "não a verás mais em toda a tua vida" que ele havia tomado do outro rapaz uma gaiola de grilos, a qual não pensava devolver em toda sua vida. Tirou Sancho quatro quartos da algibeira e deu-lhos ao rapaz pela gaiola, e a colocou nas mãos de D. Quixote, dizendo:

— Eis aqui, senhor, quebrados e desbaratados esses tais agouros, que eu, se bem tolo, imagino que não têm que ver com o nosso caso mais do que com as nuvens de antanho. E se mal não me lembro, já ouvi o padre do nosso lugar dizer que não é próprio de pessoas cristãs nem discretas atentar nessas ninharias, e até vossa mercê disse o mesmo dias atrás, dando-me a entender que eram tolos todos aqueles cristãos que atentavam em agouros. E não é mister insistir nisso, senão passemos adiante e entremos na nossa aldeia.

Chegaram os caçadores, pediram sua lebre e deu-lha D. Quixote. Passaram adiante e à entrada da aldeia toparam com o padre e o bacharel Carrasco rezando num pradozinho. E é de saber que Sancho Pança tinha deitado sobre o ruço e sobre o feixe das armas, a jeito de manta, a túnica de bocaxim pintada com labaredas que lhe vestiram no castelo do duque na noite em que Altisidora tornara em si; acomodou-lhe também a carocha na cabeça, e foi a mais nova transformação e adorno com que jamais se viu jumento no mundo.

Foram os dois logo conhecidos do padre e do bacharel, que se chegaram a eles de braços abertos. Apeou-se D. Quixote e os abraçou estreitamente, e os rapazes, que são linces a quem nada se escusa, divisaram a carocha do jumento e acudiram a vê-lo, dizendo uns aos outros:

— Vinde, rapazes, e vereis o asno de Sancho Pança mais galante do que o rei, e a besta de D. Quixote mais magra do que nunca.

Finalmente, rodeados de rapazes e acompanhados do padre e do bacharel, entraram na aldeia e se foram para a casa de D. Quixote, e à porta dela acharam a ama e a sobrinha, a quem já haviam dado as novas da sua chegada. Nem mais nem menos as haviam dado a Teresa Pança, mulher de Sancho, a qual, desgrenhada e meio nua, levando Sanchica sua filha pela mão, acudiu a ver o marido; e vendo-o não tão bem alinhado como ela pensava que havia de estar um governador, lhe disse:

— Como chegais assim, marido meu, que parece que vindes a pé esfolado, e mais levais jeito de desgovernado que de governador?

— Cala-te, Teresa — respondeu Sancho —, que muitas vezes onde há vozes não há nozes, e vamos para casa, que lá ouvirás maravilhas. Dinheiro trago, que é o que importa, ganho por minha indústria e sem dano de ninguém.

— Trazei dinheiro, meu bom marido — disse Teresa —, seja ele ganho aqui ou ali, pois como quer que o tenhais ganhado não terás feito usança nova no mundo.

Abraçou Sanchica o pai e lhe perguntou se trazia algo para ela, que o estava esperando como a água de maio, e tomando-o por um lado do cinto, e sua mulher pela mão, guiando sua filha o ruço, se foram para casa, deixando D. Quixote na dele em poder da sua sobrinha e da sua ama e na companhia do padre e do bacharel.

D. Quixote, sem reparar em modos nem horas, no mesmo ponto foi ter a sós com o bacharel e o padre, e em breves razões lhes contou seu vencimento e a obrigação em que ficara de não sair da sua aldeia por um ano, a qual pensava guardar ao pé da letra, sem dela se desviar um átomo, bem assim como cavaleiro andante obrigado pela pontualidade e ordem da andante cavalaria, e que vinha pensando em naquele ano se fazer pastor e se entreter na solidão dos campos, onde a rédea solta poderia dar vau a seus amorosos pensamentos, exercitando-se no pastoral e virtuoso exercício; e lhes suplicou, se não tinham muito que fazer e não estavam impedidos por negócios mais importantes, quisessem ser seus companheiros, que ele compraria ovelhas e gado bastante para lhes dar nome de pastores, e lhes fazia saber que o mais principal daquele negócio estava feito, porque já lhes escolhera os nomes que lhes cairiam como luva. Pediu-lhe o padre que os dissesse; respondeu D. Quixote que ele se havia de chamar o pastor Quixotiz; e o bacharel, o pastor Carrascão; e o padre, o pastor Paterandro; e Sancho Pança, o pastor Pancino.

Pasmaram-se todos de ver a nova loucura de D. Quixote, mas por que outra vez não se lhes fosse da aldeia para suas cavalarias, na esperança de que naquele ano se pudesse curar, concordaram com sua nova intenção e aprovaram por discreta sua loucura, oferecendo-se como companheiros no seu exercício.

— De mais que — disse Sansón Carrasco —, como já todo o mundo sabe, eu sou celebérrimo poeta, e a cada passo comporei versos pastoris ou cortesãos, ou como melhor calhar, para que nos entretenhamos por esses andurriais por onde havemos de andar; e o que mais é mister, senhores meus, é que cada um escolha o nome da pastora que pensa celebrar em seus versos, e que não deixemos árvore, por dura que seja, onde não a rotule e grave seu nome, como é uso e costume dos enamorados pastores.

— Isso vem de encomenda — respondeu D. Quixote —, bem que eu esteja livre de buscar nome de pastora fingida, pois aí está a sem-par Dulcineia d'El Toboso, glória destas ribeiras, adorno destes prados, pilar da formosura, nata dos donaires e, em suma, sujeito sobre o qual assenta bem todo louvor, por hipérbole que seja.

— Assim é verdade — disse o padre —, mas nós buscaremos por aí pastoras manhosinhas, que se não nos quadrarem, nos enquadrem.

Ao que acrescentou Sansón Carrasco:

— E se faltarem nomes, lhes daremos os daquelas estampadas e impressas, das que está cheio o mundo: Fílidas, Amarílis, Dianas, Fléridas, Galateias e Belisardas; pois, se as vendem nas praças, bem as podemos comprar nós e tê-las por nossas. Se minha dama, ou, para melhor dizer, minha pastora, porventura se chamar Ana, eu a celebrarei sob o nome de "Anarda", e se Francisca, a chamarei "Francênia", e se Lúcia, "Lucinda", que todos cabem lá; e Sancho Pança, se é que há de entrar nessa confraria, poderá celebrar sua mulher Teresa Pança com o nome de "Teresaina".

Riu-se D. Quixote da aplicação do nome, e o padre louvou--lhe infinito sua honesta e honrada resolução e de novo se ofereceu para lhe fazer companhia todo o tempo que vagasse a cumprir suas forçosas obrigações. Com isto se despediram dele, e lhe rogaram e aconselharam que cuidasse da saúde, olhando bem por si.

Quis a sorte que a sobrinha e a ama ouvissem a conversa dos três; e assim como os dois se foram, entraram a ter com D. Quixote, dizendo-lhe a sobrinha:

— Que é isso, senhor tio? Quando pensávamos que vossa mercê voltava a se reduzir à sua casa e a passar nela uma vida tranquila e honrada, agora se quer meter em novos labirintos, fazendo-se "pastorzinho, tu que vens, pastorzinho, tu que vais"?[2] Pois em verdade que já está velha a cana para flautas.

Ao que a ama acrescentou:

— E acaso poderá vossa mercê sofrer no campo as sestas do verão, os serenos do inverno, os uivos dos lobos? Não, por certo, pois esse é exercício e ofício de homens robustos, curtidos e criados para tal ministério quase desde o berço e os cueiros. Mal por mal, é até melhor ser cavaleiro andante que pastor. Olhe, senhor, tome meu conselho, que não lho dou estando farta de pão e vinho, senão em jejum, e sobre cinquenta anos que tenho de idade: fique em sua casa, cuide da sua fazenda, confesse amiúde, favoreça os pobres, e a meu dano se mal lhe for.

— Calai, filhas — respondeu-lhes D. Quixote —, que eu bem sei o que me cumpre. Levai-me ao leito, que me parece que não estou muito bem, e tende por certo que, seja eu agora cavaleiro andante ou pastor por andar, jamais deixarei de acudir ao que houverdes mister, como o vereis pela obra.

E as boas filhas (que sem dúvida o eram, tanto a ama quanto a sobrinha) o levaram para a cama, onde lhe deram de comer e o regalaram o melhor possível.

---

[2] Versos de um vilancete de identificação problemática.

Capítulo LXXIV

DE COMO D. QUIXOTE CAIU DOENTE,
E DO TESTAMENTO QUE FEZ, E SUA MORTE

Como as coisas humanas não são eternas, indo sempre em declinação desde os seus princípios até chegar ao seu último fim, especialmente as vidas dos homens, e como a de D. Quixote não tivesse privilégio do céu para deter o curso da sua, chegou seu fim e acabamento quando ele menos pensava; porque, ou já fosse da melancolia que lhe causava o ver-se vencido, ou já pela disposição do céu, que assim o ordenava, foi tomado de umas febres que o tiveram por seis dias de cama, nos quais recebeu muitas vezes a visita do padre, do bacharel e do barbeiro, seus amigos, sem que Sancho Pança, seu bom escudeiro, se lhe apartasse da cabeceira.

Estes, crendo que era o pesar de se ver vencido e de não ver cumprido seu desejo na liberdade e desencantamento de Dulcineia que o tinha daquela sorte, por todos os meios possíveis procuravam alegrá-lo, dizendo-lhe o bacharel que se animasse e levantasse para começar seu pastoral exercício, para o qual tinha já composta uma égloga que havia de fazer sombra a quantas Sannazaro[1] havia composto, e que já tinha comprados do seu próprio dinheiro dois famosos cães pastores, um chamado Barcino e o

---

[1] Além da *Arcadia*, modelo máximo do gênero pastoril, Iacopo Sannazaro compôs uma série de églogas em latim muito apreciadas na Renascença.

outro Butrón, que lhos vendera um criador de Quintanar. Mas nem por isso largava D. Quixote suas tristezas.

Chamaram seus amigos o médico, tomou-lhe o pulso, que não o contentou muito, dizendo que, pelo sim ou pelo não, se cuidasse da saúde da sua alma, porque a do corpo corria perigo. Ouviu-o D. Quixote com ânimo sossegado, mas não o ouviram assim sua ama, sua sobrinha e seu escudeiro, os quais começaram a chorar ternamente, como se já o tivessem morto ante os olhos. Foi o parecer do médico que melancolias e desolações o acabavam. Rogou D. Quixote que o deixassem só, porque queria dormir um pouco. Assim fizeram, e dormiu ele mais de seis horas, como dizem, de um sono só: tanto que a ama e a sobrinha pensaram que ali mesmo ficaria. Acordou ao cabo do tempo dito e, dando uma grande voz, disse:

— Bendito seja o poderoso Deus, que tanto bem me fez! Enfim, suas misericórdias não têm limite, nem as abreviam nem impedem os pecados dos homens.

Esteve atenta a sobrinha às razões do tio e pareceram-lhe mais concertadas do que as costumava dizer, ao menos naquela doença, e perguntou-lhe:

— Que é que vossa mercê está dizendo, senhor? Temos algo de novo? Que misericórdias são essas, ou que pecados dos homens?

— As misericórdias, sobrinha — respondeu D. Quixote —, são as que neste instante Deus usou comigo, as quais, como disse, não impedem os meus pecados. Eu tenho juízo já livre e claro, sem as sombras caliginosas da ignorância que sobre ele me pôs minha amarga e contínua lição dos detestáveis livros das cavalarias. Já conheço seus disparates e seus engodos, e só me pesa que este desengano tenha chegado tão tarde, que me não deixa tempo para fazer alguma compensação lendo outros que sejam luz da

alma. Eu me sinto, sobrinha, na hora da morte: quisera arrumá-
-la de tal modo que desse a entender que não foi minha vida tão
má para me deixar renome de louco; pois, posto que o fui, não
quisera confirmar esta verdade na minha morte. Chama-me, amiga, meus bons amigos, o padre, o bacharel Sansón Carrasco e o
mestre Nicolás, o barbeiro, que me quero confessar e fazer meu
testamento.[2]

Mas deste trabalho se escusou a sobrinha com a entrada dos
três. Apenas os viu D. Quixote, quando disse:

— Dai-me alvíssaras, bons senhores, de que eu já não sou
D. Quixote de La Mancha, senão Alonso Quijano, a quem meus
costumes deram renome de "bom". Já sou inimigo de Amadis
de Gaula e de toda a infinita caterva da sua linhagem; já me são
odiosas todas as histórias profanas da andante cavalaria; já conheço minha necedade e o perigo em que me pôs a lição delas; já,
por misericórdia de Deus escarmentado em cabeça própria, as
abomino.

Quando os três o ouviram dizer isso, creram sem dúvida que
estava tomado de alguma nova loucura, e Sansón lhe disse:

— Agora, senhor D. Quixote, que temos nova que está a
senhora Dulcineia desencantada, sai vossa mercê com essa? E agora que estamos tão a pique de ser pastores, para passarmos a vida
cantando como príncipes, quer vossa mercê fazer-se ermitão? Cale-se, por vida sua, torne em si e deixe de histórias.

— As que até aqui passei — replicou D. Quixote —, que
foram verdadeiras em meu dano, há de torná-las minha morte,

---

[2] O moralista Alejo de Venegas (c. 1493-1562) recomendava, em sua *Ago-
nía del tránsito de la muerte* (1537): "quase necessário é que tenha o agonizante
amigos que o ajudem em seus grandes trabalhos".

com a ajuda do céu, em meu proveito. Eu, senhores, sinto que vou morrendo a toda pressa: deixem as burlas de parte e tragam-me um confessor que me confesse e um escrivão que faça meu testamento, pois em tais transes como este o homem não se há de burlar da alma; e assim suplico que, enquanto o senhor padre me confessa, vão chamar o escrivão.

Olharam-se uns aos outros, admirados das razões de D. Quixote, e, ainda em dúvida, o quiseram crer; e um dos sinais donde entenderam que morria foi o tornar-se com tanta facilidade de louco em são,[3] porque às já ditas razões acrescentou outras muitas tão bem ditas, tão cristãs e com tanto concerto, que de todo os fez sair da dúvida e crer que estava são.

Pediu o padre que todos saíssem, e ficou a sós com ele, e o confessou.

O bacharel foi em busca do escrivão e dali a pouco voltou com ele e com Sancho Pança; o qual Sancho, que já sabia por novas do bacharel em que estado estava o seu senhor, achando a ama e a sobrinha chorosas, começou a fazer beiço e a derramar lágrimas. Acabou-se a confissão e saiu o padre dizendo:

— Verdadeiramente morre e verdadeiramente está são Alonso Quijano, o Bom; bem podemos entrar para que faça seu testamento.

Estas novas deram um terrível empurrão nos olhos prenhes da ama, da sobrinha e de Sancho Pança, seu bom escudeiro, de tal maneira que lhes fez rebentar as lágrimas dos olhos e mil profundos suspiros do peito; porque verdadeiramente, como alguma vez já foi dito, enquanto D. Quixote foi Alonso Quijano, o

---

[3] Conforme a crença então corrente de que às portas da morte os loucos recuperam a razão.

Bom, sem mais, e enquanto foi D. Quixote de La Mancha, sempre foi de aprazível condição e de agradável trato, e por isso era bem amado não só da gente de sua casa, mas de todos quantos o conheciam.

Entrou o escrivão com os demais e, depois de lavrar o cabeço do testamento e encomendar D. Quixote sua alma, com todas aquelas circunstâncias cristãs que se requerem, chegando às mandas, disse:

— *Item*: é minha vontade que de certos dinheiros que tem Sancho Pança, o qual na minha loucura eu fiz meu escudeiro, como houve entre ele e mim certas contas e certos dares e tomares, não se lhe faça cargo nem se lhe peça conta alguma, senão que, se sobrar algum depois de pago o que lhe devo, seja dele o restante, que será bem pouco, e bom proveito lhe faça; e se, como estando eu louco fui capaz de lhe dar o governo da ínsula, pudesse eu agora, estando são, dar-lhe o de um reino, sem dúvida lho daria, porque a singeleza da sua condição e fidelidade do seu trato bem o faz merecer.

E virando-se para Sancho lhe disse:

— Perdoa-me, amigo, da ocasião que te dei de parecer louco como eu, fazendo-te cair no erro em que eu caí de que houve e há cavaleiros andantes no mundo.

— Ai! — respondeu Sancho aos prantos. — Não morra vossa mercê, senhor meu, e tome o meu conselho de viver muitos anos, porque a maior loucura que pode um homem fazer nesta vida é deixar-se morrer sem mais nem mais, sem que ninguém o mate nem outras mãos o acabem senão as da melancolia. Deixe de preguiça e levante dessa cama, e vamos para o campo vestidos de pastores, como já temos concertado; quem sabe atrás de uma moita achamos a senhora Dª Dulcineia desencantada, linda que só vendo. E se vossa mercê vai morrendo do pesar de se ver vencido, ponha a culpa a mim, dizendo que foi por eu ter cilhado mal Rocinante que o derrubaram; quanto mais que vossa mercê há de ter visto nos seus livros de cavalarias ser coisa ordinária derrubarem-se os cavaleiros uns aos outros, e aquele que hoje é vencido ser vencedor manhã.

— Assim é — disse Sansón —, e o bom Sancho Pança está bem dentro da verdade destes casos.

— Senhores — disse D. Quixote —, vamo-nos pouco a pouco, pois já nos ninhos de outrora não há pássaros agora. Eu fui louco e já sou são, fui D. Quixote de La Mancha e sou agora, como disse, Alonso Quijano, o Bom. Que o meu arrependimento e a minha verdade possam com vossas mercês tornar-me à estimação que de mim se tinha, e prossiga adiante o senhor escrivão.

Item: deixo toda minha fazenda, sem fazer rol, a Antonia Quijana, minha sobrinha aqui presente, tendo-se primeiro tirado do mais cômodo dela o que for mister para cumprir as mandas que deixo feitas, e a primeira satisfação que se faça quero que seja pagar a minha ama o salário que lhe devo do tempo que me serviu, e mais vinte ducados para um vestido. Deixo por meus testamenteiros o senhor padre e o senhor bacharel Sansón Carrasco, aqui presentes.

Item: é minha vontade que, se Antonia Quijana,[4] minha sobrinha, se quiser casar, se case com homem de quem primeiro se tome informação que não sabe que coisa sejam livros de cavalarias, e caso se averigue que o sabe e, ainda assim, minha sobrinha se quiser casar com ele e se casar, que perca tudo quanto lhe dei-

---

[4] Na época, não era raro adotar-se o sobrenome materno, nem o sobrenome ganhar terminação feminina ou masculina, conforme o sexo da pessoa. No caso, portanto, a sobrinha de Alonso Quijano seria filha de uma irmã dele.

xei, o qual poderão meus testamenteiros distribuir em obras pias à sua vontade.

Item: suplico aos ditos senhores meus testamenteiros que, se a boa sorte lhes der a conhecer o autor que dizem que compôs uma história que anda por aí com o título de *Segunda parte das façanhas de D. Quixote de La Mancha*, da minha parte lhe peçam, quão encarecidamente se possa, perdoe a ocasião que sem o pensar lhe dei para ter escrito tantos e tão grandes disparates como nela escreveu, porque parto desta vida com o escrúpulo de lhe ter dado motivo para os escrever.

Fechou com isto o testamento e, tomado de um desmaio, se estirou na cama de longo a longo. Alvoroçaram-se todos e acudiram ao seu remédio, e nos três dias que viveu depois desse em que fez o testamento se desmaiava muito amiúde. Andava a casa alvoroçada, mas, contudo, comia a sobrinha, brindava a ama e se regozijava Sancho Pança, pois isso do herdar algo apaga ou abranda no herdeiro a memória da pena que é razão que o morto deixe.

Por fim chegou o último de D. Quixote, depois de recebidos todos os sacramentos e depois de ter abominado dos livros de cavalarias com muitas e eficazes razões. Achou-se o escrivão presente e disse que nunca tinha lido em nenhum livro de cavalarias que algum cavaleiro andante morresse em seu leito tão sossegadamente e tão cristão como D. Quixote, o qual, entre compaixões e lágrimas dos que ali se achavam, entregou seu espírito (quero dizer que morreu).

Vendo o qual o padre, pediu ao escrivão lhe desse testemunho de que Alonso Quijano, o Bom, comumente chamado "D. Quixote de La Mancha", tinha passado desta presente vida e morrido naturalmente, dizendo que tal testemunho lhe pedia para evitar a ocasião de que algum outro autor senão Cide Hamete

Benengeli o ressuscitasse falsamente e fizesse intermináveis histórias das suas façanhas. Este fim teve o engenhoso fidalgo de La Mancha, cujo lugar não quis declarar Cide Hamete, para deixar que todas as vilas e lugares de La Mancha brigassem entre si por afilhá-lo e tê-lo por seu, como brigaram as sete cidades da Grécia por Homero.[5]

Aqui se deixam de pôr os prantos de Sancho, da sobrinha e da ama de D. Quixote, e assim também os novos epitáfios da sua sepultura, bem que Sansón Carrasco lhe pôs este:

> Jaz aqui o fidalgo forte
> que a tanto extremo chegou
> de valente, e de tal sorte,
> que a morte não triunfou
> da sua vida com sua morte.
>
> Teve a todo o mundo em pouco,
> foi o espantalho mais mouco
> do mundo, em tal conjuntura,
> que abonou sua ventura
> morrer são e viver louco.

E o prudentíssimo Cide Hamete assim falou para sua pena: "Aqui ficarás, nem sei se bem cortada ou mal aparada pena minha, pendurada deste cabide e deste fio de arame, onde viverás longos séculos, se presunçosos e vadios historiadores não te des-

---

[5] A referência à disputa entre sete cidades gregas por ser berço de Homero é tradicional na literatura. A frase de abertura do primeiro capítulo do *Quixote* de 1605, à qual esta remete, de fato deu lugar a querelas semelhantes entre diversas localidades de La Mancha que se pretendem torrão natal de D. Quixote.

pendurarem para te profanar. Mas antes que a ti cheguem, tu mesma os poderás advertir e dizer no melhor modo que puderes:

> — Tate, tate, maganotes!
> De ninguém seja tocada,
> porque esta empresa, bom rei,
> para mim era guardada.[6]

Só para mim nasceu D. Quixote, e eu para ele; ele soube atuar e eu escrever, só nós dois somos um para o outro, a despeito e pesar do escritor fingido e tordesilhesco que se atreveu ou se atreverá a escrever com pena de avestruz grosseira e mal cortada as façanhas do meu valoroso cavaleiro, porque não é carga para seus ombros nem assunto para seu frio engenho, a quem advertirás (se acaso o chegares a conhecer) que deixe repousar na sepultura os cansados e já apodrecidos ossos de D. Quixote, e não o queira levar, contra todos os foros da morte, para Castela-a-Velha,[7] fazendo-o sair da fossa onde real e verdadeiramente jaz deitado de longo a longo, impossibilitado de fazer terceira jornada e saída nova, pois para fazer burla de tantas quantas fizeram tantos andantes cavaleiros bastam as duas que ele fez, tão a gosto e

---

[6] Adaptação dos versos de um romance do cerco de Granada (ver cap. XXII, nota 7). *Empresa*, aqui, pode significar, além de "missão", o escudo emblemático do cavaleiro que se colocava no campo das justas e que, quando tocado, significava desafio. Na edição *princeps* do *Quixote* há um detalhe no mínimo curioso, dado como errata pela maioria dos editores: em vez de "*esta empresa*", consta "*está impresa*".

[7] Resposta ao anúncio de novas aventuras que se faz no final do *Quixote* de Avellaneda ("... dizem que [...] voltou à sua teima, e [...] se foi por Castela-a-Velha, onde lhe sucederam estupendas e jamais ouvidas aventuras...).

beneplácito das gentes a cuja notícia chegaram, assim nestes como nos estrangeiros reinos. E com isto cumprirás com tua cristã profissão, aconselhando bem a quem mal te quer, e eu ficarei satisfeito e ufano de ter sido o primeiro a gozar do fruto dos seus escritos inteiramente, como desejava, pois não foi outro o meu desejo senão fazer detestáveis aos homens as fingidas e disparatadas histórias dos livros de cavalarias, que nas do meu verdadeiro D. Quixote já vão tropeçando, e sem dúvida alguma hão de cair de todo". *Vale.*

FIM

Sobre o autor

Embora não se saiba ao certo o dia e local de seu nascimento, muito já se escreveu sobre a vida e as obras de Miguel de Cervantes. Acredita-se que ele tenha nascido no dia de São Miguel, 29 de setembro, do ano de 1547, em Alcalá de Henares, nas proximidades de Madri, sendo o quarto dos sete filhos de Rodrigo de Cervantes e Leonor de Cortinas. Segundo as indicações que o próprio autor deixou em suas obras, sua primeira composição literária teria sido um soneto dedicado à rainha Isabel, falecida em 1568. Apesar do gosto pelas letras, tenta a sorte alistando-se numa companhia de soldados. Aos 22 anos, as circunstâncias o levam a percorrer várias cidades da Itália renascentista.

Em 7 de outubro de 1571, Cervantes participa da célebre batalha de Lepanto, quando é ferido por tiros de arcabuz e perde a mão esquerda. Em 1575, o navio em que viaja de volta à Espanha é aprisionado pelos turcos e conduzido para Argel, onde permanece preso por cinco anos, à espera de resgate. Nesse período começa a redigir a composição pastoral *A Galateia*, publicada anos depois. De regresso à Espanha em 1580, o escritor, soldado e ex-prisioneiro precisa encontrar meios de vida. Vive em Valência, depois em Madri e Toledo. Com uma atriz, tem uma filha natural, de nome Isabel. Em 1584, casa-se com Catalina de Salazar. Nessa época, aproxima-se de alguns dos melhores escritores espanhóis de seu tempo: Góngora, Calderón de la Barca, Quevedo, Tirso de Molina e outros.

Sempre em meio a dificuldades financeiras, integra-se ao esforço de guerra da Invencível Armada católica de Felipe II, que pretendia atacar a Inglaterra protestante. Na função de comissário do abastecimento, Cervantes viaja por toda a Espanha arrecadando alimentos, convivendo com os tipos mais variados do povo, da Igreja e da administração, experiência que transparece em seus escritos futuros. Com a derrota da Armada, Cervantes pede ao Conselho das Índias uma posição na América em 1593. Negada a petição, volta ao cargo de comissário, mas desta vez coletando impostos, o que lhe acarreta suspeitas nas prestações de contas e três prisões; uma delas em Sevilha, em cujo cárcere teria concebido a primeira parte do *D. Quixote*.

Em 1601, a corte muda-se para Valladolid. Cervantes transfere-se para lá com a família em busca de favores, mas só consegue encontrar mais problemas: a filha Isabel, acusada de comportamento leviano, acaba causando escândalo público, justamente em 1605, quando o pai conseguia a licença de impressão para o *D. Quixote*. Apesar do desprezo de Lope de Vega, que tinha por Cervantes profunda inimizade, a obra foi um sucesso instantâneo, sendo reimpressa seis vezes no primeiro ano.

Em meio a revezes de todo tipo — perdas familiares, protestos de dívidas, processos e apelações, menosprezo dos poderosos —, o escritor publica em 1613 suas *Novelas exemplares*, em cujo prólogo indica o plano para a continuação do *Quixote*. Em 1614, um certo Avellaneda, aproveitando o sucesso do personagem, lança um "falso Quixote", obra frágil e postiça, que será ridicularizada por Cervantes na segunda parte de seu livro, publicada em 1615. Nesse meio-tempo, edita o livro de poemas *Viagem do Parnaso* (1614) e o de teatro *Oito comédias e entremezes* (1615). Em 1616, ingressa na Ordem Terceira de São Francisco, com votos de pobreza e humildade. Miguel de Cervantes morre em 22 de abril desse ano, em Madri. No ano seguinte, é publicada sua última obra, o romance *Os trabalhos de Persiles e Sigismunda*.

Sobre o tradutor

Nascido em Buenos Aires, Argentina, em 1964, Sérgio Molina mudou-se com a família para o Brasil aos dez anos de idade. Passou pelos cursos de Ciências Sociais, Letras, Espanhol, Editoração e Jornalismo, todos da Universidade de São Paulo.

Iniciou sua carreira profissional como tradutor em 1986, dedicando-se sobretudo à narrativa espanhola e hispano-americana. Além de traduzir a obra máxima de Cervantes — trabalho que lhe valeu o Prêmio Jabuti de Tradução em 2004 —, Sérgio Molina verteu para o português textos de Alejo Carpentier, Jorge Luis Borges, Ernesto Sabato, Rodolfo Walsh, Ricardo Piglia, Mario Vargas Llosa, Roberto Arlt, Carmen Martín Gaite, Luis Gusmán, César Aira, Tomás Eloy Martínez, Antonio Muñoz Molina, entre outros, totalizando mais de sessenta títulos publicados em nossa língua.

Este livro foi composto em Sabon e Rotis, pela Bracher & Malta,
com CTP e impressão da Edições Loyola
em papel Paperfect 70 g/m^2 da Cia. Suzano de Papel
e Celulose para a Editora 34, em março de 2022.